Ivy Andrews
A single word

Ivy Andrews

A
δingle
WORD

ROMAN

L.O.V.E. Band 2

blanvalet

Sollte diese Publikation Links auf Webseiten Dritter enthalten,
so übernehmen wir für deren Inhalte keine Haftung,
da wir uns diese nicht zu eigen machen, sondern lediglich auf
deren Stand zum Zeitpunkt der Erstveröffentlichung verweisen.

Verlagsgruppe Random House FSC® N001967

1. Auflage
Copyright © 2020 by Ivy Andrews
Dieses Werk wurde vermittelt durch die Literarische Agentur Michael Gaeb
Redaktion: Ivana Marinović
Umschlaggestaltung: © Sandra Taufer, München
Umschlagmotiv: Sandra Taufer unter Verwendung von Motiven
von shutterstock (Alona Siniehina, HS_PHOTOGRAPHY)
DN · Herstellung: sam
Satz: Uhl + Massopust, Aalen
Druck und Bindung: GGP Media GmbH, Pößneck
Printed in Germany
ISBN 978-3-7341-0856-3

www.blanvalet.de

Meinem Opa, Karl-Heinz »Kalle« Becker
18.06.1933 – 05.02.2020

Sei geduldig, wenn du im Dunkeln sitzt.
Der Sonnenaufgang kommt.

Rumi

1

Oxana

Ein letzter Check, ehe die Show beginnen kann. Hinter den Kulissen herrscht eine angespannte Atmosphäre. Die Luft scheint zu vibrieren, ist geschwängert von großen Erwartungen und Hoffnungen – meinen Erwartungen und Hoffnungen.

Noch einmal gehe ich von Model zu Model und prüfe, ob die Kleider perfekt sitzen, ob Haare und Make-up das Gesamtbild abrunden. Ich bin beeindruckt von der Qualität der Arbeit, die die unzähligen Visagisten und Hair-Designer geleistet haben. Hier und da streiche ich eine Falte glatt, bei einem Model lasse ich noch schnell die Ohrringe und die Kette austauschen. *Besser! Viel, viel besser*, befinde ich und segne die Änderung mit einem Nicken ab.

Obwohl ich meinen Kontrollgang beendet und mich noch einmal davon überzeugt habe, dass jedes Detail stimmig ist, schlägt mein Herz auf Hochtouren. *Alles wird gut*, sage ich mir, um mich selbst zu beruhigen. Doch das ist nicht so einfach: Heute geht es um alles oder nichts.

An dieser Kollektion habe ich das letzte halbe Jahr gearbeitet, habe mein Herzblut und mein gesamtes Erspartes in sie hineingepumpt. In jedem der aufwendigen Couture-Kleider stecken zudem unzählige schlaflose Nächte, in denen ich mir wahlweise den Kopf über sie zerbrochen oder direkt an ihnen gearbeitet habe, und nun, nun ist er endlich da: Der große Moment, der über meine Karriere als Modedesignerin entscheidet.

Mein Freund und Mentor, der Stardesigner Origami Oaring, hat seine Kontakte spielen lassen, weshalb heute Abend jeder mit Rang und Namen in der Modebranche anwesend ist. Selbst jemand von der *Vogue* ist da – von der amerikanischen, nicht der französischen wohlgemerkt. Ich spüre es, dies ist der Wendepunkt. Wenn alles glattgeht, bin ich ab heute kein Nobody mehr. Dann wird jeder in der Modeszene meinen Namen kennen, und das verdanke ich nicht zuletzt Origamis Unterstützung. Wenn er nicht gewesen wäre, dann …

»Oxana!« Als hätte ich ihn herbeibeschworen, taucht er hinter der Bühne auf, drückt mich an sich und wünscht mir viel Glück. Er ist ein kleiner alter Mann, der wie ein zerbrechliches Vögelchen wirkt, aber über die Kraft und Energie eines jungen Hundes verfügt. Seine achtundsiebzig Jahre sieht man ihm äußerlich zwar an, doch innerlich ist er ein Kind geblieben. Unter weißen, dichten Brauen, die an Raupen erinnern, blicken himmelblaue, vor Neugier funkelnde Augen hervor, die anerkennend über meine Kreationen schweifen.

»Ich bin so unglaublich stolz auf dich!«, verrät er mir und umarmt mich noch einmal.

»Ohne dich …«, beginne ich, doch er schüttelt bloß den Kopf.

»Nein. Das warst du! Du ganz allein.« Unter seinem Lob erröte ich. Er greift nach meiner Hand, drückt sie mit erstaunlich festem Griff. »Alicia King ist da, um sich anzusehen, was du auf die Beine gestellt hast.«

»Alicia King …«, wispere ich ehrfürchtig. Sie ist hier. Oh. Mein. Gott. Mit einem Mal ergreift eine ungeheure Anspannung von mir Besitz. Da sind sie wieder, all die Zweifel. Wie ich dieses Gefühl, nicht gut genug zu sein, hasse, und nun, da mich die Angst vor Alicias Urteil packt, wird es geradezu übermächtig.

Sie ist meine absolute Lieblingsdesignerin. Ihre Kollektionen sind elegant, aber nie langweilig. Sie sind klassisch, aber nie bieder. Jedes Mal bin ich aufs Neue beeindruckt, wie es ihr gelingt, mit einfachen Mitteln Akzente zu setzen und ihren Schöpfungen so das gewisse Extra zu verleihen. Ihre Liebe zum Detail ist in jedem Stück unverkennbar. Jede Naht, jeder Knopf, jede Falte ... alles wurde bereits im Vorfeld genauestens durchdacht und dient einem bestimmten, wohlkalkulierten Zweck.

Origamis Herangehensweise ist eine ganz andere. Da gibt es keine Struktur, keine durchdachte Planung. Er beginnt irgendwo, wird von der Muse geküsst, flattert herum, wirkt dabei völlig verloren, doch dann – ganz plötzlich und immer wieder überraschend – passiert es einfach, und ein Meisterwerk entsteht. Es ist wie Magie.

»Ja, Alicia King, *mon âme*, und sie ist ausschließlich deinetwegen hier.« Liebevoll lächelt er mich an, und ich lächle zurück. Auch wenn uns mehr als fünfzig Jahre trennen: Origami ist mein bester Freund. Genau genommen ist er mein einziger Freund. Ich habe das Gefühl, er weiß immer, was in meinem Kopf vor sich geht. Wie um es zu beweisen, als spürte er meine Zweifel und Bedenken, sagt er: »Du wirst sie verzaubern.« Seine gebrechlichen Finger, die ihm so oft zu schaffen machen und Schmerzen bereiten, umschließen meine Oberarme mit kraftvollem Griff. »Glaub endlich an dich, Oxana, ich tue es doch auch.«

Seine Worte sind Balsam für meine Seele, sie nehmen mir die Unsicherheit. »Danke«, wispere ich und drücke ihm einen Kuss auf die faltige Wange.

Seine Augen blitzen freudig auf, als er »Toi, toi, toi!« sagt und dann verschwindet. Einen Moment lang blicke ich ihm nach, ehe ich die letzten Minuten bis zum Beginn meiner ersten eigenen Fashionshow nutze, um mich noch einmal zu sammeln.

Als kurz darauf die Musik einsetzt, stehe ich neben dem Zugang zum Catwalk und schicke ein Model nach dem anderen hinaus. Im Saal ist es ganz still. Es ist, als würde das gesamte Publikum erwartungsvoll den Atem anhalten. Modeblogger, Fotografen und Journalisten verfolgen aufmerksam jede Bewegung.

Es ist perfekt. Ich bin so maßlos erleichtert, so froh…

Ein schriller Schrei dringt vom Laufsteg zu mir. Alarmiert ruckt mein Kopf in die Richtung. Ungläubig blinzle ich, kann nicht glauben, was ich dort sehe. Das Model, welches das Herzstück meiner Kollektion trägt, reißt sich die aufwendige Seidenrobe vom Körper. Nur mit einem Stringtanga bekleidet, greift sie nach einer Metallstange, die bis unters Dach reicht, und schwingt sich daran empor. Ich stürze auf die Bühne. Unmöglich kann ich zulassen, dass meine erste Modenschau durch diesen ungeplanten Auftritt zur Stripshow verkommt. Denn zu meinem Entsetzen ziehen die anderen Models nach. Während ein Teil des Publikums begeistert reagiert und den halb nackten Tänzerinnen zujubelt, wendet Alicia sich Origami zu. Abscheu und Entsetzen stehen ihr ins Gesicht geschrieben. Kopfschüttelnd feuert sie einen Blick in meine Richtung ab und verlässt dann den Saal.

»Nein!«, rufe ich, so laut ich kann. Nein zu alldem hier. Das kann doch nicht sein… Und plötzlich stehe auch ich nur mit einem mikroskopisch kleinen Höschen bekleidet im Rampenlicht und bewege mich lasziv zum Rhythmus des Songs. Die Quasten, die von den kirschroten paillettenbesetzten Pasties, die meine Nippel bedecken, baumeln, wiegen sich ebenfalls im Takt der Musik.

Was zur Hölle tue ich hier? Origami scheint sich das Gleiche zu fragen, denn er starrt mich einen Moment lang fassungslos an, ehe er sich umdreht und Alicia hinterhereilt.

Erst als mir irgendein Typ mit haarigem Unterarm Geld in den Slip steckt, wird mir klar, was hier läuft. Ich träume. Das alles ist bloß ein total verrückter Traum.

Just in dem Moment, in dem ich das realisiert habe, reißt mich das schrille Klingeln meines Weckers aus dem Schlaf. Schwer atmend öffne ich die Augen, stelle den Alarm aus und lasse mich zurück in die Kissen sinken. Einen Moment lang brauche ich, um mich zu orientieren, und blicke zur Decke. Alles hier ist noch so neu. Es riecht fremd. Das Prasseln des Regens gegen das Fenster ist das einzig vertraute Geräusch. Es klingt überall gleich, ganz egal, ob man gerade in Russland, Frankreich oder sonst wo auf der Welt ist. Für ein paar Sekunden erscheinen mir der gestrige Tag und die lange Anreise wie ein weiterer Traum, und ich kann nicht glauben, dass ich wirklich hier bin.

Das Kreischen einer Möwe durchdringt die unglaubliche Stille und erinnert mich nachdrücklich daran, wo ich mich befinde: in Plymouth. Weit, weit weg von meiner Wahlheimat Paris. Einen Moment lang überkommt mich ein erdrückendes Gefühl grenzenloser Einsamkeit. Welten liegen zwischen der Stadt der Liebe und diesem beschaulichen Ort an der englischen Küste. Wie ruhig es in dieser kleinen Straße, der Kingsley Road, ist, fiel mir bereits gestern Abend auf. Verschlafen wirkte die Nachbarschaft, dabei war es noch nicht einmal halb neun.

Auch jetzt ist bis auf den Regen kein Laut zu hören. Kein Straßenlärm, nichts – vielleicht auch, weil mein Zimmer

Richtung Hinterhof liegt. Fast bin ich froh, als aus dem Raum nebenan ein bellendes Husten zu mir dringt – ein Lebenszeichen in der mir so fremden Stille, das mich animiert, nicht länger untätig herumzuliegen, sondern in die Puschen zu kommen. Entschlossen schwinge ich meine Beine aus dem Bett, suche ein paar Klamotten und meinen Kulturbeutel zusammen und mache mich auf den Weg ins Bad. Der üble Husten, der im ganzen Haus widerhallt, begleitet mich dorthin. Es dauert eine ganze Weile, bis es in Libertys Zimmer wieder ruhig wird. Valerie, meine andere Mitbewohnerin, hatte recht, die Ärmste hat es übel erwischt.

Gestern, als ich hier eintraf, lag Liberty bereits im Bett und schlief, weshalb ich sie noch gar nicht zu Gesicht bekommen habe. Auch mit Valerie, die aus Deutschland stammt, habe ich nach der anstrengenden Anreise nicht viele Worte gewechselt. An eine Sache jedoch erinnere ich mich plötzlich wieder. Als ich gerade hoch auf mein Zimmer wollte, meinte sie noch: »Träum was Schönes, denn du weißt ja, wie es heißt: Was man in der ersten Nacht in einem neuen Bett träumt, wird wahr.«

Als ich eine halbe Stunde später die Küche des kleinen Reihenhauses betrete, treffe ich dort auf Valerie, die am Tisch sitzt und frühstückt.

»Guten Morgen! Du bist ja schon wach.« Erstaunt sieht sie mich an, erhebt sich und geht zur Anrichte: »Kaffee?« Demonstrativ hält sie die halb volle Glaskanne hoch und blickt mich fragend aus grünen Augen an.

»Ja, sehr gerne. Danke.«

»Milch? Zucker?«

»Weder noch!«

»Na, das ist ja einfach«, meint sie und zwinkert mir gut gelaunt zu. »Du bist kein Morgenmensch, was?«, fragt sie, während sie mir eine volle Tasse reicht. »Oder brauchst du einfach nur noch etwas Zeit, um anzukommen?«

»Letzteres, und außerdem hatte ich einen furchtbaren Traum. Ich hoffe sehr, dass das, was du mir gestern Abend erzählt hast, nicht stimmt.«

»Ach, ist doch nur ein dummer Aberglaube. Was du jetzt brauchst, ist erst mal ein vernünftiges Frühstück.«

»Da hast du wahrscheinlich recht. Wo kann man hier denn einkaufen gehen?«

»Oh, du musst jetzt nicht losrennen und dir was besorgen. Du kannst gerne erst einmal was von meinen Sachen abhaben. Wie wäre es mit Toast und Marmelade? Käse habe ich aber auch noch, wenn dir das lieber ist. Oder magst du vielleicht Obst? Ich hätte Trauben und Äpfel.«

Angesichts ihres netten Angebots und der üppigen Auswahl blinzle ich überrumpelt. »Ein Käsetoast. Und Obst dazu klingt toll. Danke.«

Valerie zuckt mit den Schultern. »Keine Ursache.«

Sie nimmt einen Teller aus dem hölzernen Hängeregal über der Spüle und reicht ihn mir, ehe sie den Kühlschrank öffnet, sich bückt und ein großes Stück Cheddar sowie Trauben daraus hervorzaubert.

Kurz darauf sitzen wir einträchtig am Tisch, und ich erzähle auf Valeries Nachfrage hin von meinem üblen Traum.

»Das klingt ja wirklich grauenhaft«, meint sie und sieht mich über den Rand ihrer XXL-Kaffeetasse hinweg mitfühlend an. Ihre rote Lockenpracht hat sie zu einem Messy Bun aufgetürmt.

»Das war es auch. Aber wenigstens ist das Ganze so abwegig, dass es niemals passieren wird.« Zumindest hoffe ich inständig, dass ich nicht als Nackttänzerin ende, wie mir prophezeit wurde, als ich von zu Hause wegging.

»Ich glaube ohnehin nicht daran, dass dieser blöde Spruch

stimmt«, beruhigt mich Val und zuckt betont gleichgültig mit den Schultern. Im ersten Moment denke ich, sie hat womöglich meine Zweifel gespürt, doch dann macht es klick.

»So? Was hast du denn geträumt, wenn ich fragen darf?«

Zu meiner Überraschung errötet Valerie so heftig, dass ich fürchte, ich muss ihr gleich mit einem Feuerlöscher zu Leibe rücken. Hastig stellt sie die Tasse ab und legt schützend beide Hände auf ihre Wangen. »Ich hasse es, wenn ich so knallrot werde«, murmelt sie beschämt.

»Entschuldige, ich wollte dich nicht in Verlegenheit bringen.« Hoffentlich trägt sie mir meine indiskrete Frage nicht nach. Wir müssen es schließlich ein Jahr lang hier miteinander aushalten, und so groß, dass man sich permanent aus dem Weg gehen könnte, ist das Haus nun auch wieder nicht.

»Ach was«, winkt Valerie ab. »Ist ja nicht deine Schuld. Es ist nur… Keine Ahnung. Der Traum war…« Sie verstummt abrupt, und ich könnte schwören, sie ist inzwischen noch röter geworden.

»Oh!«, entfährt es mir, als ich begreife, weshalb sie so rumdruckst. »Na ja, du hattest einen Sextraum, und bei mir wurde gestrippt, also…« Lachend versuche ich, ihr die Befangenheit zu nehmen.

Wenigstens schmunzelt Valerie, als sie beinahe zerknirscht erwidert: »Kein Sextraum.« Einen Augenblick lang denke ich, sie belässt es dabei, doch dann gibt sie sich einen Ruck. »Versprich mir, dass du nicht lachst. Es hat nichts zu bedeuten, okay?«

»Okay.«

»Ich… ich war verheiratet.«

»Daran ist ja erst mal nichts Verwerfliches.«

»Mit unserem Vermieter«, gesteht sie flüsternd, als würde sie mir ein grässliches Geheimnis anvertrauen.

»Du hättest es schlimmer treffen können«, befinde ich, denn unser Vermieter, Mr. Gibson, ist ziemlich heiß. »Dein Unterbewusstsein hätte dich beispielsweise mit Putin verheiraten können.«

Nun ist es Valerie, die lacht. »Oder mit Trump!«, wirft sie glucksend ein, was ihre unzähligen Sommersprossen dazu bringt, munter herumzuhüpfen.

»Oder mit beiden!«

»Dann hätte ich wohl ein echtes Problem.« Grinsend beißt sie von ihrem Marmeladenbrot ab.

»Libby ist übrigens auch wegen Alicia King hier«, kommt Val auf meinen Traum zurück. »Sie ist ein echter Fan.«

»Apropos Libby, dieser Husten hört sich ja schrecklich an.«

Valerie nickt. Besorgnis spiegelt sich in ihrer Miene. »Heute Nacht bin ich sogar davon aufgewacht.«

»War sie denn schon beim Arzt?«

»Nein, aber wenn du mich fragst, sollte sie da vermutlich dringend mal hin.«

»Nicht dass sie eine Lungenentzündung bekommt oder so. Wie läuft das denn, wenn man hier in England zum Arzt muss? Weißt du das?«

Valerie zuckt mit den Schultern. »Keine Ahnung. Sollen wir mal gucken?«

Ich zücke mein Handy, doch Valerie winkt ab. »Komm mit! Wir schauen auf dem Rechner nach. Am großen Monitor ist das bequemer.« Sie erhebt sich und geht in ihr Zimmer. Es ist das einzige Schlafzimmer im Erdgeschoss. Die drei anderen befinden sich im oberen Stockwerk.

»Wow!«, entfährt es mir, als ich entdecke, dass sie sogar ein eigenes Bad hat.

»Ja, echter Luxus«, stimmt sie mir zu. »Es war eine tolle

Idee von Parker, aus dem Geräteschuppen ein kleines Badezimmer zu machen.«

»Parker?«, frage ich verwirrt und begreife dann, dass damit der Vermieter gemeint sein muss.

»Mr. Gibson«, bestätigt Valerie meine Vermutung.

»Ihr seid per du?«

Achselzuckend erwidert sie: »Na ja, er hat den August über hier gewohnt, weil er ganz in der Nähe ein Haus renoviert hat.«

»Ihr habt also zusammengelebt? Da war dein Traum ja verdammt nah an der Wahrheit dran.« Ich zwinkere ihr amüsiert zu und sehe mich dann noch einmal in dem Zimmer um. Wie auch die Räume oben ist es mit einem dicken beigefarbenen Teppich ausgelegt. Links neben dem gemütlich aussehenden Queensize-Bett steht ein schmaler Schreibtisch, rechts befindet sich ein Kleiderschrank, und direkt neben der Tür gibt es noch eine Kommode, sodass Valerie genug Stauraum hat. Ordentlich ist es.

Ich staune nicht schlecht, als mein Blick auf Vals Equipment fällt. Auf dem Schreibtisch stehen ein iMac und ein Multifunktionsdrucker. »Du bist ja voll ausgerüstet«, stelle ich anerkennend fest.

»Ja. Fotografie ist leider ein echt kostspieliger Studiengang. Ich hatte keine Ahnung, wie das College hier ausgestattet ist, weißt du. An der Fachhochschule, an der ich in Deutschland studiere, sind die Arbeitsplätze extrem begrenzt, und gerade zum Semesterende gibt es immer Stress. Daher habe ich mir nach dem Grundstudium einen eigenen Rechner zugelegt. Ich konnte ihn günstig gebraucht erstehen, und nun …« Sie deutet auf das Schmuckstück. »… kann und will ich mich einfach nicht von ihm trennen.«

Sie setzt sich an den Schreibtisch und weckt den Computer

aus seinem Ruhezustand, um das Grafikprogramm zu schließen, mit dem sie zuvor gearbeitet hat. Derweil erhasche ich einen Blick auf das Foto, das eine wunderschöne Landschaft zeigt: eine steinerne Brücke, die sich über einen kleinen Fluss spannt. Etwas unwirklich mutet sie an, denn auf dem Bild ist kein Weg zu erkennen, der zu ihr führt. Stattdessen sieht man links und rechts des Ufers nur endlose Weite. Das Land ist, bis auf wenige grüne Flecken, mit braunen und gelben Gräsern bedeckt, wodurch es karg und sogar irgendwie lebensfeindlich wirkt. Geschickt hat der Fotograf den Verlauf des Flusses genutzt, um dem Foto räumliche Tiefe zu verleihen. Das Gewässer läuft geradewegs auf die Hügel am Horizont zu. Die untergehende Sonne taucht den Himmel in rosarotes Licht. Malerisch sieht es aus.

»Hast du das geschossen?«

Valerie blickt über die Schulter zu mir hoch. »Ja, das war im Dartmoor. Man mag es gar nicht glauben, aber der englische Sommer ist himmlisch. Den kompletten August über hatten wir herrliches Wetter hier in Devon!«, schwärmt sie. Unweigerlich schweift mein Blick zu der von Gardinen gesäumten Terrassentür. Valerie kann durch ihr Zimmer direkt den Hinterhof betreten. Etwas, das man bei diesem Wetter bestimmt nicht tun möchte, denn momentan regnet es in Strömen.

»Ja, fällt mir in der Tat schwer, das zu glauben«, murmle ich mit Blick auf die triste Aussicht. Zwar kann ich mir vorstellen, dass der Hinterhof bei Sonnenschein eine Oase der Ruhe sein könnte, doch im Moment sieht er einfach nur trostlos aus. Selbst das Grün der zahlreichen Pflanzen – darunter sogar zwei Palmen, die den Außenbereich verschönern sollen – kann da keine Abhilfe schaffen. Müde lassen sie ihre von den schweren Regentropfen gepeinigten Blätter hängen. »Ich wusste gar nicht, dass es hier Palmen gibt«, bemerke ich gedankenverloren.

Valeries Blick folgt meinem. »Das liegt am Golfstrom, der ist für das sehr milde Klima in Südengland verantwortlich.« Sie wendet sich wieder dem Computer zu. »Schau mal, verstehe ich das richtig? Liberty muss in so ein Walk-In-Center gehen, wenn sie zum Arzt will?«

Ich sehe ihr über die Schulter, verenge die Augen, um besser lesen zu können. »Ja, das scheint die sinnvollste Lösung zu sein«, stimme ich ihr zu, nachdem ich den Text überflogen habe.

»Okay, dann schaue ich mal nach, wo das nächste Center ist.« Valerie wird schnell fündig.

»Puh, das ist aber ein ganz schönes Stück«, stelle ich fest, als sie den Routenplaner zu Hilfe nimmt, um zu sehen, wo Libby sich behandeln lassen kann.

»Na ja, mit dem Auto ist es bloß eine Viertelstunde«, meint Valerie.

»Tja, aber wir haben kein Auto«, gebe ich zu bedenken.

»Du vielleicht nicht, ich schon.« Valerie schiebt entschlossen ihren Stuhl zurück und steht auf. »Ich gehe hoch und sage Libby, dass sie sich fertig machen soll.«

»Das ist echt lieb von dir.«

»Ach was, wir sind hier schließlich auf uns gestellt. Ich meine, wir alle sind in einem fremden Land, und jede von uns könnte mal Hilfe brauchen. Ich finde, wir müssen zusammenhalten. Eine für alle, alle für eine.«

»Wie die drei Musketiere?« Der Gedanke lässt mich lächeln.

»Na ja, eigentlich vier Musketiere. Unsere vierte Mitbewohnerin kommt laut Parker noch.«

»Soll ich euch zu diesem Walk-In-Center begleiten?«

»Nein, das brauchst du nicht. Nutz den Tag lieber, um richtig anzukommen, dich ein wenig einzuleben oder auszuruhen.«

»Vermutlich hast du recht. Die letzten Tage waren ziemlich anstrengend«, gestehe ich, woraufhin sie mitfühlend nickt.

»Plötzlich fallen einem noch hundert Dinge ein, die man erledigen muss, und dann ist es ja doch auch eine weite Anreise.«

»Das stimmt. Trotzdem wollte ich mich heute eigentlich schon nach einem Nebenjob umsehen, aber ich bin echt ziemlich müde. Vielleicht lege ich mich einfach noch mal ein Stündchen hin.«

»Mach das, und wegen deines Nebenjobs kann ich einfach mal Parker fragen. Er kennt hier Gott und die Welt und kann sich sicherlich mal umhören.«

»Das würdest du tun?«, frage ich erfreut.

»Klar. Wie gesagt: Musketiere. Nur versprechen kann ich nichts. So, ich schnappe mir jetzt Libby, und dann geht es los.«

Während Valerie Libby holt, bringe ich die Küche auf Vordermann und räume die Lebensmittel meiner spendablen Mitbewohnerin in den Kühlschrank.

Kurz darauf treffe ich im Flur zum ersten Mal auf Liberty, die trotz dicker Jacke fröstelnd die Arme um sich geschlungen hat.

»Hi. Ich bin Oxana«, stelle ich mich vor und strecke ihr die Hand hin.

Ihr blondes Haar ist strähnig, die Nase wund vom Schnupfen, und die blauen Augen sind glasig. Sie atmet schwer. Ihr Anblick ist wirklich mitleiderregend.

»Hi, ich bin Libby«, krächzt sie heiser. Oh ja, sie muss wirklich dringend zum Arzt. »Bleib lieber weg von mir, nicht, dass du dich auch noch ansteckst«, meint sie mit einem Nicken in Richtung meiner noch immer ausgetreckten Hand, woraufhin ich sie zögerlich zurückziehe.

Valerie schnappt sich ihren Schlüssel und eine Tasche von der Garderobe. »So, dann wollen wir mal.« Schwungvoll öffnet sie die Tür. »Bis später dann«, sagt sie an mich gewandt.

Libby folgt ihr seufzend. Einen Moment lang erinnert sie an ein Lamm, das zur Schlachtbank geführt wird.

»Gute Besserung!«, wünsche ich ihr. Einen Augenblick lang bleibe ich im Türrahmen stehen und sehe den beiden nach, wie sie über die Straße gehen und in einen roten Kleinwagen steigen, dann treibt mich der Anblick des Regenwetters zurück ins Haus. Statt mich hinzulegen und auszuruhen, mache ich mich ans Auspacken meiner beiden Reisetaschen. Viel besitze ich nicht, doch gestern Abend war ich trotzdem zu müde, um mich darum zu kümmern. Mein Zimmer ist nicht allzu groß, aber für meine Bedürfnisse völlig ausreichend. Vor dem Sprossenfenster, von dem aus man in den Hinterhof sehen kann, steht ein massiver Holzschreibtisch, und auch ich habe, dank des Kleiderschranks und eines Regals mit vier Rattankörben, genug Platz, um meine Habseligkeiten ordentlich zu verstauen. Schnell habe ich mich eingerichtet, und kaum bin ich fertig, nutze ich die Regenpause, um einkaufen zu gehen – wer weiß, wie lange sie andauert.

Der nächste Supermarkt ist rasch gefunden, keine fünf Minuten ist er vom Haus entfernt, was mich hoffen lässt, dass ich trocken bleibe. Und in der Tat habe ich Glück.

Als Valerie und Libby nach rund vierstündiger Abwesenheit zurückkehren, regnet es jedoch wieder in Strömen. Dafür köchelt aber eine deftige Suppe auf dem Herd. Da ich nicht wusste, ob sich meine Mitbewohnerinnen nicht vielleicht vegetarisch oder vegan ernähren, habe ich mich dazu entschieden, Zwiebelsuppe zu kochen. Eigentlich stehe ich nicht gerne in der Küche, und Zwiebeln schneiden hasse ich, doch Valerie hat recht: Wir müssen zusammenhalten, und im umgekehrten Fall würde ich mir auch etwas Rückhalt und moralischen Beistand wünschen. Nicht dass ich bisher selbst oft in diesen Genuss gekommen wäre. Origami bildet da die Ausnahme. Gestern habe ich nur kurz mit ihm telefoniert, um ihn wissen zu lassen, dass ich gut angekommen bin, daher nehme ich mir vor, ihn nach dem Essen noch einmal anzurufen, um ihm ausführlich von meinen ersten Eindrücken zu berichten.

»Was riecht denn hier so lecker?«, fragt Valerie, als sie die Küche betritt.

»Zwiebelsuppe. Die soll bei Erkältungen helfen.« Den letzten Satz richte ich an Libby, die sich zu uns gesellt. »Habt ihr Hunger?«

Valerie nickt lediglich, während Libby sagt: »Oh ja, und vielen Dank! Ich kann jede Hilfe brauchen.« Sie lächelt schwach und setzt sich auf die Bank vor dem Küchenfenster.

»Was hat der Arzt denn gesagt?«, erkundige ich mich und fülle dabei Suppe in die tiefen Teller.

»Sie hat eine schwere Bronchitis und ist anscheinend haarscharf an einer Lungenentzündung vorbeigeschrammt«, beantwortet Valerie meine Frage und fügt hinzu: »Außerdem soll sie ihre Stimme schonen.« Sie schaut Libby streng an, die den Blick schmollend erwidert, aber schweigt. Allerdings nicht lange, denn als Valerie »Echt lecker!« sagt, gibt Libby ein heiseres »Ja, total« von sich. Was mich zum Schmunzeln bringt, denn ich bin wirklich froh, dass es den beiden schmeckt.

Die Umstände, unter denen unser erstes gemeinsames WG-Essen stattfindet, könnten natürlich besser sein. Sicherlich wäre es lustiger, wenn Libby gesund und dazu in der Lage wäre, sich richtig mit Valerie und mir zu unterhalten, aber immerhin ist es kein völliges Desaster.

»Ich spüle!«, kommt es von Valerie, nachdem wir fertig gegessen haben. Sie sieht Libby, die ihre Schüssel in das Waschbecken stellen will, vorwurfsvoll an. »Und du lässt das stehen, gehst ins Bett und wirst wieder gesund.«

»Danke, Val, fürs Fahren, und auch dir vielen Dank, Oxy, fürs Kochen.«

»Oxy?«, frage ich überrascht, denn so bin ich noch nie genannt worden. Überhaupt hatte ich noch nie einen Spitznamen, weder einen coolen wie Oxy noch sonst einen.

Libby blickt mich entschuldigend an. »Sorry!«, murmelt sie betreten.

»Nein, schon okay. Das gefällt mir.« Ich lächle Libby beschwichtigend an und streiche mir eine Strähne meiner Haare aus dem Gesicht. Sie sind unnatürlich hell. Wie aus Mondlicht gesponnen, behauptete mein Exfreund immer, und ich hielt ihn für einen Romantiker – weit gefehlt, wie sich später herausstellte.

Nachdem Libby, bewaffnet mit einer Thermoskanne heißen Kräutertees, nach oben gegangen ist, helfe ich Valerie beim Abwasch.

»So, dann bist du jetzt also Oxy«, meint sie belustigt.

»Und du Val, wie ich gehört habe. Hat Libby dich auch gleich umgetauft?«

Valerie schüttelt den Kopf. »Nein. Parker hat mich auch schon so genannt. Das mit den Abkürzungen scheint eine amerikanische Eigenart zu sein. Ich habe ihm übrigens vorhin, als wir im Wartezimmer saßen, gesimst, und er hört sich wegen eines Nebenjobs für dich um.«

»Oh Mann, das wäre echt der Hammer, wenn es klappt.«

»Parker klang zumindest ziemlich zuversichtlich. Morgen

soll das Wetter übrigens gut werden, und ich will ehrlich sein, nach einer Woche Dauerregen fällt mir langsam die Decke auf den Kopf. Ich wollte nach Rame fahren. Das ist nicht allzu weit weg von hier, und es gibt einen traumhaft schönen Strand, den solltest du gesehen haben. Magst du mitkommen?«

»Klar!«, erwidere ich erfreut darüber, etwas von der Gegend zu sehen zu bekommen. »Was ist Rame eigentlich? Eine Stadt?«

»Das ist eine Halbinsel vor Plymouth. Sie gehört aber schon zu Cornwall. Glaub mir, es wird dir gefallen«, verspricht Val, und wie sich am nächsten Tag herausstellt, tut es das in der Tat.

»Du hast recht! Es ist paradiesisch!«, verkünde ich strahlend, als wir – die Schuhe in den Händen – barfuß am Strand spazieren gehen.

»Die Strände von Whitsand Bay mag ich am liebsten«, verrät Val mir. »Manchmal fahre ich bloß hierher, um mir den Sonnenuntergang anzuschauen.«

»Das klingt, als würdest du seit Jahren hier leben.«

Val zuckt mit den Achseln. »So fühlt es sich ehrlich gesagt auch an.« Sie wendet sich um und blickt zur Horizontlinie, wo der blaue Himmel das ebenso blaue Meer küsst. Ein Seufzen entfährt ihr. »Ehrlich, von diesem Anblick werde ich nie genug bekommen. Ich liebe das Meer. Deshalb war ich inzwischen auch echt oft hier. Am Anfang war ich jedes Mal total nervös, wenn ich mit der Fähre übersetzen musste, doch inzwischen habe ich Routine.«

»Ja, das war ziemlich beeindruckend«, gebe ich zu. »Überhaupt finde ich es krass, dass du dich traust, hier Auto zu fahren. Selbst wenn ich einen Führerschein hätte, wäre ich vermutlich nicht so mutig.«

»Ach«, winkt Val ab. »An den Linksverkehr gewöhnt man sich schnell.« Dann zögert sie und fragt: »Habe ich das richtig verstanden? Du hast keinen Führerschein?«

»Äh ja, also ich bin drei Mal durchgefallen, aber nicht weil ich nicht fahren kann, sondern weil ich bei einer Fahrschule war, die keine Lizenz hatte, einen Führerschein auszustellen, und mich daher immer wieder durchfallen ließ.«

Val sieht zu mir, ihre Stirn liegt in Falten, und es ist offensichtlich, dass sie mir kein Wort glaubt.

»Guck nicht so! Das ist Russland. Da werden Führerscheine wie auf dem Basar verkauft. Aber das wusste ich halt vorher nicht, und dann hat mir das Geld gefehlt, um mir anderweitig einen zu besorgen.«

»Aber das ist ja total gefährlich!«, platzt es aus Valerie heraus.

»Wem sagst du das! Aber inzwischen ist es auch egal. Ich bin nach Paris gezogen, und dort braucht man keinen Führerschein.«

»Nun ja, hier ist es schon ganz praktisch, ein Auto zu haben.« Eine Weile gehen wir schweigend nebeneinanderher. »Ich war erst einmal in Paris«, sagt Valerie irgendwann.

»Und wie hat es dir gefallen?«

»An sich ganz gut, aber es war unfassbar teuer. Muss schwer sein, dort über die Runden zu kommen.« Fragend sieht sie mich an.

»Günstig lebt es sich dort nicht«, gebe ich zu. »Zum Glück musste ich keine Miete zahlen, sondern habe im gleichen Haus, in dem sich das Atelier meines Arbeitgebers befand, in einer Hausmeisterwohnung gelebt.«

»Für wen hast du denn gearbeitet?«

»Für Origami Oaring. Sagt dir der Name was?«

»Machst du Witze? Natürlich kenne ich ihn!« Sie klingt beinahe empört. »Das ist ja, als würdest du mich fragen, ob ich Manolo Blahnik kenne oder Chanel. Spätestens seit *Sex and the City* sagt einem der Name doch was.«

»Sorry, ich hatte keine Ahnung, dass du dich für Mode interessierst.«

»Na ja, das sollte ich schon tun, schließlich will ich später einmal in die Fußstapfen meines Vaters treten und Modefotografin werden.«

»Wie cool!«, entfährt es mir, und schon haben wir ein Thema, über das wir uns die nächste halbe Stunde angeregt unterhalten.

»Da hast du aber eine steile Karriere hingelegt«, meint Valerie, nachdem ich ihr meinen beruflichen Werdegang dargelegt habe.

»Ich hatte viel Glück«, winke ich ab, was nicht gelogen ist. Mein Traum stand mehr als einmal kurz vorm Scheitern. Beispielsweise, als das Atelier, in dem ich meine Lehre zur Maßschneiderin begonnen hatte, schließen musste und ich vor dem Nichts stand. Händeringend habe ich nach jemandem gesucht, der mich übernimmt, und bin glücklicherweise im Couture-Atelier von Wladislaw Gontscharow gelandet, bei dem ich meine Ausbildung beenden konnte und der mich mit Origami bekannt machte.

»Das war bestimmt nicht nur Glück. Meine Oma sagt immer: ›Das Glück gehört den Tüchtigen.‹ Sicherlich hast du hart gearbeitet, um so weit zu kommen.«

Zustimmend nicke ich, denn das habe ich wirklich. Allerdings lasse ich unerwähnt, dass ich nicht mal ansatzweise dort bin, wo ich hinmöchte.

»Es muss schwer gewesen sein, all das, was du bereits erreicht hast, aufzugeben, um noch mal zu studieren.« Der Wind zerrt an Vals roten Locken und wirbelt sie durcheinander. Es sieht aus, als würde ihr Kopf in Flammen stehen.

»Ja, ich habe auch echt mit mir gehadert«, gebe ich zu. »Mit Origami habe ich lange darüber gesprochen, ob ich es wirklich wagen soll.«

Unweigerlich taucht die Erinnerung in meinem Kopf auf. Ich weiß noch, wie ich im ersten Moment dachte, er würde mich loswerden wollen, als er mir vorschlug, für ein Jahr ans Plymouth College of Art zu gehen, um bei der berühmten Alicia King zu studieren. Ich fragte mich, was ich falsch gemacht hatte, durch was genau ich bei ihm in Ungnade gefallen war.

»Nichts hast du falsch gemacht, *mon âme*«, erwiderte Origami auf meine Frage. »Aber du willst doch nicht ewig im Atelier eines alten Mannes versauern, oder?«

»Du bist kein alter Mann«, widersprach ich empört.

»Da sagen meine müden Knochen aber etwas anderes. Oxana, meine Liebe, wir wissen doch beide, dass du zu Höherem berufen bist. Wenn es dein Traum ist, eines Tages eine erfolgreiche Designerin zu werden, dann musst du deine Flügel ausbreiten und die Welt erkunden. Wann habe ich dir denn das letzte Mal etwas Neues beibringen können?«

»Täglich! Ich lerne hier noch immer täglich neue Dinge.« Aus dem darauffolgenden Blickduell ging ich als Verliererin hervor, denn er hatte recht – wirklich viel Neues lernte ich bereits seit einiger Zeit nicht mehr. »Aber es bringt doch nichts! Ich kann ohnehin nicht zu Ende studieren und meinen Abschluss machen.«

»Du könntest, wenn du …«

»Ich werde kein Geld von dir nehmen«, widersprach ich, denn ich wusste genau, worauf dieses Gespräch hinauslaufen würde. Nicht zum ersten Mal hatte er mir angeboten, mich finanziell zu unterstützen. »Du weißt doch, was man sagt: Bei Geld hört die Freundschaft auf. Und das will ich nicht. Meine Reserven reichen genau für ein Jahr … Na gut, vermutlich nicht ganz. Aber ich könnte mir dort neben dem Studium einen Job suchen, um über die Runden zu kommen.«

»Oder ein Privatdarlehen aufnehmen.« Unschuldig lächelnd sah er mich an.

»Was würdest du denn in meiner Situation tun?«

»Ich würde nach Plymouth gehen.«

Er klang so sicher, so als wäre jede andere Option gar nicht der Rede wert. Und doch bin ich nun hier und frage mich, ob ich nicht den größten Fehler meines Lebens begangen habe. Valerie ahnt nicht mal ansatzweise, wie schwer es mir fiel, alles hinter mir zu lassen. Nicht nur meine sichere Anstellung und meine mietfreie Wohnung, sondern auch Origami, dem ich mich so verbunden fühle. Ein wehmütiger Schleier, ein Anflug von Heimweh, trübt mit einem Mal den schönen Sommertag, und ein Seufzen entfährt mir.

»Es war bestimmt die richtige Entscheidung«, spricht Val mir netterweise Mut zu.

»Ja, das denke ich auch«, behaupte ich und klinge viel überzeugter, als ich eigentlich bin. »Das Ganze wird sich für mich sicherlich auszahlen. Alicia King ist schließlich eine der großen Modeschöpferinnen unserer Zeit. Schon jetzt hat sie sich ihren Platz in den Büchern der Modegeschichte gesichert. Sie ist unglaublich stilsicher, und ihre Entwürfe haben eine ganz eigene Ästhetik.« Val grinst breit über meinen schwärmerischen Tonfall. Ich kann es ihr nicht verübeln. Ich klinge, als würde ich einer Boygroup huldigen. Aber wenn es um Alicia King geht, verfalle ich in einen regelrechten Fangirl-Modus. Sie ist einfach fantastisch. In einer Welt, in der alles wild und bunt sein muss, fällt Alicia King mit der klassischen Eleganz, die all ihren Kreationen eigen ist, aus dem Raster. Ihre Konzepte sind wahnsinnig intelligent, ebenso ihre Konstruktionen. »Von ihr kann ich gewiss eine Menge lernen.«

»Du bist ja fast eine ebenso glühende Verehrerin wie Libby«, meint Valerie lachend.

Wir waren so in unser Gespräch vertieft, dass ich gar nicht bemerkt habe, wie nah wir der Wasserkante gekommen sind. Val quietscht vergnügt, als eine etwas größere Welle angerauscht kommt und wir plötzlich knietief im Wasser stehen. Ich versuche, zum Strand zurückzuweichen, merke jedoch, dass der Sog zu stark ist, dass ich mich nicht rühren kann. Einen Augenblick lang überkommt mich Panik. Dann ist die Welle wieder weg, verschwindet in den Weiten des Ozeans, und ich ergreife hastig die Flucht. Mein Herz schlägt mir bis zum Hals, und ich nehme mir vor, in Zukunft vorsichtiger zu sein und einen Sicherheitsabstand zum Meer zu wahren. Nicht auszudenken, wenn es mich mit sich gerissen hätte. Ich wäre jämmerlich ertrunken. Trotz der sommerlichen Temperaturen läuft mir bei dem Gedanken ein Schauer über den Rücken.

Zum Glück bleiben wir nicht mehr allzu lange am Strand. Val und ich erklimmen den steilen Pfad, der in die Klippen gehauen wurde, und kommen nach einem anstrengenden Aufstieg beim Parkplatz an.

»Besser als jedes Fitnesstraining«, meint Val lachend, als wir oben stehen und hinabblicken. Sie deutet auf einen Punkt in der Ferne. »Da fahren wir als Nächstes hin. Also nur, wenn du noch Lust hast, natürlich.«

»Was gibt es da?«

»Auf der Landspitze, sie heißt Rame Head, steht die Ruine einer alten Kapelle. Siehst du?«

Ich kneife die Augen zusammen, und in der Tat meine ich, ein gedrungenes Häuschen zu sehen, das fast die gleiche Farbe hat wie die Felsen, auf denen es steht. Nun bin ich neugierig. »Ja, lass uns dahin gehen.«

»Wunderbar!« Vergnügt schultert Val ihren Rucksack und setzt sich in Richtung Parkplatz in Bewegung.

»Hast du einen Verehrer?«, erkundige ich mich und deute auf die weiße Rose, die unter dem Scheibenwischer ihres Autos klemmt. Val starrt sie einen Augenblick lang an, ehe sie den Kopf schüttelt und sie an sich nimmt. Ich sehe, wie sie ihre Nase zwischen die Blütenblätter steckt und mit geschlossenen Augen den Duft einatmet. Ein Lächeln umspielt ihre Lippen.

Auf der Fahrt nach Rame Head ist sie verdächtig still, und ich wage zu bezweifeln, dass sie wirklich nicht weiß, von wem die Blume stammt. Allerdings ist es nicht meine Art, Menschen zu bedrängen – zumal ich selbst Themen habe, über die ich ungern spreche. Meine Familie beispielsweise, die nie eine Familie war. Entschlossen schiebe ich den Gedanken an sie beiseite. Damals, als ich sie mit sechzehn verließ, um nach Moskau zu gehen und meine Schneiderlehre anzufangen, habe ich mir geschworen, nicht zurück-, sondern ausschließlich nach vorn zu blicken, und meistens klappt das auch ganz gut.

Als wir rund eine Stunde später vor der kleinen moosbewachsenen Kapelle sitzen und unseren Proviant, bestehend aus Äpfeln und Sandwichs, essen, genieße ich die fantastische Aussicht und das Gefühl der Freiheit, das sie mir vermittelt. Von der Anhöhe hat man einen herrlich offenen Blick die Küste entlang.

»Ein wirklich schöner Ort, aber hast du zufällig Sonnencreme dabei?«

»Bin ich rothaarig?«, fragt Val belustigt, wühlt in ihrem Rucksack und kramt eine kleine Tube hervor.

Nachdem ich mich eingeschmiert habe, cremt sie sich ebenfalls ein. Sie hat unzählige Sommersprossen im Gesicht, auf Schultern und Armen. Ihre Haut ist ebenso hell wie meine.

Während wir so in der Sonne sitzen und das schöne Wetter genießen, erzählt Valerie von all den Ausflügen, die sie in den vergangenen sechs Wochen bereits unternommen hat. Anders als ich ist sie bereits richtig angekommen. Zum Glück bleiben mir aber noch ein paar Tage, ehe das Semester startet, sodass ich gute Hoffnung habe, mich bis dahin ebenfalls heimisch zu fühlen.

Auf dem Rückweg zum Auto treffen wir auf eine kleine Herde wilder Ponys. Inzwischen weiß ich von Val auch, dass sie ein Pferdemädchen ist, weshalb sie anhält und ihre Kamera aus dem Rucksack holt. Während wir auf die Tiere, deren Ohren aufmerksam zucken, zugehen, stoppt Val immer mal wieder, um ein paar Aufnahmen zu machen.

»Erstaunlich, dass sie nicht wegrennen«, denn ganz geheuer scheinen wir ihnen nicht zu sein.

»Man darf halt nicht auf sie zustürmen, sondern muss sich langsam bewegen. Anfassen sollte man sie aber nicht, und auch füttern ist verboten«, klärt Val mich auf, während sie die kleine Herde fotografiert.

Neugierig beobachte ich, was sie macht. Nach einer Weile wird es mir jedoch langweilig, denn anders als Val kann ich Pferden und Ponys nicht sonderlich viel abgewinnen. Stattdessen lasse ich meinen Blick über die Bucht und die unzähligen Boote schweifen, die dort herumschippern.

»Hey, Oxy, guck mal!«, ruft Val plötzlich, und als ich mich umdrehe, macht es »Klick!«.

»Das war gemein!«, beschwere ich mich lachend, woraufhin sie ein weiteres Foto schießt. Sie wirft einen Blick aufs Display.

»Das zweite ist besser«, befindet sie, kommt auf mich zu und zeigt mir die Aufnahme.

Entspannt sehe ich aus. Meine langen silberblonden Haare

flattern im Wind, meine blauen Augen funkeln wie verrückt. »Wow, ist das gut geworden. Kannst du mir das später schicken?« Ich weiß, Origami wird sich über die Aufnahme freuen.

Val grinst zufrieden. »Klar. Kann ich gerne machen.« Sie packt die Kamera weg, und wir marschieren zum Auto zurück.

Es ist später Nachmittag, als wir Plymouth erreichen.

»Was ist denn hier los?«, fragt Val verwundert in dem Moment, in dem sie in unsere Straße biegt. Vor der Nummer acht steht ein riesiger LKW und blockiert den kompletten Verkehr. Das orangene Licht der Warnblinkanlage flackert hektisch.

»Der musste sich hier aber auch unbedingt reinquetschen«, murmle ich und beobachte, wie drei Männer aus unserem Haus kommen, nacheinander im Laderaum des Lasters verschwinden und wenig später mit Kartons beladen wieder auftauchen. Das Schauspiel wiederholt sich noch zweimal, ehe Val die Nase voll hat, zurücksetzt und sich wohl oder übel einen Parkplatz in der Dale Road sucht.

»Ich schätze, unsere neue Mitbewohnerin ist da.«

»Das, oder Libby hat ihren kompletten Hausrat aus Amerika liefern lassen«, stimmt Val mir zu und schüttelt ungläubig den Kopf. Sie nimmt ihren Fotorucksack an sich und schließt den Corsa ab. Seite an Seite schlendern wir zurück zum Haus.

Als wir näher kommen, steht der Speditionstyp mit einer hochgewachsenen brünetten Frau, die gerade irgendwas unterschreibt, im Vorgarten. Sie trägt blaue Röhrenjeans zu roten hochhackigen Pumps und einer weißen Stehkragenbluse, die in der Hose steckt. Ein eleganter schmaler cognacfarbener Gürtel mit goldener Schnalle unterstreicht die schlanke Silhouette. Es ist nicht nur ihr Look, der mir verrät, dass sie Französin ist, sondern ihre Attitüde. Jede Menge Selbstbewusstsein, gepaart mit einer lässigen Unbefangenheit. Beim Näherkommen sehe ich, wie unglaublich hübsch sie ist. Als wir das Gartentor erreichen und noch drei, vier Meter von ihr entfernt sind, erkenne ich sie dann. In unserem Vorgarten steht keine Geringere als Emmanuelle Chevallier. Selbst wenn sie und ihre Mutter keine Kundinnen von Origami wären, würde ich Emmanuelle erkennen. In den vergangenen Wochen war ihr Gesicht aufgrund ihrer Affäre mit Félix Lacroix ständig in irgendwelchen französischen Illustrierten zu sehen. Allerdings hatten wir sogar mal persönlich Kontakt miteinander. Vor einem Vierteljahr hat Emmanuelle ihre Mutter zu einer Anprobe in Origamis Atelier begleitet. Eines der drei Kleider, die sie in Auftrag gab, habe ich angefertigt. Doch sicherlich wird Emmanuelle sich nicht an mich erinnern. Ich war bloß Personal, eine einfache Schneiderin, fast so etwas wie Inventar. Für die meisten Kundinnen bin ich quasi unsichtbar. Und selbst wenn nicht, liegt diese Begegnung bereits Wochen zurück.

Was mich aber viel mehr beschäftigt, ist die Frage, was sie hier tut. Ungläubig beobachte ich die Szene, die sich vor meinen Augen abspielt.

Emmanuelle reicht dem Mann von der Spedition das Klemmbrett, holt einen Schein aus ihrem Portemonnaie und sagt: »Das ist für Sie und Ihre Mitarbeiter! *Merci beaucoup* für Ihre Mühen.«

Verdutzt schaut er auf das Geld in seiner Hand. »Das ist zu viel, Mademoiselle!«, protestiert er, doch Emmanuelle, die French-Chic-Erbin, lässt seine Bedenken nicht gelten.

»Papperlapapp! Sie hatten doch ordentlich zu schleppen, und eine wirklich große Hilfe war ich nicht!« Sie lächelt ihn an, und man kann förmlich dabei zusehen, wie sein Widerstand bröckelt. Nervös reibt er sich den Nacken.

»Dann vielen herzlichen Dank, Mademoiselle!«, meint er und deutet beim Zurückgehen eine leichte Verbeugung an.

»Sehr gerne. Einen schönen Tag noch!«

Val und ich warten, bis er das Gartentor passiert hat, ehe wir zögerlich das Grundstück betreten und den zahlreichen Kartons ausweichen, die den Weg blockieren. Während ich den Hindernislauf absolviere, versuche ich zu verstehen, was Emmanuelle Chevallier hier macht. Ihren Eltern gehört ein milliardenschweres Unternehmen. Warum um alles in der Welt zieht sie in eine Vierer-WG in einem kleinen Reihenhaus in Plymouth? Alle Welt weiß, dass sie an der École de la Chambre Syndicale de la Couture in Paris Modedesign studiert. Okay, vielleicht nicht alle Welt, aber jeder in Paris, der etwas mit Mode zu tun hat. Die Chevallier-Geschwister – Emmanuelle hat noch einen älteren Bruder namens Henri –, gehören nicht nur zur High Society der Modemetropole, sondern werden auch als Gestalter ihrer Zukunft gehandelt.

Während Henri, der zudem als einer der begehrtesten Junggesellen von Paris gilt, bereits seinen Platz in der elterlichen Firma eingenommen hat, eilt Emmanuelle seit Jahren der Ruf eines vergnügungssüchtigen Partyluders voraus. Die gängigen Klatschzeitschriften sind gefüllt mit Fotos und Artikeln über das glamouröse Geschwisterpaar, und Emmanuelle will so gar nicht in das einfache Häuschen in der Kingsley Road passen.

Ehe ich sie fragen kann, was sie hier macht, entdeckt sie Val und mich. »Kann ich euch helfen?« Zugegebenermaßen müssen wir etwas verloren wirken, wie wir uns im vollgestellten Vorgarten umsehen.

»Nee, nicht wirklich, aber du siehst aus, als könntest du Hilfe gebrauchen«, meint Val, streckt dann die Hand aus und sagt: »Ich bin Valerie, und das ist Oxana. Wir sind deine Mitbewohnerinnen.«

»*Excusez-moi!* Mein Fehler, entschuldigt bitte. Ihr saht nur gerade so suchend aus.« Sie ergreift Valeries Hand. »Ich heiße Ella.« Sie wendet sich mir zu und reicht mir ebenfalls die Hand.

Ella? Ich muss an mich halten, um nicht ungläubig zu blinzeln. *Vielleicht,* denke ich, *sind Spitznamen gerade groß in Mode.*

Ella überrascht mich erneut, indem sie sagt: »Kennen wir uns nicht?«

»Nicht wirklich«, erwidere ich. »Wir …« Ich beäuge Val, die uns neugierig betrachtet, und verstumme. Origamis Kunden – und viel wichtiger er selbst – sind sehr auf Diskretion bedacht. Die Namen in der Kundendatei unterliegen strengster Geheimhaltung.

»Du hast ein Kleid für meine Mutter genäht, oder?«

Ich blinzle verwirrt. Bloß ein einziges Mal war Ella mit ihr zur Anprobe dort, und dennoch erkennt sie mich? »Du erinnerst dich an mich?«

»Natürlich!« Sie klingt beinahe empört. Beide Hände auf den Brustkorb oberhalb ihres Herzens gelegt, sagt sie: »Es ist ja zum einen noch nicht so lange her, und zum anderen hat Origami dich in den höchsten Tönen gelobt. Er hält große Stücke auf dich.«

Unwillkürlich erröte ich bei der Vorstellung, dass Origami bei seinen Kunden über mich spricht. Am liebsten würde ich nachhaken, wie es dazu kam und was genau er gesagt hat, doch ich beiße mir auf die Zunge und schlucke die Frage hinunter.

»Witzig, wie klein die Welt ist«, befindet Valerie. Sie deutet auf das Chaos im Vorgarten, der den Namen Garten definitiv zu Unrecht trägt, denn kein Grashalm ist zu sehen. Die wenigen Quadratmeter bis zum Hauseingang sind komplett zugepflastert und sehen alles andere als einladend oder behaglich aus. »Apropos klein … Du hast keine Ahnung, wie groß dein Zimmer ist, oder?«

»Äh, doch. Inzwischen schon. Aber ich hatte angenommen, mein Zimmer sei größer, sonst hätte ich nicht so viel Kram angeschleppt. Erst dachte ich, ich hätte mich verhört. Das andere Mädchen war so heiser, dass sie kaum einen Ton herausgebracht hat. Wenn ich ehrlich bin, bin ich nicht mal sicher, ob ich ihren Namen richtig verstanden habe. Livy, oder?« Sie streicht sich eine Strähne ihres schokoladenbraunen Haars, das sie als Long Bob trägt, hinter das linke Ohr. Unauffällig mustere ich den dezenten, aber hochwertigen Schmuck, mit dem sie ihr Outfit abgerundet hat. Ella verkörpert dieses Pariser *Je-ne-sais-quoi* bis in die Spitzen ihrer frizzfreien Haare, die trotz des Umzugs perfekt sitzen. Selbst wenn ich hundert Jahre in dieser Stadt, die ich so sehr liebe, leben würde – niemals würde ich, wie sie, diese französische Lässigkeit ausstrahlen. Diese schlichte Eleganz, die so vielen Pariserinnen zu eigen ist, hat mich schon immer verunsichert.

»Nein. Libby. Eigentlich Liberty«, korrigiert Val unsere neue Mitbewohnerin.

»Oh, okay, dann besteht ja vielleicht noch Hoffnung, dass diese Abstellkammer doch nicht mein Zimmer ist, oder?«, fragt sie und sieht gespannt zwischen Val und mir hin und her.

»Ähm, ich bin nur ungern die Überbringerin schlechter Nachrichten, aber …«, mische nun ich mich ins Gespräch ein und lächle entschuldigend.

Ella gibt ein resigniertes Seufzen von sich. »Das darf doch nicht wahr sein!«, platzt es aus ihr heraus. Vorbei ist es mit der französischen Nonchalance. »In dem Zimmer gibt es nicht mal einen Schreibtisch!«, jammert sie. »Wo soll ich denn da arbeiten?«

Val zuckt mit den Schultern. »Vielleicht in der Küche oder im Wohnzimmer«, schlägt sie vor.

Nachdenklich nickend fragt Ella: »Aber wo packe ich nun mein ganzes Zeug hin? Das passt da ja nie rein.«

»Brauchst du das denn wirklich alles?«

Ellas entgeisterter Blick spricht Bände. Offensichtlich ist sie der festen Überzeugung, dass sie den gesamten Inhalt ihrer Kisten in absehbarer Zeit benötigt.

»Was mache ich denn nun?« Verzweifelt schweift ihr Blick über die zahllosen Kartons, zwischen denen ein großer getigerter Kater umherstreift. An der ein oder anderen Kiste bleibt das Tier stehen und reibt sich. Als Val in die Hocke geht und lockend die Hand ausstreckt, tippelt der Kater eilig herbei und schmiegt sein Köpfchen in Vals Handfläche.

»Das ist Lucky«, sagt sie und fügt hinzu: »Zumindest habe ich ihn so getauft.«

Ella geht ebenfalls in die Hocke – bei ihren Absätzen ein echtes Kunststück – und krault den Vierbeiner hinter den Ohren. Da er weiß, dass er die beiden bereits um die Tatze gewickelt hat, dreht er ab und schlendert mit hoch aufgestelltem Schwanz auf mich zu, um mir um die Beine zu streifen.

»Gehört der zum Haus?«, erkundigt Ella sich.

»Nein, er ist ein Streuner, aber er kommt hin und wieder vorbei, um nach dem Rechten zu sehen.« Unsere Blicke folgen dem Kater, der augenscheinlich mit einem Mal genug von uns hat und davonspaziert.

Ich wende mich Ella zu. »Vielleicht tragen wir erst mal alles hoch«, schlage ich vor. Als sie nickt, schnappe ich mir eine Kiste. »Einen Teil kann man sicherlich auch vorübergehend im Flur zwischenlagern.«

»Ähm ja, also …«, beginnt Ella, und ich sehe, was das Problem ist, als ich den Flur betrete – er ist bereits komplett vollgestellt.

»Puh!«, fasst Valerie die ganze Situation treffend zusammen.

In Ermangelung einer anderen Option marschiert sie mit ihrem Karton die Treppe hinauf. Auch Ella folgt uns. Kurz darauf stehen wir oben in dem kleinen Raum, in dem gerade mal ein schmales Bett, ein Kleiderschrank und eine Kommode Platz haben.

»Nie im Leben bekomme ich hier mein ganzes Zeug unter. Gibt es einen Speicher?« Val schüttelte den Kopf. »Einen Keller? Eine Hundehütte?« Sie klingt verzweifelt.

»Nein, nichts dergleichen«, meine ich bedauernd.

»*Mince alors!*«, flucht sie wenig damenhaft. »Ich nehme an, keine von euch würde tauschen, oder?«

»Ich auf keinen Fall«, sagt Val. Sie hat mit Abstand das coolste Zimmer. »Ich habe selbst megaviel Zeug dabei. Einen Schreibtisch brauche ich in jedem Fall.«

»Wäre ja auch zu schön gewesen«, meint Ella. »Na ja, einen Versuch war es wert. Dass der Raum hundertachtzig Pfund pro Woche kostet, ist eine absolute Frechheit.«

»Finde ich auch«, stimme ich ihr zu. »Ich würde ja theoretisch tauschen, denn viel Zeug habe ich sowieso nicht dabei, aber dafür so viel Geld hinlegen würde ich auch nicht wollen.«

Ellas Kopf ruckt in meine Richtung. Gespannt blickt sie mich an. »Mal angenommen, du müsstest für das Zimmer hier bloß hundertzwanzig bezahlen?«

»Dann würde ich es sofort nehmen!«, stoße ich, ohne lange nachzudenken, hervor.

»Perfekt, dann machen wir das!«, sagt sie begeistert und streckt mir die Hand hin.

»Was machen wir?«, frage ich etwas verdattert.

»Ich zahle dir sechzig Pfund pro Woche, und dafür nimmst du das kleinere Zimmer. Wenn du magst, kann ich es dir auch gerne im Voraus für das Jahr auf dein Konto überweisen.«

»Ist das dein Ernst?«, hake ich nach, denn das klingt zu gut, um wahr zu sein.

»Mein völliger Ernst!«

Ella tippt auf ihrem iPhone herum und rechnet anscheinend schon fleißig. »Wir haben September … das heißt bis zum Unterrichtsende im kommenden Juni sind es noch vierzig Wochen«, murmelt sie. »Das wären also zweitausendvierhundert Pfund … dann lass uns doch einfach zweitausendfünfhundert daraus machen. Wohin soll ich dir das Geld schicken?«

Zögerlich nenne ich ihr meine Kontodaten, die sie eifrig notiert. Ich kann nicht glauben, was hier gerade passiert. Das ist beinahe wie ein Sechser im Lotto. Die Studiengebühren haben nahezu all meine mühsam ersparten Reserven verschlungen. Bis eben stand ich quasi wieder komplett vor dem Nichts – für mich eine absolut grauenerregende Vorstellung –, und jetzt … Ich kann erst einmal durchatmen und muss nicht den nächstbesten Job annehmen, um über die Runden zu kommen. Zweitausendfünfhundert Pfund reichen genau genommen für die Miete der nächsten zwanzig Wochen. Am liebsten würde ich vor Erleichterung laut jubeln oder Ella um den Hals fallen und sie küssen. Mit einem Mal kommt mir meine Entscheidung, nach Plymouth zu ziehen, gar nicht mehr so zweifelhaft vor.

Beinahe schon beschwingt beginne ich damit, meine Habseligkeiten zu holen und in meinem neuen Zimmer zu verräumen. Da ich, anders als Ella, mit leichtem Gepäck angereist bin, brauche ich keine zwanzig Minuten, bis ich ihr grünes Licht geben kann.

Ich finde Valerie und Ella auf der Terrasse im Hinterhof vor, wo sie Kaffee trinken und einander beschnuppern.

»So, ich wäre dann fertig mit Umziehen, aber alles wirst du auch in dem Zimmer nicht unterbekommen«, warne ich sie vor.

»Ach, das wird schon«, behauptet sie etwas blauäugig und unterschätzt völlig das Ausmaß ihrer Besitztümer.

»War Parker... äh Mr. Gibson... also unser Vermieter, meine ich, denn schon da und hat dir alles gezeigt?«, erkundigt sich Val.

»Ja, aber nur ganz kurz, weil er auf eine Baustelle musste, um eine Lieferung anzunehmen. Wirklich gezeigt hat er mir nichts, aber der Mietvertrag ist unterschrieben, und meine Schlüssel habe ich auch.« Demonstrativ fischt sie den Schlüssel aus der Gesäßtasche und hält ihn hoch.

»Wenn du magst, kann ich dir später alles zeigen«, bietet Val an. »Und wenn du Hilfe beim Hochtragen brauchst, stehe ich dir ebenfalls gerne zur Seite.«

»Das ist lieb von dir, aber echt nicht nötig. Ich muss mir ohnehin erst mal einen Überblick verschaffen. Für eine Hausführung später wäre ich aber dankbar.«

»Klar, sehr gerne.« Als Ella weg ist, sagt Val in verschwörerischem Tonfall: »Das ganze Zeug passt niemals in dein altes Zimmer.«

»Nein«, stimme ich ihr zu. »Niemals.« Wir grinsen einander an.

»Parker kennt bestimmt jemanden, der einen Lagerraum übrig hat«, sinniert Val. »Apropos Parker. Ich habe eine Nachricht von ihm bekommen, die dich sehr freuen wird.«

Überrascht horche ich auf. »Ach ja?«

»Du, liebe Oxy... Trommelwirbel... hast morgen früh um zehn Uhr ein Vorstellungsgespräch im angesagtesten Club der

Stadt! The Tarantula heißt er, und sie suchen eine zuverlässige Bedienung. Hast du schon mal gekellnert?«

»Die Frage ist eher, wann habe ich mal *nicht* gekellnert?«, meine ich und bringe Val damit zum Lachen.

»Super! Dann kann ja eigentlich nichts mehr schiefgehen. Der Club wird von den Zwillingsbrüdern von Parkers bestem Freund betrieben. Sie heißen Phoenix und Everett. Der Club ist von der Musik her recht retromäßig. Sie spielen dort überwiegend Old-School-Rock.«

»Warst du schon da?«

»Ja, schon ein paarmal. Es ist echt cool. Hast du Lust, heute Abend hinzugehen, um dir im Vorfeld schon mal alles anzusehen? Wir könnten auch Ella mitnehmen und ihren Einstand feiern, wenn dir das recht ist.«

Ich lege den Kopf schief, überlege kurz und sage dann: »Klar, warum nicht? Das ist eine tolle Idee. Und weißt du was? Die Drinks gehen heute Abend auf mich. Nur schade, dass Libby nicht mitkommen kann.«

Val nickt zustimmend. »Vielleicht können wir ihr ja einen alkoholfreien Cocktail to go mitbringen oder so, damit sie nicht ganz außen vor ist.«

»Das ist eine nette Idee«, befinde ich, woraufhin Val breit grinst.

»Wie gesagt: Wir müssen zusammenhalten.«

2

Henri

»Monsieur Chevallier, Ihre Schwester ist am Telefon«, ertönt die Stimme meiner Sekretärin aus dem Kopfhörer meines Headsets.

»Stellen Sie sie bitte durch, Vanessa«, erwidere ich und lehne mich in meinem schweren Sessel zurück. Ein wohliges Seufzen entfährt mir, als ich die Massagefunktion betätige und darauf warte, Ellas Stimme zu hören. Vom langen Sitzen sind meine Muskeln völlig verhärtet. Ich werde nachher auf alle Fälle joggen gehen – komme, was wolle. Seit drei Tagen war ich nicht mehr laufen. Normalerweise ist es fester Bestandteil meines Tagesprogramms, doch mein Projekt steckt in einer schwierigen Phase. Ein Problem jagt das nächste, und ich bin dabei, mir unentwegt den Kopf zu zerbrechen. Gerade als meine Gedanken wieder zu rotieren beginnen, höre ich ein mir so vertrautes: »Bruderherz!«

Ella hat gute Laune. Sie kann ihre Emotionen nicht verbergen – könnte es vermutlich nicht einmal, wenn ihr Leben davon abhinge. Das ist gut und schlecht zugleich. In unserer Welt, in der die makellose Fassade alles ist, in der sich die Meute wie ein Rudel Hyänen auf einen stürzt, sobald diese zerbricht, ist Ella eine erfrischende Abwechslung – allerdings macht ihre Offenheit sie auch angreifbar. Obwohl man sie in der Vergangenheit mehr als einmal schwer enttäuscht, sie belogen und ausgenutzt hat, geht Ella mit einem offenen Herzen durch die Welt. Ich wünschte, ich könnte das Gleiche über mich sagen.

»Gut angekommen, Bibou?«, frage ich, um das Gefühl, das sich in mir regt, im Keim zu ersticken. Auf keinen Fall werde ich in Selbstmitleid versinken. Das ist armselig! Und wir Chevalliers sind niemals armselig.

»Oh bitte, nenn mich nicht immer so, Henri! Ich hasse das! Ich bin keine acht mehr.«

Ich lache über ihre leidenschaftliche Empörung.

»Du bist ein Idiot!«, mault sie – zu Recht, denn ich weiß genau, dass sie es nicht leiden kann, wenn ich diesen Kosenamen verwende. »Aber ja, ich bin gut angekommen.«

»Ich kann nicht glauben, dass du das durchziehst.«

»Oh bitte!«, schnaubt sie, und ich weiß, dass sie mit den Augen rollt. Hinfort ist ihre gute Laune. »Was hätte ich sonst tun sollen?«

»Du bist immer noch sauer«, stelle ich fest und wünsche, unser Vater hätte Ella nicht verärgert. Hätte es diesen Streit nicht gegeben, wäre Ella nun nicht in Plymouth, sondern immer noch in Paris. Ich mache mir Sorgen, weil die Fronten so verhärtet sind. Beide sind so dickköpfig. Keiner von ihnen wird nachgeben. Auch wenn ich gerade behauptet habe, ich könne nicht glauben, dass Ella wirklich nach Plymouth gegangen ist, so sieht es ihr doch verdammt ähnlich. »Falls es dich freut: Er schäumt vor Wut.« Dass er ihre Idee für dumm und kindisch hält, verschweige ich wohlweislich.

»Ist mir egal«, murmelt sie. »Ich bin nicht gegangen, um ihn zu ärgern, Henri.«

»Sondern?«

»Weil mir einfach alles über den Kopf gewachsen ist und

ich das Gefühl hatte zu ersticken. Ich musste einfach weg. Ich wäre sonst verrückt geworden!« Sie klingt verzweifelt, aber auch so, als würde sie hoffen, dass ich sie verstehe. Das ist ein Problem, denn ich tue es nicht. Doch ich will nicht streiten – es wäre ohnehin sinnlos. Das Kind ist schon in den Brunnen gefallen, wenn man so will. Dort ist es nun. Punkt.

»Wie gefällt es dir denn bisher?«

»Du fragst Sachen! Ich bin doch noch keine zwei Stunden hier! Überraschend warm ist es. Und sonnig.« Ella hört sich beinahe empört an, was mich schmunzeln lässt. Ja, wie kann das britische Wetter sich bloß von seiner besten Seite zeigen, statt mit klischeehaftem Nieselregen und Nebel aufzuwarten? Echt unverschämt! »Und dummerweise bin ich mit so viel Zeug hier angereist, dass es nicht in mein Zimmer passt. Ich werde es irgendwo einlagern müssen.«

Während ich ihr zuhöre, erhebe ich mich schwungvoll aus dem Sessel und trete an die Fensterfront, um meinen Blick über die Seine schweifen zu lassen. Der Anblick von Wasser hatte schon immer eine beruhigende Wirkung auf mich, weshalb ich die exklusive Lage des French-Chic-Hauptquartiers sehr zu schätzen weiß.

»Das Haus ist klein, aber sauber. Besser als erwartet, wenn ich ehrlich bin, und meine Mitbewohnerinnen scheinen nett zu sein.«

»Mitbewohnerinnen? Da wird Étienne beruhigt sein.«

»Er sorgt sich grundlos. Dass ich hier bin, hat nichts mit Papa zu tun und auch nicht mit Étienne.« Das sollte sie lieber ihm sagen und nicht mir. Ich glaube, er nimmt es nicht so easy, dass sie spontan beschlossen hat, ein Jahr im Ausland zu studieren. »Das hier wird mir guttun.« Ich weiß nicht, ob sie versucht, sich selbst zu beruhigen, oder ob die Worte mir gelten, doch ich erinnere mich daran, was sie vor drei Tagen beim Kofferpacken gesagt hat: »Ich habe es so satt, Emmanuelle Chevallier zu sein!«, rief sie trotzig aus. Auch jetzt kann ich bloß den Kopf darüber schütteln.

»Ein Selbstfindungstrip?«

»Habe ich dir heute schon gesagt, dass du ein Idiot bist, Henri?« Ella klingt angefressen.

»*Ich?* Ich wiederhole mich nicht gerne, aber weil du meine Lieblingsschwester bist, mache ich eine Ausnahme, Bibou: Du kannst nicht davor davonlaufen, wer du bist. Wir sind, wer wir sind! Du denkst, du kannst dich im tiefsten Cornwall verstecken? Vergiss es! Man wird dich erkennen«, prophezeie ich ihr. »Du bist nun einmal Emmanuelle Chevallier! Stilikone, It-Girl, Trendsetterin …«

»Witzig, dass du nur die schmeichelhaften Bezeichnungen der dämlichen Klatschblätter zitierst!«, braust sie auf. »Schon vergessen? Partygöre, Möchtegernsternchen und, nicht zu vergessen, die geheime Liebschaft von Félix Lacroix …«

»Niemand, der bei Verstand ist, hat diese Geschichte geglaubt, Ella«, wende ich ein. Kaum habe ich die Worte ausgesprochen, bereue ich sie schon, denn es kommt, was kommen muss.

»Papa schon!« Ich kann ihrer Stimme anhören, wie unglaublich gekränkt sie immer noch ist.

»Das hat er gar nicht gesagt. Er …«

»Auf welcher Seite stehst du eigentlich, Henri?«

»Auf keiner, Ella. Das Ganze ist so absurd und lächerlich, dass es eigentlich keine Worte verdient.«

»Ach ja?«, faucht sie aufgebracht. »Zu dir hat er ja auch nicht gesagt, dass du dich endlich zusammenreißen und erwachsen werden sollst. Wie war das? *Ich bin deine Eskapaden so leid, Emmanuelle!*« Die Imitation unseres Vaters gelingt Ella hervorragend.

»Das hat er so nicht gemeint«, lenke ich seufzend ein.

»Klar!«, wirft Ella spöttisch ein. »Diese dämlichen Medien degradieren mich zu einem Flittchen, das einer Hochschwangeren den Mann ausspannt, und er tut so, als wäre das meine Schuld.« Ich höre sie am anderen Ende der Leitung schwer schlucken. »Ganz Frankreich hasst mich wegen dieses blöden Artikels.«

Es stimmt. Ella steht seit Wochen am Pranger. Stein des Anstoßes ist nicht der vermeintliche Seitensprung an sich, sondern die beliebte schwangere Ehefrau. »Papa weiß, dass du so etwas nie machen würdest. Er war bloß aufgebracht, weil er sich um deinen Ruf sorgt, das ist alles. Du …«

»Du meinst um *seinen* Ruf und den von French Chic«, ätzt sie ungerechtfertigterweise.

Ich gebe es auf, den Vermittler zu spielen, und finde mich vorerst damit ab, zwischen zwei Stühlen zu sitzen. »Was auch immer!«, murmle ich niedergeschlagen. »Aber wie gesagt, glaub nicht, dass du dich in Cornwall verstecken kannst.«

»Devon! Plymouth liegt in Devon«, korrigiert Ella mich, und nun bin ich es, der die Augen verdreht.

»Von mir aus!«

»Aber ich fürchte, du hast recht, Bruderherz«, räumt sie ein. »Weißt du, mit wem ich mir die Wohnung teile?« Ella holt tief Luft. »Mit einer aus Paris, die auch Modedesign studiert.« Sie fängt beinahe hysterisch an zu lachen. Sie braucht eine halbe Ewigkeit, um sich zu beruhigen.

»Tja, dann hat sich die Sache mit dem Inkognitosein ja rasch erledigt.« Beinahe tut Ella mir leid. Die letzten Wochen waren extrem, und dass Étienne, dieser Esel, keine Stellung bezogen hat, macht Ella mehr zu schaffen, als sie zugeben will. Ich wünschte, er hätte sie vor unserem Vater verteidigt. Schließlich kann sie wirklich nichts für diesen an den Haaren herbeigezogenen Skandal. Doch Ella wäre nicht meine Schwester, wenn sie sich von einem kleinen Rückschlag entmutigen lassen würde.

»Was das angeht, ist das letzte Wort noch nicht gesprochen. Vielleicht kann ich sie ja dazu bringen, es für sich zu behalten.« Ich höre, wie es bei Ella klopft. »Moment, Henri … Ja?«

»Hi, ich wollte nicht stören, wenn es gerade schlecht ist …«, höre ich eine Frauenstimme sagen.

»Nein, nein, alles gut, Oxana, ich wollte ohnehin mit dir reden. Einen kleinen Augenblick, okay?«

»Natürlich.«

»Henri?«

»Ja?«

»Ich muss Schluss machen. Ich melde mich morgen noch mal in Ruhe.«

»Okay«, sage ich.

»Ich hab dich lieb.« Ehe ich etwas erwidern kann, hat sie bereits aufgelegt.

Eine halbe Stunde später, als ich gerade kontrolliere, ob die Kaution von Ellas Pariser Wohnung bereits zurückgebucht wurde, tätigt sie eine Überweisung – zweitausendfünfhundert Euro fließen auf das Konto einer gewissen Oxana Petrowa, und wieder einmal zeigt sich: Jeder hat seinen Preis, und mit genug Geld ist alles machbar.

Der Rest des Tages zieht sich wie Kaugummi. Wenn ich nicht gerade versuche, die aktuelle Krise zu lösen, probiere ich, Michel zu erreichen. Seit knapp vierzehn Tagen reagiert er nicht auf meine Anrufe … langsam mache ich mir ernsthaft Sorgen.

»Michel, *mon ami*, wo steckst du? Wenn du das hörst, dann ruf mich an. Es ist dringend!«

Mit einem unguten Gefühl im Magen lege ich auf. Einen

Moment lang nimmt die Angst um ihn beinahe überhand. Kurz erwäge ich, alles stehen und liegen zu lassen und einfach bei ihm vorbeizuschauen, dann jedoch sage ich mir, dass er kein Kind ist und ich eigene Probleme habe, um die ich mich kümmern muss. Diese Softwareentwickler rauben mir den letzten Nerv. Wie schwer kann es denn bitte schön sein, dafür zu sorgen, dass Soft- und Hardware fehlerfrei zusammenarbeiten? Zwar sind es noch etwas mehr als sieben Monate bis zur Eröffnung des French-Chic-Flagshipstores, wo wir die App und den Körperscanner vorstellen wollen, doch im Moment geraten wir zusehends ins Hintertreffen. Wir hatten von Anfang an einen straffen Zeitplan, und wir können uns keine Verzögerungen dieser Größenordnung erlauben.

Wenn das so weitergeht, werde ich mit meinem Vater über den Stand des Projekts sprechen und ihm sagen müssen, dass der Scanner bis zur Eröffnung nicht einsatzfähig sein wird. Was für eine Katastrophe! Ich habe so hart um SecondSkin kämpfen müssen. Papa hat nach wie vor eine ganze Reihe Vorbehalte, doch ich habe mich nicht von meiner Idee abbringen lassen. Ich will nicht scheitern, nur leider liegt das nicht in meiner Hand. Den ganzen Tag über habe ich versucht zu verstehen, was genau das aktuelle Problem ist, und bin zu dem Schluss gekommen, dass diese Nerds es selbst nicht genau wissen, also habe ich ihnen die Pistole auf die Brust gesetzt und ihnen gesagt, dass ich bis morgen früh eine zufriedenstellende Erklärung haben will oder ich mich nach einer anderen Firma umsehen werde, die lösungsorientierter arbeitet.

Weil ich im Augenblick ohnehin nichts tun kann, beschließe ich, ausnahmsweise früher Feierabend zu machen. Gerade bin ich dabei meine Tasche zu packen, da klopft es an der Tür, und mein Vater streckt den Kopf herein.

»Ich gehe dann jetzt«, verkündet er.

»Ich bin auch schon auf dem Sprung!«

»Dann kann ich mir ja sparen, dir zu sagen, dass du nicht mehr so lange machen sollst, was?«

Gemeinsam marschieren wir den Flur entlang. Wie so oft sind wir die Letzten. Mit dem Aufzug fahren wir nach unten.

»Lust auf ein gemeinsames Abendessen?«

»Heute nicht.« Ich muss unbedingt laufen gehen, sonst verliere ich noch den Verstand. »Morgen vielleicht?«

»Morgen treffen wir uns mit den Dominiques.«

»Wird Étienne auch dort sein?«, erkundige ich mich. Beruflich ist er im Moment ebenso eingespannt wie ich, weshalb unsere letzte gemeinsame Radtour bereits Wochen zurückliegt.

»Nein, nein … nur eine Seniorenrunde«, scherzt mein Vater. Doch es hätte mich nicht gewundert, wenn Étienne mit von der Partie gewesen wäre, schließlich sind unsere Familien wahnsinnig eng miteinander befreundet. Unsere Mütter lieben einander heiß und innig, sie sind beste Freundinnen seit Studienzeiten, und als herauskam, dass Ella und Étienne zusammen sind, waren sie ganz aus dem Häuschen. »Wie wäre es mit Donnerstag?« Er schaut in den Terminplaner seines Handys. »Nein, warte, da habe ich abends eine wichtige Telefonkonferenz.«

»Freitag?« Der Fahrstuhl kommt im Erdgeschoss an. Die Türen öffnen sich mit einem Ping, und wir steigen aus. Unsere Schritte hallen durch den hohen, offenen Empfangsbereich, der Nachtwächter grüßt uns. Er öffnet die Seitentür für uns. »Danke, André!« Ich nicke ihm zu.

»Einen schönen Feierabend«, wünscht er uns, als wir ins Freie treten. Er verriegelt hinter uns die Tür.

»Da sind deine Mutter und ich in der Oper. Willst du mitkommen?«

»Ich kann mich gerade so beherrschen«, meine ich lachend. Lieber würde ich eine Wurzelbehandlung über mich ergehen lassen, als die verdammte Oper zu besuchen. Klassische Musik geht so gar nicht an mich.

»Du weißt ja nicht mal, was es ist«, wirft er mir vor.

»Muss ich auch nicht. In meinen Ohren klingt ohnehin alles gleich.«

»Banause!«

Spöttisch lache ich auf. »Glaub nicht, dass ich nicht wüsste, dass du die Oper hasst.«

»Ich hasse sie nicht«, protestiert er schwach.

»Oh nein, natürlich nicht!«

»Ich liebe sie nur nicht ganz so sehr wie deine Mutter.«

Wir wechseln einen Blick und müssen beide lachen. »Entschuldige, Papa, aber da musst du allein durch.«

»Aber geteiltes Leid ist halbes Leid«, behauptet er, was ich ignoriere. Keine zehn Pferde kriegen mich in die Oper.

»Das Wochenende bin ich verplant. Montag?«

»Schlecht. Am Dienstag geht es auf Geschäftsreise. Was ist mit …?« Wir kommen vor unseren Autos zum Stehen und finden schließlich einen Termin in dreieinhalb Wochen. Was verrückt ist, doch so ist unser von French Chic dominiertes Leben nun mal. Freizeit ist ein rares Gut. Wir nehmen uns vor, die Woche zumindest noch mal gemeinsam in der hauseigenen Kantine zu essen, und verabschieden uns.

Rund dreißig Minuten später befinde ich mich in meiner Penthousewohnung im 16. Arrondissement. Die Dämmerung setzt bereits ein. Der Himmel über dem Eiffelturm ist in orangerotes Licht getaucht. *Mist!*, denke ich ärgerlich, tausche eilig den Maßanzug gegen meine Laufkleidung und verlasse meine Wohnung wieder, um das Restlicht des Tages zu nutzen. Der Bois de Boulogne liegt in unmittelbarer Nähe, und es dauert nicht lange, bis ich meinen Rhythmus gefunden habe. Die gleichmäßige Bewegung vertreibt die Gedanken an das strapaziöse Alltagsgeschäft aus meinem Kopf. Ich ignoriere die vielen Prostituierten, die im Stadtwald ihren Geschäften nachgehen, dringe tiefer in diesen vor und finde mich kurz darauf auf eher verlassenen Wegen wieder. Bei einsetzender Dunkelheit lockt der Wald, der tagsüber das reinste Paradies für Familien ist, allerlei zwielichtige Gestalten an. Doch mein Interesse gilt weder den Sexarbeiterinnen noch Drogen, ich brauche einfach nur einen Ausgleich zu meinem stressigen Job – der sicher keinen Deut entspannter wird, wenn ich irgendwann die Geschäftsleitung von meinem Vater übernehme. Ich hoffe sehr, dass Ella dann bereit ist, ihr Erbe anzutreten und meine Mutter als Chefdesignerin zu ersetzen. Warum wehrt sie sich nur so dagegen? Ich begreife es nicht.

Wieder denke ich an den Satz, den sie mir beinahe verzweifelt entgegengeschleudert hat. *Ich habe es so satt, Emmanuelle Chevallier zu sein!* Wenn nicht Emmanuelle Chevallier, wer will sie denn sonst sein? Aber vielleicht kommt sie in Plymouth ja wieder zur Vernunft. Unweigerlich muss ich an das Geld denken, das geflossen ist, um das Schweigen dieser Oxana zu erkaufen. Sich auf so einen Deal einzulassen, war dumm von Ella. Beinahe hoffe ich schon, dass ihr diese Abmachung um die Ohren fliegt und herauskommt, wer sie ist. Man sollte solche verfluchten Aasgeier nicht auch noch füttern. Doch was auch immer Ella da in England nun treibt, ist nicht mein Problem. Sie ist alt genug und macht ohnehin, was sie will. Das hat sie schon immer getan. Auch damals, als… Unwirsch schüttle ich den Kopf, versuche, die Erinnerung an jene Nacht, die mein Leben verändert hat, zu vertreiben, doch ein bitteres Gefühl bleibt. Hat Michel etwa recht? Trage ich Ella ihr Verhalten in der Vergangenheit nach?

Mache ich sie unbewusst dafür verantwortlich, was damals passiert ist? Wenn dem so ist, dann kann und will ich es mir nicht eingestehen. Ella wusste schließlich nicht, was geschehen würde. Abgesehen davon bin ich freiwillig gegangen. Ich wollte ihr einen Gefallen tun, und auf Michel traf das Gleiche zu. Niemand hat uns dazu gezwungen. Ich atme einmal tief durch, versuche, meine düsteren Gedanken zum Verstummen zu bringen, doch sie hängen sich an Michel auf.

Er hat sich nicht gemeldet. Immer noch nicht. Vielleicht sollte ich seine Eltern kontaktieren oder aber ... Einen Moment lang laufe ich auf der Stelle, dann mache ich kehrt, nehme den schnellsten Weg aus dem Park raus und jogge nach Chaillot. Michel besitzt eine Wohnung direkt am Place Victor Hugo.

Von der Straße aus sehe ich, dass Licht in seiner Wohnung brennt. Einen Moment lang überlege ich, ob ich ihn wirklich einfach so überfallen soll, doch was bleibt mir anderes übrig – schließlich ignoriert er meine Anrufe nicht erst seit gestern, sondern bereits wochenlang.

Ehe mich der Mut verlässt, mache ich mich auf den Weg. Mein Klingeln wird ebenso missachtet wie meine sonstigen Kontaktversuche. Ein Teil von mir will gehen, dem anderen wächst die Sorge über den Kopf. Mir kommt der Gedanke, dass er sich etwas angetan haben könnte, und aus Angst wird Wut. Nein, ich werde nicht gehen. Ich klingle bei den Nachbarn. Beim zweiten Versuch habe ich Glück, und jemand öffnet die Tür. Als ich die Treppe hinaufsteige, fängt mich die Frau, die mich eingelassen hat, ab.

»Es stinkt!« Anklagend deutet sie nach oben. Ihr faltiger Mund verzieht sich missbilligend. »Und mit jedem Tag wird es schlimmer! Ich habe schon überlegt, die Polizei zu rufen.«

»Ich kümmere mich darum«, erwidere ich und versuche,

meinem Herzen, das mir mit einem Mal bis zum Hals klopft, keine Beachtung zu schenken. Sie hat recht. Es stinkt. Mit jeder Stufe, die ich erklimme, wird es schlimmer. Wie eine schwere Wolke hängt der Mief im Treppenhaus und verpestet es. Doch es ist nicht der süßliche Geruch, der mit Verwesung einhergeht … zumindest hoffe ich das. *Und wenn doch?*, flüstert eine leise Stimme in meinem Kopf. Beklommen schlucke ich gegen die grauenhafte Vorstellung an, Michel könnte seinem Leben ein Ende gesetzt haben. Wenn ja, würde ich mir das nie verzeihen.

Einige Herzschläge lang stehe ich untätig vor der Tür zu seinem Appartement, ehe ich mich überwinden kann, dort erneut zu klingeln. Einmal, zweimal … Nichts. Ich lege mein Ohr ans Türblatt und lausche. Etwas im Inneren der Wohnung rumpelt.

»Ich weiß, dass du da bist!«, sage ich laut. »Ich kann dich hören, und das Licht habe ich von der Straße aus auch gesehen. Mach die Tür auf, Michel.« Erneut geschieht nichts. Minuten vergehen. Ich werde des Wartens leid. »Michel, mach jetzt auf, oder ich rufe die Polizei und sorge dafür, dass sie die Tür aufbrechen. Würde dir das gefallen?«

Offensichtlich nicht, denn ich höre, wie ein Schlüssel im Türschloss gedreht wird und noch einer und noch einer, ehe ein Riegel beiseitegeschoben und die Tür einen Spaltbreit geöffnet wird. Eine Kette verhindert, dass ich sie aufdrücken und mir Einlass verschaffen könnte. Das erste Mal seit Monaten blicke ich in das blasse Gesicht meines besten Freundes. Hager ist er, regelrecht abgemagert. Wild und unkontrolliert wuchert ein zotteliger Bart in seinem eingefallenen Gesicht. Dunkle, fast schwarze Augenringe zeugen von schlaflosen Nächten. Der Ausdruck in seinen Augen ist grenzenlose Müdigkeit.

»Warum bist du hier, Henri?« Michels Stimme hört sich ganz rau an. Sie klingt nach durchzechten Nächten oder – was in seinem speziellen Fall viel wahrscheinlicher ist – so, als hätte er sie seit einer halben Ewigkeit nicht benutzt. Eingerostet.

»Weil ich mir Sorgen mache.«

»Nicht nötig.«

»Nicht nötig?«, echoe ich. »Du reagierst nicht auf meine Anrufe und …« Der Gestank, der nun aus seiner Wohnung dringt und mich umhüllt, bringt mich beinahe dazu zu würgen. »Was zur Hölle stinkt hier so?«, presse ich hervor und versuche, an ihm vorbei in den Flur zu sehen. Müll türmt sich dort auf. Das Summen von Fliegen ist zu hören. *Mon Dieu!* »Lass mich rein!«

»Warum?«

»Weil du mein bester Freund bist.«

»*War* … Ich war dein bester Freund. Damals in einem anderen Leben.«

Wie recht er hat, doch das werde ich nicht zugeben. Stattdessen erwidere ich eiskalt: »Sei nicht so dramatisch! Und vor allem, zwing mich nicht dazu, die Polizei zu rufen.« Dann fällt mir etwas ein. »Oder deine Eltern«, schiebe ich hinterher. »Ich könnte deinen Vater anrufen, wie würde dir das gefallen?«

»Du bist ein schwanzlutschender Drecksack, Henri Chevallier, hat dir das schon mal jemand gesagt?« Ich wünschte, in seinen Worten läge Empörung oder Zorn, doch das tut es nicht. Michel klingt monoton, beinahe gleichgültig.

»Schon lange nicht mehr. Du meldest dich ja nie auf meine Anrufe, um es zu tun. Mach endlich auf!« Ich bemühe mich um einen gut gelaunten Tonfall, doch innerlich bebe ich. Michel war immer der Sportlichere von uns beiden. Er war muskulös, hat das Abenteuer gesucht und war ständig draußen unterwegs. Mit dem schmächtigen Mann, der mir gegenübersteht, als die Tür sich schließlich öffnet, hat sein altes Ich nichts gemein.

Michel mustert mich. »Wie machst du das nur?«, fragt er, tritt beiseite und lässt mich ein.

»Was genau?«, frage ich zerstreut, denn das Chaos in seiner Wohnung lenkt mich ab. Wo der bestialische Gestank herkommt, ist offensichtlich. Maden krabbeln um die Müllsäcke herum. Ich schlage mir die Hände vor den Mund, atme gegen den Brechreiz an. *Verdammt*, denke ich, als ich spüre, wie sich mein Hals verengt.

Entschlossen wende ich mich Michel zu, der den Eindruck macht, als hätte er sich seit Tagen nicht gewaschen. Sein Shirt hat so viele schmutzige Flecken, dass kaum Platz für neue ist. Jeder Clochard, und davon gibt es in Paris schließlich einige, würde fluchend das Weite suchen.

»Wann hast du dich das letzte Mal gewaschen?«, platzt es aus mir raus. »Und das da …« Ich wedle vage in Richtung der Müllsäcke. »… ist doch nicht dein Ernst, oder?« Es ist mir unmöglich, meine Abscheu zu verbergen.

Trotz schleicht sich in seine Augen. Er deutet auf die Tür. »Du kannst gerne gehen!«

»Klar, denn offensichtlich gibt es gar keinen Grund für mich, mir Sorgen zu machen.« Mein Sarkasmus prallt an seiner Abgestumpftheit ab. *Er ist wie so ein Zombie*, denke ich bitter. Da ist einfach nicht mehr viel Leben in ihm. Ich kann nicht fassen, wie gleichgültig ihm alles zu sein scheint.

Ich wende mich ab, betrete sein Schlafzimmer, in dem das reinste Chaos herrscht. Michel folgt mir, starrt mich weiterhin stumpf an, während ich seinen Kleiderschrank durchsuche und schließlich irgendwelche Klamotten hervorziehe. Als ich sie ihm zuwerfe, fängt er sie. »Geh duschen! Und rasier dich, oder willst du aussehen wie *die*?«

Michel presst seine Kiefer aufeinander. Einen Moment sieht er mich beinahe wütend an, dann dreht er sich um und verschwindet im Bad. Ich wage einen kurzen Abstecher in die Küche. Benutzte Töpfe und Geschirr stapeln sich in schimmligem Spülwasser. Oh Gott, dieser Gestank! Ich drücke meine Nase in die Armbeuge, haste würgend zum Fenster und reiße es auf. Ein, zwei Minuten lang sauge ich hektisch die frische Luft in meine Lunge, dann wage ich todesmutig einen Blick in den Kühlschrank. Bis auf Tomatenketchup, eine halbe Packung Butter und drei Zwiebeln ist er leer, was verrückt ist, wenn man bedenkt, dass sich direkt im Erdgeschoss des gegenüberliegenden Hauses ein Supermarkt befindet.

Eilig kehre ich wieder ins Schlafzimmer zurück, wo ich ebenfalls das Fenster öffne und dann die Firma, die für die Reinigung unseres Hauptsitzes zuständig ist, kontaktiere. Es kostet mich ein kleines Vermögen, heute Nacht einen Reinigungstrupp und einen Kammerjäger zu bekommen, doch das ist ein geringer Preis, wenn dafür Michels Leben nicht mehr im kompletten Chaos versinkt. Ich habe sie außerdem instruiert, seinen Kühlschrank und die anderen Vorräte aufzufüllen und sich um seine Klamotten zu kümmern.

Als Michel aus der Dusche kommt, sieht er wieder halbwegs wie ein Mensch aus. »Komm mit!«, sage ich und öffne die Wohnungstür.

Michel bleibt erstarrt stehen. »Nein!«

»Du kannst nicht hierbleiben. Gleich kommen Leute her, die hier Ordnung machen.«

Michel lacht bitter auf. »So einfach machst du es dir? Du schickst eine Putzfrau her, in der Hoffnung, dass mein Leben dann wieder ins Lot kommt?«

Seinen spöttischen Ton ignorierend entgegne ich: »Nein, das ist bloß ein erster Schritt.«

»Ich brauche deine Hilfe nicht!«, faucht Michel unvermittelt.

»In diesem Saustall kannst du unmöglich leben.« Ich deute auf die Maden. »Nicht mehr lange, und du hast Ratten hier. Deine Nachbarin war bereits drauf und dran, die Polizei zu holen.«

»Die alte Schachtel kann mich mal! Das ist meine Wohnung, und ich komme verdammt gut zurecht.« Er verschränkt die Arme vor der Brust.

»Du kommst zurecht? Dass ich nicht lache!«

»Wo soll ich denn hin?« Seine Unterlippe zittert.

»Du kommst natürlich mit zu mir!«

Michels Blick huscht zwischen mir und der offenen Wohnungstür hin und her. »Ich gehe da nicht raus«, wispert er.

Tränen schimmern in seinen Augen, und ich frage mich, wann er das letzte Mal einen Fuß vor die Tür gesetzt hat.

»Ich bin bei dir«, sage ich, was er mit einem mörderischen Blick quittiert. »Uns wird nichts passieren.«

»So wie damals?«

Was soll ich dazu sagen? »Hey, du bist der, der früher Steilwände emporgeklettert und in einer wahnwitzigen Geschwindigkeit mit seinem Mountainbike irgendwelche Abhänge hinabgerast ist«, erinnere ich ihn. »All das war viel, viel gefährlicher, als jetzt vor die Tür zu gehen.«

Treffsicher habe ich die falschen Worte gewählt, denn Michel zeigt mir den Mittelfinger und bringt ein »*Va te faire foutre!*« hervor. Am liebsten würde ich ihm ein »Fick dich selbst!« entgegenschleudern, doch dazu komme ich nicht. »Glaubst du ernsthaft, Henri, ich würde nicht einfach gerne so weitermachen wie du? So tun, als wäre nichts gewesen? Aber ich kann das nicht! Ich kann nicht schlafen, nicht essen, und jedes verdammte Mal, wenn ich meine Augen schließe, selbst wenn es nur für den Bruchteil einer Sekunde ist, sind all die Bilder wieder da. Die Hölle ist nichts gegen mein Leben!«

»Nein!«, fahre ich ihn an. »Du machst es dir zur Hölle.«

Er lacht bitter auf. »Das denkst du?« Einen Moment lang starren wir einander an. Schließlich knickt er ein und fragt matt: »Wie machst du das bloß?« Die pure Verzweiflung droht mich aus seinen Augen anzuspringen. Er wirkt entkräftet. Ich weiß genau, wie er sich fühlt. So sollte es nicht sein. Niemals!

»Einfach weitermachen. Jeden Tag aufs Neue.«

»Ich schaffe das nicht! An den meisten Tagen schaffe ich es doch nicht einmal aus dem Bett, Henri!« Nun beginnen die Tränen zu fließen. »Schau mich doch nur an!«

Seufzend gehe ich auf ihn zu, schlinge meine Arme um ihn und halte ihn. Er klammert sich an mich wie ein Ertrinkender an ein brüchiges Stück Treibholz ... Keine gute Wahl.

»Komm mit zu mir. Du kannst auch ein paar Tage bleiben.«

»Du musst nicht so nett zu mir sein«, schnieft er. »Tritt mir in den Arsch und sag mir, wie sehr ich dich ankotze. Ich sehe es doch in deinem Blick. Du hältst mich für den totalen Versager.«

Ich schüttle den Kopf, aber was er sagt, stimmt. Ich wünschte, er würde sein Leben auf die Reihe bekommen. Den Babysitter für ihn spielen kann ich nicht, dafür bin ich der Falsche. Schließlich droht mein eigenes Leben mir jeden unaufmerksamen Augenblick zu entgleiten. Krampfhaft versuche ich, es zu kontrollieren, indem ich meine Tage mit Aktivitäten vollstopfe. Es ist die einzige Option. Weitermachen ... so schwer es manchmal auch fällt.

»Du bist mein bester Freund. Natürlich bin ich für dich

da, und ich halte dich nicht für einen Versager!«, versichere ich ihm. Zweifelnd sieht er mich an. »Ob ich mir wünsche, dass du dich nicht so quälst und dich lieber auf die schönen Seiten des Lebens konzentrierst? Ja! Von ganzem Herzen, aber ich verstehe, dass du das nicht kannst.« Die Bedenken in seinem Blick schwinden. »Lass uns nach Hause gehen, okay?«

»Und dein Putztrupp?«

»Du setzt dich ins Auto, und ich übergebe denen den Schlüssel. Sie sollen die Tür zuschließen, wenn sie fertig sind, und ihn in den Briefkasten schmeißen, in Ordnung?«

Er nickt zögerlich, dann reicht er mir den Schlüssel zu seinem Audi A8 und den zu seiner Wohnung. Als wir durch die Tür ins Treppenhaus treten, lege ich ihm den Arm um die Schulter. Stufe für Stufe steigen wir die Treppe hinunter.

»Bist du bereit?«, frage ich, als wir vor der Haustür stehen.

Michel atmet zittrig ein und aus, strafft dann seine schmalen Schultern und nickt. Ich sehe, wie viel Überwindung es ihn kostet, und mir kommt der Gedanke, dass es das Mutigste ist, was ich jemals gesehen habe.

Mut bedeutet schließlich nicht, keine Angst zu haben, sondern diese zu überwinden. Dann jedoch erinnere ich mich daran, wie es früher war. Wie wir uns für unbesiegbar, ja, sogar für unsterblich hielten. Junge Männer, die jeder Herausforderung und jeder Gefahr ins Auge blickten. Und nun? Wir zwei sind ein jämmerlicher Haufen. Wut darüber, dass man uns unserer Lebensfreude beraubt hat, flammt in mir auf. Sie begleitet mich, während ich die Sache mit den Reinigungsleuten kläre, und auch noch auf dem Weg nach Hause.

Es bringt nichts, sich dem Zorn hinzugeben. Niemand braucht noch mehr Hass in der Welt, sage ich mir, als ich später im Bett liege und an die Decke starre. *Das Leben ist nicht fair, und was passiert ist, lässt sich nicht ungeschehen machen. Du musst einfach einen Weg finden, um damit klarzukommen.*

Wie gut mir das gelingt, stelle ich am nächsten Tag fest, als ich mit Michel am Frühstückstisch sitze. *Er isst wie eine magersüchtige Sechzehnjährige*, denke ich verbittert. Kein Wunder, dass er so hager ist und keine Energie hat. Natürlich will er dennoch nicht länger bleiben, sondern zurück in seine eigene Wohnung. Ich nehme mir einen halben Tag frei, um ihn dorthin zu begleiten.

Die Wohnung wurde auf Vordermann gebracht und erstrahlt in altem Glanz, wodurch Michel beinahe zu einem Fremdkörper darin verkommt. Er sieht sich um, dreht sich langsam. Sein Blick wandert unstet im Raum umher.

»Suchst du etwas?«

Stumm schüttelt er den Kopf.

»Lass sie nicht wieder so verkommen«, ermahne ich ihn zum Abschied. »Und vielleicht solltest du zu einem Therapeuten gehen«, schlage ich aus einem Impuls heraus vor, auch wenn ich mir nicht vorstellen kann, dass er das wirklich in Erwägung zieht.

Zu meiner Überraschung sagt Michel: »Das habe ich bereits versucht. Es hat nichts gebracht. Das Genie, bei dem ich war, hat mir eine posttraumatische Belastungsstörung diagnostiziert, aber mir nicht gesagt, was ich dagegen tun soll. Nach vorn blicken, weitermachen … wie du, aber …« Er verstummt und zuckt hilflos mit den Achseln. »… das sagt sich so leicht.« Er mustert mich eingehend. »Mal im Ernst, Alter, wie schaffst du das bloß?«

»Immer in Bewegung bleiben. Wenn ich die ganze Zeit hier mit meinen Gedanken rumhocken würde, würde mich das wahnsinnig machen.«

Michel nickt. »Danke noch mal für alles.«

»Jederzeit. Wenn was ist, ruf mich einfach an. Du kennst ja meine Nummer.«

Wir umarmen uns zum Abschied, und einen Moment lang, einen winzigen Augenblick, ist es wie früher.

»Wir schaffen das!«, spreche ich uns Mut zu. »Wir haben diesen ganzen Mist nicht überlebt, um dann daran zu ersticken. Ich für meinen Teil habe nicht vor, *die* gewinnen zu lassen, indem ich vor lauter Angst nicht mehr aus dem Haus gehe. Versuch es, okay?«

Michel nickt und umarmt mich noch einmal. »Danke, dass du für mich da bist.«

»Immer!«, versichere ich und blicke ihm fest in die Augen.

3

Oxana

»Willkommen im Tarantula«, sagt Val so laut, dass es schon fast an Schreien grenzt, doch irgendwie muss sie die Musik ja übertönen. Selbst hier im Vorraum ist der Lärmpegel gewaltig.

»Du warst wohl schon mehr als einmal hier, was?«, schreie ich zurück, denn die beiden bulligen Türsteher schienen Val zu kennen – zumindest ließen sie uns ohne Anstehen rein, was uns mehr als einen empörten Fluch aus der Warteschlange einbrachte.

»Ein paarmal. Wie gesagt, die Jungs, denen der Club gehört, sind Freunde von Parker.«

»Du warst mit unserem Vermieter aus?« Ella hebt erstaunt eine Augenbraue, und auch ich betrachte Val eingehender.

»Nein«, meint sie, doch ich bin nicht sicher, ob ich ihr glauben soll. Ihre Wangen sind gerötet, und ihre Stimme wirkt angespannt, als sie hinzufügt: »Ich war bloß mit ihm und den Jungs hier.« Als Einzige von uns gibt sie ihre Jacke an der Garderobe ab. Darunter trägt sie schwarze Hotpants und ein farblich passendes Bustier, das im Rücken geschnürt ist. Ella behält ihre Lederjacke an, denn ohne sie wäre der Look zerstört. Das Rolling-Stones-Stretchkleid, das sie trägt, ist ultrakurz und verboten sexy, doch durch die Lederjacke und die

Bikerboots wirkt es nicht vulgär – trotz des markanten Logos mit der rausgestreckten Zunge, das jeder kennt und bei dem man sofort an schmutzigen Sex denken muss.

Mein eigenes Outfit ist weit weniger rockig als das meiner Mitbewohnerinnen, doch dafür glitzert es umso mehr. Zu den schwarzen Shorts trage ich ein knappes silbernes Stricktop mit Neckholder. Da es ziemlich viel Haut zeigt, habe ich es mit einer paillettenbesetzten transparenten Kimonojacke kombiniert – so fühle ich mich nicht ganz so nackt.

Kurz darauf sitzen wir in einer Ecke auf einem der zahlreichen dunkelbraunen Chesterfieldsofas. Ich nippe an meinem Moscow Mule, der fantastisch schmeckt, und stelle ihn auf dem Tisch ab, der in einem früheren Leben mal als Kabeltrommel gedient hat. Der komplette Club ist im Industrial-Look gehalten, was gut zu der rockigen Note passt. Das Highlight ist eine Sitzgruppe ganz in der Nähe, die jedoch leider schon belegt ist. Das Sofa wurde aus dem Heck eines alten amerikanischen Autos gefertigt. Es sieht irre aus. Jede Menge glänzendes Chrom, schwarzes Leder und dann erst die Teile der roten Karosserie im Raketendesign. Irgendwer mit einem guten Blick für Details hat sich bei der Inneneinrichtung des Clubs ausgetobt.

Wir sitzen noch keine Minute, nippen gerade an unseren Drinks, als Ella nach ihrem Handy greift. Vom XXL-Display leuchtet mir ein Bild von ihr und ihrem Bruder entgegen. Noch nie habe ich Henri Chevallier so gesehen. Seine Augen funkeln und leuchten, und mit dem knallharten Geschäftsmann, der ständig in aller Munde ist, hat dieses Foto nichts gemein. Ein wenig erstaunt mich, dass Ella keines dieser brillantenbesetzten Luxus-Smartphones besitzt – was mich jedoch nicht wundert, ist die Tatsache, dass sie sich mit uns bereits nach fünf Minuten langweilt und auf dem Ding herumtippt.

In Gedanken muss ich keine Minute später Abbitte leisten, als sie es wegsteckt und sagt: »Entschuldigt. Ich hatte nur vergessen, Étienne mitzuteilen, dass ich gut angekommen bin. Heute Mittag habe ich ihn nicht erreicht.«

»Ist das dein Freund?«, erkundigt Valerie sich interessiert, woraufhin Ella strahlend nickt. »Wie lange seid ihr denn schon zusammen?«

»Ein gutes halbes Jahr.«

Und was ist mit der Affäre Félix Lacroix?, denke ich stirnrunzelnd und frage mich, ob an den Gerüchten um das Techtelmechtel mit dem verheirateten Schauspieler womöglich gar nichts dran ist. Als Ella in schwärmerischem Tonfall zu erzählen beginnt, kommen mir daran ernste Zweifel – tatsächlich scheint sie über beide Ohren verliebt zu sein.

»Étienne ist einer der besten Freunde meines Bruders. Ich war quasi schon immer völlig verrückt nach ihm, doch für ihn war ich bloß die kleine nervige Schwester seines besten Kumpels, was vielleicht daran lag, dass ich ihn unentwegt aus Herzchenaugen angeschmachtet habe, aber irgendwann…« Sie zuckt vielsagend mit den Schultern.

»…hast du ihn dir geangelt!«, beendet Val den Satz und hält Ella die Hand zu einem High Five hin, woraufhin diese lachend einschlägt.

»So sieht es aus.«

»Und wie ist er so?«

»Perfekt!«, seufzt Ella und nimmt einen Schluck von ihrem Drink. Sie hat sich einen Whiskey Sour bestellt, was ebenso wenig zu ihr zu passen scheint wie die rockige Lederjacke und die schweren Boots. Ella Chevallier ist mir ein Rätsel. Sie ist kein bisschen wie die Pariser High-Society-Sprösslinge, denen ich sonst bei der Arbeit begegnet bin, und ganz anders, als ich sie mir durch die Zeitungsartikel vorgestellt habe.

Val kichert amüsiert. »Du hast auch jetzt noch Herzchenaugen!«

»Ja, aber das müssen wir ihm ja nicht verraten.« Lachend streckt Ella ihr Glas aus. Beide stoßen verschwörerisch miteinander an. Anders als Val will es mir nicht gelingen, so unbefangen mit Ella umzugehen. Sie ist nun mal fast so was wie ein Promi. »Und du?«, erkundigt Ella sich an mich gewandt. »Du wirst mich doch nicht verpetzen, oder?«

»Das muss ich mir noch gut überlegen. Eigentlich hatte ich vor, noch heute Abend eine Pressemitteilung zu verfassen«, scherze ich und bereue meinen Versuch, witzig zu sein in dem Moment, als die Worte meinen Mund verlassen haben, denn Ellas Miene verfinstert sich schlagartig.

»Wollt ihr auch noch was trinken?«, fragt Val, ehe sie den Rest ihres Drinks mit einem lauten Schlürfen durch den Strohhalm zieht. Ella und ich schütteln beide den Kopf. »Bin gleich zurück«, verkündet sie und steuert die Bar am Ende des Raums an. Als die Menge sie geschluckt hat, wende ich mich Ella zu.

»Entschuldige. Das war bloß ein dummer Spruch.«

»Schon gut«, winkt sie ab, klingt jedoch nicht so, als wäre es wirklich gut.

»Nein, wirklich. Das war total daneben. Ich hatte keine Ahnung, dass ich da mit Anlauf in ein Fettnäpfchen springe.«

Ellas Miene wird weicher. »Eben, du hattest keine Ahnung, also Schwamm drüber.« Sie nimmt noch einen Schluck. »Du hast ja sicherlich mitbekommen, was die Medien so alles über mich schreiben. Sobald ich mit irgendwem zu einer Party gehe, wird mir direkt eine Affäre angedichtet. Aber vermutlich bin ich selbst dran schuld. Ich hatte ein paar wilde Jahre, und nun …« Sie zuckt hilflos mit den Achseln. »Aber wie sagt man so schön: Ist der Ruf erst ruiniert, lebt es sich ganz ungeniert.« Sie lächelt gezwungen.

Dass Ella mit der Ella, die ich aus der Klatschpresse kenne, nicht viel gemein hat, ist mir inzwischen durchaus klar geworden. Sie ist keine arrogante, selbstgefällige Schnepfe, die das Geld ihrer Eltern mit vollen Händen zum Fenster rauswirft. Nein, sie ist die Tochter, die ihre Mutter zur Anprobe begleitet und berät. Sie ist die liebende Schwester, die ein Foto ihres Bruders als Hintergrundbild hat, und das Mädchen, das sich jahrelang nach einem Mann verzehrt hat, den sie nicht haben konnte, weil er sie für zu jung hielt. Vor mir sitzt kein Partyluder, kein gehyptes It-Girl, sondern eine ganz normale junge Frau.

»Kannst du mir einen Gefallen tun?«, fragt Ella unvermittelt.

»Kommt drauf an«, erwidere ich und betrachte sie aufmerksam.

»Behandle mich einfach wie jeden anderen hier. Ich bin extra hergekommen, um …« Sie zögert einen Moment lang, ehe sie sagt: »… dem Rampenlicht zu entkommen. Es wäre toll, wenn ich einfach mal ich selbst sein könnte.« Ihr Lächeln wirkt unsicher. Es will so gar nicht zu ihr passen.

Und obwohl wir aus unterschiedlichen Welten stammen, verstehe ich diesen Wunsch sehr gut. Um ich selbst sein zu können, habe ich nicht nur meine Heimat, sondern auch meine Familie verlassen. Mit einem Mal fühle ich mich auf sonderbare Weise mit Ella verbunden, was mir die Befangenheit etwas nimmt. Aufmunternd lächle ich zurück. »Klar!«

»Und würdest du bitte niemandem sagen, wer ich wirklich bin? Ich brauche definitiv eine Auszeit von Emmanuelle Chevallier.«

»Wer ist Emmanuelle Chevallier?«, erkundigt sich Valerie, die unbemerkt an unseren Tisch zurückgekommen ist, aber scheinbar nur den letzten Satz mitbekommen hat.

»Niemand!«, erwidern Ella ich und gleichzeitig, sehen uns an und müssen loslachen.

»Na dann!«, meint Val achselzuckend und hockt sich zu uns.

Sie scheint die Unkomplizierte von uns zu sein. Ella ist die millionenschwere Erbin, Libby ist momentan einfach nur die kranke Amerikanerin, und ich … ich bin die Verkorkste.

Allerdings erweist sich Val auch als pragmatisch, denn sie fragt: »Was machst du jetzt eigentlich mit deinem ganzen Kram? Der hat doch unmöglich in dein Zimmer gepasst, oder?«

»Ich habe eine Lösung gefunden«, erwidert Ella ausweichend.

»Sicher? Wenn du magst, rufe ich Parker an, damit er dir eine Lagermöglichkeit organisiert.«

»Der Vermieter?«

Val nickt.

»Lieb von dir, aber das ist echt nicht nötig. Er hat übrigens nach dir gefragt.«

»Hat er?« Vals Brauen heben sich erstaunt.

»Er wollte wissen, wo du bist, ehe er zu seiner Baustelle nach Rame gefahren ist. Er wirkte schwer im Stress.«

Val räuspert sich. »Ja, er restauriert da eine alte Schäferhütte in den Klippen von Whitsand Bay und hat vor, sie in ein Luxusferienhäuschen umzuwandeln.« Sie schnaubt. »Völlig verrückt! Das Ding ist die reinste Bruchbude, aber er konnte seine Finger nicht davon lassen.«

Nur von der Bruchbude? Mein Gefühl sagt mir, dass da irgendwas zwischen den beiden läuft. Valerie wird verdächtig oft rot, wenn die Sprache auf unseren attraktiven Vermieter kommt, und überhaupt nutzt sie jede Gelegenheit, um mit ihm in Kontakt zu treten. Erst besorgt sie mir über ihn einen

Job, und dann bietet sie Ella an, ihn nach einer Lagermöglichkeit zu fragen. Ob er heute Mittag die weiße Rose unter den Scheibenwischer ihres Autos geklemmt hat? Und wenn ja, was bedeutet sie? Leider bin ich mit der Sprache der Blumen nicht allzu vertraut, aber das lässt sich ja schnell herausfinden.

»Wie auch immer: Zurück zu deinem Platzproblem. Wo wirst du dein Zeug nun lagern?«, wechselt Valerie das Thema – denn auch das tut sie gerne, wenn die Sprache auf Parker kommt.

Ella windet sich unbehaglich. »Ich kann die Sachen auf einem Boot zwischenlagern.«

»Auf einem Boot?« Valeries Augen beginnen zu leuchten.

Ella nickt bestätigend.

»Wem gehört es?«

»Mir«, murmelt Ella so leise, dass Valerie nachfragen muss. Lauter sagt Ella: »Mir! Das Boot gehört mir. Es sollte Mitte oder Ende der Woche hier ankommen.«

»Oh wow! Du hast ein Boot? Ist so was nicht unglaublich teuer?«

Ella zuckt mit den Achseln. »Dafür habe ich kein Auto«, meint sie und grinst.

»Und wie heißt es? Ich meine, anders als Autos haben Boote doch immer Namen, nicht wahr?« Val steht die Neugier ins Gesicht geschrieben.

Ein verliebter Ausdruck stiehlt sich auf das Gesicht der stolzen Bootseignerin, als sie entgegnet: »Black Widow.«

»Du bist ein Marvel-Fan?«, frage jetzt ich, und es gelingt mir nicht, meine Verwunderung zu verbergen. Nun ist es amtlich: Ella ist definitiv ganz anders als die zahllosen Rich-Kids, die ich im Laufe der Zeit in Paris getroffen habe.

»Ein Fan? Ich bin der totale Supernerd. Als ich dreizehn

war, habe ich davon geträumt, die Frau von Captain America zu werden.«

»Ich dachte, dein Traummann sei dein Freund«, wirft Val giggelnd ein.

»Glaub mir, damals wäre eine Ehe mit dem Cap wahrscheinlicher gewesen. Étienne hat mich, so gut er konnte, ignoriert. Und manchmal war er echt ganz schön gemein zu mir.«

»Und dein Bruder? Was hat der dazu gesagt?«, frage ich, denn die beiden scheinen sich sehr nahezustehen. Immerhin hat sie ein Foto mit ihm als Hintergrundbild auf ihrem Handy.

»Den habe ich mit meiner Anhänglichkeit beinahe in den Wahnsinn getrieben«, gibt Ella zu, und ihre Mundwinkel umspielt ein belustigter Zug. »Ich habe ihn schon immer maßlos bewundert und stets zu ihm aufgeblickt. Er ist mein Held. Aber uns trennen fünf Jahre, und für ihn war es sicherlich nicht einfach, dass ich mich überall eingemischt habe und nicht abschütteln ließ. Immer mittendrin statt nur dabei. Ich muss meganervig gewesen sein. Und ihr? Habt ihr Geschwister?«

Val schüttelt verneinend den Kopf, während mir selbst schwer ums Herz wird. »Drei Brüder und eine Schwester«, erwidere ich und hoffe, dass weitere Fragen ausbleiben. Ich möchte nicht erklären, weshalb ich seit sechs Jahren keinen Kontakt mehr zu meiner Familie habe. Der zu meinen Geschwistern brach sogar bereits früher ab. Jeder von ihnen war froh, unseren Eltern zu entkommen, nur ich – das Nesthäkchen – blieb zurück. Wirklich verübeln kann ich es ihnen nicht. Sobald ich alt genug war, ergriff ich ebenfalls die Flucht und ließ das Elend hinter mir.

»Oh, eine richtig große Familie. Wie schön!« Ihre Augen strahlen, und ich kann förmlich sehen, wie sie sich meine Kindheit vorstellt. Die meisten Leute glauben, dass man in einer großen Familie nie allein ist … Ja, das ist richtig, aber einsam kann man dennoch sein. In meiner Kindheit gab es keine Wärme und keine Geborgenheit, sie hatte nichts gemein mit dem Bild der glücklichen Großfamilie, das man aus Film und Fernsehen kennt.

»Ist bei euch noch frei?«, fragt ein Typ, der zwei Freunde im Schlepptau hat.

Auch wenn ich einen Augenblick lang froh über die Ablenkung von dem Thema bin, habe ich eigentlich keine Lust auf männliche Gesellschaft. Val wirkt ebenfalls nicht gerade begeistert, zumal ihr einer der Typen bereits auf die Pelle rückt, indem er sich auf die Sofalehne pflanzt und ihr in den Ausschnitt schielt.

»Sorry, Mädelsabend!«, meint Ella unbeeindruckt.

»Mit Männern wird jeder Mädelsabend besser.«

»Das glauben auch nur die Männer«, kontert sie und verabschiedet die Gruppe mit einem vielsagenden Winken.

»Blöde Schlampe!«, höre ich den Kerl beim Weggehen sagen.

»Wisst ihr, was ich vermisse?«, fragt Ella. »Männer, die eine Abfuhr wegstecken wie ein echter Kerl und nicht wie eine beleidigte Diva reagieren. Ist das wirklich zu viel verlangt?«

»Ich glaube ja, dass die echten Männer ausgestorben sind«, wirft Val ein und klingt mit einem Mal reichlich bitter.

»Schon möglich. Mir ist auch schon lange keiner mehr begegnet.« Unweigerlich denke ich an meinen Ex zurück. »Der letzte Typ, mit dem ich zusammen war, war ein betrügerischer Mistkerl. Zum Glück habe ich schnell bemerkt, dass er es nicht ernst mit mir meinte.«

»Das tut mir leid! Mein Ex ist auch ein echtes Arschloch«, lässt Val uns wissen und erzählt uns dann die ganze leidige Geschichte. Ich bin fassungslos.

Es wird ein langer Abend, an dessen Ende wir Libby einen alkoholfreien Cocktail mitnehmen und noch mal zu dem Schluss kommen, dass ein Mädelsabend ganz ohne Männer das einzig Wahre ist.

Als ich am nächsten Tag nach meinem Vorstellungsgespräch nach Hause komme, sitzen Ella und Val im Wohnzimmer. Val hält ihre Kamera in der Hand und erklärt Ella irgendwas. Vom Display leuchtet mir ein Foto der weißen Rose, die in einer Vase auf dem Tisch steht, entgegen, und mir fällt wieder ein, dass ich nachschauen wollte, welche Bedeutung eine weiße Rose hat.

»Und?«, fragen Ella und Val wie aus einem Mund, als sie mich bemerken.

Breit grinsend verkünde ich: »Ich hab den Job! Und gleich heute Abend geht es los.«

»Cool!« Val springt auf und fällt mir um den Hals.

»Tausend Dank noch mal für die Jobvermittlung! Ohne dich ...«

»Ach was«, winkt sie ab. »Ich bin einfach froh, dass es geklappt hat. Und? Wie findest du deine neuen Chefs? Superheiß, oder?«

Lachend meine ich: »Ich finde sie vor allem meganett. Echt, so ein lockeres Vorstellungsgespräch hatte ich noch nie.«

»Und? Wenn findest du schärfer? Rhett oder Fawkes?«

»Haha, die sind doch eineiige Zwillinge.« Ich konnte sie lediglich aufgrund ihres gänzlich unterschiedlichen Looks auseinanderhalten. Sonst gleichen sie sich – oh Wunder! – wie ein Ei dem anderen.

»Schon, aber sie sind trotzdem total verschieden. Rhett ist der große Schweiger und Fawkes der draufgängerische Playboy.«

»Das fand ich jetzt gar nicht«, wende ich ein. Rhett hat mir jede Menge Fragen gestellt, und Fawkes hat mir alles im Schnelldurchlauf gezeigt. Beide waren total professionell, und ich kann Vals Eindruck beim besten Willen nicht teilen. »Aber du hast recht: Sie sind wirklich attraktiv.« Meine Gedanken wandern zu meiner ersten Schicht. »Oh Mann, ich hoffe nur, ich versaue das heute Abend nicht. Ist schon ein paar Jahre her, seit ich zuletzt bedient habe.«

»Was dagegen, wenn wir heute Abend im Tarantula vorbeikommen, um dir beizustehen?«, fragt Ella.

»Das müsst ihr wirklich nicht.«

»Aber vielleicht wollen wir das«, kommt es von Val. »Ella muss die heißen Zwillinge ja auch mal unter die Lupe nehmen.« Ella nickt zustimmend.

»Was würde dein Étienne dazu sagen?«

»Na, gucken wird doch noch erlaubt sein.«

»Das musst du dann ihm erzählen und nicht mir«, erwidere ich neckend. Ein bellendes Husten dringt von oben zu uns herunter. »Wie geht es denn Libby?«, erkundige ich mich besorgt. Furchtbar, dass dieser Husten so gar nicht besser zu werden scheint.

»Sie bleibt artig im Bett und hält sich im Großen und Ganzen auch an ihr Redeverbot. Vor einer halben Stunde habe ich ihr einen Tee gemacht, um mal nach ihr zu sehen. Sie fand den Cocktail übrigens sehr lecker und bedankt sich bei dir.«

»Na ja, der Dank gilt eigentlich dir. Schließlich war das deine Idee.«

»Aber du hast ihn doch spendiert.« Gut gelaunt zwinkert sie mir zu.

Die nächsten Tage vergehen wie im Flug. Schnell lebe ich mich ein, und auch im Tarantula fühle ich mich schon bald heimisch. Meine Chefs – Phoenix, der Fawkes genannt werden will, und Everett, den alle nur Rhett nennen – sind sehr nett, und Val hat recht: Die Zwillinge sind grundverschieden. Sie sind wie Tag und Nacht und definitiv die Attraktion des Clubs, was nicht nur an ihrem bemerkenswert guten Aussehen, sondern auch an ihrem Charme liegt.

Ich bin froh, ein paar Tage zu haben, in denen ich mich ausschließlich auf den neuen Job konzentrieren kann, denn als das Semester schließlich losgeht, wächst mir kurzzeitig alles über den Kopf. Seit Beginn meiner Lehre zur Maßschneiderin war ich keiner solchen Doppelbelastung mehr ausgesetzt. Ich hatte angenommen, die Tage, in denen ich mich regelrecht zerreißen musste, um über die Runden zu kommen, gehörten der Vergangenheit an – ein Irrtum, wie sich herausstellt, als nach der Einführungswoche die Kurse beginnen.

Alicia King macht den Anfang. Bei ihr haben meine neuen Kommilitonen – darunter auch Ella – und ich unsere erste Unterrichtseinheit. Libby ist noch immer krank. Ich denke nicht, dass sie in dieser Woche noch ans College kommt. Diese Grippe ist extrem hartnäckig, und ihr Zustand hat sich bisher nicht wirklich gebessert. Ich habe versprochen, sie am College zu entschuldigen.

Als Alicia King den Unterrichtsraum betritt, löst sich das Durcheinander im Raum binnen Sekunden in Wohlgefallen auf. Gerade noch standen alle in kleinen Gruppen zusammen, um sich zu beschnuppern, doch sobald unsere Professorin auf der Bildfläche erscheint, hasten wir an unsere Plätze. Nur zwei Jungs stehen beieinander und lassen sich nicht in ihrer Unterhaltung stören. Es macht nicht den Anschein, als würden sie sie mutwillig ignorieren, sondern bloß, als wären sie zu sehr in ihr Gespräch vertieft. Erst als Miss King sich vorwurfsvoll räuspert, werden sie aufgeschreckt und setzen sich eilig hin.

Obwohl Alicia King winzig ist, hat sie eine Wahnsinnsausstrahlung. Sie erinnert mich an Chantal, Origamis *Première d'atelier*. Nicht was das Aussehen betrifft – denn anders als Chantal hat Alicia King kein Gramm zu viel auf den Rippen, sie ist klein, zierlich, mit Mandelaugen und pechschwarzem Haar, das sie kunstvoll hochgesteckt hat –, vielmehr aufgrund der ungeheuren Autorität und Entschlossenheit, die von ihr ausgehen. Verstärkt wird der Eindruck durch das schmale Etuikleid mit Dreiviertelärmeln im Glencheck-Muster. Man muss unweigerlich Respekt vor ihr haben, selbst wenn man nicht weiß, dass sie eine der großen Modeikonen unserer Zeit ist.

»Ich freue mich, Sie alle in meinem Kurs begrüßen zu dürfen – obwohl einige von Ihnen ihn früher oder später im Laufe des Semesters verlassen werden.« Ein Raunen geht durch die Menge. »Keine Sorge. Diese Entscheidung wird meistens freiwillig getroffen.« *Oha*, denke ich. Das macht es nun wirklich nicht besser. »Oft bekomme ich gesagt, ich hätte überzogene Erwartungen. Und ja, ich habe Erwartungen an Sie, aber ich finde diese keineswegs überzogen. Wenn Sie das anders sehen, steht es Ihnen frei zu gehen – das Gleiche gilt, wenn Sie lieber untätig rumstehen und tratschen wollen.« Sie blickt nacheinander die beiden Jungs an, die sich zuletzt gesetzt haben. Unbehaglich stieren beide zu Boden, einer von ihnen – ich meine, sein Name ist Kyle – bekommt bei der Rüge rote Ohren. »Ich werde meine Ansprüche und Vorstellungen nicht auf dem Altar der Mittelmäßigkeit opfern, nur weil das für Sie bequemer ist. Was mich zu meinen Anforderungen an Sie bringt: Ich hasse Unpünktlichkeit. Wagen Sie es nicht, meinen Unterricht zu stören, wenn Sie zu spät sind. Wenn diese Tür…« Sie nickt in Richtung der Eingangstür. »…geschlossen ist, bleibt sie geschlossen, und ich werte das als Fehlstunde. Haben Sie drei unentschuldigte Fehlstunden, werde ich Sie aus dem Kurs werfen. Aber bilden Sie sich nicht ein, dass Ihre bloße Anwesenheit Ihr Überleben in meinem Kurs sichert. Wenn Sie glauben, Sie könnten damit punkten, vergessen Sie es sofort wieder. Ich werde Ihnen jede Woche eine Aufgabe geben. Sie werden jede Woche mindestens ein Kleidungsstück entwerfen und diesen Entwurf auch umsetzen.« Im Raum herrscht Totenstille. »Und nun schlage ich vor, dass wir eine Vorstellungsrunde machen. Mich interessiert allerdings nicht, welche Hobbys Sie haben oder wie Ihr Haustier heißt, sondern nur, wie Sie heißen und welche Vorkenntnisse Sie haben. Außerdem möchte ich Ihre Skizzenbücher sehen. Wir fangen mit Mademoiselle Chevallier an.« Ella neben mir presst die Lippen zusammen, als alle Blicke sich auf sie richten. Sie strafft die Schultern und öffnet den Mund. »Stehen Sie bitte auf.«

»Natürlich«, murmelt Ella und erhebt sich. »Mein Name ist Ella, ich bin zweiundzwanzig Jahre alt, stamme aus Paris und habe dort bereits zwei Jahre an einer Modeschule studiert.«

»An welcher?«

»An der École de la Chambre Syndicale de la Couture.« Als der Name der berühmten Schule fällt, ist deutlich zu vernehmen, wie der ein oder andere scharf die Luft einzieht.

»Und nun sind Sie hier?« Alicia hebt eine Augenbraue und fixiert Ella nachdrücklich. »Warum?«

»Ihretwegen.«

»Oh, wie schmeichelhaft. Ist sonst noch wer extra meinetwegen hierhergekommen?«

Etwas in ihrem Tonfall warnt mich davor, die Hand zu heben. Ella sieht mich fragend an, während links und rechts von mir unzählige Hände in die Höhe schnellen.

»Wie schön. Dann verfassen Sie doch bitte alle bis morgen

einen dreiseitigen Bericht, in dem Sie mir detailliert darlegen, weshalb Sie derart dringend von mir unterrichtet werden wollen und welche Erwartungen Sie an mich haben.« Ein unisones Stöhnen macht die Runde. Zuckersüß fügt sie hinzu: »Ich möchte Sie nämlich unter keinen Umständen enttäuschen.« Ihr Blick wandert durch den Raum und heftet sich auf mich. Ella rechts von mir nimmt Platz, und ich erhebe mich.

»Mein Name ist Oxana Petrowa. Ich bin ebenfalls zweiundzwanzig Jahre alt, habe eine Ausbildung zur Maßschneiderin gemacht, und dies ist mein erstes Semester.«

»Haben Sie Berufserfahrung?«

»Ja, ich war im Couture-Atelier von Wladislaw Gontscharow und danach bei Origami Oaring.« Beim zweiten Namen werden sämtliche Mitstudenten hellhörig. Plötzlich bin ich es, die im Mittelpunkt steht, und ich kann nachvollziehen, warum Ella sich regelrecht unter all den Blicken gewunden hat. Ich spüre, wie meine Wangen sich röten.

»Sehr schön, dann kann ich ja Großes von Ihnen erwarten. Das Gleiche gilt übrigens für Sie, Mademoiselle Chevallier. Ich rate Ihnen, sich nicht auf Ihrem Namen auszuruhen.«

Ellas Kiefer mahlten wieder. Ihr Blick ist trotzig, der unserer Mitstudenten neugierig. Sicherlich fragen sie sich, was damit gemeint ist, und einige werden vielleicht sogar versuchen, es herauszufinden. Arme Ella! Das war's dann wohl mit ihrem Geheimnis. Alicia King scheint das nicht zu stören. Sie setzt ihr inquisitorisches Verhör seelenruhig fort. Das Einzige, was mich beruhigt, ist, dass sie wirklich niemanden ungeschoren davonkommen lässt. Dennoch habe ich Bauchweh, als ich nach der Stunde zu ihr gehe, um Libby zu entschuldigen.

»Was kann ich für Sie tun, Oxana?«

»Es geht um meine Mitbewohnerin Liberty. Sie ist krank und lässt sich entschuldigen.«

Alicia King wendet sich ihrer Liste zu. »Liberty Stevenson?«, fragt sie und blickt auf.

Ich nicke.

»Was hat sie?«

»Die Grippe. Schon seit rund zwei Wochen. Es geht ihr wirklich nicht gut.«

»Nun, ich werde mir notieren, dass sie entschuldigt fehlt. Richten Sie ihr gute Besserung aus und dass ich hoffe, dass sie schnell wieder auf die Beine kommt.«

»Das mache ich«, versichere ich ihr und husche aus dem Raum.

Draußen nimmt Ella mich in Empfang. »Hat das mit Libby geklappt?«

»Ja, aber begeistert war sie nicht.«

Ella rollt mit den Augen. »Dämliche Ziege«, murrt sie, als wir Seite an Seite in Richtung der Computerräume gehen, wo unser nächster Kurs stattfindet. »Sie denkt wahrscheinlich, ich bin hier, weil ich es in Paris nicht geschafft habe.«

»Das weißt du nicht«, wende ich ein.

»Oh, komm schon, das war mehr als eindeutig!«, knurrt Ella. »Sie glaubt vermutlich, ich hätte angenommen, dass ich hier leichtes Spiel habe. Hätte ich bloß nicht gesagt, ich sei ihretwegen gekommen. So hält sie mich außerdem für eine Schleimerin, dabei ist es wahr … teilweise zumindest.«

»Teilweise?«, hake ich neugierig nach und folge Ella in den Computerpool. Wir sind die Ersten und setzen uns in die vorderste Reihe.

»Nun ja, hätte ich nicht gehört, dass Alicia für ein Jahr hierherwechselt, um ihren alten Freund und Mentor zu vertreten, dann wäre dieses Provinzcollege nie auf meinem Radar aufgetaucht. Also bin ich irgendwie schon ihretwegen hier, wenn auch nicht, um von ihr zu lernen.«

»Und warum wolltest du dann hierher? Du könntest an der Parsons in New York studieren oder am Central Saint Martins in London. Ich meine, mit deinem Hintergrund und deinen Möglichkeiten steht dir die ganze Welt offen. Von daher ist es doch kein Wunder, wenn Miss King sich fragt, warum deine Wahl auf Plymouth fiel.« Selbst ich frage mich das.

Ella seufzt leise. »Sie fiel auf Plymouth, weil ich glaubte, dass ich hier nicht unter ständiger Beobachtung stehen würde. Paris, London, Mailand, New York... alles Modemetropolen. Das hätte nicht hingehauen. Dort kennt man mich, aber hier... Ich hatte wirklich gehofft, ich könnte mir eine Auszeit davon nehmen, Emmanuelle Chevallier zu sein. Außerdem brauche ich etwas Abstand zu French Chic, meinen Eltern und allem anderen.« Sie beißt sich auf die Unterlippe, als wäre ihr gerade bewusst geworden, wie viel sie von sich preisgegeben hat, und als würde sie es bereuen.

»Keine Sorge, Ella, was auch immer du mir anvertraust, bleibt unter uns. Geht es um diese angebliche Affäre mit Félix Lacroix?«

»Auch«, murmelt sie. »Die ganzen dämlichen Gerüchte haben hohe Wellen geschlagen, und mein Vater war alles andere als begeistert. Wir hatten deshalb einen Riesenstreit«, verrät Ella mir. »Ehrlich gesagt, bin ich ziemlich enttäuscht von ihm.«

Einige Kommilitonen kommen herein und setzen sich. Ella wechselt das Thema, ohne weiter auf meine Frage einzugehen. Ob sie mir keine Antwort geben will oder ob sie nur nicht möchte, dass ein anderer sie zufällig aufschnappt, weiß ich nicht. »Und du? Weshalb bist du hier?«

»Wegen Alicia King.«

Erneut schnaubt Ella, dieses Mal klingt sie jedoch amüsiert: »Okay, und warum war deine Hand dann nicht oben, als sie danach gefragt hat?« Ella sieht mich vorwurfsvoll an.

»Na ja, vielleicht wollte ich nicht, dass sie mich für eine Schleimerin hält«, entgegne ich zwinkernd, woraufhin sie ein müdes »Haha!« von sich gibt. »Aber mal im Ernst«, fahre ich nachdenklich fort, »irgendwie habe ich gespürt, dass da was im Argen ist. Sie klang komisch, als sie die Frage gestellt hat... da war ich lieber auf der Hut. Manchmal muss man auch einfach Glück haben.«

»Hast du das sonst nicht?«

»Das war nur so dahingesagt. Ich glaube nicht an Glück!«

»Woran glaubst du dann?«

»An harte Arbeit und Ausdauer. Beides hat mich hierhergebracht, und glaub mir, dort, wo ich herkomme, würden den Leuten die Augen aus dem Kopf fallen, wenn sie wüssten, dass ich nun Modedesign studiere. Als ich unser Dorf verließ, um in Moskau meine Schneiderlehre anzufangen, sagte mein Vater zu mir, es wäre der Fehler meines Lebens, und ich würde doch bloß als Stripperin enden... wenn nichts Schlimmeres.« Ich schlucke energisch gegen den Schmerz an, der mich mit der Erinnerung einholt.

»Dein Vater ist ein Idiot!« Verwundert sehe ich Ella an. Die Wut brodelt dicht unter ihrer Oberfläche. Ellas Hände sind zu Fäusten geballt, ihre Kiefer mahlen erneut, und ihre Augen sprühen vernichtende Funken. Sie ist ernsthaft empört. »Du wirst es weit schaffen, und er wird sich in den Arsch beißen, weil er dich maßlos unterschätzt hat.«

»Ich weiß«, erwidere ich, und dann, weil ich es so rührend finde, dass sie meinetwegen so aufgebracht ist, sage ich: »Danke, Ella.«

Ein Mädchen kommt zu uns an den Tisch, räuspert sich.

»Hey, bist du wirklich Emmanuelle Chevallier?«, fragt sie beinahe schüchtern.

Für den Bruchteil einer Sekunde wirkt Ella fast verzagt. Dann lächelt sie breit, streckt ihre Hand aus und sagt: »Ja, die bin ich, und wie heißt du noch mal? Bei all den Leuten komme ich mit den Namen ganz durcheinander.«

Obwohl Alicia King Großes von mir erwartet und Ella der Meinung ist, dass ich es weit bringen werde, kämpfe ich in den kommenden Tagen mit einigen Problemen.

Mein größtes ist der Computerkurs von Professor Drake. Er unterrichtet uns im Umgang mit Grafikprogrammen. Ich habe das Gefühl, als könnte ich gerade erst das Einmaleins und müsste mich plötzlich in Integralrechnung versuchen. Bisher habe ich nie mit einem Computer gearbeitet, und dann soll ich gleich irgendwelche Bilder bearbeiten.

Mit Photoshop komme ich – nachdem Val mir die Sache mit den Ebenen erklärt hat – einigermaßen zurecht, aber Illustrator bleibt für mich ein Buch mit sieben Siegeln. Ella kennt sich zwar damit aus, doch sie ist eine grässliche Lehrerin. Obwohl sie sich Mühe gibt, ihre Ungeduld zu verbergen, wenn ich etwas nicht sofort verstehe, spüre ich ihre Gereiztheit. Weshalb ich schließlich versuche, den Umgang mit dem Programm über YouTube-Tutorials zu lernen, und Stunden im Computerpool verbringe.

»Ich verstehe gar nicht, wofür man Illustrator überhaupt braucht«, jammere ich beim Mittagessen in der Mensa. Es ist bereits Mitte Oktober. Die Schonfrist ist vorbei, und bis Ende der Woche sollen wir für Professor Drake ein DIN-A3-Plakat für eine Modenschau entwerfen.

Für Libby, die endlich ihre Grippe auskuriert hat, ist es die erste Woche am College, doch niemand fasst sie mit Samthandschuhen an. Alicia King hat sich zum Glück erweichen lassen und sie trotz des massiven Rückstands – sie hat beinahe den kompletten ersten Monat verpasst – in ihren Kurs aufgenommen.

»Ich glaube, was du einfach nicht verstanden hast, ist der große Unterschied zwischen den Programmen«, sagt Libby und pikst ein Salatblatt auf. Der Chefsalat, den sie sich aus der Kühltheke genommen hat, sieht lecker aus, und ich bereue einen Moment, mich für das vegetarische Chili entschieden zu haben. Das riecht nämlich leider viel besser, als es schmeckt. »Photoshop ist pixelbasiert, während Illustrator mit Vektoren arbeitet«, erörtert Libby mir die grundlegenden Unterschiede, doch ebenso gut könnte sie in einer Aliensprache auf mich einquasseln.

»Ich weiß ja nicht mal, was das ist.«

»Oh, okay ...« Libby kramt ihren Laptop aus ihrem schicken Shopper hervor, klappt ihn auf und öffnet ein Foto, in das sie so lange reinzoomt, bis nur noch jede Menge kleiner Vierecke zu sehen sind. »Das sind die Bildpunkte. Die Pixel. Je mehr ein Bild hat, desto besser ist die Auflösung, was bedeutet, dass mehr Details zu erkennen sind und man davon einen größeren Ausdruck machen lassen kann. Bestimmt hast du schon mal irgendwann ein Foto ausbelichten lassen, und alles war irgendwie unscharf und wirkte verschwommen?« Sie sieht mich fragend an, und ich nicke. »Dann war die Auflösung nicht gut genug, um die Informationen in dieser Größe abzubilden. So was kann dir mit einer Vektorgrafik nicht passieren. Diese lassen sich unendlich vergrößern, da gibt es keinen Qualitätsverlust. Also dein Logo, wenn es eine Vektorgrafik ist, kann sowohl für die Erstellung einer Visitenkarte als auch für die eines Foliendrucks für deinen Privatjet genutzt werden.«

»Wenn ich einen Privatjet hätte oder ein Logo, wäre das

vermutlich sinnvoll, aber ich sehe wirklich nicht, wofür ich das brauchen soll.«

Was dann folgt, ist ein langer, aber nicht langweiliger Vortrag seitens Libby über die mannigfaltigen Anwendungsmöglichkeiten von Adobe Illustrator im Bereich Modedesign und ihr Angebot, mir zumindest die Grundlagen beizubringen. Da ich wirklich jede Hilfe brauchen kann, nehme ich Libbys Unterstützung dankbar an und schwänze dann den Tutorenkurs bei Jasper Chase, auf den ich mich eigentlich wie verrückt gefreut hatte, denn immerhin ist er schon jetzt ein Star am Modehimmel. Die halbe Welt ist verrückt nach seinen Entwürfen. Im vergangenen Jahr wurden er und Ian Corvin für ihre gemeinsame Abschlusskollektion mit dem Junior Fashiondesigner of the Year Award ausgezeichnet. Seitdem ist viel geschehen. Ian und Jasper haben zusammen das Modelabel On Fleek gegründet. Anders als sein Geschäftspartner möchte Jasper jedoch seinen Master machen, was bedeutet, dass er sich – wie alle anderen Studenten des Abschlussjahrgangs auch – als Tutor zur Verfügung stellen muss. Libby hatte sich am Montag etwas überanstrengt und mitten im Tutorenkurs einen Schwächeanfall erlitten. Natürlich habe ich sie nach Hause begleitet, weshalb ich an diesem Tag jedoch leider nicht die Gelegenheit hatte, mit Jasper zu sprechen.

Gestern war ich dann doch noch bei ihm im Kurs, und er hat sich meine Entwürfe für Alicia King angeschaut. Sein Feedback hat mir sehr geholfen, und ich habe meine Ursprungsversion noch einmal grundlegend überarbeitet – zu gern wüsste ich nun, was Jasper davon hält, immerhin kennt er Alicia bereits seit Jahren. *Egal*, sage ich mir, morgen ist schließlich auch noch ein Tag. Meine große Schwäche liegt momentan eindeutig im Umgang mit Computern.

Nachdem Libby und ich vom College heimgekommen sind

und uns mit Kaffee versorgt haben – dank Ellas neuer Luxus-Kaffeemaschine und den teuren Bohnen schmecken unsere Milchkaffees unfassbar lecker –, machen wir es uns am Küchentisch gemütlich. Mit einer Engelsgeduld hilft Libby mir an ihrem Laptop, meine Wissenslücken zu schließen. Sie zeigt mir auch, wie ich eine Bibliothek mit Vorlagen anlegen und eine Farbpalette kreieren und abspeichern kann. Anhand einiger ihrer Entwürfe wird mir schnell klar, dass das Programm eine unheimliche Zeitersparnis darstellt. Ratzfatz kann man die Farbe der Kleidungsstücke oder deren Textur verändern.

»Tausend Dank, Libby«, stoße ich erleichtert hervor, als durch ihre Unterstützung noch am selben Abend mein Modenschau-Plakat steht. »Jetzt glaube ich dir aber erst recht nicht, dass du die Schlechteste in deinem Jahrgang an der Parsons warst.« Das nämlich hat Libby am Montag steif und fest behauptet, doch mittlerweile bin ich mir sicher, sie hat bloß tiefgestapelt. Allein dass sie an der renommierten New Yorker Schule für Design angenommen wurde, sagt viel darüber aus, wie talentiert sie ist.

»Glaub es ruhig. Ich war echt mies … nur nicht unbedingt in den Computersachen.«

»Ja, du hast es echt drauf«, staune ich. »Wo hast du das denn gelernt?«

»Ich hatte jahrelang einen Modeblog. *Libby's Little Dreams* hieß er, den habe ich ins Leben gerufen, als ich fünfzehn war, und dafür musste ich mich schon früh mit Bildbearbeitung auseinandersetzen. Mir hat das immer Spaß gemacht.«

Das glaube ich ihr unbesehen, denn sie ist wirklich auf Zack, was den Umgang mit Computern betrifft.

Sie zieht mir meinen Entwurf auf einen USB-Stick und verspricht mir, mich am folgenden Tag zu begleiten, um ihn ausdrucken zu lassen.

»Das ist nicht nötig. Ich schaffe das schon allein.«

»Na ja, meinen muss ich ja auch ausdrucken lassen, also können wir auch zusammen gehen.«

»Dein Plakat ist übrigens echt der Knaller!«, lasse ich sie wissen. Es ist viel beeindruckender als meins, aber zwischen unserem Wissensstand liegen ja auch Welten. Trotzdem bin ich nach meinem Privatunterricht bei Libby guter Dinge, dass ich den Anschluss in Professor Drakes Kurs nicht verlieren werde.

Libby hält ihr Versprechen und begleitet mich am nächsten Morgen in den College-Copyshop. Ella hat sich uns angeschlossen, denn auch sie muss ihren Entwurf für Professor Drakes Kurs noch ausdrucken lassen.

»Warst du schon mal hier?«, frage ich Libby erstaunt, als sie zielsicher auf den Tresen zugeht, denn anders als ich hat sie die Einführungswoche ja komplett verpasst.

»Am Dienstagmorgen mit Val. Sie war so lieb, mir alles zu zeigen und mich Callum vorzustellen.« Ehe ich nachfragen kann, wer das ist, wendet sie sich an einen hochgewachsenen, attraktiven Typen mit schwarzem Haar. »Hi, Cal, immer noch da?«

Seufzend erwidert er: »Ja, die wollen mich einfach nicht gehen lassen, was will man machen.« Er mustert sie einen Moment lang, und man kann ihm beim Denken zusehen. »Du bist die Mitbewohnerin von Val, richtig? Liberty, nicht wahr?«

»Genau genommen sind wir alle …« Libby macht eine Geste, die Ella und mich einschließt. »… Vals Mitbewohnerinnen. Das ist Oxana …«, stellt sie mich vor, »… und das ist Ella.«

Als er die Hand ausstreckt und sie erst mir, dann Ella reicht, fällt mein Blick auf seine tätowierten Knöchel, den

Handrücken und den Unterarm. Ich erkenne eine Kamera samt Filmstreifen, einen Kompass, Berge und Wälder, einen Vogel und eine Feder – alles fügt sich harmonisch zu einem großen Bild zusammen und geht unter dem Ärmel weiter. »Cal. Was kann ich für euch tun?«

Während Libby ihm unser Anliegen darlegt, sehe ich mich um. Es gibt diverse Kopiergeräte, Drucker und Plotter, und überall wuseln andere Mitarbeiter herum, um die zahlreichen Aufträge anzunehmen und abzuwickeln.

»Was wäre denn die ideale Papierdicke für ein Plakat?«, erkundigt sich Libby. »Wir haben so was noch nie machen lassen.«

»Ideal wäre das Affichenpapier, das man klassisch für den Plakatdruck nutzt. Das hat eine Grammatur von 120 g, aber das kann ich bloß auf dem Epson SureColor SC-P9000 drucken, und das geht bei euren kleinen Formaten nicht, daher…«

»Warum geht das nicht?«, fragt Ella und sieht Callum herausfordernd an.

Ihr Befehlston sorgt dafür, dass Callum sie amüsiert anblickt. »Es gäbe jede Menge Papierverschnitt«, erklärt er geduldig. »Und da wir hier aus Umweltschutzgründen sehr darauf achten, keinen unnötigen Abfall zu produzieren, kann ich das nicht machen.«

Ella nickt verstehend, gibt sich jedoch nicht geschlagen. »Und was, wenn wir alles in einer Datei zusammenfassen und diese dann ausdrucken lassen? Ginge das?«

»Klar, wenn ihr euch unbedingt die Mühe machen wollt!«, gibt er sich geschlagen. »Aber vertraut mir: Professor Drake ist die Papierwahl reichlich egal. Er wird einfach bloß froh sein, dass ihr eure Hausaufgaben gemacht habt.«

Für mich klingt seine Argumentation vernünftig, doch Ella sieht das offenbar anders. Aber wahrscheinlich musste sie sich als Erbin eines französischen Modeimperiums noch nie mit halben Sachen zufriedengeben. Zumindest ist sie nicht von dem eingeschlagenen Pfad abzubringen. Sie fasst unsere Dateien in einer zusammen und speichert das Ganze auf dem USB-Stick ab, um ihn dann Callum zu geben.

Keine Viertelstunde später kommt er mit den ausgedruckten Plakaten zurück. Er hat sie netterweise sogar ordentlich zurechtgeschnitten. Als ich meines jedoch ansehe, fällt mir auf, dass die Farben ganz anders aussehen als auf dem Computer.

»Wow, das ist ja toll geworden«, sagt Libby und betrachtet Ellas Plakat, auf dem ein Mann mit blonden Locken zu sehen ist, den ich als Ellas Bruder identifiziere. Henri Chevallier steht vor einer Brüstung, hinter ihm sieht man das nächtliche Paris einschließlich des Eiffelturms. Sein Jackett baumelt lässig vom Zeigefinger seiner linken Hand über die Schulter, seine Haltung jedoch ist weit weniger entspannt. Ellas Bruder wirkt unnahbar und kämpferisch. Das Foto hat etwas Faszinierendes an sich.

»Schöne Aufnahme«, befindet auch Callum und schenkt Ella ein Lächeln. »Ich glaube, du bist die Einzige, die ein Plakat für eine Männermodenschau entworfen hat.«

Diese Information scheint ihr wenig auszumachen. »Immerhin fällt es dann wenigstens auf«, meint sie grinsend und verstaut den Ausdruck in der Mappe, die wir extra dafür mitgenommen haben.

»Hast du das Foto gemacht?«, fragt er, woraufhin Ella nickt. »Dein Freund?«

»Mein Bruder«, erwidert sie und schiebt Libby die Mappe rüber. Auch sie legt ihr Plakat hinein, nur ich zögere.

»Alles okay?« Libbys Blick ruht aufmerksam auf mir.

»Nein, irgendwas stimmt mit meinen Farben nicht.« Ich

deute auf meinen Entwurf. »Die sehen ganz anders aus als auf deinem Rechner.«

»Je nachdem, wie der Monitor kalibriert ist, kann es da zu Abweichungen kommen«, erklärt Callum, »aber ich nehme eher an, dass deine Datei den falschen Farbmodus hatte.«

Farbmodus? Mist! Libby hatte mir extra noch gesagt, dass ich die Datei in CMYK abspeichern soll, doch irgendwie hatte ich das im Eifer des Gefechts vergessen.

»Kann man das noch ändern?«, frage ich besorgt.

»Klar. Das ist gar kein Problem«, beruhigt Libby mich.

»Allerdings muss ich dann ein anderes Papier nehmen«, sagt Callum mit bedauerndem Gesichtsausdruck.

Ehe Ella wieder eine Diskussion mit ihm beginnen kann, füge ich rasch hinzu: »Egal. Mir ist wichtiger, dass die Farben stimmen, als dass das Papier das richtige ist.«

»Das andere ist nicht falsch und schon gar nicht, wenn es bloß ein Plakat für einen Kurs ist. Keine Sorge!«

Ella wandelt meine Datei um – eine Sache von Sekunden –, und Callum druckt sie mir erneut aus. Der Betrag wird von unserem Materialkonto abgebucht. Ein wenig ärgere ich mich über die zusätzlichen Kosten, die ich durch meine Unachtsamkeit verschuldet habe, doch dieser Anfängerfehler wird mir garantiert nicht noch einmal passieren.

4

Oxana

Am Samstagvormittag befinden wir uns auf dem Weg nach Bristol, um Stoffe für unsere Halloweenkostüme zu kaufen. Die Idee kam von mir, nachdem wir es am Donnerstag erfolglos in Plymouth versucht und ich den Riesenstoffladen im Internet entdeckt hatte. Ich bin aufgeregt und freue mich, dass die Mädels gleich Feuer und Flamme waren. Val hat sogar angeboten, uns mit ihrem Corsa zu fahren. Es ist unser erster gemeinsamer WG-Ausflug. Überhaupt merke ich, wie neu es sich anfühlt, Freundinnen zu haben, die mir helfen und denen ich helfen kann.

Bei meinem aktuellen Problem kann mir jedoch keine von ihnen beistehen. Noch immer fehlt mir die Inspiration für mein Kostüm. Die beste Kreation bekommt einen Preis, aber was die Sache richtig spannend macht, ist, dass Alicia King zu den Juroren gehört. Ich will unbedingt einen bleibenden Eindruck bei ihr hinterlassen und zeigen, was ich technisch draufhabe.

Zumindest Ella weiß inzwischen genau, wie ihr Kostüm aussehen soll. Gestern Abend hatte sie am Küchentisch plötzlich eine Eingebung. Sie wird als *Königin der Nacht* gehen. Libby und ich sind immer noch völlig planlos, doch zum Glück haben wir bis zur Halloweenparty, die lustigerweise im Tarantula stattfindet, noch eine knappe Woche Zeit.

Ella und ich sitzen auf der Rückbank von Vals kleinem roten Auto. Aus den Boxen ertönt Deutschrap, Val erklärt Libby, worum es in dem Text geht, während Ella und ich uns über die schönsten Pariser Museen unterhalten. Ella kann sich für bildende Kunst jeglicher Art begeistern und hat mir gerade anvertraut, dass sie in der Regel zwei-, dreimal die Woche ins Museum geht oder irgendwelche Ausstellungen besucht.

Inzwischen bin ich vollends davon überzeugt, dass sie mit der karikaturhaften Figur, welche die Medien von ihr zeichnen, nichts gemein hat. Ella hat so viele Interessen, und Miss Kings Ermahnung, sie solle sich nicht auf dem Namen Chevallier ausruhen, war völlig unnötig, denn Ella ist eine wirklich bemerkenswerte Designerin. Ich wünschte, ich besäße ihren Einfallsreichtum, denn auch wenn ich bei der Umsetzung meiner Entwürfe so gut wie nie Probleme habe, finde ich es schwer, mir etwas zu Alicias Wochenaufgaben auszudenken. In denen geht es vorrangig darum, sich von allen möglichen Themen inspirieren zu lassen – letzte Woche beispielsweise ein Spiel. Ella fertigte ein Kleid aus unzähligen Mikadostäbchen, und es war der absolute Wahnsinn. Auf die Idee wäre ich nicht mal im Traum gekommen. Ich ließ mich von der Spielkarte *Herzdame* inspirieren und interpretierte diese modern. Dabei rausgekommen ist ein elegantes rotes Abendkleid. Andere aus unserem Kurs wagten sich an Computerspiele. Und Libby entschied sich beispielsweise für Schach. Obwohl das Thema sehr weit gefasst war, fiel es mir schwer, meiner Kreativität freien Lauf zu lassen. Vielleicht habe ich zu lange die Entwürfe anderer umgesetzt? Möglicherweise ist das mein Problem, denn auch jetzt fehlt mir nach wie vor die zündende Idee.

»Hallo? Erde an Oxy! Wo bist du denn mit deinen Gedanken?«, fragt Ella und stupst mich an.

»Entschuldige bitte, was hast du gesagt?«

»Dich gefragt, welches dein Lieblingsmuseum ist, aber irgendwie hattest du dich ausgeklinkt.«

»Der Louvre ist mein absolutes Lieblingsmuseum, allerdings war ich nicht sonderlich oft dort«, gestehe ich. »Irgendwie fehlte mir die Zeit für Freizeitbeschäftigungen.« Origami warf mir nicht umsonst gerne vor, ich würde im Atelier hausen. »Ein Esel, der den anderen Langohr schimpft«, konterte ich dann, doch er sagte bloß, er sei alt, und ich sei jung, und ich solle mehr unternehmen, mehr erleben und nicht immerzu arbeiten. Ach, ich vermisse ihn. Ehe das wehmütige Gefühl völlig von mir Besitz ergreifen kann, frage ich Ella: »Und deins? Welches ist dein Lieblingsmuseum?«

»Definitiv die Fondation Louis Vuitton, und das sage ich nicht bloß, weil sie in unmittelbarer Nachbarschaft zum Haus meiner Eltern liegt. Allein dieses großartige Gebäude …«, schwärmt sie.

»Origami wollte da immer mal mit mir hin, doch bisher haben wir es nicht geschafft.«

»Ich kann noch immer nicht fassen, dass du mit ihm befreundet bist.«

»Wie könnte man denn nicht mit ihm befreundet sein?«, frage ich arglos.

»Er ist so eine Diva.«

»Sagt die andere Diva«, ziehe ich sie auf und gebe ihr einen Stups in die Rippen. Ella nimmt mir meine Neckereien nicht übel, denn auch wenn hin und wieder durchblitzt, dass sie aus einem reichen Elternhaus kommt – was inzwischen leider die ganze Schule weiß –, ist sie sonst total umgänglich. Sie ist sich auch nicht zu schade, den Abwasch zu machen oder den Müll rauszutragen. Nur an den Herd sollte man sie nicht lassen, wie sie uns gleich zu Beginn unseres Zusammenlebens verraten hat. Dafür muss ihr Bruder ein großartiger Koch sein. Noch immer bin ich mir nicht sicher, ob Ella sich diesbezüglich einen Scherz erlaubt hat. Ich kann mir Henri Chevallier, von dem es ausschließlich Bilder in perfekt sitzenden Maßanzügen gibt, beim besten Willen nicht hinter einem Herd vorstellen. Allerdings scheint meine Vorstellungskraft ohnehin ziemlich beschränkt zu sein, denn nie hätte ich es für möglich gehalten, mir ein stinknormales Haus mit Emmanuelle Chevallier zu teilen. Ich hätte angenommen, Ella würde dort wie ein Fremdkörper wirken, doch so ist es nicht. Trotz des Vermögens ihrer Eltern, einer eigenen Jacht und Benimmunterricht bei einer gewissen Madame Bernard – der im Übrigen wirklich furchtbar gewesen sein muss –, ist Ella einfach nur eine ganz normale junge Frau.

»Ich habe ja nie behauptet, dass ich keine Diva bin, aber dein Freund schlägt uns alle um Längen.«

»Er besteht darauf, dass er all diese schrulligen Angewohnheiten erst mit dem Alter entwickelt hätte«, nehme ich meinen ehemaligen Arbeitgeber in Schutz. Origami ist – obwohl er wirklich exzentrisch ist – der beste Chef, den ich je hatte, und ich habe so viel von ihm gelernt.

Ella lacht belustigt auf. »Im Leben nicht! Er war schon immer ein schräger Vogel. Da kannst du jeden aus der Branche fragen. Hast du seine Biografie gesehen?«

»Ja, mit ihm zusammen. Es war so witzig! Wir haben Tränen gelacht.«

»Das kann ich mir vorstellen. So kauzig, wie er auch manchmal ist, eines muss man ihm lassen: Er ist wunderbar selbstironisch.« Und nicht nur er. Auch an Ella schätze ich, dass sie über sich selbst lachen kann.

Zustimmend nicke ich. *Wie eine fette alte Kröte auf LSD*, sagte Origami damals über eine Aufnahme, auf der er die Wangen aufgeplustert hatte und schielend Richtung Decke guckte, und äffte sich selbst nach. Ich musste so lachen, dass ich mich fast an meinem Kaugummi verschluckt hätte.

»Aber wehe, etwas läuft nicht so, wie er sich das vorstellt.«

»Stimmt«, pflichte ich ihr bei. »Aber ich vermisse ihn. Allgemein fehlt mir Paris wahnsinnig.«

»Was genau? Der Geruch oder der Lärm?«, scherzt Ella, woraufhin ich bloß »Haha, so witzig!« erwidere.

Im Gegensatz zu mir fühlt sie sich in Plymouth pudelwohl. Denn ja, mir fehlt die Stadt wirklich – oder das, was ich mit ihr verbinde. Paris gab mir immer das Gefühl, dass alles möglich sei. Wie viele Menschen wie ich, entwurzelt und heimatlos, haben dort ihren Neuanfang gewagt?

Während die südenglische Landschaft mit ihren hügeligen Wiesen und Feldern an uns vorbeisaust, versuche ich dahinterzukommen, woher mein akutes Heimweh herrührt. Die erste spannende Zeit in einem fremden Land ist vorbei. Nun bin ich fast sechs Wochen hier, und der Alltag kehrt ein. Langsam merkt man, was einem fehlt, und damit bin ich nicht allein. Val vermisst ihre beste Freundin Jule und die langen Ausritte durch den Taunus, der in dieser Jahreszeit besonders schön sein muss. Libby sehnt sich nach Eden, ihrer BFF, und ihrer Lieblingszahncreme, die sie sich sogar hat herschicken lassen. Was sie an Zahnpasta mit Zimtgeschmack findet, kann ich beim besten Willen nicht verstehen, aber muss ich ja auch nicht. Tja, und mir persönlich fehlen eben Origami und Paris.

»Es ist echt seltsam, dass ich so was wie Heimweh habe«, vertraue ich Ella an. Eigentlich spreche ich nicht gerne über meine Familie, doch bei Ella ist das anders. Ich habe das Gefühl, dass sie mich versteht.

»Wie meinst du das?«, hakt sie nach.

»Na ja, ich habe nie an einem Ort gelebt, an dem ich mich wirklich wohlgefühlt habe. Von zu Hause bin ich sehr früh ausgezogen, um in Moskau meine Ausbildung zur Schneiderin zu machen. Die Jahre da waren zwar ganz okay, aber ich muss dorthin bestimmt nicht zurück. Wenn ich aber an Paris denke, dann ist das anders. Dann beginnt mein Herz schneller zu schlagen, und ich habe so ein sonderbares Kribbeln im Bauch«, gestehe ich Ella, woraufhin sie schmunzelt.

»Das ist süß!«, befindet sie.

»Klar!«, meine ich spöttisch und verdrehe die Augen.

»Das klingt fast, als wärst du verliebt!«

Damit trifft sie den Nagel auf den Kopf, denn so ist es. Ich liebe Paris. Und ja, vielleicht nicht unbedingt den Geruch oder den Lärm. Abgesehen davon duftet Frankreichs Hauptstadt für mich nach frischen Croissants, Chanel Nr. 5, Magnolien und Freiheit. Was Paris angeht, bin ich blind und taub und völlig immun gegen jedwede Kritik. Die Stadt der Liebe ist meine Herzensstadt. Ich liebe das Mondäne, liebe das unbeschwerte Lebensgefühl und den *esprit gaulois*.

Manchmal fürchte ich, ich könnte eines Tages aufwachen und erkennen, wie Paris wirklich ist. Ich habe Angst, an den Punkt zu kommen, an den die meisten Liebesbeziehungen irgendwann gelangen und an dem sie unweigerlich enden, weil man realisiert, dass der vermeintlich perfekte Partner in Wahrheit ein totaler Versager ist und man sich die Frage stellen muss, was man bloß jemals an diesem Trottel gefunden hat.

Eine Bewegung auf dem Beifahrersitz reißt mich aus meinen Gedanken. Libby hat sich zu uns umgedreht und fragt: »Weißt du inzwischen, was du planst, Oxy?« Sie mustert mich interessiert. Ich brauche einen Moment, um zu verstehen, wovon sie spricht. Natürlich meint sie das Halloweenkostüm für den Wettbewerb, dessentwegen wir uns überhaupt auf dem Weg nach Bristol befinden.

»Ich lasse mich vor Ort inspirieren«, erwidere ich und versuche, mir nicht allzu viele Sorgen zu machen.

»Hast du denn so gar keine Idee?«, hakt Libby neugierig nach.

»Doch, ein paar Ideen habe ich mittlerweile, nur bringen die mir nichts, wenn ich nicht das Geld habe, sie umzusetzen. Ich muss erst mal schauen, was ich mir leisten kann. Und du? Hat dich inzwischen die Muse geküsst?«

»Wenn es so weitergeht, werde ich auf der Halloweenparty als Streichholz aufkreuzen … Nackt und, weil es so peinlich ist, mit hochrotem Kopf«, erklärt Libby auf Ellas fragenden Blick hin, was uns zum Lachen bringt.

Als wir kurz darauf an der Tankstelle halten, weil uns der Sprit langsam ausgeht und die Mädels einen Snack brauchen, bleibe ich sitzen, um gar nicht erst in Versuchung zu geraten. Natürlich habe ich auch Hunger, mein Magen hat die Fahrt über mehr als einmal verräterisch geknurrt, doch Lebensmittel an der Tankstelle zu kaufen, ist ein Luxus, den ich mir nicht leisten kann und vor allem nicht leisten will. Außerdem möchte ich mich gerne an den Spritkosten für unsere Fahrt hierher beteiligen. Daher ignoriere ich das Hungergefühl und krame in meinen Rucksack nach meiner Trinkflasche. Doch mein Versuch, meinen Magen mit ein paar Schluck Wasser zu besänftigen, scheitert kläglich. Protestierend meldet er sich mit einem Grummeln zu Wort. Vielleicht habe ich noch irgendwo einen Kaugummi. Ich krame in meinem grau-rosa Polyesterrucksack herum. Er ist alt und schäbig, aber er erinnert mich täglich daran, wo ich herkomme und dass ich dorthin nie wieder zurückwill. Ja, niemand würde auf die Idee kommen, dass jemand, der so einen Rucksack trägt, ein Interesse an Mode besitzt, doch das kümmert mich nicht. Sollen die Leute denken, was sie wollen. Ich brauche diesen Rucksack. Für mich ist er so etwas wie ein Anker, eine Ermahnung, mich auf meine Ziele und Träume zu konzentrieren. Zu meiner Freude finde ich in einem der zahlreichen Fächer einen Müsliriegel.

»Was bekommst du für das Benzin?«, frage ich Val, nachdem sie wieder hinter dem Steuer ihres Corsas Platz genommen hat.

»Nichts. Ella hat darauf bestanden zu zahlen. Danke noch mal.«

Ella, die sich zu mir auf die Rückbank gesetzt hat, erwidert: »Keine Ursache.« Mit den Worten »Hier, habe ich dir mitgebracht« reicht sie mir ein Sandwich, eine Flasche Wasser und eine Tüte Chips.

Da ich es mir nicht leisten kann, lehne ich dankend ab. »Echt lieb von dir, aber ich habe keinen Hunger.«

»Da sagt dein Magen aber was anderes!«, meint Ella im Flüsterton. »Der hat inzwischen so laut geknurrt, dass ich mir nicht sicher war, ob er nicht aus deinem Bauch hüpft, um auf die Jagd nach etwas Essbarem zu gehen.«

Just in diesem Moment gibt er ein weiteres dumpfes Grollen von sich. Verräter! Besänftigend lege ich meine Hand auf den Bauch.

»Siehst du, er ist ganz meiner Meinung, also nimm mein Mitbringsel an.«

Unsicher äuge ich zu Val und Libby, die sich jedoch gerade angeregt darüber auslassen, wie unglaublich teuer der Sprit in England ist, und von unserer Unterredung nichts mitbekommen.

»Danke, aber du musst mir nicht dauernd was schenken.«

Ich habe ein schlechtes Gewissen, denn Ella ist wirklich immer sehr großzügig, und wirklich revanchieren kann ich mich nun mal nicht.

»Hey, ich schulde dir was.«

»So?«, frage ich zweifelnd.

»Ja, du hast schließlich das Zimmer mit mir getauscht.«

»Und du hast dafür bezahlt!«, erinnere ich sie nachdrücklich. Ella tut immer so, als hätte ich ihr bei ihrem Einzug einen Gefallen getan, dabei war es eigentlich umgekehrt. »Ehrlich, wenn überhaupt, schulde ich dir was!«

Ella winkt ab. »So ein Blödsinn! Die meisten hätten es sich in ihrem Zimmer bequem gemacht und das verzogene Mädchen mit ihrem ganzen Plunder im Flur sitzen lassen. Und nun iss, damit du groß und stark wirst.« Sie sagt es so ernst, dass wir im nächsten Atemzug in schallendes Gelächter ausbrechen. »*Mon Dieu!* Gerade habe ich mich wie meine Mutter angehört!«, japst Ella.

»Ich habe keine Ahnung, wie deine Mutter klingt, aber du hast dich in der Tat wie eine echte Mutter angehört.«

»Eine echte Mutter? Gibt es denn auch falsche?«

Ich erwidere nichts, sondern nicke lediglich. Allerdings will ich mir das erstaunlich leckere Sandwich nicht durch Gedanken an meine Familie verderben.

Zum Glück ist Ella weitaus sensibler, als man auf den ersten Eindruck meinen würde, und hakt nicht nach. Allerdings spüre ich ihren besorgten Blick auf mir, und unwillkürlich muss ich lächeln. Ich mag meine Mitbewohnerinnen wirklich sehr, und es ist toll zu sehen, dass Vals Idee von den Musketieren uns zu einer echten Gemeinschaft zusammengeschweißt hat. Jede von uns sorgt sich um die anderen, und die meiste Zeit haben wir viel Spaß miteinander.

Lustig wird es auch, als wir eine knappe halbe Stunde später mit zwei Einkaufswagen bewaffnet den Laden stürmen. Fast fahre ich Libby über den Haufen, als sie mitten im Gang stehen bleibt und sich staunend umsieht.

Überraschenderweise ist die Erste, die im Laden fündig wird, unsere Fahrerin, die sich Hals über Kopf in einen Jerseystoff mit zuckersüßem Fuchsprint verliebt.

»Ohhhh, schaut mal!«, ruft Val verzückt, legt ihre heiß geliebte Kamera auf einem der Stofftische ab und schnappt sich die Rolle. »Ist das nicht süß?«

Ella, die bereits vorgeprescht war, kommt zurück. »*Mon Dieu!* Hast du deinen Eisprung?«, fragt sie ungläubig.

Val sieht sie etwas belämmert an, bis es klick macht und sie zu lachen beginnt. »Was? Nein! Aber ich liebe Füchse! Und die hier sind einfach bezaubernd, oder? Vielleicht lasse ich mir von euch zeigen, wie man so einen Schlauchschal näht.«

Zugegebenermaßen ist es kein Stoff, den eine von uns anderen auch nur ansehen würde – zumindest nicht, wenn wir nicht gerade Kinderklamotten nähen würden –, Val jedoch hat ihren eigenen Stil. Müsste man dem Kind einen Namen geben, wäre es wohl »Knitwear meets Boho Chic«. Auch heute trägt sie eine gestreifte bunte Strickjacke über einem kurzen gepunkteten Rock. Kombiniert hat sie das Ganze mit fellbesetzten Stiefeln. Obwohl der Look wenig elegant und recht ausgefallen ist, wirkt er nicht unmodisch.

Ich kann mir durchaus vorstellen, dass ein Schal mit Fuchsprint ihr steht und sehr niedlich an ihr ausschaut.

»Lenk mal Val ab«, zischt Libby mir zu, und ich ahne, was sie vorhat. Grinsend starte ich ein großes Ablenkungsmanöver, damit Libby den Stoff heimlich kaufen kann.

»Ohhhh, schaut mal da!«, kreische ich, zeige quer durch den Raum und eile davon.

»Was ist denn da?«, fragt Ella verwirrt, die von Libbys und

meinem telepathisch geschmiedeten Plan nichts mitbekommen hat.

»Oh. Mein. Gott!«, kreische ich nun völlig euphorisch. Mein Plan, so zu tun, als hätte ich im hintersten Teil des Ladens die Sensation schlechthin entdeckt, geht auf. Val und Ella folgen mir, wodurch Libby freie Bahn hat.

»Was hast du denn entdeckt?«, will Ella wissen, als sie mich schließlich einholt. Neugierig sieht sie sich nach dem Grund für meinen Begeisterungssturm um. Auch Val gesellt sich keuchend zu uns.

Nun heißt es improvisieren! Unglücklicherweise bin ich in den Gang mit den Fleece- und Frotteestoffen gerannt, die für uns ähnlich interessant sind wie die kunterbunten Jerseystoffe im Eingangsbereich.

»So einen…«, behaupte ich und ziehe wahllos eine Rolle aus dem Regal, »…habe ich schon immer gesucht.« Ella betrachtet mich angesichts des weißen, stinknormalen Frotteestoffs, als hätte ich nicht mehr alle Tassen im Schrank.

Val kommt näher, fasst den Stoff an. »Der ist aber schön weich!«

Großartige Vorlage! Danke, Val! »Ja, nicht wahr!«, hauche ich und schmiege meine Wange hingebungsvoll an das Material. Hoffentlich hinterlasse ich keine Make-up-Flecken, sonst muss ich von dem Zeug später wirklich noch was kaufen. Unglücklicherweise sorgt die Reibung dafür, dass sich meine Haare statisch aufladen und nun zu Berge stehen. Ups! Eilig streiche ich sie glatt und grinse Ella an.

»Und was willst du damit?«

»Einen Bademantel nähen, was denn sonst.«

»Aber du hast doch einen flauschigen Bademantel«, wirft Val ein.

Auch wieder wahr! Ich überlege hektisch. »Für Lucky!«

»Du willst einen Bademantel für einen *Kater* nähen?« Ella blinzelt mich ungläubig an.

Grundgütiger! Ich bin so eine schlechte Lügnerin, es ist echt peinlich. »Ja«, piepse ich. »Na ja, jetzt wo es Winter wird. Ich will nicht, dass er friert, und ins Haus dürfen wir ihn ja nicht lassen.«

Man muss Ella echt zugutehalten, dass sie es bei all dem Blödsinn, den ich gerade von mir gebe, schafft, nicht mit den Augen zu rollen. Zu meinem großen Glück stößt Libby wieder zu uns und rettet mich vor weiteren albernen Lügen, in die ich mich verstricken könnte.

»Wo hast du denn gesteckt?«, frage ich sie in vorwurfsvollem Tonfall.

»Man wird doch wohl noch mal aufs Klo gehen dürfen. Oder muss ich mich jetzt bei euch abmelden, wenn ich mal pinkeln muss?« Sie zwinkert mir in einem unbeobachteten Moment heimlich zu, und ich habe Mühe, mir ein Grinsen zu verkneifen. Da wird sich Val sicherlich freuen. Bei der Vorstellung ergreift ein Glücksgefühl von mir Besitz, und einen Augenblick lang komme ich mir wie eine raffinierte Trickbetrügerin vor, die einen ganz großen Coup gelandet hat.

Ella legt Libby den Arm um die Schulter und erwidert auf ihre Frage hin: »Klar, wir wollen ja nicht, dass du verloren gehst! Das kann in diesem großen Laden schon passieren – vor allem, wenn man bedenkt, was für einen entsetzlichen Orientierungssinn du hast.«

»Hey!«, empört sie sich. »Was kann ich denn dafür, dass da diese Baustelle war? Und auch dass die Einbahnstraße mir nicht angezeigt wurde, ist nun wirklich nicht meine Schuld. Abgesehen davon habe ich bisher schließlich immer nach Hause gefunden!«

»Eine Meisterleistung!«, befindet Ella mit neckendem Spott in der Stimme.

Ich beobachte die Plänkeleien mit einem Gefühl der Zufriedenheit, verfalle jedoch kurz darauf, als ich allein durch die Gänge stromere, in eine nachdenkliche, beinahe schon melancholische Stimmung. Den ganzen Morgen und auch die Fahrt über habe ich mir verboten, an meine Schwester zu denken. Heute ist der 26.10.2019, der Tag ihres dreißigsten Geburtstags. Ich frage mich, wo Bianka nun lebt und ob sie einen Neuanfang geschafft hat. Konnte sie die Schatten der Vergangenheit hinter sich lassen, und denkt sie manchmal auch an mich? Oder hat sie mich vergessen und zusammen mit den Erinnerungen an unser liebloses Elternhaus begraben? Ich bleibe gedankenverloren vor einem Regal mit Seidenstoffen stehen. Während meine Fingerkuppen das Material erkunden, komme ich zu dem Schluss, dass ich es ihr nicht verübeln würde, wenn sie mit allem abgeschlossen hätte – schließlich wünsche ich ihr nur das Beste. Obwohl sie bei meiner Geburt erst neun war, musste sie sich bereits früh um mich kümmern. Sie übernahm die Aufgaben, zu denen meine Mutter nicht in der Lage war. Sie fütterte und wickelte mich, brachte mir das Laufen bei, tröstete mich, wenn ich hinfiel, und sang mir Schlaflieder vor. Sie hatte eine schöne Stimme. Wenn ich die Augen schließe, kann ich sie in meinem Kopf auch nach all den Jahren noch hören. Ich liebte es, wenn sie mir Geschichten vorlas. Mein Lieblingsmärchen war *Die Leichenbraut...* Ist es noch immer, wenn ich ehrlich bin. Auch die Verfilmung von Tim Burton habe ich geliebt – obgleich sie nur wenig mit der ursprünglichen Sage gemein hat. Aber so ist das mit der Inspiration – manchmal muss man ein komplexes Thema auf das Grundsätzliche herunterbrechen. Und ist die Vorstellung nicht faszinierend, dass es eine Verbindung zwischen dieser Welt und dem Jenseits geben könnte?

Unweigerlich wandern meine Gedanken zu Halloween. Für die Aufgabe musste ich erst einmal recherchieren, was genau an diesem Tag gefeiert wird, denn in Russland gibt es dieses Fest nun einmal nicht. Und damit meine ich Halloween abseits von Kürbissen, »Süßes oder Saures« und Partys, wie man es aus den Filmen kennt. Spannend fand ich, dass der Ursprung zurück in die Zeit der Kelten führt. Dort wurde am 31. Oktober das Fest *Samhain* gefeiert, und man glaubte daran, dass an diesem Tag – genau wie in meinem Lieblingsmärchen – die Welt der Toten und die der Lebenden aufeinandertrafen.

Irgendwie ist es eine verrückte Geschichte! Ich meine, wie kommt man auf so eine Idee? Eine tote Braut, die zum Leben erwacht, eine Art tragisches, romantisches Zombie-Mädchen … Meine Finger, die eben noch den Stoff auf seine Qualität geprüft haben, halten in der Bewegung inne. Das ist es!

Eine Welle der Euphorie erfasst mich, denn diese Eingebung ist auf so vielen Ebenen gut: Ich habe durch das anspruchsvolle Brautkleid die Möglichkeit, mein gesamtes fachliches Können zu demonstrieren, das Zombiethema passt hervorragend zu Halloween, und der Stoff muss, da ich das Kleid ja ohnehin gleich wieder zerstören werde, auch nicht unglaublich hochwertig sein.

Erleichtert, endlich eine brauchbare Idee zu haben, streife ich durch die Gänge und überlege mir, wie das Kleid aussehen soll. Es ist nicht mein erstes Hochzeitskleid, doch meistens hatten meine Kundinnen genaue Vorstellungen. Dieses Mal bin ich frei, und ich beschließe, mein Traumkleid umzusetzen. Viele Frauen möchten sich an diesem Tag wie eine Prinzessin fühlen. Ihnen kann es nicht genug Tüll, Spitze und Perlen sein. Ich persönlich bevorzuge klassische Eleganz.

Ich erinnere mich an ein Kleid, das ich vor ein paar Jahren mal in einem Magazin gesehen habe. Es war ärmellos mit U-Boot-Ausschnitt. Die Vorderseite war – bis auf die großen Falten des Rocks – ganz schlicht. Der Rücken hingegen war der absolute Hingucker, nicht nur wegen des dort verarbeiteten Spitzenstoffs, sondern auch aufgrund der eindrucksvollen Schleppe.

Da ich das Kleid ohnehin zombiemäßig zerfetzen werde, muss der Stoff nichts Besonderes sein. In diesem Fall reicht synthetischer Taft völlig aus. Aufgeregt sehe ich mich um, entdecke den Gang mit den Taftstoffen und eile in die entsprechende Richtung. Schnell ist der perfekte Weißton gefunden, und ich begebe mich auf der Suche nach einem schönen Spitzenstoff für die Rückenpartie in die Resteabteilung. Ich brauche kein großes Stück, aber es soll das Kleid etwas aufwerten. Ja, natürlich werde ich es später nahezu bis zur Unkenntlichkeit beschädigen. Ich werde es zerreißen, werde es mit Kohle beschmieren, damit es richtig schmutzig wird, und irgendwoher Kunstblut organisieren, um den Zombielook perfekt zu machen. So etwas bekommt man sicherlich im Internet. Das Kleid wird völlig ramponiert sein, doch das ist der Endzustand. Vorher muss es aussehen wie ein Kleid, das eine echte Braut am Tag ihrer Hochzeit anziehen würde. Eine Braut, die dann unglücklicherweise zu einer Untoten wird. Und um diesen Eindruck zu erwecken, darf das Kleid nicht billig aussehen. Es darf keinen Kostümcharakter besitzen, sondern muss aussehen wie ein Brautkleid aus dem Laden.

Zum Glück entdecke ich bei den Restposten einen wunderschönen weißen Spitzenstoff. Es ist nicht viel – reicht nicht einmal für einen zusätzlichen Schleier –, doch als meine Finger über das zarte florale Muster gleiten, weiß ich, dass ich genau danach gesucht habe.

Schnell überlege ich, was ich an Material sonst noch benötige. Viele kleine Knöpfe zum Beziehen und Schlaufenband. Die Knopfrohlinge finde ich in der Nähe der Kasse. Ich frage eine Mitarbeiterin nach dem Schlaufenband, und zum Glück ist auch das verfügbar.

Gerade als ich mich auf dem Weg zu den anderen befinde, klingelt mein Handy. Die Nummer des Clubs steht auf dem Display.

»Ja?«, melde ich mich und sehe Libby hinterher, die an mir vorbei in Richtung der Tüllstoffe eilt. Auch Ella kann ich von meiner Position aus sehen. Sie scheucht gerade das Personal durch die Gegend, und ich frage mich grinsend, ob sie bereits für ihre Rolle als Königin der Nacht übt.

»Hey, ich bin's, Fawkes! Kannst du heute Abend einspringen?« An der Tatsache, dass Fawkes gleich zum Punkt kommt, und auch an der Anspannung, die in seiner Stimme mitschwingt, merke ich, wie gestresst er ist. Er gibt irgendwem Anweisungen, ehe er an mich gerichtet sagt: »Mir ist gerade eine Bedienung abgesprungen.«

»Im Prinzip würde ich die Schicht ja gerne übernehmen, aber das haut mit meinen Stunden nicht hin.« Als Auslandsstudentin ist mir lediglich ein Nebenjob mit maximal zwanzig Wochenstunden gestattet.

»Mach dir darum keine Sorgen«, beruhigt Fawkes mich. »Wir müssen es ja niemandem verraten.«

»Und wie soll das ablaufen? Ich meine, wie regeln wir das Finanzielle?«

»Am Ende des Abends wirst du einfach sechzig Pfund mehr im Portemonnaie haben.«

Zuzüglich Trinkgeld versteht sich – unfassbar üppig fällt das im Tarantula leider nicht aus, denn die meisten Besucher sind ebenfalls Studenten. Daher bin ich aber auch um jede

Schicht dankbar und sage Fawkes zu, der sich überschwänglich bedankt.

»Du bist unsere Rettung! Tausend Dank!« Er klingt immer noch gehetzt. »Wir sehen uns dann heute Abend!«

»Okay, dann bis dann.«

Gerumpel ist zu hören, gepaart mit Fawkes' unterdrücktem Fluch. Immerhin scheinen keine Gläser zu Bruch gegangen zu sein. Mein Chef klingt atemlos, als er sagt: »Du hast was gut bei mir, Oxy!«

Ehe ich etwas erwidern kann, hat er auch schon aufgelegt. Ich stecke das Handy weg und geselle mich zu Val und Ella, die gerade eine sündhaft teure Nähmaschine kauft. Es ist ein echtes Profigerät und kostet vermutlich mehr als Vals Auto. Unfassbar.

Kaum hat Ella die Verkäuferin instruiert, das Gerät an die Kasse zu bringen – in ihrem übervollen Einkaufswagen ist tatsächlich kein Platz mehr –, taucht Libby auf. Sie sieht etwas abgespannt aus. Nach der langwierigen Erkältung ist es um ihre Kondition noch nicht gut bestellt.

»Habt ihr alle, was ihr wolltet?«, fragt Val in die Runde. »Cool, dann können wir ja an die Kasse gehen.«

»Gehst du als Gespenst?« Libby beäugt neugierig meinen Einkaufswagen, als sie ihre Tüten hineinpackt.

»Lass dich überraschen!«, gebe ich mich geheimnisvoll.

»Das ist gemein. Du weißt doch, wie neugierig Libby ist«, empört sich ausgerechnet Ella, woraufhin Libby einwirft: »Ich bin kein Stück neugieriger als du!« Wohl wahr!

»Menno, ich will es auch wissen«, mischt Val sich ein.

»Egal, ihr werdet euch alle drei gedulden müssen«, bleibe ich hart, woraufhin Libby mich mit einem Blick bedenkt, der jedes Herz zum Schmelzen bringen würde. Selbst Lucky würde sie mit diesem Ausdruck in den Iriden Konkurrenz machen. *Ach, bitte, bitte, bitte*, sagen ihre großen königsblauen Augen, aber ich lasse mich nicht erweichen. In mich hinein-lachend, wende ich den Wagen und gehe in Richtung Kasse.

»Haben Sie es passend?«, erkundigt die Kassiererin sich. Ich wühle im Kleingeldfach meiner Geldbörse herum, doch dort befinden sich bloß ein paar Euro, fünf Knöpfe, drei Steck-nadeln und ein etwa zwanzig Zentimeter langer Faden. Das war's! Bedauernd schüttle ich den Kopf. Seufzend kratzt sie das Wechselgeld zusammen. Ich nehme es an, stecke es ein und wende mich den anderen zu.

»Mensch, habe ich einen Durst«, ächzt Libby. »Könntet ihr…« Sie sieht Val und mich flehend an. »…uns aus dem Lebensmittelgeschäft gegenüber vielleicht was zu trinken be-sorgen, während Ellas Ausbeute abkassiert wird. Es kann sich schließlich nur noch um Stunden handeln.«

Ella wirft ihr einen gespielt beleidigten Blick zu, aber es ist die Wahrheit: Sie hat einen echten Großeinkauf hinge-legt, und die Mitarbeiterinnen werden bestimmt eine Viertel-stunde mit Kassieren beschäftigt sein. Ihr Einkaufswagen platzt aus allen Nähten, und ich frage mich, wofür sie all das Zeug braucht. Soll das nur für ihr Halloweenkostüm sein?

»Ja, klar!«, kommt es prompt von Val. Sie ist unglaublich hilfsbereit. Man muss sie einfach mögen, und dass sie immer gut gelaunt ist, trägt natürlich ebenfalls dazu bei. Libby drückt ihr eine Zwanzig-Pfund-Note in die Hand, und wir verlassen den Laden.

Als wir uns kurz darauf am Auto treffen, stehen wir vor der Herausforderung, die Einkäufe im Kofferraum zu verstauen. Obwohl Ella sich einiges zuschicken lässt – unter anderem eine Schneiderbüste, die sie ebenfalls erstanden hat –, ist es ziemlich knifflig, alles unterzubringen.

»Das ist ja wie *Tetris* spielen«, scherzt Val und dreht den

Karton mit Ellas neuer Nähmaschine. »So ist es besser!«, befindet sie, und endlich gelingt es ihr, die Klappe zu schließen.

»Das war das Paradies«, seufzt Ella zufrieden, kaum dass wir wieder auf der Rückbank sitzen.

»Ja, das war es, bis du es leer geräumt hast!«, ziehe ich sie auf. Unfassbar, dass sie sich diese sauteure Nähmaschine mal einfach so geleistet hat. Das waren die Studiengebühren für dieses Jahr oder die Miete für fast siebzig Wochen … Ich darf gar nicht darüber nachdenken, wenn ich ehrlich bin. Nicht dass ich es ihr nicht gönne, es ist nur so verrückt.

»Eine von uns musste ja schließlich für Umsatz sorgen. Die Mitarbeiterinnen wollen schließlich bezahlt werden.« Sie grinst mich frech an.

»Weißt du was?«, gluckse ich. »So habe ich das noch nie gesehen.«

»Sagt mal, habt ihr auch Hunger?«, fragt Ella ein paar Minuten später in die Runde.

»Ja! Ganz schrecklich!«, jammert Libby beinahe schon mitleiderregend. »Und ihr?«, wendet Ella sich an Val und mich.

»Ach, ich könnte schon was vertragen«, antwortet Val, während ich zögere. Nach einem Blick auf die Uhr nicke ich. Zeitlich müsste das hinhauen. Ich will nur nicht zu spät zu meiner Schicht kommen.

»Super! Dann betrachtet euch als eingeladen!«

Libby bedankt sich überschwänglich bei Ella, während Val ein gutes Restaurant in der Nähe von Exeter vorschlägt.

»Wunderbar, dann nichts wie hin! Ich sterbe, wenn ich nicht bald etwas zu essen bekomme!«

»So schnell verhungert man nicht«, wende ich ein und tätschle ihr den Arm. »Danke übrigens auch von mir für die Einladung zum Essen. Nachher nicht kochen zu müssen, ist echter Luxus.«

»Der echte Luxus«, erwidert Ella ernsthaft, »der seid ihr. Ich bin wirklich froh, dass wir uns kennengelernt haben, und ich hatte schon lange nicht mehr so viel Spaß wie heute.«

Den Rest der Fahrt ergehen sich meine Mitbewohnerinnen in Spekulationen bezüglich meines Kostüms. Libby, die ja bereits im Laden darauf tippte, dass ich als Geist gehe, äußert diese Vermutung erneut. Ella hingegen ist überzeugt, dass ich als russische Schneekönigin am Wettbewerb teilnehmen werde.

»Im wahrsten Sinne des Wortes ganz kalt«, meine ich augenrollend. Dass sie nicht abwarten können zu erfahren, was ich mache, ist so typisch für die Mädels. Eine neugieriger als die andere. Dass sie aber auch noch verdammt clever sind, demonstriert keinen Atemzug später Val.

»Okay, dann bleibt ja nicht mehr viel Auswahl. Ich schätze, du gehst als Braut, aber findest du das nicht etwas lahm? Das ist schließlich ein Wettbewerb und …«

»Ja genau, und deshalb gehe ich als Zombiebraut!«

Vals Blick sucht über den Rückspiegel meinen. Ihre Augen sind vor Erstaunen geweitet, als sie sagt: »Wie cool ist das denn? Ich stehe total auf Zombies. Ich habe sogar mal bei einem Zombiewalk mitgemacht. Das hat so einen Spaß gemacht. Was ist deine Hintergrundstory? Wurdest du gebissen, oder hast du dich anderweitig infiziert?«

»Hm, darüber habe ich mir noch gar keine Gedanken gemacht.«

»Na ja, wie du zombiefiziert wurdest, ist schon wichtig. Vielleicht bist du ja der Ursprung einer weltweiten Seuche, quasi Patient Zero.«

»Nein, auf keinen Fall bin ich für die Zombiecalypse verantwortlich!«, verwehre ich mich gegen Vals Vorschlag. »Das ist eine gruselige Vorstellung. Stellt euch mal vor, wie schlimm es wäre, die Schuld am Ende der Welt zu tragen.«

»Schätzungsweise geht dir das als Zombie – mit Verlaub – am Arsch vorbei«, gibt Val zu bedenken.

»Ja, da bist du dann nur noch auf der Suche nach Hirn«, gibt Libby ihr recht und formt ihre Finger zu Klauen, während sie ihr hübsches Gesicht zu einer Fratze verzieht und so tut, als würde sie zu uns nach hinten klettern wollen, um in bester Zombiemanier über uns herzufallen.

Libby bekrabbelt mein Bein, und ich quieke theatralisch, während Ella sich vor Lachen den Bauch hält.

»Verrückt!«, kichert Val. »Ihr seid doch echt alle total verrückt!«

Rund eineinhalb Stunden später sitzen wir in einem hübschen Restaurant und haben durch die weißen Sprossenfenster einen Blick auf den Fluss Exe. Einige Boote ankern in Sichtweite, einige gleiten vorbei. An das Ufer auf der anderen Seite grenzt ein Feld. Der Anblick ist idyllisch.

»Ich hoffe, es gefällt euch«, meint Val. »Ich war erst einmal hier, aber ich fand das Essen sehr lecker.«

Obwohl sie nur einmal da war, erinnert der Kellner sich an sie. »Valerie aus Deutschland, richtig?«, fragt er, als er ihr die Karte reicht.

»Ja, richtig!«, stimmt sie ihm zu.

»Wie schön, dich wiederzusehen. Hast du dich inzwischen eingelebt? Wie geht es Parker?« Parker? Ist Val etwa mit unserem Vermieter hier gewesen?

»Soweit ich weiß, geht es ihm gut. Er war neulich mal im Haus und hat einige Dinge gerichtet.«

Der Kellner schüttelt den Kopf. »Immer am Arbeiten, der Mann! Bewundernswert, wie er das alles unter einen Hut bekommt.«

Jemand ruft aus der Küche nach einem gewissen Ted.

Unsere Bedienung wendet sich um und brüllt: »Komme gleich!«

»Jetzt!«

Er verdreht die Augen. »Familienunternehmen!«, meint er erklärend und fügt hinzu: »Ich gehe mal gucken, was mein Vater will!«

»Hör auf zu flirten!«

»Ich flirte nicht! Ich mache nur meinen Job, Dad!« Er zwinkert Val entschuldigend zu, und ich bin mir nicht sicher, ob er nicht doch mit ihr geflirtet hat. Er händigt uns rasch die Karten aus und eilt dann in die Küche davon.

»Kannst du bitte aufhören, so rumzubrüllen, Dad?« Na ja, leise ist er auch nicht gerade. »Was sollen denn die Gäste denken?«

»Mir egal! Wichtiger ist, was Parker denkt, wenn er erfährt, dass du mit seinem Mädchen flirtest.«

Nun sind auch meine beiden anderen Mitbewohnerinnen hellhörig geworden. Interessiert zuckt Ellas rechte Braue in die Höhe, während Libby Val nicht mehr aus den Augen lässt. »Parkers Mädchen?«, hakt sie nach. »Das würde einiges erklären!«

Was genau würde das erklären?, frage ich mich, doch Val widerspricht so hastig, dass ich nicht dazu komme, mich einzuklinken.

»Was? Nein! Er hat mir bloß das Dartmoor gezeigt!« Sie errötet heftig. Ich blicke sie zweifelnd an, und Libbys und Ellas Mienen nach zu schließen, wirken sie ebenfalls nicht überzeugt. »Es war ein Wochenendausflug, mehr nicht!«, fügt sie hinzu, nachdem sie erkannt hat, dass keine von uns ihr diese fadenscheinige Erklärung abkauft. »Und auf dem Rückweg waren wir hier essen. Keine Ahnung, warum Ted und sein Vater denken, wir seien ein Paar.«

»Du bist also nicht mit Parker zusammen?«, fühlt Ella ihr auf den Zahn.

»Nein!«, entgegnet Val sehr entschieden. Mit einem Mal klingt sie regelrecht ablehnend. »Er ist unser Vermieter!«, erklärt sie nachdrücklich.

»Na und? Solange du dein Zimmer nicht mit sexuellen Gefälligkeiten bezahlst, wäre das doch nicht schlimm.« Ella zwinkert ihr verschwörerisch zu, doch Vals Gesichtsausdruck nach zu urteilen, findet sie den Spruch gar nicht witzig.

»Ich finde, Ella hat recht«, mische ich mich ein. »Da ist doch nichts dabei. Er ist ja nicht verheiratet, oder? Zumindest habe ich keinen Ring an seinem Finger gesehen. Und seien wir ehrlich, er ist ziemlich attraktiv.«

»Sorry, aber ich habe echt die Nase voll von Männern«, unterbricht Val sie rigoros. »Ihr erinnert euch an meine letzte Beziehung?« Auch Libby scheint die Geschichte von Vals Ex zu kennen, denn sie verzieht ihre hübschen vollen Lippen zu einer Grimasse. »Männer machen nichts als Ärger!«

Wohl wahr, denke ich frustriert. Zwar hat mein Ex nicht mein Konto leer geräumt, dafür aber hinter meinem Rücken in der Weltgeschichte rumgevögelt. Auch nach all den Monaten schmerzt der Betrug noch. Ich hatte wirklich geglaubt, es gebe eine Zukunft für uns, doch dann musste ich erfahren, dass ihm rein gar nichts an mir lag.

»Apropos Männer und Ärger …«, wechselt Ella das Thema.

»Probleme mit Étienne?« Er ist momentan wohl sehr im Stress, weshalb Ella und er kaum miteinander telefonieren.

»Nein, nicht wirklich …« Sie seufzt leise.

»Aber unwirklich?« Val mal wieder. So typisch!

»Er wollte eigentlich nächste Woche mit Henri zusammen herkommen, doch es geht aufgrund der beruflichen Situation nicht.« Als sie weiterspricht, klingt sie ziemlich geknickt.

»Und ich verstehe das ja. Er hat hart dafür gearbeitet, an den Punkt zu kommen, an dem er jetzt ist, aber …«

»Du vermisst ihn halt«, fasst Libby das Offensichtliche in Worte und tätschelt mitfühlend Ellas Arm.

»Vermutlich werden wir uns erst an Weihnachten sehen«, murmelt sie und hört sich derart niedergeschlagen an, dass ich sie am liebsten in den Arm nehmen und drücken will. Allerdings wäre sie nicht Ella Chevallier, wenn sie sich im nächsten Moment nicht wieder unter Kontrolle hätte. Sie strafft die Schultern – vermutlich mit der Stimme ihrer grässlichen Benimmlehrerin im Ohr – und fügt hinzu: »Aber um Étienne geht es gar nicht, sondern um Henri.«

»Ich freue mich schon sehr darauf, deinen Bruder kennenzulernen«, verkündet Val mit dem ihr eigenen Enthusiasmus. »So wie du von ihm geschwärmt hast, muss er ja ein großartiger Typ sein.«

»Ja, also … Na ja, das ist er auch«, druckst Ella für ihre Verhältnisse zögerlich herum. Ich runzle die Stirn und betrachte sie aufmerksam. Was ist mit Henri? »Libby habe ich eben im Laden schon gewarnt, als ihr einkaufen wart. Henri ist echt toll, das ist er wirklich, aber er … Nun ja, er ist ein ziemlicher Aufreißer, wenn ich ehrlich sein soll.«

»Also stimmt es, was man in der Presse so über ihn liest?«, erkundige ich mich erstaunt, denn nichts von dem, was sie über Ella schreiben, ist wahr.

»Was die Klatschzeitschriften drucken, stimmt so gut wie nie … Die wollen bloß, dass die Auflagenhöhe steigt, und dafür ist ihnen jedes Mittel recht. Für die bin ich ja auch nur die Partygöre … Closer schrieb mal, ich sei die französische Paris Hilton.« Sie schnaubt empört. »Und ja«, gibt sie zu, »ich hatte mal eine etwas wilde Phase, aber das ist vorbei. Inzwischen habe ich mich allerdings damit abgefunden, dass ich diesen Ruf nicht mehr loswerde – ganz egal was ich tue.« Ihr lapidares Achselzucken will nicht wirklich zu dem traurigen Unterton in ihrer Stimme passen. »Aber zurück zu Henri… Er kann unglaublich charmant sein – die Frauen liegen ihm ja nicht umsonst reihenweise zu Füßen –, aber wenn ihr euch einen Liebeskummer der Extraklasse ersparen wollt, dann lasst euch nicht von ihm um den Finger wickeln. Ich mag euch zu gern, um euch als Freundinnen zu verlieren.«

»Keine Sorge! Wie gesagt, ich für meinen Teil bin mit Männern durch«, beruhigt Val sie. Schelmisch grinsend fügt sie hinzu: »Und wenn, wäre dein süßer großer Bruder bloß eine Bettgeschichte für mich.« Sie sagt es so lässig, dass wir alle lachen müssen. »Was denn? Ich wäre auch ganz vorsichtig! Nicht dass seine hübschen blonden Locken noch in Unordnung geraten.« Für ihren albernen Spruch belohnt Ella sie auch noch mit einem High Five. Nicht zu fassen!

In einem Punkt hat sie allerdings definitiv recht: Seine Locken sind echt hübsch. Doch auch sonst ist Henri Chevallier wirklich maßlos attraktiv: groß, breitschultrig, athletisch… Vom Gesicht her erinnert er mich an einen jungen Sam Heughan, was vermutlich vor allem an der Augenpartie und dem scharf geschnittenen Kiefer liegt. Ja, seien wir ehrlich: Henri Chevallier ist heiß wie die Hölle, doch da ich nicht vorhabe, mich zu verbrennen, werde ich Ellas Rat auf jeden Fall beherzigen.

»Ist er wirklich so attraktiv wie auf dem Foto neulich, oder war das bloß ein Glückstreffer?«, fragt Libby.

»Klar ist er das, er ist immerhin mein Bruder«, erwidert Ella keck. »Warte, ich zeige dir noch ein paar Fotos.«

Libbys entzücktes Quietschen lässt vermuten, dass sie weitaus wagemutiger ist als ich. »Oh, ist der süß! Echt krass diese Locken!« Sie starrt auf Ellas Handydisplay. Mit strahlenden Augen wendet sie sich zu ihr um. »Hatte er die schon immer?«

Schmunzelnd zückt Ella ihr Portemonnaie, auf dessen schwarzem Leder ein goldenes Yves-Saint-Laurent-Logo prangt. Das Foto, das Ella hervorkramt, ist abgegriffen. Es ist eine alte Aufnahme. Sie zeigt zwei Kinder, die grinsend in die Kamera lachen. Ella hat eine Schramme auf der Stirn, zerzaustes Haar, und sie präsentiert stolz eine gigantische Zahnlücke. Ihr großer Bruder – er ist schon eher ein Teenager – hat ihr den Arm um die Schulter gelegt. Der Wind zerrt an seinen blonden Locken. Die warmen hellbraunen Augen funkeln amüsiert. Im Hintergrund sieht man eine Reling und das Meer. Was für eine wunderschöne Aufnahme, denke ich, und was für ein inniger Moment unter Geschwistern.

»Da sieht er ja noch niedlicher aus. Wie ein Engel!«

»Lass dich bloß nicht täuschen!« Eindringlich sieht sie Libby an. »Ihr erinnert euch an Madame Bernard?«

»Deine Benimmlehrerin?«, fragt Val. »Was ist mit ihr?«

»Nun ja, Henri und sie…« Ellas angeekelter Gesichtsausdruck bringt mich zum Lachen.

»Dein Bruder hat mit deiner Benimmlehrerin geschlafen?« Libby klingt völlig entgeistert.

»Mein Bruder hat mit halb Paris geschlafen und ja, unter anderem auch mit dieser Kuh. Also, wenn du dir Kummer ersparen willst, dann lass lieber die Finger von meinem Bruder, auch wenn er wie ein Engel aussieht.«

Mit einem Ausdruck purer Unschuld im Gesicht hebt Libby beschwörend beide Hände. »Keine Sorge, mein Bedarf an Playboys ist vorerst gedeckt.« Sie lächelt bei den Worten, doch es wirkt gezwungen. *Sonderbar*, denke ich, denn bisher hat Libby keinen miesen Ex in ihrem Leben erwähnt. Allem Anschein nach gibt es da allerdings ein dunkles Kapitel, das sie nicht aufschlagen möchte.

Ich versuche, die mit einem Mal etwas gedrückte Stimmung aufzulockern, indem ich mich an Ella wende und frage: »Wie alt seid ihr denn auf dem Foto?«

»Ich dürfte acht oder neun sein, Henri müsste also demnach dreizehn oder vierzehn sein. Das war auf einem Segeltörn entlang der Côte d'Azur.«

»Segelt er auch gerne?«

Ella nickt.

»Du siehst total wild aus mit den verwuschelten Haaren und der Schramme.«

Sie lacht. »Mein Papa hat mir damals den Spitznamen Pflaster-Joe verpasst. Es ist nicht einfach, mit einem älteren Bruder mitzuziehen, wenn man ein kleines Mädchen ist. Ich bin auf jeden Baum geklettert, habe jede noch so steile Felswand bezwungen … zumindest solange Henri vornweg gegangen ist. Ich war wie so ein dressiertes Hündchen, das ihm immer alles nachgemacht hat.«

Wieder spricht sie in einem solch schwärmerischen Tonfall von Henri, dass mir ganz schwer ums Herz wird, weil meine Gedanken unweigerlich zu meiner Familie und all dem damit verbundenen Elend wandern.

»Und was macht er beruflich?«, erkundigt Val sich.

Aus den Medien weiß ich, dass er bereits für das elterliche Unternehmen in der Geschäftsführung tätig ist, doch was genau er da macht, würde mich ebenfalls interessieren.

»New Business Development«, sagt Ella leichthin, als müsste man sich darunter etwas vorstellen können. Für mich klingt es total vage – beinahe so, als hätte jemand die Bezeichnung erfunden, um dem Kind irgendeinen Namen zu geben.

Val scheint es ebenso zu gehen, denn sie fragt: »Was ist das denn? Also, was macht man da?«

»Er hat verschiedene Projekte am Laufen. Seit Jahren beschäftigt er sich beispielsweise intensiv damit, wie man Kunden im stationären Handel durch ein unvergleichliches Einkaufserlebnis an die Marke French Chic binden kann.« Libby und Val wechseln einen verwunderten Blick, und ich weiß, was sie denken: Ella klingt bei ihrer Erklärung mit einem Mal wie ein Vollprofi. Der Punkt ist: Ella ist ein Vollprofi. Was Mode angeht, hat sie mehr Erfahrung und Know-how als die meisten anderen Leute, die ich kenne. »Shopping ist ja für viele Leute keine Notwendigkeit, sondern Teil ihrer Freizeitgestaltung. Daher reicht es ihnen nicht, einfach etwas zu kaufen. Sie wollen sich im Geschäft wohlfühlen und diese Empfindung neben vollen Einkaufstüten mit nach Hause nehmen.«

»Okay, den Punkt verstehe ich«, wirft Val ein. »Aber wie sieht da die konkrete Umsetzung aus? Welche Strategien entwickelt er, um das zu beeinflussen?«

»Er kümmert sich beispielsweise um so Sachen wie effizientere Check-out-Prozesse. Ich meine, was gibt es Nervigeres als stundenlanges Anstehen an der Kasse? Im Augenblick beschäftigt er sich mit einem streng geheimen Projekt, das erstmals bei der Eröffnung unseres neuen Flagship-Stores Anfang Mai Anwendung finden soll. Grob gesagt geht es dabei um eine noch nie da gewesene Nutzung des Mobiltelefons als Einkaufsinstrument.«

»Klingt ja sehr mysteriös«, meint Libby, und ich nicke zustimmend.

»Sorry, aber leider darf ich dazu im Moment nicht mehr sagen.« Ella hebt entschuldigend beide Hände und schafft es, zerknirscht dreinzuschauen.

»Und irgendwann wirst du auch ins Familienunternehmen einsteigen?«, erkundige ich mich.

Seufzend erwidert Ella: »Was anderes bleibt mir wohl kaum übrig.«

»Und ob!«, widerspricht Libby empört. »Das ist doch dein Leben! Damit kannst du machen, was du willst.«

»Nein, nicht wirklich«, erwidert Ella resigniert. »Meine Eltern zählen darauf, dass Henri und ich das Unternehmen übernehmen. French Chic ist für sie wie ein drittes Kind. Es ist ihr Baby, und sie lieben es.«

Dass Ella glaubt, sie habe keine andere Wahl, tut mir sehr leid für sie. Andererseits sieht diese Zukunft aus meiner Warte durchaus verführerisch aus. Mein eigener Weg wird vermutlich sehr viel beschwerlicher sein, denn ich habe keine Familie, die mich unterstützt und mir den Rücken frei hält. Aber wie heißt es so schön: Auf der anderen Seite des Zauns ist das Gras immer viel grüner. Und würde ich, wenn es hart auf hart käme, meine Freiheit wirklich gegen finanzielle Sicherheit eintauschen? Ich glaube letztendlich nicht. Ich bin froh, niemandem Rechenschaft schuldig zu sein.

»Wenn ich immer tun würde, was meine Mutter will, dann wäre ich gar nicht hier«, wirft Libby ein.

»Warum wollte deine Mutter eigentlich nicht, dass du in Plymouth studierst?« Val sieht Libby fragend an.

»Weil sie eine furchtbare Glucke ist!«, platzt es aus ihr heraus. »Irgendwie ist die Tatsache, dass ich inzwischen erwachsen bin, komplett an ihr vorbeigegangen.« Libby wirkt, als wollte sie noch mehr sagen, doch in diesem Moment kommt unser Essen.

Val hat recht: Das Restaurant ist wirklich gut. Für den kleinen Umweg nach Topsham werden wir zusätzlich zu der wundervollen Aussicht mit großartigem Essen belohnt.

Wir teilen uns nicht nur die große Vorspeisenplatte, sondern probieren auch überall einmal. Libbys malaysisches Auberginencurry ist mein absolutes Highlight, und das, obwohl ich mit meiner eigenen Wahl alles andere als unzufrieden bin. Die vegane Shepherd's Pie, die ich geordert habe, ist wirklich köstlich. Das Essen ist so gut, unsere Gespräche sind so witzig, und die Atmosphäre in dem lichtdurchfluteten Schankraum ist so angenehm, dass wir vollkommen die Zeit vergessen. Als mir siedend heiß meine Schicht im Tarantula einfällt, brechen wir überstürzt, aber gut gelaunt auf.

Zurück in Plymouth mache ich mich rasch fertig, um rechtzeitig zur Arbeit zu kommen. Ich weiß, dass Rhett sich über Unpünktlichkeit sehr ärgert. Fawkes ist da gelassener, dennoch will ich keinesfalls zu spät kommen – zumal samstags immer unglaublich viel zu tun ist. Da heute zudem eine in der Gegend sehr beliebte Band spielt, wird die Bude gerammelt voll sein.

In der Tat ist jede Menge los. Manchmal habe ich echte Schwierigkeiten, überhaupt irgendwo durchzukommen. Es ist irre stressig, doch ich will mich nicht beschweren, denn zum einen sind die Leute ausnahmsweise mit dem Trinkgeld recht spendabel, und zum anderen ist die Stimmung einfach atemberaubend. Die meisten Besucher sind entspannt und genießen den Liveact in vollen Zügen. Es gibt Abende, die riechen nach Ärger, da ist irgendetwas in der Luft, doch heute ist ein guter Tag.

»Alles okay?«, erkundigt sich Fawkes, als ich mich schließlich nach getaner Arbeit stöhnend auf einen Hocker setze.

»Meine Füße bringen mich um«, gestehe ich. Egal welche Schuhe ich trage, am Schluss habe ich immer schmerzende Füße, und am nächsten Morgen fühlt sich mein ganzer Körper wie zerschlagen an.

»Ich könnte sie massieren«, bietet Fawkes mir mit einem frechen Zwinkern an, ehe er hinzufügt: »Oder dich heimfahren.«

Eine Fußmassage hört sich zwar ungemein verlockend an, doch dieses Angebot meines Chefs werde ich ganz sicher nicht annehmen – auch wenn Fawkes sich vermutlich nicht einmal was dabei denkt. Er flirtet bloß wahnsinnig gerne.

»Wenn du mich wieder mitnehmen könntest, wäre das super.«

»Klar, ich habe ja schon mal gesagt, dass das kein krasser Umweg für mich ist, und abgesehen davon: Wenn ich dich nach Hause bringe, weiß ich immerhin, dass du heil angekommen bist.« Aus einem der Lagerräume kommt Charlotte, eine der anderen Bedienungen. »Wie kommst du nach Hause, Charly?«

»Luke holt mich ab«, meint sie grinsend. Man sieht ihr deutlich an, dass sie frisch verliebt ist.

Ob er sie in einem Jahr auch noch jedes Mal von der Arbeit abholen wird? Ich seufze ertappt. Ich sollte wirklich nicht wegen meiner eigenen miesen Männererfahrungen so über andere Liebesbeziehungen urteilen.

Gemeinsam verlassen wir den Club. »Gute Nacht!«, sagt Charly und eilt zu Luke, der auf dem Parkplatz auf sie wartet, während Fawkes und ich zu seinem Wagen gehen.

»Ich bin so froh, wenn ich gleich in meinem Bett liege«, verrate ich ihm, nachdem wir eingestiegen sind.

»Frag mich mal!« Er startet den Motor und lenkt den Wagen vom Parkplatz runter. Um diese Uhrzeit – wir haben fast halb drei – sind die Straßen weitestgehend leer, weshalb es nicht lange dauert, bis Fawkes in die Kingsley Road einbiegt und vor unserem Haus hält.

»Schlaf gut, Oxy, und träum was Schönes!«

»Vermutlich bin ich dazu zu erschöpft«, bekenne ich. »Dir aber auch eine gute Nacht.«

»Zumindest kannst du morgen ausschlafen«, meint er und zwinkert mir aufmunternd zu.

Ich sage nicht, dass er sich irrt, denn ich weiß, er würde dafür plädieren, dass ich mir keinen Wecker stelle, der mich am Sonntag in aller Frühe aus dem Bett treibt. Etwas anderes bleibt mir jedoch nicht übrig. Die Halloweenparty steigt schließlich bereits am Donnerstag, und bis dahin gibt es noch jede Menge zu tun. Abgesehen davon muss ich auch noch Hausaufgaben in einigen anderen Fächern erledigen. Das Zeichnen habe ich in letzter Zeit total schleifen lassen. Zum Glück bin ich darin so gut, dass das nicht zwingend auffällt, aber ein paar Stunden werde ich morgen dennoch dafür investieren müssen.

Still ist es, als ich das Haus betrete. Ich streife die Schuhe von den Füßen und husche leise die Treppe nach oben, um die Mädels nicht zu wecken. Aus Rücksicht verzichte ich auf eine Dusche, auch wenn ich mir gerne die letzten anstrengenden und schweißtreibenden Stunden von der Haut schrubben würde.

Morgen…, denke ich, ziehe die Bettdecke über meinen müden Körper und kuschle mich in die Kissen. Keine drei Minuten dürften vergangen sein, ehe die Erschöpfung mich packt und in einen traumlosen Schlaf reißt.

Das Rattern einer Nähmaschine weckt mich unsanft. Blinzelnd schlage ich die Augen auf. Meine innere Uhr meldet sich zu Wort, sagt mir, dass ich verschlafen habe. Mist! Ich taste nach dem Handy, das auf dem Boden neben dem Bett liegt. Für einen Nachttisch hat der Platz nicht gereicht. Das Display bleibt schwarz, als ich es hochnehme. Der Akku schon wieder! Seit einiger Zeit macht er Zicken, doch bisher habe ich mich davor gescheut, ihn austauschen zu lassen – praktisch mein gesamtes Geld geht für die Materialien und Stoffe für die Projektarbeiten drauf. Nun wird es jedoch höchste Zeit. Gedanklich setze ich es auf meine To-do-Liste, schwinge die Beine aus dem Bett, gehe zum Fenster und ziehe die schweren Vorhänge auseinander. Die Fensterscheibe ist beschlagen. Ich male ein Herz in die Wassertropfen, die sich dort gebildet haben, ehe ich das Fenster öffne und frische Luft hereinlasse.

Der Oktober hat die Stadt fest im Griff. Die kreischenden Möwen scheint die Kälte nicht zu kümmern, und mir geht es ähnlich – schließlich bin ich in Russland aufgewachsen und ganz andere Temperaturen gewohnt.

Keine zwanzig Minuten später komme ich die Treppe runter und treffe auf Val, die im Begriff ist aufzubrechen. An den Wochenenden erkundet sie immer die Umgebung. Meistens ist sie dann den ganzen Tag unterwegs.

»Guten Morgen!«, grüße ich sie.

»Hey, na du, auch schon wach?«

»Wie spät ist es denn?«

»Halb zwölf«, erwidert sie. »Ich muss leider echt los, bin viel zu spät dran.«

»Wohin geht es denn?«

»Ich will mir endlich mal Tintagel anschauen.« Sie hebt zum Abschied die Hand. »Wir sehen uns!«

»Mach Fotos!«, rufe ich ihr hinterher, als sie durch die Haustür verschwindet. Was auch immer Tintagel ist, zumindest auf Vals Bildern werde ich es sehen.

»Werde ich!«, versichert sie mir, und schon ist sie verschwunden.

»Oh Mann, du siehst ja vielleicht fertig aus!«, kommt es

von Libby, als ich meinen Kopf ins Wohnzimmer strecke, wo sie und Ella beisammensitzen und an ihren Kostümen arbeiten. Sehr weit sind sie noch nicht gekommen.

Ich gähne zur Antwort hörbar, ringe mich zu einem »Guten Morgen!« durch und gehe in die Küche, wo ich mir Frühstück mache und mich dann zu Ella und Libby geselle. In unserem Wohnzimmer gelten andere Regeln als im Atelier in der Schule oder in dem von Origami. Essen und Trinken sind erlaubt, aber wir bleiben vorsichtig. Daher sitze ich in einem Sessel weit entfernt von Libby und Ella, sodass den kostbaren Stoffen nichts passieren kann.

»Wann warst du denn zu Hause?«, fragt Ella. »Ich habe dich gar nicht kommen hören.«

»Es war fast drei.«

»Kein Wunder, dass du so groggy ausschaust. Ich weiß echt nicht, wie du das alles hinbekommst. Das Studium ist so zeitintensiv!«, stöhnt Libby.

»Das liegt nur daran, dass du so viel nachholen musst«, tröste ich sie. »Danach wird es sicherlich einfacher.«

Allerdings hat sie recht. Es ist nicht einfach für mich, neben der Arbeit auch noch das Pensum aus dem Studium zu schaffen.

Die nächsten Tage bin ich voll und ganz mit der Umsetzung meiner Kostümidee beschäftigt. Da der Zeitdruck massiv ist, geht es stellenweise ziemlich turbulent bei uns zu. Val begleitet unser Treiben permanent mit der Kamera. Zur Hektik kommt auch noch die Tatsache, dass das Wohnzimmer nicht sonderlich groß ist. Auch wenn wir zum Zuschneiden in die Küche ausweichen, weil der Tisch dort eine angenehme Arbeitshöhe hat, mangelt es an Platz. Manchmal ziehen Libby und Ella sich daher auch in ihre eigenen Räume zurück oder arbeiten – wie ich auch – im Atelier am College. Immer jedoch stehen wir einander mit Rat und Tat zur Seite, wenn es Schwierigkeiten gibt.

Während Ella mich oft nach meiner Meinung fragt und sich mit mir austauscht, ist Libby, wenn es um den praktischen Teil geht, eher der Typ Einzelkämpferin. Teamwork ist nicht gerade ihre starke Seite. Oder vielleicht klappt es einfach bloß mit uns nicht, denn damals während des Tutorenkurses hat sie unglaublich gut mit Jasper Chase zusammengearbeitet – zumindest bevor sie ihren Schwächeanfall hatte und nach Hause musste. Anfangs dachte ich, sie hätte es bloß darauf angelegt, ihn zu beeindrucken. Allerdings wurde mir schnell klar, dass Libby keine Show abzog, sondern dass zwischen den beiden eine eigentümliche Synergie herrschte.

Obwohl Libby scheinbar auf dem Ich-kann-alles-allein-Trip ist, biete ich ihr meine Hilfe an, als ich sehe, dass sie nicht weiterkommt. Die Zeit läuft schließlich gegen uns, und man muss sich ja nicht unnötig quälen.

»Was genau ist das Problem?«, erkundige ich mich, als ich merke, dass sie immer reizbarer und frustrierter wird.

Libbys rechte Hand wedelt genervt in Richtung Schleppe. »Da soll mehr Volumen rein. Sie soll richtig fließen, ein wenig wie ein Wasserfall, weißt du?« Sie schlägt ihr Skizzenbuch auf und deutet auf die Illustration. Von einigen Mitstudenten weiß ich, dass sie das Zeichnen hassen. Sie sehen es als notwendiges Übel. Libby gehört definitiv nicht dazu. Sie hat wirklich Talent. Ihre Skizze besteht nicht nur aus der Figurine, die sie eingekleidet hat, sondern auch aus einigen Detailzeichnungen. Das eng anliegende Oberteil geht in einen Tüllrock über, der vorn kurz ist, hinten jedoch in einer langen schweifartigen Schleppe endet. Rote, orangene und gelbe Stoffbahnen vereinen sich zu einem Feuerschwanz.

»Da machst du noch LED-Lichter rein?«, will ich wissen, als ich ihre Notiz am Rand lese.

Libby nickt. »Ja, das hatte ich vor. Oder meinst du, es wird zu viel?«, fragt sie unsicher.

»Nein«, erwidere ich rasch. »Das sieht bestimmt toll aus.«

»Das könnte es zumindest, wenn die Schleppe nicht wie ein nasser Sack runterhängen würde.«

»Du brauchst etwas Ähnliches wie einen *Cul de Paris*, nur vielleicht nicht ganz so drastisch.«

Libby sieht mich verständnislos an. »Was ist denn das?«

»Ein Wattehintern, eine Art Unterbau, der das Ganze anhebt. Schau, wenn du hier …« Ich zeige ihr an der Büste die Stelle, an der das Oberteil in den Rock übergeht. »… unterfütterst, dann bekommst du eine Wölbung, und es sieht gleich viel geschmeidiger aus.«

»Meinst du, ich kann so was aus den Tüllresten bauen?«

»Das bietet sich sogar an. Da kann dann auch nicht versehentlich etwas rausblitzen, was nicht hingehört.«

»Danke, Oxy!« Libby umarmt mich unvermittelt.

»Keine Ursache. Du weißt doch: die Musketiere.« Ich grinse sie an und wende mich wieder meiner eigenen Arbeit zu.

Die Zeit vergeht wie im Flug. Val ist es zu verdanken, dass ich am Mittwochmittag mit wehendem Haar auf einer Klippe stehe, denn bevor ich mein wunderschönes Brautkleid zerstöre, möchte sie es noch einmal in seinem Ursprungszustand fotografieren. Sie hat mir sogar einen Brautstrauß besorgt, um den Look perfekt zu machen. Aufgrund der anbrandenden Wellen ist mir etwas mulmig zumute. Die Angst reinzufallen hat mich fest im Griff. Val möchte am liebsten, dass ich mich noch weiter auf die Spitze wage, doch ich weigere mich.

»Nein!«, rufe ich ihr zu. »Die Steine hier sind so glitschig. Das geht nicht!«

»Dann warte!« Sie verändert ihre Position etwas. Anders als auf mich scheint die tosende See keinen Eindruck auf sie zu machen, doch anders als ich kann Val vermutlich auch schwimmen.

Mit zitternden Fingern umklammere ich meinen Brautstrauß. Val hat sich in Position gebracht. Ich bemühe mich, ihre Anweisungen, so gut es geht, umzusetzen, und anscheinend mache ich meine Sache trotz der widrigen Umstände nicht allzu schlecht, denn Val bringt mich noch zu zwei weiteren Locations, um dort Fotos zu machen.

Als wir nach Plymouth zurückfahren, setzt bereits die Dämmerung ein.

»Musst du es wirklich zerstören?«, fragt Ella bekümmert, als ich mich, zu Hause angekommen, ans Werk machen will.

Entschlossen nicke ich. Allerdings weiß ich noch nicht genau, wie ich vorgehen will. Etwas gelitten hat das Kleid bei der Fotosession schon. Der Saum ist schmutzig… Ich darf wirklich nicht daran denken, wie viele Stunden Arbeit ich hineingesteckt habe, nur um es jetzt nach allen Regeln der Kunst zu ruinieren.

»Also bloß vom Angucken geht es bestimmt nicht kaputt.« Val klingt beinahe vorwurfsvoll. »Soll ich vielleicht mit dem Auto drüberfahren?«

Ella und ich wechseln einen Blick. »Ja! Unbedingt!«, sagen wir gleichzeitig.

Fünf Minuten später liegt das Kleid auf der inzwischen regennassen Straße. Das Oberteil steckt in einer Tüte, damit es keinen Schaden nimmt, denn die Verschmutzung soll nicht zu einheitlich wirken.

Val fährt über den Rock und hinterlässt einen hübschen

Reifenabdruck, den Ella und ich so lautstark bejubeln, dass Libby aus ihrem Zimmerfenster schaut und fragt, was los ist.

»Wir machen das Kleid kaputt!«, rufe ich ihr zu.

»Oh! Kann ich auch mitmachen?«

»Klar!«

Libby hat eine Idee, wie man möglichst realistische Risse hinbekommt. Dafür muss der rustikale Küchentisch herhalten. Libby rammt ein Küchenmesser in den – nicht mehr reinweißen – Stoff und pinnt ihn am Tisch fest. »Und nun müsst ihr am Kleid ziehen!«, befiehlt sie, während sich ihre Finger um den Messergriff schließen.

Ein entsetzliches Ratschen ist zu hören, als der Stoff nachgibt und ein langer ausgefranster Riss entsteht.

»Whoo!«, jubelt Val, die gerade mit einer Schüssel voller Blumenerde die Küche durch die Hinterhoftür betritt.

Lucky nutzt die Gunst der Stunde und schlüpft mit ihr hinein. Es ist nicht das erste Mal, dass er sich ins Innere des Hauses wagt. Normalerweise fangen wir ihn dann gleich ein, doch heute sind wir zu beschäftigt, um uns um ihn zu kümmern. Libby unternimmt einen halbherzigen Versuch, doch er entweicht ihr und hoppelt eilig die Treppe hinauf.

»Ach, lass ihn doch«, sagt Val, als Libby ihm nachsetzen will. »Irgendwann wird er schon wieder runterkommen.« Sie stellt die Blumenerde, die sie aus den Pflanzkübeln gemopst hat, auf den Tisch und tritt ans Waschbecken, um ihre schmutzigen Hände zu waschen, doch da rufe ich: »Halt! Mach die mal noch nicht sauber.« Ich platziere das Kleid auf dem Tisch. »Kannst du zwei Handabdrücke machen? So in Hüfthöhe … Tu so, als würdest du die Braut packen wollen.«

Val kommt meinem Befehl nach. Eine Weile toben wir uns mit der Erde aus und machen weitere Risse ins Kleid, dann kommt Ella auf die Idee, ihm einen Schuhabdruck zu verpassen, und reibt dafür die Sohlen ihrer groben Bikerboots mit Kaffeepulver ein. Libby trumpft mit einem Kohlestift auf. Lucky hat sich wieder hinuntergetraut und hockt nun auf dem Fensterbrett, von wo aus er die ganze Aktion skeptisch überwacht. Hin und wieder kommentiert er unsere Bemühungen mit einem energischen »Miau!«.

»Der denkt auch, wir haben sie nicht mehr alle«, meint Ella lachend und zupft an seinem zerfledderten Ohr.

Als wir fertig sind, sieht das Kleid furchtbar aus. Ein halber Ärmel fehlt, es hat etliche Risse und überall sind braune und schwarze Schmutzflecken zu sehen.

»Nun kommen wir zum wirklich spannenden Teil«, murmle ich und fülle etwas von dem Kunstblut in eine eigens dafür vorgesehene Sprühflasche. Dann hänge ich das Kleid draußen an die Wäscheleine und setze ihm damit zu. Ich spiele etwas mit unterschiedlichen Abständen, wodurch die Spritzer dichter beisammen oder weiter voneinander entfernt sind. An manchen Stellen drücke ich mehrfach hintereinander ab, sodass der Stoff regelrecht blutgetränkt ist.

Da es recht kalt ist, verziehen sich die Mädels nach und nach ins Haus. In bester Jackson-Pollock-Manier füge ich noch ein paar Spritzer hinzu, indem ich das Kunstblut mit einem großen Pinsel auf das Kleid schleudere. Dabei treffe ich versehentlich Lucky, der mir unbemerkt gefolgt ist und in der Dunkelheit hockt. Er gibt ein empörtes Kreischen von sich und flitzt zurück ins Haus.

Erst als ich mit meinem Werk absolut zufrieden bin, folge ich ihm, hänge das Kleid zum Trocknen in die Dusche und geselle mich zu den anderen ins Wohnzimmer, um dort Ordnung zu machen. Noch immer sieht es aus, als hätten Vandalen dort gewütet. Stoffreste, Scheren, Nadeln, Papiere und vieles mehr fliegt achtlos herum.

»Oh mein Gott!«, ruft Val plötzlich aus der Küche. Sie klingt panisch, und als Ella, Libby und ich zu ihr stürzen, fängt Lucky, den sie auf dem Arm hat, wie wild zu zappeln an. Val versucht, ihn zu beruhigen, doch er windet sich aus ihrem Griff und saust zur Hintertür in den Hof hinaus. »Wir müssen hinterher! Lucky ist verletzt.« Sie hält ihre Hand hoch. »Da ist ganz viel Blut!«

»Und wie sollen wir ihn einfangen?«, fragt Ella. Sie klingt ebenfalls total besorgt.

Ich hingegen lache – nachdem es bei mir klick gemacht hat – schallend los und kläre das Missverständnis auf. »Lucky geht es gut. Das ist kein echtes Blut. Er kam mir in die Quere und hat einen Klecks von dem Kunstblut abbekommen.«

»Sicher?«, erkundigt Val sich zweifelnd und schnuppert an ihrer Handfläche. »Hm, riecht ein bisschen nach Erdbeere.« Ich öffne den Behälter, in dem sich die Reste des Kunstbluts befinden, und lasse sie schnuppern. »Okay, überzeugt!«, meint Val und atmet noch einmal den Geruch ein. »Mmh, gar nicht so übel.«

»Wenn du es jetzt auch noch ableckst, dann muss ich mich vermutlich übergeben«, kommt es von Libby, die etwas grün um die Nase ist.

»Keine Sorge, habe ich nicht vor, aber irgendwie kriege ich gerade Lust auf einen Erdbeer-Daiquiri.«

Während Libby und ich am nächsten Tag ganz normal in den Unterricht gehen, bleibt Ella zu Hause, um an ihrem Kostüm weiterzuarbeiten. Sie ist ziemlich im Rückstand, glaubt jedoch, rechtzeitig fertig werden zu können, wenn sie sich ranhält.

»Das war knapp!«, sagt Ella am Abend, als sie die Flasche Sekt entkorkt, die wir kalt gestellt haben. Keine fünf Minuten zuvor hat sie ihr Kostüm vollendet. Quasi auf den letzten

Drücker – etwas, das in unserer Branche mit den engen Deadlines nicht unüblich ist.

Ich sitze auf einem Stuhl im Wohnzimmer und werde gerade von einer Visagistin in eine Untote verwandelt. Ella reicht Crystal – so heißt die Dame, die sie engagiert hat, damit sie sich um unser Make-up kümmert – und mir ein Glas. Wir stoßen an. Mit der Kamera hält Val den Moment für die Ewigkeit fest, ehe sie sich selbst ein Glas nimmt und uns zuprostet.

»Wo steckt denn Libby?«, erkundigt sich Ella. »Ihr Sekt wird ja ganz warm.«

»Komme schon«, trällert unsere kleine Amerikanerin von oben und poltert die Stufen herunter. Die Dielen ächzen und stöhnen unter jedem Schritt.

»Das hört sich ja bereits ziemlich gruselig an«, horcht Crystal auf.

»Das macht den Charme dieser alten Häuser aus«, behauptet Val, die einen Narren an dem kleinen Haus gefressen hat und dafür sorgt, dass unser Vermieter anfallende Mängel zeitnah behebt. »Puh, der Sekt haut ganz schön rein. Wollt ihr auch einen Happen essen? Dann belege ich rasch ein paar Brote.«

»Das wäre super! Seit dem Frühstück habe ich nichts mehr in den Magen bekommen«, seufzt Ella. »Dafür war neben all der Arbeit einfach keine Zeit.«

»Und was ist mit euch, Crystal und Oxy?«

»Ich hätte auch Hunger, aber ich kann mir auch gleich selbst was machen«, erwidere ich, während Crystal ein »Sehr gerne!« von sich gibt.

»Ich helfe dir«, sagt Libby, die bereits fertig ist. Ihr Phönix-Kostüm ist umwerfend. Das mit dem Unterbau hat wunderbar funktioniert. Als sie mit Val Richtung Küche verschwindet, schaue ich mir die voluminöse Schleppe noch einmal genauer an. Mit den zahllosen winzigen LED-Lichtern, die Libby eingebaut hat, sieht sie wirklich wie ein leuchtender Feuerschweif aus.

»Die nächsten fünf Minuten ganz stillhalten«, instruiert Crystal mich, bevor sie letzte Hand an mein Make-up legt. Wirklich gruselig ist es nicht. Meine Haut ist einfach bleicher als sonst, meine Lippen ein wenig blau, die Augen dunkel umrandet … Wäre da nicht die blutende Platzwunde auf meiner Stirn, an der Crystal gerade arbeitet, würde ich beinahe normal aussehen. Mir ist es recht, da mein Kleid mit all seinen Finessen im Vordergrund stehen soll.

Mittlerweile habe ich erfahren, dass nicht nur Alicia King, sondern auch Jasper Chase und sein Geschäftspartner Ian Corbin die Kostüme bewerten. Das ist eine Menge Druck, aber andererseits bin ich wirklich stolz auf meine Kreation und wirklich zufrieden mit dem Endergebnis. Alles ist haargenau so geworden, wie ich es mir vorgestellt habe.

»Ich frag mich, wo mein Bruder steckt.« Ella schaut zum wiederholten Mal auf die filigrane goldene Uhr an ihrem Handgelenk.

»Er kommt schon noch«, beruhige ich sie.

»Nicht reden«, ermahnt Crystal mich prompt.

Inständig hoffe ich für Ella, dass Étienne sich doch noch entschieden hat, Henri zu begleiten, und er ihr bloß nichts gesagt hat, um sie zu überraschen. Das wäre so schön! Auch wenn sie es sich nicht anmerken lassen will, konnte ich die letzten Tage deutlich spüren, wie traurig sie war. Ich weiß, sie vermisst ihn.

Ella beschließt, sich von der Sorge um Henri abzulenken, indem sie versucht, mich mit diversen albernen Grimassen zum Lachen zu bringen. Eine echte Herausforderung, nicht laut loszuprusten, bei dem Quatsch, den sie veranstaltet. Als sie sich jedoch mit ihrer Zunge einmal quer über die Nase leckt, bin ich wirklich schwer beeindruckt.

»Na warte«, sage ich, nachdem Crystal ihr Werk vollendet hat. »Gleich sitzt du auf diesem Stuhl, und dann revanchiere ich mich.«

»Das ist eine lächerliche Drohung! Du bist viel zu nett dafür.«

»Willst du darauf wetten?«

»Unbedingt!«

Ich setze mich ihr gegenüber, erdulde Crystals missbilligende Miene und warte auf eine günstige Gelegenheit. Um die Spannung zu steigern, erzähle ich schlechte russische Witze, die niemanden zum Lachen bringen.

»Eine Blondine missachtet die rote Ampel. Der Polizist stoppt sie und fragt: ›Haben Sie nicht gesehen, wie ich Ihnen gewinkt habe?‹ Die Blondine: ›Ja, das habe ich, aber ich bin bereits verheiratet!‹«

»*Mon Dieu*, war der schlecht! Das musst du noch dringend üben«, meint Ella und kassiert umgehend einen Rüffel von unserer Visagistin.

»Lasst diesen Unsinn, sonst werden wir nie fertig!«, schimpft sie uns.

Sie ist deutlich älter als wir. Ella hat sie über eine Plattform im Internet gefunden, auf der Fotografen nach Models, Maskenbildnern oder Visagisten suchen können – und natürlich umgekehrt. Der Tipp kam von Val, die mit einer solchen Seite bereits gute Erfahrungen gemacht hat. Anfangs fand ich die Aktion ein wenig übertrieben, aber Ella ist nun einmal eine echte Perfektionistin, und ich verstehe, dass sie zu ihrem perfekten Kleid auch ein perfektes Make-up haben möchte.

Auf Crystals Schelte hin zieht Ella beleidigt eine Schnute.

»Nicht schmollen!«, ertönt die nächste Rüge.

»Du gönnst einem aber auch gar keinen Spaß.«

»Willst du aussehen wie die Königin der Nacht oder wie Frankensteins Tochter?«

Ella presst die Lippen aufeinander und hält fortan artig den Mund. Ich grinse von einem Ohr zum anderen, woraufhin ihre Mundwinkel bereits verräterisch zucken. Nur noch die ein oder andere dumme Fratze und …

Ein Klingeln an der Tür unterbricht meinen perfiden Plan, Ella erneut zum Lachen zu bringen.

»Oh, das wird Henri sein! Würdest du …?«, beginnt Ella, doch ich bin bereits aufgestanden.

»Bin schon auf dem Weg«, flöte ich gut gelaunt und füge siegessicher hinzu: »Da bist du ja gerade noch mal davongekommen.«

»Blödsinn! Ich hatte alles unter Kontrolle!«, ruft sie mir nach, als ich im Flur verschwinde.

»Träum weiter!«

»Würdest du bitte endlich stillhalten?«, höre ich Crystal zischen.

Lachend öffne ich die Tür und stehe im nächsten Augenblick Henri Chevallier gegenüber. Er ist größer, als ich dachte … und weitaus attraktiver. Fotos werden ihm nicht gerecht. Einen Moment lang starren wir einander bloß an, dann finde ich meine Stimme wieder. »Hallo, Henri, schön, dass du da bist. Ich bin Oxana.« Ich strecke ihm meine Hand hin, doch er ergreift sie nicht.

Erst da fällt mir auf, dass er ziemlich blass ist. Für den Bruchteil einer Sekunde stiehlt sich ein gepeinigter Ausdruck in seine Augen, und er wirkt beinahe hilflos. Im nächsten Moment hat er sich jedoch wieder voll im Griff. Seine Gesichtszüge glätten sich, verlieren an Anspannung. Auf einmal ist seine Miene völlig ausdruckslos, eine undurchschaubare Maske … Mein Blick wandert zu seinen Augen und huscht rasch woandershin, als mich dort nur klirrende Kälte empfängt.

»Es tut mir leid, dass ich dich erschreckt habe …«, beginne ich und lasse meine Hand sinken.

»Hast du nicht!«, unterbricht er mich schroff. »Ist Ella da?«

Ehe ich etwas erwidern kann, hat er sich bereits an mir vorbei ins Haus geschoben. Sein Körper streift meinen, drängt mich unsanft gegen das Türblatt.

»Soll ich dir den Mantel abnehmen?«, frage ich um Höflichkeit bemüht.

Er beugt sich zu mir herab. Der Duft seines Parfüms steigt mir in die Nase. Er riecht großartig. Moschus und Sandelholz, wenn ich mich nicht irre … Für einen Moment bringt mich der betörende Geruch aus dem Gleichgewicht. Ich wünschte, er würde stinken, dann würde mein Körper in diesem Moment nicht so begeistert auf die Nähe zu seinem reagieren. *Das ist bloß sein Parfüm*, hole ich meine Hormone auf den Boden der Tatsachen zurück, denn aus seinen Augen springt mir unverhohlene Abneigung entgegen.

»So wie du meiner Schwester die zweitausendfünfhundert Pfund abgenommen hast?« Seine Stimme ist kaum mehr als ein Flüstern, doch die Wut, die daran mitschwingt, lässt mir das Blut in den Adern gefrieren. Sein Blick bohrt sich in meinen.

»Abgenommen?«, frage ich verunsichert. Meine Stimme klingt dünn, völlig kraftlos … So wie er es sagt, hört es sich beinahe so an, als hätte ich Ella bestohlen. »Ich … ich habe Ella bloß einen Gefallen getan.«

Seine Augen verengen sich zu schmalen Schlitzen. »So kann man es natürlich auch nennen!«, schnaubt er und mustert mich derart von oben herab, als wäre ich der Dreck unter seinen Nägeln nicht wert. »Natürlich nur, wenn man dreist genug ist und keinen Anstand besitzt!«

Seine Worte treffen mich ins Mark. Ich mag vieles sein, aber dreist und unanständig bin ich definitiv nicht. Härter könnte er mich bloß verletzen, wenn er mich eine Lügnerin nennen würde. Vermutlich sollte ich über seinen haltlosen Vorwürfen stehen, vermutlich sollte es mir egal sein – schließlich weiß ich, dass er nicht weiter von der Wahrheit entfernt sein könnte –, aber mein Unrechtsbewusstsein meldet sich zu Wort. Ausgerechnet *mir* so etwas zu unterstellen, ist lächerlich, aber ich kann nicht drüber lachen. War ich eben noch verunsichert, bin ich jetzt vor allem wütend. Wie kommt er dazu, mir so etwas an den Kopf zu werfen? Als seine hübschen Lippen dann auch noch einen triumphierenden Zug annehmen, ist es um meine Selbstbeherrschung geschehen. Was glaubt er eigentlich, wer er ist? Denkt er wirklich, ich würde mich von ihm einschüchtern lassen? Ich bin bestimmt niemand, der Streit sucht, doch die Zeiten, in denen ich Konfrontationen auf Teufel komm raus aus dem Weg ging, liegen lange zurück.

Ja, ich mag Ella, und ich wollte es mir garantiert nicht mit ihrem großen Bruder verscherzen, aber was zu weit geht, geht zu weit. Würdevoll richte ich mich zu meiner vollen Größe auf, sehe Henri fest in die Augen und frage: »Anstand? Du…« Nun bin ich es, die ihn aus zu Schlitzen verengten Augen ins Visier nimmt. »…Henri Chevallier…« Hochgezogene Augenbraue. »…willst *mir* etwas über Anstand erzählen?« Winzige spannungsgeladene Pause und dann der Tiefschlag. »Bei *deinem* Ruf? Wirklich?«

Seine Miene verfinstert sich, der kantige Kiefer mahlt. Der Mann mir gegenüber sieht aus, als würde er mich am liebsten in der Luft zerreißen. Er wird nicht laut… was mich irritiert. Mit Gebrüll kann ich umgehen. Mein Vater, ein Bär von einem Mann, hat oft geschrien und manchmal sogar randaliert. Die klirrende Kälte, die von Ellas Bruder ausgeht, ist jedoch viel bedrohlicher. Sie ist bedrohlicher als ein sibirischer Schneesturm. Wenn Blicke töten könnten, läge ich jetzt zuckend am Boden – da bin ich mir sicher. Unweigerlich ballt sich mein Magen zu einem Knoten ohne Funktion zusammen, und leider quittiert auch mein Hirn angesichts der unverblümt zur Schau gestellten Feindseligkeit für einen entsetzlichen Augenblick seinen Dienst.

»Was weiß eine kleine Schmarotzerin wie du schon über meinen Ruf?« Seine Stimme ist immer noch gefährlich leise.

Schmarotzerin? Eingebildeter, arroganter Mistkerl! Zornig funkle ich ihn an. Dachte ich eben noch, Lügnerin würde mich am meisten kränken, so hat Ellas unmöglicher Bruder mich nun eines Besseren belehrt. Meine Knie zittern vor unterdrückter Wut. Ich öffne den Mund, will ihm gerade sagen, was ich von ihm halte, als Libbys Stimme ertönt.

»Ist hier alles in Ordnung?« Ich drehe meinen Kopf, schaue sie an und ringe mich zu einem Nicken durch.

Libbys argwöhnischer Blick streift mich, dann ihn. Sie hakt jedoch nicht nach, wofür ich ihr sehr dankbar bin, denn wenn ich ehrlich bin, weiß ich selbst nicht so genau, was hier eben passiert ist.

Zum Glück übernimmt Libby das Steuer. »Du musst Henri sein«, begrüßt sie den unhöflichen Neuankömmling, macht einen Schritt auf ihn zu und streckt ihm die Hand hin. Breit lächelt sie ihn an. Libby ist die Art Mensch, die man einfach gernhaben muss, doch ich vermute, dass dieser Mistkerl gegen ihren Charme immun ist.

Eine Fehleinschätzung, wie sich herausstellt, denn er lächelt ausnehmend freundlich zurück und sagt: »Du musst Libby sein. Ich habe schon viel von dir gehört.«

Er reicht ihr die Hand und bedenkt sie dann mit vier Küsschen, wobei seine Lippen ihre Wangen kaum berühren. Es ist eine herzliche Begrüßung, die in mir unweigerlich das Gefühl auslöst, ich hätte irgendwas falsch gemacht. Warum ist er zu Libby so nett, während er mich offenbar auf den Tod nicht ausstehen kann?

»Magst du den Mantel ablegen? Wir brauchen noch einen Moment.«

Während Henri sich des teuren schwarzen Kaschmirmantels entledigt, wirft Libby mir einen aufmunternden Blick zu. Wie es aussieht, hat sie alles im Griff, weshalb ich die Gunst der Stunde nutze und nach oben verschwinde. Ich achte darauf, nicht zu schnell zu gehen. Henri Chevallier soll schließlich nicht glauben, dass ich vor ihm weglaufen würde. Das Problem ist bloß, dass es sich genau so anfühlt. Ich weiß, dass er mich beobachtet. Ich kann seinen Blick in meinem Rücken spüren. Mein Nacken kribbelt wie verrückt, und am liebsten würde ich mich umdrehen, um ihn wissen zu lassen, dass ich durchaus merke, dass er mir hinterherstarrt, doch ich widerstehe dem Drang. Einen eingebildeten Mistkerl wie ihn trifft es am meisten, wenn man ihn ignoriert.

5

Henri

Erleichtert atme ich auf, als diese Oxana sich nach oben verzieht. Meine Hände zittern, ich balle sie zu Fäusten, während ich ihr nachblicke. Miststück! Was bildet sie sich eigentlich ein? Lässt sich von Ella für ihr Schweigen bezahlen und glaubt, dass ein solches Verhalten auch noch völlig in Ordnung sei.

Ein Teil von mir ermahnt mich, dass das nicht mein Problem ist. Ja, er hat recht. Das ist es nicht. Das Problem ist, dass diese Oxana wie Yvette aussieht.

Die Erinnerungen drohen, über mich hereinzubrechen ... Ich lenke mich ab, indem ich mich im Flur umschaue. Er ist sauber und bis auf eine Garderobe, an die Libby gerade meinen Mantel hängt, sowie eine schmale Kommode im Landhausstil leer.

Das Haus ist klein und alt – allerdings nicht verlebt. Was mich wundert, denn schließlich wird es an Studenten vermietet. Ich war selbst auf genug WG-Partys, um zu wissen, was in einigen Wohngemeinschaften abgeht. Welche Unordnung, welcher Dreck und welches Chaos dort teilweise herrschen. Aus diesem Grund konnte ich mir auch nie vorstellen, auf engstem Raum mit fremden Leuten zusammenzuleben, doch zum Glück musste ich das auch nie.

Dass meine Schwester nun hier in diesem typisch englischen Reihenhäuschen zusammen mit drei anderen Frauen wohnt, ist für mich nur schwer vorstellbar. Ella ist kein genügsamer Mensch. Genau wie ich ist sie nun einmal im Luxus aufgewachsen, und das hat seine Spuren hinterlassen – ob wir wollen oder nicht: Wir sind es gewohnt, Geld zu haben. Viel Geld.

Erneut frage ich mich, was Ella hier will. Warum musste es unbedingt Plymouth sein? Sie kann doch nicht ernsthaft glauben, dass ihr Plan aufgeht und sie ihrer Verantwortung hier entkommen kann?

Apropos Ella … Mit gerunzelter Stirn wende ich mich an Libby. »Weißt du, wo meine Schwester steckt?«

»Sie ist im Wohnzimmer beim Schminken. Komm mit!« Libby führt mich ein Stück den Flur entlang und geht dann in ein Zimmer auf der linken Seite, in dem Ella mit geschlossenen Augen auf einem Stuhl sitzt, während eine Visagistin gerade dabei ist Lidschatten aufzutragen. Gewaltige gewundene Hörner ragen aus toupiertem brünetten Haar.

»Hi, Schwesterherz. Ich wusste ja immer, dass du ein kleiner Teufel bist, aber findest du *die* nicht etwas groß geraten?«, erkundige ich mich auf Französisch.

»Haha, so witzig!«, murmelt sie kopfschüttelnd und wird direkt von der Visagistin gerügt, sich nicht zu bewegen.

»Ich hoffe mal schwer, du kompensierst da nichts!«, stichle ich weiter, da ich es einfach liebe, meine kleine Schwester aufzuziehen.

»Damit kennst du dich ja aus«, kontert sie und erntet eine weitere Zurechtweisung.

Ich warte, bis die Frau mit der Augenpartie fertig ist, ehe ich mich über Ella beuge und sie mit Wangenküssen begrüße, woraufhin ich mir einen bösen Blick seitens der Maskenbildnerin einfange. Ups!

»Magst du einen Tee?«, fragt mich Libby. »Oder einen Sekt?«

»Habt ihr was Stärkeres?«

»Ich schaue mal nach«, sagt sie und verschwindet aus dem Wohnzimmer.

»Du bist spät«, meint Ella vorwurfsvoll, kaum dass Libby den Raum verlassen hat. Auch sie spricht Französisch. Beiläufig streift sie einen imaginären Fussel von meinem Hemd. »Wo hast du gesteckt? Ich habe mir schon Sorgen gemacht.«

Aufmerksam mustert sie mich aus schokoladenbraunen Augen, die denen unserer Mutter so ähnlich sind und ebenso sorgenvoll dreinblicken. Es ist ein Blick, den ich seit fast vier Jahren nur allzu gut kenne. Ich frage mich, ob sie mich jemals wieder anders ansehen werden. Was muss ich tun, damit sie mich nicht unentwegt mit Samthandschuhen anfassen? Nicht nur, dass ihre übertriebene Fürsorge mir die Luft zum Atmen nimmt, nein, sie ruft mir auch pausenlos all das ins Gedächtnis, woran ich auf keinen Fall denken will. Wie soll ich die Vergangenheit hinter mir lassen, wenn meine Familie mich ständig daran erinnert, indem sie auf Zehenspitzen um mich herumschleicht? Ich weiß, sie meinen es gut. Ich weiß, sie lieben mich. Doch wer auch immer sie instruiert hat, auf Verhaltensänderungen zu achten, um frühzeitig potenziellen Depressionen oder all dem anderen Scheiß entgegenwirken zu können, hat mir einen Bärendienst erwiesen. Vielleicht sollte man das diesen Seelsorgern und Opferbeauftragten mal sagen, denn mich macht die Art, wie meine Familie mich behandelt – so als wäre ich ein rohes Ei und drauf und dran, jeden Moment zu zerbrechen –, krank.

»Dafür gibt es keinen Grund.« Egal wie aufgewühlt ich gerade bin, ich gebe mir alle Mühe, meine Stimme fest und bestimmt klingen zu lassen.

Zweifelsohne hat der Anblick dieser Oxana mich kalt erwischt und mir den Boden unter den Füßen weggezogen, doch das würde ich mir niemals anmerken lassen. Dennoch erschauere ich innerlich, wenn ich daran denke, einen ganzen Abend mit dieser Person verbringen zu müssen, denn es lässt sich nicht leugnen: Die Ähnlichkeit mit Yvette ist frappierend. Oxana hat das gleiche polange, beinahe weißblonde Haar, den gleichen geraden Pony ... Ich schüttle den Kopf, verdränge die Erinnerung an Yvette. Möglicherweise bilde ich mir das auch alles bloß ein. Vielleicht hat mich all das Blut getriggert, oder meine Ängste haben mir einen Streich gespielt – es wäre nicht das erste Mal, dass das passiert. Mit zusammengepressten Kiefern konzentriere ich mich auf meine Schwester. Wenn sie wüsste, was der Anblick ihrer Mitbewohnerin in mir auslöst – aber woher soll sie? Es gibt Dinge von jenem Abend, die ich nie jemandem erzählt habe. Es gibt Dinge, die zu schmerzhaft sind, um sie jemals auszusprechen.

»Du bist blass«, stellt sie fest. Kann ich mir vorstellen, und es ist kein Wunder. Ich habe gerade im wahrsten Sinne des Wortes einen Geist gesehen. Noch immer mustert Ella mich prüfend. Ich komme mir wie ein Diamant beim Gutachter vor. Offensichtlich bekomme ich nicht das Prädikat »lupenrein«, denn sie fügt hinzu: »Bist du wirklich okay?«

»Ich bin bloß müde. Es ist nicht nötig, dass du dir immerzu Sorgen um mich machst. Mein Meeting in London ist ausgefallen. Ich bin bereits seit Stunden in der Stadt. Daher habe ich erst einmal eingecheckt und dann ...«

»... wolltest du nur kurz deinen Mailaccount überprüfen, richtig?«

Mein zerknirschter Gesichtsausdruck spricht Bände.

»Du hast Urlaub!«, erinnert sie mich.

»Ich habe keinen Urlaub«, wehre ich ab. »Es sind bloß ein paar freie Tage.«

»So etwas nennt man gemeinhin Urlaub, Bruderherz«, entgegnet sie seufzend. »Du bist ein noch schlimmerer Workaholic als Dad und Mom zusammen.«

Ein Räuspern seitens der Visagistin beendet Ellas Predigt. »Wenn wir irgendwann fertig werden wollen, dann bitte mal nicht reden und nicht bewegen, okay?« Rasch macht sie sich an die letzten Feinheiten, während ich mich in einen der beiden gemütlichen Ohrensessel setze, die fast so breit sind wie Ellas imposantes Geweih.

»Wer bist du? Maleficent?«

»Die Königin der Nacht«, erwidert die Visagistin an Ellas Stelle, woraufhin diese einen Daumen in die Höhe reckt.

»Wer auch sonst.«

Ich nutze die Zeit, um Ellas Arbeit zu bewundern. Das Kostüm ist ein ziemlicher Kracher. Eine knallenge Stäbchenkorsage, ein opulenter Volantrock, alles in Schwarz, und dann dieser viktorianische Stehkragen aus Spitze … Wenn ich ehrlich bin, ist es mir mit den gewaltigen Hörnern fast etwas too much. Da sind so viele Details, ich weiß gar nicht, wo ich zuerst hinsehen soll. Ella wird ewig drangesessen haben – ihre Augenringe sprechen Bände –, und ihr Kostüm wiederum demonstriert eindrucksvoll, wie begabt sie ist.

Bei ihrem Königin-der-Nacht-Outfit hat Ella weder mit Talent noch in Sachen Material gegeizt. Jeder Kostümbildner wäre beeindruckt von der Umsetzung, auch wenn die Kosten für die aufwendige Robe sämtliche Budgets gesprengt hätten. Über diese Rechnung werde ich noch mal mit Ella sprechen müssen – etwas, das unweigerlich in einer Diskussion enden wird. Ich weiß wirklich nicht, warum ich mich von ihr habe breitschlagen lassen, ihr Vermögen zu verwalten. Ja, einer muss es machen, denn Ella hat nun mal so gar kein Händchen für Geld, und der Typ, den sie zuvor beauftragt hatte, war alles andere als auf Zack – da hätte sie es auch gleich unter der Matratze horten können. Ich sorge zumindest dafür, dass es gut angelegt ist und sie keinen Finger krumm machen muss, weil sie allein von der Rendite gut leben kann – zumindest, wenn sie nicht einfach mal so fast sechzehntausend Euro auf den Kopf haut.

Ich frage mich, ob das Geld nur für ihr Kostüm draufgegangen ist oder ob sie auch das Material ihrer Mitbewohnerinnen gezahlt hat. So oder so, darüber werde ich mit ihr reden müssen. Wir haben eine klare Regelung, was größere Ausgaben betrifft. Sie weiß genau, dass sie Rücksprache mit mir zu halten hat.

Ich hoffe dennoch für sie, dass sich der ganze Aufwand lohnt und Ella als Gewinnerin aus diesem Kostümwettbewerb hervorgeht.

Libby kommt ins Wohnzimmer zurück und reicht mir ein Schnapsglas mit einer durchsichtigen Flüssigkeit.

»Wodka«, lässt sie mich wissen und stößt mit mir an.

»*Na sdorówje!*«, sage ich und stürze das Glas in einem Zug hinunter. Das Zeug schmeckt rotzig und scharf. Mit dem könnte man Tische abbeizen oder sich ein Loch in die Eingeweide brennen … Mir gleich, Hauptsache, er frisst den Terror in meinem Kopf und in meinem Herzen auf. Libbys spöttischer Blick begegnet meinem, als ich mich schüttle.

»*Na sdorówje* ist übrigens kein russischer Trinkspruch«, belehrt Libby mich, »und komplett falsch ausgesprochen hast du es auch. Abgesehen davon trinkt man Wodka Schluck für Schluck. Musste ich auch erst auf die harte Tour lernen, aber Oxy ist eine gute Lehrerin.« Und dann stellt sie ihren Standpunkt klar, indem sie hinzufügt: »Und abgesehen davon auch eine echte Freundin.«

Ich bedenke Libby mit einem nachsichtigen Blick. Natürlich weiß sie nicht, was da zwischen Ella und Oxana gelaufen ist, aber echte Freundinnen lassen sich nicht für ihr Schweigen bezahlen. Doch das kann ich ihr schlecht sagen, ohne Ellas Pläne zu durchkreuzen, also lasse ich es.

Süß ist diese Libby ja. Vielleicht etwas naiv, aber... Nun ja, das macht manches leichter. Ich mustere sie von oben bis unten. Ihr Kostüm, besonders dieses Oberteil mit den Flammenzungen, das kaum etwas verhüllt, ist die pure Versuchung. Genüsslich lehne ich mich in dem gemütlichen Sessel zurück und genieße den Anblick.

»Was sagt man denn dann, wenn man nicht ›*Na sdorówje*‹ sagt?«, erkundige ich mich.

Libby sagt etwas auf Russisch, das ich nicht verstehe. »Ich hoffe, ich habe es richtig ausgesprochen. Oxy hat versucht, es uns beizubringen. Übersetzt ins Englische bedeutet es: ›Auf unsere Freundschaft!‹ Wie sagt ihr in Frankreich doch gleich?«

»*Santé!* Das bedeutet Gesundheit.«

»Wie nett«, befindet Libby. Sie hebt ihr Glas, verhunzt das »*Santé!*« durch eine grässliche Aussprache und nippt an ihrem Glas. Meine gequälte Miene muss mich verraten haben.

»Ich habe das komplett falsch ausgesprochen, oder? Wie sagt man das noch mal?«

»Nein, du hast es nicht komplett falsch ausgesprochen...«, beruhige ich sie rasch, denn ihre geröteten Wangen zeigen mehr als deutlich, wie peinlich ihr dieser Fauxpas ist.

Ella kichert wenig hilfreich. »Lass dir nichts erzählen, Libby. Es klang grässlich. Das ist der berühmte Charme meines Bruders, vor dem ich dich gewarnt habe.«

Ich wende meinen Kopf in Richtung meiner Schwester und werfe ihr einen bitterbösen Blick zu, der jedoch an ihr vorübergeht, da sie erneut mit geschlossenen Augen die Bemühungen der Visagistin über sich ergehen lässt.

Wenigstens schenkt Libby mir ein Lächeln und zuckt beinahe entschuldigend mit den Schultern, als ich ihr wieder meine Aufmerksamkeit zuwende.

»Das ›S‹ am Anfang wird richtig scharf gesprochen. Schau so: *Santé!* Mit einem spitzen Akzent am Ende.«

Beim zweiten Versuch stellt sie sich bereits deutlich besser an. »Noch eine Runde?«, fragt sie und deutet auf mein leeres Glas.

»Immer gerne.«

Sie verschwindet wieder, und kurz darauf höre ich sie mit einem anderen Mädchen lachen. Als Libby mit einem Tablett, mehreren Gläsern und einer Wodkaflasche zurückkommt, ist sie in Begleitung einer Rothaarigen. Von Ella weiß ich, dass ihr Name Valerie ist und sie aus Deutschland stammt. Ella hat während unserer Telefonate viel von ihren drei Mitbewohnerinnen gesprochen, jedoch eindeutig versäumt zu erwähnen, wie hübsch sie sind.

Meine Augen von dem Rotschopf abzuwenden, fällt mir schwer, denn sie ist ein ziemlicher Hingucker, was nicht allein an ihrem flammenden Haar, sondern vor allem an ihren üppigen Kurven liegt.

Ich beobachte, wie sie einen Teller mit Sandwiches auf dem Sofatischchen abstellt, und erhebe mich, als sie auf mich zukommt. »Hallo, du musst Henri sein.«

»Und du Valerie!«

»Val, bitte! Niemand hier nennt mich Valerie.« Sie streckt die Hand aus, die ich ergreife und kurz schüttle, ehe ich sie in den Genuss einer französischen Begrüßung kommen lasse.

»Na, du gehst aber ran!«, kommentiert sie die Wangenküsse. »Nur gut, dass deine Schwester uns vor deinem Charme gewarnt hat.«

»Hat sie das?«, frage ich wenig begeistert und sehe in Ellas Richtung, die mich amüsiert mustert. Ich weiß nicht, was sie daran so witzig findet, dass sie mir bereits im Vorfeld die Chancen bei ihren Mitbewohnerinnen verbaut.

»Ja, das hat sie in der Tat.«

»Und was genau hat sie gesagt?«, erkundige ich mich und beäuge Ella erneut, deren Wangen sich auf mein Nachhaken hin röten.

»Nur dass wir immun dagegen sein sollten, wenn wir uns Liebeskummer ersparen wollen«, meint Valerie diplomatisch.

Da ich meine Schwester kenne, würde ich darauf wetten, dass sie es nicht so höflich ausgedrückt hat. Sicherlich hat sie mich einen Aufreißer genannt oder etwas deutlich weniger Schmeichelhaftes. Nun ja, ich werde es überleben. Ich muss mich nicht rechtfertigen, und schon gar nicht gegenüber Ella. Als Teenager hatte sie schließlich selbst eine ziemlich heftige Phase.

»Du solltest nicht alles glauben, was Ella dir erzählt«, rate ich Val, während ich das schwarze T-Shirt mit dem weißen *Paparazzo*-Schriftzug begutachte, das sich über eine ansehnliche Oberweite spannt.

»Ach ja?«, brummt Ella. »Das Ganze wäre sicherlich glaubwürdiger, wenn du Val nicht seit einer halben Stunde auf die Brüste starren würdest.«

»Tu ich doch gar nicht, Bibou!«, widerspreche ich. »Ich lese bloß den Text!«

»Seit fünf Minuten, oder was?«

»Ich war nie ein Schnellleser«, behaupte ich und zwinkere meiner mittlerweile verärgert wirkenden Schwester vergnügt zu. »Das weißt du doch, Bibou.«

»Da steht übrigens *Paparrazo*, nur zu deiner Info«, meint Val über beide Ohren grinsend. Sie wirkt keinesfalls peinlich berührt.

Auch Libby beobachtet den Schlagabtausch zwischen mir und meiner Schwester belustigt. Verdammt, diese Geplänkel mit Ella haben mir wirklich gefehlt, wenn ich ehrlich bin.

»Bitte hör endlich mit diesem dämlichen Kosenamen auf«, motzt sie. »Sonst zwingst du mich dazu, dich in Anwesenheit meiner Freundinnen zu erwürgen.«

»Bibou? Was bedeutet das?«, fragt Val neugierig.

»Man sagt es zu kleinen Kindern.« So wie Ella nölt, klingt sie auch beinahe wie eines – eines in der Trotzphase. »Meine Mutter hat mich immer so genannt, als ich klein war.«

»Und wie hat sie Henri genannt?«

Ella zuckt mit den Achseln. »Das weiß ich nicht. Da war ich noch nicht auf der Welt. Heute nennt sie ihn ›*mon soleil*‹, was so viel heißt wie ›meine Sonne‹. Nichts, womit man ihn ärgern kann«, seufzt sie bedauernd.

»Ich finde ja, auf Bibou reimt sich ganz wunderbar Filou, und nach allem, was du uns über Henri erzählt hast, trifft das den Nagel ziemlich auf den Kopf«, feixt Val und setzt sich grinsend neben mich.

»Und so schnell zeigt sich, wie trügerisch der erste Eindruck ist. Bis eben fand ich dich nett.«

»Mich oder meine Brüste?«, stichelt Val, woraufhin Ella lauthals zu lachen beginnt.

»So kann ich nicht arbeiten!«, beschwert sich die Visagistin und stemmt die Hände in die Hüften.

»Wir sind ab jetzt ganz brav«, verspricht Libby und schenkt ihr einen derart unschuldigen Augenaufschlag, dass selbst die mürrische Maskenbildnerin einknickt und sich wortlos wieder ans Werk macht.

Libby und Val setzen sich, und während Ella fertig geschminkt wird, essen wir Sandwiches und trinken Wodka. Von Oxana fehlt jede Spur, was mir nur recht ist: So habe ich Zeit, meine Schutzschilde wieder hochzufahren und mich gegen eine neuerliche Begegnung zu wappnen.

Ich trinke mit den Mädels noch zwei von den Shots – das sollte ebenfalls helfen, eine gewisse Gleichgültigkeit gegenüber der Situation zu erlangen. Irgendwann, als abzusehen ist, dass Ella bald fertig ist, verschwinden die beiden noch mal auf ihre Zimmer.

»Du gibst Bescheid, wenn wir loskönnen?«, fragt Libby.

»Mache ich!«, erwidert Ella. Ich sehe ihren Mitbewohnerinnen hinterher, als sie das Wohnzimmer verlassen.

Ein paar Minuten später bittet Ella mich, ein Taxi zu rufen. »Eins?«, frage ich zweifelnd, wobei ich einen vielsagenden Blick in Richtung ihres ausladenden Kopfschmucks werfe.

Schnaubend meint sie: »Okay! Zwei! Aber du fährst mit mir!«

»Natürlich«, erwidere ich. »Irgendwer muss ja aufpassen, dass du niemanden auf die Hörner nimmst.« Ellas Augen verengen sich zu schmalen Schlitzen. »Das sieht fantastisch aus«, werfe ich ein, um sie zu besänftigen. Niemand, der bei klarem Verstand ist, will den Zorn von Ella Chevallier auf sich ziehen. »Der erste Platz sollte dir damit sicher sein.«

»Schleimer!«

»Die reine Wahrheit«, sage ich nachsichtig lächelnd, denn das Kostüm ist wirklich wundervoll.

Es dauert noch rund eine Viertelstunde, bis die Visagistin zufrieden ihre Pinselchen und Schwämmchen weglegt. Ella sieht nun wie eine waschechte Königin der Nacht aus … wirklich finster. Allerdings wird es beim Erobern der Weltherrschaft Probleme geben, denn die Hörner sind so gewaltig, dass Ella ernsthaft Schwierigkeiten hat, durch die schmale Wohnzimmertür zu kommen.

Ich greife nach Ellas Schultern und drehe sie so, dass sie mit einem seitlichen Schritt den Flur betreten kann. Nur mit größter Mühe kann ich mir das Lachen verkneifen.

»Du weißt doch, es kommt nicht auf die Größe an«, necke ich sie.

»Du musst es ja wissen, Filou!«, entgegnet sie, ehe sie die Maskenbildnerin zur Haustür bringt, wo sie ihr den Abschied mit einem satten Trinkgeld versüßt.

Da wir uns gerade allein im Flur befinden, nutzt Ella die Gunst der Stunde für ein kurzes Vieraugengespräch. Erneut unterhalten wir uns auf Französisch.

»Kannst du bitte aufhören, ständig mit meinen Freundinnen zu flirten?«

»Angst, sie könnten deine Warnung ignorieren? Miese Aktion übrigens«, lasse ich sie wissen. Dass sie ihren Freundinnen geraten hat, sich von mir fernzuhalten, fühlt sich – wenn ich in mich hineinhorche – wie Verrat an.

»Was genau?«

»Na was wohl? Du tust ja gerade so, als wäre ich ein …«

»Filou?«, unterbricht sie mich, woraufhin ich ihr einen stinkigen Blick zuwerfe. »Ich wünschte ja, das wäre nicht nötig, doch du bist nun mal ein Playboy.«

»Playboy«, schnaube ich empört. Ella hat doch keine Ahnung, wovon sie redet.

»Wie soll ich es denn sonst nennen? Und das eben war doch wieder total typisch. Erst ziehst du Libby förmlich mit den Augen aus und dann kurz darauf Val!«

»Hey, was kann ich dafür, dass deine Mitbewohnerinnen so hübsch sind«, rechtfertige ich mich.

»Lass die Finger von ihnen!« In dem Versuch, mich zu verteidigen, öffne ich den Mund, doch Ella würgt meine Bemühungen ab, ehe ich auch nur einen Ton hervorbringen kann. »Ich meine es ernst, Henri! Mach mein Leben nicht kompliziert, indem du etwas mit einer von ihnen anfängst.«

»Nur mit einer?«, scherze ich, weil ich weiß, dass ein dummer Spruch wie dieser Ella endgültig auf die Palme bringen wird. Wobei? Scherze ich wirklich? Undenkbar wäre es nicht. Val und Libby sind wirklich hübsch ... Nicht so hübsch wie Oxana, erinnert mich eine leise Stimme in meinem Kopf, und ja, es stimmt, was sie sagt. Oxana könnte glatt ein Model sein – dass sie wunderschön ist, konnte man trotz des Zombielooks verdammt gut sehen. Sie ist groß und schlank, hat ein wirklich apartes Gesicht. Doch auch wenn meine Schwester vermutlich Gegenteiliges behaupten würde, geht es mir bei den Frauen, mit denen ich ins Bett gehe, nicht nur um gutes Aussehen. Aber was weiß Ella schon? Nun ja, zumindest offensichtlich genug, um sich sicher zu sein, dass ihre Mitbewohnerinnen durchaus in mein Beuteschema passen. »Ich wollte dich nicht verletzen«, lenkt sie ein. »Tut mir echt leid, aber bitte benimm dich mir zuliebe bloß ein einziges Mal, Henri, in Ordnung?«

»Dir zuliebe?«

»Ja!«, braust sie auf.

»Contenance, Mademoiselle Chevallier«, rüge ich sie in nasalem Tonfall.

»Deine Imitation von Madame Bernard ist entsetzlich!«

»Wie bitte?«, empöre ich mich in bester Madame-Bernard-Manier. Ellas Benimmlehrerin – Maman meinte damals, sie habe Anstand nötig – war sehr speziell. Zumal die guten Manieren, wie ich aus eigener Erfahrung weiß, nur bis zur Bettkante hielten. Dort mochte sie es, wenn ich fluchte und schmutzig daherredete.

149

»Nein, ernsthaft, Henri, du bist unmöglich. Erst flirtest du auf Teufel komm raus mit meinen Mitbewohnerinnen und dann bringst du diese entsetzliche Person ins Spiel.« Sie verdreht bei der Erinnerung an Madame Bernard die Augen.

»So furchtbar war sie gar nicht.«

»Das musst du behaupten, weil sie dich verführt hat.«

»Wer hier wen verführt hat, sei mal dahingestellt, und alles, was ich dazu sagen kann, ist, dass es sehr lehrreich war.« Ich zwinkere Ella zu, woraufhin sie erneut mit den Augen rollt.

»Du bist echt ein hoffnungsloser Fall, aber bitte, bitte mach mir das hier nicht kaputt. Zum ersten Mal seit Jahren bin ich wirklich glücklich. Ich fühle mich hier sehr wohl …«

Ernst sieht sie mich an. Ich weiß, dass es stimmt, was sie sagt. Ich kann es sehen. Schließlich habe ich Augen im Kopf. Als Ella Paris fluchtartig verließ, war sie am Ende ihrer Kräfte. Nun wirkt sie wie ausgewechselt. Gelassen und ja, glücklich – es ist lange her, seit ich meine kleine Schwester zuletzt so gesehen habe, und ich gönne es ihr von Herzen. Vielleicht war es doch kein Fehler hierherzukommen. Vielleicht war eine Pause genau das, was sie brauchte, wer weiß?

»… und wenn du einer von meinen Mitbewohnerinnen das Herz brechen würdest, dann wäre es damit vorbei.« Sie runzelt unwirsch die Stirn und murmelt dann: »Ich hätte ein Warnschild basteln sollen oder so.«

»Du hast sie gewarnt!«, erinnere ich meine Schwester nachdrücklich. »Was, wenn wir ehrlich sind, echt uncool ist.«

»Aber die Mädels sind nun mal mehr als bloß meine Mitbewohnerinnen, Henri. Ich mag sie wirklich wahnsinnig gerne. Wir sind Freundinnen.«

Als sie das sagt, kommt mir ein grauenhafter Gedanke. Wenn Ella mit ihnen darüber gesprochen hat, dann … dann bin ich weg. Auf der Stelle! Innerlich bebend taxiere ich Ella.

»Was hast du deinen Mitbewohnerinnen denn noch alles über mich erzählt?«, frage ich und klinge in dem Moment so eisig, dass ich es schon eine Sekunde später bereue, als Ella scharf die Luft einzieht. Dennoch muss ich mich versichern. »Wissen sie von …?« Ich verstumme. Es ist mir unmöglich auszusprechen, was vor fast vier Jahren passiert ist.

»Nein, Henri, das würde ich niemandem erzählen«, wispert sie und nimmt meine Hand in ihre. Das Mitleid in Ellas Augen ist unerträglich. »Das weißt du doch, oder?«

Ich ringe mich zu einem knappen Nicken durch.

»Was ist denn heute nur los mit dir?«

»Nichts. Es ist alles in bester Ordnung.« Ich versuche, ihre Sorge wegzulächeln, doch Ella hat verdammte Spinnensinne. Sie weiß, dass irgendetwas nicht stimmt.

»Du musst nicht mitkommen. Es wird laut sein und voll. Ich weiß, du hast damit Probleme, seit …«

»Ella!« Ich drücke ihre Hand. »Ich habe keine Probleme, okay? Alles ist gut! Hör auf, dir unentwegt Sorgen meinetwegen zu machen.«

»Würde ich ja, wenn du nicht so seltsam wärst. Ich …«

»Es ist das Projekt!«, falle ich ihr ins Wort. »Es … Verdammt, eigentlich dürfte ich gar nicht hier sein.« Was nicht einmal gelogen ist. Wir leisten mit dieser App Pionierarbeit, und dementsprechend mühsam gestaltet sich das Ganze.

»Geht es nicht gut voran?«

Achselzuckend erwidere ich: »Eine Katastrophe jagt die nächste. Kennst du das, wenn du dich fragst, warum du dir den ganzen Scheiß überhaupt antust? In dem Stadium befinde ich mich seit etwa einem halben Jahr.«

»Klingt nicht so gut«, meint Ella mitfühlend.

»Ich habe so hart dafür gekämpft und mir echt den Arsch aufgerissen, um Papa von der Idee zu überzeugen, aber es gibt diese Momente, in denen es mich einfach nur ankotzt. Die Entwicklung verschlingt einen gewaltigen Haufen Geld, dabei bleibt es fraglich, ob das Ganze aufgrund all der technischen Probleme bis zur Eröffnung des neuen Stores überhaupt fertig wird.« Mit beiden Händen fahre ich mir durch die Haare und schiebe seufzend hinterher: »Manchmal weiß ich gar nicht mehr, wo mir der Kopf steht.«

»Aber es ist doch noch so lange hin bis Mai. Ich meine, das sind …« Ella legt den Kopf schief und rechnet, aber ich kenne meine Deadline.

»Hundertneunzig Tage.«

»Eine halbe Ewigkeit!«

»Mag sein, aber nicht bei so einem Projekt, Schwesterherz.« Leute machen sich einfach keine Vorstellung davon, wie komplex dieser Scheiß ist. »Oh Mann, ich bin echt so fertig!«

»Umso wichtiger ist, dass du dir mal eine Auszeit gönnst«, meint meine Schwester. »Und ich freue mich total, dass du hergekommen bist«, fügt sie strahlend hinzu.

»Ich freue mich auch«, behaupte ich. »Ich warte draußen, bis ihr fertig seid.«

»Du willst doch bloß deine Mails checken«, mutmaßt sie.

»Erwischt«, behaupte ich und demonstriere ihr meine beste zerknirschte Miene.

Kaum bin ich draußen und unbeobachtet, fällt meine Fassade in sich zusammen. *Idiot!*, rüge ich mich. Ich hätte Ella nicht so angreifen dürfen, hätte sie genau genommen erst gar nicht verdächtigen dürfen, dass sie mit ihren Freundinnen über die schlimmste Nacht in meinem Leben gesprochen hat. Das alles – ich weiß es genau – liegt bloß an dieser verfluchten Oxana. Bei dem Gedanken, die nächsten Stunden mit ihr verbringen zu müssen, fühle ich mich mit einem Mal um Jahrzehnte gealtert. Ella zuliebe werde ich mich zusammenreißen und gute Miene zum bösen Spiel machen, doch ich werde verdammt froh sein, wenn dieser Tag endlich vorbei ist.

Nach einem kurzen Zwischenstopp in der Hintergasse des Clubs, wo ein etwa halbstündiges Fotoshooting der Kostüme durch Val folgte, betrete ich zusammen mit Ella und ihren Mitbewohnerinnen den Club. Da die Gruppe sich erst noch für den Wettbewerb anmelden muss, nutze ich die Gelegenheit für einen Abstecher an die Bar, um einen Shot für mich und eine Flasche Champagner für die Ladys zu bestellen.

Ich weiß, ich werde diesen Abend nur mit reichlich Alkohol überstehen. All die Kostümierten, der Lärm und das Gedränge setzen mir zu ... Ja, Ella hat recht: Das hier ist weiß Gott nicht das Richtige für mich, aber ich werde nicht wie Michel enden und mich zu Hause verbarrikadieren.

Den Gedanken an ihn spüle ich mit dem Drink hinunter. Auch wenn es mich verdammt viel Kraft kostet, besuche ich ihn seit dem Vorfall im September nun einmal in der Woche, um nach dem Rechten zu sehen. Ich bin mir nicht sicher, ob er über meine Gesellschaft froh ist oder sie verflucht – ich schätze, das ist abhängig von seiner Tagesform.

Neben mir knallt eine Flasche Bier auf den Tresen, und ich zucke erschrocken zusammen. Der Typ, der den Barhocker erklimmt, scheint harmlos zu sein – betrunken, aber eben keine Gefahr. *Reiß dich zusammen, Mann!*, ermahne ich mich, doch meine Reaktion zeigt mir nur allzu deutlich, dass meine Nerven blank liegen. In der Hoffnung, dass ein weiterer Shot mich wieder auf die Spur bringt, ordere ich noch einen. Der wievielte ist das jetzt? Erst der sechste oder schon der siebte? Und warum spüre ich noch immer keine Wirkung? Langsam sollte sich das Zeug doch zumindest ein wenig bemerkbar machen.

Mit der Flasche Champagner in der einen und den Gläsern in der anderen Hand mache ich mich schließlich auf die Suche nach den Mädels. Oxana, Valerie und Ella haben eine der zahlreichen Sitzgruppen erobert. Von Libby fehlt jede Spur, doch auch ohne sie scheint sich die Gruppe prächtig zu amüsieren, denn sie hat direkt männliche Gesellschaft bekommen. Erstaunt ziehe ich eine Augenbraue hoch, als ich in den beiden Männern, die bei Ella und ihren Freundinnen stehen, Ian Corbin und Jasper Chase erkenne. Sie sind die Gründer des angesagten Modelabels On Fleek, das diesen Kostümwettbewerb sponsert – dass sie hier vor Ort sind, überrascht mich dennoch, schließlich sind die beiden ziemlich erfolgreich und dürften schwer beschäftigt sein.

Ella lacht aus vollem Hals. Entweder ist sie inzwischen total betrunken oder irgendetwas ist wirklich witzig.

»Was ist hier los?«, erkundige ich mich und stelle den Champagner auf dem niedrigen Tisch ab.

»Er …«, versucht Ella, sich glucksend zu erklären und deutet auf Jasper. »… hat mich gefragt, ob …« Sie lacht so heftig, dass ich kein Wort verstehen kann. Oxana und Val fallen in Ellas hysterisches Gelächter ein. Jaspers Gesichtsausdruck nach zu urteilen, bin ich nicht der Einzige, der keine Ahnung hat, was so lustig ist.

»Also er hat gefragt, ob meine Riesendinger echt sind«, stößt Ella schließlich schwer atmend hervor.

Riesendinger? Was bildet dieser Typ sich eigentlich ein? Das kann doch nicht sein Ernst sein. Aufgebracht funkle ich ihn an. Mir egal, dass hier gerade Jasper Chase vor mir steht, ich … Seine Augen weiten sich. Bestürzung spiegelt sich auf seinem Gesicht.

»Die Hörner!«, stößt er beinahe entsetzt hervor, und ich verdrehe innerlich die Augen, als mir klar wird, dass Ella genau wusste, dass es nie um ihre Oberweite ging. »Ich wollte wissen, ob die verdammten Hörner echt sind. Ich meine, wenn die echt sind, dann sind die doch irre schwer... also nicht dass ich glaube, dass du Hörner hättest, das wäre ja verrückt! Es geht ums Material«, plappert Jasper Chase sich um Kopf und Kragen.

Von dem coolen Typen, der als Bad Boy der Modeszene gilt, ist nichts mehr übrig. Die ganze Situation ist ihm mehr als unangenehm.

»Übertreib es nicht!«, sage ich zu Ella, nachdem Ian und Jasper, die bei diesem Wettbewerb sogar als Juroren fungieren, weitergezogen sind. Wir sitzen nur noch mit Valerie zusammen. Libby habe ich inzwischen an der Bar entdeckt, und Oxana ist – zum Glück – irgendwo im Gedränge verschwunden.

»Was meinst du?«, fragt sie erstaunt.

»Jasper Chase. Dem Typen war das Ganze megaunangenehm, also zieh ihn nicht länger mit der Sache auf, okay?«

Ihr Blick sagt alles. Sie hatte eine diebische Freude daran, ihn in Verlegenheit zu bringen.

»Ella, ich meine es ernst. Lass ihn in Ruhe!«

»Du gönnst mir auch echt gar keinen Spaß!«

»Ella...«

»Schon verstanden, Henri. Es geht ums Business, richtig?«

»Richtig, man sollte sich alle Optionen offenhalten«, bestätige ich. »Und eine Kooperation mit Jasper Chase, das wäre...«

»...verdammt gut fürs Image, die Umsatzzahlen etc. bla, bla...« Sie sieht mich vorwurfsvoll an. »Du weißt aber, dass sie sich vertraglich an Aurelio gebunden haben?«

»Ja, momentan schon, doch ich versuche, langfristig zu

denken, also hör auf, Jasper in Verlegenheit zu bringen, okay? Das ist schließlich auch in deinem Sinn.« Wie immer, wenn die Rede von French Chic ist, rollt Ella mit den Augen. Ein Teil von mir kann sie verstehen, das Unternehmen dominiert nun einmal unser ganzes Leben. Die meisten Außenstehenden sehen nur den Glamour und den Luxus, sie sehen nicht, was es uns kostet und wie viel Arbeit es ist. Wissen nicht, dass wir unsere Eltern früher oft tagelang nicht zu Gesicht bekamen und bei Kindermädchen groß wurden. Und sie haben keine Ahnung davon, dass es durchaus verdammt ätzend sein kann, wenn jeder Schritt, den man tut, argwöhnisch beobachtet wird. Sie haben keine Ahnung vom Druck der Erwartungen, der zu einer untragbaren Last werden kann … Ja, ich kenne die Schattenseiten nur zu gut. Ich weiß, was Ella fühlt, aber dass sie glaubt, sie könne sich ihrer Verantwortung entziehen, indem sie hier in diesem Kaff so tut, als wäre sie ein normales Mädchen, ist doch verrückt.

»Irgendwer muss deine Rechnungen ja bezahlen«, erinnere ich sie. »Apropos Rechnungen. Magst du mir was zu dieser Monsterrechnung aus dem Stoffladen sagen?«

»Können wir das morgen beim Frühstück klären?«

»Wenn du hoffst, dass ich es vergesse, dann …«

»Das Frühstück? Das hoffe ich doch nicht.« Sie schenkt mir einen betont unschuldigen Augenaufschlag. »Kann ich dich mal allein lassen? Ich habe gerade Alicia King entdeckt und würde ihr gerne mein Kostüm zeigen.« Sie deutet auf die Stardesignerin, die bei einer Gruppe Studenten steht und auf ihrem Klemmbrett herumkritzelt. Indem ich meinen rechten Daumen hebe, signalisiere ich Ella, dass das für mich klargeht. »Bitte benimm dich anständig«, wispert sie und sieht vielsagend in Vals Richtung, die gerade verführerisch an ihrem Strohhalm saugt und sich interessiert im Raum umschaut. Es fehlt bloß noch, dass Ella mir mit dem erhobenen Zeigefinger droht.

»Immer! Du kennst mich doch«, meine ich, schenke ihr mein bestes Raubtiergrinsen und leere mein Glas. Ich fülle es noch mal auf und proste ihr zu.

»Und trink nicht so viel!«, ermahnt sie mich.

Am liebsten würde ich sie fragen, wie sie glaubt, dass ich den Abend ohne Alkohol überstehen soll, doch da das absolut kontraproduktiv wäre, lasse ich es lieber. »Würde ich nie tun«, behaupte ich augenzwinkernd.

Meine Schwester glaubt mir – zu Recht – kein Wort, verdreht die Augen und schreitet hoch erhobenen Hauptes davon. Amüsiert beobachte ich, wie die Menschen ihr ausweichen, um ihr den Raum zu geben, den sie verlangt – oder um nicht auf die Hörner genommen zu werden, wer weiß.

Kaum ist sie weg, rutsche ich näher zu Val. »Und du studierst also Fotografie?«

Sie wendet ihren Blick mir zu und lächelt mich an. »Ja, ich will später Modefotografin werden. Meinen Bachelor habe ich bereits.«

»Wie sind die Bilder, die du eben in der Gasse geschossen hast, geworden?«, erkundige ich mich. Nicht dass es mich wirklich interessieren würde, es ist bloß ein einfacher Weg, Val näherzukommen.

Mein Plan geht auf, denn prompt fragt sie: »Willst du sie sehen?«

»Wahnsinnig gerne.« Sie holt ihre Kamera hervor, schaltet sie ein und blättert durch die Bilder. Ich beuge mich zu ihr, werfe einen Blick auf das Display und bin wider Erwarten beeindruckt von dem, was ich sehe. Valerie ist gut. Richtig gut! »Und, hast du einen Favoriten?«, frage ich sie, nachdem wir einmal im Schnelldurchlauf alles gesichtet haben.

»Ich mag das eine von Oxy supergern.« Val blättert zurück.

Oxana lehnt an einer Steinmauer und schaut direkt in die Kamera. Es ist ein eindrucksvolles Porträt, vor allem, wenn man die Umstände bedenkt. Das Shooting ist ja völlig spontan entstanden, doch Val hat die schwierigen Lichtverhältnisse gut in den Griff bekommen, weil sie sich das zunutze gemacht hat, was da war. Sie selbst ist auf die Mauer geklettert, und Oxana hat nach oben geschaut, sodass das Licht der Straßenlaterne keinen unschönen Schatten werfen konnte, sondern ihr Gesicht perfekt ausgeleuchtet hat.

»Verdammt gut«, muss ich zugeben, auch wenn ich mir wünschte, Val hätte die Aufnahme von Libby oder meiner Schwester gemacht. Oxana anzusehen, selbst auf dem kleinen Display der Kamera, ist mir nahezu unerträglich.

Ich wende mich Valerie zu, die – man kann es trotz des schummrigen Lichts sehen – errötet. Interessant. Die Frage ist bloß: Kann sie schlecht mit Komplimenten im Allgemeinen umgehen oder mit meinem im Speziellen? Ich nehme mir vor, es herauszufinden. Etwas Ablenkung ist genau das, was ich brauche – ganz gleich, was Ella sagt.

Ich beuge mich zu ihr. »Willst du noch ein Glas, oder hattest du für heute bereits genug?«

»Noch ein Gläschen wäre schön«, erwidert sie lächelnd.

»Weißt du, wer der Kerl ist, mit dem Ella da gerade redet?«, frage ich, während ich uns nachschenke. Ich nicke in die Richtung meiner Schwester, die, statt mit Alicia zu reden, mit einem Typen mit schulterlangem dunklen Haar beisammensteht und sich prächtig zu amüsieren scheint. Es ist nicht zu übersehen, dass er sie anbaggert, und auch, dass sie seine Aufmerksamkeit genießt. Normalerweise wäre es mir egal, was zwischen Ella und diesem Typen läuft, doch Étienne ist nun mal einer meiner besten Freunde.

»Ach, das ist Callum, ebenfalls Fotograf«, sagt Val. »Aber alle nennen ihn nur den König der Dunkelkammer.«

»Das klingt irgendwie … na ja, du weißt schon … ziemlich zweideutig!«

»Dachte ich auch erst, aber die Arbeit in der Dunkelkammer ist bloß seine große Leidenschaft. Cal ist brillant!«

Cal also … Hm, ob Valerie etwas mit ihm am Laufen hat? »Er kann unmöglich so gut sein wie du!«, flirte ich, woraufhin Val abermals errötet. »Wo genau studierst du eigentlich?«, erkundige ich mich und reiche ihr ein Glas.

»Am College of Art natürlich, genau wie deine Schwester.«

»Sorry, in Deutschland meine ich. Wo studierst du da?«

»An der Fachhochschule in Mainz.«

»Das ist in der Nähe von Frankfurt, oder?«, versuche ich, mich zu orientieren.

»Ja. Warum fragst du? Hast du vor, mich dort mal zu besuchen?«

Ich lege den Kopf schief. »Warum nicht?«

Keine Ahnung, ob es an der Warnung meiner Schwester liegt oder ob ich Val zu direkt war, zumindest übergeht sie meine Frage und sagt stattdessen: »Schau mal! Dich habe ich auch erwischt …«

Sie blättert durch die Bilder, und auf dem kleinen Monitor ihrer Nikon erscheint mein Gesicht. Ich habe nicht mal gemerkt, dass sie mich fotografiert hat … Das Porträt ist stark. Es ist richtig, richtig gut, auch wenn ich auf dem Bild keineswegs so aussehe, wie ich aussehen möchte. Ich wirke allein, regelrecht verloren … Ein Mann, umgeben von Dunkelheit. Die Schatten drohen mich zu verschlucken, nur das Display meines Handys erhellt mein Gesicht.

Ein Schauer rieselt mein Rückgrat entlang, doch es ist nicht das Bild, das mir unter die Haut geht und dafür sorgt, dass sie wie verrückt kribbelt. Ich schaue auf, muss nicht lange suchen, dann sehe ich ihn. An der Bar steht ein Typ, der in unsere Richtung stiert und aussieht, als würde er mich am liebsten erwürgen. Ich beschließe, ihn zu ignorieren, und gebe Val die Antwort, auf die sie wartet. »Ziemlich stimmungsvoll!«, erwidere ich und füge nach einem unbehaglichen Räuspern hinzu: »Ich habe gar nicht mitbekommen, dass du mich erwischt hast.«

»Du warst ja auch schwer mit Tippen beschäftigt. Hast du deiner Freundin geschrieben?«

Ich lache überrascht auf. Eine Freundin? Witzig! Eine Freundin würde so gut in mein Leben passen wie … Ich weiß auch nicht, aber allein die Vorstellung ist absurd! Völlig undenkbar. Wie sollte ich vor einer Freundin all diesen Scheiß verheimlichen? Es ist so schon schwer genug … Es würde keine drei Tage dauern, da wüsste sie Bescheid. Spätestens, wenn sie einmal einen meiner Albträume miterlebt hätte. Nein, das ist wirklich ausgeschlossen.

»Ich bin nicht der Typ für eine Freundin«, behaupte ich Val gegenüber. »Ich dachte, Ella hätte dich vor mir gewarnt.«

»Genau deshalb frage ich ja.«

»Vielleicht bin ich wirklich so ein Aufreißer, wie meine Schwester sagt, doch untreu bin ich nicht. Es gibt keine Freundin. Aber etwas ganz anderes: Hast du einen Freund?«

»Henri, ich …«, beginnt sie.

»Keine Sorge, ich frage nicht, weil ich bei dir landen will …«, wende ich ein. Auf eine Lüge mehr oder weniger kommt es nicht mehr an, und bevor sie mir einen Korb geben kann – denn wer bitte schön kassiert schon gerne eine Abfuhr –, tue ich lieber so, als hätte ich kein Interesse. Wenn ich ehrlich bin, habe ich das auch nicht... nicht wirklich zumindest. Alles, was ich will, ist etwas Spaß, um auf andere Gedanken zu kommen. »Nein, es geht um diesen Typen da an der Bar, der dauernd zu uns rüberschaut.« Ich hebe den Kopf und sehe in Richtung des Kerls, der uns beobachtet. Vals Blick folgt meinem. »Ein eifersüchtiger Ex?«, will ich wissen, als ein Ruck durch sie geht.

Sie tastet nach ihrem Glas, stößt es jedoch um. Champagner verteilt sich auf dem Tisch. Wir greifen zeitgleich nach den Servietten, die auf dem Tisch in einem Behälter stehen, unsere Hände berühren sich.

Im Film wäre es der Moment, in dem die Funken sprühen. Die Kameraeinstellung würde sich verändern. Ein langer glutvoller Blickwechsel würde folgen, dann ein Close-up auf Vals Lippen und wie ihre Zunge darüberhuscht, sie in vorfreudiger Erwartung mit Speichel benetzt. Anschließend gäbe es dann einen kompletten Szenenwechsel – wir auf der Toilette das Clubs, heftig knutschend, wie verrückt an unseren Kleidern zerrend... albern, als ob es je so laufen würde.

Hier im echten Leben nuscheln wir beide ein kaum hörbares »Entschuldigung«, beginnen ungeschickt, ihr Malheur zu beseitigen, kommen uns erneut ins Gehege und lachen beim dritten oder vierten Mal darüber, weil wir uns bei einer derart simplen Sache so dämlich anstellen.

»Also, was hat es mit diesem Kerl auf sich? Macht er dir Ärger?«, frage ich Val, nachdem sie einen kleinen matschigen Serviettenberg am Rand des niedrigen Tisches aufgetürmt hat.

»Nein, es... es ist kompliziert.« Val leert ihr Glas in einem Zug, und ich tue es ihr gleich, um uns nachschenken zu können. Sie quittiert mein zuvorkommendes Verhalten mit einem matten Lächeln. »Hat Ella dich nicht gebeten, es nicht zu übertreiben?«, fragt sie und streicht sich eine ihrer roten Locken aus dem Gesicht.

»Inwiefern?«

Val nickt in Richtung der Flasche in meinen Händen. Ich fülle ihr Glas nahezu randvoll auf und widme mich dann meinem.

»Hat sie?«, gebe ich mich ahnungslos. Das Unschuldslamm spiele ich so gut, dass Val ein belustigtes Glucksen entfährt. Es ist ein leichtes Geräusch, dem ich mich gerne anschließen würde, doch das ist mir unmöglich. »Hat dir eigentlich schon mal jemand gesagt, dass du wunderschöne Augen hast?«, starte ich einen letzten plumpen Versuch, um bei Val zu landen.

»Henri …«, beginnt sie, doch ich weiß bereits, was sie sagen will. Dann halt nicht! Ella hat vermutlich ohnehin recht … Ich sollte nicht in ihrem Revier auf die Jagd gehen.

»Keine Sorge. Es war als harmloses Kompliment gedacht.«

Vals Blick wandert zur Bar hinüber. Ja, eindeutig will sie lieber, dass der Kerl ihr so etwas sagt.

Sie atmet zittrig ein und aus. »Kann … kann ich dich einen Moment lang allein lassen?« Val klingt unsicher.

»Warum fragen mich das ständig alle?«, frage ich gespielt empört.

»Mach keinen Unsinn!«, ermahnt sie mich und klingt fast wie Ella.

»Und warum denken alle, man könnte mich keine fünf Minuten unbeaufsichtigt lassen?«

Val steht schulterzuckend auf, schnappt sich die noch halb volle Flasche Champagner, was mir ein erbostes »Hey!« entlockt.

»Ella sagte, du sollst nicht so viel trinken, und ich achte bloß darauf, dass du dich daran hältst«, meint sie keck, ehe sie in Richtung ihres Typen davonmarschiert.

Eine ganze Weile lang beschäftige ich mich anschließend mit meinem Handy. Dieses Ding ist Fluch und Segen zugleich. Segen, weil ich etwas habe, das mich ablenkt und auf das ich mich konzentrieren kann, und Fluch, weil man eben immer erreichbar ist. Mein Mailaccount quillt schon wieder über. Ich verschaffe mir einen Überblick, priorisiere die Mails nach Dringlichkeit und beginne damit, sie abzuarbeiten.

»Ist hier noch frei?« Eine Stimme links über mir reißt mich aus meinem geschäftigen Treiben. Ich drehe mich um und finde mich auf Augenhöhe mit einem bildschönen Paar Brüste wieder. Die Besitzerin hat sich auf der Lehne des massiven Ledersofas abgestützt und sich zu mir gebeugt. Ich schwöre, ich kann ihren Bauchnabel sehen. Mühsam reiße ich mich von dem äußerst verlockenden Anblick los – allerdings ist der Rest der Blondine auch nicht zu verachten.

»*Bien sûr*«, erwidere ich und rücke ein Stück zur Seite.

Sie dreht sich um und winkt ihre Freundin zu uns, deren Haut mich unwillkürlich an Milchkaffee denken lässt. Ihre krausen, wilden Locken werden mühevoll von einem breiten Stirnband zurückgehalten. Auch der Rest ihres Outfits spiegelt die Siebzigerjahre wider. Schlaghose und ein gehäkeltes Oberteil, dessen luftige Maschen wenig verhüllen, runden den Look ab.

»Das ist Kate«, stellt die Blondine ihre Begleiterin vor. »Und ich bin Miranda. Mich würde interessieren, ob es stimmt, was man über die Franzosen sagt?« Sie nimmt einen Schluck von ihrem pinken Cocktail.

»Dazu müsste ich wissen, was man über uns sagt«, gebe ich mich ahnungslos, allerdings habe ich eine vage Vorstellung, was sie meint. Wir Franzosen gelten schließlich seit Jahrhunderten als die besten Liebhaber der Welt, und ich werde nicht zum ersten Mal gefragt, ob an diesem Gerücht etwas dran ist.

Miranda kichert, und Kate schenkt mir ein kokettes Lächeln. Ihre Nase kräuselt sich, als sie sagt: »Du weißt schon!«

»Weiß ich das?«

»Ja, das weißt du ganz bestimmt.«

»Um ehrlich zu sein, weiß ich es nicht! Ich hatte bisher keinen französischen Liebhaber.« Sie öffnet den Mund. »Und bevor du jetzt fragst, auch keinen einer anderen Nationalität. Ich bin also völlig unbrauchbar, um dieses hartnäckige Gerücht zu verifizieren.« Bedauernd hebe ich meine Hände.

»Ja, ich sehe schon, du bist wirklich zu gar nichts gut«, neckt Kate mich.

»Das wiederum habe ich nicht gesagt.«

»Das wäre auch echt schade. Deine Locken sind süß«, sagt Miranda.

»Süß?«

»Schau nicht so grimmig. Ja, wir finden sie entzückend.« Sie streckt ihre Hand aus und schiebt mir eine Strähne aus der Stirn. Vergebene Liebesmühe, denn als ich an meinem Glas nippe, rutscht sie erneut an die Stelle. »Bist du auch so eigensinnig wie deine Haare?«

»Im Vergleich zu mir sind die harmlos.«

»Ist das ein Versprechen oder eine Warnung?«, flirtet sie zurück und lehnt sich näher zu mir. Ihre Hand findet den Weg auf meinen Oberschenkel. Engländerinnen!

»Was wäre dir denn lieber?«, erkundige ich mich in vertraulichem Tonfall.

»Wenn Miranda sich nicht entscheiden kann, nehme ich, was auch immer du zu bieten hast«, klinkt sich Kate in die Unterhaltung ein.

»Das war so klar«, meint diese belustigt und fügt hinzu: »Der Fairness halber sollte ich dich vor Kate warnen. Sie ist ein echtes Luder.«

Kate sieht mir direkt in die Augen und sagt: »Das ist keine Warnung, Miranda, sondern definitiv ein Versprechen.« Sie wechselt den Platz, setzt sich auf den niedrigen Tisch vor mir. Ihre Beine berühren meine.

»Soso«, murmle ich – unschlüssig, was ich von der Situation halten soll. Einen Moment lang befürchte ich, dass das Luder gekränkt sein und der Abend damit enden könnte, dass sich die beiden Freundinnen überwerfen. In meiner Fantasie werden wir nach einem saftigen Catfight von den bulligen Türstehern aus dem Club geworfen, doch das geschieht nicht.

Stattdessen beobachte ich, wie Kate ihrer Freundin zunickt. Miranda rutscht näher an mich heran. Sie drückt meinen Schenkel, woraufhin ich zu ihr schaue, dann küsst sie mich.

Einen Augenblick lang bin ich überrumpelt, dann gebe ich mich der Versuchung hin, lasse mich von ihr mitreißen, und als Miranda kurz darauf vorschlägt, dass wir gehen sollten, nutze ich die Gelegenheit, um der ganzen unliebsamen Situation zu entkommen.

Während wir auf ein Taxi warten, entdecke ich Val, die zusammen mit ihrem Lover den Club verlässt. Als sie in meine Richtung schaut, lege ich den Zeigefinger an die Lippen und zwinkere ihr zu. Sie grinst verschmitzt, schiebt ihre Hand in die Gesäßtasche des Typen, und die beiden gehen davon. Er hat ihr seine Jacke und einen Arm um die Schultern gelegt. Im Weggehen sagt er etwas zu ihr, und Vals Lachen perlt durch die Nacht.

Ein Taxi hält, und wir steigen ein. »1 Elliot Terrace?«, keucht Miranda beeindruckt, nachdem ich dem Fahrer die Adresse genannt habe. »Nobel!«

Es wird noch nobler, denn während meines Aufenthalts hier, bewohne ich das *Sir Francis Drake Apartment* – Meerblick inklusive. Das Hotel liegt am Hoe Park, und die Aussicht auf den Plymouth Sound ist den Preis wert – allerdings muss ich das sagen, denn ich liebe das Meer. Wäre es eine Frau, ich würde es vom Fleck weg heiraten. Was meine Begleiterinnen betrifft, steht das allerdings nicht auf der Agenda. Meine Absichten sind weitaus weniger ehrenhaft, dennoch setze ich alles dran, dem Ruf des Franzosen als exzellentem Liebhaber gerecht zu werden. Vor allem bin ich aber dankbar dafür, dieser Halloweenparty und somit auch Oxanas Nähe entkommen zu sein.

Unkompliziertem Sex folgt ein ebenso unkomplizierter Abschied, und als ich später erschöpft und allein im Bett liege, habe ich die Hoffnung, nach der körperlichen Anstrengung gut zu schlafen. Ich hasse die Nächte. Hasse den Kontrollverlust, den der Schlaf mit sich bringt. Leider habe ich die Rechnung ohne mein noch immer angeschlagenes Unterbewusstsein gemacht, und so ende ich in dieser Nacht als Gefangener meiner Albträume.

Keuchend und klatschnass geschwitzt wache ich auf. Mein Herz hämmert stakkatoartig in meiner Brust – das dumpfe Wummern erinnert an Schüsse. *Bam. Bam. Bam.* Einen Moment lang bin ich orientierungslos. Die Eindrücke des Traums hallen nach. Oxanas Gesicht, das mit dem von Yvette verschmilzt, und Blut ... so viel Blut. Mir ist schlecht, noch immer kommt es mir vor, als könnte ich den metallischen Geruch wahrnehmen.

Ich rolle mich auf den Rücken, versuche, mich zu beruhigen, doch nur langsam gelingt es mir, die Kontrolle zurückzuerlangen. Als der Traum mich schließlich doch aus seinen

Klauen lässt, übernimmt der Kater... Ich hatte gestern eindeutig zu viel Alkohol.

Nichts, was eine heiße Dusche nicht richten kann, sage ich mir und zwinge mich aufzustehen. Während das Wasser auf mich herabprasselt und sich bemüht, den Terror der vergangenen Nacht zu vertreiben, wandern meine Gedanken wieder zu dieser Oxana. Mir ist bewusst, dass ich sie die kommenden Tage noch mehrfach sehen werde und daher einen Weg finden muss, um mit ihr klarzukommen. Sicherlich würde mir das leichter fallen, hätte sie von Ella kein Schweigegeld angenommen. Echte Freundin! Pah, dass ich nicht lache! Ella sollte sie schnellstmöglich vergessen – und ich auch.

Das ist allerdings leichter gesagt als getan. Selbst nachdem ich mich abgetrocknet und angezogen habe, geistert sie mir durch den Kopf, weshalb ich mir schließlich meinen Laptop schnappe und nach Oxana Petrowa suche. Nachdem ich mich durch zahlreiche Facebook-Profile gewühlt habe, finde ich schließlich ihres. Es gibt ein halbwegs aktuelles Profilbild, das ich öffne, ehe ich in einem zweiten Browserfenster Yvettes Account aufrufe.

Tu es nicht, warnt mich eine innere Stimme, doch ich ignoriere sie und klicke ihr Profil an. Ich kann nicht anders.

Seit mehr als vier Jahren ist die Seite tot. Der letzte Eintrag ist vom 13. November 2015. Es ist ein Selfie, das Yvette vor dem Konzert zeigt. Sie lacht. Dem Post ist zu entnehmen, wie sehr sie sich auf den Abend freute, und ich erinnere mich noch gut daran, wie es bei Michel und mir war. Wir waren in einem Restaurant in der Nähe essen, haben gelacht und gescherzt und ebenfalls auf die nächsten Stunden hingefiebert – nichtsahnend, dass sie die schlimmsten unseres Lebens werden würden.

Hatte ich gehofft, mir die Ähnlichkeit zwischen Oxana

und Yvette bloß einzubilden, so werde ich enttäuscht. Nebeneinandergestellt gleichen sich die beiden Frauen noch mehr als in meiner bloßen Vorstellung. Obwohl ich bewusst auf Unterschiede zu achten versuche, überwiegt die Ähnlichkeit, und damit meine ich vor allem das verdammte weißblonde, fast silberne Haar und die markante Frisur mit dem geraden Pony. Oxanas Brauen wiederum sind deutlich heller, was ihr einen ätherischen Ausdruck verleiht. Ihre Augen sind zwar ebenfalls blau, aber nicht so dunkel wie die von Yvette, außerdem stehen sie auch etwas weiter auseinander. Allgemein wirken Oxanas Gesichtszüge filigraner – auch wenn Yvette die kleinere Nase hatte. Eine Stupsnase mit einigen wenigen, kaum sichtbaren Sommersprossen. Ich erinnere mich an jede von ihnen. Stundenlang habe ich sie betrachtet, mich in ihnen verloren …

Tränen drängen an die Oberfläche. Für einen Moment muss ich meine Augen schließen, um mich wieder in den Griff zu bekommen. Ich atme bewusst gegen den Schmerz an. *Sie sind nicht dieselbe Person*, sage ich mir. *Achte auf die Unterschiede!*

Als ich die Augen wieder öffne, suche ich in Oxanas Gesicht nach Sommersprossen, finde jedoch nichts … vielleicht sind sie mit Make-up abgedeckt, vielleicht gibt es aber auch einfach keine. Mein Blick wandert ihre Kinnlinie entlang, bleibt an dem Leberfleck oberhalb ihres Kiefergelenks haften. So einen hatte Yvette nicht.

Ich weiß nicht, ob es reicht, mich auf diese kleinen andersartigen Details zu fokussieren … Keine Ahnung, doch es ist immerhin ein Ansatz.

Ein Blick auf die Uhr sagt mir, dass ich noch mehr als zwei Stunden bis zu meiner Verabredung mit Ella habe. Ich versuche es mit Arbeiten, stelle jedoch fest, dass ich zu aufgewühlt bin, um auch nur einen klaren Gedanken zu fassen. Der Bericht des leitenden App-Entwicklers könnte ebenso gut auf Koreanisch verfasst sein … Blinzelnd beginne ich noch einmal von vorn, scheitere jedoch ein weiteres Mal kläglich. Vielleicht ist es auch der Hangover, der mich nach wie vor fest im Griff hat.

Verärgert klappe ich den Laptop zu, schlüpfe in meine Sportkleidung und verlasse das Haus. Heute ist das Laufen mühsamer als sonst. Mein Körper beschwert sich über die Trainingseinheit, kontert mit latenter Übelkeit, doch ich ignoriere sein Gejammer. Nach einigen anfänglichen Schwierigkeiten finde ich doch noch in meinen Rhythmus, und nach und nach verflüchtigen sich die Überbleibsel des Katers, des Albtraums sowie die Gedanken an Yvette, Oxana und meine Arbeit. Schließlich leert sich mein Kopf, und es gibt nur mich und meine Schritte, die auf dem nassen Asphalt widerhallen. Da ich mich in der fremden Stadt nicht auskenne, verschätze ich mich mit der Zeit. Zurück im Hotel schreibe ich Ella, dass ich es nicht pünktlich schaffen werde, aber so gut wie auf dem Weg bin. Ich eile unter die Dusche, doch als ich das Fandom am Sutton Harbour schließlich erreiche, bin ich fast zwanzig Minuten zu spät.

Das Lokal ist ein ziemlich nerdiger Ort, der auf den ersten Blick so gar nicht zu meiner Schwester passen will – außer natürlich man kennt ihre geheime Vorliebe für Superhelden. Daher ist es auch nicht weiter verwunderlich, dass sie an einem kleinen Bistrotisch sitzt, dessen Tischplatte dem Schild von *Captain America* nachempfunden ist.

»Hallo, du Freak!«, begrüße ich sie auf Französisch und schließe sie in meine Arme.

»Freak? Ich? Fass dir mal lieber an deine eigene Nase!«

»Was? Entschuldige mal bitte! Ich habe ja wohl mal keinen Superhelden-Fetisch.«

»Nee, deine fragwürdigen Obsessionen sind bekanntlich andere«, spottet sie und rümpft die Nase.

»Fragwürdige Obsessionen?«, frage ich, während ich meinen Mantel über den dritten Stuhl hänge, auf dem auch Ellas Handtasche steht. Es ist die *Birkin Bag* in Chagallblau, die ich ihr zum achtzehnten Geburtstag geschenkt habe. Sie hat so viel gekostet wie ein Kleinwagen, doch meine kleine Schwester wird schließlich bloß einmal achtzehn.

»Na ja, ich weiß, dass du gestern den Club nicht allein verlassen hast.«

»Mir war nach Zerstreuung«, räume ich ein und setze mich ihr gegenüber.

»In doppelter Hinsicht?!«

Ich verdrehe die Augen. »Ein Dreier ist doch spätestens seit *Sex and the City*, *Gossip Girl* und Co. nichts mehr, worüber man sich aufregen müsste, und ich wette, dass du in deinen Tinderella-Zeiten …«

»Was auch immer ich damals getan habe, ist lange vorbei«, fällt sie mir ins Wort. Die Bedienung bringt Ella einen großen Milchkaffee und ein Croissant. Ich bestelle das Gleiche und komme aufs ursprüngliche Thema zurück.

»Wo genau liegt dein Problem? Du wolltest doch, dass ich mich von deinen Freundinnen fernhalte. Und genau das habe ich getan. Du solltest mir lieber dankbar sein, als dich darüber zu beschweren, mit wem ich schließlich im Bett gelandet bin.«

»Du erwartest jetzt nicht ernsthaft Dankbarkeit dafür, oder?«, meint Ella und nimmt einen Schluck von ihrem Kaffee. »Zumal ich gehört habe, dass du dich Oxana gegenüber unmöglich verhalten haben sollst.«

»Hat Oxana das so gesagt, ja?«

»Nein, aber Libby hat so etwas angedeutet.«

»Tja, ich bin wohl einfach zu französisch, um nett zu sein.«

»Witzig! Du bist für deinen Charme berühmt, also ... was war da los?«

»Ich mag sie einfach nicht. Diese Oxana ist einer dieser Menschen, die bloß wegen deines Namens und des Geldes mit dir befreundet sein wollen.«

»Oxana?«, echot Ella ungläubig, woraufhin ich nicke. »Da irrst du dich aber gewaltig!«

»Du magst sie wirklich«, stelle ich ein wenig erstaunt fest.

»Ja, Henri, ich mag Oxy. Sie ist wundervoll, so hilfsbereit und freundlich. Keine Ahnung, was du gegen sie hast.«

»Sie erinnert mich an Margaux.«

Ella lacht auf. Schallend. Laut. Einige Köpfe wenden sich nach ihr um. Ella fächelt sich Luft zu. Sie kann sich gar nicht beruhigen. »Margaux? Der war gut!«, japst sie schließlich.

Ich blicke sie säuerlich an, weil sie mich auslacht. Margaux, Ellas vermeintlich beste Freundin aus Schultagen, war eine falsche Schlange, die einen Haufen Gerüchte und Halbwahrheiten über unsere Familie in die Welt gesetzt hat.

»Sie hat sich übrigens bei mir gemeldet und sich ausführlich entschuldigt, nur um nach ein paar Mails nachzufragen, ob es wohl möglich wäre, ein Interview mit dir zu machen.«

»Mit mir?«, frage ich mit gerunzelter Stirn.

»Sie dachte, dass du vielleicht deine Geschichte erzählen willst. Anlässlich des Jahrestags und so.«

Meine Nackenhaare stellen sich auf. Mühsam gelingt es mir, ein dumpfes Grollen zu unterdrücken. Wie kann sie es wagen, diese Story ausschlachten zu wollen?

»Ich fasse es nicht, dass sie nach allem, was sie sich geleistet hat, bei dir angekrochen kommt. Sag mir, dass du ihr gesagt hast, sie soll sich zum Teufel scheren!«, knurre ich. Ella legt ihre Hand auf meine, die sich unwillkürlich zur Faust geballt hat.

»Viel besser. Sie arbeitet für France 2 … genauer gesagt, sie *hat* dort gearbeitet.«

»Hast du Étienne auf sie gehetzt?« Als stellvertretender Redaktionsleiter verfügt er natürlich über Mittel und Wege, unliebsame Mitarbeiter vor die Tür zu setzen.

»Das musste ich gar nicht. Er hat es mitbekommen und seine Konsequenzen gezogen. Ich glaube nicht mal, dass er es mir zuliebe getan hat. Ihm ging es wohl eher um dich. Wenigstens in dieser Hinsicht ist auf ihn Verlass«, meint sie. In ihrer Stimme schwingt eine gehörige Portion Bitterkeit mit.

»Hattet ihr Streit?«

»Selbst wenn, würde ich meinem Bruder nicht erzählen, dass ich mich mit seinem besten Freund gestritten habe.«

»Michel ist mein bester Freund«, wende ich ein.

»Netter Versuch, Henri, aber ich weiß, du liebst Étienne wie einen Bruder.« Sie ringt sich zu einem glanzlosen Lächeln durch, und ich erwidere es.

Auch mein Lächeln ist nicht echt, denn was Ella nicht klar zu sein scheint, ist die Tatsache, dass meine Beziehung zu Étienne längst nicht mehr so innig ist wie früher. Keine meiner Beziehungen auf keiner Ebene ist das … Es ist der Preis, den ich für meine Geheimnisse zahle. Doch teilen kann ich sie unmöglich mit ihnen – weder mit Ella noch meinen Eltern oder Étienne. Sie würden nicht verstehen, was mit mir los ist – und wie könnten sie auch? Sie waren nicht dabei, erlebten nicht, was ich erlebte, sahen nicht, was ich sah, und fühlten nicht, was ich fühlte … Wie also könnten sie begreifen, was ich durchmache?

»Wie geht es Michel eigentlich? Ich habe schon lange nichts mehr von ihm gehört. Er meldet sich nicht auf meine Nachrichten.«

Seufzend berichte ich Ella von den Geschehnissen vor knapp sieben Wochen und den radikalen Maßnahmen, die ich ergriffen habe.

»War es wirklich so schlimm?«

Ich nicke.

»Ich kann mir das gar nicht vorstellen. Michel war immer so ordentlich und so...«

»...wie aus dem Ei gepellt?«

Nun ist sie es, die nickt.

»An manchen Tagen habe ich das Gefühl, dass ihm alles egal ist. An anderen wirkt er todunglücklich und an wieder anderen einfach nur zornig. Ich weiß nie, in welcher Stimmung ich ihn antreffe. Es ist ziemlich anstrengend, aber...«

Als ich verstumme, greift Ella ein weiteres Mal an diesem Tag nach meiner Hand. Sie drückt sie und schenkt mir ein aufmunterndes Lächeln. »Ich finde es toll, dass du ihn nicht im Stich lässt, obwohl es für dich ja auch nicht einfach ist. Wirst du am Dreizehnten bei ihm sein?«

»Nein, da bin ich in Bangkok und knöpfe mir diese App-Entwickler vor.« Dass ich die Reise extra so gelegt habe, erwähne ich nicht. »Danach geht es nach Kuala Lumpur und Singapur, wo ich mir einige Flagship-Stores ansehen will.«

»Na, da hast du ja einiges vor.«

»Man muss eben auf dem Laufenden bleiben«, meine ich achselzuckend. »Apropos: Was hast du für heute geplant? Musst du noch ans College?«

»Ich habe mir freigenommen, um Zeit mit meinem großen Bruder zu verbringen.«

»Du meinst, du schwänzt.«

»Und wenn schon? Als ob du noch nie geschwänzt hättest!«

»Das ist ja auch was anderes«, behaupte ich grinsend.

»Ach ja?«

»Großer Bruder«, meine ich und deute auf mich, als würde das alles erklären. »Kleine Schwester«, füge ich hinzu und deute auf sie. »Glaub mir, mir gefällt das auch nicht, aber ich muss dir sagen, dass das nicht richtig ist! Bin quasi biologisch dazu verpflichtet.«

»Okay! Willst du noch Enttäuschung heucheln und unsere Eltern anführen, die sicherlich nicht erfreut über meine Entscheidung wären, oder reicht das fürs Protokoll?«

»Denke, dem Anstand wurde Genüge getan«, meine ich und zwinkere ihr zu. »Also, was machen wir dann heute mit unserem freien Tag?«

»Was hältst du davon, wenn wir mit dem Boot nach Rame fahren und uns Mount Edgcumbe House ansehen? Oder wir gehen dort im Park oder am Strand spazieren. Später könnten wir etwas im Café in der Orangerie essen. Val meinte, dass man sich den Afternoon Tea dort nicht entgehen lassen sollte.«

Obwohl ich eigentlich ziemlich groggy bin, stimme ich zu.

In dicke Jacken eingepackt, setzen wir wenig später mit einer kleinen Fähre zur Halbinsel über. Der Wind bläst uns um die Nase, und obwohl es bitterkalt ist, spazieren wir stundenlang durch die Gegend.

Ella bleibt schließlich über Nacht bei mir im Appartement und macht Witze darüber, dass sie so viel Platz und Luxus gar nicht mehr gewohnt ist.

»Ich könnte es permanent mieten«, scherze ich.

»Dann kriege ich aber das große Schlafzimmer.«

»Du? Das wäre doch die reinste Verschwendung!«

»Okay, jetzt, nachdem du mich so subtil daran erinnert hast, was du gestern Nacht in diesem großen Bett getrieben hast, will ich das auch gar nicht mehr. Abgesehen davon würden mir die Mädels echt fehlen.«

Wir sehen einen Film, und viel zu schnell geht das anschließende Wochenende vorbei. Obwohl ich es mir eigentlich vorgenommen hatte, spreche ich weder das Thema Geld noch Oxana an – zu sehr genieße ich die unbeschwerte Zeit mit meiner Schwester, die tatsächlich so viel entspannter und gelöster wirkt als in Paris.

Zum Glück bleibt mir eine weitere Begegnung mit Oxana erspart. Aus dem Kopf bekomme ich sie dennoch nicht, oder vielleicht ist es auch bloß Yvette, die mich nach all der Zeit wieder heimsucht – wirklich unterscheiden kann ich die beiden in meinen Albträumen nämlich nicht.

Meiner Zeit in England folgen einige Tage in Paris, ehe ich nach Thailand jette, wo ich ein Meeting mit den App-Entwicklern habe. Am dreizehnten November rufen meine Eltern unabhängig voneinander unter einem dürftigen Vorwand an. Auch Ella meldet sich, um sich zu erkundigen, wie es mir geht. Ich weiß nicht, was sie denken. Glauben sie, dass ich diesen Tag nicht ohne ihre Fürsorge überstehe? Es wäre einfacher, wenn sie ihn ebenso ignorieren würden wie ich. So werde ich bloß daran erinnert – und wenn es eines gibt, was ich nicht tun will, ist es, mich zu erinnern. Warum auch? Wem ist damit geholfen? Mir sicherlich nicht. Mir reichen all die Momente, in denen mich dieser Abend ungefragt einholt. Das passiert leider noch immer viel zu oft, und manchmal fühle ich mich anschließend so abgekämpft und hoffnungslos, dass ich mich am liebsten tagelang verkriechen würde. Das ist das Dasein, das Michel seit jener Nacht führt, doch ich lasse nicht zu, dass mein Leben ebenso vor die Hunde geht wie seins.

Später, als mich doch alles einzuholen droht, retten mich fremde Hände, die meinen Körper erkunden. Die für Ablenkung sorgen und mich spüren lassen, dass ich am Leben bin. Sie geben mir den Halt, den ich vor vier Jahren verloren habe. In dem Moment, in dem ich mit dieser fremden Frau, die mich an der Hotelbar angesprochen hat, Sex habe, bin ich bloß ein ganz normaler Mann, der einem ganz normalen Bedürfnis nachgeht. Die Unbekannte weiß nicht, dass ich vor der Erinnerung davonlaufe. Sie sieht die Narben nicht, und das ist gut so … Niemand sollte sehen, was in einer einzigen Nacht aus mir geworden ist.

6

Oxana

»Denkst du wirklich, dass das eine gute Idee ist?«, frage ich Ella zweifelnd.

»Was wäre denn die Alternative?«, erwidert sie. »Er geht nicht zu«, meint sie anklagend und deutet auf den Koffer, der auf ihrem Bett liegt.

»Vielleicht solltest du nicht so viel hineinstopfen«, schlage ich vor.

Ella stemmt die Hände in die Hüften und funkelt den prall gefüllten Trolley der Luxusmarke BRICS böse an. »Nein, ich hätte damals einen größeren kaufen sollen, aber bei dem hier haben mir die Applikationen so gut gefallen«, schmollt sie. »Ich sollte in die Stadt gehen und einen neuen kaufen.«

Ich glaube ja nicht, dass sie hier in Plymouth die Auswahl und den Luxus haben, den Ella gewohnt ist, und abgesehen davon wird Ella vermutlich die halbe Mall leer kaufen , wenn ich sie jetzt losziehen lasse, daher schlage ich vor: »Leih dir einen von Libby oder Val.«

»Libby fliegt doch selbst nach Hause«, erinnert mich Ella. »Meinst du, sie kommt zurück?«

Es ist kein Geheimnis, dass Libby hier nicht wirklich glücklich ist. Ihr Start war, gelinde gesagt, holprig. Sie war wochenlang krank und kommt erst jetzt langsam auf die Füße. Ich denke an Thanksgiving zurück und daran, wie dankbar sie war, weil wir als Überraschung für sie ein Essen vorbereitet hatten. Sie war wortwörtlich zu Tränen gerührt.

»Das hoffe ich«, murmle ich seufzend. Ich mag Libby wirklich sehr. Auch wenn Ella meine beste Freundin ist – es war zwischen uns Liebe auf den ersten Blick –, so habe ich doch auch meine anderen beiden Mitbewohnerinnen ins Herz geschlossen.

»Ich auch«, stimmt Ella mir zu. »Aber sicherlich tut ihr der Besuch zu Hause gut. Ich jedenfalls freue mich auf meine Familie und Paris.«

Die Frage ist bloß, ob die sich auch auf mich freuen. Ich will nicht das fünfte Rad am Wagen sein. Dass Ella mich eingeladen hat, als sie erfuhr, dass ich sonst allein hierbleiben würde, ist eine wirklich großartige Geste, allerdings habe ich meine Zweifel, ob ich wirklich willkommen bin. Unwillkürlich denke ich an Henri und verspüre ein mulmiges Gefühl im Bauch. Noch immer habe ich keine Ahnung, warum er so gemein zu mir war. Libby und Val gegenüber hat er sich vollkommen normal verhalten … zumindest wenn man seine Flirterei so nennen will.

Als hätte Ella meine Bedenken erraten, sagt sie: »Und ich freue mich auf die Zeit mit dir. Du wirst schon sehen, wir werden eine Menge Spaß haben.«

»Was sagt eigentlich dein Bruder dazu, dass du mich anschleppst?« Als Ella mich nach meinem unschönen Zusammentreffen mit Henri noch mal darauf ansprach, erzählte ich ihr nur, dass ihr Bruder ziemlich unhöflich gewesen sei – den Vorwurf, eine Schmarotzerin zu sein, ließ ich unter den Tisch fallen, schlicht und einfach, weil es mir zu peinlich war. Ella meinte zwar, dass Henri nur supergestresst von der Arbeit und der Anreise gewesen sei, aber so ganz losgeworden bin ich meine Vorbehalte nicht.

»Ach«, winkt sie ab, »den habe ich gar nicht gefragt, und was soll er auch sagen? Erstens kann er mir ohnehin keinen Wunsch abschlagen, und zweitens hat er gar nichts zu melden. Was mache ich denn nun?« Die Frage bezieht sich offensichtlich auf den unkooperativen Trolley, der, so vollgepackt, niemals zugehen wird.

»Nimm einen Müllsack, da passt viel rein«, schlage ich vor, nur um ihr Gesicht zu sehen.

Ellas Gesichtszüge entgleisen für einige Millisekunden, doch sie fängt sich rasch wieder. »Du bist so witzig! Nur über meine Leiche! Wo sind wir denn hier? Bei den Hillbillys?«

»Also, als ich damals von zu Hause abgehauen bin, hatte ich all mein Zeug in einem Rucksack und zwei Einkaufstüten«, gestehe ich Ella, um sie auf den Boden der Tatsachen zurückzuholen. Hin und wieder braucht sie einen Realitätsschock.

»Sorry«, murmelt sie nach einem tiefen Stoßseufzer. »Ich bin manchmal echt so ein Trampel.«

»Für dich ist es eben normal, dass dein Koffer ein halbes Monatsgehalt kostet«, meine ich.

»Ja, aber ich sollte nun einmal nicht vergessen, dass es eben nicht normal ist.«

»Na ja, dafür hast du ja mich«, erwidere ich grinsend, bevor die Bedenken mich wieder überkommen. »Denkst du, es geht für deine Familie wirklich klar, dass ich mitkomme? Und wer wird denn noch alles da sein?«

»Nur unsere Eltern, Henri, ich und du«, sagt Ella beschwörend, packt mich an den Schultern und sieht mir tief in die Augen. »Und keine Sorge: Maman und Papa werden dich lieben, Oxy! Glaub mir, es wird toll!«

Die sind auch nicht der Grund für mein Unbehagen, aber jetzt habe ich mich schon von Ella breitschlagen lassen. Außerdem freue ich mich darauf, Origami wiederzusehen. »So wie ich dich kenne, hast du schon Pläne gemacht, nicht wahr?«

Ella bemüht sich, unschuldig dreinzuschauen, aber daraus wird nichts. Inzwischen kenne ich sie einfach zu gut. »Bis zum Silvesterabend habe ich eigentlich nichts geplant.« Klar. »Natürlich habe ich aber die ein oder andere Idee!« Natürlich! »Wir haben viel Zeit und können tun und lassen, was immer wir wollen«, erinnert sie mich breit grinsend. »Museumsmarathons, Diskobesuche, Shopping…« Ellas ultimative Lieblingsbeschäftigung. »Wir könnten mit meinen Cousinen nach Disneyland gehen oder uns zusammen im Moulin Rouge oder im Cirque d'Hiver eine Show ansehen.« Ihre Augen leuchten vor unverhohlener Begeisterung. »Ich zeige dir Paris, wie du es noch nie gesehen hast. Und dann ist da natürlich noch die große Silvestergala.«

»Die Silvestergala?« Was auch sonst.

»Zugegeben, es klingt etwas langweilig und spießig, und ja, das ist es auch…«

»Das sind ja tolle Aussichten«, werfe ich ironisch ein.

»Étiennes Eltern richten sie aus. Ich sehe diese Veranstaltung immer als… Wie nennt Val das doch gleich? *Vorglühen?*« Ich nicke, denn so heißt es wohl in Deutschland, wenn man zu Hause schon etwas Alkohol trinkt, ehe man dann ausgeht. »Denn das Highlight findet erst im neuen Jahr statt. Von der Silvestergala geht es nämlich direkt zu der bombastischen Party, die Étienne jedes Jahr schmeißt. In diesem Jahr findet sie im VIP-Room statt.«

»Das zumindest klingt spaßig! Wird dein Bruder auch dabei sein?« Ich versuche, meine Frage möglichst neutral klingen zu lassen, doch Ella ist nicht auf den Kopf gefallen.

»Ja, wird er. Ist das ein Problem?«

»Nein!«, piepse ich, allerdings ist Bluffen wirklich nicht meine starke Seite. Ich bin eine miese Lügnerin, und wenn ich an unsere erste Begegnung an der Haustür denke, dann krampft sich mein Magen zusammen.

Wenn er mich auf diese Weise behandelt, halte ich es keine zwei Wochen bei den Chevalliers aus. Und was dann? Ich brauche einen Notfallplan. Eine Fluchtmöglichkeit, falls die Situation außer Kontrolle gerät. Meine alte Wohnung ist leider wieder vermietet, und Origami will ich eigentlich nicht zur Last fallen. Worauf habe ich mich bloß eingelassen?

»Henri wird kaum im Haus meiner Eltern sein. Er hat seine eigene Wohnung im 16. Arrondissement mit Blick auf den Eiffelturm.« Ihre Beteuerung kann meine Zweifel nicht völlig zum Verstummen bringen, was sie mir wohl an der Nasenspitze ansieht. »Ich meine es ernst, Oxy. Ich lasse dich hier nicht mutterseelenallein zurück, und ich sorge schon dafür, dass mein Bruder sich benimmt.«

»Okay«, wispere ich noch immer wenig überzeugt.

»Vielleicht gehst du dann einfach packen.« Sie lächelt mich zuckersüß an.

»Erst bringe ich dir noch einen Müllsack oder zwei.«

Sie zeigt mir einen Vogel. »So weit kommt es noch. Eher nähe ich mir auf die Schnelle noch eine Tasche.«

Doch auch das ist nicht nötig, denn Val reist mit leichtem Gepäck nach Deutschland und bietet Ella selbstlos ihre Reisetasche an. »Ich kann euch auch bis London mitnehmen«, meint sie, während sie die Tasche unter dem Bett hervorzerrt.

»Das wäre fantastisch«, erwidere ich, und Ella nickt zustimmend. »Aber wolltest du nicht erst am Montag nach Hause fahren?«

»Am liebsten würde ich ja gar nicht fahren, sondern wie ihr fliegen«, brummt sie. »Bis nach Glashütten ist es eine ewige Gurkerei, aber davon mal abgesehen: Was hält mich denn hier noch, wenn ihr alle schon weg seid?«

»Und warum fliegst du dann nicht?«, erkundige ich mich, denn schließlich ist es je nach Fluggesellschaft sogar die billigste Lösung, und für Vals altersschwaches Auto muss die lange Strecke bis Deutschland eine echte Herausforderung sein.

»Flugangst«, bekennt sie.

»Es gibt etwas, vor dem du Angst hast?«, wundert sich Ella, und auch ich runzle fragend die Stirn.

»Ja, Ella, das gibt es«, brummt Val.

»Ist doch nicht schlimm«, spreche ich ihr Mut zu. »Viele Menschen haben Flugangst.«

»Ja, aber die wenigsten von ihnen arbeiten an einer Karriere als Modefotografin«, murrt sie missmutig. »Nein, ehrlich, wenn ich irgendwann mal genug Geld habe, dann mache ich so ein Training gegen Flugangst.«

»Und wovor hast du sonst noch Angst?«, erkundigt Ella sich neugierig.

»Keine Ahnung ...«, meint Val achselzuckend. »Vor Walnüssen.«

»Vor Walnüssen?«, fragt Ella lachend.

»Ja, die sind tödlich ... zumindest in meinem Fall. Ich reagiere total allergisch auf diese Dinger!«

»So richtig schlimm?«, hake ich nach und sehe Val besorgt an. Sie nickt. »Hast du denn ein Notfall-Kit?«

»Ja, habe ich. Meine Mutter ist schließlich Krankenschwester. Es befindet sich immer in meiner Handtasche. Und du, Oxy, welche Ängste hast du?«

»Ich habe Angst vor Wasser beziehungsweise davor, zu ertrinken«, gestehe ich meinen Mitbewohnerinnen. »Und vor Spinnen. Und davor, dass ich wie meine Eltern werde.«

»Ella?«

Ella legt den Kopf schief und denkt einen Moment lang angestrengt nach. »Die Menschen zu verlieren, die ich liebe.«

»Na ja, das hat doch jeder, oder nicht?«, fragt Val und sieht mich fragend an.

»Vermutlich«, gebe ich ihr recht, denn leider herrscht in meinem Leben ein Mangel an Menschen, die ich liebe, und in den vergangenen Jahren war ich nie lange genug an einem Ort, um viele Freundschaften schließen zu können.

»Bei mir ist das anders. Ich habe davor richtig Angst. Manchmal regelrecht Panik«, gibt Ella zu.

»Ja, wenn man schon mal jemanden verloren hat, den man liebt, ist das nicht einfach«, gibt Val ihr recht. Ihr Vater ist früh gestorben, daher weiß sie, wovon sie redet.

»Und wovor fürchtest du dich noch?«, hake ich nach in der Hoffnung, weg vom Thema Verlust zu kommen.

»Zumindest nicht vor Walnüssen«, scherzt Ella grinsend.

»Ja, ja, lach nur! Die sehen bloß harmlos aus. In Wahrheit sind es ganz heimtückische, mörderische Biester.«

»Man sollte einen Film über sie drehen. *Angriff der Killer-walnüsse*«, unke ich.

Gespielt schmollend stemmt Val die Hände in die Hüften. »Macht euch bloß über mich lustig.«

»Keine Sorge! Das tun wir«, feixt Ella.

Ich höre den Haustürschlüssel. »Endlich bekomme ich Unterstützung. Na wartet bloß, bis Libby da ist.«

»Was ist mit mir? Habe ich meinen Namen gehört?«, ruft sie vom Eingang her. Schritte kündigen ihr Kommen an, und kurz darauf steht sie ebenfalls in Vals Zimmer.

»Ja, hast du. Val hat Angst vor Walnüssen und Oxy vor Wasser. Was sagst du dazu?«

Libby sieht überrumpelt zwischen uns hin und her. »Äh, ist das eine Fangfrage?«

»Nein!«, beruhige ich sie. »Und um dir sämtliche Fakten zur Verfügung zu stellen: Val reagiert allergisch auf Walnüsse, und zwar richtig heftig!«

»Oh, das ist übel!« Libby bedenkt Val mit einem mitleidigen Blick. »Zumal Walnüsse so lecker sind, und das obwohl sie aussehen wie kleine Gehirne, was an sich irgendwie widerlich ist, oder?«

»Okay, ich gebe mich geschlagen. Nun, da Val und Libby eine Anti-Walnuss-Fraktion gegründet haben, stehe ich wohl auf verlorenem Posten«, meint Ella und bläst eine imaginäre Haarsträhne aus ihrem Gesicht. Sie wendet sich an Libby. »Und vor was hast du Angst?«

»Vor Spinnen und Schlangen, und mit großen Höhen habe ich es auch nicht so«, meint sie. »Außerdem habe ich einen höllischen Bammel, aus Alicias Kurs zu fliegen.«

»Noch immer?«, frage ich zweifelnd.

»Du hast den zweiten Platz beim Kostümwettbewerb belegt«, gibt Ella zu bedenken, »da kann sie dich schlecht rauswerfen. Und wenn doch, dann würden wir auf die Barrikaden gehen!«

Libby strahlt sie dankbar an.

»Glaubst du mir etwa nicht?«

»Doch, das tue ich!«

»Und warum lächelst du dann so?«

»Genau deshalb! Ich finde es toll … Oder vielleicht sollte ich sagen, ich finde *uns* toll. Wir sind echt …« Sie verstummt auf der Suche nach den richtigen Worten.

»… toll«, scherzt Ella.

»Haha!«

»Nein, ich weiß schon, was du meinst«, lenkt Ella zu meiner Überraschung ein. »Ich bin inzwischen wirklich froh über diese angedichtete Affäre, den Shitstorm und meinen spontanen Entschluss hierherzukommen. Andernfalls hätte ich euch niemals kennengelernt, wodurch mir wirklich was entgangen wäre.«

»Das sehe ich auch so«, stimme ich ihr zu.

Erwartungsvoll sehen wir Val an. »Na ja, man hätte es vermutlich schlimmer treffen können«, sagt sie so lässig, dass wir allesamt in schallendes Gelächter ausbrechen.

»Ach komm schon! Du liebst uns doch.«

Val sieht Libby einen Augenblick lang einfach nur an, und als sie den Mund öffnet, rechne ich fast mit dem nächsten dummen Spruch. »Ich hatte ja eigentlich auch keine Wahl«, sagt sie und dann: »Kommt mal mit. Ich muss euch was zeigen.«

Sie schiebt sich an mir vorbei und betritt den Flur. Wir anderen folgen ihr und bleiben vor dem Schlüsselbrett stehen.

»Libby, deinen Schlüssel bitte.«

Widerstandslos händigt Libby ihr den gewünschten Gegenstand aus, und Val hängt ihn an den ersten Haken. Meinen nimmt sie vom dritten und tauscht ihn mit ihrem eigenen, der am zweiten hängt. Ungläubig schaue ich auf die Anhänger mit unseren Anfangsbuchstaben.

L.O.V.E. steht dort.

»Krass!«, murmelt Libby.

»Verrückt!«, verkündet Ella, während mir die Worte fehlen.

Val mangelt es daran nicht: »Ihr seht, ich war von Anfang an chancenlos.« Und weil sie eine echt verrückte Nudel ist, stimmt sie »The Power of Love« an und bringt uns erneut zum Lachen.

Zum Glück ist die musikalische Unterhaltung am nächsten Tag auf der Fahrt nach London besser. Ich bin etwas müde, denn gestern Abend hatte ich noch eine Schicht im Tarantula, und um unseren Flieger am Nachmittag zu bekommen, mussten wir früh los.

»Was ist das denn für ein Song?«, frage ich, als ein neues Lied aus Libbys Handy ertönt. In den letzten Wochen habe ich es bereits häufiger gehört.

»›Dirty Secrets‹ von Trinity«, schwärmt Libby, die sich unserem spontanen Reisetrupp angeschlossen hat, statt mit der Bahn nach London zu fahren. »Das neue Album ist der Hammer.«

Als der nächste Song ertönt, beginnt Libby, laut und schrecklich schief mitzusingen. Val stimmt ein, und auch Ella lässt sich dazu hinreißen. Da ich ihn auch schon ein paarmal im Club gehört habe und nicht als Spielverderberin dastehen will, trällere ich schließlich mit.

Wir erreichen den Flughafen nach etwa fünfstündiger Fahrt, die Stimmung ist ausgelassen, denn wir haben die Zeit genutzt, um uns einmal in Ruhe auszutauschen. Vor den Ferien hatten wir nicht viel Zeit dafür, da im Studium einiges drunter und drüber ging und wir ziemlich beschäftigt waren. Seit ich an Halloween den ersten Platz für mein Zombiebraut-Kostüm gewonnen habe – was ich immer noch kaum fassen kann –, trete ich dem Stress jedoch mit mehr Zuversicht entgegen. Ich fühle mich endlich bestätigt in dem, was ich hier in Plymouth tue. Der Preis für das beste Kostüm beinhaltete unter anderem einen Blick hinter die Kulissen bei On Fleek, dem Modelabel von Jasper Chase und Ian Corbin. Gerade habe ich den Mädels alles von meiner Besichtigung vor zwei Tagen erzählt und ihnen berichtet, wie großartig ich das offene Atelier mit Blick über den Sutton Harbour fand und wie nett und interessiert Jasper und Ian waren, als Val den Wagen parkt.

Es folgt ein hastiger Abschied, denn Ella und ich müssen uns beeilen. Kurz umarmen wir einander, wünschen uns gegenseitig eine gute Weiterreise, ehe Ella und ich zum Check-in eilen.

»Wie läuft das denn, wenn wir ankommen?«, erkundige ich mich, als wir uns hoch über den Wolken befinden.

»Étienne holt uns ab.« Sie schmückt seinen Namen mit einem hingerissenen Lächeln, doch ich finde, dass dieser Typ das überhaupt nicht verdient. Zwar habe ich ihn persönlich noch gar nicht getroffen, aber das liegt daran, dass er Ella bisher zweimal versetzt hat. Angeblich, weil er so wahnsinnig viel zu tun hat. Mal ehrlich, was bitte schön kann denn wichtiger sein als seine bildhübsche Freundin?

Und als uns, an seiner statt, Henri in Empfang nimmt, ist Étienne endgültig bei mir unten durch. Ella ist so geknickt, dass mir Henri im ersten Moment völlig egal ist.

»Was … was machst du denn hier?«, stammelt sie verwirrt und sieht sich suchend nach ihrem Freund um. »Wo steckt Étienne?«

»Ihm ist ein Meeting dazwischengekommen«, meint Henri und schließt seine Schwester zur Begrüßung in die Arme. Während er sie an sich drückt, wandert sein Blick zu mir. Wie beim ersten Zusammentreffen erstarrt er regelrecht, fängt sich jedoch auch dieses Mal schnell. Nervös streiche ich mir eine Haarsträhne hinters Ohr. Na, das fängt ja gut an!

»Und was genau macht *sie* hier?«, fragt er auf Französisch – augenscheinlich ist ihm nicht klar, dass ich diese Sprache weitestgehend beherrsche, oder es ist ihm einfach egal.

»Sei nett. Sie ist mein Gast.«

Der größte Fehler meines Lebens. Ich weiß, wie es ist, unerwünscht zu sein. Eine Last, ein Klotz am Bein ... Henri gibt mir mit einem einzigen Blick genau dieses Gefühl, das meine Eltern mir immer vermittelt haben. Nie wieder wollte ich so empfinden, mich so minderwertig und unwichtig fühlen.

»Du hättest mich vorwarnen können«, beschwert er sich.

Ella wirft ihm einen stinkigen Blick zu.

»Schau mich nicht so an, Ella!«, murrt er unwirsch. Dann wendet er sich an mich. Er strafft die Schultern. »Schön, dich wiederzusehen«, sagt er auf Englisch, woraufhin ich auf Französisch erwidere: »Ja, es freut mich auch außerordentlich, dich wiederzusehen. Wie geht es dir?«

Immerhin hat er so viel Anstand, kurz betreten dreinzuschauen. »Ich vergaß, wie gut du Französisch sprichst«, gesteht er und ringt sich immerhin zu einem entschuldigenden Lächeln durch. Vielleicht hat er bei der berühmten Madame Bernard doch auch paar Manieren beigebracht bekommen.

»Offensichtlich«, entgegne ich spitz.

»Kommt ihr?«, erkundigt sich Ella und schiebt unseren Gepäckwagen Richtung Ausgang.

Seite an Seite folgen Henri und ich ihr. Ich betrachte ihn verstohlen aus den Augenwinkeln, während er sich aufmerksam in der großen Ankunftshalle umblickt. Unstet huscht sein Blick hin und her.

»Alles okay?«, frage ich, als Henri zum wiederholten Mal die Menge scannt.

»Ja, ja«, nuschelt er geistesabwesend. »Ich dachte bloß, ich hätte jemanden gesehen, den ich kenne.«

Ich weiß nicht, warum, doch ich glaube ihm nicht. Mein Gefühl sagt mir, dass er lügt, doch warum sollte er das tun?

Erst als wir kurz darauf im Auto sitzen, entspannt Henri sich merklich. Ella hat mich auf den Rücksitz verbannt. Ihr

Bruder verhält sich so wie in Plymouth. Er schenkt mir keine Beachtung, sondern neckt stattdessen seine Schwester wegen des Gepäckbergs, den er im Kofferraum seines anthrazitfarbenen Mercedes Maybach verstauen musste. Ein solches Luxusauto passt zu jemandem wie ihm.

Nicht dass ich Henri dieses Auto nicht gönnen oder Leute dafür verurteilen würde, dass sie sich Luxusgüter wie dieses leisten – jeder soll nach seiner Fasson leben. Natürlich könnte man jetzt empört aufschreien und sagen, wie ungerecht das alles ist, doch das ist kindisch. Das Leben ist nicht fair. Punkt! Dinge sind, wie sie sind, und wir müssen lernen, sie zu akzeptieren. Würde ich gerne auf der anderen Seite stehen? Wäre ich gerne reich? Ja, natürlich! Es wäre einfach wunderbar, sich nicht unentwegt Sorgen um Geld machen zu müssen.

Während ich in Gedanken versunken bin, wandert mein Blick im Auto umher, verfängt sich im Rückspiegel oder, besser gesagt, in Henris Blick, der meinem darin begegnet. Einen Augenblick lang liefern wir uns ein stummes Blickduell, dann sehe ich weg. Es ist eindeutig, dass er mich nicht hier haben will.

Es wird kaum Berührungspunkte geben, beruhige ich mich und erinnere mich bewusst daran, dass Ella sagte, dass er so gut wie gar nicht bei seinen Eltern sein würde.

Während der Maybach durch die einsetzende Dämmerung gleitet, nimmt das mulmige Gefühl in meinem Magen zu. Bevor das Unbehagen übermächtig werden kann, lenke ich mich ab, indem ich aus dem Fenster schaue und die noble Gegend betrachte. Aus Gesprächen mit Ella weiß ich bereits, dass ihre Eltern ein Stadthaus in Neuilly-sur-Seine besitzen. Der Pariser Vorort ist bekannt für seine gut betuchten, oft prominenten Bewohner und gilt als eine der teuersten Wohngegenden Frankreichs.

Trotzdem trifft mich fast der Schlag, als Henri den Wagen keine fünfundvierzig Minuten später durch ein schmiedeeisernes Tor in eine abgeschiedene Straße lenkt und vor einer Villa mit gelber Sandsteinfassade hält.

»Alles okay?«, fragt Ella, nachdem wir ausgestiegen sind und ich mir einen Augenblick lang Zeit nehme, dieses Paralleluniversum, in dem ich gelandet bin, auf mich wirken zu lassen.

Dass Ellas Familie reich ist, war mir natürlich klar, aber ich hatte keine Ahnung, was genau das bedeutet. Doch dieses Herrenhaus, abgeschottet von der Außenwelt, macht mir unmissverständlich bewusst, welche Kluft zwischen uns herrscht. Unter normalen Umständen wäre jemand wie ich gar nicht hier, weshalb ich mich mit einem Mal schrecklich fehl am Platz fühle. *Hierherzukommen war ein Fehler. Vielleicht sogar der größte Fehler meines Lebens*, denke ich, als ich in Henris kalte Augen sehe. Unbehaglich nehme ich meine Tasche entgegen und schaue mich in der menschenleeren Straße um, die der Öffentlichkeit vorenthalten ist. Hier leben also die Reichen und Schönen.

»Du könntest die Tasche ruhig für Oxy ins Haus tragen«, beschwert Ella sich bei Henri. An mich gewandt fügt sie hinzu: »Entschuldige, mein Bruder ist manchmal so ein Trampel.«

»Schon gut. Das ist wirklich nicht nötig«, winke ich ab und betrachte die Schneeflocken, die in der Luft tanzen. Es ist so viel kälter als in England.

»Hast du gehört?«, meint Henri an Ella gewandt. »Oxana sagte, dass es nicht nötig sei.«

»Im Gegensatz zu dir ist sie bloß höflich.«

»Hey, ich habe mit deinem Gepäck alle Hände voll zu tun, Mademoiselle. Wie wär's, wenn du mir mal etwas unter die Arme greifst?«

Ella speist ihn mit einem »Stell dich nicht so an!« ab, nimmt ihre Handtasche und wendet sich einem futuristisch anmutenden Zahlenschloss zu, das so gar nicht zu dem alt-ehrwürdigen Gebäude passen will. Ehe sie dazu kommt, den Code einzugeben, wird die Tür schwungvoll geöffnet, und vor uns steht eine Frau, die nur Ellas Mutter sein kann. Sie trägt schwarze Jeans und einen eng anliegenden weinroten Woll-pullover, der wahnsinnig kuschlig und dennoch edel aussieht. Die Ähnlichkeit zwischen Mutter und Tochter ist unüberseh-bar. Eine schlanke, hochgewachsene Figur, brünettes volles Haar und schokoladenbraune Augen, die einen neugierig mustern, sind jedoch nicht die einzigen Merkmale, die iden-tisch sind. Sowohl Ella als auch ihre Mutter verfügen über eine atemberaubende Ausstrahlung, die sich mit dem lässigen Pariser Chic paart, der beiden Frauen eigen ist.

Wären meine Haare so zerzaust, würde man mich fragen, ob ich mich nach dem Aufstehen nicht gekämmt hätte. Bei Ella und ihrer Mutter sieht es aus, als müsste es so aussehen … so und nicht anders. Dieser Look ist ein Statement. Er befeu-ert das Image der wilden, unabhängigen Französin. Natür-lich weiß ich, dass vieles davon Illusion ist, doch nicht einmal mit viel Anstrengung würde es mir gelingen, so nonchalant zu wirken.

»Wie schön, dass du wieder zu Hause bist, Ella, *ma belle*.«

Mit gemischten Gefühlen beobachte ich das Wiedersehen von Mutter und Tochter. Nervosität macht sich in mir breit. Ich möchte, dass Ellas Eltern mich mögen, auch wenn ich nicht hierhergehöre, und ich hoffe inständig, dass Henri wäh-rend meines Aufenthalts nicht Stimmung gegen mich macht. Ich würde Ella nur ungern als Freundin verlieren.

»Und du musst Oxana sein«, meint Ellas Mutter, nach-dem sie Ella aus ihrer Umarmung entlassen hat. »Komm her, lass dich drücken. Ella hat so viel von dir erzählt. Wir freuen uns sehr, dass du über Weihnachten hier bist.« Sie breitet die Arme aus, und ehe ich michs versehe, hat sie mich an sich gezogen, fliegende Wangenküsse folgen. Himmel, wie kann eine feingliedrige Frau über so viel Kraft verfügen? Als sie mich schließlich freigibt, bin ich überwältigt von ihrer herzlichen Art.

»Danke, Madame Chevallier, ich …«

»Oh bitte, nenn mich Florence, *ma chère*.« Sie schenkt mir ein gewinnendes Lächeln.

»Vielen Dank für Ihre Gastfreundschaft, Florence.«

»Jederzeit. Die Freunde unserer Kinder sind uns immer willkommen, und nach allem, was Ella erzählt hat, konnten wir es kaum erwarten, dich endlich kennenzulernen.«

Dann wendet sie sich ihrem Sohn zu, der sich das Schauspiel geduldig ansieht.

»Henri, *mon soleil*«, haucht sie und sieht ihn an, als hätte sie ihn seit Jahren nicht mehr gesehen. Er tritt auf sie zu, schließt die Augen, als sie ihre Hand auf seine linke Wange legt. »Willkommen zu Hause.«

Ich folge den Chevalliers ins Innere des Herrenhauses. Weißer Marmor dominiert den großzügigen Empfangsbereich, der durch einen gewaltigen Kronleuchter erhellt wird. Eine halb gewendete Treppe führt an der rechten Seite entlang in den oberen Stock. Mein Blick folgt den Stufen nach oben, verharrt einen Moment lang auf der Empore, ehe er an den massiven Säulen, die diese tragen, hinabgleitet und zu der Designersitzgruppe dahinter wandert.

»Magst du den Mantel ausziehen, *ma chère*?«, erkundigt Florence sich.

»Ja, gerne.« Ich löse den Gürtel, knöpfe den Mantel auf und schlüpfe hinaus. Darunter trage ich ein rotes Midikleid mit schwarzem Blumendruck aus Crêpe de Chine, das Origami für mich entworfen hat.

»Origami Oaring«, stellt Florence beeindruckt fest. Henri mustert mich mit hochgezogener Augenbraue. Sicherlich fragt er sich, wie jemand wie ich mir ein solches Stück leisten kann. »Er ist einer meiner absoluten Lieblingsdesigner. Ich liebe seine Arbeiten. Sie sind so inspirierend.«

»Ja, er ist großartig. Das hier war sein Abschiedsgeschenk, als ich nach Plymouth gegangen bin.«

»Du musst mir später beim Essen alles über deine Zeit in seinem Atelier erzählen. Sicherlich hast du dort eine Menge gelernt. Aber nun zeige ich dir erst einmal das Haus.«

»Gerne«, erwidere ich lächelnd und folge Florence in das offene Wohnzimmer, in das der Eingangsbereich übergeht. Nur die Säulen trennen die beiden Räume voneinander.

Henri fläzt sich in einen der großen hellen Sessel und beginnt, auf seinem Handy herumzutippen – das Ding scheint mit ihm verwachsen zu sein. Schon an dem Abend der Halloweenparty hatte er es ständig in der Hand – nicht dass ich darauf geachtet hätte oder auf ihn ... Es ist mir nur aufgefallen.

Neugierig sehe ich mich um, entdecke den weitläufigen Garten, den man durch drei deckenhohe Sprossentüren erreichen kann. Wahnsinn! Mit einer grünen Oase wie dieser hätte ich hier mitten in der Stadt im Leben nicht gerechnet.

»Der Garten ist ja wunderschön!«, entfährt es mir.

Da Florence einen Anruf erhält, übernimmt Ella den Rest der Führung. Sie greift nach meiner Hand und führt mich durch die zahlreichen Räume. Ich muss gestehen, dass es nicht lange dauert, ehe ich mich in das alte Herrenhaus verliebt habe.

»Das ist dein Zimmer«, meint Ella schließlich und öffnet eine Tür. Wir befinden uns im Dachgeschoss, dennoch ist der Raum riesig, hell und freundlich. Bis auf die mintfarbene Wand hinter dem Kopfteil des Bettes sind alle anderen Wände weiß. Das Bett ist so groß, dass ich vermutlich ein Navigationssystem brauche, um wieder hinauszufinden, und thront in der Mitte des Raums auf einem sandfarbenen Teppich, der ungemein flauschig aussieht.

Ich betrete die Gaube und werfe durch das Fenster einen Blick in den Garten. Eine mit Kissen ausgelegte Fensterbank und eine herrliche Aussicht laden zum Verweilen ein.

»Grenzt euer Grundstück an einen Park?«

»Ja, wir befinden uns hier im Herzen von Saint James. Und wie findest du dein Zimmer?«

»Es ist ein Traum!« Ich drehe mich einmal mit ausgebreiteten Armen im Kreis und lasse mich dann auf das XXL-Bett plumpsen. Ella schmeißt sich lachend zu mir auf die Matratze.

»Freut mich, dass es dir gefällt. Du wirst sehen, es wird toll.«

»Ja, bestimmt. Hör mal, wenn du Zeit mit Étienne verbringen willst, dann …«

»Ach, Étienne«, murrt sie, und ihrem Tonfall ist deutlich anzumerken, dass sie nicht nur traurig, sondern auch wütend ist. Wäre ich vermutlich auch, wenn ich monatelang fort gewesen wäre und mein Freund nicht mal die Zeit finden würde, mich vom Flughafen abzuholen. »Lass uns lieber überlegen, was wir in unseren Ferien alles anstellen wollen.«

»Erst einmal sollten wir uns bei Val und Libby melden und ihnen sagen, dass wir angekommen sind.« Ich greife nach meiner Handtasche und krame mein Handy hervor. Wir schicken den Mädels in unserem Gruppenchat ein Selfie und schreiben, dass wir in Paris sind und es uns gut geht.

Wir haben die Nachricht gerade abgeschickt, als es klopft.

Ella und ich setzen uns auf und blicken zu Henri, der den Kopf ins Zimmer streckt und sagt: »Ach, hier steckt ihr. Ich soll ausrichten, dass das Essen gleich fertig ist.«

»Schon? Ich wollte Oxy noch den Wellnessbereich zeigen.«

»Den Wellnessbereich?«, echoe ich überrascht.

Ella kann sich ein Grinsen nicht verkneifen. »Schwimmbad, Jacuzzi, Sauna, Dampfbad … was immer dein Herz begehrt. Einen Fitnessraum gibt es übrigens auch.«

»Hashtag richkid«, frotzelt Henri.

»Hashtag meinbruderistdoof!«

»Mag sein«, räumt er ein und fährt sich mit der Linken einmal über den Nacken. Wirklich verlegen wirkt die Geste jedoch nicht.

»Das ist definitiv so!«, befindet Ella.

»Egal wie, du musst die Führung auf später verschieben. Wie ich dich kenne, willst du doch sowieso noch in den Pool.«

»Nee, heute lieber nicht.«

»Was? Wer bist du, und was hast du mit meiner Schwester gemacht?«

Ella zuckt mit den Schultern. »Haha, sehr komisch. Ich habe bloß so ein Kratzen im Hals, und ich will auf keinen Fall krank werden. Aber wenn du schwimmen gehen willst, Oxy, dann hüpft Henri bestimmt gerne mit dir ins Wasser – er treibt sich da noch öfter rum als ich.«

»Das ist nicht nötig«, sage ich hastig, woraufhin Henri mir einen finsteren Blick zuwirft. Mein abwehrendes Verhalten hat allerdings gar nicht mal unbedingt etwas mit ihm zu tun, auch wenn mit Henri Chevallier schwimmen zu gehen auf der Liste meiner Lieblingsfreizeitbeschäftigung ganz unten steht … Nun ja, zumindest, wenn ich schwimmen könnte.

»Ich … ich habe gar keinen Bikini dabei«, versuche ich, meinen Patzer auszubügeln. Man muss schließlich nicht noch Öl ins Feuer gießen, und es reicht, wenn einer von uns sich schäbig verhält. Ich für meinen Teil möchte mir nicht vorwerfen lassen, ich hätte mir keine Mühe gegeben.

Ella versteht meinen dezenten Hinweis nicht. »Ach, kein Problem!«, meint sie. »Ich leih dir einfach einen von meinen.« Henri und ich wechseln einen schnellen Blick. Ihm passt das Ganze offensichtlich ebenso wenig wie mir, doch uns fragt niemand.

»Klar, das wird bestimmt lustig«, erwidert er und schafft es sogar, halbwegs ehrlich dabei zu klingen. Vielleicht schmiedet er aber auch bereits Pläne, wie er mich im Pool ertränken könnte. Nicht dass er sich darum überhaupt Gedanken machen müsste – das würde ich auch allein sehr gut hinbekommen.

Kurz darauf, beim Essen, präsentiert Ellas Bruder sich zu meiner Überraschung allerdings von seiner besten Seite. Er ist nett und zuvorkommend. Aber was habe ich auch erwartet? Dass er vor seiner versammelten Familie auf mich losgeht und mich erneut beleidigt? Ella hat recht: Irgendwie werden wir die paar Male, die wir gezwungen sind, miteinander in einem Raum zu verbringen, schon aushalten.

Alain, der Vater von Ella und Henri, ist ebenso nett und höflich wie Florence. Wir sitzen bereits am Tisch, als er von der Arbeit heimkommt. »Bitte entschuldigt, es war heute viel los«, meint er, begrüßt mich dann ebenso warmherzig wie Florence, ehe er sich Ella zuwendet. »Schön, dass du da bist«, sagt er, schließt sie in die Arme und nimmt Platz. Während des Essens beteuert auch er noch einmal, wie sehr er sich über meinen Besuch freut, und peu à peu fällt die Anspannung von mir ab. Vielleicht war es doch nicht der größte Fehler meines Lebens, Ellas Angebot anzunehmen.

Am nächsten Tag stellt sich die Parisreise sogar als Glücksfall heraus, denn als ich Origami kontaktiere und ihm sage, dass ich in der Stadt bin, bietet er mir spontan einen Job an – nicht ohne jedoch zuvor eine halbe Stunde lang das Glatteis zu verfluchen. Eine seiner Schneiderinnen hat sich am Morgen nämlich die Hand gebrochen, weshalb Origamis erste Worte, als er erfuhr, dass ich in Paris bin, waren: »Dich schickt der Himmel, *mon âme.*«

»Bitte, bitte, spring ein«, fleht er jetzt. »Nur diese Woche! Ich brauche dich!«

Natürlich sage ich zu. Nicht nur wegen der guten Bezahlung, sondern auch weil ich Origami unmöglich im Stich lassen kann.

Nachdem ich aufgelegt habe, stelle ich mich der unliebsamen Aufgabe, Ella über meine geänderten Pläne zu informieren. Ich finde sie in der Küche, wo sie sich gerade einen Tee zubereitet. Ella trägt einen dicken Schal und reagiert – wie nicht anders erwartet – wenig begeistert, als ich sie über Origamis Jobangebot in Kenntnis setze.

»Aber wir wollten doch so viel unternehmen«, jammert sie, und ich fühle mich entsetzlich, weil ich sie enttäusche. Erst Étienne und nun ich … Kein Wunder, dass sie total geknickt ist. Auch wenn ich inzwischen weiß, dass man nicht an Ellas Vernunft zu appellieren braucht, wenn sie aufgebracht ist, versuche ich es trotzdem.

»Ihm ist eine Näherin ausgefallen, und die Fashion Week steht kurz bevor«, erinnere ich sie.

Aus den Augenwinkeln sehe ich, wie Henri die Küche betritt. Als er mich sieht, erstarrt er für den Bruchteil von Sekunden. Seine Miene nimmt einen verschlossenen, beinahe trotzigen Ausdruck an.

»*Salut!*« Er klingt wieder einmal so grimmig, dass ich mich unwillkürlich frage, ob er vielleicht immer so ist. Er ist nur am Knurren und Murren ... ein absoluter Unsympath. Doch dann erinnere ich mich daran, wie er bei Libby und Val seinen Charme versprüht hat. Nein, er hat bloß mit mir ein Problem, und zu gern würde ich wissen, was ich getan habe, damit er mich so auf dem Kieker hat.

»Henri, meine Rettung!«, meint Ella und hakt sich bei ihm unter. »Sag Oxy, dass sie in den Ferien nicht arbeiten darf.«

»Vielleicht muss sie ja arbeiten. Schon mal daran gedacht?«, brummt er. Überrascht von seiner Empathie, blicke ich ihn an. Das Letzte, womit ich gerechnet habe, war, Rückendeckung von Henri zu bekommen.

Ella schaut zwischen ihrem Bruder und mir hin und her. »Was wird das? Verbündet ihr euch etwa gerade gegen mich?«

»Nein, aber Henri hat recht. Zum einen kann ich das Geld wirklich gut gebrauchen, und zum anderen ist Origami auf meine Hilfe angewiesen.«

»Die Stadt ist voller Näherinnen und Schneiderinnen. Er wird schon eine andere Lösung finden, und wenn du Geld brauchst, kann ich dir etwas leihen.«

Ich schüttle den Kopf. »Das ist wirklich sehr lieb, aber das will ich nicht. Ich will niemandem auf der Tasche liegen, weder dir noch irgendwem sonst. Außerdem kann ich Origami unmöglich im Stich lassen. Er hat so viel für mich getan. Ich möchte ihn wirklich unterstützen, und es ist ja nur für eine Woche.« Dass ich bereits zugesagt habe, ihm zu helfen, verschweige ich Ella in diesem Moment wohlweislich.

»Aber du hast Ferien!«, empört sie sich.

Mit den Worten »Ja, Bibou, und normale Leute arbeiten in den Ferien, um sich ihr Studium zu finanzieren. Vielleicht solltest du dir auch mal einen Job suchen« schlägt Henri sich erneut auf meine Seite.

Ella funkelt ihren Bruder wütend an, nimmt ihre Tasse Tee und verlässt beleidigt die Küche. Ich bleibe mit Henri zurück. *Das lief ja toll*, denke ich niedergeschlagen und unterdrücke den Seufzer, der sich in meinem Brustkorb zusammenbraut.

»Danke für deine Hilfe«, wende ich mich an Ellas Bruder.

Er schnaubt, macht einen Schritt auf mich zu und fragt leise: »Meine Hilfe? Glaubst du ernsthaft, ich habe das für dich getan?«

Ich blinzle verwirrt. Sein herber Duft steigt mir in die Nase. Mein Blick huscht zu seinen Lippen, als er sie grimmig aufeinanderpresst. Sie sind schön. Nicht zu schmal und nicht zu voll. Lippen, die man gerne küssen würde … wären sie nicht ein Teil von Henri Chevallier.

Mist, was denke ich da bloß? Warum müssen meine Hormone sich ausgerechnet in Henris Nähe bemerkbar machen? *Weil er gut riecht*, beantworte ich meine unausgesprochene Frage, *und weil du Männern, die gut riechen, noch nie widerstehen konntest.*

Henri verpasst meiner aufflammenden Libido einen Dämpfer, indem er flüstert: »Je mehr du arbeitest, desto weniger bist du hier, und das ist ein Segen für uns alle. Wenn es nach mir ginge, wärst du gar nicht da, aber mich hat ja niemand gefragt.« Er schmettert mir noch einen langen, bitterbösen Blick zu, ehe er sich umdreht.

Die harschen Worte, gepaart mit dem kalten Ausdruck in seinen Augen, rauben mir den Atem. Seiner unverhohlenen Abneigung habe ich nichts entgegenzusetzen. Stumm und verwirrt blicke ich ihm nach, während er aus der Küche schlendert, als wäre nichts gewesen. Ich brauche eine gefühlte Ewigkeit, um mit dem klarzukommen, was gerade passiert ist. Nicht nur sein ekliges Verhalten, mit dem er mich wieder einmal kalt erwischt hat, setzt mir zu, sondern auch dieser

Moment davor… Wobei es natürlich keinen Moment gab. Bloß einen bescheuerten Gedanken meinerseits. Wie komme ich auf die Idee, ihn zu küssen, sei es auch nur in meiner Fantasie? Henri Chevallier ist schließlich überhaupt nicht mein Typ. Ich mag nette Männer. Männer, die mich gut behandeln. Irritiert schüttle ich den Kopf und verfluche Henris Duft. Warum kann dieser Kerl nicht ebenso widerlich riechen, wie er sich benimmt? Dann würde ich mich einfach nur angeekelt wegdrehen, statt darüber zu fantasieren, wie sich seine Lippen wohl auf meinen anfühlen würden. Wie peinlich ist das denn bitte? Man sollte solche Gedanken nicht über jemanden haben, der so ein Ekelpaket ist!

Es ist ein wenig, als wäre ich nie weg gewesen, als ich das Atelier am nächsten Morgen in aller Frühe betrete. Paris befindet sich noch im Halbschlaf, während in Origami Oarings Räumlichkeiten bereits alle Lichter brennen. Licht ist in unserem Metier wichtig, es erleichtert das Arbeiten ungemein, deshalb überwiegt in allen Ateliers der Welt die Farbe Weiß, die das Licht großzügig reflektiert.

Auch der Kittel, der mir von Chantal, der *Première d'atelier*, gereicht wird, ist weiß.

»Willkommen zurück!«, sagt sie und nickt mir zu. Was sie wirklich davon hält, dass ich wieder da bin, weiß ich nicht. Einige der Näherinnen freuen sich offensichtlich über meine Rückkehr, andere nicht. Die meisten von ihnen sind seit Jahrzehnten da, für sie bin ich immer noch das Küken. Dass ich scheinbar komme und gehe, wie es mir gefällt, und dennoch Origamis Wohlwollen genieße, passt nicht jedem, doch im Prinzip kann mir das egal sein und ist es auch – ich habe andere Probleme.

Obwohl meine Gedanken unentwegt um Henri Chevallier

kreisen, finden meine Hände schnell zurück in den Rhythmus des Atelieralltags. Ich mag vielleicht bloß ein Gast sein, doch ich bin ein Gast, der schon einmal hier gearbeitet hat und sich auskennt. Ich passe mich in das Gefüge ein, übernehme die Arbeiten, die man meiner Vorgängerin zugeteilt hat, und schnell vergehen die kommenden Stunden, während wir alle mit Änderungen, Schnittmachen und Nähen beschäftigt sind.

Hunderte von Arbeitsstunden stecken in der Regel in einem einzigen Couture-Kleid, an dem viele fleißige Hände mitgewirkt haben. Das Rattern und Surren der Nähmaschinen hört man hier nur selten, an manchen Tagen gar nicht. Handarbeit wird in einem traditionellen Couture-Atelier wie diesem großgeschrieben. Die Schneiderinnen, es sind knapp zwei Dutzend, und die drei Männer, die hier angestellt sind, setzen gemeinsam Origamis Ideen um, die bisher nur auf einem Blatt existieren. Unsere Aufgabe ist es, seinen Entwürfen Leben einzuhauchen. Wir schaffen aus etwas Zweidimensionalem etwas Dreidimensionales. Es ist harte Arbeit, echte Handwerkskunst. Oft benutzen wir Techniken und Methoden, die jahrhundertealt sind und die einem an keiner der großen Modeschulen der Welt beigebracht werden.

Was wir dort mit auf den Weg bekommen, ist etwas völlig anderes als das, was ich mir hier in der Praxis angeeignet habe. In Plymouth lerne ich, über den Tellerrand hinauszuschauen, lerne, meinen Horizont zu erweitern, lerne, dass Ideen, so verrückt sie auch sein mögen, ihre Daseinsberechtigung haben. Ingeniöse Entwürfe wie die von Jasper Chase – fantastisch anzusehen, wirklich atemberaubend, doch untragbar ... Das jedoch sind die Kreationen von Origami nie – er ist eben ein Couturier alter Schule, der stets eine Hommage an die Weiblichkeit kreiert. Er will die Schönen und Reichen dieser Welt in seinen Kleidern sehen – und sie wollen sich darin sehen.

»Wie schön, dass du da bist«, sagt Origami in der Frühstückspause zu mir.

Der russische Designer, bei dem ich vorher war, hat nie mit den Näherinnen und Nähern zusammen gegessen. Er hatte einen eigenen Raum, in den er sich zurückziehen konnte. Origami ist so ganz anders, allein deshalb liebe ich ihn. Seine Hände umfassen meine Oberarme, Küsse landen auf meinen Wangen, als er mich begrüßt. Er strahlt wie ein kleiner Junge, und sosehr ich mich freue, ihn zu sehen, so will es mir doch nicht gelingen zurückzustrahlen, denn kaum halte ich den Kaffee in der Hand, ist der Vorfall von gestern wieder in meinem Kopf.

»Ist alles in Ordnung mit dir, *mon âme*? Du wirkst bedrückt.« Seine hellwachen Augen mustern mich eindringlich. Es sind die ersten Worte, die wir an diesem Tag miteinander wechseln, doch er kennt mich gut. *Verwandte Seelen*, hallt es in meinem Kopf wider. Ja, vielleicht ist da doch mehr dran, als ich zugeben will.

Schnaubend nehme ich einen Schluck von meinem Milchkaffee. Süß ist er. Normalerweise trinke ich ihn nicht gezuckert, doch heute brauche ich eine Extraportion Energie. »Das liegt daran, dass ich bedrückt bin«, erwidere ich. »Bedrückt und verwirrt, um ehrlich zu sein.«

Der Wunsch, Henri zu küssen, macht mir zu schaffen. Er überkam mich so plötzlich, und er war so stark… Dabei ist Henri so ein Arschloch. Was er mit mir abzieht, ist einfach nur mies. Ich habe ihm nichts getan. Er piesackt mich völlig grundlos, weshalb es auch grundlegend falsch ist, dass ich mich auf irgendeiner Ebene zu ihm hingezogen fühle. Ich kann mir hundertmal sagen, dass es bloß sein Geruch war, der diesen Kusswunsch in mir befeuerte… Es hilft nichts. Habe ich denn gar nichts aus der toxischen Beziehung meiner Eltern gelernt? Oder hat diese doch tiefere Spuren hinterlassen, als ich bisher ahnte? Was, wenn mein Hirn dadurch maßgeblich falsch gepolt wurde? Wenn irgendein Teil in mir es als normal oder sogar in Ordnung betrachtet, wenn Menschen derart respektlos miteinander umgehen? Rasch schiebe ich diese grässliche Vorstellung beiseite und trinke einen weiteren Schluck Kaffee. Mmh, tut das gut.

»Ich wette, da steckt ein Mann dahinter«, meint Origami schmunzelnd, zieht einen Stuhl herbei und setzt sich. Die meisten von uns, ich bilde da keine Ausnahme, trinken ihren Kaffee im Stehen … bloß keine Zeit verlieren, doch heute bin ich nachlässig. Ich setze mich Origami gegenüber, wohl wissend, dass ich mit irgendjemandem über all das, was in mir rumort und meine klare Gedanken frisst, indem es mein Hirn mit absurden Vorstellungen und Fantasien martert, sprechen muss. Mit Ella kann ich es nicht, denn die würde ausflippen. »Also, wer ist der Kerl, der dir nicht aus dem Kopf geht?«

Röte schießt mir in die Wangen, verlegen beiße ich mir auf die Unterlippe. Ja, in der Tat hat Henri Chevallier sich wie ein Blutegel an meine Synapsen geheftet. »So ist es nicht«, beteure ich wenig glaubhaft.

»Ach nein? Und wie ist es dann?«

Kurz und schmerzlos erzähle ich Origami die ganze Geschichte. Angefangen bei Halloween, dem Zusammentreffen am Flughafen und dem gestrigen Eklat in der Küche. Ich berichte ihm sogar von dem plötzlichen Wunsch, diesen Mistkerl küssen zu wollen, auch wenn das vollkommen lächerlich ist.

»Soso, der dunkle Ritter spukt dir also im Kopf herum«,

meint Origami gedankenversunken, als ich ihm alles berichtet habe.

Mir entfährt ein freudloses Schnauben. Der dunkle Ritter… das trifft den Nagel auf den Kopf. Henri Chevallier ist ein kraftsaugendes schwarzes Loch. Was mich am meisten aufregt, ist diese Ungerechtigkeit. Und die Unverschämtheit. Und die Tatsache, dass ich bescheuert sein muss, weil ich überhaupt einen Gedanken an Henri verschwende.

»Ich weiß nicht, was ich tun soll«, jammere ich, auch wenn es nicht in meiner Natur liegt zu jammern, doch gerade weiß ich mir einfach nicht zu helfen.

»Mit ihm reden! Frag ihn, was das alles soll. Es muss ja einen Grund für sein Verhalten geben.«

»Ach ja? Und welchen?«

Origami zuckt mit den Schultern. »Spontan fallen mir ein Dutzend Möglichkeiten ein, aber du wirst es nie erfahren, wenn du ihn nicht fragst.«

»Er wird nur wieder gemein zu mir sein«, gebe ich zu bedenken und hoffe, dass Origami einsieht, dass sein Ratschlag mir nichts nützt.

»Vielleicht, vielleicht auch nicht. Aber kannst du dir vorstellen, unter diesen Umständen das Weihnachtsfest mit ihm und seiner Familie zu feiern? Ich meine, zur Not kannst du es auch mit Bruno und mir verbringen.«

»Bruno?«, erkundige ich mich erstaunt. »Bruno St Germain? Dein alter Geschäftspartner?«

»Genau der!«

Ich blinzle verwirrt und frage mich, wann das passiert ist, denn jeder in der Modebranche weiß, dass die beiden seit Jahren kein Wort mehr miteinander reden. Und nun feiern sie Weihnachten zusammen? »Aber…«, beginne ich, verstumme dann jedoch, weil Origami nickt.

»Vielleicht rate ich dir deshalb dazu, mit Monsieur Chevallier ein offenes Gespräch zu suchen. Wenn ich bedenke, was einer Versöhnung mit Bruno all die Jahre im Weg stand, dann waren es Angst und falscher Stolz. Und nur aus diesen Gründen haben wir so viele wertvolle gemeinsame Jahre verloren. Das ist traurig!«

»Aber etwas völlig anderes«, widerspreche ich und klammere mich an meine Kaffeetasse. »Ihr wart Freunde. Henri ist bloß der Bruder meiner besten Freundin.«

»Ja, und er wird nie mehr sein, wenn du dich nicht in die Höhle des Löwen traust und ihn zur Rede stellst.« Er nimmt einen großen Schluck von seinem Kaffee und sieht mich abwartend an.

»Da ... da soll ja auch gar nicht mehr sein«, erwidere ich, klinge jedoch selbst in meinen Ohren schrecklich unsicher. Ich wünschte, ich wüsste, woher diese Kussfantasie so plötzlich kam, dann würde ich sie genau dahin verbannen und dafür sorgen, dass sie mich nie wieder überfällt.

»Bist du sicher?«, fragt Origami. Seinen aufmerksamen blauen Augen entgeht nie etwas.

»Ganz sicher!« Dieses Mal ist meine Stimme fest. »Mit hundertprozentiger Sicherheit weiß ich, dass Henri Chevallier nicht der Richtige für mich ist, *aber* du hast dennoch recht. Ich kann mir unter diesen Umständen nicht vorstellen, mit Ella und ihrer Familie Weihnachten zu feiern. Doch das bin ich Ella schuldig. Sie kümmert sich immer so gut um mich, und sie hat es gerade selbst nicht leicht. Sie war schon ganz geknickt, dass ich in den Ferien hier arbeite, statt Zeit mit ihr zu verbringen.« Ich straffe meine Schultern, atme einmal tief durch und leere dann den Rest meines Kaffees in einem Zug.

»Das heißt, du wirst mit ihm reden?«

»Ja, und zwar jetzt, wenn das für dich okay ist.«

»Ist es! Nicht dass dich noch der Mut verlässt.«

Ich stehe auf, umarme Origami kurz. »Danke für deinen Rat, und ich verspreche, dass ich – sobald ich zurück bin – wieder ganz vorbildlich funktionieren werde.«

Er legt seine schwielige Hand an meine Wange, der Ausdruck in seinen Augen ist zärtlich. »Du sollst nicht funktionieren, *mon âme*, du sollst glücklich sein.«

Ich bin jedoch alles andere als glücklich, als ich mich rund eine Stunde später der Zentrale von French Chic nähere. Trutzig wirkt die verspiegelte Fassade. Das Hauptquartier befindet sich in einem imposanten Bau aus Glas und Stahl an der Uferpromade in Clichy, einer Vorstadt von Paris. Auch andere namhafte Unternehmen haben ihre Firmensitze in dieser Gemeinde, doch keiner ist so imposant wie die French-Chic-Zentrale. Das Gebäude ist nicht sonderlich hoch, vielleicht drei oder vier Stockwerke, und doch wirkt es aufgrund seiner Länge und Breite wie ein uneinnehmbares Bollwerk.

Allerdings habe ich genau das vor. Ich werde es einnehmen. Ich werde die Festung des schwarzen Ritters stürmen und ihn herausfordern.

Mit gerecktem Kinn betrete ich die Eingangshalle und muss mich dazu zwingen weiterzugehen, da ein Teil von mir einfach stehen bleiben und den Eingangsbereich bestaunen will.

Niemals hätte ich vermutete, dass es hier drin so aussehen könnte. Alles ist hell und offen. Das Foyer wird von einer Empore eingefasst. Auf dem galerieartigen Umgang sitzen Menschen allein oder in kleinen Gruppen zusammen und arbeiten. Die Atmosphäre ist freundlich und familiär – nichts, was man mit Henri Chevallier in Verbindung bringen würde. Wäre er der Eigentümer, wäre sicherlich alles kalt und grau.

Die Mitarbeiter würden ihre Anzüge wie eine Rüstung tragen, genau wie er. Schwarze Ritter, die nur Angst und Schrecken verbreiten.

Entschlossen, mich nicht von meiner Mission abbringen zu lassen, drücke ich den Rücken durch und marschiere hocherhobenen Hauptes auf den Empfangstresen zu.

»Was kann ich für Sie tun?«, fragt mich ein junger Mann mit asiatisch anmutenden Gesichtszügen.

»Ich möchte Monsieur Henri Chevallier sprechen.«

»Haben Sie einen Termin?«

»Nein. Aber es ist sehr wichtig.«

»Um was geht es denn?«, erkundigt er sich. Ich ahne, was er denkt. Vermutlich hält er mich für eine verschmähte Ex, die drauf und dran ist, eine Szene zu machen – bei Henris illustrem Lebensstil wäre das kein Wunder.

»Sagen Sie ihm, es geht um Ella.«

»Um Ella?«, hakt er nach.

»Seine Schwester!« Wunderbar! So viel zu meinem Vorhaben, die Festung des schwarzen Ritters zu stürmen und ihn herauszufordern. Ich komme ja nicht einmal an seinen Schergen vorbei.

»Emmanuelle?«

»Ja, genau! Sagen Sie ihm, dass Oxana Petrowa hier ist, es um Ella geht und es wichtig ist!«

Er sieht mich skeptisch an, als er zum Hörer greift und versucht, Henri zu erreichen. Mit klopfendem Herzen lausche ich der Unterhaltung. Er gibt meine Worte genau so weiter, und zu unser beider Überraschung sagt er, nachdem er das Gespräch beendet hat: »Monsieur Chevallier empfängt Sie!«

Er klingt so verblüfft, dass ich mir nur mit Mühe ein triumphierendes Lächeln verkneifen kann.

»Und wo finde ich Monsieur Chevallier?«

Der Mann am Tresen bittet einen der anderen Angestellten, mich zu begleiten, und keine fünf Minuten später befinde ich mich im obersten Stockwerk – Auge in Auge mit dem Vorzimmerdrachen, der jedoch kein Feuer spuckt, sondern mir höflich etwas zu trinken anbietet und dann an die geschlossene Doppeltür klopft.

Ein schnarrendes »Herein!« dringt an mein Ohr, und mein Herzschlag beschleunigt sich urplötzlich. Henris Sekretärin öffnet die Tür und verkündet meine Ankunft. *Mehr Zeremonienmeister oder Herold als Drache*, denke ich, als sie sagt: »Mademoiselle Petrowa ist da.«

Henri schaut desinteressiert von seinen Unterlagen auf und bedeutet mir mit einem Wink hereinzukommen, ehe er sich wieder seinen Papieren widmet.

Fulminanter Auftakt. Da hat er doch gleich mal klargestellt, wer hier der Boss ist. Meine Absätze klappern auf dem Boden, als ich auf seinen Schreibtisch – es ist so ein protziger Chefschreibtisch aus Glas und Stahl, der sicherlich ein kleines Vermögen gekostet hat – zugehe und auf einem der beiden Stühle davor Platz nehme.

»Was kann ich für dich tun, Oxana? Du sagtest, es gehe um Ella? Was ist mit ihr?« Er wirkt beinahe gelangweilt, als er sich in seinem Sessel zurücklehnt und mich ansieht.

»Ich will, dass wenigstens sie ein schönes Weihnachtsfest hat, und ich weiß nicht, wie das funktionieren soll, nach allem, was gestern vorgefallen ist.«

»Was genau ist denn deiner Meinung nach vorgefallen?«, fragt er scharf.

Ich zögere, suche nach den richtigen Worten. »Keine Ahnung, wie ich es nennen soll, aber wenn du …« Erneut verstumme ich. Ich weiß nicht, wie ich es ausdrücken soll, ohne die Situation noch schlimmer zu machen.

»Wenn ich was?«, knurrt er.

»Wenn du dich mir gegenüber benimmst, wie du dich benimmst.«

»Wie benehme ich mich denn?« Die Frage ist eine einzige Provokation.

»Mies!«, schlage ich vor und lehne mich ebenfalls in meinem Stuhl zurück.

»Mies?« Er lacht bitter auf. »Das sagt die Richtige!«

»Ja, du behandelst mich wie ein Arsch, dabei habe ich dir gar nichts getan. Ich ...«

»Ach, hör doch auf, das Unschuldslamm zu spielen! Diese Nummer zieht bei mir nicht«, herrscht er mich unvermittelt an. Er hat sich nach vorn gebeugt und starrt mich über seinen gläsernen Burggraben hinweg, hinter dem er sich verschanzt hat, an. »Du machst dich an meine Schwester ran, tust so, als würdest du sie mögen. Du bist echt das Allerletzte!«

»Zufällig mag ich sie wirklich!«, fauche ich, nachdem ich mich von seiner Attacke erholt habe. Obwohl ich mit etwas Derartigem gerechnet habe, treffen mich seine Worte doch unvermittelt hart. *Das Allerletzte ...* Henris Stimme in meinem Kopf vermischt sich mit der meines Vaters.

»Klar! Und deshalb hast du auch Schweigegeld von ihr angenommen.«

»Schweigegeld?« Ich blinzle verwirrt und frage mich, ob ich hier im falschen Film gelandet bin. »Wovon zur Hölle redest du?«

Henri steht auf, stützt sich mit geballten Fäusten auf dem Tisch ab und zischt: »Du hältst mich wohl für total bescheuert, was? Ich verwalte Ellas Vermögen.« Er lacht bitter auf. »Und anders als meine Schwester habe ich sogar einen Überblick über ihre Ausgaben. Ich weiß, dass sie dir zweitausendfünfhundert Pfund überwiesen hat, damit du niemandem verrätst, wer sie wirklich ist. Du bist nichts anderes als eine Erpresserin.«

»Ich habe niemanden erpresst! Und…«

»Rede es dir ruhig schön! Du hast dich für dein Schweigen bezahlen lassen. Wärst du eine echte Freundin…«

Nun bin ich es, die ihn unterbricht. »Ich habe mich nicht für mein Schweigen bezahlen lassen, Henri. Das Geld war dafür, dass ich mein Zimmer mit dem von Ella getauscht habe.« Sein Mund öffnet sich, schließt sich wieder, und zu meiner Überraschung setzt Henri sich hin und sieht mich einfach nur abwartend an, weshalb ich fortfahre: »Ella kam als Letzte an, alle Zimmer waren bereits belegt. Bis auf das winzige Zimmer, in dem ich jetzt wohne. Ella war das zu klein. Sie hatte megaviel Zeug dabei. Ich nicht. Aber ich war auch nicht bereit, für diese bessere Abstellkammer hundertachtzig Pfund pro Woche zu zahlen. Ella bot mir an, sechzig Pfund davon zu übernehmen, wenn ich mit ihr tausche, und das ist der Grund für diese Überweisung gewesen.« Noch immer schwingt Skepsis in seinem Blick mit. »Du kannst sie gerne fragen, wenn du mir nicht glaubst«, werfe ich ein. »Aber ich schwöre, genau so ist es gewesen.«

7

Henri

Merde alors! Was bin ich für ein dämlicher Idiot! Das darf doch echt nicht wahr sein!

»Entschuldigung!«, stoße ich hervor, denn ich habe keine Ahnung, was ich sonst sagen soll. Es würde mich nicht wundern, wenn meine Wangen vor Verlegenheit glühen würden. Oxana fällt es offensichtlich schwer zu glauben, dass sie dieses Wort gerade aus meinem Mund gehört hat. Sie sieht mich bloß stumm an, und ich kann es ihr nicht verdenken. Ja, ich habe mich ihr gegenüber wie ein Arsch verhalten, und dass ich dachte, ich sei im Recht, macht es nicht besser. »Ich... ich weiß nicht, was ich sagen soll. Es tut mir schrecklich leid, dass ich so auf dich losgegangen bin. Ich hatte keine Ahnung, dass... nun ja, dass du Ella augenscheinlich einen Gefallen getan hast.« Nervös lecke ich mir über die Unterlippe, wünsche mir ein Glas Wasser herbei, weil mein Mund sich mit einem Mal so trocken anfühlt.

»Schon okay«, behauptet Oxana, doch sie irrt sich. Es ist nicht okay. Ich habe mich wirklich schäbig verhalten. »Aber ich wäre nie auf die Idee gekommen, Ellas Notlage auszunutzen und mich daran zu bereichern. Zumal ich mir ohnehin keine Sekunde lang vorstellen konnte, dass sie mit dieser Undercovernummer durchkommt.«

»Genau das habe ich ihr auch gesagt!« Ich hebe beide Hände, als wollte ich ihre Worte preisen. Endlich ein vernünftiger Mensch, mit dem man reden kann. Ella hat sich auf diesem Ohr ja so was von taub gestellt. »Lass mich raten, es hat keine Woche gedauert, da wusste jeder Bescheid.«

»Dank Alicia King ist sie direkt am ersten Tag aufgeflogen«, informiert Oxana mich.

»Direkt am ersten Tag?« Arme Ella, sie hasst es, wenn etwas nicht so läuft, wie sie sich das in den Kopf gesetzt hat. Einen Moment lang breitet sich einträchtiges Schweigen zwischen uns aus, dann sage ich: »Danke, dass du gekommen bist, um mit mir zu sprechen.«

»Na ja, ehrlich gesagt hatte ich keine Wahl. Du warst gestern so ätzend, dass mir beim Gedanken an ein gemeinsames Weihnachten regelrecht schlecht geworden ist.« Keine Sekunde zweifle ich an ihren Worten. Ja, ich habe mich ihr gegenüber wirklich unmöglich benommen. Mein Blick gleitet über Oxana hinweg. Bisher war ihr Anblick für mich immer schmerzhaft, doch heute ist die Ähnlichkeit mit Yvette kaum vorhanden, was vermutlich daran liegt, dass sie den Pony zurückgesteckt und zusammen mit dem übrigen Haar zu einem langen Zopf geflochten hat. Diese Frisur lässt sie ganz anders wirken, denn so habe ich Yvette nun einmal nie gesehen.

»Mir war auch nicht wohl bei dem Gedanken an das Weihnachtsfest«, erwidere ich und schenke ihr ein schwaches Lächeln, denn ehrlich gesagt ist es das immer noch nicht. Die Ähnlichkeit ist nun mal da. Nur eben bloß im Augenblick nicht. »Darf ich dich etwas fragen? Du sagtest, dass du willst, dass wenigstens Ella ein schönes Weihnachtsfest hat … Du etwa nicht?«

Ein bitterer Zug umspielt ihre Lippen, als sie nach einem Rucksack, der definitiv schon bessere Zeiten gesehen hat und so gar nicht zum Rest ihres Outfits passen will, greift, sich erhebt und sagt: »Ich? Ich hatte noch nie ein schönes Weihnachtsfest.«

Es dauert einen Moment, um zu verdauen, was sie gerade gesagt hat. Unzählige Fragen gehen mir durch den Kopf, doch ich traue mich nicht, sie zu stellen. Stattdessen gebe ich den Bullshit von mir, den ich selbst so hasse. »Das tut mir leid.«

Die Traurigkeit in ihren Augen ist nicht zu übersehen. »Ja, mir auch«, meint sie, reicht mir die Hand und bedankt sich für meine Zeit.

Ich sehe ihr mit gemischten Gefühlen nach, als sie mein Büro verlässt. Ein Teil von mir ist erleichtert, denn in Oxanas Gegenwart ist der Schmerz, der in mir tobt, kaum kontrollierbar, der andere Teil ist beschämt und will die Dinge, die er angerichtet hat, wiedergutmachen. Da das im Moment jedoch nicht möglich ist und ich mein schlechtes Gewissen vorerst ertragen muss, stürze ich mich wieder in die Arbeit.

Die nächsten eineinhalb Stunden versuche ich, mit meinen Recherchen fortzufahren. Mein Job besteht zum Großteil darin, mir zu überlegen, was es für Geschäftsfelder gibt, die wir mit French Chic noch nicht erschlossen haben, und wie man sie erschließen kann. Der SecondSkin-Bodyscanner und die dazugehörige App sind bloß eine von vielen Ideen, die ich betreue und für deren Umsetzung und Entwicklung ich verantwortlich bin. Allerdings ist es das Projekt, das mich bisher am meisten Nerven gekostet hat und das vermutlich für einen Haufen grauer Haare verantwortlich sein wird.

Für den Rest wird wohl Oxana zuständig sein, denn sie trägt die Schuld daran, dass ich mich beim besten Willen nicht konzentrieren kann.

Als Ella am Mittag überraschend in meinem Büro auftaucht, lade ich sie spontan auf einen Kaffee ein. Statt in die

Kantine, die wirklich gut ist, zu gehen, führe ich sie in ein schickes Café in der Nähe aus, wo ich ihr von Oxanas Besuch und dem Missverständnis erzähle. Geschockt schlägt Ella sich die Hand vor den Mund, als ich ihr beichte, wie ich mich Oxana gegenüber benommen habe. Bei dieser harmlosen Geste bleibt es jedoch nicht, und so landet nur Sekunden später ein schmerzhafter Schlag auf meinem Oberarm.

»Du Esel!«, schimpft sie mich. »Wie konntest du ihr bloß so etwas sagen! Ausgerechnet ihr, wo sie doch ...« Ella beißt sich auf die Zunge und lässt den Satz unvollendet.

»Wo sie doch was?«, hake ich nach.

Meine Schwester weicht meinem eindringlichen Blick aus, nippt an ihrem Tee, ehe sie dann doch einknickt und sagt: »Wo sie doch keine Familie hat, zu der sie kann. Seit sie sechzehn ist, schlägt sie sich ganz allein durch, Henri, und dann sagst du ihr, dass es besser wäre, wenn sie nicht zu uns käme.« Finster starrt Ella mich an.

»Ich ... ich werde mir überlegen, wie ich das wiedergutmachen kann, Bibou«, verspreche ich ihr.

»Aber benutz dafür nicht deinen Schwanz!« Da ich gerade am Trinken bin, verschlucke ich mich an meinem Wasser und beginne zu husten. Ella verdreht die Augen, als sie meinen mahnenden Blick auffängt.

»Das hatte ich nicht vor!«, lasse ich sie wissen, nachdem der Hustenreiz nachgelassen hat.

»Oh bitte, bei dir weiß man nie! Und solltest du noch einmal diesen saudämlichen Kosenamen verwenden, dann mache ich dir einen Knoten rein!«

»In meinen Schwanz?«

Sie nickt ernsthaft, nimmt einen weiteren Schluck und fügt hinzu: »Ich wünschte, Étienne würde sein bestes Stück mal zum Einsatz bringen.« Kopfschüttelnd sieht sie ins Leere. Sie sieht traurig aus. Am Flughafen, als ich sie an seiner Stelle abgeholt habe, hat sie noch gute Miene zum bösen Spiel gemacht, doch in diesem Moment wird mir bewusst, dass sie wirklich unter der Situation leidet.

Ich habe meine Schwester selten so deprimiert gesehen, und etwas in mir will Étienne dafür wehtun – ganz gleich, ob er mein Freund ist oder nicht. »Sicherlich hat er im Moment einfach nur extrem viel zu tun. Er bekleidet eine wichtige Position. Für sein Alter hat er wahnsinnig viel erreicht...«

Ellas Augen blitzen auf. Sie sprühen regelrecht Funken, und ich weiß, ich habe wieder einmal Mist gebaut. »Das ist mir klar«, fällt sie mir energisch ins Wort. »Er ist mein Freund. Ich weiß, was er alles geleistet hat, und ich bin stolz auf ihn und ich bewundere ihn, aber...«

»Aber?« Ella knabbert auf ihrer Unterlippe herum und schweigt. »Aber was, Ella?«

»Das verstehst du nicht!«

»Du könntest probieren, es mir zu erklären.«

»*Du*«, schnaubt sie, »würdest es auch in einer Million Jahren nicht kapieren.«

»Erstaunlicherweise bin ich gar nicht so blöd, wie ich ausschaue, also lass es doch auf einen Versuch ankommen.«

Sie kommentiert mein Zwinkern mit einem »Pah!« und fügt hinzu: »Nee, du benimmst dich manchmal einfach nur doof.«

»Ja, ja, das habe ich wohl verdient...«, gebe ich ihr recht und seufze schwer. »Was diese Sache mit Oxana betrifft, habe ich mich wohl wirklich nicht mit Ruhm bekleckert, was?«

»So würde ich es nicht nennen«, meint Ella. »Ich persönlich finde, du hast richtig Scheiß gebaut.« Sie hebt ihre Tasse und prostet mir ironisch lächelnd zu.

Als wir uns kurz darauf auf dem Weg zum Auto befinden,

sagt sie: »Vielleicht kannst du dir etwas Nettes für Weihnachten einfallen lassen, um dich bei Oxana zu entschuldigen.«

»Hast du denn einen Tipp, wie ich es wiedergutmachen kann?«

Ella legt den Kopf schief. »Ich habe keine Ahnung«, behauptet sie.

»Hey, du bist ihre Freundin. Du musst doch wissen, was ihr gefällt und womit ich ihr eine Freude machen kann.«

»Ad hoc nicht, aber ich denke drüber nach. Versprochen.«

»Mehr verlange ich gar nicht, Bibou!«, sage ich und kassiere zur Strafe für den verhassten Kosenamen einen weiteren harten Schlag auf den Oberarm.

»Du bist so ein Baby!«, wirft Ella mir vor, als mir ein schmerzerfülltes »Aua!« entfährt.

Der Rest der Woche vergeht, ohne dass ich etwas von Ella höre. Von Maman erfahre ich, dass es sie schlimm erwischt hat und sie nun krank im Bett liegt. Am Freitagabend ist sie jedoch wieder auf den Beinen, und wir schmücken alle zusammen den Weihnachtsbaum, wie es bei uns im Laufe des Dezembers Tradition ist. Eigentlich sind wir normalerweise früher dran. Oft steht der Baum schon Anfang des Monats, denn Maman ist der Auffassung, dass sich der ganze Aufwand sonst nicht lohnt, aber da Ella erst vor wenigen Tagen zurückgekommen ist, schaffen wir es eben erst jetzt.

Papa und sie schleichen wieder einmal auf Zehenspitzen umeinander herum, und ich warte innerlich auf den großen Knall. Da beide sich im Recht fühlen und keiner von ihnen sagen will, dass es ihm leidtut, wird das früher oder später passieren. Im Moment geben sie sich jedoch alle Mühe, und ich versuche, mit Glühwein meinen Teil zur beschwingten Stimmung beizutragen.

Im ganzen Haus duftet es nach Orangen, Sternanis, Zimt und Gewürznelken. Der Duft des Glühweins vermengt sich mit dem Dutzend Dior-Kerzen, die Ella und meine Mutter angezündet haben und von denen jede einzelne mehr kostet als die monatliche Miete, die Ella in Plymouth zahlt.

Im Kamin knistert ein Feuer und sorgt für eine behagliche Atmosphäre, während draußen die Dämmerung einsetzt. Die künstliche Vermont-Fichte steht bereits vor einer der drei großen Doppeltüren, die in den Garten hinausführen, und wartet darauf, geschmückt zu werden. Die integrierten Lichter leuchten und verleihen dem Raum einen Hauch von Festlichkeit, noch ehe wir überhaupt zur Tat geschritten sind.

Maman öffnet einen weiteren der vielen Kartons und kramt darin herum. Überall auf dem Boden und dem großen Ecksofa liegen Weihnachtskugeln, Schleifen und aller mögliche andere Dekokram herum.

Reihum versorge ich meine Familie mit Glühwein. »Der ist ja hervorragend, Henri!«, lobt mein Vater nach dem ersten Schluck. »Hast du etwas am Rezept geändert?«

»Nicht wirklich, aber ich habe einen anderen Wein genommen als beim letzten Mal.«

»So, welchen denn?«

»Einen Sassicaia von 1990.«

»Einen Italiener?«, fragt Papa beinahe empört. »Als hätten wir in Frankreich keine ordentlichen Weine.«

Ehe es zu einem Disput bezüglich meiner Weinwahl kommen kann, rettet Ella mich, indem sie die CD mit Weihnachtsliedern einlegt und trotz Heiserkeit »Mon beau sapin« anstimmt.

»Du hörst dich an wie ein Frosch im Stimmbruch«, unke ich, woraufhin sie mir die Zunge rausstreckt und Maman sie ermahnt, sich zu benehmen.

»Du musst gerade reden! Du klangst nie anders.«

Von wegen! Aus vollem Herzen und mit absoluter Hingabe trällere nun auch ich mit.

»Quand, par l'hiver
Bois et guérets
Sont dépouillés
De leurs attraits…«

»An dir ist ein echter Rockstar verloren gegangen«, meint Papa lachend, stimmt dann munter mit ein, und schließlich singen wir alle zusammen. Genau so habe ich mir das Weihnachtsfest vorgestellt. Ein Stück heile Welt und Urlaub von meinem anstrengenden Alltag und den grässlichen Erinnerungen.

Eine Bewegung aus den Augenwinkeln lässt mich herumfahren… Oxana kommt, begleitet von einem Schwall kalter Luft, herein. Schneeflocken wirbeln ins Innere, dann fällt die Haustür ins Schloss.

»Brrrrr! Ist das kalt!«, entfährt es ihr. Sie hängt den verschneiten Mantel an die Garderobe, nimmt die Mütze ab, und unwillkürlich halte ich die Luft an.

Meine Sorge ist jedoch unbegründet, denn sie trägt ihr Haar wie gestern, hat den langen geflochtenen Zopf sogar noch zu einem Knoten zusammengefasst. Beinahe erleichtert atme ich aus.

»Komm doch rein! Hier ist es schön warm!«, fordert meine Mutter sie auf.

»Und es gibt Glühwein!«, lockt Ella sie, fügt dann jedoch hinzu: »Allerdings singt Henri gerade auch, weshalb du es dir vielleicht doch noch mal überlegen solltest.«

»Da ich deutlich besser singe als du, wäre ich an deiner Stelle ganz still, Schwesterherz.«

»Das liegt ausschließlich an der Heiserkeit. Ansonsten ist

meine Stimme die eines Engels«, behauptet sie so divenhaft, dass nicht nur ich, sondern auch alle anderen lachen müssen.

»Wer auch immer dir diesen Floh ins Ohr gesetzt hat, lügt«, lasse ich sie wissen.

Hilfesuchend wendet Ella sich an Oxana. »Magst du vielleicht auch etwas dazu sagen?«

»Könnte ich vielleicht eine Tasse Glühwein bekommen?«, fragt Oxana daraufhin völlig unschuldig und sorgt für mehr Gelächter.

»Eine gute Wahl!«, bescheinigt mein Vater ihr, während Ella sie gespielt vorwurfsvoll ansieht.

»Na, du bist ja eine tolle Freundin!«, murrt sie augenrollend. »Ich fürchte, nun bin ich gezwungen, dir zu beweisen, dass ich eine großartige Sängerin bin.«

Da just in diesem Moment »Douce nuit, sainte nuit« erklingt, stimmt sie beherzt mit ein, um ihre Drohung wahr zu machen.

Oxana und ich wechseln einen gequälten Blick, während ich ihr ein Glas Glühwein einschenke. Ich reiche ihr die Tasse. Unsere Hände berühren sich. Ihre sind eiskalt. »Vielleicht setzt du dich in den Sessel am Kamin, um dich etwas aufzuwärmen«, schlage ich vor.

»Das ist nicht nötig. Kann ich vielleicht was helfen?«

Ella gesellt sich zu uns, legt ihr und mir je einen Arm um die Schultern und beglückt uns mit ihrem wenig engelsgleichen Gesang.

Mein Vater rettet uns, indem er an Oxana gewandt sagt: »Du kommst übrigens gerade zum richtigen Zeitpunkt. Wir brauchen nämlich dringend deine Meinung, da Florence und ich uns beim besten Willen nicht entscheiden können, in welchen Farben wir den Baum dieses Jahr schmücken sollen.«

Oxanas Augen weiten sich erstaunt, beinahe panisch. Sie legt ihre linke Hand aufs Herz, während mein Vater unbeirrt fortfährt. »Deine Stimme ist entscheidend. Traditionell rot-golden oder eher trendig?« Er hält ein Weihnachtskugelset in fruchtigen Beerentönen in die Höhe. Ella wackelt aufmerksamkeitsheischend mit der Schachtel, in der sich silberne und graue Kugeln befinden. Sie meint, dass man beides wunderbar kombinieren könne.

Meine Eltern und meine Schwester sehen Oxana erwartungsvoll an. Ihre Augen wandern jedoch zu mir.

»Was auch immer du tust, irgendwer wird mit deiner Wahl nicht zufrieden sein«, informiere ich sie.

»Sehr beruhigend, dass ich quasi in jedem Fall die falsche Entscheidung treffe, danke, Henri.«

»Keine Ursache«, entgegne ich ernsthaft. »Aber immerhin ist an einer schwerwiegenden Entscheidung wie der Farbe des Weihnachtsschmucks noch niemand gestorben, also ...«

Oxana strafft ihre Schultern und verkündet: »Ich glaube, ich bin für die klassische Variante.«

Ella und Papa machen lange Gesichter, doch Maman jubelt. »Perfekt!«, verkündet sie und schließt Oxana in die Arme.

»Dann ist die Entscheidung wohl gefallen«, meint Papa. Er öffnet eine der Schachteln und reicht Oxana eine goldene Kugel. »Du hast die Ehre.« Als sie zögert, nickt er ihr bekräftigend zu.

Vorsichtig, fast so, als hätte sie das noch nie zuvor in ihrem Leben getan, nähert Oxana sich dem Baum. Vielleicht bilde ich es mir nur ein, doch ich könnte schwören, dass ihre Hand zittert, als sie die gläserne Kugel an einen der immergrünen Zweige hängt. Ein offenes, kindliches Grinsen breitet sich auf ihrem Gesicht aus, erhellt ihre Züge, und mit einem Mal bin ich mir sicher, dass sie wahrhaftig noch nie zuvor einen Weihnachtsbaum geschmückt hat. Oxanas strahlendes, verzücktes Lächeln lässt sie höchstpersönlich wie einen Weihnachtsengel wirken, und sosehr ich es auch möchte, ich kann meinen Blick unmöglich von ihr abwenden. Ihre Augen funkeln und glitzern im Licht der Christbaumbeleuchtung wie eine Million Sterne. Sie schaut zu mir, und zu meiner eigenen grenzenlosen Überraschung ertappe ich mich dabei, wie ich völlig hingerissen zurücklächle, denn irgendwie berührt es mich, Zeuge dieses Moments zu sein.

Das typische Geräusch eines Fotoapparats – oder besser die Imitation, die ein Handy beim Aufnehmen eines Fotos macht – torpediert den Augenblick. »Erwischt!«, frohlockt Ella, woraufhin Oxana ihr die Zunge rausstreckt, und meine Schwester gleich noch mal auf den Auslöser drückt.

»Du und dieses Ding«, mault Oxana, doch sie scheint nicht ernsthaft böse zu sein.

»Was? Irgendwann wirst du dich über all die Fotos, die ich von euch schieße, freuen. Dann wirst du verkünden, dass dieses Auslandssemester das tollste deines Lebens war und deine beste Freundin Ella all die wichtigen Augenblicke mit der Kamera eingefangen hat.«

»Besser, du gewöhnst dich daran«, meine ich und deute auf die Wand hinter dem Sofa, die übersät ist mit Bildern in allen Größen.

»Hat die alle Ella geschossen?«, fragt Oxana und tritt näher an die Familiengalerie.

»Ja, sie hat fast alle Fotos gemacht.«

Oxana mustert die Aufnahmen. Es sind keine klassischen Porträts, sondern stimmungsvolle Momentaufnahmen von Familienfeiern und Urlauben. Gut ein Drittel dürfte in Kapstadt entstanden sein, wo meine Eltern ein Haus besitzen. Eines zeigt meine Eltern dort auf der Terrasse, Weingläser in den Händen, das Meer im Hintergrund, eines mich am Strand, mit einem Surfboard unter dem Arm… Ein leiser Seufzer entfährt Ellas Gast. Es ist ein trauriger Laut, bei dem sich mein Herz unfreiwillig zusammenzieht. Mir fällt ein, was Ella mir über Oxanas Familie erzählt hat. Kein Wunder, dass sie bei all dem auf Fotopapier fixierten Glück wehmütig wird.

»Die sind toll«, wispert sie und lächelt Ella, die sich ebenfalls zu uns gestellt hat, an. »Viel besser als deine Gesangskünste.«

Oxana hat recht, und mit einem Mal weiß ich, was ich Ella zu Weihnachten schenken werde. Warum bin ich da nicht früher drauf gekommen? Das ist wirklich das ideale Geschenk. Gleich morgen werde ich es besorgen, denn so nervig ich die ständige Knipserei auch finde: Ella ist wirklich gut. Sie hat echtes Talent, weshalb es höchste Zeit wird, ihr mal eine richtig gute Kamera zu schenken.

»Ich weiß wirklich nicht, was ihr alle gegen meinen Gesang habt«, grummelt Ella.

»Zumindest nichts, was hilft«, ziehe ich sie auf. Mein Handy signalisiert mit einem Ping den Eingang einer Nachricht.

»Eine deiner vielen Verehrerinnen?«, frotzelt Ella und wackelt anzüglich mit den Augenbrauen.

Ich gehe ein Stück zur Seite, öffne die Nachricht – dass sie von keiner Frau stammt, weiß ich bereits. Sie ist von Michel, der fragt, ob ich vorbeikommen kann, es sei ein Notfall.

Natürlich, schreibe ich, ohne zu zögern, zurück und erkläre dann meiner Mutter unter vier Augen, weshalb sie den Baum ohne mich weiterschmücken müssen.

»Du gehst?«, fragt Papa verwundert, als ich nach meinem Jackett, das über der Sofalehne liegt, greife. Ich nicke lediglich.

»Viel Spaß bei deinem Rendezvous und vergiss nicht: Kondome schützen!«, ruft Ella mir hinterher, was ihr ein »Also Ella, wirklich!« seitens unserer Mutter einbringt.

Sie begleitet mich zur Tür, schließt mich in die Arme und drückt mir einen Kuss auf die Wange. »Pass auf dich auf, *mon soleil*. Ich habe dich lieb.«

»Ich dich auch!«, versichere ich ihr, auch wenn ihre Liebe mich manchmal zu erdrücken droht. Seit dieser schrecklichen Nacht vor vier Jahren sagt sie mir täglich, dass sie mich liebt. Ich weiß, dass sie unglaublich dankbar dafür ist, dass ich alles heil und unbeschadet überstanden habe. Sie hat keine Ahnung, wie falsch sie damit liegt.

»Wie ist das passiert?«, frage ich Michel, der inzwischen wieder auf dem Sofa liegt. Blut sickert aus einer Platzwunde an seiner Stirn.

»Ich bin gestürzt.« Schützend hält er die linke Hand über sein rechtes Handgelenk. »Ich glaube, es ist gebrochen.«

Überfordert mit der Situation, sage ich: »Ich rufe einen Krankenwagen. Du ...«

»Nein!« Panik schwingt in seiner Stimme mit.

»Okay, dann ... dann fahre ich dich ins Krankenhaus.« Er schüttelt den Kopf, stöhnt, seine Lider schließen sich flackernd. Scheinbar ist er drauf und dran, das Bewusstsein zu verlieren. Mir egal, was er sagt, er muss ins Krankenhaus. Mit Sicherheit hat er eine Gehirnerschütterung, und was soll ich machen, wenn das Handgelenk wirklich gebrochen ist? Mir ist durchaus klar, warum er dort nicht hinwill. Ich verstehe, dass Sirenen und Krankenwagen das Letzte sind, was er sehen will, doch mir bleibt keine Wahl.

Mein Blick gleitet über sein Gesicht. Ist er noch dünner geworden? Zumindest wirkt er in diesem Moment zerbrechlicher denn je. Seine Wangen sind so stark eingefallen, dass die Haut sich über den Knochen spannt. Die Lippen, spröde und aufgeplatzt, sind bloß bleiche Striche in einem fast ebenso bleichen Gesicht. Mit den dunklen Augenringen sieht er aus wie ein Junkie.

Mit Mühe reiße ich mich von seinem mitleiderregenden Anblick los, zücke mein Telefon und sorge dafür, dass er ins Hôpital Américain de Paris, eine Privatklinik in Neuilly-sur-Seine, nur wenige Minuten vom Haus meiner Eltern entfernt, gebracht wird.

Das Ganze geht nicht ohne Theater vonstatten, doch nachdem Michel eine Spritze zur Beruhigung bekommen hat, gibt er seinen Widerstand auf. Er verfällt in eine Art Lethargie und lässt mit Tränen in den Augen alles über sich ergehen. Ich bleibe bei ihm, halte seine linke Hand, während wir – auf meine Bitte hin – ohne Blaulicht und Sirengengeheul durch die Nacht fahren.

»Gleich haben wir es geschafft«, beruhige ich ihn und versuche zu ignorieren, was sein Zustand in mir auslöst.

»Mein Vater darf davon nichts erfahren«, wispert er.

»Das wird er nicht«, verspreche ich Michel, woraufhin er sich noch ein wenig mehr entspannt. In seiner Familie zählt nur Leistung, weshalb es kein Wunder ist, dass Michel seinen Zustand vor seinen Eltern geheim hält.

Eine Privatklinik wie das Hôpital Américain de Paris gleicht eher einem Hotel. Hier gibt es keine überfüllte Ambulanz, keine ewig langen Wartezeiten, und so ist bereits binnen einer halben Stunde klar, dass Michels Handgelenk gebrochen ist. Und auch die Ursache für den Sturz findet sich schnell: Michel hat seit Tagen zu wenig gegessen und getrunken, er ist völlig dehydriert. Während des Gesprächs mit der Ärztin döst er immer wieder weg, weshalb sie sich schließlich an mich wendet.

»Sein Gewicht macht uns große Sorgen«, teilt sie mir mit und fragt im nächsten Atemzug, ob Michel Drogen konsumieren würde. »Kokain beispielsweise hemmt den Appetit.«

»Ja, ich weiß, aber so ist es nicht. Wie soll er an Drogen kommen, wenn er das Haus nicht verlässt? Nein, ich glaube wirklich nicht, dass das sein Problem ist.«

»Die Blutergebnisse werden es uns verraten. Gibt es sonst etwas, das wir wissen sollten?«

Ich ringe mich zu einem knappen Nicken durch, und dann erzähle ich ihr unsere Geschichte in der Hoffnung, dass sie Michel dadurch besser helfen und ihm den verhassten Aufenthalt so angenehm wie möglich gestalten können.

»Eine posttraumatische Belastungsstörung also?«

Ich zucke mit den Achseln. »Ich bin kein Arzt.«

»Nun ja, bei einem einschneidenden Erlebnis wie diesem liegt das auf der Hand.« Sie mustert mich prüfend. »Und Sie? Wie kommen Sie zurecht?«

»Gut! Wegen Michel und der Sache mit dem Essen ... Ist das ein typisches Symptom?«

»Das kann man so nicht sagen. Viele Menschen mit einer posttraumatischen Belastungsstörung leiden unter Albträumen, Panikattacken. Oft ist es den Menschen nicht möglich, über die Geschehnisse zu sprechen, oder wenn, dann nur so, wie Sie es eben getan haben.«

Sie braucht nicht auszuführen, was sie meint. Nie könnte ich über Details aus jener Nacht sprechen. Es gibt keine Worte, um das Grauen zu beschreiben, das wir erlebt haben.

»Schlaflosigkeit, erhöhte Reizbarkeit, Schreckhaftigkeit, Hypervigilanz ...«

»Was ist das?«

»Ein Zustand permanenter Anspannung und Wachsamkeit. Im Prinzip kommen Sie nicht mehr zur Ruhe, können sich nicht mehr entspannen. Dann wären da noch gesteigertes Suchtverhalten, selbstverletzendes Verhalten, Suizidgedanken, emotionaler und sozialer Rückzug, Depressionen… Es ist ein sehr weites Spektrum, wie Sie sehen.« Ich nicke verstehend, weiß, dass viele von den Auswirkungen, die sie gerade aufgezählt hat, auch auf mich zutreffen. »Dann gibt es beispielsweise auch noch das Überlebensschuld-Syndrom. Haben Sie sich jemals gefragt, warum Sie überlebt haben, während andere sterben mussten?«

Ich schüttle den Kopf. »Nein, nicht eine Sekunde.« Mit einem Nicken in Richtung meines schlafenden Freundes sage ich: »Aber er schon. Er fragt sich das immer wieder. Ich habe ihm gesagt, dass es nichts bringt, darüber nachzudenken, dass es ist, wie es ist, aber es kommt irgendwie nicht bei ihm an.«

Die Ärztin macht sich weiter fleißig Notizen. »Viele Symptome lassen sich nicht rational oder logisch erklären. Die Psyche hat ihre eigenen Wege, uns zu schützen.« Wem sagt sie das? Ich weiß nur zu gut, wovon sie redet.

»Und wie geht es für ihn weiter?«

»Wir behalten ihn erst einmal hier. Morgen, wenn es ihm besser geht, suchen wir das Gespräch mit ihm und werden probieren, zu ihm durchzudringen. Für ihn mag es so aussehen, als gäbe es keinen Weg aus seiner Misere, aber das stimmt einfach nicht. Uns stehen durchaus Mittel und Wege zur Verfügung, ihm zu helfen.« Sie lächelt mich aufmunternd an, und ich habe das Gefühl, dass sie in diesem Moment versucht, auch zu mir durchzudringen, aber vielleicht bilde ich mir das nur ein.

»Ich werde morgen Abend vorbeischauen, aber wenn vorher irgendetwas mit ihm sein sollte, rufen Sie mich bitte an.« Ich reiche ihr meine Karte, nachdem ich auf die Rückseite meine private Handynummer notiert habe.

»Sie stehen sich sehr nahe«, stellt sie fest.

Ich könnte sagen, dass wir uns einst näherstanden. Dass all das, was wir erlebt haben, dazu führte, dass wir uns entfremdeten, auseinanderdrifteten wie tektonische Platten und uns inzwischen ganze Ozeane voneinander trennen. Doch stattdessen sage ich: »Ich liebe ihn wie einen Bruder«, denn das ist schließlich alles, was zählt.

8

Oxana

Mir ist nicht mehr ganz klar, weshalb wir eigentlich trinken. Ella behauptete, wir würden meinen letzten Arbeitstag feiern – das war allerdings, bevor sie anfing, darüber zu sprechen, was zwischen ihr und Étienne gerade schiefläuft. Andererseits wäre wohl ohne den Alkohol nie die Rede darauf gekommen. Die ganze Woche über hat sie kein Wort über das desaströse Date am Montagabend verloren. Heißer Wiedersehens-Sex kam für ihn nicht infrage, weil er sich nicht bei der kränkelnden Ella anstecken wollte, und so hat er sie im Anschluss an das Abendessen direkt daheim abgesetzt. Was für ein Idiot!

»Ich meine, ich verstehe es ...«, nuschelt Ella, die mir gegenüber auf der mit Kissen bestückten Fensterbank sitzt. Der Glühwein, von dem wir reichlich getrunken haben, sorgt für eine schleppende Aussprache – vielleicht liegt es aber auch am Gin, der irgendwie seinen Weg mit hinauf in mein Zimmer gefunden hat.

»Ach ja?« Ich versuche, nicht zu lallen, denn auch ich bin durch die Wirkung des Gins etwas beeinträchtigt. »Weil ich es nicht verstehe. Du bist unfassbar sexy.«

Ella nimmt mein Kompliment mit einem entschlossenen Nicken und einem ebenso energischen »Danke!« an.

Ich hebe den Zeigefinger und verkünde voller Überzeugung: »Wenn ich er wäre, hätte ich auf alle Fälle mit dir geschlafen.« Dann schüttle ich den Kopf. »Nein. Das stimmt so nicht. Ich hätte wilden, hemmungslosen Sex mit dir gehabt, und zwar die ganze Nacht.«

Ella schlingt ihre Arme um meinen Hals. »Das ist sooo lieb, dass du das sagst.«

»Ich sage noch viel mehr!«, sage ich und schiebe sie etwas von mir, um ihr ins Gesicht blicken zu können. »Dieser Étienne ist ein Blödmann, und ich glaube, dass er gar nicht weiß, was er an dir hat.«

Ella macht ein nachdenkliches Gesicht. »Da... da könntest du recht haben. Ich meine, ich war immer da. Er weiß, dass ich nie einen anderen wollte... nicht wirklich, meine ich. Also es gab natürlich andere, denn er hielt mich ja für zu jung und unerfahren.« Sie zuckt mit den Schultern. »Aber ich war nie verliebt. Nur in ihn, und das wusste er.«

»Und jetzt? Bist du immer noch in ihn verliebt?«

»Keine Ahnung«, nuschelt sie niedergeschlagen. Sie leert den spärlichen Rest von ihrem Gin, greift nach der Flasche und füllt sich nach. »Darüber muss ich erst mal nachdenken.« Sie hebt ihr Glas, und wir stoßen an.

Ich runzle die Stirn, als in dem modernen niedrigen Trakt, der sich entlang der linken Grundstücksgrenze erstreckt, plötzlich Licht angeht. Ich kann einen Pool erkennen, und dann sehe ich Henri, der die Halle betritt. Er ist mehr oder weniger nackt... Mein Blick saugt sich an seinem durchtrainierten Körper fest. Verdammt, sieht er gut aus. Ich beobachte das Spiel seiner Muskeln, als er an den Beckenrand tritt und sich kopfüber ins Wasser stürzt. Flach taucht er ein. Es sieht ziemlich professionell aus, wie er unter der Oberfläche dahingleitet, sie durchbricht und mit dem Kraulen beginnt.

In wenigen Zügen hat er das Becken durchquert, wendet mit einer blitzschnellen Rolle unter Wasser und schwimmt zurück. Einige Male beobachte ich das Schauspiel. Erst als Ella mit ihren Fingern vor meinem Gesicht herumschnippt, reiße ich mich von dem Anblick los.

»Ja?«, frage ich verwirrt blinzelnd und gebe mir alle Mühe, meine Augen nicht wieder von Ellas Gesicht zu den Geschehnissen hinter ihr wandern zu lassen.

»Alles okay bei dir?«

»Mmh!« Ich unterstreiche den Laut mit einem Nicken – und weil einmal nicht reicht, wiederhole ich die Geste in schneller Abfolge.

»Hast du einen Wackeldackel verschluckt?« Kopfschütteln. »Du benimmst dich irgendwie seltsam.« Ich grinse sie sehr angestrengt an. »Extrem seltsam.« Selbst im betrunkenen Zustand entgeht Ella nichts. »Was ist hier gerade los?«

Mein verräterischer Blick schweift zu Henri, der jedem Hochleistungsschwimmer alle Ehre machen könnte. Ella wendet den Kopf, um ihm zu folgen. Dann sieht sie wieder zu mir. »Auch auf die Gefahr hin, dass ich mich wiederhole: Wenn du weißt, was gut für dich ist, lass die Finger von meinem Bruder!«

»Ich gucke nur. Und ehrlich, Ella, wie könnte ich nicht gucken? Ich meine, sieh ihn dir doch mal an. Diese Schultern und all diese Muskeln und …«, seufze ich und recke meinen Hals in Richtung Fenster, um besser sehen zu können.

Hände umfangen mein Gesicht, zwingen mich dazu, von Henri weg- und zu ihr hinzusehen. »Oxy!«, sagt Ella eindringlich. Ihr Blick frisst sich in meinen. »Ich liebe meinen Bruder von ganzem Herzen, aber er ist … er …« Sie lässt mich los, wendet sich erneut um. »Das, was er da gerade abzieht«, sagt sie und deutet auf Henri hinab, »das macht er jetzt noch die nächsten ein, zwei Stunden lang …«

230

»Das hält doch niemand durch!«, protestiere ich, denn Henri pflügt wie ein Besessener durch das Wasser.

Sie wendet sich wieder mir zu. »Er schon. Er hält das aus. Das und noch viel mehr. Es ist seine Art, mit der Vergangenheit fertigzuwerden.«

»Der Vergangenheit...«, echoe ich, denn aus Ellas Mund hört es sich an, als hätte ihr Bruder weiß Gott was durchgemacht.

»Ja, aber mehr kann ich dir dazu nicht sagen. Henri würde es nicht wollen. Trotzdem, er hat sich durch das, was ihm widerfahren ist, verändert. Alles, was er macht, macht er extrem: arbeiten, feiern, Sport... Es ist, als wollte er um jeden Preis vermeiden, jemals zur Ruhe zu kommen, um bloß nicht Gefahr zu laufen, über das, was ihm passiert ist, nachzudenken.« Sie seufzt, und dann sagt sie etwas, von dem ich hoffe, dass es seinen Ursprung bloß im Alkohol hat: »Henri ist kein schlechter Mensch, Oxy, er ist bloß einfach völlig kaputt.«

Was meint sie damit, dass Henri kaputt sei?

Ella leert ihr Glas. Gerade als ich fragen will, was genau all diese kryptischen Andeutungen sollen, rudert sie zurück: »Vergiss einfach, was ich gesagt habe. Ich... ich hatte zu viel Gin, und ich... ich denke, ich sollte jetzt einfach ins Bett gehen, mich hinlegen, schlafen... Und du, du solltest das auch machen.«

Ehe ich etwas erwidern kann, hat sie beinahe fluchtartig den Raum verlassen.

Mit jeder Menge Fragen im Kopf sitze ich da und betrachte das Schauspiel, das sich mir in dem Anbau bietet. Vielleicht ist Henri Chevallier wirklich kaputt, doch vor allem ist er ein großartiger Schwimmer. Wie unglaublich kraftvoll er sich bewegt... Ich könnte ihm stundenlang zuschauen. Vielleicht täte ich das sogar, würde mich nicht das Summen meines Handys ablenken.

Libby hat ein Foto in unseren Gruppenchat geschickt. Es zeigt sie und ein anderes Mädchen. Sekunden später folgt eine Nachricht. **Was treibt ihr so? Ich besuche heute meine Freundin Eden. Werde dort auch übernachten. Meine Mom macht mich wahnsinnig. GNARF!**

Was ist mit deiner Mom?, schreibe ich zurück.

Der übliche Wahnsinn! Sie ist so eine Hardcore-Glucke! Und was geht bei euch so ab?

Ich bin betrunken, und es ist kalt.

Bin auch da, schreibt Val und fügt hinzu: **Bin bei Jule. Bingewatching.**

Was schaut ihr euch an? Würde mich auch interessieren, doch Libby war schneller als ich.

Carnival Row.

Und? Nun bin ich schneller gewesen.

Love it! Definitiv ein Must-see.

Wir schreiben noch eine Weile hin und her. Ella klinkt sich auch irgendwann ein. Als ich mir nachschenke, fällt mir auf, dass Henri immer noch am Schwimmen ist. Das ist nicht bloß extrem, sondern schon exzessiv.

Was er da tut, ist nicht gesund. Jemand sollte ihm sagen, dass man vor seinen Problemen – egal wie groß und grauenhaft sie auch sein mögen – nicht weglaufen kann. Davon verschwinden sie nicht. Die Minuten vergehen, ich bin unschlüssig, was ich tun soll.

Halt dich da raus, ermahnt mich meine innere Stimme.

Obwohl ich weiß, dass Alkohol ein schlechter Ratgeber ist, klingt die andere Stimme, die mich auffordert, nach unten zu gehen und Henri eigenhändig aus dem Wasser zu holen, viel verführerischer.

Ein paar weitere Minuten beobachte ich unschlüssig das Treiben im Pool, dann gebe ich mir, beflügelt durch die Wirkung des Gins, einen Ruck. Ich kann ihn unmöglich dort unten allein seine Bahnen ziehen lassen.

Leise, um niemanden zu wecken, tapse ich durch die Dunkelheit. Den Zugang zu dem Seitentrakt zu finden, ist gar nicht so leicht, denn in dem von Ella viel gepriesenen Wellnessbereich war ich bisher noch nie. Als ich es endlich geschafft habe, sehe ich vom Eingang her, dass Henri schwer atmend am Beckenrand sitzt und auf das türkis leuchtende Wasser, in dem seine Beine baumeln, starrt. Er fährt sich mit beiden Händen übers Gesicht und dann durch die Haare. Wassertropfen glitzern auf seiner gebräunten Haut.

Zögerlich mache ich einen Schritt in den Raum hinein. Der Geruch nach Chlor schlägt mir entgegen. Ich passiere die gläserne Doppelflügeltür und bleibe schließlich abrupt stehen, als ich realisiere, dass sich das »Problem« in der Zwischenzeit von selbst erledigt hat. Einen Augenblick hadere ich erneut, was zu tun ist. Mein alkoholgeschwängertes Hirn arbeitet langsam – oder vielleicht ist es auch bloß Henris Anblick, der es lahmlegt. Eine Mischung aus beidem wäre allerdings auch denkbar, denn irgendwie habe ich nicht damit gerechnet, dass Henri so sportlich und muskulös ist – also noch sportlicher und muskulöser als aus der Ferne, meine ich. Es muss an der – durchaus angenehmen – Überraschung liegen, dass ich unfähig bin, meine Augen von ihm abzuwenden. Bisher war mir überhaupt nicht aufgefallen, wie breit seine Schultern sind. Er hat das v-förmige Kreuz eines Schwimmers, und sein Körper ist deutlich durchtrainierter, als man auf den ersten Blick vermuten würde.

Je länger ich ihn angaffe, umso dämlicher komme ich mir vor. Was habe ich mir bloß dabei gedacht, hier runterzugehen? Und was wollte ich ihm denn überhaupt sagen? Dass er rauskommen soll, weil diese exzessive Schwimmerei ihm nicht guttut?

Als mir klar wird, wie albern mein Vorhaben war, trete ich den geordneten Rückzug an – zumindest versuche ich es. Ich mache einen Schritt nach hinten, drehe mich um und pralle, kaum dass ich mich in Bewegung gesetzt habe, mit der Glastür zusammen.

Zum Glück war ich noch halb in der Drehung, und so breche ich mir wenigstens nicht die Nase. Weh tut es allerdings trotzdem, als Wange und Stirn mit dem Glas Bekanntschaft machen. Mir entfährt ein erschrockener Schrei. Ich taumle nach hinten, kämpfe mit den Tränen und merke erst, als er mich berührt, dass Henri mir zu Hilfe geeilt ist.

Eigentlich sah der Plan vor, dass ich ihm helfe, doch nun ist er es, der mich zu einer Liege führt und mir sagt, dass ich mich setzen soll.

Er hockt sich vor mich, greift nach meinem Kinn und wendet meinen Kopf vorsichtig, sodass er die Stelle begutachten kann. Behutsam betastet er mein pochendes Jochbein, allerdings nicht behutsam genug, weshalb ich scharf die Luft einsauge und dann meine Zähne zusammenbeiße.

»Gebrochen scheint nichts zu sein«, sagt er und fragt dann: »Geht es einigermaßen? Soll ich dir ein Kühlpack besorgen?«

»Schon okay!«, behaupte ich, versuche, mich zu erheben, schwanke jedoch so gewaltig, dass ich mich rasch wieder setze.

»Sicher, dass alles in Ordnung ist?«

»Ja«, stoße ich etwas atemlos hervor, als er mich kritisch mustert.

»Bist du etwa betrunken?«

Woher weiß er das? Benehme ich mich betrunken? »Was?

Nein!«, widerspreche ich und bin stolz auf meine akkurate Aussprache. Nicht einmal ein Hauch von Lallen ist zu hören ... zumindest glaube ich das.

»Okay, du *bist* betrunken!« Er rollt mit den Augen. »Sag bloß, du wolltest in diesem Zustand schwimmen gehen?«

»Ich habe gar keinen Badeanzug dabei!«

»Na, das wird ja immer besser! Betrunken und nackt ...« Meine Wangen röten sich bei der Vorstellung. »Also nicht dass ich etwas dagegen hätte. Meine Eltern vermutlich schon, aber du solltest das wirklich nicht tun, wenn du allein bist. Das ist gefährlich. Bei den meisten tödlichen Badeunfällen ist Alkohol im Spiel.« Offensichtlich ist er mit seiner Standpauke noch nicht fertig, denn er holt Luft, öffnet den Mund ...

»Ich kann gar nicht schwimmen!«, platze ich heraus. »Und ins Wasser kriegen mich keine zehn Pferde.«

Seine Augen verengen sich misstrauisch. »Und was wolltest du dann hier?«

»Ich ... ähhh, ich ...« Verfluchter Mist! Schnell! Denk dir was aus! »Ich habe mich verlaufen!«

»Verlaufen?«, echot er zweifelnd.

»Mmh!« Ich untermale den Laut mit einem Nicken, woraufhin mir ein »Autsch!« entfährt.

Sein Blick heftet sich auf mein Gesicht. »Wir müssen da Eis drauftun«, befindet er. »Sonst bekommst du noch eine Beule, und das Jochbein ...« Ängstlich betaste ich mein Gesicht, als er es nicht wagt, den Satz zu beenden. »Warte hier! Ich zieh mir nur kurz was über!«

Erleichtert atme ich auf, als er die Schwimmhalle verlässt. Puh! Das ist ja gerade noch mal gut gegangen, denn mal ehrlich: Was hätte ich Henri denn bitte schön sagen sollen? *Ich habe mir Sorgen um dich gemacht und wollte schauen, ob du okay bist?* Wohl kaum! Ich blicke ihm nach, wie er in einem angrenzenden Raum verschwindet. Als er kurz darauf zurückkehrt, trägt er eine Jogginghose und ein ausgewaschenes T-Shirt, das ich niemals im Schrank von Henri Chevallier vermutet hätte. Er reicht mir die Hand und hilft mir hoch.

»Vorsicht mit der Tür!«, ermahnt er mich, ehe er durch den geöffneten Flügel in den Gang hinaustritt, der die beiden Gebäudeteile miteinander verbindet.

»Haha! Was dagegen, wenn ich morgen drüber lache?«

»Wann immer du willst!« Er schaut über die Schulter zu mir, bleibt stehen und wartet, bis ich zu ihm aufgeschlossen habe. Schweigend gehen wir weiter, und kurz darauf stehen wir in der verlassenen Küche. Die Gerüche des Abendessens hängen noch immer in der Luft, überlagern den Hauch von Chlor, der von Henri ausgeht.

Er zieht einen Stuhl heran, bedeutet mir, mich zu setzen. »Nicht runterfallen!«, ermahnt er mich, wendet sich von mir ab und dem Kühlschrank zu. Statt einer frechen Antwort starre ich nur wie paralysiert auf seinen hübschen Hintern, während er nach dem Kühlpack sucht. Ich hoffe, er findet es nicht und bleibt ewig so stehen.

Leider wird mein wenig frommer Wunsch nicht erhört.

»Hab's!«, stößt er triumphierend hervor, was mir die Chance gibt, mich nicht beim Glotzen erwischen zu lassen.

Als Henri mir das Kühlpack reicht und unsere Finger sich berühren, erschauere ich unter dem Kribbeln, und das Ding gleitet mir prompt aus der Hand.

»Ja, ja, ich sehe schon, du bist so gar nicht betrunken«, lacht er. Er bückt sich, um es aufzuheben, spült es kurz unter fließendem Wasser ab, trocknet es mit einem Tuch und reicht es mir erneut. Das Kribbeln, als unsere Finger sich ein weiteres Mal streifen, ist auch jetzt deutlich spürbar, doch anders als beim ersten Mal bin ich nun darauf vorbereitet.

»Danke«, sage ich und drücke es auf die schmerzende Stelle.

»Das wird ein ziemliches Veilchen geben«, prophezeit Henri. Er schnappt sich einen Stuhl, dreht ihn herum und nimmt darauf Platz. Die Unterarme auf die Lehne gestützt, fragt er: »Ist es wahr, was du eben gesagt hast? Du kannst nicht schwimmen?«

Röte schießt mir in die Wangen. Mein Blick flüchtet vor seinem, huscht durch den Raum.

»Das muss dir doch nicht peinlich sein«, behauptet Henri.

»Klar!«, schnaube ich. »Ich bin zweiundzwanzig Jahre alt und kann nicht schwimmen. Jedes Kind kann schwimmen, nur ich nicht. Ich ...«

Er greift nach meiner freien Hand, die wild in der Luft herumfuchtelt, und fängt sie ein. »Das stimmt nicht. Viel zu viele Kinder in ganz Europa können nicht schwimmen, und sie werden zu Erwachsenen, die es nicht können. Nichtschwimmer zu sein ist keine Schande, Oxana.« Sein mitfühlender Blick sorgt dafür, dass es mir etwas besser geht.

»Ich komme mir nur so dumm vor, so als könnte ich etwas nicht, das eben jeder kann.« Er öffnet den Mund. »Ja, ich habe dir zugehört, und du hast gesagt, dass ich mit meinem Problem nicht allein dastehe, aber so fühlt es sich nun mal an.«

Er nickt verstehend. »Hat es dir denn mal jemand versucht beizubringen?«

Ich schüttle den Kopf, und vielleicht ist das sogar das eigentliche Problem. Meinen Eltern war es schlicht und ergreifend egal ... *ich* war ihnen egal. »Nicht jeder hat eine Familie wie du«, wispere ich. »Euch vorhin so miteinander zu sehen, das war ...« Ich verstumme, weil der Schmerz mich in diesem Moment zu überwältigen droht.

Bei uns gab es kein gemeinsames Baumschmücken, kein neckendes Geplänkel, kein Gesang, kein Gelächter und erst recht keine Liebe … Es gab bloß meine Eltern, die wie Hund und Katze waren, sich aber auch nicht voneinander lösen konnten, und mittendrin ich. Das ungewollte Nesthäkchen, der Klotz am Bein … Ein lästiger Unfall, mehr nicht.

Es bringt nichts zu weinen, und doch treten mir die Tränen in die Augen, als das Bedauern darüber, wie meine Kindheit verlaufen ist, übermächtig wird. Ich wünschte, ich könnte dieses Ärgernis auf mein pochendes Jochbein schieben, doch Tatsache ist, dass mich Henris warmherzige Familie mit der Erinnerung an meine eigene konfrontiert.

Während die Chevalliers ein Team sind, eines mit einer gemeinsamen Vision, bin ich eine Einzelkämpferin, weitestgehend auf mich gestellt.

»Was ist denn mit deiner Familie?«

Was soll ich darauf bloß erwidern? Dass ich bereits vor Jahren den Kontakt zu ihnen abgebrochen habe? Die meisten Menschen verstehen das nicht. Sie vermuten dann, dass ich ständig misshandelt wurde. Aber so war es nicht. Meistens arbeiteten meine betrunkenen Eltern sich aneinander ab, nur hin und wieder geriet ich ins Schussfeld. Der Grund, weshalb ich ging und nie mehr zurückschaute, war der, dass ich mir nicht mit ansehen wollte, wie sie sich zu Tode soffen. Als ich kleiner war, hatte ich noch die Hoffnung, sie könnten ihr Leben in den Griff kriegen. Ich dachte, ich könnte ihnen helfen. Also entlastete ich sie, wo es nur ging. Kümmerte mich um sie, doch irgendwann wurde mir klar, dass sie unrettbar verloren waren. Und als ich erkannte, dass nichts und niemand sie retten konnte, dass all meine Mühen umsonst waren, da beschloss ich, meinen Rucksack zu packen und mich lieber um mich selbst zu kümmern.

»Entschuldige, ich hätte nicht fragen sollen«, reißt Henris Stimme mich aus meinen Gedanken.

»Schon gut. Ich weiß nur nie, was ich sagen soll. Wenn ich Leuten erzähle, dass ich mit sechzehn von zu Hause abgehauen bin, dann denken sie immer, es wäre Gott weiß was vorgefallen … Aber so war es nicht. Ja, sie waren ständig betrunken und haben sich unentwegt gestritten, aber es hätte auch alles viel schlimmer sein können.«

»Es war immerhin so schlimm, dass du gegangen bist, oder?«

»Ich bin gegangen, weil ich erkannt habe, dass ich ihnen nicht helfen kann.« Traurig schüttle ich den Kopf. »Das zu akzeptieren war wirklich hart, aber Fakt ist: Man kann niemanden retten, der nicht gerettet werden möchte. Und glaub mir, ich habe es wirklich versucht.« Tränen treten mir in die Augen, denn obwohl ich weiß, dass es stimmt, obwohl mir klar ist, dass ich ihnen nicht helfen konnte, fühlt es sich an, als hätte ich versagt.

Henri, der noch immer meine Hand hält, drückt sie sanft. Sein Daumen streichelt über meinen Handrücken. Hin und her. Die gleichmäßige Bewegung wirkt beruhigend und löst ein warmes Gefühl in mir aus. Erstaunt blicke ich auf und in Henris Augen. Ella irrt sich. Er ist nicht kaputt. Ich weiß das, denn ich kenne den Ausdruck in den Augen von Menschen, die es wirklich sind. Menschen wie meinen Eltern. Ihre Augen waren tot, ihre Blicke gebrochen. Jetzt, hier, in diesem Moment, fühle ich mich so verstanden und angenommen wie noch nie in meinem Leben. Und sicher … ich fühle mich sicher.

Mein Verstand klinkt sich ein. Der Gin hatte ihn betäubt – alkoholgeschwängert ist er kaum zu gebrauchen –, doch jetzt packt er mich und erinnert mich nachdrücklich daran, dass all das, was ich gerade denke, was ich mir einbilde, absoluter Blödsinn ist.

»Ich … ich sollte jetzt lieber ins Bett gehen.« Ich entziehe Henri meine Hand. »Danke fürs Kühlpack und fürs Zuhören.«

»Nimm eine Aspirin, bevor du dich hinlegst«, rät er mir. »Und trink noch mal was … und damit meine ich keinen Alkohol.«

»Eigentlich trinke ich nicht viel«, rechtfertige ich mich. Tief in mir ist die Angst verwurzelt, so zu werden wie meine Eltern. »Das heute war eine Ausnahme.«

»Dann kannst du meinen weisen Rat ja gut gebrauchen. Glaub mir, ich kenne mich aus, und am besten wirkst du dem Kater jetzt schon entgegen.«

Obwohl ich weiß, dass ich ins Bett gehöre, fällt es mir schwer, aufzustehen und die Küche zu verlassen. *Bonne nuit!*«

»Ja, dir auch eine gute Nacht.«

Als ich kurz darauf in meinem Bett liege – nicht ohne zuvor Henris Tipps beherzigt zu haben –, bin ich in Gedanken bei ihm. *Was ich da eben gefühlt habe, hatte nichts zu bedeuten*, sage ich mir. Das Problem besteht jedoch darin, dass ich mich besser kenne und genau weiß, dass es sehr wohl etwas zu bedeuten hat, wenn ich auf einen Mann so reagiere.

Aber wer sagt denn, dass wirklich du so auf ihn reagiert hast?, beruhige ich mich. Vielleicht war es bloß der Gin, der Henri Chevallier plötzlich so ungemein anziehend fand. Alles gut möglich, doch Tatsache ist: Als ich schließlich in den Schlaf gleite, sehe ich Henris Gesicht vor mir.

»Aufstehen!«, trällert Ella und hüpft so schwungvoll auf mein Bett, dass mein Körper ein paar Zentimeter in die Luft katapultiert wird.

»Uff!« Der Laut, der mir entfährt, ist halb schmerzverzerrtes Stöhnen, halb Ausdruck der bleiernen Müdigkeit, die mir in Kopf und Knochen sitzt. Dem Fluchtinstinkt folgend, grabe ich mich tiefer in die kuschelige Decke und stecke mein Gesicht schutzsuchend in die rechte Armbeuge. »Ella…«, jammere ich und presse meine Augen zusammen, als ein »Wusch!« ertönt und es plötzlich hell wird. Gequält blinzelnd nehme ich wahr, wie Ella vor der Gaube steht, die schweren Vorhänge beiseitegeschoben hat und in den Garten hinausschaut. »Es hat geschneit!«, verkündet sie jauchzend, und ich will sie einfach nur erwürgen.

Dafür, dass sie mich gestern zum Trinken verleitet hat, dafür, dass sie offensichtlich nicht darunter leidet, und erst recht dafür, dass sie mein Leiden mit ihrer grässlichen guten Laune verschlimmert.

»Und nun raus aus den Federn!« Sie hält in der Bewegung inne, stutzt. »Was ist mit deinem Gesicht passiert?«

»Was meinst du?«

»Du hast ein blaues Auge!«

»Ich bin heute Nacht betrunken gegen die Badtür gelaufen«, erwidere ich jammernd und füge hinzu: »Und ich kann nicht aufstehen.«

»Kannst nicht oder willst nicht?«

»Kann nicht!«, wimmere ich und bedecke meine Augen mit meinem Unterarm.

»Sag bloß, du hast einen Kater?«, fragt Ella erstaunt, kommt zum Bett zurück und setzt sich auf die Kante. »Von dem bisschen?«

Aus einem Auge heraus wage ich sie anzusehen. »Ja, von dem bisschen!«, knurre ich und schiebe ein wehleidiges »Ich glaub, ich sterbe« hinterher. »Das ist kein Kater, sondern eine ausgewachsene Großkatze.«

»Na, wie gut, dass Henri sein berühmtes Katerfrühstück für uns gemacht hat, das sollte dir helfen, wieder auf die Beine zu kommen.«

»Dein Bruder hat *was*?«

»Uns Frühstück gemacht! Es ist gleich fertig, also steh endlich auf.« Sie zieht mir die Decke weg, und ich möchte sie gleich noch ein wenig mehr erwürgen als zwei Minuten zuvor.

»Ich dachte, du bist meine beste Freundin!«

»Ja, eben! Deshalb zwinge ich dich gerade zu deinem Glück. Nach dem Essen wirst du es mir danken.«

»Ich kann nicht mal an Essen denken, ohne dass mir schlecht wird«, nöle ich und drehe mich ächzend auf den Rücken. *Nie wieder*, schwöre ich mir, *werde ich so viel trinken.*

»Wenn du etwas im Magen hast, geht es dem auch besser.« Ella ruckelt an meiner Schulter. »Glaub mir, ich kenne mich damit aus.« Das hat Henri auch behauptet, und hat sein Rat genutzt? Nein, kein Stück. Ich fühle mich trotzdem schrecklich. Dieser Brummschädel und das flaue Gefühl im Magen sind eine wirklich böse Mischung.

Von unten ruft Henri, dass das Essen fertig sei, woraufhin ich mir die Ohren zuhalte. Ich fand seine Stimme noch nie so unerträglich wie in diesem Moment.

»Wir kommen!«, quäkt Ella zurück und löst damit ernsthafte Mordfantasien bei mir aus. Ich sollte ihr mit einem Kissen den Mund stopfen. Allein die Tatsache, dass ich mich dafür bewegen müsste, hält mich davon ab.

»Geh schon mal vor!«

»Nur wenn du auch wirklich nachkommst«, piesackt sie mich.

Diese gemeine Ader scheinen die Geschwister im Blut zu haben. Stöhnend richte ich mich auf, krabble auf allen vieren Richtung Bettkante und wanke dann, nachdem ich es geschafft habe, aus dem weichen Nest zu klettern, ins angrenzende Badezimmer.

Dort bekomme ich beim Blick in den Spiegel einen gewaltigen Schreck. Henri hatte recht! Auf meinem Jochbein prangt ein blauer Fleck – allerdings nichts, was man mit Make-up nicht kaschieren könnte.

Als ich eine Viertelstunde später den Weg nach unten wage, geht es mir bereits etwas besser. Ein Wunder, was eine heiße Dusche so alles bewirken kann. Mir wird etwas schwummrig, als ich das Esszimmer betrete und Henri von seinem Essen aufsieht und mir zulächelt. *Das sind nur die Nachwehen des Katers*, beruhige ich mich.

»Guten Morgen«, sagt er. »Magst du Rührei?«

Es duftet köstlich, und auch wenn ich dachte, dass ich keinen Bissen runterbekommen würde, läuft mir nun das Wasser im Mund zusammen. »Ja bitte.«

Henri nimmt meinen Teller und füllt ihn mit zwei großen Löffeln Ei. Während ich zu essen beginne, versuche ich, der Unterhaltung der Geschwister zu folgen. Wobei Unterhaltung ja einen Dialog beinhalten würde, doch eigentlich redet nur Ella. Sie berichtet Henri von den Ereignissen der letzten Nacht. Augenscheinlich hat sie das getan, was alle Betrunkenen, die an Liebeskummer leiden, zu tun pflegen: Sie hat Étienne angerufen, der sie für den Abend eingeladen hat, und nun hängt der Himmel vorerst voller Geigen. Mir ist klar, dass ich mich als gute Freundin mit Ella freuen sollte, doch ich stehe der Sache skeptisch gegenüber.

Allerdings stand ich ja auch dem Frühstück skeptisch gegenüber, was sich mit jedem Bissen, den ich zu mir nehme, mehr und mehr als falsch herausstellte. Nein, dafür gab es wirklich keinen triftigen Grund. Henris Rührei, verfeinert mit Speck und Tomaten, das warme Brot mit salziger Butter, Rillettes, Essiggurken und etwas von der Boudin noir sorgen dafür, dass es mir rasch besser geht. Ich weiß gar nicht, wie ich Henri danken soll. Innerlich hatte ich mich bereits damit abgefunden, dass der Tag gelaufen sei und ich ihn vor mich hin vegetierend im Bett verbringen würde. Nach dem wundervollen deftigen Frühstück fühle ich mich zwar immer noch nicht, als könnte ich Bäume ausreißen, doch als Ella mich fragt, ob ich mit ihr Weihnachtseinkäufe erledigen will, lasse ich mich überreden.

Während sie darauf besteht, sich für den Shoppingtrip umzuziehen, bleiben Henri und ich in der Küche zurück. »Und? Hat es geholfen?«, fragt er, nachdem Ella verschwunden ist und die Stille ungemütlich zu werden droht.

»Ja, sehr. Vielen Dank.«

»Wie gesagt, ich kenne mich aus.«

»Ja, du bist Experte. Ich erinnere mich.«

»Genau genommen habe ich während meiner Studienzeit in der Profiliga gespielt.« Er zwinkert mir zu, und ein warmes Gefühl durchströmt mich.

»Ach, nun weiß ich auch, wer das Vorurteil des feiernden Studenten geprägt hat.«

Er schüttelt lachend den Kopf. »Hey, es gab halt viele gute Noten zu feiern«, verteidigt er sich. »War eine abgefahrene Zeit, aber sie ist vorbei, und das Leben ist nun mal keine endlose Party.«

»Und das aus deinem Mund!«, pruste ich.

Ein amüsiertes Blitzen erhellt seine Augen. »Sag bloß, du liest die einschlägigen Klatschblätter.«

»Dafür braucht es keine Regenbogenpresse. Dein Ruf als Partylöwe ist derart legendär, dass jeder in Paris den Namen Henri Chevallier schon mal gehört hat.«

Was auch immer er über diese Aussage denkt, seine Miene ist vollkommen unbeteiligt. Stattdessen wechselt er das Thema, indem er sagt: »Hör mal, wegen gestern, ich habe mir da was überlegt.« Nervös zupfe ich an meinem Zopf, während ich ihn abwartend ansehe. Er hat sich etwas überlegt?

Was denn? Ein Teil von mir hofft, dass er mich auf ein Date einlädt, doch er wird enttäuscht, als Henri fragt: »Was hältst du von Schwimmunterricht?«.

»Schwimmunterricht? Ich glaube nicht, dass du das nötig hast. Du machst ja sogar Delfinen Konkurrenz.«

Henris überraschtes Lachen, hell und klar, erfüllt den Raum. Mein Herzschlag beschleunigt sich, während ich ihn lächelnd ansehe. Es dauert eine ganze Weile, bis er mit dem Zeigefinger auf mich deutet und japst: »Der war gut! Der war echt gut!« Und erst in diesem Moment begreife ich, was er gemeint hat. Röte schießt mir in die Wangen. Nein, natürlich braucht er keinen Schwimmunterricht. Es geht um mich.

»Ich kann jemanden fragen, ob er herkommt und dir Unterricht gibt, wenn du willst.«

Mein Herz schlägt mit einem Mal noch schneller. Allein die Vorstellung versetzt mich beinahe in Panik. Was Henri da vorschlägt, ist furchtbar. Es ist mein persönlicher Albtraum. Wasser und ich. Wir gehören nicht zusammen.

»Du musst nicht!«, rudert er zurück.

»Doch!« Die Blöße, als Feigling dazustehen, kann ich mir unmöglich geben.

»Sicher?« Ich presse meine bebenden Lippen aufeinander und nicke. »Okay, dann organisiere ich das. Gib mir deine Nummer, dann lasse ich dich wissen, wann die erste Stunde stattfindet.« Er zückt sein Handy und wartet darauf, dass ich ihm die Nummer nenne. Kurz darauf klingelt mein Handy, und ich speichere seine direkt ein.

»Danke.«

»Das ist ja wohl das Mindeste, nachdem ich dich zu Anfang so mies behandelt habe.«

»Du hast es doch spätestens mit dem Katerfrühstück wiedergutgemacht. Wo stecken eigentlich deine Eltern?«

Er seufzt. »Die sind bereits in der Firma. Wir stehen kurz davor, die neue Kollektion in die Produktion zu geben, daher geht es im Moment drunter und drüber. Eigentlich müsste ich auch arbeiten, aber für mich steht heute erst einmal ein Besuch im Krankenhaus auf dem Plan.«

Der übermäßige Alkoholkonsum hat augenscheinlich meine Filter außer Kraft gesetzt, denn ich frage völlig distanzlos: »Bist du krank?« Erst nachdem die Frage meine Lippen verlassen hat, wird mir klar, wie intim und indiskret sie ist, und dennoch muss ich es wissen – so dringend, dass ich sogar unwillkürlich den Atem anhalte, während ich auf Henris Antwort warte.

Schnaubend schüttelt er den Kopf. »Nein, aber ein Freund von mir, und ich besuche ihn.«

»Gut!«, platzt es aus mir heraus. »Also nicht gut für deinen Freund«, korrigiere ich mich. »Aber gut, dass du okay bist.« Meine Wangen müssen nun wirklich glutrot sein. Grundgütiger, ich bin doch sonst nicht so ein plapperndes Schaf.

Henri lächelt mich an. »Keine Sorge, ich bin okay.« Seine Stimme klingt kraftvoll, sein Lächeln sitzt wie festgemeißelt, und doch glaube ich ihm kein Wort, denn seine Augen leuchten nicht und sie haben auch nichts von der Entschlossenheit seines Tonfalls. Sein Blick kann im besten Fall als müde durchgehen, im schlimmsten als verzweifelt.

Ehe ich jedoch nachfragen kann, ob er sicher ist, kommt Ella zu uns. »Und? Bereit?«

»Ja«, behaupte ich, bevor mir einfällt, dass ich meine Handtasche von oben holen muss.

Als ich zurückkomme, muss Ella gerade Henris geschwisterlichen Spott über sich ergehen lassen, weil sie unbedingt in die Galeries Lafayette will.

»Da würden mich keine zehn Pferde reinkriegen – nicht zu der Jahreszeit.«

»Na wie gut, dass ich dich ohnehin nicht mitnehmen würde«, schießt Ella zurück. »*Au revoir!*«

Mit dem Taxi fahren wir in die Stadt, die vom plötzlichen Wintereinbruch unbeeindruckt zu sein scheint. Wir sind noch keine Viertelstunde unterwegs, da summt mein Handy. Ich hole es aus der Manteltasche und lese Henris Nachricht.

Vergiss nicht, dir einen Badeanzug zu kaufen. Morgen um zwölf Uhr geht es los.

Morgen schon? Puh! Egal! Ich werde keinen Rückzieher machen. Das zumindest sage ich mir wieder und wieder und selbst dann noch, als wir schließlich das edle Kaufhaus, das durch seine eindrucksvolle, einzigartige Architektur besticht, erreicht haben. Ich bin nicht zum ersten Mal hier, allerdings war ich es noch nie um die Weihnachtszeit, und einen Moment lang steht mir der Mund offen, als Ella und ich eines der ältesten Kaufhäuser von Paris betreten. Unter der Jugendstilkuppel schwebt ein gigantischer, prunkvoll dekorierter Weihnachtsbaum. Unzählige riesige Blumen schmücken ihn, während überdimensionale glitzernde Bienen um ihn herumschwirren. All die bunten Farben, die unzähligen Lichter, der Lärm der Menge, die Musik, all die Geräusche und Gerüche … Ich blinzle gegen die vielfältigen Eindrücke und den Kitsch an … Es ist viel zu bunt, viel zu laut und viel zu schrill.

»Bienen? An Weihnachten?«, frage ich Ella zweifelnd und beäuge das von der gläsernen Kuppel baumelnde Spektakel kritisch.

»Bienen sind wichtig fürs Ökosystem«, meint Ella achselzuckend und schaut sich suchend um. Bei all den vielen Kaufsüchtigen und diesem Pomp ist es nicht einfach, sich zurechtzufinden.

»Ja, klar sind sie das, aber an der Umsetzung ist mal rein gar nichts ökologisch.«

»Du bist ja ein echter Sonnenschein, wenn du verkatert bist.«

In bester Ella-Manier rolle ich mit den Augen, woraufhin sie sich bei mir unterhakt und mich in Richtung Aufzüge schleift.

»Wegen all diesem Weihnachtszirkus sieht man ja nicht mal was von der tollen Architektur.«

»Es ist doch bloß für ein paar Wochen im Jahr.«

»Eben! Dieser ganze Aufwand, und jedes Jahr gibt es ein neues Thema und neuen Schmuck. Das ist einfach nicht mehr zeitgemäß.«

Ella bleibt abrupt stehen und wendet sich zu mir um. »Du klingst genau wie Henri. Exakt das Gleiche hat er eben auch gesagt, als du oben warst, um deine Tasche zu holen.«

Die Erwähnung von Henris Namen löst ein freudiges Kribbeln in meinem Bauch aus. »Dein Bruder ist nun mal ein schlauer Mann«, entgegne ich und setze unseren Weg in Richtung der Fahrstühle fort.

Ella grummelt etwas, das ich nicht verstehe oder vielleicht auch gar nicht verstehen will. Wir kommen an den Läden von Cartier, Louis Vuitton, Dior vorbei, und während Ella wieder einmal in eine Art Kaufrausch verfällt und schon bald diverse Tüten mit den unterschiedlichsten Logos in verschiedenen Größen an ihrem Arm baumeln, halte ich mich an meine überschaubare Liste. Im French-Chic-Store finde ich einen schönen, aber sportlichen Badeanzug, den ich mir aufgrund meines bei Origami dazuverdienten Weihnachtsgelds ohne große Gewissensbisse leisten kann.

»Den? Echt? Schau dir mal diesen süßen Neckholder an«, meint Ella und hält einen niedlichen blauen Badeanzug mit weißen Tupfen in die Höhe.

Er ist wirklich hübsch, doch ich schüttle entschlossen den Kopf. »Nein, ich nehme den hier. Ich will ja schwimmen und keine Misswahl gewinnen.« Außerdem brauche ich bei meiner Oberweite mehr Halt, weshalb meine Wahl unweigerlich auf den smaragdgrünen Badeanzug mit dem schwarzen grafischen Muster und den breiten Trägern fällt.

»Ist ja nicht so, als würde er dir nicht stehen«, meint Ella, »aber der hier zeigt halt mehr von dem, was du obenrum hast.«

»Ohhh, da bin ich mir sicher. Spätestens nach dem ersten Kopfsprung zeigt er alles«, erwidere ich lachend. Nicht dass ich mir ernsthaft einbilde, so was nach ein paar Schwimmstunden zu können – ich denke, ich werde froh sein, wenn ich nicht untergehe.

Später finde ich noch einen schönen Bilderrahmen für die Zeichnung, die ich für Ellas Eltern angefertigt habe. Ich hatte ewig keine Idee, was ich Alain und Florence zu Weihnachten schenken sollte. Ich meine, was kauft man Menschen, die im Prinzip alles haben? Doch ich bin mir sicher, dass sie sich über das Geschwisterporträt von Ella und Henri freuen werden, und immerhin hatte ich dadurch etwas zu tun, als Ella die letzten Tage krank im Bett lag.

Nach dem Shoppingmarathon – denn das war es dank Ellas exzessiven Kaufverhaltens wirklich – nehme ich die Metro und fahre zu Origami ins Atelier, wo ich an Ellas Weihnachtsgeschenk weiterarbeiten will. Ella war so begeistert von einem meiner Entwürfe, den ich für Alicia gemacht habe, dass ich bereits in Plymouth beschlossen habe, dass sie dieses Kleid zu Weihnachten bekommt. Leider hinke ich mit der Umsetzung gewaltig hinterher. Jeden Abend habe ich zwei, drei Stunden im Atelier drangehängt, um es rechtzeitig bis Weihnachten fertig zu bekommen, doch wie immer wird die

249

Zeit knapp. In meinem Beruf ist das so, und ich sollte mich besser daran gewöhnen. Manchmal werden letzte Änderungen nur wenige Minuten vor den Shows vorgenommen, quasi auf den letzten Drücker. Obwohl an dem Kleid noch viel zu tun ist, hoffe ich, meine Arbeit heute Abend zu beenden. Ellas Verabredung mit ihrem Étienne kam mir daher gerade recht. Im Atelier herrscht trotz der späten Stunde noch reges Treiben, und auch das gehört zum Alltag im Modebusiness dazu.

»*Mon âme*«, begrüßt Origami mich, »wie schön dich wieder hier zu haben. Was für eine Überraschung. Wolltest du nicht erst am Montag reinschauen und das Kleid für deine Freundin fertig nähen?«

»Ja, aber da sie Pläne für heute Abend hat, dachte ich, der Zeitpunkt sei günstig.«

»Wie wunderbar, dass du da bist, dann kannst du mir bei einer wichtigen Entscheidung helfen.« Ich folge ihm in sein Büro, wo er mir einige Entwürfe zeigt und fragt, was ich davon halte. Es ist nicht das erste Mal, dass er mich um meine Meinung bittet.

»Mir gefällt der Kragen nicht«, lasse ich ihn wissen und deute auf das aufgebauschte Etwas, das an einen Schalkragen erinnert und dem Mantelkleid die Leichtigkeit und Eleganz nimmt. »Ich finde, der erdrückt das ganze Design. Er wirkt einfach so kompakt und massiv, dass ich ihn als Last empfinde. Vielleicht versuchst du es mal mit einem kleinen Stehkragen«, schlage ich vor und ernte ein anerkennendes Brummen.

»Da sitze ich den ganzen Tag an diesem Entwurf, und du wirfst einen Blick drauf und schon …«

»Einen frischen Blick. Manchmal sieht man ja den Wald vor lauter Bäumen nicht.«

»Oder ich werde langsam doch alt.« Er verzieht seinen

von Falten umrankten Mund zu einer Grimasse und reißt geschockt die Augen auf, woraufhin ich lachen muss.

»Du doch nicht!«, kichere ich, drücke ihm einen Kuss auf die Wange und mache mich an die Arbeit.

Obwohl es gestern spät geworden ist — es war fast Mitternacht, als das Taxi vor dem großen schmiedeeisernen Tor hielt, das die Einwohner der Villa de Madrid vom Rest der Welt trennt —, bin ich bereits in aller Frühe wach. Die Aufregung treibt ihr Unheil in meinen Eingeweiden. Sie ist dafür verantwortlich, dass ich vergangene Nacht mehrfach aufwachte und mit klopfendem Herzen schlaflos in der Dunkelheit lag. Schwimmunterricht! Was hat Henri sich dabei bloß gedacht, und warum war ich so dämlich und habe zugesagt?

Es ist neun, als ich es im Haus nicht mehr aushalte und in den angrenzenden Park gehe, um mir die Zeit zu vertreiben und mich abzulenken. Der Schnee — frisch und jungfräulich weiß — knirscht unter meinen Füßen. Obwohl das Schild am Eingangstor besagt, dass der Park erst ab zehn Uhr für Besucher offen steht, ist das Tor auf. Weit und breit ist niemand zu sehen, nur ein Paar Fußabdrücke im Schnee verraten, dass außer mir jemand hier ist. Bereits wenige Meter hinter dem Eingang biegt die Spur nach links auf einen schmalen Weg ab. Er führt eine Treppe hinauf und zu einem eindrucksvollen, in blassem Rot getünchten Gebäude. Ich allerdings folge dem breiten Weg hinein ins Herz des Parks. Die Winterluft tut mir gut, sie klärt das Chaos in meinem Kopf. Tiefer und tiefer dringe ich in den menschenleeren Park vor, überquere steinerne Brücken, betrachte gedankenverloren die verschiedenen architektonischen Sehenswürdigkeiten, für die die Parkanlage bekannt ist: griechische Tempel, Brunnen, aus denen nun, bei diesem frostigen Wetter, kein Wasser sprudelt... *Wasser.*

Der Gedanke an ein ganzes Becken davon löst sofort wieder eine Woge der Panik aus. Was, wenn ich es trotz des Trainers nicht hinbekomme? Was, wenn ich einfach zu dumm dafür bin? Doch es ist nicht nur die Angst vor dem Wasser, die mir zu schaffen macht, es ist auch die Angst davor, mich völlig vor Henri zu blamieren. Ich möchte nicht, dass er über mich lacht, weil ich mich blöd anstelle. Vermutlich wäre ich bloß halb so nervös, wenn er nicht dabei wäre. Er wird doch dabei sein, oder? Der Gedanke, dass er es nicht sein könnte, behagt mir auch nicht. Mürrisch schlinge ich den Mantel enger um meinen Körper, fege den Schnee von einer der zahlreichen Bänke und setze mich. Der Schnee, der über Nacht den Park in ein Winterwunderland verwandelt hat, ist vollkommen unberührt. Eigentlich ein wirklich herrlicher und seltener Anblick. Etwas, das man für die Nachwelt festhalten muss. Ich schieße ein Foto und schicke es in unseren Gruppenchat. Libby wird es um die Zeit noch nicht sehen, da sie noch schläft.

Wir haben Schnee!!!

Echt? Da wäre ich ja nie draufgekommen, schreibt Val zurück. **Wir hier im Taunus übrigens auch!**

Es folgt ein Foto von einer kleinen Pferdeherde, die auf einer schneebedeckten Weide steht und sich um einen Schneemann zusammengerottet hat. Ein Pferd ist gerade dabei, ihm die Möhrennase zu klauen. **Chester auf frischer Tat beim Mundraub ertappt.** Chester muss also das dreiste Pferd sein.

Selbst schuld, wenn du einen Schneemann auf ihrer Weide baust.

Hab ich gar nicht. Das waren die Kinder.

Am Stall, wo Val reiten geht, gibt es wohl jede Menge davon.

Ich habe bloß die Ponys rausgelassen. Aber Schneeengel habe ich gestern zusammen mit Jule gemacht.

Es folgt das Bild eines nahezu perfekten Schneeengels. Kopfschüttelnd lache ich in mich hinein. Das ist typisch Val. Manchmal wäre ich gerne wie sie. Sie ist so lustig und lebensfroh.

Und ich? Ich bin die, die immer alles geregelt bekommt. Die, die bis zum Umfallen arbeitet. Die Disziplinierte, die nicht loslassen und die Kontrolle abgeben kann und die sich fast in die Hose macht, wenn sie an den verdammten Schwimmunterricht denkt.

Warum kann ich mich nicht einfach mal in den Schnee schmeißen und einen Schneeengel machen?

Und warum, denke ich im nächsten Atemzug, *solltest du das nicht können?*

Ich stecke das Handy weg, schaue mich um, und als ich sehe, dass ich noch immer allein in dem kleinen Park bin, stehe ich auf. Zögerlich betrete ich die unberührte Schneefläche vor mir.

Das ist so albern!

Aber wer sagt denn, dass man immerzu ernst sein muss?

Ich straffe die Schultern, gebe mir einen Ruck und lege mich auf die zugeschneite Wiese. Mit ausgebreiteten Armen und gestreckten Beinen liege ich da und schaue in den grauen Himmel hinauf. Ich kann nicht glauben, dass ich das hier gerade tue. Was, wenn mich jemand sieht? Was, wenn...? Ich versuche, die hemmenden Gedanken abzuschütteln und zu genießen, was ich hier gerade tue, doch das Loslassen will mir einfach nicht gelingen.

Dabei habe ich es als Kind geliebt, Schneeengel zu machen. Natürlich war es doof, wenn der Schnee einem in den Kragen rutschte und es kalt wurde, doch wenn ich mit dem Rücken auf der Erde lag und meine Arme und Beine bewegte, war das toll. Während ich versuche, mich daran zu erinnern, was genau ich daran so gut fand, und dieses Gefühl zum Leben zu erwecken, krame ich die Kopfhörer heraus, stöpsele sie in mein Handy und wähle, weil es so schön passt, »Why so Serious« von Alice Merton aus.

Der Song geht mir direkt ins Blut. Ich ziehe die Beine an und zapple einen Moment lang mit geschlossenen Augen auf dem Boden rum. Wie war das früher? Was fand ich daran so toll?

Im Moment finde ich es bloß nass und kalt, und der ein oder andere spitze Stein, der sich mir außerdem in den Rücken bohrt, trägt definitiv nicht zu meinem Wohlbefinden bei.

Als Kind jedoch war es, als würde man auf einer weichen Wolke liegen. Wenn ich meine Arme und Beine bewegte, dann war es wirklich wie fliegen. Ich habe keinen Schneeengel gemacht. Ich war ein Schneeengel.

Gerade als ich meine Beine ausstrecke, wird es um mich herum merklich dunkler. Erschrocken reiße ich die Augen auf und erblicke Henri, der neben mir steht und auf mich herabblickt.

Mist! Was um Himmels willen macht er denn hier?

Sein Mund bewegt sich. Ich ziehe die Ohrstöpsel heraus. »Was hast du gesagt?«, piepse ich und möchte vor Scham im Boden versinken.

»Ich wollte wissen, was zur Hölle du da tust?«

Nur mit Müh und Not kann ich mich davon abhalten, peinlich berührt aufzuspringen. Mein Herz klopft wie wild. »Wie sieht es denn aus?«

»Wie ein Maikäfer, der einen epileptischen Anfall hat?«

»Also, nur zu deiner Info…«, sage ich so ruhig, dass mir

nicht anzumerken ist, dass ich wegen der albernen Aktion gerade in Grund und Boden versinken will. »... ich mache einen Schneeengel, oder zumindest habe ich das vor.«

»Einen Schneeengel?« Er sieht mich an, als wäre ich auf den Kopf gefallen. Mir könnte egal sein, was Henri von mir denkt – das sollte es auch –, doch dummerweise ist es nicht so. Zugeben würde ich das allerdings nie.

»Das macht Spaß!« Meine Behauptung, die ich im Brustton völliger Überzeugung ausgesprochen habe, beeindruckt ihn nicht im Geringsten.

»Okay, was dagegen, wenn ich mich hinsetze und dir beim Spaßhaben zuschaue?«

Ob ich was dagegen habe? Und ob! Ich mache mich doch hier nicht vor ihm zum Affen – nun ja, zumindest nicht mehr, als ich es bisher ohnehin schon getan habe. »Klar, kannst du dich dort drüben hinsetzen und mir zugucken, während ich Spaß habe, *oder* aber du legst dich zu mir, und wir haben gemeinsam Spaß.«

Erst als die Worte meine Lippen verlassen haben, wird mir klar, wie unglaublich zweideutig das klang. Als Henris Gelächter ertönt, schließe ich erneut meine Augen und wünsche mich an einen anderen Ort. Warum bin ich nicht in Plymouth geblieben? Und warum um alles in der Welt hüpfe ich mit beiden Beinen in jedes sich mir bietende Fettnäpfchen?

»Na, du gehst ja ran!«

»Haha!«, meine ich matt. Ich höre, wie sich seine Schritte entfernen, aber so leicht lasse ich ihn nicht davonkommen. »War klar, dass du kneifst.«

Henri bleibt stehen. »Dass ich kneife?«, echot er ungläubig.

»Ja, hab nichts anderes erwartet.« Ich beginne mit den Arm- und Beinbewegungen. Schnee rieselt in meinen Kragen und schmilzt in meinem Nacken. Igitt!

»Was meinst du damit?«, will er wissen. Seine Stimme ist nun näher, und ich weiß, ich habe ihn am Haken. Er hat den Köder geschluckt, und auch wenn er es noch nicht weiß und mich belächelt: Es wird nicht mehr lange dauern, da wird Henri Chevallier neben mir im Schnee auf dem Rücken liegen und ebenfalls einen Schneeengel machen.

Ich öffne träge die Augen und sehe aus gesenkten Lidern zu ihm hinüber. »Na ja, das ist doch wohl offensichtlich!«, schnaube ich und halte in meinen Bewegungen inne. »Jemand *wie du*, der macht so was hier nicht!«

Ja, soll er ruhig denken, dass ich ihn für einen verwöhnten Schnösel halte … dabei habe ich mittlerweile eigentlich keine Ahnung mehr, was ich überhaupt über ihn denken soll. Er ist so verdammt verwirrend.

»Jemand wie ich?«

»Hallo? Kannst du dir dich selbst vorstellen, wie du hier im Schnee liegst und einen Schneeengel machst? Bei aller Fantasie – ich kann es nicht!«

»Das sagt ja wohl mehr über deine Fantasie aus als über mich!«, schießt er zurück und zieht seine Nase kraus.

Niedlich!

»Das hättest du wohl gerne!«, lege ich nach. »Ich kann mir deine komplette Familie vorstellen, wie sie hier mit mir liegt und eine Armee aus Schneeengeln macht. Deine Schwester, deine Mutter und auch deinen Vater … von mir aus sogar im Anzug, aber dich … Nein! Keine Chance!«

Ich beiße mir auf die Lippen, um bei seinem entsetzten Gesichtsausdruck nicht laut loszulachen.

»Meinen Vater? Im Anzug? Beim Schneeengel machen?« Er verdreht die Augen. »Das ist albern!«

»Dass dein Vater hier im Schnee liegen und mit mir zusammen Spaß haben könnte?«

»Ist dir klar, wie das klingt?«

Ich richte meinen Blick gen Himmel und beginne wieder mit meinen Schneeengelbewegungen. »Du hast eine schmutzige Fantasie«, werfe ich ihm vor, obwohl ich natürlich genau weiß, wie es klang. Armer Henri! Aber es macht einfach Spaß, ihn aufzuziehen. »Aber okay, wenn du dir zu fein bist, um dich zu mir in den Schnee zu legen, dann …«

… setz dich doch hin, will ich hinzufügen, doch er unterbricht mich mit einem resoluten »Ach, was soll's!«

Am liebsten würde ich laut jubeln, als ich höre, wie Henris Körper jede Menge Schnee platt drückt. Unmöglich kann ich der Versuchung widerstehen zu gucken! Es muss ein Anblick für die Götter sein.

Und in der Tat: Henri liegt keine drei Meter von mir entfernt da, starrt in das winterliche Grau über uns und bewegt Arme und Beine so hastig, als gäbe es einen Preis für Schnelligkeit abzusahnen. Offensichtlich will er das Ganze so rasch wie möglich hinter sich bringen.

»Hey, du musst das genießen!«, ermahne ich ihn in einem Tonfall, als wäre ich die weltweit anerkannte Schneeengelexpertin und würde jeden Tag nichts anderes machen.

»Genießen? Es ist schweinekalt und nass!«, grummelt er.

»Hat dich das als Kind gestört?« Er schweigt. »Du hast doch als Kind Schneeengel gemacht, oder?«, hake ich nach.

Henri dreht langsam den Kopf. Er wirft mir einen vernichtenden Blick zu, atmet tief durch und beginnt damit, langsame und bedächtige Bewegungen zu machen, während ich aufstehe, aus meinem Schneeengel raushüpfe und mir eine neue Stelle suche. Genug Platz gibt es ja.

»Ich kann nicht glauben, dass ich das hier wirklich tue«, brummt er und bedeckt für einen Moment mit beiden Händen sein Gesicht.

»Ich auch nicht!«, gebe ich mich erstaunt, dabei habe ich ihn genau da, wo ich ihn von Anfang an haben wollte. »Aber für einen Anfänger stellst du dich gar nicht so dumm an.«

»Ich wünschte, ich wäre dir nicht nachgegangen.«

»Du bist mir nachgegangen?« Seine Worte verursachen mir weiche Knie – zum Glück kann ich mich hinlegen, ohne dass es Aufsehen erregt.

»Ja, als ich ankam, sah ich dich in den Park gehen und dachte, dass ein kleiner Spaziergang eine gute Idee wäre, um den Kopf frei zu bekommen.«

»Und? Hilft es?«

Ein freudloses Schnauben dringt zu mir herüber. Seine Arme und Beine flattern wieder schneller. »Nein, nicht wirklich. Mein Projekt ist die reinste Katastrophe. Ein echter Krimi. Wenn ich nicht der Sohn des Geschäftsführers wäre, hätte es mich vermutlich bereits meinen Job gekostet. Und dann ist da noch die Sache mit Michel, meinem Freund, der im Krankenhaus liegt ... lag«, verbessert er sich einen Moment später. Er klingt so niedergeschlagen, so mutlos, dass mir das Blut in den Adern weit unter null Grad sinkt und ich einfach fragen muss.

Ich richte mich auf. »Ist er ... ist er tot?«, hauche ich und sehe zu Henri, der sich auf die Ellbogen stützt und erwidert: »Nein, nein, das ... Nein. Er lebt. Er ... ach, er sollte einfach nur in der Klinik bleiben, aber dieser Idiot ...« Er verstummt, reibt sich mit der Rechten den Nacken. Schneeflocken fliegen in alle Richtungen davon. »Er hat Probleme, und er wäre dort besser aufgehoben. Ich musste die letzten beiden Tage oft daran denken, was du über deine Eltern gesagt hast: dass du irgendwann erkannt hast, dass du sie nicht retten kannst ... Die Sache ist nur, ich kann ihn nicht im Stich lassen.«

Seine Offenheit überrascht mich. Ich weiß nicht, was ich

auf das, was er mir gerade anvertraut hat, erwidern soll. Aber das muss ich gar nicht, denn Henri erhebt sich, verlässt mit einem gewaltigen Sprung seinen Schneeengel und lässt sich ein paar Meter weiter erneut in das kühle Nass sinken.

»Weißt du, was noch fehlt?«, fragt er, während er seine Arme und Beine ein- und ausklappt. Langsam, ganz so wie ich es ihm geraten habe.

»Keine Ahnung.«

»Dass es schneit. Ich habe das geliebt, wenn die Schneeflocken auf meiner rausgestreckten Zunge gelandet und geschmolzen sind.« Sein schwärmerischer, beinahe verträumter Tonfall bringt mich zum Lächeln. Ich wende meinen Kopf, sehe zu ihm hinüber. Mein Blick trifft seinen, und einen Moment verharren wir still im Schnee und sehen uns einfach nur an.

»Ja, das habe ich auch immer geliebt«, gestehe ich leise.

Danach liegen wir eine Weile schweigend nebeneinander und schauen in den Himmel.

»Meinst du, wir können einfach hier liegen bleiben und den Schwimmunterricht sausen lassen?«, frage ich in unser Schweigen hinein.

»War klar, dass du kneifst!« Er ahmt ganz offensichtlich meinen Wortlaut von vorhin nach, als ich behauptet habe, er wäre sich zu schade, um Schneeengel zu machen.

»Ich habe nicht vor zu kneifen.«

»Nicht? Denn es klang fast so«, neckt er mich. Mein Mund verzieht sich zu einer Schnute. »Ich verspreche dir, dass ich dich rette, falls es nötig ist.«

»Wie großzügig«, entgegen ich ironisch. »Aber ich weiß nicht, ob mich das wirklich beruhigt.«

»Etwas mehr Vertrauen bitte in meine Fähigkeiten, oder willst du mich kränken?«, fragt er gespielt empört.

»Oh, ich habe vollstes Vertrauen in deine Fähigkeiten. Daran liegt es nicht. Du schwimmst wie ein Fisch.« Mein Kompliment lässt ihn erstrahlen. »Ich zweifle eher an deinem Charakter. Ich meine, immerhin wolltest du mich vor rund einer Woche noch hochkant aus dem Haus werfen«, erinnere ich ihn.

»Ja, schon«, räumt er ein. »*Aber* das war vor einer Woche! Glaub mir, bei mir bist du sicher.«

Sosehr ich unsere Neckereien auch genieße, mit einem Mal werde ich ernst. »Ist es schlimm, wenn ich trotzdem Angst habe?«

Er schüttelt den Kopf. »Nein, das ist es nicht. Hilft es dir, wenn ich sage, dass du überall im Becken stehen kannst?«

»Ist mein Kopf dabei unter Wasser?«

»Haha! Echt witzig! Natürlich nicht. Das Wasser dürfte dir bis hier …« Er hält seine Hand auf Höhe seines Solarplexus. »… gehen.« Seine Worte und das aufmunternde Lächeln, mit dem er mich bedenkt, wärmen mich, sie legen sich schützend um mein banges Herz.

»Ja, das hilft in der Tat.«

»Hey, Oxy, vielen Dank für das hier. Du hattest recht, das hat echt Spaß gemacht.«

»Finde ich auch!«, stimme ich ihm zu und setze mich auf. Er tut es mir gleich und sieht mich an. Ein zufriedenes Lächeln umspielt Henris Lippen. Ich weiß, dass es echt ist, denn seine Augen leuchten wie flüssiges Gold. Genau wie auf dem alten Foto, das Ella immer bei sich trägt.

Einen Moment lang sitzen wir im Schnee und grinsen einander an. Dann steht Henri schwungvoll auf, marschiert zu mir rüber und reicht mir die Hand. Ohne zu zögern, ergreife ich sie und lasse mir von ihm auf die Füße helfen.

»Lass uns zurück ins Haus gehen. Wenn der Rest von

dir so kalt ist wie deine Hände, dann ...« Er lässt den Satz unvollendet.

»Keine Sorge. Ich komme aus Russland. Das hier«, meine ich spöttisch, »ist nicht wirklich kalt.«

»Deine eisigen Finger sind da anderer Meinung«, widerspricht er, und wahrhaftig sind meine eisigen Finger dankbar, als Henri mir eine Viertelstunde später in der Küche eine Tasse mit heißer Schokolade reicht.

»Das ist der beste Kakao, den ich je getrunken habe!«, seufze ich nach dem ersten Schluck. Süß ist er und cremig. Einfach göttlich!

Henri grinst schief. »Danke!« Er mustert mich. »Du hast da etwas Schokolade ...«

Ich wische mir mit dem Handrücken über den Mund. »Weg?«

Er schüttelt den Kopf, streckt die Hand aus. Sein Daumen streift über meine Oberlippe, während seine anderen Finger mein Kinn und meinen Hals streifen. Die Berührung elektrisiert mich. Mir stockt der Atem.

»Raus mit der Wahrheit«, stoße ich hervor. »Was ist dein Geheimnis?« Unsicherheit flackert in seinem Blick auf, oder vielleicht habe ich mir das auch nur eingebildet, denn so schnell, wie der Ausdruck in seinen Augen erschienen ist, so schnell ist er auch wieder verschwunden. »Sahne? Echte Schokolade?«

»Beides. Und Zucker. Unmengen an Zucker. Das Ganze ist die reinste Kalorienbombe.«

»Egal, es schmeckt fantastisch! Ella hat in Plymouth schon von deinen Kochkünsten geschwärmt. Ehrlich gesagt konnte ich mir das gar nicht so recht vorstellen, aber wie es aussieht, hatte sie recht.«

»Apropos Ella, hast du was von ihr gehört?«

Ich zücke mein Handy und werfe einen Blick in unseren Chat. »Ja, sie geht um elf mit Étienne frühstücken und hat gefragt, ob ich Lust habe mitzukommen. Ich antworte ihr rasch, dass ich andere Pläne habe.«

»Wenn du es vermeiden kannst, dann sag ihr bitte nicht, dass diese Pläne mich beinhalten, sonst muss ich mir wieder einen endlos langen Monolog darüber reindrücken lassen, dass ich bloß meine Finger bei mir behalten soll.«

»Kein Problem«, entgegne ich.

»Danke. Das weiß ich wirklich zu schätzen.«

»Ich bin auch nicht scharf darauf, mir anzuhören, dass ich bloß vorsichtig sein soll, weil du so ein Bad Boy bist.« Da ist er wieder, der säuerliche Gesichtsausdruck, bei dem er so niedlich die Nase krauszieht. »Abgesehen davon weiß sie nicht, dass ich nicht schwimmen kann.«

»Das ist dir echt unangenehm, oder? Warum hast du es dann mir erzählt?«

Ich blicke vom Display auf. »Du dachtest, ich will nackt baden. Das war mir ehrlich gesagt noch unangenehmer.«

Henri grinst amüsiert. »Und? Hast du an den Badeanzug gedacht, oder steht heute doch das nackte Badevergnügen auf dem Plan?«

»Das hättest du wohl gerne.«

Er zuckt mit den Schultern, und in meinem Bauch herrscht mit einem Mal wieder ein reges Kribbeln, ganz so, als hätte dort jemand plötzlich eine Million Ameisen ausgesetzt. »Ich würde auch nicht hingucken.«

»Bei deinem tadellosen Ruf hätte ich mir darum auch nie Sorgen gemacht.«

»Ja, ich bin der reinste Gentleman.«

»Weißt du überhaupt, was das ist oder wie man das schreibt?«

Er schmollt so niedlich, dass mir ein Kichern entfährt. »Dir mache ich nie wieder Kakao«, grummelt er und nippt an seinem. Über die Ränder der Tassen hinweg feixen wir uns an. Wer hätte gedacht, dass man mit Henri Chevallier, den ich bis vor einer Woche noch für einen gemeinen Kotzbrocken hielt, so viel Spaß haben kann.

9

Henri

Als Oxana rund eineinhalb Stunden später die Schwimmhalle betritt, steht ihr die Aufregung ins Gesicht geschrieben. Während sie sich Hugo und mir zögerlich nähert, betrachte ich sie. Das blonde Haar hat sie zu einem Zopf geflochten, ihre Wangen glühen, und sie trägt einen Badeanzug mit hohem Beinschnitt, der so verdammt sexy an ihr aussieht, dass ich für einen Augenblick vergesse, dass es sich nicht gehört, Frauen auf die Art anzuglotzen, wie ich sie gerade anglotze. Ich weiß wirklich nicht, wo ich zuerst hinschauen soll. Dabei ist der Badeanzug an sich nicht mal aufreizend. Es ist ein ganz normaler sportlicher Einteiler, und dennoch kann ich mich an dem Anblick nicht sattsehen.

Sie kommt zu mir und Hugo herüber. Als sie uns erreicht hat, lege ich ihr die Hand auf den unteren Rücken und stelle ihr Hugo vor. Er ist größer als ich und breiter. Anders als ich sitzt er so gut wie nie am Schreibtisch, sondern verdient seinen Lebensunterhalt als Personal Trainer. Unzählige Tattoos schmücken seine muskulöse Brust, und ich bin mir nicht sicher, ob der Grund für Oxanas zittriges »Hi!« seine Gegenwart oder die bevorstehende Schwimmstunde ist. »Ich ... ich bin Oxana.«

Er streckt ihr seine Hand entgegen. »Mann, Henri, du hättest mich echt vorwarnen müssen. Ich hatte ja keine Ahnung, dass ich heute einem Model Unterricht geben würde.«

Echt jetzt, Alter?, denke ich und würde am liebsten genervt die Augen verdrehen. Zum Glück kichert Oxana bei seinem plumpen Kompliment nicht los oder errötet oder so einen Scheiß.

»Tut mir leid, dich enttäuschen zu müssen«, sagt sie stattdessen leichthin, »aber ich bin kein Model, sondern bloß eine Freundin von Ella.« Sie wendet sich an mich. »Soll ich vorher duschen?«

»Das wäre gut. Die Dusche ist da drüben.« Ich deute auf die rechte der beiden Türen. Die andere führt in den Fitnessraum.

Hugo starrt Oxana derart fasziniert hinterher, dass ich, nachdem sie aus dem Poolbereich verschwunden ist, zu ihm sage: »Kannst du bitte aufhören, sie zu blickficken? Das wirkt nicht sehr professionell.«

»Sorry, Mann, ich… Puh! Aber sie ist echt scharf. Ich meine…«

Wem sagt er das? Und dennoch ermahne ich ihn: »Reiß dich zusammen, okay?«

»Ist sie deine Freundin?«

Ich versuche, nicht allzu säuerlich zu klingen, als ich erwidere: »Nein!«

»Arbeitest du dran?«

»Nein! Noch mal: Sie ist eine sehr gute Freundin von Ella.«

»Ella darf also mit deinen Freunden schlafen, aber du nicht mit ihren Freundinnen, ja? Kommt mir nicht sehr fair vor.«

»Ich will gar nicht mit ihr schlafen.«

Dass Hugo in diesem Moment nicht lauthals zu lachen anfängt, ist auch schon alles. »Wenn du sie siehst«, er deutet auf die Tür, durch die Oxy verschwunden ist, »denkst du nicht an Sex mit ihr? Alter, sind dir über Nacht die Nüsse abgefault?«

Blödmann! Und nein, in der Tat denke ich nicht zuerst an Sex mit ihr, wenn ich sie sehe. Nicht dass ich es nicht schon getan hätte, aber... Ich atme einmal tief durch. »Benimm dich! Ich will nicht bereuen, dich gefragt zu haben, ob du dich um sie kümmern kannst.«

»Und ob ich mich um sie kümmern kann«, feixt Hugo, woraufhin ich ihn am Arm packe und sage: »Hey, ich meine es ernst. Lass die Finger von ihr.«

»Alter, das war ein Witz, du kennst mich doch.« Ja, ich kenne ihn. Er redet, ohne vorher drüber nachzudenken, ist nur am Flirten und die reinste Tratschtante. Allerdings ist er auch ein verdammt guter Trainer. Er weiß wirklich, was er tut, und seine Redseligkeit hat auch seine Vorteile, wie ich feststelle, als Oxana sich wieder zu uns gesellt.

»Okay, dann bringen wir dir mal Schwimmen bei«, sagt Hugo und schenkt ihr ein zuversichtliches Lächeln, das nicht ins Rutschen gerät, als sie ihn mit den Worten »Du meinst, du wirst es versuchen« korrigiert.

»Versuchen ist etwas für Amateure.« Er grinst noch breiter, woraufhin auch Oxana lächeln muss. »Am Ende der Stunde kannst du die ersten Züge allein schwimmen. Glaub mir! Und jetzt komm mit. Wir wollen schließlich keine Zeit verlieren.«

Er geht zum Beckenrand. Oxana zögert. Sie steht dicht neben mir. Ich beuge mich zu ihr, überbrücke auch die letzte Distanz zwischen uns und flüstere in ihr Ohr: »Denk dran. Du kannst überall im Becken stehen.«

Dankbar sieht sie mich an, ehe sie Hugo folgt. Ich mache es mir auf einer der zahlreichen Liegen bequem und beobachte das Geschehen vom Rand aus. Wie heißt es so schön: Zu viele

Köche verderben den Brei. Auch in diesem Fall dürfte das gelten, und wofür habe ich schließlich einen Profi engagiert.

Oxana hat die Leiter erreicht, zögert jedoch, sie hinabzusteigen. Einen Moment lang sieht sie aus, als würde sie einen Rückzieher machen. Dann huscht ihr Blick zu mir. Ich lächle ihr aufmunternd zu, während ich beide Daumen in die Höhe recke. Gequält lächelt sie zurück. An ihrer Haltung erkenne ich, wie angespannt sie ist und auch wie viel Überwindung es sie kostet, Hugo schließlich in den Pool zu folgen. Vermutlich wäre sie jetzt überall lieber als hier an diesem Ort, doch während Oxana Todesängste aussteht, kann ich meinen Blick nicht von ihren traumhaft langen Beinen abwenden.

»Sehr gut«, lobt Hugo sie, als sie schließlich vor ihm im Wasser steht. Er händigt ihr ein Schwimmbrett aus. »Wir fangen ganz langsam an«, behauptet er und verlangt dann von ihr, dass sie sich mit dem Brett in den Händen vom Rand abstößt und durchs Wasser gleitet. Ich hoffe, dass Oxana nicht an seinen Ambitionen scheitert, und kurz kommen mir Zweifel, ob er wirklich der Richtige ist, um sie zu unterrichten. Normalerweise hat er es ja mit Menschen wie mir zu tun, die jemanden brauchen, der sie in Wettkampfform bringt und an den richtigen Stellschrauben dreht, um noch mehr herauszuholen. Keine Ahnung, wann er das letzte Mal eine komplette Anfängerin unterrichtet hat.

Hugo macht ihr vor, wie es aussehen soll, kehrt zu Oxana zurück und fordert sie auf, es ihm gleichzutun. Unwillkürlich halte ich den Atem an und hoffe, dass sie es schafft.

»Ich bin ganz dicht bei dir. Hab keine Angst«, spricht Hugo ihr Mut zu und platziert sich neben ihr. Seite an Seite führen sie die Übung durch, und meine Bedenken erweisen sich als völlig unbegründet. Oxana nimmt jede seiner Aufforderungen ehrgeizig an, und Hugo hat nicht zu viel versprochen. Am

Ende der Stunde kann sie wirklich bereits fünf Züge am Stück ohne Hilfe machen.

»Gib's zu, du bist zur Hälfte Meerjungfrau!«, meint Hugo, als Oxana wieder sicheren Halt unter den Füßen hat, und entlockt ihr damit ein befreites Lachen.

»Möglich«, meint sie errötend.

Ich gehe ihr entgegen, als sie strahlend die Poolleiter hinaufsteigt, und reiche ihr ein Handtuch. »Du warst toll!« Einem Impuls folgend, schließe ich sie in die Arme. Ein schwerer Fehler, wie sich herausstellt, denn als sie ihren nassen Körper gegen meinen drückt, wird mir ganz anders. Ihre Haut auf meiner fühlt sich so verdammt gut an. Von wegen über Nacht abgefaulte Nüsse…

Als sie sich dann auch noch streckt, mir einen Kuss auf die Wange haucht und sagt: »Tausend Dank dafür, dass du das organisiert hast«, wird der Wunsch, ihr Gesicht mit meinen Händen zu umschließen und sie zu küssen, beinahe übermächtig.

Mit einem »Brrrr, bist du kalt« schiebe ich Oxy von mir und bringe etwas Abstand zwischen uns. »Besser, du springst schnell unter die heiße Dusche, nicht dass du dich erkältest.«

»Gute Idee. Bin gleich wieder da.«

»Lass dir ruhig Zeit! Bademäntel sind im Regal. Nimm dir, was du brauchst!«, rufe ich ihr nach, als sie in Richtung Dusche davontapert. Selbst in das dicke, flauschige Frotteetuch gehüllt, sieht sie heiß aus. So heiß, dass ich gar nicht bemerkt habe, dass Hugo ebenfalls aus dem Wasser gekommen ist und sich neben mich gestellt hat.

»Warum darfst du sie blickficken und ich nicht?«, erkundigt er sich, kaum dass die Tür hinter Oxy ins Schloss gefallen ist.

Ich wende mich zu ihm um. »Weil ich dich dafür bezahle, dass du es nicht tust.«

Er seufzt herzzerreißend. »Die Tragik meines Lebens! Krieg ich dann wenigstens auch ein Handtuch, wenn ich schon meine Finger von dem Mädchen lassen soll?«

»Schau mal in deiner Tasche nach, da ist sicherlich eins drin.«

Ich deute in Richtung der Liege, wo seine Sporttasche steht. Schnaubend trottet er davon. »Der Service hier war auch schon mal besser.«

»Du mich auch«, murre ich gespielt verdrießlich, während Hugo mir bloß gut gelaunt zuzwinkert.

»Ja, gutes Personal ist so schwer zu finden«, scherzt er, denn er ist im Laufe der vergangenen Jahre weit mehr als bloß mein Trainer geworden. Kein enger Freund wie Michel oder Étienne, sondern ein Kumpel. Einer, mit dem man Spaß haben kann, dem man jedoch mit Sicherheit nicht alles erzählen will.

Wem erzählst du denn bitte schön alles?, meldet sich eine leise Stimme in meinem Kopf zu Wort.

Ich ignoriere sie und frage: »Wann wollen wir weitermachen? Morgen?«

Er nickt. »Lass mich gleich mal wegen der Uhrzeit gucken.«

Oxana kommt in einen Bademantel gehüllt zurück. »Vielen Dank, Hugo, das war wirklich toll.«

»Du hast dich echt wacker geschlagen. Wie schaut es aus? Ist dir morgen um fünfzehn Uhr recht?«

Unsicher blickt Oxana zu mir. »Von mir aus passt das«, lasse ich sie wissen.

»Sicher? Denn ich will dich nicht von der Arbeit abhalten.«

»Das Schöne an meinem Job ist, dass ich ihn von überall aus erledigen kann, aber wenn du lieber mit Hugo allein sein willst, dann …«

»Nein!«, platzt es aus ihr heraus. Der Widerspruch kommt ihr so energisch über die Lippen, dass sich prompt ein zufriedenes Lächeln auf meine stiehlt. »Du hast gesagt, du springst rein und rettest mich, wenn ich untergehen sollte«, erinnert sie mich.

»Ja, und ich bin sicher, er hat auch nichts dagegen, Mund-zu-Mund-Beatmung bei dir anzuwenden«, wirft Hugo ein, woraufhin ich ihm am liebsten den Finger zeigen würde. Idiot! »Also natürlich nur, wenn es sein müsste, und nicht, weil er dich gerne küssen würde.«

»Hast du nicht noch einen Termin oder so was?«, grolle ich, und dieses Mal finde ich das Ganze nicht lustig. Hugo weiß echt nicht, wann er besser den Mund halten sollte.

»Doch, jetzt wo du es sagst. Ich zieh mich rasch an. Wir sehen uns morgen, kleine Meerjungfrau.« Er hebt die Hand zum Abschied, dreht sich um und marschiert auf die Tür zu, aus der Oxana gerade erst gekommen ist.

Ich öffne den Mund, will sagen, dass es mir leidtut, was Hugo eben gesagt hat, doch Oxana kommt mir zuvor. »Seltsamer Vogel«, befindet sie stirnrunzelnd.

»Er ist kein schlechter Kerl«, nehme ich ihn in Schutz. »Seine Zunge hat bloß ein Eigenleben, und sein Hirn wurde ohne Filter geliefert.«

»Das erklärt einiges«, murmelt sie und sieht zu mir auf. Ihre hellblauen Augen leuchten noch immer. Ich kann quasi hören, wie die Endorphine durch ihre Adern rauschen. Sie sieht glücklich und erleichtert aus. Ihre rosigen Wangen, die vollen erdbeerroten Lippen … Ich muss wirklich an mich halten, um sie nicht zu küssen. »Ich gehe dann mal hoch und ziehe mich um«, lässt sie mich just in dem Augenblick wissen, in dem ich glaube, ihren hübschen Mund nicht länger ungeküsst lassen zu können.

Um ihr nicht wie der letzte Trottel hinterherzugaffen, setze ich mich auf die Liege und werfe einen Blick in meinen Mailaccount. Obwohl Sonntag ist, hat sich einiges angehäuft. Den Rest des Tages werde ich ordentlich zu tun haben, doch erst einmal werde ich Hugo zur Schnecke machen.

»Sorry, Mann«, nuschelt er, als er merkt, dass ich seinen blöden Spruch echt nicht lustig fand. »Aber hör mal, ich sehe doch, wie du die Kleine anschaust und wie allergisch du reagiert hast, als ich es getan habe, also wenn du meinen Rat hören willst…« Nein, will ich nicht. »Ganz gleich ob sie eine Freundin von Ella ist…«

»Sie ist nicht nur eine Freundin, sondern Ellas Mitbewohnerin.«

»Mitbewohnerin?«, fragt er erstaunt. »Hey, ich sage ja nicht, dass das kein gefährliches Gewässer ist, aber ich finde, deine kleine Schwester sollte dir nicht sagen dürfen, was du zu tun oder zu lassen hast.«

Hugo mag vielleicht viel reden, wenn der Tag lang ist, und sicherlich ist da auch viel Unsinn dabei, doch in diesem Punkt hat er recht… Zumindest findet das ein Teil von mir. Es ist allerdings der Teil, dessentwegen es in meiner Hose beim bloßen Gedanken an Oxana verdammt eng wird, und der ist bekanntlich nicht gerade der klügste Ratgeber.

Ich verabschiede mich von Hugo und atme erleichtert auf, als ich die Tür hinter ihm geschlossen habe. Von oben höre ich das monotone Summen eines Föhns. Der Wunsch hinaufzugehen und sie zu verführen ist so mächtig, dass ich ihm kaum widerstehen kann. *Reiß dich zusammen, Mann*, sage ich mir, doch so einfach ist es nicht. Denn dem Gedanken, dass ich einfach nach Hause gehen oder Michel besuchen sollte, folgt der, dass es unhöflich wäre zu gehen, ohne mich von Oxy zu verabschieden. Was bedeutet, dass ich doch hochgehen muss… Da ich mir aber selbst nicht über den Weg traue, beschließe ich zu warten, bis sie runterkommt.

Es vergehen rund zwanzig Minuten, bis ich ihre Schritte auf der Treppe höre. Inzwischen habe ich mir den Laptop aus dem Auto geholt und es mir mit einem Kaffee auf dem Sofa bequem gemacht.

Erleichtert stelle ich fest, dass ein Haarband den unliebsamen Pony aus ihrem Gesicht verbannt hat. Allerdings sieht sie – trotz dickem Wollpulli und Jeans – noch genauso verführerisch aus wie eben in dem engen Einteiler.

»Hast du noch mal was von Ella gehört?«, frage ich sie, nur um etwas zu sagen.

»Nein, aber du musst nicht hierbleiben und den Babysitter spielen, wenn du andere Pläne hast. Ich kann mich auch ganz gut selbst beschäftigen.«

»So war es nicht gemeint, aber wenn du mich loswerden willst, dann …«

»Nein«, unterbricht sie mich hastig. »Es … es ist ja dein Haus.«

»Das Haus meiner Eltern«, korrigiere ich sie, und dann sage ich etwas, das ich noch nie vor irgendwem zugegeben habe: »Es ist verdammt groß, wenn man hier allein ist.«

»Warst du das denn oft?«, erkundigt sie sich überrascht.

»Nicht als Kind. Da hatte ich eine Kinderfrau und Ella, und es gab ja auch noch die Haushälterin und die Köchin. Aber später, als Teenager, da fand ich diese Leere manchmal ziemlich erdrückend. Magst du einen Kaffee?«

Oxy nickt und folgt mir in die Küche. »Stimmt es, dass ihr eine Benimmlehrerin hattet?«

»Ja, Madame Bernard.« Ein Blick in Oxys Gesicht verrät mir, dass Ella nicht mit intimen Details gegeizt hat. »Ich nehme an, meine Schwester« – bei Gelegenheit werde ich ihr den Hals umdrehen – »hat dir alles über Madame Bernard erzählt, nicht wahr? Verbuch es unter Jugendsünden.«

»Es stimmt also?«, platzt es aus ihr heraus. »Ich dachte, sie hätte das bloß erfunden, damit wir die Finger von dir lassen.«

»Wie du siehst, hat der Benimmunterricht nicht viel gebracht. Ella geht trotzdem mit Dingen hausieren, die sie besser für sich behalten sollte.« Ich betätige die Kaffeemaschine. »Ich meine, jeder hat doch seine Vergangenheit, oder nicht? Und wir waren schließlich beide erwachsen. Ella stellt sie immer als alte Frau dar, aber so war es nicht. Sie war Mitte dreißig, und unter diesen biederen Röcken …« Ich verstumme achselzuckend. Was rechtfertige ich mich hier eigentlich? Ist Hugos Plapperitis vielleicht ansteckend? Wenn ja, ist das wohl der Grund, weshalb mein Mund auch weiterhin nicht stillsteht. »Was ich sagen wollte, war, dass sie ganz gut aussah und auch sonst nicht so war, wie Ella sie immer darstellt. Ella war bloß eine verzogene Vierzehnjährige, die gegen alles und jeden rebelliert hat. So, nun kennst du meine Version der Geschichte.« Ich reiche Oxy die Tasse, und wir gehen zurück ins Wohnzimmer.

»Die klingt zumindest sehr viel weniger anstößig als Ellas.«

»Ja, und entgegen anderslautender Gerüchte hat sie uns bloß beim Rumknutschen erwischt.«

»Du musst dich nicht rechtfertigen.«

»Ich weiß, aber …«

»Aber?«

Ja, wenn ich das bloß wüsste. Ich will nicht, dass sie schlecht von mir denkt oder sich abgestoßen fühlt. Mit einem Mal wird mir überdeutlich bewusst, dass sogar noch viel mehr dahintersteckt. Mir liegt wirklich etwas daran, dass sie mich mag. Erschreckend!

Die nächsten drei Stunden habe ich Zeit, mich mit dieser neu gewonnenen Erkenntnis anzufreunden, während wir uns auf Prime durch *Carnival Row* suchten. Die Serie geizt nicht mit heißen Sexszenen, doch es ist viel spannender, Oxana beim Zuschauen zu beobachten, als sie sich selbst anzusehen.

Ella hat sich inzwischen bei Oxana gemeldet und gefragt, ob es okay sei, wenn sie noch ein wenig bei Étienne bliebe. »Natürlich ist es das. Ich bin froh, dass ihr euch wieder vertragen habt«, erwiderte Oxy. Vertragen? Es gab ja nicht mal einen Streit, aber wenn es wieder gut zwischen Ella und Étienne läuft, soll mir das recht sein.

Gegen achtzehn Uhr kommen meine Eltern aus der Firma zurück. Es reicht nicht mal wirklich für Small Talk, weil sie spät dran sind. Sie machen sich rasch fertig und brechen dann zum Abendessen bei Étiennes Eltern auf.

»Abendessen klingt doch gut«, sage ich, nachdem sie das Haus wieder verlassen haben. »Soll ich uns was kochen?«

»Du kannst doch jetzt nicht ernsthaft eine Pause machen wollen.« Oxys Augen sind weit aufgerissen. Wir stecken mitten in der vierten Folge. Gerade haben sich Vignette und Philo zufällig auf der Row getroffen. Oxana deutet auf den Fernseher. »Das ist so traurig. Ich meine, sie lieben sich doch. Warum können sie nicht einfach zusammen sein?«

Weil es nicht geht, will ich erwidern, doch Oxy würde es nicht verstehen. Aber ich verstehe Philo. Mir ist absolut klar, warum er sich verloren fühlt, denn mir geht es ebenso. Auch ich lebe in zwei Welten, und ja, es wäre schrecklich selbstsüchtig, jemand anderes mit meinem Leben zu belasten.

»Oh mein Gott!«, entfährt es Oxana, als wir rund eine Stunde später im Esszimmer sitzen und das Abendessen genießen. »Das ist so gut. An dir ist wirklich ein Meisterkoch verloren gegangen.« Begleitet wird die Beteuerung von einem genüsslichen Stöhnen, bei dem sie die Augen schließt.

Es gibt Schweinefiletmedaillons in Senfsoße, Kartoffelgratin und Ratatouille. Ehrlich gesagt habe ich bloß zusammengewürfelt, was ich im Kühlschrank gefunden habe.

»An Weihnachten werde ich übrigens auch kochen, und genau jetzt hast du die Chance, den Koch zu beeinflussen. Nur den Nachtisch, den hat Ella bereits geblockt.«

»Und was hat sie sich gewünscht? Nein, warte, ich weiß es. Crème brûlée. Habe ich recht?«

»Hast du. Du kennst sie inzwischen echt gut.« Oxy grinst triumphierend. »Und? Was wären deine Wünsche?«

»Keine Wünsche. Ich vertraue dir vollkommen.«

»Seit wann? Heute Morgen klang das noch ganz anders.«

»Das war heute Morgen!«

Ich nicke, als würde ihre Erklärung wirklich Sinn machen.

»Und da wusste ich ja auch noch nicht, wie gut du kochst.«

»Also, bin ich durch meine Kochkünste vertrauenswürdig geworden, ja?«

»Zumindest in diesem Bereich.«

Mit erhobenem Zeigefinger frage ich: »Nur damit ich das richtig verstehe: Du vertraust mir vollkommen, aber nur wenn es ums Kochen geht, ja?«

»Ist doch immerhin ein Anfang«, meint sie und schiebt sich eine Gabel mit Gratin in den Mund.

»Wie läuft denn so ein Weihnachtsfest im Hause Chevallier ab?«, fragt Oxy, während wir zusammen in der Küche stehen. Ich spüle, und sie trocknet ab.

»Wie meinst du das?«

»Was ziehe ich an? Gehen wir in die Kirche? Singen wir? Was ist mit den Geschenken? Und dem Essen? Wie …?«

»Entspann dich!«, unterbreche ich sie. »Du bekommst ja noch Schnappatmung, wenn du so weitermachst.«

»Ella hat mich gar nicht aufgeklärt.«

»Aufgeklärt?«

Oxy verdreht ihre wunderschönen blauen Augen. »Ernsthaft?«

»Ja, ernsthaft!«

Ich grinse sie spitzbübisch an. Als ich jedoch an dem bekümmerten Ausdruck in ihren Augen sehe, dass sie das Thema wirklich beschäftigt, greife ich nach ihrer Hand und drehe mich zu ihr um. »Hey, du machst dir zu viele Gedanken. Es wird toll. Klar singen wir bescheuerte Weihnachtslieder – du hast uns doch beim Christbaumschmücken erlebt –, aber du musst nicht mitsingen, wenn du nicht willst. In die Kirche gehen wir auch nicht – außer du willst es, dann sorge ich dafür...«

»Nein!« Energisch schüttelt sie den Kopf.

»Okay!« Ich hebe abwehrend die Hände. »Hab's kapiert! Keine Kirche!«

»Es ist nicht so, als ob ich was gegen die Kirche hätte. Ich fühle mich da bloß nie sonderlich wohl.« Ich nicke verstehend. »Und was ziehe ich an?«, will sie wissen.

»Irgendwas, in dem du dich wohlfühlst«, schlage ich vor. »Es ist ganz ungezwungen, also mach dich nicht wegen deines Outfits verrückt. *Réveillon*, das traditionelle Festtagsessen an Heiligabend, gibt es ab neunzehn Uhr, und im Anschluss folgt dann, anders als bei anderen Familien hierzulande, bereits die Bescherung.«

»Die ist doch normalerweise am Fünfundzwanzigsten, oder?«

»Ja, das stimmt, aber wegen der Arbeit haben meine Eltern es immer schon auf den Abend des Vierundzwanzigsten gelegt. Das war für sie entspannter, und uns Kindern war das damals ganz recht... da mussten wir dann nie so lange warten und hatten unsere Geschenke schon vor all unseren Freunden.«

»Haben eure Eltern schon immer so viel gearbeitet?«

»Sie haben French Chic zusammen gegründet und aufgebaut. Es ist ihr Lebenstraum. Ich finde es bewundernswert, dass sie eine Firma dieser Größenordnung quasi aus dem Nichts erschaffen haben. Ich meine, klar, manchmal war das schon hart, aber wie sagt man so schön: Von nichts kommt nichts.«

»Hört sich an, als wäre es für dich und Ella nicht immer einfach gewesen.«

Ich reiche Oxy die letzte Pfanne und lasse dann das schmutzige Spülwasser ab. »Für Ella war es schwerer. Sie ist ... na ja, du kennst sie ja.«

»Ein Freigeist?«

»Schon.«

»Wie passt da Étienne rein?«

Schulterzuckend erwidere ich: »Da fragst du den Falschen. Ich liebe sie beide, aber wirklich zusammen passen sie nicht. Ella ...« Ich runzle die Stirn, weiß nicht, wie ich es sagen soll, ohne dass Oxy es in den falschen Hals bekommt. »... seit ich denken kann, tanzt sie aus der Reihe. Hättest du mich vor einem halben Jahr gefragt, was ich mir wünsche, dann hätte ich dir gesagt, dass ich will, dass sie endlich erwachsen wird und sich ihrer Verantwortung stellt. Ich wollte sie als Chefdesignerin von French Chic sehen.«

Unerwarteterweise greift nun Oxana nach meiner Hand. Sie ist runzlig vom Spülwasser, doch das scheint sie nicht zu stören. »Und das willst du jetzt nicht mehr?«

Sie schaut zu mir auf. Dieser Blick geht mir durch und durch. Es ist, als könnte sie sehen, wer ich wirklich bin, und nicht, wer ich vorgebe zu sein. Ich entziehe ihr meine Hand, schnappe mir das Spültuch, das sie neben sich abgelegt hat, und beginne damit, die Arbeitsplatte abzuwischen.

»Nein«, beantworte ich kopfschüttelnd ihre Frage, »ich will einfach nur, dass sie so glücklich bleibt, wie sie es mit euch in Plymouth ist. Ich war gegen diese Flucht nach England, musst du wissen. Ich war sicher, dass sie einen Fehler macht, aber jetzt …« Ich verstumme, hänge das Handtuch weg und drehe mich zu Oxana um. »Ich glaube, sie hatte großes Glück, euch kennenzulernen.« Was ich eigentlich sagen will, ist »dich kennenzulernen«, doch das wäre verfänglicher – womöglich käme ich in die Verlegenheit zu erklären, warum ich das so sehe. Und was sollte ich dann sagen? Ich verstehe es ja selbst nicht. Als wir uns vor einer Woche in dieser Küche gegenüberstanden, da wollte ich einfach nur, dass sie verschwindet. Sie denkt vielleicht, ich wäre gemein zu ihr gewesen, aber ich habe mich sogar noch zusammengerissen. Sie hat keine Ahnung, wie kurz davor ich war, ihr zu sagen, sie solle sich verpissen und zurück unter den Stein krabbeln, unter dem sie hervorgekrochen kam. Also, wie kann es sein, dass ich ihre Gegenwart nun als großes Glück empfinde? Und wie ist es möglich, dass ich nach allem, was passiert ist, zu diesem Gefühl überhaupt noch fähig bin?

10

Oxana

Willkommen in der Bilderbuchfamilie, denke ich, als ich am Heiligabend neben Ella die Treppe hinunterkomme. Das hier ist wie ein Traum – wobei, wenn man es genau nimmt, waren bereits die vergangenen beiden Tage traumhaft.

Wegen des Schwimmunterrichts und unserer neu entdeckten Leidenschaft für *Carnival Row* haben Henri und ich viel Zeit miteinander verbracht. Auch wenn Ella mich noch einmal eindringlich davor gewarnt hat, Henris Charme zu verfallen, ist sie doch ganz froh darüber, dass wir uns so gut verstehen und sie ohne Gewissensbisse Zeit mit ihrem Étienne verbringen kann.

Ich weiß nicht, was sie dazu sagen würde, wenn sie wüsste, dass ich Henri den ganzen Tag über in der Küche Gesellschaft geleistet und mit ihm gekocht habe. Außerdem bin ich sicher, ihr würde es missfallen, wie oft sich unsere Körper dabei wie zufällig berührt haben – ganz so, als würde zwischen ihnen eine unsichtbare Verbindung herrschen, die sie wieder und wieder zueinanderzieht. Noch weniger dürfte sie davon halten, dass aus dem kaum spürbaren Kribbeln in meinem Bauch, das ich vor rund einer Woche noch in seiner Gegenwart verspürte, nun ein regelrechter Sturm geworden ist. Ein Sturm in Orkanstärke.

Auch jetzt schlägt mein Herz mir bis zum Hals, als er mit einem großen Tablett aus der Küche ins Wohnzimmer kommt und es auf dem niedrigen Sofatisch abstellt. Fünf goldgeränderte Champagnerschalen stehen neben einer mit Canapés und Oliven gefüllten Porzellanplatte auf dem Servierbrett.

Henri verteilt den Aperitif, und als er mir mein Glas reicht, sieht er mir tief in die Augen.

»Zuerst einmal *Joyeux Noël*, meine Lieben«, eröffnet Alain den festlichen Abend.

Ella stibitzt sich eine Olive vom Vorspeisenteller und verspeist sie genüsslich, was ihr einen vorwurfsvollen Blick ihres Vaters einbringt. Sie ignoriert ihn und schnappt sich eine zweite. Ich presse die Lippen zusammen, um nicht breit zu grinsen. Henri hat recht: Sie ist wirklich eine kleine Rebellin.

»Auch wenn Ella offensichtlich schon am Verhungern ist...« Sein strafender Blick trifft sie erneut. »...will ich die Gelegenheit nutzen, euch zu sagen, wie schön es ist, dass ihr alle da seid.«

»Ja, das ist wirklich wunderbar!«, pflichtet Florence ihm bei. Arm in Arm stehen Ellas und Henris Eltern zusammen. Der Blick, den sie wechseln, ist liebevoll, und mir wird ein wenig schwer ums Herz, als ich unwillkürlich wieder an meine eigene Familie denken muss, in der es so etwas nicht gab.

Auch nach all den Jahren sind die Weihnachtsfeiertage besonders hart für mich. Ich sollte bei ihnen sein, sollte mit ihnen dieses Fest feiern... das wäre richtig. Aber da alles in meiner Familie so falsch ist, wäre auch das falsch, und so stehe ich hier, hebe mein Glas, als die Chevalliers ihre Gläser heben, und bin dankbar, dass sie mich aufgenommen haben.

»Danke, Henri, für deine Mühe.«

»Bedank dich lieber erst, wenn es dir geschmeckt hat, Maman.«

»Was du kochst, *mon soleil*, schmeckt mir immer.« Sie wendet sich Ella zu. »Schön, dass du dich von meinem zukünftigen Schwiegersohn losreißen konntest und hier bist, Ella, *ma belle*.« Dann bin ich an der Reihe. »Dein Kleid sieht übrigens ganz bezaubernd aus, liebe Oxana. Ist das auch von Origami?« Sie mustert mich mit den aufmerksamen Augen einer Modekundigen.

»Äh, nein, es ist von mir«, gestehe ich, woraufhin sie anerkennend die Augenbraue hebt.

»Es ist wunderschön! Ich mag diese strengen Flügelärmel und auch, dass es vorn so hochgeschlossen ist.«

»Dafür ist der Rückenausschnitt ein echter Hingucker«, vermeldet Henri, der leicht versetzt hinter mir steht.

»Darf ich mal schauen?«

»*Maman!*«, ermahnt Ella sie. »Es ist Heiligabend.« In ihrem schwarzen Langarmshirt mit Spitzenkragen und Ausschnitt sowie der schwarzen Paperbag-Pant sieht sie wie immer lässig aus, weshalb ich mir in meinem Kleid fast overdressed vorkomme.

»Ja, aber meine berufliche Neugier kennt keine Feiertage.« Ella rollt mit den Augen.

»Lass sie«, beruhigt Alain seine Tochter und legt ihr einen Arm um die Schulter, mit der anderen Hand hält er ihr die Vorspeisenplatte unter die Nase. Ein wenig subtiler Bestechungsversuch, doch er funktioniert.

»Also nur, wenn es dir recht ist, *ma chère*«, sagt Florence zu mir. Statt einer Antwort drehe ich mich und präsentiere Florence den eckigen Rückenausschnitt, der unterhalb der Schulterblätter endet. »Du hast recht, Henri, ein echter Hingucker.«

Er nickt, als sie das sagt, und ein Lächeln umspielt seine Mundwinkel, während es sich anfühlt, als würden seine Augen mich streicheln. *Lass das*, ermahne ich ihn im Stillen, denn wenn Ella mitbekommt, wie er mich ansieht und was das mit mir macht, dürfen wir beide uns auf eine Standpauke gefasst machen.

»Danke«, murmle ich verlegen, und ich weiß nicht, ob es Florence' Lob ist oder Henris durchdringender Blick, der mir das Gefühl gibt, nackt vor ihm zu stehen. Mit zittrigen Fingern streiche ich über den roten Seidencady meines Wickelrocks. »Ihr Outfit gefällt mir aber auch sehr gut«, lasse ich Florence wissen, als ich mich wieder zu ihr umdrehe. Ich spüre, wie Henri dichter an mich herantritt. Seine Präsenz hinter mir jagt mir einen Schauer über den Rücken. Es fällt mir schwer, mich zu konzentrieren, nein, es fällt mir schwer, auch nur zu atmen.

»Mein Geburtstagsgeschenk von Ella«, meint sie und sieht ihre Tochter liebevoll an. »Ich liebe das Kleid sehr.«

Sie trägt ein wadenlanges gemustertes Plisseekleid mit kleinem V-Ausschnitt und halblangen weiten Ärmeln. Kontur bekommt das Ganze durch einen Taillengürtel.

»Können wir endlich aufhören, über die Arbeit zu reden?«, fragt Ella.

»Wir sprechen nicht über die Arbeit, sondern über Mode!«

»Und wo, Maman, ist da in dieser Familie der Unterschied?«

Florence Chevallier seufzt schicksalsergeben. »Du hast ja recht«, stimmt sie ihrer Tochter zerknirscht zu.

Was den Verlauf des Abends betrifft, hat Henri nicht zu viel versprochen. Nachdem Ella und ihre Mutter sich darauf geeinigt haben, berufliche Themen zu vermeiden, verstreichen die nächsten Stunden entspannt. Ein Gang köstlicher als der andere wird aufgetischt. Sieben sind es, und mir wird klar, wo das Sprichwort »Leben wie Gott in Frankreich« seinen Ursprung haben muss.

Es ist perfekt! Die ganze Familie ist es, und auch wenn ich Ella und Henri ein Elternhaus wie dieses von Herzen gönne, so ist der Abend für mich auch immer wieder bittersüß. Ich genieße die Atmosphäre, genieße die netten Unterhaltungen und das tolle Essen und frage mich dennoch, wie mein Leben wohl verlaufen wäre, wenn ich in so einem fürsorglichen Umfeld aufgewachsen wäre.

Nach der Käseplatte folgt das Dessert. Neben der Crème brûlée hat Ella auch noch einen Bûche de Noël besorgt. Doch Ella wäre nicht Ella, wenn der Baumkuchen nicht von dem bekannten Pariser Patissier Sébastien Gaudard stammen und einem kleinen Kunstwerk ähneln würde. Er sieht wirklich aus wie ein halber Baumstamm mit all den Schokoraspeln, die ihn bedecken. Aus Marzipan sind Stechpalmenblätter und kleine Beeren geformt, Pilze und eine schneebedeckte kleine Tanne runden das mit Puderzucker bestäubte Gesamtbild ab.

Alain legt Holz im Kamin nach, bevor es ans Verteilen der Geschenke geht. Nachdem ich Henri am Sonntag erstmals beim Kochen erlebt habe, habe ich ihm noch schnell eine Schürze mit dem Spruch *Natürlich führe ich Selbstgespräche beim Kochen. Es geht schließlich nichts über kompetente Beratung* gekauft. Als er sie auspackt und anzieht, ist das Gelächter groß – scheinbar kennen alle seinen Spleen, geschäftig vor sich hin zu brabbeln, während er in der Küche steht. Da mir das jedoch, nach allem, was Henri für mich getan hat, zu wenig erschien, habe ich auch noch eine Zeichnung von Ella für ihn angefertigt, und für diese einen schönen Perlmuttrahmen besorgt, damit er sie in seiner Wohnung oder im Büro hinstellen kann.

Von ihm bekomme ich ein elegantes Paar gefütterte Lederhandschuhe. »Damit du nicht wieder so kalte Hände bekommst, wenn wir das nächste Mal Schneeengel machen«, raunt er mir zu, doch ich bezweifle, dass mir kalt sein könnte, wenn er mich dabei auf die gleiche Weise ansehen würde, wie er es im Moment tut. »Ich habe noch ein anderes Geschenk für dich, aber das gebe ich dir lieber später, wenn wir allein sind«, verspricht er geheimnisvoll. Tausend Gedanken wirbeln durch meinen Kopf, denn seien wir ehrlich: Irgendwie klingt das Ganze sehr zweideutig – oder vielleicht möchte ich ja einfach nur, dass es zweideutig klingt. Zumindest *könnte* es zweideutig klingen … Ehe ich jedoch dazu komme, ihn zu fragen, ertönt plötzlich ein hingerissenes Quietschen von Ella.

»Oh. Mein. Gott!« Sie hält die Kreation, die ich für sie genäht habe, mit ausgestreckten Armen von sich, um sie zu begutachten. Ihr Blick schwenkt von ihrem Geschenk zu mir. Auf den ersten Blick wirkt es wie ein schlichtes schwarzes Maxikleid mit Wasserfallausschnitt. Der Clou ist jedoch, dass dieser Stoff auch als Kapuze genutzt werden kann. Dann liegt der eigentliche, sehr tiefe Ausschnitt frei, was unglaublich sexy aussieht. Die Wandlung von der eleganten Abendrobe zum straßentauglichen Outfit dauert bloß Sekunden.

In Ellas Augen funkeln Tränen. »Es ist so schön!«, haucht sie hingerissen, legt es behutsam über die Lehne eines Sessels und kommt zu mir, um mich in die Arme zu schließen. »Du bist doch echt verrückt! Wann hast du das denn gemacht?«, will sie wissen.

Ich zucke mit den Schultern. »Hier und da. Halt immer, wenn ich mal ein wenig Zeit hatte.«

Sie seufzt verzückt und drückt mich noch einmal an sich. Ich freue mich wahnsinnig darüber, dass sie sich so freut.

»Ich habe auch was für dich, aber das ist nicht selbst gemacht und …«, beginnt sie, doch da höre ich, wie jemand scharf die Luft einzieht. Es klingt erschrocken.

Gleichzeitig drehen wir uns zu Florence um, die die Hand aufs Herz gepresst hat und auf die gerahmte Zeichnung in ihren Händen starrt. Ihr Kinn beginnt zu zittern.

»*Maman!*« Henris Miene spiegelt seine Besorgnis wider. Er ist mit zwei schnellen Schritten bei ihr, setzt sich neben sie aufs Sofa und legt den Arm um ihre Schultern. Alain tut es ihm von der anderen Seite gleich.

»Ich … ich brauche ein Taschentuch«, schnieft Florence, als die Tränen zu kullern beginnen.

»Hole ich dir«, sagt Ella mit bestürzter Miene und verlässt das Wohnzimmer. Ich sehe ihr nach, als sie zur Garderobe eilt.

»Es tut mir leid«, presse ich unsicher hervor und frage mich, warum meine Zeichnung eine so heftige Reaktion bei ihr auslöst.

»Das muss es nicht«, beruhigt mich Alain. »Es ist ein wunderschönes Bild.«

Henri redet leise auf seine Mutter ein. Er hält ihre Hand, drückt sie. Ella kehrt zurück, reicht ihrer Mutter die Packung mit Tempos und besieht sich dann den Auslöser für das ganze Desaster. Sie legt ihre Hand auf die Schulter ihrer Mutter. Ein wehmütiger Ausdruck liegt auf ihrem Gesicht.

Florence trocknet die Tränen durch sanftes Tupfen. »Entschuldige bitte, *ma chère*.« Wie um mich zu beruhigen, sagt sie: »Du hast nichts falsch gemacht.«

Wirklich? Denn so sieht es nicht aus.

Als könnte sie meine Skepsis spüren, fügt sie hinzu: »Wie Alain sagte: Es ist ein wunderschönes Bild. Nur …« Sie verstummt, sieht beinahe ängstlich zu Henri, der ihre Hand hebt und sie zu seinem Mund führt.

Was nur?, möchte ich am liebsten fragen. Warum benehmen sich alle mit einem Mal so sonderbar? Warum …?

»Nur habe ich meinen Sohn seit einer Ewigkeit nicht mehr so sehen dürfen, wie du ihn gezeichnet hast.«

Henris Körper verspannt sich für den Bruchteil einer Sekunde. Es ist, als hätte seine Mutter ihn geschlagen, ohne ihn zu berühren. Er löst den Augenkontakt mit ihr, heftet seinen Blick auf den Boden. Florence legt ihre Hand auf sein Knie.

»Henri, *mon soleil*, du weißt, wie dankbar ich dafür bin, dass wir hier zusammensitzen dürfen. Wie dankbar ich jeden Tag aufs Neue bin, dass du noch unter uns weilst.« *Noch unter uns weilst…* Verwirrt schaue ich zu Ella. Diese hat allerdings nur Augen für ihre Mutter und ihren Bruder. Florence hebt die Hand, berührt Henris Wange, streichelt sie… »Aber du bist nicht mehr derselbe. Es bricht mir das Herz zu sehen, was aus meinem fröhlichen, immer gut gelaunten Jungen geworden ist. Du warst einmal mein Sonnenschein.« Ihre Stimme zittert, droht zu kippen, doch irgendwie gelingt es ihr, die Tränen, die darin mitschwingen, im Zaum zu halten. »Glaub nicht, dass ich den Kampf, den du täglich führst, nicht sehe. Wir alle sehen, wie sehr du dich anstrengst, dich um Normalität bemühst…«

Henri dreht seinen Kopf, sieht mich an. *Geh!*, flehen seine Augen. Und weil ich nicht will, dass er leidet, komme ich seinem Wunsch nach und verlasse leise das Zimmer.

Etwa eine halbe Stunde später klopft es an meiner Zimmertür. Ich stehe vom Bett auf, öffne und sehe mich Henri gegenüber. Mein Herz fliegt ihm zu, als ich den gebrochenen Ausdruck in seinen Augen bemerke. Er sieht furchtbar aus.

»Darf ich reinkommen?«

Ich nicke, schließe die Tür hinter ihm, und als ich mich zu ihm umdrehe, gelingt es mir nicht, die Kontrolle zu bewahren. Ich weiß nicht, ob er das überhaupt will, aber ich

kann nicht anders. Noch während ich mich auf ihn zube-
wege, öffnet er die Arme. Ich werfe mich förmlich hinein,
schiebe meine Arme unter seinen Achseln hindurch, schmiege
meinen Kopf gegen seine muskulöse Brust und suche Halt an
seinen breiten Schultern. Dass er mich fest an sich zieht und
mich umfängt, als würde er mich nie wieder loslassen wollen,
zerstreut auch die letzten Zweifel.

»Es tut mir leid!«, wispere ich. »Ich wollte euch das Weihnachtsfest nicht ruinieren.«

»Hast du nicht«, behauptet er, doch wie könnte ich ihm
nach Florence' Zusammenbruch glauben. Eine gute Intuition
liegt scheinbar in der Familie, denn Henri nimmt mein Gesicht in beide Hände und sagt: »Das Ganze hat nichts mit dir
zu tun. Ich ...« Sein markiges Schlucken wird von der Bewegung seines Adamsapfels begleitet. »Ich schätze, ich schulde
dir eine Erklärung.« Er sagt es in einem Tonfall, der mir durch
und durch geht.

Meine rechte Hand legt sich von selbst an seine Wange.
»Gar nichts schuldest du mir«, beteuere ich, auch wenn mich
die Sorge um ihn beinahe umbringt und gefühlt eine Million
Fragen durch meinen Kopf pflügen. *Was ist Henri zugestoßen?*
Welchen Kampf trägt er täglich aus? Inwiefern hat er sich verän-
dert? Ellas Worte, dass er völlig kaputt sei, sind mit einem Mal
wieder in meinem Kopf. Ich wünschte, ich könnte etwas tun.
Etwas sagen, das ihm hilft, oder ...

Henri löst sich von mir, geht zu der Gaube hinüber und
setzt sich dorthin, wo ich am Freitagabend nach dem Baumschmücken saß. Ich folge ihm, nehme ihm gegenüber Platz.
Er atmet tief durch, und ich sehe, dass – was auch immer
er meint, mir sagen zu müssen – ihn schrecklich viel Überwindung kostet. Seine Hände finden meine. Sie sind eiskalt.
Meine Daumen streicheln über seinen Handrücken. Er starrt

auf die Gliedmaßen, die einander umklammern, hinab, sammelt sich.

»Du musst wirklich nicht«, beginne ich, als ich sehe, dass er sich zwingen muss und dass es ihm wehtut. Er entzieht mir seine Hände. Mit zusammengepressten Kiefern steht er auf und zückt sein Portemonnaie. Er holt etwas daraus hervor und reicht es mir.

Es ist ein Ticket, eine Eintrittskarte… Erst denke ich, es ist das Geschenk, von dem er gesprochen hat. Das, welches er mir geben wollte, wenn wir allein sind, doch dann fällt mir auf, wie alt und geschunden das Papier in meinen Fingern ist.

Le Bataclan

50, Boulevard Voltaire

75011 PARIS

NOUS PRODUCTIONS PRESENTE

EAGLES OF DEATH METAL

VENDREDI 13 NOVEMBRE 2015 À 19H30

PRIX TTC: 30,70€

Mein Blick huscht von dem Billett in meinen Händen zu ihm. Grundgütiger, er war da! Am Tag der Anschläge von Paris war er dort. Er bestätigt das, was ich gerade erkannt, was ich mir zusammengereimt habe, mit einem schwachen Nicken.

Henri nimmt das Ticket wieder an sich. Verstaut es in der Geldbörse und steckt diese weg.

»Warum trägst du es bei dir?« Würde ich ein solches Andenken ständig mit mir herumschleppen wollen? Nein, ich glaube nicht. Ich glaube, ich könnte es nicht ertragen, permanent daran erinnert zu werden, was damals passiert ist, doch als Henri erwidert: »Ich trage es bei mir, um mir ins Gedächtnis zu rufen, dass ich noch lebe«, verstehe ich ihn.

Er setzt sich wieder, leckt sich über die Lippen und sagt: »Sie hat recht. Meine Maman, weißt du? Ich habe mich verändert.«

»Ja, natürlich.«

»Und ich werde nie wieder so sein wie vorher«, presst er hervor. Tränen schimmern in seinen Augen. Das zu akzeptieren muss wahnsinnig schmerzhaft sein.

Die Attentäter haben ihm nicht das Leben genommen, doch sie haben sein Leben, wie er es bis zu jenem Tag kannte, zerstört. Sie haben ihm Dinge wie seine Freude und seine Unschuld geraubt, haben etwas in ihm zerbrochen, und selbst für mich, die ich ihn ja kaum kenne, ist es qualvoll. Wie muss es dann erst für ihn sein? Und wie schafft er das? Wie kann er sich Tag für Tag gegen die schlimmen Erinnerungen, unter denen er mit Sicherheit leidet, durchsetzen?

Ich rutsche dichter an ihn heran und schließe ihn in die Arme. Was er sagt, stimmt. Er wird nie wieder so sein wie vor jenem Abend. Es ist die bittere und traurige Wahrheit. Tränen laufen mir über die Wangen, während ich ihn halte. Ich weine um einen Henri, den ich nie kannte, einen Henri, der das Bataclan lebend verlassen hat und dennoch dort gestorben ist.

Meine Hände streicheln über seinen Rücken. Ich inhaliere seinen Duft, sehe die pulsierende Ader an seinem Hals und spüre seinen Atem an meinem. Er lebt. Er ist hier. Meine Lippen berühren seine Haut. Ihm entschlüpft ein leiser Seufzer. Seine Finger, die auf meiner Hüfte liegen, bohren sich hinein …

»Ach, hier steckt ihr!« Ellas Stimme lässt uns auseinander-fahren.

Ella bleibt wie erstarrt im Raum stehen, sieht zwischen uns hin und her. Sie öffnet den Mund, will etwas sagen, doch da kommt Bewegung in Henri. Er wischt sich verstohlen die Tränen aus dem Gesicht, während er aufsteht.

»Bevor du fragst, Ella, es ist nichts passiert«, sagt er, als er sich bereits auf dem Weg nach draußen befindet. Mit einem Krachen fällt die Tür hinter ihm ins Schloss. Ella, die ihm nachgeblickt hat, seufzt leise und dreht sich dann zu mir um. »Taschentuch?«, fragt sie, und als ich nicke, holt sie die Box mit den Tüchern vom Nachttisch und kommt zu mir.

»Er hat es dir gesagt«, stellt sie fest. Sie hört sich erstaunt an. Ich nicke. »Normalerweise spricht er nicht darüber. Mit niemandem.« Der Vorwurf ist nicht zu überhören. Ich schlu-cke beklommen. Armer Henri, wie einsam muss er sein, wie verloren muss er sich fühlen. Ella nimmt neben mir auf der Bettkante Platz. Ich hocke mich neben sie. »Ich weiß bloß, dass er erst aus dem Club rauskam, als Spezialkräfte ihn ge-stürmt haben. Ich habe keine Ahnung, wo er war und was er alles Schreckliches erlebt hat. Ich …« Der Satz geht in einem erstickten Schluchzen unter. Ella kaut einen Moment lang auf ihrer Unterlippe. »Ich versuche, mir die Dinge zusammenzu-reimen. Lese und sehe alles, was mir über die Anschläge in die Finger kommt, weil ich verstehen will, was in ihm vor-geht. Ich habe mir sogar auf Netflix diese Doku angeschaut und zwei Abende nur geheult, weil es so schrecklich war, aber ich kann nicht aufhören. Ich bin wie besessen davon zu er-fahren, was er durchmachen muss. Aber sosehr ich mich auch bemühe, er lässt mich nicht an sich ran. Wir haben immer über alles gesprochen, waren immer ehrlich zueinander … auch jetzt noch, doch alles, was diese Nacht betrifft, ist tabu.«

Mein Mitgefühl droht mich zu zerreißen. Es ist so übermächtig, dass es schmerzhaft in meiner Brust brennt. Ich greife nach Ellas Hand, drücke sie. Ich verstehe, dass sie erfahren will, was genau passiert ist, was er erlebt hat, doch mehr noch verstehe ich ihn. Niemand redet gerne über die Dämonen, die einen nachts heimsuchen.

»Tut mir sehr leid, dass ich das alles mit meinem Geschenk losgetreten habe«, versichere ich auch ihr. Das schlechte Gewissen nagt noch immer an mir. »Es war bestimmt nicht meine Absicht, euch das Weihnachtsfest zu verderben.«

»Das hast du nicht, aber es ist, wie Maman sagte: Henris Augen haben ihr Leuchten verloren.« *Nicht nur seine Augen*, denke ich, doch dann erinnere ich mich an den Sonntagmorgen und wie es war, als wir zusammen im Park Schneeengel gemacht haben. Seine Augen haben geleuchtet. *Er* hat geleuchtet, und für einen Augenblick habe ich die Hoffnung, dass unter all dem Schmerz, den Henri mit sich herumträgt, doch noch so etwas wie Lebensfreude ist und er irgendwo tief in seinem Inneren nicht vollkommen kaputt ist.

Ein bedrückendes Schweigen breitet sich zwischen Ella und mir aus – ich weiß nicht, was ich sagen soll. Was sie erleben mussten, tut mir sehr leid.

»Ach!«, entfährt es Ella plötzlich. »Ich bin so ein Trottel. Ich habe da noch was für dich.« Sie eilt aus meinem Zimmer, und als sie wiederkommt, schleppt sie ein riesiges Paket an. Es ist hüfthoch, recht unhandlich, aber wunderschön verpackt. »Los! Mach es auf!«

Mir fallen regelrecht die Augen aus dem Kopf, als ich den XXL-Koffer von seinen Papierhüllen befreie. »Du schenkst mir einen Samsonite-Koffer?«

»Sei nicht albern«, entgegnet Ella. »Ich schenke dir natürlich ein Kofferset. Guck rein! Das ist wie bei einer dieser

Matrjoschkas. Da steckt Koffer in Koffer in Koffer.« Sie grinst breit.

»Du bist verrückt!«, befinde ich, da ich eine vage Vorstellung habe, wie teuer ihr Geschenk war.

»Das auch, aber vor allem konnte ich nicht zulassen, dass du jemals wieder in deinem Leben mit Einkaufstüten durch die Gegend reisen musst.«

»Ich kann das nicht annehmen, Ella, die waren doch mit Sicherheit exorbitant teuer.«

Ella seufzt. »Entspann dich, Oxy. Es ist bloß Geld, und davon haben wir weiß Gott genug.«

»Nicht wenn du es immerzu mit vollen Händen zum Fenster rauswirfst.«

Augenrollend schnaubt meine beste Freundin: »Du klingst wie mein Vater!«

»Dann denk mal drüber nach! Dein Vater ist ein schlauer Mann.«

»Wie viel hätte dieses wunderschöne Kleid, das du für mich genäht hast, denn gekostet, wenn ich es im Laden gekauft hätte?« Als ich schweige, fügt Ella triumphierend hinzu: »Siehst du! Dein Geschenk ist nämlich mindestens ebenso teuer. Zumal du nicht einfach bloß in einen Laden gegangen bist und deine Kreditkarte gezückt hast. Ich will gar nicht wissen, wie viele Arbeitsstunden du investiert hast.«

»So viele waren es nicht«, beruhige ich sie. »Aber okay, dann einigen wir uns eben auf unentschieden.«

»Das ist mein Mädchen!«, befindet Ella und schlingt mir die Arme um den Hals, um mich – ich bin mir nicht ganz sicher – zu drücken oder vor Freude zu erwürgen.

Die nächsten fünf Tage sehe ich Henri nur einmal kurz zwischen Tür und Angel, als er seine Eltern abholt, um sie zum

Flughafen zu bringen. Über Silvester sind sie in Kapstadt, wo sie ein Haus besitzen. Sie nehmen ihren Jahresurlaub, wie Ella mir erklärt hat, nur um gleich hinzuzufügen, dass ich mich von dem irreführenden Wort »Urlaub« nicht täuschen lassen solle. Es bedeute bloß, dass ihre Eltern zur Abwechslung auf der Terrasse sitzend arbeiten würden und nicht im Büro. Der Abschied von Florence und Alain fällt – anders als das Wiedersehen mit Henri – herzlich aus.

Ich weiß, er meidet mich, doch nicht nur mich, sondern auch Ella. Sogar dem Schwimmunterricht, der jeden zweiten Tag stattfindet, bleibt er fern.

Ich will ihm schreiben, will wissen, wie es ihm geht. Meine Sorge um ihn nimmt mit jedem Tag zu, und es ist eine Erleichterung, als er am Samstag in der Schwimmhalle auf mich wartet. Am liebsten würde ich ihn in die Arme nehmen, stattdessen begrüßen wir einander zurückhaltend mit Wangenküsschen.

»Was machst du hier?«, frage ich erstaunt.

»Hugo hat abgesagt.«

»Du hättest mir auch schreiben können, dass ihm etwas dazwischengekommen ist.«

»Es war sehr kurzfristig. Ich wollte dich nicht hängen lassen.« Er streckt seine Hand nach mir aus. »Komm, zeig mir, was er dir in den vergangenen Tagen beigebracht hat.« Nacheinander steigen wir die Leiter hinunter. Das Wasser macht mir keine Angst mehr. Dass ich stehen kann, gibt mir Sicherheit. »Wie viele Bahnen schaffst du inzwischen am Stück? Fünf?«

Fünf? Das ist ja lächerlich. Mehr traut er mir nicht zu? Darauf antworte ich doch gar nicht. Ich tauche unter, an ihm vorbei und schwimme zur gegenüberliegenden Seite, schlage an und schwimme zu ihm zurück.

»Du bist getaucht.« Seine Augen leuchten begeistert.

»Ich kann ja auch stehen«, hole ich ihn auf den Boden der Tatsachen zurück.

»Meinst du, das macht einen Unterschied?«

»Sogar einen gewaltigen.«

»Aber warum? Du kannst schwimmen! Du musst doch gar nicht stehen können.«

Ich zucke mit den Schultern. »Keine Ahnung, aber so ist es.« Ich schwimme weiter. Henri gleitet neben mir durch den Pool. Bei ihm sieht es so mühelos aus. Wo ich drei hektische Züge machen muss, macht er einen, und diese Rolle, die er am Beckenrand macht, von der will ich erst gar nicht sprechen.

»Wie machst du das nur?«, frage ich ihn, als er wieder neben mir auftaucht.

»Was?«

»Na, diesen Purzelbaum.«

»Das nennt man Rollwende«, korrigiert er mich. »Und es ist recht einfach. Du musst das aber nicht können. Es geht vor allem darum, im Wettkampf Zeit zu sparen. Es dauert viel länger, wenn ich von hier zum Beckenrand schwimmen und anschlagen muss, als wenn ich zur Wende ansetze und die Wand nur mit den Füßen berühre.«

»Schwimmst du denn bei Wettkämpfen mit?«

»Nicht bei den klassischen, oder zumindest nicht mehr, aber ich mache Triathlon. Daher kenne ich auch Hugo. Er trainiert mit mir für die Wettkämpfe. Wie lief es denn mit ihm, als ich nicht da war?«

»Gut. Er hat nur einen echt sonderbaren Humor.« Eine Weile schwimmen wir schweigend nebeneinanderher. »Ich habe Ella eingeweiht.«

»Ich dachte, es wäre dir peinlich.«

»Na ja, aber jetzt kann ich ja schwimmen, also …« Ich verstumme vielsagend. »Vor ihr hat Hugo ziemlich Respekt.«

»Jeder, der bei Verstand ist, hat Respekt vor Ella, das weißt du doch.«

Ich lache und bekomme prompt Wasser in den Mund, verschlucke mich und beginne zu husten. Meine Beine finden einen Augenblick lang keinen Halt. Die Panik bricht wie eine Welle über mir zusammen. Ich schnappe nach Luft, strample, dann ist Henri an meiner Seite und hält mich fest. Ich huste immer noch.

Er klopft mir auf den Rücken. »Alles gut! Ich bin bei dir«, beruhigt er mich. Er hilft mir, mich aufzurichten. Japsend halte ich mich an ihm fest. »Tief durchatmen. Du hast dich bloß verschluckt.« Er redet weiter mit mir, während ich mich zu beruhigen versuche. Meine Kehle brennt. »Entschuldige, dass ich dich zum Lachen gebracht habe.«

Henri nimmt mein Gesicht in seine Hände. Mit seinen Daumen wischt er mir über die tränenden Augen. Es ist eine zärtliche Geste. Wie von selbst rücke ich an ihn heran, spüre seinen nassen Körper dicht an meinem. Als ich zu ihm aufschaue, fühle ich mich ganz zittrig und unsicher. Wo hat er die vergangenen Tage gesteckt? Warum ist er einfach so abgehauen? Seine Stirn senkt sich gegen meine. Sein Atem streichelt mein Gesicht und bringt die Fragen zum Verstummen. Dafür wird eine Forderung in meinem Inneren laut.

Küss mich!

Dumme Idee, denke ich in der nächsten Sekunde, allerdings findet mein Körper das gar nicht. Im Gegenteil, er reagiert mehr als freudig auf Henris weiche Lippen, die meine suchen. Ich sollte ihn von mir stoßen, sollte eine Erklärung für sein Verschwinden verlangen, doch ich tue es nicht.

Zum einen liegt es daran, dass Henri Chevallier verdammt

gut küssen kann, zum anderen spielt sicherlich auch eine Rolle, dass ich schon sehr lange nicht mehr geküsst worden bin. Möglicherweise ist der zweite Punkt jedoch gar nicht so entscheidend, denn wichtiger ist wohl, dass ich niemals zuvor auf *diese Weise* geküsst worden bin.

Es gab hungrige Küsse, zerfressen von Leidenschaft und Verlangen, verzweifelte Küsse, dominante Küsse, schlabbrige und unbeholfene Küsse, hoffnungslose Küsse, aber auch hoffnungsvolle… Der Kuss, den Henri mir schenkt, ist unendlich behutsam und zärtlich, aber zugleich wahnsinnig intensiv. Dieser Kuss ist so tief wie das Universum, und ich drohe mich darin zu verlieren. Er reißt mich einfach mit.

Ich öffne meinen Mund für ihn, er keucht hinein… Der Laut ist so sehnsüchtig, dass er mir das Herz zu zerreißen droht. Unsere Zungen streifen sich. Ich schiebe meine rechte Hand in seinen Nacken, während meine Linke immer noch auf seinem Oberkörper liegt, und ziehe seinen Mund ein Stückchen näher an meinen. Henri löst seine Lippen von meinen, doch ich jage seinen nach.

Mit dem Kuss, der folgt, zeige ich ihm, dass ich ihn vermisst und mir Sorgen um ihn gemacht habe – denn auszusprechen traue ich es mich nicht. Es würde albern klingen, und so bleibt mir nichts, als all die Gefühle in diesen Kuss zu legen. Er ist roher und ungeschliffener als Henris Kuss und steckt voll fordernder Leidenschaft.

»Wo ist Ella?«, fragt Henri, als wir Luft holen müssen und zu einer kurzen Pause gezwungen sind. Unsere Gesichter stecken noch immer ganz dicht zusammen, seine Nase stupst neckend gegen meine.

»Du denkst an deine Schwester, während wir uns küssen?«

»Ich denke, dass meine Schwester mich eigenhändig kastrieren würde, wenn sie uns bei einem Kuss wie diesem erwischen würde.«

Schmunzelnd schließe ich die Augen, lehne mich gegen Henri. »Dann sollten wir uns wohl besser nicht erwischen lassen, was?« Ich ergreife seine Hand und wate Richtung Leiter. Um hochzusteigen, muss ich seine Hand loslassen. Ein doofes Gefühl. Das Einzige, was mich beruhigt, ist die Tatsache, dass Henri mir dichtauf folgt.

»Was hast du vor?«, erkundigt er sich, während er ein Handtuch von einer der Liegen pflückt und es mir reicht. »Willst du mit zu mir kommen?« Er tritt von hinten an mich heran, schließt mich in die Arme und küsst meinen Hals. »Da wären wir ungestört. Keine Ella, die uns dazwischenfunken und uns reinreden könnte.«

»Das klingt traumhaft«, kommentiere ich seine genuschelten Worte, drehe mich in seinen Armen und küsse ihn erneut. Er schmeckt so wunderbar, ich kann gar nicht genug davon bekommen, seinen Mund auf meinem zu spüren.

Irgendwo in meinem Hinterkopf ertönt Ellas Warnung, doch ich schiebe sie beiseite, ignoriere sie, wild entschlossen, mir das hier nicht kaputtmachen zu lassen. Etwas, das sich so richtig anfühlt, kann unmöglich falsch sein.

Henri löst sich von mir. »Lass uns rasch duschen gehen und dann nichts wie weg!«, presst er schwer atmend hervor. Seine Erregung ist nicht nur hör-, sondern auch spürbar. Hart und einsatzbereit drückt sein Penis gegen meinen Unterbauch.

Die Sache mit dem Duschen gestaltet sich schwieriger als gedacht, denn da es uns unmöglich ist, die Finger voneinander zu lassen, stehen wir schließlich beide unter dem prasselnden Wasser in der geräumigen Walk-in-Dusche in Schneckenform. Henri streift mir die Träger des Badeanzugs von den Schultern. Er verteilt unzählige Küsse auf der freigelegten Haut, ehe er den Einteiler weiter nach unten schiebt und meine Brüste zum Vorschein kommen. Meine Brustwarzen sind vor lauter Erregung ganz hart.

Verlangend küsse ich sein Kinn und seinen Hals. Die Zärtlichkeiten, mit denen ich ihn verwöhne, sorgen dafür, dass sich ein tiefes, zufriedenes Brummen aus seiner Kehle löst und von den gefliesten Duschwänden widerhallt.

»Dreh dich um!« Ich folge seinem Befehl, stütze mich an der Wand ab, als er hinter mir auf die Knie geht, um mir den nassen, unwilligen Badeanzug abzustreifen. Henri küsst meinen Hintern, bringt seine Zähne ins Spiel. Ich stöhne auf, als er noch einmal daran knabbert.

»Henri!«, rüge ich ihn.

»So verdammt sexy!«, knurrt er und drückt erneut seine Lippen auf meinen Hintern.

»Befrei mich endlich von diesem Ding!«

Murrend lässt er von meinem Po ab und kümmert sich um den Badeanzug. Mit einem schmatzenden Geräusch landet das gute Stück auf den blaugrünen Mosaikfliesen. Henri hinter mir richtet sich auf, entledigt sich seiner Badehose, die auf meinem Badeanzug landet, ehe er mich von hinten umarmt.

Ich lehne meinen Hinterkopf gegen seine Schulter, als er nach der Seife greift, sich etwas davon auf die Hand träufelt und beginnt, mich damit einzureiben. Mit kreisenden Bewegungen gleiten seine Hände über meinen Körper. Daran könnte ich mich gewöhnen und auch an all die Dinge, die er mir ins Ohr flüstert, wenn er nicht gerade dabei ist, daran zu knabbern oder meinen Hals zu liebkosen.

»Ich will dich so sehr. Du bist so unglaublich scharf. Diese Beine und dieser Hintern... *magnifique*!« Wie um seine Worte zu unterstreichen, presst er sich enger an mich. Hart und prall spüre ich ihn an meinen Pobacken. Henris angetörntes Keuchen dringt durch das Rauschen des fließenden Wassers zu mir.

Seine Hände wandern über meinen Bauch zu meinen Brüsten, umschließen sie. Seine Daumen reiben über meine Nippel, und mit einem Mal ist es völlig um mich geschehen. Ich schließe die Augen, lasse Henri tun, was auch immer er mit mir tun will. Er dreht mich zu sich herum, schiebt mich gegen die Wand hinter mir. Kalt fühlen sich die Fliesen in meinem Rücken an, während sein Körper vor mir eine ungeheure Hitze ausstrahlt. Und es wird noch heißer, als er mich leidenschaftlich küsst. Seine Zähne graben sich in meine Unterlippe, stöhnend schiebe ich meine Finger in seine nassen Locken. Mein Becken sucht den Kontakt zu seinem, fordert seine Nähe ein und wird erst einmal von Henris Hand, die sich zwischen meine Schenkel drängt, besänftigt. Seine Zunge spielt mit meiner, während seine Finger den Weg in mein Innerstes finden. Sie gleiten hinein und wieder hinaus, sein Daumen streichelt den Knotenpunkt meiner Lust. Schnell gelangen wir auf diese Weise an einen Punkt, an dem ich das Gefühl habe, meine Beine könnten mich nicht länger tragen.

»Henri!«, japse ich, als sich die angestaute Lust schlagartig entlädt und mich erschüttert. Rhythmisch krampft sich meine Vagina um seine Finger … wieder und wieder und wieder. Ein Arm schlingt sich um meine Taille, stützt mich, während die Finger zwischen meinen Beinen weiter in mich pumpen.

»Ich hab dich!«, raunt Henri mir zu und lässt die Liebkosung langsam ausklingen, beinahe so, als würden sich seine Finger verabschieden, bevor er sie vorsichtig aus mir herauszieht. »Ich muss dir etwas gestehen«, murmelt er zwischen zwei Küssen an meinem Mund.

»Was?«

»Ich habe dich belogen. Hugo hat den Schwimmunterricht gar nicht abgesagt. Ich sagte ihm, dass er nicht kommen soll, weil ich mit dir reden wollte. Ich wollte dir erklären, weshalb ich mich zurückgezogen habe, und auch, dass das nicht an dir lag, aber dann ...« Schulterzuckend verstummt er. Hilflosigkeit gepaart mit Verwunderung spiegelt sich in seinem Blick.

»Reden wird sowieso überbewertet«, säusle ich und drücke sanft meine Lippen auf seinen Mundwinkel.

Henri lacht erleichtert auf. Es ist ein vorsichtiger Laut, kaum mehr als ein amüsiertes Schnauben. »Diesen Satz aus deinem Mund ... das hätte ich nie erwartet.«

»Ich verrate dir ein Geheimnis.« Ich sehe ihm tief in die Augen. Meine Hände wandern über seinen Körper. Ich will ihn so sehr. So sehr! Seine Hände konnten die ungeheure Sehnsucht, die in mir brennt, nicht lindern. »Das habe ich auch nicht erwartet, aber ich schwöre, ich meine es genau so.«

Unsere Lippen treffen keuchend aufeinander. Dieses Mal drehe ich uns herum, und Henri landet mit dem Rücken an der Wand. Ich gehe vor ihm auf die Knie, umfasse seinen Penis, öffne meinen Mund und nehme ihn in mich auf. Henri stöhnt meinen Namen, seine Hand vergräbt sich in meinen Haaren.

Zusammenhangslose Sätze schwängern die von Wasserdampf erfüllte Luft. Jedes hervorgestoßene Wort geht mir unter die Haut, dringt bis in jede meiner Zellen vor, um dort eine Art Fingerabdruck zu hinterlassen.

»Verdammt!«

»So gut!«

»So verdammt gut!«

»Oh ja!«

»Mehr!«

Und ich gebe ihm mehr, lasse seinen Ständer in meinen Mund hinein- und wieder hinausgleiten. Ich sauge und lutsche an ihm, kann nicht genug von seiner samtig weichen Haut bekommen. Mit der Rechten massiere ich seine Hoden, reibe sie aneinander. Es dauert nicht lange, bis ich an seinem immer schneller werdenden Atem merke, dass er sich seinem Höhepunkt nähert. Seine Beine zittern ein wenig. »Oxy... ich... ich komme gleich!«, warnt er mich vor, doch ich ignoriere es, mache weiter. Ich will, dass er sich in meinen Mund ergießt, will ihn schmecken, und das tue ich nur Sekunden später auch, als er unter heiserem Stöhnen in langen Schüben abspritzt.

Mein Herz bleibt fast stehen, als ich plötzlich Ella höre, die meinen Namen ruft. »Oxy!« Pause. »Bist du hier?«

Mein Blick sucht den von Henri. Er zieht seinen Schwanz aus meinem Mund, stellt die Dusche ab und bedeutet mir drinzubleiben.

»Ella?«, fragt er, nachdem er sich seine Badehose geschnappt hat und auf dem Weg nach draußen ist.

»Henri! Uhhhhh, kannst du dir bitte was anziehen? Ist ja widerlich. Hier. Handtuch!«

»Danke, Schwesterherz, ich hab dich auch lieb.«

»Hast du Oxy gesehen? Ich kann sie nirgendwo finden. Sie hatte doch heute Schwimmunterricht.«

»Der ist ausgefallen. Keine Ahnung, wo sie steckt.« In der Dusche. Noch immer auf den Knien. Mit einem wild rasenden Herzen, das vor Aufregung aus der Brust zu springen droht. »Hast du schon in ihrem Zimmer nachgesehen?«

»Nein, noch nicht.«

»Na, dann solltest du es da vielleicht probieren, Bibou«, schlägt er vor.

»Gleich, aber zuerst was ganz anderes: Was läuft da zwischen euch?« Ellas Stimme hat wieder diesen Verhörtonfall angenommen.

»Nichts.«

Nun ja, nichts sieht definitiv anders aus, aber okay... Ich würde es – was auch immer das hier ist – auch nicht vor Ella zugeben. Warum auch? Wir sind schließlich erwachsen.

»Du hast mit ihr über die Nacht der Anschläge gesprochen, also...«

»Also was, Ella?«

»Das bedeutet wohl, dass du ihr vertraust, oder?«

»Es bedeutet vor allem, dass ich keine Wahl hatte. Hör zu, Bibou, du hast sie vor mir gewarnt, und du hast mir gesagt, ich soll die Finger von ihr lassen, aber wenn du willst, dass ich weniger Zeit mit ihr verbringe, dann kümmere dich bitte auch um sie. Sie ist schließlich dein Gast, und seit Étienne und du euch wieder ausgesöhnt habt, sieht man dich hier kaum noch.«

»Mich? Du warst die letzten Tage doch verschollen.« Einen Moment herrscht Schweigen, dann sagt Ella: »Ich glaube, Oxy hat dich vermisst.« Scheiße! »Sie hat nach dir gefragt.« Natürlich habe ich das. Wie hätte ich mich nach diesem desaströsen Weihnachtsabend nicht nach ihm erkundigen können? Klar wollte ich wissen, wie es ihm geht. »Wenn du dich von all dem Scheiß in deinem Leben ablenken magst, dann such dir bitte eine andere dafür.«

»Hey, ich habe es kapiert!«, begehrt Henri auf.

»Fein, dann halt dich auch dran.«

»Nichts anderes hatte ich vor.«

Seine Beteuerung klingt so aufrichtig, dass ich mich mit einem Mal ganz mies fühle.

»Wunderbar. Dann gehe ich jetzt mal Oxy suchen. Holst du uns morgen ab, oder treffen wir uns direkt auf der Party?«

»Wir treffen uns dort!«

»Schmoll nicht!«

»Tu ich nicht. Es nervt nur. Du tust gerade so, als ...«

»Als was?«, fragt sie lachend. »Komm schon, Henri, glaubst du, mir gefällt es, dass mein Bruder ein verdammter Fuckboy ist?«

»Ich bin bestimmt kein Fuckboy!« Nun klingt Henri wirklich angepisst.

»Das sehen deine zahlreichen Verflossenen anders. Wenn du die fragst, dann ...«

»Gerade *du* solltest nicht alles glauben, was irgendwelche Leute erzählen«, faucht Henri. »Und du solltest mich besser kennen, Ella. Ich mache niemandem was vor. Fuckboys belügen und betrügen, aber das tue ich nicht. Ich verarsche niemanden. Das habe ich noch nie und werde ich auch nicht.«

»Sorry, es ist nur ...«

»Ja! Ich weiß! Du warst mehr als deutlich, und ich bin kein Idiot!«

»Tut mir leid. Tut mir echt leid.«

Einen Augenblick lang ist es still, dann höre ich das Klappern von Ellas Absätzen und eine Tür, die ins Schloss fällt. Es vergehen noch ein, zwei Minuten, ehe Henri wieder bei mir ist.

»Die Luft ist rein.« Er streckt mir die Hand hin und hilft mir auf. »Scheiße, du bist ja ganz kalt.«

»Das ist unser kleinstes Problem«, murre ich. »Ella wird ...«

»Mach dir darum keine Sorgen. Ich schnappe sie mir und gehe mit ihr was essen oder shoppen oder so. Dann hast du freie Bahn.« Er küsst mich hastig.

Er ist bereits am Gehen, als ich seinen Arm zu fassen bekomme. Er wendet sich noch einmal zu mir herum. Ich schlinge meine Arme um seinen Hals und küsse ihn rich-

303

tig. Kurz zögert er, dann ist seine Zunge in meinem Mund, streicht über meine. »Danke, Henri.«

»Ich habe zu danken. Das hier … das war echt sehr schön.« *War?* »Ist … ich meine … verdammt. Ich bin so schlecht, wenn es um diesen Kram geht. Wir können ja nachher schreiben, in Ordnung?«

Ich nicke, doch eigentlich will ich ihn gar nicht gehen lassen. Ich will, dass er bleibt, will ihn wieder und wieder küssen und zu Ende bringen, was wir angefangen haben. Doch da Ella dann unweigerlich Wind von dieser Sache zwischen uns bekommen würde, lasse ich Henri schweren Herzens ziehen. Allein und mit einem Haufen Fragen bleibe ich unter der Dusche zurück. Die dringlichste jedoch lautet: Wie soll das zwischen uns weitergehen?

Wow, denke ich, als ich über die Gangway das Boot betrete, auf dem die diesjährige Silvesterparty der Dominiques stattfinden wird. Das Schiff erinnert an einen alten Überseedampfer. Zwei mächtige rote Schornsteine überragen das Oberdeck, dahinter glitzern das dunkle Wasser der Seine und die Lichter des abendlichen Paris.

Ich versuche, mir die Anspannung nicht anmerken zu lassen, doch ich bin unglaublich aufgeregt. Nicht wegen der Party oder all der reichen und schönen Gäste, sondern wegen meines Wiedersehens mit Henri. Gestern haben wir kurz miteinander gesimst und uns darauf geeinigt, in der Öffentlichkeit – oder genau genommen vor Ella – so zu tun, als wäre nie etwas zwischen uns passiert. Mir erschien das wie eine gute Idee, doch jetzt, wo ich vor Nervosität ganz flattrig bin, zweifle ich an unserem Entschluss. Wie soll ich es aushalten, den Abend mit ihm zu verbringen, ohne ihn zu küssen?

Ella stellt mir ihren Étienne vor. Er sieht genauso aus wie

auf den Fotos: groß, attraktiv, dunkelhaarig. Er wirkt gelackt, aber nicht schmierig – eine Gratwanderung. Mir ist er allerdings noch immer unsympathisch, weshalb ich zu schmierig tendiere. So glücklich Ella in den letzten Tagen auch schien, im vergangenen halben Jahr war sie es seinetwegen oft nicht. Dennoch bedanke ich mich artig für die Einladung und folge ihm und Ella zu unserem Tisch. Die meisten der Gäste im Raum sitzen bereits.

Kurz erhasche ich einen Blick auf Henri, der mit einer kleinen Gruppe von Leuten zusammensteht und sich köstlich zu amüsieren scheint. Er trägt ein maßgeschneidertes Smokingjackett und sieht einfach nur umwerfend aus. Sein Anblick sorgt dafür, dass ein Rauschen durch meinen Magen geht … wie Blätter im Wind oder die in Liebesschnulzen so oft bemühten Schmetterlinge im Bauch.

»Sitzt Henri auch bei uns?«, erkundigt Ella sich bei Étienne, als wir uns unseren Plätzen nähern. Um den runden, festlich eingedeckten Tisch stehen acht elegante Stühle aus Acrylglas. Extravaganter Blumenschmuck und zahlreiche Kerzen zieren die Mitte, eine Menükarte steht vor jedem Teller.

»Ja. Er, Isabeau, mein Bruder mit seiner neuen Freundin und deren Bruder.«

»Isabeau? Musste das sein? Du weißt, dass sie die Finger nicht von Henri lassen kann.«

»Ich weiß vor allem, dass du sie nicht leiden kannst. Wer die Finger nicht von wem lassen kann, sei mal dahingestellt.«

Ella nickt in Henris Richtung. Ich folge ihrem Blick, und die Schmetterlinge sterben urplötzlich an einem überraschenden Wintereinbruch, als ich sehe, dass an seinem Arm mittlerweile eine hübsche Brünette hängt. Ihr extrem kurzes und extrem enges glitzerndes One-Shoulder-Cocktailkleid bringt ihre einladenden Kurven verführerisch zur Geltung. Sie lacht über etwas, das irgendwer in der Gruppe gesagt hat, und krallt sich an Henri fest, als wäre er ein verdammter Rettungsring. Eifersucht wallt in mir auf, als er in das lautstarke Lachen einstimmt.

»Na, das ist ja wohl mal offensichtlich.« Ellas schlechte Laune steht ihr ins Gesicht geschrieben.

»Gebt mir eure Mäntel. Ich bringe sie zur Garderobe«, sagt Étienne, statt auf Ellas Bemerkung einzugehen.

Ella hat nichts Besseres zu tun, als sich bei mir unterzuhaken und in Richtung der kleinen Gruppe zu marschieren. Mit einem mulmigen Gefühl im Bauch lasse ich mich von ihr mitschleifen. Das Gute an der Aktion ist, dass Henri sich aus den Klauen dieser Isabeau befreit, um Ella und mich zu begrüßen.

Seine Lippen berühren meine Haut flüchtig, als er mit mir die typisch französischen Wangenküsse austauscht. Sein betörender Duft hüllt mich ein. Für einen Moment scheint die Welt wieder in Ordnung zu sein, dann klammert sich diese Isabeau wieder an ihm fest, als wäre er ihr Eigentum, und sie müsste ihn mit Zähnen und Klauen gegen alles und jeden verteidigen.

»Süßes Teil!«, sagt Isabeau vor Falschheit triefend und nickt in Richtung von Ellas Kleid – dem Kleid, das ich ihr zu Weihnachten genäht habe.

»Süßes Täschchen!«, behauptet Ella in einem Tonfall, der sehr eindeutig den von Isabeau imitiert. »Ich hoffe, du hast da Kondome drin.« Henri funkelt Ella wütend an. »Was denn, Bruderherz? Ist ja nicht so, als hätte ich was gegen Nichten oder Neffen einzuwenden, aber ich hätte eben gerne eine Schwägerin, die nicht bloß hinter deinem Geld her ist.«

Henri blickt entschuldigend zu mir, während Isabeau aussieht, als würde sie Ella am liebsten die Augen auskratzen wollen. Mein Magen vollführt kleine Kapriolen. Henri hat mit halb Paris geschlafen… Damals dachte ich, dass das nicht mein Problem sei und dass es das auch niemals sein würde, doch in diesem Augenblick ist alles anders. Seit gestern geht es mich sehr wohl etwas an, zumindest dachte ich das… Ich presse die Lippen aufeinander, atme bedächtig ein und aus. Mir ist übel.

Zum Glück kommt Étienne hinzu. Er legt Ella den Arm um die Schulter und fragt: »Was ist denn hier los? Ich hoffe, ihr amüsiert euch gut.«

Isabeau schenkt Étienne einen devoten Augenaufschlag, schmiegt sich enger an Henri, presst dabei – natürlich ganz unabsichtlich – ihren üppigen Busen gegen seinen Unterarm. »Oh, ich für meinen Teil amüsiere mich prächtig. Aber Ella braucht ein Gläschen Champagner oder zwei. Wie es aussieht, hat sie ihre Antidepressiva nicht genommen.«

Ella sieht aus, als stünde sie kurz davor, Isabeau an die Gurgel zu gehen. »Nimm deine Finger von meinem Bruder!«

»Sonst was? Schon mal darüber nachgedacht, dass dein Bruder meine Gesellschaft zu schätzen weiß?« Sie legt ihre Hand auf Henris, der – das muss ich ihm wohl zugutehalten – nicht wirklich aussieht, als würde ihm das gefallen, aber vielleicht liegt das auch bloß an dem Zirkus, den Ella und Isabeau veranstalten.

»Wir wissen doch beide, Isa, Schätzchen, dass er sich bloß gern mit deiner kleinen *foufoune* amüsiert.«

Ja, und der Rest der Truppe, ich inklusive, weiß nun auch, dass er Isa lediglich gerne vögelt. Na, danke! Ich könnte jetzt ein Glas Champagner vertragen – oder auch gleich eine ganze Flasche.

»Das reicht jetzt wirklich, Ella.« Henris Stimme ist kalt. »Kannst du bitte aufhören, dich in mein Liebesleben einzumischen, ja? Mache ich doch schließlich auch nicht.« *Sein Liebesleben?* Das wird ja immer besser! Henri leert verdrossen den Drink, den er in der anderen Hand hält, löst sich von seinem Anhängsel und steuert die Bar an.

»Na, zufrieden?«, giftet Isabeau, schnickt ihr langes braunes Haar zurück und stolziert Henri hinterher.

»Zufrieden wäre ich, wenn ich das Miststück über Bord werfen dürfte!«, sagt Ella, nachdem Isabeau außer Hörweite ist. Sie verzieht angewidert ihr hübsches Gesicht.

»Untersteh dich!«, ermahnt Étienne sie und küsst sie. »Du willst doch nicht den nächsten Skandal heraufbeschwören.«

»Vor allem kann ich mir vorstellen, dass Ella keine Anklage wegen versuchten Mordes bekommen möchte«, werfe ich ein, auch wenn ich Ellas Bedürfnis nur allzu gut nachvollziehen kann. Mir geht es ähnlich – allerdings kann ich mich nicht entscheiden, ob mein Killerinstinkt dieser Isabeau oder doch eher Henri gilt.

Nachdem es anfänglich beinahe zum Catfight gekommen wäre, verläuft der Rest des Galadinners einigermaßen gesittet. Nur hin und wieder giften Ella und Isabeau, die neben Henri sitzt und nach wie vor ihre Finger nicht von ihm lassen kann, sich an. Immer wieder huscht mein Blick zu ihnen. Still leide ich unter jeder von Isabeaus besitzergreifenden Berührungen und frage mich, wieso Henri dem kein Ende setzt. Hat ihm das gestern zwischen uns denn rein gar nichts bedeutet?

Während ich nur Augen für ihn und Isabeau habe, die mir von Sekunde zu Sekunde unsympathischer wird, versucht Cédric – der Bruder der Freundin von Étiennes Bruder, wenn ich das richtig verstanden habe –, Konversation mit mir zu machen. Er ist nett und bemüht, doch nichts, was er sagt, kann meine Aufmerksamkeit fesseln.

Henris und Isabeaus heitere Flirterei verdirbt mir den Appetit. Dass er mich so völlig ignoriert, macht mich fertig. Ich bin bereits zweimal zur Toilette gegangen, damit er nachkommt und wir Gelegenheit haben, miteinander zu sprechen. Doch scheinbar hält er das nicht für nötig.

Ich bin froh, als der Zeiger sich Mitternacht nähert. Bald ist dieser Spuk vorbei. Ich werde, sobald wir an Land gehen, eine Migräne vortäuschen und nach Hause fahren, während Ella und der Rest zu dieser unfassbar tollen Party fahren und einen draufmachen können. Étienne holt unsere Mäntel, doch es ist Henri, der mir hineinhilft – nicht dass das etwas zu bedeuten hätte, denn auch Isabeau kommt in den Genuss seiner guten Manieren. Mit einer Flasche Champagner und Gläsern begeben wir uns zusammen mit einigen anderen Gästen Richtung Oberdeck. *Ich schaffe das nicht*, denke ich, als ich sehe, wie Isabeau ihre Finger mit Henris verschränkt. Der Anblick frisst sich durch meine Eingeweide und lässt mich schwindeln. Beim Gedanken, er könne mit ihr nach Hause gehen, dreht sich mir der Magen um. Unauffällig lasse ich mich zurückfallen und flüchte in einem unbeobachteten Moment aufs Vorderdeck.

Scheiße! Es ist das einzige Wort, das der ganzen qualvollen Situation gerecht wird. Meine Hände schließen sich um die Reling. Natürlich trage ich die hübschen Handschuhe, die Henri mir zu Weihnachten geschenkt hat.

Damit du nicht wieder so kalte Hände bekommst, wenn wir das nächste Mal Schneeengel machen.

Ich glaube nicht, dass wir das noch einmal machen werden. Das nicht und eine ganze Menge anderer Dinge ebenfalls nicht. Die Vorstellung, dass das, was gerade zwischen uns begonnen hat, bereits vorbei ist, tut unglaublich weh.

Lieber ein Ende mit Schrecken als ein Schrecken ohne Ende, sage ich mir.

Meine Unterlippe bebt, und unvermittelt beginne ich zu weinen. *Sei nicht albern*, ermahne ich mich. *Es ist schließlich nicht so, als hätte Ella dich nicht gewarnt.* Doch was habe ich, dumme Nuss, getan? Ich habe all ihre wiederholten Warnungen achtlos in den Wind geschlagen und mich stattdessen auf mein dummes, trügerisches Bauchgefühl verlassen.

Gequält schließe ich die Augen, wische ärgerlich die Tränen beiseite. Nun ja, zumindest kann ich sie auf den eisigen Wind schieben, sollte mich jemand sehen. Eine Erklärung, die niemand anzweifeln würde. Ich schlinge meinen Mantel enger um mich und frage mich, ob das Zittern von der Kälte herrührt oder von meinem aufgewühlten Zustand.

Und dann höre ich mit einem Mal den Countdown. Ein Chor aus unzähligen Stimmen zählt von zehn abwärts.

Dix.

Neuf.

Huit.

Sept.

Six.

Cinq.

Quatre.

Trois.

Deux.

Un.

»*Bonne année!*«, ertönt es von überallher. In Moskau gibt es zum Jahreswechsel ein gigantisches Feuerwerk, doch hier kracht, pfeift und zischt es nirgends, da die Knallerei in Paris verboten ist und die Stadt nichts dergleichen organisiert. *Gut für Henri*, denke ich, auch wenn ich es in diesem Moment etwas vermisse. Aber ihm und auch anderen, die die Anschläge überlebt haben, würde der Lärm sicherlich zu schaffen machen. »Triggern« nennt man es wohl im Fachjargon.

Ja, ich habe es wie Ella gemacht. Ich habe mich informiert. Habe alles gelesen, was ich über die Anschläge und die Folgen eines solchen Erlebnisses in die Finger bekommen konnte, weil ich Henri verstehen wollte, doch in diesem Moment verstehe ich rein gar nichts.

Hatte Ella recht, als sie gestern zu Henri sagte: »Wenn du dich von all dem Scheiß in deinem Leben ablenken magst, dann such dir bitte eine andere dafür.« War es das? War ich bloß eine Ablenkung? Und lenkt Isabeau ihn gerade auf die gleiche Weise ab?

Niedergeschlagen hocke ich mich auf einen der Adirondack-Sessel, die auf dem kleinen Außendeck aufgestellt sind. Eigentlich ist es zu kalt, um draußen rumzusitzen, doch reingehen möchte ich auf keinen Fall. Das Boot tuckert die Seine entlang, passiert wieder eine der zahlreichen beleuchteten Brücken, auf der Menschen beisammenstehen, lachen und winken.

Ich sollte oben bei den anderen sein, sollte mich amüsieren, doch ich kann einfach nicht. Ella hatte mit allem, was sie gesagt hat, recht. Unsere Freundschaft leidet bereits wegen der Sache mit Henri. Ich gehe ihm aus dem Weg und somit gerade auch ihr. Zu dem Liebeskummer gesellt sich das schlechte Gewissen, und beides zusammen sorgt dafür, dass ich mich mit einem Mal noch mieser fühle.

Doch was soll ich machen? Henri beim Turteln zuzusehen ertrage ich einfach keine Sekunde länger. Wieder sind die Tränen da. So ein Mist, ich bin auch echt zu blöd. Was habe ich noch gleich zu Libby an ihrem ersten Tag gesagt, als ich sie vor Jasper Chase, der einen ähnlichen Ruf wie Henri hat, warnte? »Ich weiß wirklich nicht, warum manche Frauen scharf auf diese Art Mann sind. Mit einem wie dem hat man doch nichts als Ärger. Als ob das Leben nicht so schon schwer genug ist.« Und nun, ein paar Monate später, hocke ich hier und heule wegen Henri Chevallier, dem Aufreißer schlechthin. Was habe ich mir bloß dabei gedacht, mich auf ihn einzulassen? Okay, natürlich ist mir klar, dass ich nicht sonderlich viel gedacht habe. Wie hätte ich denn auch? Es hat sich alles so gut und richtig angefühlt. Und damit meine ich nicht nur, wie er mich gestreichelt oder geküsst hat, sondern auch, wie er mich angesehen hat. Ich dachte wirklich, da wäre etwas zwischen uns. Ich habe mir nicht eingebildet, ich könnte ihn zähmen oder so. Nein, ich dachte einfach nicht, dass es da etwas zu zähmen gäbe. Nicht nach dem, wie er mich seit unserer Aussprache in seinem Büro behandelt hat. Er war so nett und zuvorkommend, so witzig und süß und … Habe ich mir diese emotionale Nähe denn wirklich nur eingebildet? Oder hat er mir schlicht und ergreifend etwas vorgemacht? Der Gedanke nagt an mir, engt mich trotz der frischen Luft und der herabfallenden Schneeflocken ein. Die Kälte kriecht mir unter den dicken Mantel. Seufzend stehe ich auf, gehe zurück und renne, kaum habe ich die Tür zum Saal geöffnet, regelrecht in Ella hinein.

Aus aufgerissenen Augen starrt sie mich an. »Da bist du ja!« Sie zieht mich in eine Umarmung. »Frohes neues Jahr!« Ihre Stimme bebt.

»Alles okay?«

Sie drückt die Lippen so fest aufeinander, dass ihre hohen Wangenknochen weiß aus ihrem Gesicht hervorstechen, und schüttelt den Kopf.

»Was ist denn los?«

»Ach, Henri, dieser Idiot, knutscht mit dieser bescheuerten Isabeau herum, und Étienne …« Sie schluchzt auf. »Ich … ich habe ihn in den Wind geschossen, weil er doch ernsthaft geglaubt hat, ich hätte ihn damals mit Félix Lacroix betrogen.

Ich meine, kennt er mich denn gar nicht?« Sie sieht mich aus tränenden Augen an.

Ich weiß mir nicht anders zu helfen, daher umarme ich sie in einem Akt der Verzweiflung – doch ob ich sie stütze oder sie mich, ist in diesem Moment fraglich. Dass Henri mit dieser Isabeau geflirtet hat, war eine Sache, doch nun … ja, nun ist es offiziell. Er ist wirklich und wahrhaftig ein Mistkerl, und ich bin einfach nur dämlich.

Der Stich, den mir diese unumstößliche Erkenntnis versetzt, ist schwer auszuhalten, aber ich werde nicht weinen – nicht hier vor allen Leuten. Nicht hier, wo er es vielleicht sehen könnte. Ich habe auch meinen Stolz.

Und wo war der gestern, als du vor ihm auf die Knie gegangen und ihm seinen Schwanz gelutscht hast?, ätzt eine fiese Stimme in meinem Kopf.

Verdammt, es war so gut. Warum musste Henri es kaputt machen?

Und warum wundere ich mich überhaupt noch darüber? Was die Liebe anbelangt, habe ich einfach kein Glück. Das ist schließlich nichts Neues. Aus gutem Grund habe ich mich nach der letzten Enttäuschung entschieden, die Finger von Männern zu lassen. Nur das bewahrt einen nämlich vor Herzschmerz und Tränen.

»Libby hat geschrieben!«, sage ich zu Ella, als wir uns im Taxi auf dem Weg nach Hause befinden. Zum Glück zieht es Ella, nun nachdem ihre Beziehung so kläglich gescheitert ist, auch nicht mehr auf die große After-Galadinner-Party.

»Und was?«

Ich halte ihr das Handy hin. Val hat schon vor rund einer Stunde ihre Neujahrswünsche geschickt. Trotz Ellas und meiner am Tiefpunkt befindlichen Stimmung haben wir uns zusammengerissen, ein Selfie gemacht und es den Mädels mit guten Wünschen zurückgeschickt.

Euch ebenfalls ein frohes neues Jahr, auch wenn es hier noch etwas dauert. Aber gut, dass ihr da seid. Was ziehe ich an? Das hier… Es folgt ein Foto von ihr in einem süßen royalblauen Cocktailkleid, das ihre Augen sicherlich hinreißend betonen wird. **… oder das hier?** Das nächste Bild zeigt Libby in einem sexy Lederrock, den sie mit einem hübschen roten Top kombiniert hat.

»Nimm bitte dein eigenes Handy«, sage ich zu Ella, als sie zu tippen beginnt.

»Sorry«, murmelt sie und kramt es aus ihrer Handtasche hervor. Ihre Nachricht ist schnell geschrieben. Sie besteht aus drei Buchstaben – **WOW** –, einem Ausrufezeichen und drei sabbernden Smileys.

Heiß!, kommt es von Val.

Hast du Pläne?

Eden hat Pläne mit mir, schreibt Libby zurück. **Sie schmeißt eine Party und hat mir von mindestens drei Typen erzählt, die ich unbedingt kennenlernen muss.**

Unter ihre Nachricht setzt Libby die drei Affen: nichts sehen, nichts hören, nichts sagen. Ich schmunzle. Totstellen wird nicht helfen, wenn ihre beste Freundin Eden sie unbedingt verkuppeln will.

Und ihr? Was habt ihr noch vor?

Nichts. Das mit Étienne und mir hat sich erledigt.

Noch während Ella mit den Mädels chattet, trudelt eine Nachricht von Henri ein. **Hey, wo steckst du?**

Es juckt mir in den Fingern zu schreiben *Irgendwo, wo du nicht bist* oder *Was geht dich das an?*, doch ich lasse es und reiße mich zusammen. **Auf dem Weg nach Hause. Was gibt es denn?**

Stimmt es, dass es zwischen Ella und Étienne aus ist?

Ja.

Wie geht es ihr? Kommt ihr zurecht, oder soll ich vorbei-schauen.

Bloß nicht! Ich kann seinen Anblick im Moment einfach nicht ertragen. Nicht nötig!, tippe ich mit zittrigen Fingern. Ich habe alles unter Kontrolle. Schön wär's!

Sicher? Es macht mir wirklich nichts aus.

Nein, amüsier dich ruhig weiterhin. Wir kommen klar.

Sag mal, bist du sauer?

Echt jetzt? Idiot! Hätte ich denn einen Grund, sauer zu sein?

Nein, nicht wirklich. Ich habe mich schließlich nur an unsere Absprache gehalten.

Ich unterdrücke den Impuls, laut aufzulachen. Unsere Absprache? Will er mich verarschen?

Wir waren uns doch einig, dass Ella nichts von der Sache zwischen uns mitbekommen soll, oder?, schickt er hinterher.

Das kann er doch unmöglich ernst meinen?

Keine Sorge, Henri, wird sie nicht. Die »Sache« zwischen uns ist gelaufen.

Können wir darüber reden?

Worüber? Wie scheißdemütigend es ist, dir den ganzen Abend dabei zuzusehen, wie du mit Isabeau flirtest, mich nahezu komplett ignorierst und ihr dann zum krönenden Ab-schluss auch noch deine Zunge in den Hals steckst? Nein, da gibt es nichts zu bereden. Vergiss das, was gestern passiert ist, einfach. Das mache ich auch.

Ich habe Isa nicht geküsst! Sie hat mich geküsst.

Haarspalterei. Mir ist das ehrlich gesagt scheißegal.

Es klingt nicht, als wäre dir das egal, Oxy. Hör zu, ich wollte dich nicht verletzen. Das war ein harmloser Silvesterkuss, mehr nicht.

Ich bin nicht verletzt, will ich schreiben, aber dann müsste ich lügen. Und das will ich nicht. Stattdessen schreibe ich: **Du musst dich nicht rechtfertigen. Mich geht das schließlich nichts an.**

Oxy, bitte! Du machst aus einer Mücke einen Elefanten. Das mit Isa hatte nichts zu bedeuten.

Ich mache aus einer Mücke einen Elefanten? Grundgütiger, ich fass es nicht! **Das mit uns augenscheinlich auch nicht, sonst hättest du dich anders verhalten. Ich muss mich jetzt um Ella kümmern. Mach's gut!**

Ich wechsle den Chat, wo Val gerade schreibt: **Aber schön, dass ihr wenigstens zusammen anstoßen konntet.** Sie schiebt ein trauriges Smiley hinterher.

Wenn wir alle zurück sind, holen wir das nach, tröstet Ella sie.

Seid ihr euch mit dem Leder-Mini sicher?, fragt Libby. **Er gehört Eden und ist megaeng. Ich bekomme fast keine Luft! Nachholen klingt übrigens super.**

Das Outfit ist der Hammer, kommt es von Val, und dann: **Ich freue mich schon so sehr auf euch.**

Nur noch drei Tage, dann bin ich wieder bei euch, jubiliert Libby und lässt die virtuellen Korken knallen.

Oxy und ich freuen uns auch auf euch.

So, ich muss los. Eden bringt mich um, wenn ich zu spät komme.

Viel Spaß und einen guten Rutsch, schreibt Val.

Warum soll ich gut rutschen???

Das sagt man bei uns in Deutschland so… Man rutscht ins neue Jahr.

Drei Tränen lachende Smileys folgen.

Oxy und ich sind dann auch weg. Wir sehen uns in 2 (!!!) Tagen. Ella steckt das Handy weg und lächelt wehmütig.

»Ach, ich freue mich wirklich auf die Mädels. Wenn ich ehrlich bin, kann ich es kaum erwarten, nach Plymouth zurückzukommen.«

»Geht mir auch so!« Zumal ich auf keinen Fall noch mal Henri über den Weg laufen möchte.

Ella hebt den Zeigefinger und deutet auf mich. »Verrückte Idee, aber … aber was hältst du davon, wenn wir einfach früher fliegen? Ich bin froh, wenn ich mit Étienne, diesem Vollidioten, nicht länger in einer Stadt sein muss.«

»Verrückt? Ich finde die Idee fantastisch!«, sage ich rasch, ehe sie es sich anders überlegen kann, und verkneife es mir, erleichtert auszuatmen. *Au revoir, Henri Chevallier!* Hoffentlich funktioniert die Aus-den-Augen-aus-dem-Sinn-Taktik, und ich vergesse ihn und unser peinliches Intermezzo bald.

11

Oxana

Aus den Augen, aus dem Sinn ... von wegen!

Mehr als eine schlaflose Nacht hat Henri mich inzwischen gekostet. Seit neun Tagen sind Ella und ich zurück in Plymouth, und er schreibt jeden Tag. Gestern hat er sogar Blumen geschickt. Zum Glück habe ich die Lieferung angenommen – nicht auszudenken, wenn Ella es mitbekommen hätte. Ich habe sie einfach ins Wohnzimmer gestellt, wo sich die Sträuße, die Étienne ihr als Entschuldigung zusendet, häufen. Dort muss ich sie nicht ununterbrochen sehen, und dort fallen sie nicht weiter auf – zumindest dachte ich das, denn Henris Strauß ist anders. Weiß ist er und wirkt so Ton in Ton beinahe monochrom. Henri hat einen guten Geschmack, das zumindest muss man ihm lassen. Die Sträuße, die Ella bekommt, sind allesamt quietschbunt und einer größer als der andere.

Ja, der von Henri sticht wirklich ins Auge, deshalb habe ich ihn in die letzte Reihe verbannt – allerdings nicht ohne vorher zu googeln, um welche Blumen es sich handelt und was genau sie zu bedeuten haben. Weiße Anemonen stehen für Unschuld, Vertrauen und Vergänglichkeit, weiße Tulpen für endlose Liebe – pah, wer's glaubt! –, und weiße Lisianthus zeugen von Wertschätzung. Sie symbolisieren, dass man dem

Beschenkten gegenüber dankbar ist. Dankbar wofür? Für den Blowjob?

Egal, ich werde ihn gewiss nicht danach fragen, stattdessen habe ich ihm geschrieben, dass ich keine Blumen von ihm will und er Ella in Zukunft selbst fragen soll, wie es ihr geht.

Doch noch während ich durch den Korridor Richtung Unterrichtsraum eile, bekomme ich wieder eine Nachricht von ihm.

Das kann ich nicht. Sie behauptet ja immer, es gehe ihr gut, also muss ich wohl oder übel dich fragen

Grrr! Er macht mich echt wahnsinnig! Was soll das? Warum kann er die Sache nicht einfach auf sich beruhen lassen? Echt, ich bin so sauer ... In erster Linie gar nicht mal auf ihn, sondern viel, viel mehr auf mich. Wieso habe ich mich bloß von ihm einlullen lassen? Mist verdammter!

»Oxana!«, ertönt eine Stimme hinter mir.

Ich wirble herum und sehe mich im ersten Moment einem Typen gegenüber, den ich noch nicht gesehen habe. Es dauert zwei, drei Herzschläge, bis ich Jasper Chase erkenne. Sein Hipsterbart ist ab, die schwarzen Haare ebenfalls weg. Millimeterkurze blonde Stoppeln bedecken seinen Schädel. Mit seinen unzähligen Tattoos und der verwaschenen Jeans, dem weißen T-Shirt, der schwarzen Lederjacke und den Biker-boots sieht er nicht aus wie der neue Stern am britischen Modehimmel, sondern wie das Mitglied einer Motorradgang.

»Jasper!«, stoße ich überrascht hervor. »Wow, mit der neuen Frisur hätte ich dich beinahe nicht erkannt.«

Verlegen fährt er sich über die Haare. »Sieht ziemlich scheiße aus, oder?« Er verzieht sein markantes Gesicht zu einer Grimasse. »Aber sie wachsen ja wieder.«

»Einen schönen Mann kann nichts entstellen«, tröste ich ihn und ernte ein Lachen. »Was kann ich für dich tun?«

»Du hattest doch bei der Atelierführung erzählt, dass du für Origami Oaring gearbeitet hast, richtig?«

»Das habe ich dir, glaube ich, auf der Halloweenparty erzählt, aber ja, es stimmt: Ich habe für Origami gearbeitet.«

»Wir suchen Verstärkung, und da dachte ich spontan an dich. Also erst mal nebenbei, aber ab Sommer dann, wenn bis dahin alles gut läuft, dauerhaft.«

Mein Handy pingt erneut und meldet eine weitere eingegangene Nachricht, doch ich ignoriere sie. »Echt?«, frage ich Jasper und hoffe, dass meine Stimme nicht so zittrig klingt, wie ich mich gerade vor lauter Aufregung fühle. Passiert das gerade wirklich? Macht Jasper Chase, der als neuer Alexander Mc-Queen gehandelt wird, mir gerade hier, mitten auf dem Collegeflur, ernsthaft ein Jobangebot? Oder ist das eine Anmache?

Er grinst breit. Es ist ein ziemlich unwiderstehliches Grinsen, was wohl erklärt, warum so viele andere Studentinnen total verrückt nach ihm sind. Mich lässt es kalt. Ich hatte meine Portion Casanova gerade erst und bin hinreichend bedient. »Ja, echt. Komm doch mal diese Woche im Atelier vorbei, dann reden wir über alles.«

»Was sagt Ian denn dazu?«, hake ich vorsichtig nach, denn einerseits bin ich mir immer noch nicht sicher, ob Jasper nicht möglicherweise Hintergedanken hat, und andererseits wurde bei der Atelierführung bei On Fleek mehr als deutlich, dass Ian und er sich nicht immer grün sind.

»Ian ist begeistert von der Idee. Wir suchen wirklich händeringend nach jemandem mit deinem Know-how. Du hast bereits so wahnsinnig viel Erfahrung. Ich meine, klar, wir machen keine Haute Couture, aber wir hätten dich echt gerne im Team.«

»Und wann soll ich vorbeikommen?«

»Heute? Oder ist das zu kurzfristig?«

Ich schüttle den Kopf. »Nein, nein, gar nicht. Das passt. Dann würde ich nach dem Unterricht so gegen sechzehn Uhr bei euch sein.«

»Perfekt! Dann also bis dann.« Grinsend hebt er zum Abschied die Hand, und ich kann mein Glück gar nicht fassen. Ein Job bei On Fleek. Das wäre einfach der Hammer. Aber wie bringe ich das bloß Fawkes und Rhett bei? Nicht nur, weil ich die beiden echt gernhabe, sondern auch, weil Fawkes mir zu Beginn meiner ersten Schicht am Dienstagabend erst einmal um den Hals fiel und mir sein Leid klagte.

»Dass der Laden nach deinem Urlaub überhaupt noch steht, ist das reinste Wunder«, behauptete er, zog mich erneut an sich und fügte hinzu: »Bitte, bitte, bitte, geh nie wieder weg.« Ich lachte, dachte, er würde sich nur anstellen, doch da Rhett mich wenig später mit einem »Ich bin so froh, dass du wieder da bist!« und einer ähnlich herzlichen Begrüßung empfing, scheint es während meiner Abwesenheit wirklich drunter und drüber gegangen zu sein.

Und nun denke ich über einen Jobwechsel nach. Ich komme mir wie eine Verräterin vor, aber Bier ist Bier, und Schnaps ist Schnaps. Es macht natürlich viel mehr Sinn, meinen Kellnerinnenjob zu schmeißen und bei On Fleek anzufangen – das ist schließlich eine Arbeit, bei der ich zum einen jede Menge lernen kann und die sich, zum anderen, echt gut in meinem Lebenslauf macht.

Noch hast du die Stelle bei On Fleek ja nicht, beruhige ich mich. *Und abgesehen davon könnte es immer noch eine Anmache sein*, erinnere ich mich nachdrücklich, um mir eine weitere Enttäuschung zu ersparen.

Was mich unwillkürlich zu Henri bringt. Eigentlich habe

ich keine Zeit. Ich bin ohnehin spät dran, und Alicia ist, was ihre Drohung betrifft, die Tür zu schließen und die Zuspätkommer draußen zu lassen, sehr konsequent.

Dennoch muss ich zumindest einen kurzen Blick auf die Nachricht werfen. Ich kann einfach nicht anders.

Und wie geht es dir? Ist bei dir alles in Ordnung?

Definiere doch mal in Ordnung?, denke ich, schreibe es jedoch nicht. Stattdessen stecke ich das Handy weg und hetze – begleitet von dem Gefühl, dass gar nichts in Ordnung ist – weiter. Warum kann er mich nicht einfach in Ruhe lassen? Ich war doch mehr als deutlich.

Zumindest was Alicia anbelangt, habe ich Glück. Die Tür ist noch auf, und von ihr fehlt jede Spur. Eilig nehme ich neben Libby, die mir einen Stuhl frei gehalten hat, Platz. Ich sitze ganz außen, direkt am Fenster, mit Aussicht auf die Mall und Starbucks. Ohhhh, für einen Kaffee würde ich gerade glatt einen Mord begehen.

»War viel los im Computerpool?«, fragt Libby, denn da habe ich die letzten beiden Stunden verbracht. Ich wünschte wirklich, ich hätte einen eigenen Laptop mit all diesen superteuren Designprogrammen und könnte wie Libby und Ella zu Hause arbeiten.

»Ja, schrecklich, aber eigentlich bin ich wegen Jasper Chase so spät dran.«

»Wegen Jazz?«, erkundigt sich Libby mit gerunzelter Stirn. *Jazz?* Wieso nennt Libby ihn Jazz?

»Ja, er hat mir einen Job angeboten«, erkläre ich im Flüsterton.

»Wow, wie cool! Wirst du ihn annehmen?«

»Was wird Oxy annehmen?«, mischt sich Ella ein und schaut von ihrem Handy auf. »Hat dich jemand zu einem Date eingeladen?«

»Nee, viel besser.« Ich schaue mich einmal um, alle anderen sind ebenfalls in Gespräche vertieft, dennoch senke ich die Stimme, als ich erwidere: »Jasper hat mir einen Job bei On Fleek angeboten.«

»Oxy«, meint Libby euphorisch, »das ist eine einmalige Chance, die darfst du dir nicht entgehen lassen.«

»Ja, wenn es denn ein ernst gemeintes Angebot ist«, murmle ich.

»Er hat dich gefragt, also wird er es schon ernst meinen, oder?«

»Na ja, du kennst ja seinen Ruf. Was, wenn er nur scharf auf mich ist und … na ja, du weißt schon, wenn er mich mit dem Job bloß ködern will.« Libbys Augen verengen sich bei der Vorstellung, und auch Ella stutzt einen Moment, ehe sie zu kichern beginnt.

»Jasper Chase braucht bloß mit den Fingern zu schnippen, dann werfen sich ihm hier ein Dutzend paarungswilliger Studentinnen an den Hals. Der hat es nicht nötig, so einen Aufwand zu betreiben, um jemanden ins Bett zu bekommen.« Libby nickt zustimmend. »Und abgesehen davon wäre er schön blöd, wenn er dir keinen Job anbieten würde: Du bist genial. Im Moment ziemlich schräg drauf, aber genial.«

»Ich bin nicht schräg drauf«, verwehre ich mich.

»Na ja, du denkst offensichtlich, das Jobangebot könne eine Anmache sein, das finde ich schon irgendwie schräg.«

Bevor ich dazu komme, mich zu rechtfertigen, betritt Alicia den Raum. Alle Gespräche verstummen schlagartig, noch ehe sie die Tür zugezogen hat.

»Bitte entschuldigen Sie die Verspätung. Ich musste ein wichtiges Telefonat führen«, sagt sie, stellt ihre Gucci-Handtasche auf den Stuhl und blickt fragend in die Runde: »Wie kommen Sie denn mit der aktuellen Aufgabe voran? Gibt es schon Entwürfe, die Sie mir zeigen wollen? Haben Sie Fragen bei der Umsetzung?«

Wie immer befindet sich die Gruppe in unterschiedlichen Stadien, was die Bearbeitung des Themas anbelangt. In dieser Woche lautet es: »Inspiriert von einer Filmikone.« Ella hat sich für Audrey Hepburn entschieden, Libby passenderweise für Jane Fonda, der sie mit ihrem hübschen Gesicht, der niedlichen Stupsnase und der blonden Löwenmähne gar nicht unähnlich sieht, und ich werde mich an Stilikone Grace Kelly orientieren. Eine sichere Wahl, denn ich kann das machen, was mir liegt: eine elegante Abendrobe.

Als Alicia irgendwann Zeit hat, sich meinen Entwurf anzuschauen, sagt sie jedoch: »Sie wissen hoffentlich, wie sehr ich Ihre wunderschönen Abendkleider schätze, Oxana, und ja, eigentlich kann ich wirklich nicht genug davon bekommen, doch ich möchte Sie bitten, Ihre Komfortzone zu verlassen und über den Tellerrand hinauszuschauen. Die Modewelt hat mehr zu bieten: Hosen, Röcke, Overalls, Blusen… Ich bin sicher, Sie werden etwas finden, das Mrs. Kelly und Ihnen gerecht wird.«

»Mist!«, murmle ich, als ich an meinen Platz zurückkehre.

Libby, die offenbar alles mitbekommen hat, nickt zustimmend. Nachdem ich mich gesetzt habe, beugt sie sich zu mir und flüstert: »Na, immerhin hast du das Material noch nicht gekauft.«

Innerlich seufzend gebe ich ihr recht, dennoch bedeutet die Planänderung, dass die kommenden Tage mehr als stressig werden.

Das beginnt bereits mit dem hektischen Nachmittag, denn statt wie geplant zwischen Unterricht und meiner Schicht im Tarantula noch einmal zu Hause vorbeizuschauen, mache ich mich mit klopfendem Herzen und Ellas aufmunternden Worten im Ohr auf den Weg ins On-Fleek-Atelier.

Jazz und Ian empfangen mich mit großem Hallo und tun, kaum bin ich eingetreten, bereits so, als wäre alles in trocknen Tüchern, daher muss ich ihren Enthusiasmus erst einmal bremsen, indem ich ihnen klarmache, dass ich momentan noch andere Verpflichtungen habe.

»Ich werde heute Abend mit Fawkes und Rhett sprechen und schauen, dass ich so schnell wie möglich im Tarantula aufhören kann.«

»Natürlich, mach das«, brummt Ian wenig begeistert, und Jasper fügt hinzu: »Es wäre einfach toll, wenn wir noch vor der Fashion Week Verstärkung bekommen könnten.«

»Das verstehe ich. Wie gesagt, ich kläre es gleich während meiner Schicht und gebe euch dann Bescheid.«

Zum Glück hatte ich mich vor den Ferien aufgrund der anstehenden Semesterendabgaben sowieso nicht für allzu viele Schichten eingetragen. Während Rhett Verständnis für meine Entscheidung hat, sieht es aus, als würde Fawkes mich nicht so leicht ziehen lassen wollen.

»Wenn Oxy keinen Ersatz für ihre Schichten findet, dann bin ich der, der hinter der Bar steht«, mault er, als ich sie von meinem Vorhaben in Kenntnis setze.

»Ich könnte ja auch übergangsweise erst einmal zweigleisig fahren, und wenn ich keinen Ersatz auftun kann, mache ich meine Schicht eben planmäßig«, schlage ich vor.

»Und bis Ende des Monats haben wir sicherlich eine neue Aushilfe gefunden«, kommt Rhett mir zu Hilfe.

Fawkes' Lippen verziehen sich zu einer Schnute. Er legt mir den Arm um und zieht mich an sich. »Ja, aber keine kann Oxy ersetzen.« In der Annahme, er würde scherzen, tätschle ich lachend seinen Rücken, doch während meiner Schicht zählt er mindestens zwei Dutzend Gründe auf, weshalb er mich nicht in seinem Team missen möchte.

»Dir muss man halt nie was erklären«, meint er, während wir an der Zapfanlage stehen. »Du siehst, wenn irgendwo Arbeit anfällt, und erledigst sie.«

»Na ja, das ist doch selbstverständlich!«

Schnaubend murrt er: »Schön wär's! Dann wäre mein Leben deutlich weniger stressig. Mann, das ist echt so scheiße! Wir haben, seit wir den Laden aufgemacht haben, immer wieder Probleme mit dem Personal. Du bist die Einzige, mit der es von Anfang an reibungslos lief. Die Einzige, der ich nie auf die Finger klopfen und bei der ich nie den Chef rauskehren musste. Auf dich kann man sich verlassen. Du kommst immer pünktlich, lässt deine privaten Probleme zu Hause, hast echt nie schlechte Laune … Fuck, du bist echt zu gut, um wahr zu sein.« Er dreht sich zu mir um, wischt sich die Hände an einem der Spülhandtücher ab und sagt: »Du bist ein verdammtes Goldstück!«

Verlegen kaue ich auf meiner Unterlippe, doch woran ich wirklich knabbere, ist mein schlechtes Gewissen. »Es tut mir auch wahnsinnig leid, dass ich euch gerade in Schwierigkeiten bringe, aber das ist eine wirklich tolle Chance für mich. On Fleek ist …«

Fawkes winkt seufzend ab. »Ich freue mich ja auch für dich. Tue ich wirklich!«, sagt er nachdrücklich und kassiert einen Gast ab, ehe er sich wieder mir zuwendet: »Aber du wirst uns nun mal echt fehlen.«

Auch meine nächsten Wochen sind chaotisch. Das mit dem sanften Übergang bekomme ich allerdings super hin, da ich viele Schichten an eine Kollegin abtreten konnte. Die Sache mit Henri hängt mir immer noch nach. Seit ich ihm auf seine letzte Nachricht geschrieben habe, dass es ihn nicht zu interessieren habe, wie es mir geht, hat er nichts mehr von sich hören lassen. Allerdings hat die von mir erbetene Funkstille leider nicht den erhofften Effekt. Noch immer denke ich viel, viel zu oft an ihn, dabei habe ich inzwischen ganz andere Sorgen, denn es ist gar nicht so einfach, mich in das On-Fleek-Team einzugliedern. Ich weiß nicht, wo mein Platz ist, und es kommt zu Reibereien mit zwei Näherinnen, die bereits bedeutend länger dabei sind und sich anscheinend von mir bedroht fühlen.

Glücklicherweise entgeht Ian die Situation nicht, weshalb er irgendwann klarstellt, dass es für ihn keine Rolle spiele, wer wie lange im Team ist, sondern dass für ihn allein die Leistung zähle und er an meiner nicht das Geringste zu beanstanden habe.

Als Ian und Jasper mich um ein Gespräch bitten, habe ich dennoch ein mulmiges Gefühl im Bauch. Ich bin noch keine Woche fest dabei, und schon wollen sie ein Mitarbeitergespräch führen. Entsprechend unsicher bin ich, als ich mich auf das Sofa in ihrer Wohnung, die unter dem Atelier liegt und über eine Treppe damit verbunden ist, setze. In Gedanken male ich mir eine Million furchtbarer Dinge aus. Vielleicht habe ich irgendeinen gravierenden Fehler begangen und ...

»Ian und ich haben darüber diskutiert, wen wir auf die Fashion Week nach New York und London mitnehmen«, beginnt Jasper. »Sicherlich hast du es mitbekommen: Aurelio möchte, dass wir bei beiden dabei sind. Am Samstag, den 01.02., geht es los, und bevor wir hier irgendwelche Pläne schmieden, wollten wir fragen, ob du a) Lust hast, uns zu begleiten, und b) ob du alle nötigen Unterlagen für eine Reise in die USA hast.«

»Mich?«, echoe ich völlig perplex und schaue von einem
zum anderen.

»Ja, wir sind uns einig, dass wir dich gerne dabeihätten«,
ergänzt Ian.

Sie sind sich einig? Die beiden waren sich, seitdem ich hier
bin, noch nie einig. Noch NIE! Zum Glück schaffe ich es, mir
diesen Kommentar zu verkneifen. Ich bin sicher, der käme
nicht gut an.

»Ich wäre wahnsinnig gerne dabei!«, platze ich heraus.
Ein ungläubiges Lachen schlüpft über meine Lippen hinterher. Wirklich glauben kann ich das Ganze noch nicht. »Und
wegen der Papiere: Da geht es doch nur um die ESTA-Ge-
nehmigung, richtig?« Ian nickt. »Das ist kein Problem. Die
ist noch gültig.«

»Du warst also schon mal in den Staaten?«, erkundigt Jasper sich.

Bedauernd schüttle ich den Kopf. »Es war geplant, aber
ist dann ins Wasser gefallen«, speise ich meine Chefs mit der
Kurzversion ab. Ich bin mir sicher: Niemand will die traurige
Geschichte über meinen untreuen Ex und unseren gescheiter-
ten New-York-Trip hören.

Der Rest des Monats vergeht wie im Flug. Das Highlight ist
Libbys Geburtstag, den wir allerdings nicht gebührend feiern können, weil er mitten in den Semesterendabgaben liegt.
Trotzdem stoßen wir im College kurz an. Jasper crasht völlig überraschend die Party und händigt Libby zur Verwunderung aller Anwesenden ein Geschenk aus. Ich glaube jedoch,
niemand ist überraschter als sie selbst. Aus großen, aufgerissenen Augen starrt sie ihn an, und es dauert eine gefühlte
Ewigkeit, bis sie sich zu einem unsicheren »Danke« durch-
ringen kann.

Natürlich versuchen Ella und ich, Libby im Anschluss auszuquetschen, doch sie behauptet steif und fest, dass sie keine Ahnung habe, warum unser Stardesigner ihr ein Geburtstagsgeschenk gemacht hat. Eine aus unserem Kurs, Rochelle, mutmaßt, dass es sich um ein Kleid handelt.

»Warum sollte Jasper dir ein Kleid schenken?«, frage ich Libby und sehe sie stirnrunzelnd an. *Vielleicht weil sie ihn* »*Jazz*« *nennt?*, erinnert mich eine Stimme in meinem Kopf.

»Weil das seine Masche ist«, tönt Rochelle.

»Seine Masche?« Libby blinzelt verwirrt.

Rochelle verdreht die Augen. »Er will mit dir ins Bett!«, sagt sie in einem Tonfall, als wäre Libby auf den Kopf gefallen. »Und das da ist seine Art, sein Interesse zu bekunden. Mach dir keine Hoffnungen, dass es etwas zu bedeuten hätte, denn das hat es nicht.«

Das glaubt sie doch selbst nicht. Jede von uns weiß, wie viel Arbeit in einem Kleid steckt, und ich kann mir nicht vorstellen, dass Jasper haufenweise Kreationen für seine Angebeteten schneidert.

Was folgt, ist ein heftiger Schlagabtausch zwischen Rochelle und Ella, die sich schützend vor Libby stellt. Unser Nesthäkchen selbst ist zu perplex, um adäquat auf Rochelles Gemeinheiten zu reagieren. Als die fiese Giftspritze abgezogen ist, haben Ella und ich alle Mühe, Libby wieder aufzumuntern. Sie tut mir furchtbar leid, so sollte ein Geburtstag wirklich nicht laufen.

Als Jasper mir sehr viel später an diesem Tag im Flur über den Weg läuft, bin ich versucht, ihn nach Libbys Geschenk zu fragen, doch da er wie so oft von einem ganzen Tross hübscher Studentinnen, die ihm schöne Augen machen und um seine Aufmerksamkeit buhlen, umschwärmt wird, lasse ich es bleiben.

Was da zwischen ihm und Libby läuft oder auch nicht läuft, geht mich ja auch gar nichts an. Es ist nur… ich mag Libby nun einmal wirklich, und auf keinen Fall will ich, dass es ihr ergeht wie mir im Moment. Die Enttäuschung würde ich ihr liebend gern ersparen.

Als ich nach Hause komme, überreicht Ella mir ein Päckchen. »Ich habe heute doch gar nicht Geburtstag«, meine ich lachend.

»Das ist auch nicht von mir, sondern von Henri. Er hat mich gebeten, es dir zu geben.« Ich blinzle verwirrt. Warum macht er das? Wollten wir die ganze Sache nicht vor Ella geheim halten?

»Was ist das?«

»Dein Weihnachtsgeschenk… also dein eigentliches Weihnachtsgeschenk. Ich hoffe, es gefällt dir. Ich habe ihm den Tipp gegeben. Pack es aus!« Sie klatscht aufgeregt in die Hände. Während ich noch nach einer Ausrede suche, um das Geschenk nicht vor Ella auspacken zu müssen – wer weiß, was das ist –, klingelt Ellas Telefon.

»Mein Vater!« Sie klingt genervt.

»Grüß ihn lieb.«

Ein verkniffenes Lächeln ist die Antwort. »*Bon soir, papa!*«, begrüßt sie ihn. Sie öffnet erneut den Mund, schließt ihn dann jedoch wieder. Eine Weile hört sie mit trotziger Miene zu, ehe sie erwidert: »Was heißt mit vollen Händen zum Fenster rauswerfen? Ich… Nein, das habe ich nicht!« Ich hebe die Hand, schnappe mir das Päckchen und verdrücke mich nach oben, während Ella und ihr Vater sich ums liebe Geld streiten – kein Wunder, denn Ella leistet sich im Moment fast tägliche Shoppingexzesse.

Oben in meinem kleinen Reich angekommen, schließe ich die Tür hinter mir, stelle Henris Paket auf der Kommode ab und versuche, es zu ignorieren. Allerdings dauert es keine fünf Minuten, bis die Neugier siegt, und ich es trotz aller Bedenken öffne.

Zum Vorschein kommt ein in Weihnachtspapier verpacktes Geschenk, das sich als MacBook entpuppt. In Paris habe ich ihm erzählt, dass ich keinen Laptop besitze und wie schwierig die Situation mit dem Computerpool ist. Ich streiche versonnen mit meinen Fingern über das silberne Gehäuse. Kühl fühlt es sich an. Es dauert einen Moment, bevor ich mich überwinden kann, nach der beiliegenden Karte zu greifen.

Datiert ist die Weihnachtskarte auf den 23.12.2019. In sauberer, für einen Mann sehr leserlicher und ordentlicher Handschrift steht dort:

Liebe Oxana,
ich hoffe, Ellas Tipp war gut, und du freust dich über dieses
Geschenk.
Fröhliche Weihnachten, Henri

Ich kann es nicht annehmen, wird mir klar. Es fühlt sich falsch an. Ich greife zum Telefon und rufe Henri an.

»Hey, alles okay?«

»Nein«, erwidere ich. Mehr bringe ich nicht heraus. Seine Stimme zu hören ist ein Schock. Ich meine, klar, ich habe ihn angerufen, und ich wusste ja auch, dass er wahrscheinlich rangehen und ich sie hören würde, und dennoch zieht sie mir für einen Moment den Boden unter den Füßen weg.

»Was ist passiert, Oxy?«

Du bist passiert. Ich dränge die Tränen, die sich hinter meiner Stirn wie ein Unwetter zusammenbrauen, zurück, indem ich mir in die Nasenwurzel kneife. »Der Rechner … ich kann ihn nicht annehmen. Nicht nach allem, was passiert ist. Ich werde ihn morgen zur Post bringen und zurückschicken. Ich wollte nur, dass du das weißt.«

»Oxy, bitte behalte ihn.«

»Es geht nicht!«

»Warum nicht?«

»Weil … weil ich nicht käuflich bin«, presse ich verzweifelt hervor, lehne mich mit dem Rücken an die Wand und ziehe meine Beine an.

»Das hat auch niemand behauptet.« Beschwörend fügt er hinzu: »Ich erwarte nichts dafür.«

Wie kann er so ruhig und gefasst klingen? Lässt ihn das alles denn völlig kalt? »Nein«, gifte ich wütend über seine verdammte Coolness, »du hast ja auch inzwischen alles bekommen, was du wolltest, oder?«

Als er antwortet, hat sich der Tonfall in seiner Stimme verändert. Er klingt hart. »Ich habe nichts bekommen, was du mir nicht aus freien Stücken gegeben hast.«

»Ja, und es gibt wenig, was ich mehr bereue, als dass ich so dumm war, mich von dir einwickeln zu lassen«, presse ich bitter hervor.

»Wenn du das Gefühl hast, ich hätte dich eingelullt, dann tut mir das sehr leid.« Und ja, das tut es, man hört es überdeutlich. »Und du bist alles andere als dumm, Oxy. Herrje, ich weiß nicht, was ich noch sagen soll. Was geschehen ist, wie ich mich verhalten habe, dass du verletzt wurdest, all das tut mir wahnsinnig leid. Das war nicht meine Absicht. Bitte behalte den Rechner. Du hättest ihn doch eigentlich bekommen, bevor der ganze Mist passiert ist, und dann hättest du ihn mir doch auch nicht zurückgegeben, oder?« Vermutlich nicht, aber … »Von mir aus kannst du ihn auch verschenken, aber schick ihn nicht hierher.« Und bevor ich etwas erwidern kann, hat er einfach aufgelegt. Elender Mistkerl!

Ich muss eingeschlafen sein. In meinem Zimmer ist es dunkel. Nur das Licht der Straßenlaterne erhellt den kleinen Raum. Was mich geweckt hat, muss das Knarzen der Treppe gewesen sein. Mein Magen knurrt, protestiert gegen das übersprungene Mittag- und Abendessen. An Schlaf ist erst einmal nicht mehr zu denken. Vielleicht nach einem kleinen Mitternachtssnack … oder wie spät es auch immer sein mag.

Als ich die Treppe hinuntersteige, sehe ich Libby, die im Wohnzimmer steht und unschlüssig Jaspers Geschenk in den Händen hält. Ob die hübsche quadratische Schachtel ein Kleid enthält? Aber warum sollte Jasper ihr ein Kleid designen? Warum sollte er ihr überhaupt etwas schenken?

Die Treppenstufe unter meinen Füßen ächzt protestierend auf. Libbys Kopf ruckt zu mir herum. Sie wirkt ertappt. Eilig husche ich die letzten Stufen hinunter und zu Libby ins Wohnzimmer. »Ich habe gehört, dass du nach unten gegangen bist, und dachte mir schon, dass du es dir ansehen willst«, sage ich, um ihr die Befangenheit zu nehmen. »Wenn du lieber allein …«

Sie winkt ab. »Nein, schon okay. Du bist doch auch neugierig.«

»Und wie«, gebe ich ihr recht. Jazz ist nun einmal ein Weltklassedesigner. Klar bin ich gespannt darauf, was sich in der Geschenkbox verbirgt.

Libby packt ein schwarzes Minikleid in Wickeloptik aus. Eine mit Strasssteinen verzierte Pilger-Schnalle an der linken Seite hält es zusammen. Die ausgestellten Ärmel dürften bis zu den Ellbogen reichen. Es ist süß, und ich weiß auf den ersten Blick, dass es ihr unfassbar gut stehen wird.

Ich beobachte, wie Libbys Finger sich selbstständig machen. Wie sie die feine schwarze Seide und die Drapierung berührt. Ein Lächeln umspielt ihre Lippen.

»Zieh es an!«

Einen Moment wirkt Libby unschlüssig, dann schlüpft sie aus ihrem scheußlichen lila Schlafanzug mit den potthässlichen pinken Teddybärchen – ein Scherzgeschenk von Eden zu Weihnachten, wie sie uns versicherte, als wir sie deswegen aufzogen – und hinein in das Kleid. Ich gehe ihr zur Hand, indem ich den Reißverschluss im Rücken schließe und dafür sorge, dass sich ihre hübschen Locken nicht darin verfangen.

»Wow, du sieht heiß aus! Fehlen nur noch die richtigen Schuhe. Vielleicht kannst du Ella ihre neuen Jimmy Choos stibitzen.«

»Ja«, stimmt Libby mir zu. Ihre Wangen glühen vor lauter Aufregung. »Die sind toll, und die würden sooo gut zu diesem Kleid passen.«

»Das Schlimmste ist, dass es Ella bei all dem Zeug, das sie ständig kauft, vermutlich gar nicht weiter auffallen würde.«

»Vielleicht sollten wir mal intervenieren. Ich meine, ihre Shoppingexzesse waren in letzter Zeit ganz schön heftig.«

»Dafür ist es wohl zu spät. Ihr Vater hat vorhin angerufen, und sie hatten einen üblen Streit.«

»Wann?«

»Als du in der Wanne lagst und von Jasper geträumt hast«, necke ich sie.

»Ich habe nicht von Jazz geträumt!«, behauptet sie so hastig, dass ihre Zunge ins Stolpern gerät.

»Vielleicht bloß ein klitzekleines bisschen?« Mit Daumen und Zeigefinger, die ich im Zentimeterabstand auseinanderhalte, unterstreiche ich meine Worte. »Ich verrate es auch nicht weiter.«

»Vergiss es einfach, Oxy. Das versuche ich auch. Es hatte nichts zu bedeuten.«

»*Es?*« Geschockt reiße ich die Augen auf. »Hatte Ella also doch recht!«

Libby lässt mich stehen, stolziert in den Flur hinaus und begutachtet das Kleid im Ganzkörperspiegel, der dort an der Wand hängt.

Okay, sie will nicht drüber sprechen, was genau zwischen Jazz und ihr passiert ist … Kann ich nachvollziehen. Geht mir schließlich ähnlich.

»Hohe Schuhe sind bei dem Outfit ein Muss«, sage ich, als sie sich auf die Zehenspitzen stellt. Und dann frage ich sie doch, denn es lässt mich einfach nicht los: »Warum, Libby, schenkt Jasper dir so ein Kleid, wenn *es* nichts zu bedeuten hatte, hm?« Ich kenne Jazz noch nicht sonderlich lange und auch nicht unfassbar gut, aber ich weiß, dass dieses Kleid etwas zu bedeuten hat.

»Du hast doch auch gehört, was Rochelle gesagt hat: Dieses Theater ist bloß eine Masche von ihm.«

»Glaubst du das ernsthaft?«, frage ich zweifelnd. Vielleicht hätte ich heute Mittag noch für möglich gehalten, dass an Rochelles Behauptung etwas dran ist, doch nun, nachdem ich gesehen habe, wie viel Liebe in diesem süßen Entwurf steckt, kann ich mir beim besten Willen nicht vorstellen, dass Jazz es mit Libby nicht ernst meint.

»Ich weiß nicht, was ich glauben soll«, nuschelt Libby niedergeschlagen. »Ich weiß bloß, dass ich ihm das Kleid zurückgeben muss.«

Oh weh, diese Reaktion kommt mir sehr bekannt vor. »Du musst wissen, was du tust, aber …«

»Kein ABER, Oxy«, fällt Libby mir vehement ins Wort. »Ich muss ihn einfach endlich aus dem Kopf bekommen, und allein deshalb kann ich das Kleid unmöglich behalten.«

Yep. Absolut nachvollziehbar.

»Was hat er denn getan?«

»Du verrätst es wirklich nicht weiter?«

Ich schüttle den Kopf.

»Gut, denn ich will auf keinen Fall, dass alle wissen, dass ich ebenfalls bloß ein weiterer Eintrag in Jasper Chase' kleinem schwarzen Buch bin.«

Oh nein! Die Art, wie sie es sagt, so bekümmert und hoffnungslos, bricht mir das Herz. Ach Jazz, was hast du bloß angestellt? Ich hake mich bei Libby unter und führe sie ins Wohnzimmer, wo ich ihr helfe, aus dem Kleid zu steigen und es ordentlich zu verstauen.

Libby zieht wieder den unförmigen Pyjama an und macht es sich zusammen mit Lucky auf dem Sofa bequem. Keine von uns bringt es übers Herz, das arme Katerchen im nasskalten Januar nachts vor der Tür zu lassen. Das wäre unmenschlich.

»Schmusekater«, säuselt Libby, die mindestens ebenso vernarrt in Lucky ist wie er in sie. Sie spielt mit seinem zerrupften Ohr, was er mit einem lauten Schnurren quittiert.

Mir ist total klar, dass sie gerade versucht, Zeit zu schinden. Ich nehme mir eine Wolldecke, kuschle mich Libby und Lucky gegenüber in den breiten Sessel und frage: »Du hattest also Sex mit ihm, und das, obwohl ich dich ausdrücklich davor gewarnt habe?«

Libby räuspert sich und streicht sich verlegen eine Strähne ihrer blonden Locken aus der Stirn. »Nun ja, deine Warnung – danke für den Hinweis übrigens – kam etwas spät, denn zu dem Zeitpunkt hatte ich schon längst mit ihm geschlafen.«

»Hä?«, frage ich wenig eloquent. Nun bin ich verwirrt. »Aber du lagst doch die ganze erste Zeit krank im Bett. Wann…?«

»Auf der Fashion Week vor fast zwei Jahren«, informiert sie mich. »In New York. Und es war auch bloß ein One-Night-Stand, aber … Ach, ist doch auch egal. Beziehungsweise ihm ist es egal. Er hat es vergessen, oder zumindest hat er bis heute so getan.«

Und dann erzählt Libby mir die ganze vertrackte Geschichte, die zwischen ihnen vorgefallen ist. Nachdem sie geendet hat, bin ich echt sauer auf Jazz. Trotzdem, wäre Libby ihm gleichgültig, hätte er ihr auf keinen Fall dieses hübsche, eigens für sie angefertigte Kleid geschenkt. Als ich den Gedanken laut ausspreche, frage ich mich, ob das Gleiche für Henri und seine Geschenke gilt. Doch bei Blumen und Laptop hat er schließlich bloß seine Kreditkarte glühen lassen – wobei: Seine Kreditkarte ist davon vermutlich nicht mal aus dem Winterschlaf aufgewacht.

»Vielleicht«, räumt Libby ein, »aber das spielt keine Rolle mehr. Ich bin aus der Nummer ein für alle Mal raus. Das letzte halbe Jahr hier in England will ich in vollen Zügen genießen und nicht ständig bloß Jazz nachtrauern. Morgen gebe ich ihm das Kleid zurück, und das war's dann endgültig.«

Sie klingt absolut entschlossen. Ich wünschte, das könnte ich von mir sagen. Ich kann diesen Rechner wirklich gut gebrauchen. Aber so bescheuert sich das auch anhören mag – denn Henri hat ja recht, er hätte ihn mir an Weihnachten geschenkt, und das war nun einmal, bevor da etwas zwischen uns war –, es fühlt sich an, als wäre ich käuflich, als wäre der Laptop eine Entschädigung für den Blowjob oder den Mist, den er danach mit mir abgezogen hat.

Libby verscheucht Lucky von ihrem Schoß, um aufstehen zu können. »Komm, lass uns ins Bett gehen. Morgen früh müssen wir schließlich fit sein.«

»Ich kann gar nicht genug schlafen oder Kaffee trinken, um Alicia King in der ersten Stunde gewachsen zu sein.«

Libby hakt sich bei mir unter. »Keine von uns ist ihr jemals gewachsen – nicht mal Ella an einem guten Tag.«

»Auch wieder wahr!«, gebe ich Libby recht, während wir die Stufen in den ersten Stock hinaufsteigen.

»Eigentlich darfst du dich überhaupt nicht beschweren, du bist schließlich ihr absoluter Liebling.«

»Nein, das ist Jasper.«

»Der ist aber nicht in unserem Kurs.«

»Ich glaube, wir dürfen uns alle drei nicht beschweren … Ella, du und ich kommen noch am besten mit ihrem Pensum und ihren Anforderungen zurecht. Wusstest du, dass die anderen uns aus diesem Grund – und weil wir immer zusammenhängen – auch schon die drei Musketiere getauft haben?«

Libby kichert. »Nee, das ist mir neu.« Sie bleibt vor ihrer Zimmertür stehen. »Danke, Oxy, fürs Zuhören.« Sie macht einen Schritt auf mich zu und umarmt mich.

»Jederzeit«, versichere ich Libby und gehe in mein Zimmer, wo Henri sich wieder einmal in meine Gedanken stiehlt.

Zwischen uns war es so harmonisch. Ich denke an all die Momente zurück, die es gab, bevor wir zusammen unter der Dusche landeten und alles den Bach runterging. Mit ihm Zeit zu verbringen war einfach wunderschön. In seiner Gegenwart fühlte ich mich so leicht, so unbeschwert. Henri war witzig, ohne albern zu sein, und wir hatten wirklich tolle Gespräche. Am meisten jedoch mochte ich, wie nett er sich um mich kümmerte – so etwas kenne ich einfach nicht aus meinem Elternhaus, und vielleicht liegt genau da der Hund begraben, wenn man so will: Ich habe einfach zu viel in sein zuvorkommendes Verhalten hineininterpretiert. Aber es fühlte sich nun einmal unglaublich gut an, eine Person zu haben, die sich um einen sorgt, die einen mit Essen, Trinken und Aufmerksamkeit verwöhnt. Jeden Moment, den wir zusammen verbrachten, fühlte ich mich gesehen. Vielleicht vermisse ich also gar nicht ihn, sondern bloß dieses Gefühl.

Da an Schlaf ohnehin nicht zu denken ist und ich nicht rumheulen will und werde, schalte ich den Rechner ein. Ein Programm – iTunes heißt es – öffnet sich und mit ihm eine Playlist. *Für Oxy* heißt sie, und sie besteht aus einem einzigen Titel. Es ist »Someone You Loved« von Lewis Capaldi. Ein Song, den selbst ich kenne, weil er wirklich ständig irgendwo zu hören ist.

Ich klicke das Lied an, und als es erklingt, heule ich dann doch, weil es so traurig ist und ich so unglaublich verwirrt bin. Keine Ahnung, was genau Henri mir mit dem Song sagen möchte. Mich würde brennend interessieren, zu welchem Zeitpunkt er diese Playlist angelegt hat, denn das würde mir die Interpretation erleichtern.

Aber es sollte mich nicht interessieren, und ich sollte auch gar nichts in diesen Song hineininterpretieren. Stattdessen sollte ich schlicht und ergreifend alles, was von ihm kommt, ignorieren, um mir weiteren Kummer zu ersparen.

Ja, ich sollte genau wie Libby einfach einen Haken an die ganze Sache machen. Schließlich habe ich ohnehin genug zu tun. Ich fühle mich ständig zwischen meinen beiden Jobs und dem Studium zerrissen. Ich möchte Ian und Jasper nicht enttäuschen, habe noch eine abschließende Schicht im Tarantula und den Ehrgeiz, meine Kurse mit Bravour zu bestehen. Liebeskummer ist wirklich das Letzte, was ich gerade brauchen kann, doch was ich will, spielt keine allzu große Rolle, denn er ist nun einmal da, und irgendwie muss ich mit ihm fertigwerden.

Wie durch ein Wunder bekomme ich alles irgendwie geregelt und atme erleichtert auf, als die Abgaben und Prüfungen hinter uns liegen und die Semesterferien beginnen … Nun ja, zumindest kurzzeitig, denn am nächsten Tag geht bereits der Flieger nach New York zur Fashion Week, weshalb eine nervöse Anspannung von mir Besitz ergreift. Natürlich freue ich mich unglaublich. Libby hat so viel erzählt. Als Bloggerin war sie ja bereits auf der Fashion Week, und sie hat in New York studiert, daher bin ich wahnsinnig aufgeregt und mit einem Haufen Insidertipps versorgt. Trotzdem ist alles stressig. Seit Jahresbeginn habe ich das Gefühl, ein Leben auf der Überholspur zu führen, und dann kommt es auf Libbys nachträglicher Geburtstagsparty zu einer Vollbremsung, als ich Henri unter den Gästen ausmache.

Mein Herz macht bei seinem Anblick einen erfreuten Sprung. *Dummes, naives Herz*, schimpfe ich im Stillen mit ihm. Henri plaudert gerade mit Ella und Libby im Wohnzimmer, weshalb ich mich – hoffentlich unbemerkt im Getümmel – in die Küche schleiche, wo ich auf Fawkes treffe, der mich zum Glück direkt in ein Gespräch verwickelt.

Während er mich regelrecht bekniet, meinen Job bei On Fleek zu schmeißen und wieder im Club anzufangen, wandern meine Gedanken wieder und wieder zu Henri. Was zur Hölle macht er hier? Und wie kann er es wagen, hier so einfach aufzutauchen? Hätte er mich nicht wenigstens vorwarnen können?

Fawkes versucht, mich weichzuklopfen, indem er mir eine Horrorgeschichte nach der anderen über meine Nachfolgerinnen auftischt. Ich kann mir beim besten Willen nicht vorstellen, dass all diese Dinge wirklich passiert sind.

»Du übertreibst!«, werfe ich ihm vor.

»Ich schwöre dir, die Erste, mit der ich es nicht mal einen

Tag ausgehalten habe, wusste nicht mal, wie man Service schreibt«, lamentiert er mitleiderregend. »Und die, die wir jetzt haben, flirtet auf Teufel komm raus mit allem, was männlich ist, um bloß möglichst viel Trinkgeld abzusahnen. Gestern Abend war ihr Rock so kurz, dass man jedes Mal ihr verdammtes Höschen sehen konnte, wenn sie sich gebückt hat.«

»Na, immerhin trug sie ein Höschen«, erwidere ich und ernte ein frustriertes Schnauben.

»Der Barkeeper war ihretwegen so abgelenkt, dass ihm zweimal fast der Shaker entglitten wäre.«

»Welcher?«

»Carl!«

»Carl? Ich dachte, Carl sei glücklich verheiratet. Ist seine Frau nicht gerade schwanger?«

»Hatte ich erwähnt, dass der Rock wirklich, wirklich knapp war? Komm zurück, Oxy! Rette eine Ehe!«, jammert er so theatralisch, dass ich mein eigenes Elend einen Augenblick lang vergesse und lauthals zu lachen beginne. Nachdem ich mich beruhigt habe, tätschle ich tröstend seine Wange und sage: »Sieh der Wahrheit ins Gesicht, Hübscher, es ist vorbei.«

Fawkes fasst sich an die Brust, stöhnt leidend und ächzt: »Vorbei? Du brichst mir das Herz!«

»Mach kein Drama draus, Baby, es war schön, solange es gedauert hat. Daran – und nur daran – sollten wir uns erinnern.«

Nun ist er es, der lacht. »Wenn du mir jetzt auch noch vorschlägst, dass wir Freunde bleiben sollen, dann ...«

»Ja!«, unterbreche ich ihn begeistert. »Wir sollten unbedingt Freunde bleiben.«

Kopfschüttelnd presst Fawkes die Lippen aufeinander. »Schlimmer bin ich noch nie in meinem Leben abserviert worden«, behauptet er, woraufhin ich ein ironisches »Ohhh!« von mir gebe.

Mit einem Mal wird es in der Küche schlagartig voller, als sich das komplette Partyvolk dort versammelt. Mir war klar, dass ich Henri nicht den ganzen Abend aus dem Weg gehen kann, als er jedoch die Hand zum Gruß hebt, kommt es mir vor, als würden meine Eingeweide schockgefrieren.

Fawkes zieht mich etwas zu sich, denn in der Küche herrscht inzwischen akuter Platzmangel. Er beugt sich zu mir. »Wer ist der Typ? Der kommt mir bekannt vor.«

»Bloß Ellas Bruder«, erwidere ich und versuche, möglichst unbeteiligt zu klingen. Allem Anschein nach scheitere ich auf ganzer Länge, denn mein ehemaliger Chef sagt: »Ein Wort von dir reicht aus, und ich breche Goldlöckchen da drüben die Nase.«

»Fawkes!«

»Was denn? Du warst Teil des Teams. Du gehörst zum Rudel! Und wenn irgendein Idiot dir wehtut, dann...«

»Er hat mir nicht wehgetan«, streite ich das offensichtlich Offensichtliche ab. »Mein Stolz ist bloß etwas in Mitleidenschaft gezogen, mehr nicht.«

»Erzähl mir, was er getan hat, und dann entscheide ich, ob es eine Anzeige wegen Körperverletzung wert ist.«

Ich knuffe ihn lachend, bin mir aber nicht sicher, ob er wirklich bloß scherzt. Aufgrund des wütenden Blicks, den er in Henris Richtung abfeuert, habe ich so meine Zweifel.

Da ich allerdings nicht vorhabe, ihm die ganze schreckliche Geschichte zu erzählen, kommt mir Libbys kleine Begrüßungsrede sehr gelegen. Sie macht es kurz und knapp. Ich hoffe, es fällt niemandem auf, dass ich nicht anders kann, als Henri anzuschauen. Ich habe keine Ahnung, wie ich mich ihm gegenüber verhalten soll. Ich fürchte, ich bringe kein einziges Wort über die Lippen. Meine Zunge fühlt sich an, als hätte jemand mit ihr einen Doppelknoten gemacht. Ich bin völlig gehemmt, aber ich muss mit ihm sprechen. Ella würde sonst misstrauisch werden – in Paris waren wir schließlich ein Herz und eine Seele.

Wie um alles in der Welt kann es sein, dass sein bloßer Anblick ausreicht, um mein Herz schneller schlagen und meine Atmung stocken zu lassen, während ich gleichzeitig das Gefühl habe, meine Beine könnten mich keine Sekunde länger tragen?

Vielleicht liegt all das aber auch einfach an der schlechten Luft und den vielen Leuten. Die Küche ist einfach zu klein für so eine große Feier. Kaum hat Libby das Büfett eröffnet, wird es jedoch schlagartig leerer.

»Wir reden später«, sage ich zu Fawkes, als Henri auf mich zukommt. Er versteht den Wink und gesellt sich zu Libby, die in der anderen Ecke der Küche steht.

»Hi«, sagt Henri.

»Hi«, erwidere ich.

Überhaupt nicht krampfig, denke ich beinahe verzweifelt, während mir das Blut in den Ohren summt und meine Hände vor lauter Aufregung wie verrückt zu schwitzen beginnen.

»Wie geht es dir?«

»Wie es mir geht?«, zische ich im Flüsterton. »Du hast vielleicht Nerven, hier einfach aufzukreuzen.«

»Hey, ich besuche meine Schwester.«

»Ja, weil du sie ja während eures gemeinsamen Urlaubs nicht lange genug siehst, was?« Die beiden planen, für ein paar Tage nach Kapstadt zu fliegen. Ich konnte Ellas enthusiastische Einladung glücklicherweise problemlos ausschlagen, da ich ohnehin auf der Fashion Week bin.

»Okay, dann bin ich halt deinetwegen da. Was dagegen?«

»Vielleicht möchte ich aber gar nicht, dass du hier bist. Schon mal drüber nachgedacht?« Über den Rand meines Sektglases funkle ich ihn wütend an.

»Ich habe mich doch schon entschuldigt, Oxy.«

»Manchmal reicht das aber nicht!«, fauche ich. Zum Glück rettet mich das Vibrieren meines Handys. Nach einem Blick aufs Display sage ich: »Entschuldige, da muss ich rangehen.« Ich schlüpfe zur Hintertür hinaus und nehme den Anruf an. »Hey, Jasper, was gibt es?«

»Hey, ich weiß, es ist scheiße, dass ich dich darum bitte, aber du musst mir einen Gefallen tun.«

»Du bist der Chef!«

»Es ist privat!«

»Okay«, seufze ich. »Du willst mit Libby sprechen, richtig?« Jeder am College – selbst ich, und ich war nicht einmal dabei – weiß, was Libby Jasper an den Kopf geworfen hat, als sie ihm das Kleid zurückgab und es in der Mensa zum großen Eklat zwischen Rochelle, ihm und ihr kam. Libby hat ihn als Arschloch beschimpft, ihm gesagt, dass sie ihm keine zweite Chance geben würde, und ist wutschnaubend davongerauscht.

Jazz ist seit diesem Tag unerträglich. Die Streitereien zwischen Ian und ihm haben ungeahnte Ausmaße angenommen und hoffentlich inzwischen ihren Höhepunkt erreicht – andernfalls drehe ich den beiden noch während des Flugs die Hälse um. Doch nicht nur Jasper wirkt todunglücklich, sondern auch Libby. Sie mag ihrem Ärger Luft gemacht haben, doch die Situation ist dadurch keineswegs besser geworden.

»Bitte! Ich pack das nicht, ohne dass wir über alles gesprochen haben. Mein Kopf läuft Amok …«, fleht Jasper. »Ich schwöre, er platzt, wenn ich diese Sache nicht ins Reine bringe.«

»Warum, Jazz? Warum sollte ich dir nach allem, was du abgezogen hast, helfen?«

»Weil ich sie liebe, Oxy. Das tue ich wirklich. Ich habe versucht, sie zu vergessen, aber es geht einfach nicht. Bitte hilf mir!«

Mist, verdammter! Er klingt so aufrichtig, so verdammt ehrlich, und ich sehe doch, wie sie beide leiden.

»Ich schaue, was ich tun kann, aber wenn du es versaust, Jazz, dann …« Toll, jetzt fällt mir nichts ein, was ich ihm als drakonische Strafe androhen kann. Ella hätte an dieser Stelle bestimmt keinen Hänger, aber ich bin nun mal nicht Ella. »… werde ich irgendwas ganz Schlimmes mit deinen Hoden machen, von denen sie sich nicht erholen werden – ganz gleich, ob du mein Chef bist oder nicht. Verstanden?«

»Schon okay, auch wenn du an deinen Drohungen noch etwas feilen solltest. Wie wäre es beispielsweise mit: ›Ich werde dich eigenhändig kastrieren, Soleier aus deinen kümmerlichen Testikeln machen und sie dir zum Frühstück servieren?‹«

»Yep!«, bestätige ich und lasse das »P« eindrucksvoll ploppen – zumindest das habe ich drauf. »Das klingt gut«, befinde ich mit aufgesetztem Kennertonfall.

»Gut? Also in meinen Ohren hört es sich vor allem schmerzhaft und widerlich an. Was natürlich schon gut ist, weil es dann seinen Zweck erfüllen dürfte.«

»Ja, das denke ich auch. Also fühl dich an den Eiern gepackt.«

»Das tue ich, aber keine Sorge, Oxy, ich habe wirklich nicht vor, Libby zu enttäuschen oder so was.«

Beruhigt mache ich mich auf die Suche nach Libby und schaffe es tatsächlich, sie zu überreden, sich mit Jazz zu unterhalten. Vermutlich geht es ihr insgeheim wie ihm, und sie sehnt sich nach einer Aussprache.

Mit meinem Handy verlässt sie das Haus, um mit ihm telefonieren zu können, denn hier drin ist bei all dem Lärm an kein ruhiges Gespräch zu denken. Ich hoffe wirklich sehr, dass sie die ganze Sache regeln können. Sie wären ein echt süßes Paar.

Unwillkürlich frage ich mich, ob es für Henri und mich vielleicht doch noch Hoffnung gibt. Ich meine, wenn Libby und Jazz das nach allem, was zwischen ihnen vorgefallen ist, hinbekommen, dann ist ja vielleicht noch nicht alles verloren… Zumindest dann nicht, wenn Henri es ebenfalls ernst meinen würde.

Eine Weile lang plaudere ich mit einigen Kommilitonen. Doch nachdem Libby mir mein Handy zurückgegeben und mich über den Stand der Dinge informiert hat – sie denkt ernsthaft darüber nach, Jasper eine zweite Chance zu geben –, verdrücke ich mich nach oben, um einer weiteren unangenehmen Begegnung mit Henri zu entgehen.

Es ist keine Flucht… bloß eine kleine Verschnaufpause, bis ich weiß, wie ich mich gegen ihn wappnen kann, wie ich dafür sorgen kann, dass er mich nicht so erschüttert. Doch auch in meinem kleinen Kokon gelingt es mir nicht, über die Kränkung hinauszuwachsen. Die Sache mit Isabeau wurmt mich noch immer gewaltig.

Mein Magen knurrt, aber ich kann unmöglich runtergehen und mir etwas zu essen holen. Am besten, ich bereite erst einmal alles für morgen vor. Gerade als ich aufstehen und meinen Koffer für den New-York-Trip packen will, klopft es an der Tür.

»Ja«, sage ich und dann gar nichts, weil Henri mein Zimmer mit zwei Tellern in der Hand betritt, die Tür hinter sich schließt und auf mich zukommt.

12

Henri

Vielleicht möchte ich aber gar nicht, dass du hier bist. Schon mal drüber nachgedacht?, klingen Oxanas Worte in meinem Kopf nach, als sie mich jetzt fassungslos anstarrt.

Scheiße, ich mache mich gerade so was von zum Deppen. Sie hat doch mehr als deutlich gemacht, was sie von mir, der dämlichen Aktion an Silvester und meinen Erklärungsversuchen hält. Trotzdem stehe ich nun mit zwei Tellern in den Händen hier in ihrem winzigen Zimmer und hoffe, dass sie mir eine zweite Chance gibt.

Warum sollte sie das tun?, ätzt eine Stimme in meinem Kopf. *Warum? Du hast keine gute Erklärung für dein Verhalten an Silvester. Alles, was du ihr erzählen wirst, ist ein Haufen Lügen.*

Ja, alles, was mir notgedrungen bleibt, ist ein Haufen Lügen, denn ich kann ihr unmöglich die Wahrheit sagen. Ich will. Ich will es wirklich, aber es geht einfach nicht.

Doch da ich Oxana nicht anlügen möchte, versuche ich, so dicht wie möglich an der Wahrheit zu bleiben. »Es tut mir leid«, sage ich und hoffe inständig, dass sie merkt, dass diese Worte aus tiefster Seele kommen.

Unter gesenkten Lidern wirft sie mir einen Blick zu, der mir durch und durch geht und meinen Schwanz hart werden lässt. Großartig, wenn mein Schwanz schon ein Eigenleben wegen ihres Und-jetzt-erzähl-es-wem-den-es-interessiert-Blicks entwickelt, will ich nicht wissen, wie er reagiert, wenn sie mich so ansieht, wie sie mich in Paris zeitweise angesehen hat.

Ja, wie sie dich angesehen hat, bevor du Volltrottel alles in den Sand gesetzt hast.

»Hast du Hunger?« Scheiße, ich klinge wie ein verdammter Teenie, der zum ersten Mal versucht, ein Mädchen klarzumachen. Ich strecke ihr den Teller hin, doch sie verschränkt die Arme vor der Brust, weshalb ich ihn schließlich zusammen mit meinem eigenen auf der breiten Fensterbank parke.

Ich halte es einfach nicht mehr aus. Seit dem Jahreswechsel versuche ich, das hier zu klären. Es war schwer, Oxanas Wut und ihr Schweigen auszuhalten, als uns fünfhundert Meilen trennten, doch nun, hier in diesem beengten Raum, ist es schier unerträglich. Mein Herz verzehrt sich vor Sehnsucht nach ihr, und diese emotionale Distanz zwischen uns macht, dass es sich ganz wund und roh anfühlt. Fast so, als hätte jemand es gehäutet. Am liebsten würde ich wieder runtergehen, denn es war eindeutig ein Fehler, Oxy zu folgen.

»Bitte sag etwas«, beknie ich sie stattdessen.

»Du bist ein Scheißkerl!«

Ja, so muss es auf sie wirken. Natürlich muss es das. Sie hat keine Ahnung, wie es in mir aussieht. Ich schlucke hart gegen den Schmerz an, den ihre Worte auslösen, schließe die Augen und versuche, mit ihrer Ablehnung irgendwie klarzukommen.

»Aber…« Oxys Stimme zittert ein wenig. Ich öffne die Augen sehe sie an, als sie sagt: »…ich kann es nicht vergessen.«

Es… Wir unter der Dusche, Haut an Haut. Es war so gut, so verdammt gut. Noch immer kommt es mir vor, als könnte ich ihre Lippen auf meinen spüren. »Ich kann es ebenfalls nicht vergessen. Aber vor allem will ich es nicht vergessen.«

»Henri, ich bin kein Spielzeug, das du nach Belieben benutzen kannst. Ich dachte, da sei etwas zwischen uns. Etwas Echtes, doch dann …« Dann habe ich es vermasselt. »Hast du eine Ahnung, wie ich mich gefühlt habe, als du mich am nächsten Tag nicht mal mehr richtig angeschaut hast, sondern nur Augen für diese Isabeau hattest?«

Sie irrt sich. Und wie sie sich irrt. Isabeau ist keinen zweiten Blick wert. Alles, was Ella ihr vorgeworfen hat, stimmt: Sie ist ein verwöhntes, reiches Mädchen auf der Suche nach ihrem ersten Ehemann, dem nach einer schmutzigen Scheidung ein zweiter und vermutlich auch ein dritter folgen werden. Oxy hingegen ist eine gestandene Frau. Eine, die weiß, was sie will – und vor allem auch, was sie nicht will.

»Ich nehme an, es hat sich für dich in etwa so angefühlt wie für mich, als ich dich eben in der Küche mit diesem Schönling sehen musste«, grummle ich.

»Nein, das glaube ich kaum«, schnaubt sie.

»Wie hast du dich denn gefühlt?«

»Wie eine Kerbe in deinem Bettpfosten«, erwidert sie und sieht mir dabei fest in die Augen. »So, als wäre ich bloß eine weitere Eroberung und als wäre das zwischen uns nicht von Bedeutung gewesen.«

Das ist der Moment, in dem ich es einfach nicht länger aushalte … Ich setze mich zu Oxy auf das Bett, lehne mich wie sie mit dem Rücken an die Wand und greife nach ihrer Hand. »Wahrscheinlich bildest du dir ein, dass ich ein kleines schwarzes Buch führe nach allem, was du so über mich gehört hast, aber das stimmt nicht. Ich mache keine Eroberungen. Allenfalls habe ich Begegnungen, und ja, die meisten von ihnen waren unbedeutend, sie dienten lediglich dazu, mich abzulenken. Wenn ich mit jemandem zusammen bin und die Lust die Oberhand gewinnt, dann denke ich nicht an die Nacht der Anschläge. Aber das mit uns ist etwas völlig anderes.« Allein ihre Hand zu halten fühlt sich so unendlich viel besser an.

Für sie scheinbar nicht, denn sie fragt ernsthaft: »Und woher soll ich wissen, dass du mir nichts vormachst?«

»Warum sollte ich das tun?«

»Weil du …«

»Ja? Ich bin ganz Ohr.«

Als sie säuerlich den Mund verzieht, kräuselt sich ihre Nase. »Vielleicht, weil du doch noch nicht alles bekommen hast, was du willst.«

»Du denkst echt, das hier sei ein Spiel für mich, oder?« Sie erwidert nichts, doch die Art, wie sie ihre Unterlippe mit den Zähnen malträtiert, zeugt deutlich von einer gewissen Verlegenheit. Ich drehe mich weiter zu ihr um, wende ihr meinen Oberkörper zu und schnappe mir auch die andere Hand. »Du warst kein Spielzeug für mich. Bist du nicht und wirst du niemals sein«, erkläre ich eindringlich. Der Widerstand in ihren Augen verpufft nicht einfach so, aber ich kann erkennen, dass ihr Blick nicht mehr so hart ist wie noch Minuten zuvor.

Und dann kippt doch alles wieder. »Du hast sie geküsst, Henri, nur Stunden nachdem …«

»Ich habe es dir doch schon gesagt: Ich habe sie nicht geküsst! Sie hat mich geküsst.«

»Ella sagte, ihr hättet rumgeknutscht, also wird da schon mehr als das hier gewesen sein …«, sagt sie und drückt mir im nächsten Moment einen flüchtigen Kuss auf die Lippen. Es ist bloß ein Schmatzer – ein wütender noch dazu –, und dennoch fühlt es sich an, als würde mein Körper augenblicklich in Flammen stehen.

»Du willst wissen, wie es war? Es war ungefähr so…« Ich umfasse ihr Gesicht mit beiden Händen, aber nicht auf die gute Art, sondern auf die, wie Isabeau es in jener Nacht getan hat, und dann dränge ich ihr einen Kuss auf, der alles andere als schön ist.

Oxana stößt mich instinktiv von sich… so wie ich es hätte tun sollen, aber nicht getan habe, weil ich zu überrascht war. Denn als Isabeau mich mit dem Charme einer Flugabwehrrakete abfing, war ich gerade auf der Suche nach Oxana und völlig neben der Spur – wobei, das war ich den ganzen Abend über schon gewesen, oder zumindest, nachdem Oxana das Schiff betreten hatte und ich feststellen musste, dass sie Yvette noch nie ähnlicher gesehen hatte.

Jetzt in diesem Moment tut sie es nicht – sie trägt wieder eine dieser aufwendigen Flechtfrisuren –, doch in der Silvesternacht, mit dem offenen silberblonden Haar und dem schwarzen, schlichten Minikleid, das sie anhatte und das mich so an das von Yvette erinnerte, kamen die Erinnerungen an das Attentat mit geballter Wucht zurück. Ich versuchte, sie mit Alkohol niederzukämpfen, versuchte, mich durch diese blöde Flirterei mit Isabeau abzulenken, doch Tatsache ist, dass ich Oxana nicht anschauen konnte. Es ging einfach nicht. Jedes Mal, wenn ich es tat, bekam ich panisches Herzrasen, und die Vergangenheit drohte über mir hereinzubrechen.

»Zugegebenermaßen habe ich sie nicht ganz so heftig und nicht ganz so schnell zurückgewiesen, weil sie mich kalt erwischt hat, aber ich habe sie zurückgewiesen.« Oxana, die mich – aufgrund dieser unschönen Kussattacke – eben noch wütend angefunkelt hat, sieht etwas besänftigt aus. »Ich wollte das nicht, okay? Und du darfst Ella nicht alles glauben.

Sie sieht doch auch nur, was sie will. Genau wie alle anderen auch …«

»Was meinst du damit?«

»Ich meine es so, wie ich es sage. Jeder Mensch hat seine Sicht auf die Dinge. Hätte sie beispielsweise in Étiennes Fall mal früher die Augen aufgemacht und nicht an ihrer verklärten Kleinmädchenfantasie festgehalten, wäre uns das ganze Drama zwischen den beiden erspart geblieben.«

»Hm«, macht Oxana. Ich kann den Laut nicht deuten, weiß nicht, ob sie begreift, was ich meine. So wie Étienne in der Vorstellung meiner Schwester für sie die eine große Liebe war, so bin ich ihr Fuckboy-Bruder, der nichts anbrennen lässt. »Ja, das mit den beiden ist in der Tat ziemlich übel«, stimmt Oxy mir zu.

»Du hast keine Ahnung! Ich sitze komplett zwischen zwei Stühlen.«

»Genau das, wovor Ella solche Angst hat«, murmelt Oxana gedankenverloren.

»Ja, vielleicht hat sie recht damit, dass alles komplizierter wird, falls wir etwas miteinander anfangen und es unschön endet, aber zum einen muss es ja nicht unschön enden, und zum anderen ist es nicht ihr Leben, sondern unseres, und wir müssen entscheiden, was wir wollen.«

»Ich weiß, was ich will! Ich will eine ernsthafte, harmonische Beziehung mit einem liebevollen Partner, der mich nicht nach Strich und Faden verarscht. Jemanden, auf den ich mich verlassen und mit dem ich Spaß haben kann. Er soll verantwortungsvoll und fürsorglich sein.« Ich nicke verstehend. »Ich will kein Drama, kein gebrochenes Herz, aber du, Henri Chevallier, bist ein Garant für Liebeskummer.«

»Wie heißt es so schön? Ist der Ruf erst ruiniert, lebt sich's völlig ungeniert. Von wegen!«, grolle ich zähneknirschend.

»Ich wünschte, du würdest mir glauben, dass ich nur dich will. Dich und keine andere, Oxy.« Ein Lächeln zupft so verzagt an ihren Mundwinkeln, dass ich hinterherschiebe: »Hör einfach auf dein Herz und nicht auf deinen Verstand.«

»Nicht so einfach bei deinem Image.«

»Das ist das, was ich eben meinte: Die meisten Leute – selbst meine Schwester – sehen nur das, aber du weißt, dass es nicht so ist.«

»Weiß ich das? Ich habe keine Lust, sehenden Auges in mein Unglück zu rennen, bloß weil ich in meiner Naivität alle Warnungen in den Wind geschossen und mich auf mein Bauchgefühl verlassen habe.«

»Du kennst mich! Dir ist doch klar, dass da nichts dran ist.«

»Dass da nichts dran ist? Ganz Paris weiß, dass du mit einer Unmenge an Frauen geschlafen hast. Deinen Ruf als Herzensbrecher hast du dir hart erarbeitet.«

»Dass ich in den letzten Jahren viel Sex hatte, streite ich nicht ab, aber das macht mich nicht zum Herzensbrecher«, schnaube ich. »Niemand kannte mich gut genug, um sein Herz ernsthaft an mich zu verlieren. Niemanden habe ich nah genug an mich herangelassen. Abgesehen davon ist es auch verdammt schwer, ein Herz zu brechen, wenn das Interesse nicht dir als Person, sondern lediglich deinem Bankkonto gilt.«

Im nächsten Moment bereue ich, diese Tatsache laut ausgesprochen zu haben, denn Oxy fragt beinahe entsetzt: »Denkst du das auch über mich?«

»Was? Nein! Du bist die einzige Frau in den letzten Jahren, die es irgendwie geschafft hat, dass ich mich ihr öffne, und das hätte ich nicht getan, wenn ich auch nur eine Sekunde gedacht hätte, dass du es auf das Vermögen meiner Familie abgesehen hast.«

»Aber genau das dachtest du anfangs«, ruft sie mir in Erinnerung.

»Das war, bevor ich dich kannte. Doch jetzt kennen wir einander. Du…«

»Ich dachte ebenfalls, ich würde dich kennen, bis du…« Sie lässt den Satz unvollendet, aber ich weiß auch so, was sie sagen will: … *bis du vor meinen Augen mit Isabeau geflirtet und alles versaut hast.*

Verzweifelt raufe ich mir die Haare. Scheiße, wir drehen uns im Kreis, und ich weiß einfach nicht, was ich noch sagen soll. Ich will nicht betteln – zumindest nicht mehr, als ich es bereits ohnehin schon getan habe. Sie will mich nicht, und das muss ich akzeptieren, ganz gleich wie schwer mir das auch fällt.

»Okay, dann… dann war's das wohl.« Ich stehe auf, gehe zur Tür und will sie gerade öffnen, als Oxy meinen Namen sagt. Ich drehe mich um, und sie steht dicht hinter mir. Sie sieht ebenso verzweifelt aus, wie ich mich fühle. Verdammt! Warum muss alles bloß so kompliziert sein?

»Da… da war nur dieser Kuss, ja?« Ein knappes Nicken. »Und der ging nicht von dir aus?«

Ein entschiedenes Kopfschütteln, und weil ich sie kenne und weiß, dass ihr das nicht reicht, erkläre ich: »Seit dem Moment, als ich diese Dusche verlassen habe, gab es rein gar nichts mit einer anderen… Genau genommen gab es nicht mal ansatzweise so etwas wie eine andere, nicht mal in meinem Kopf. Ich habe ständig an dich gedacht und mich unentwegt gefragt, wie ich das mit uns wieder hinbiegen kann. Du hast mir…« Weiter komme ich nicht, denn da schlingt sie ihre Arme um meinen Hals und küsst mich. *Oh ja!*, ist alles, was ich in diesem Augenblick denken kann, und dann schließe ich meine Arme um sie, drehe sie und drücke sie

354

gegen das Türblatt, während ich stürmisch ihren Mund erobere.

Oxy schiebt mich ein Stück von sich. »Wenn du mich verarschst, Henri Chevallier, und mir das Herz brichst, dann …« Ich betrachte sie aufmerksam. »… werde ich …« Sie zögert einen winzigen Moment, ehe sie sagt: »… dich eigenhändig kastrieren, deine Eier pochieren und sie dir zum Frühstück auftischen. Kapiert?«

»AUTSCH! Das tut doch weh!« Und eklig hört sich das Ganze obendrein an.

»Bei Weitem nicht so sehr wie ein gebrochenes Herz.«

»Ich werde dein Herz nicht brechen«, verspreche ich Oxy. »Und das nicht, weil du gerade erschreckenderweise wie meine temperamentvolle Schwester klingst, sondern weil ich auf keinen Fall will, dass es dir schlecht geht.«

»Dann ist es ja gut«, seufzt sie erleichtert und küsst mich erneut stürmisch.

Minuten, in denen wir uns wie notgeile Teenager gebärden, vergehen. Erhitzt und atemlos kommen wir erst zur Ruhe, als Ella Oxys Namen ruft.

Ernsthaft? Ich werde meine Schwester umbringen! Sie ist wie so ein verdammter Bluthund. Kaum kommen Oxy und ich uns näher, scheinen bei ihr die Alarmglocken zu schrillen und …

»Versteck dich hinter der Tür!«, zischt Oxana mir zu. Macht sie Witze? Zwischen Tür und Schrank sind vielleicht zwanzig Zentimeter Platz, soll ich mich etwa in Luft auflösen? Oxy schnappt sich ihr Handy, zupft ihre derangierte Kleidung zurecht und ist gerade fertig, als es auch schon an der Tür klopft.

Ehe Ella die Tür öffnen kann, übernimmt Oxy das. Trotzdem muss ich mich mit dem Rücken an die Wand pressen, um nicht zwischen Tür und Schrank eingeklemmt zu werden, und bete inständig, dass Ella nicht reinkommt, doch Oxy blockiert geschickt die Tür und sagt: »Bin am Telefon. Aber ich komme gleich wieder runter.« Der Partylärm dringt zu uns hoch.

»Ich wollte bloß wissen, ob du Henri gesehen hast. Ich kann ihn nicht finden.«

»Hier ist er nicht, aber vorhin, als ich die Vorhänge zugezogen habe, habe ich ihn draußen gesehen. Schien, als wäre er auch am Telefonieren.«

»Ihr seid beide solche Arbeitstiere!«, wirft sie uns vor.

»Ich fliege nun mal morgen nach New York, Ella, was soll ich machen?«

»Dich amüsieren!«

Oxy deutet sehr energisch auf das Handy in ihrer Hand. »Sobald ich mit Ian alles besprochen habe.« Unsanft knallt sie Ella die Tür vor der Nase zu und verriegelt diese.

»Du hast fünf Minuten!«, tönt meine Schwester von draußen.

»Verschwinde, Ella, und geh lieber deinem Workaholic-Bruder auf die Nerven.«

Selbst durch die geschlossene Tür hört man Ella fluchend die Treppe runterpoltern. Nur mit Mühe kann ich mich zusammenreißen und mir ein lautes Lachen verkneifen.

»Du findest das witzig?«, erkundigt Oxy sich und streichelt mir über die Brust, bevor sie anfängt, an meinem Hals zu knabbern. »Warte nur ab, bis sie uns erwischt und diese Sache mit deinen Hoden durchzieht.«

»Ja, das wäre ungünstig, ich kann mir vorstellen, dass wir die noch brauchen.«

»Ist es okay, wenn wir es langsam angehen lassen?«

»Wir machen es genau so, wie du willst«, sage ich, senke meine Stirn gegen ihre und küsse ihre Nasenspitze.

Ich hoffe so sehr, dass Oxy nicht allzu lange an dem Plan, es langsam anzugehen, festhält. Seit wir auf Libbys Party den halben Abend wie verrückt miteinander in ihrem Zimmer im Schein der Lichterketten rumgeknutscht haben, haben wir uns nicht mehr gesehen, und ich will sie ... Verdammt, ich will sie so sehr, dass es beinahe wehtut.

Die Vorfreude ist gewaltig. Nur noch ein paar Stunden, dann bin ich endlich wieder bei ihr. Rund drei Wochen sind seit unserem letzten Zusammentreffen vergangen.

»Soll ich mal fahren?«, erkundigt sich Étienne, als wir etwa die Hälfte der Strecke von London nach Plymouth zurückgelegt haben.

Dass Ella ihn zu diesem Segeltörn eingeladen hat, verstehe ich beim besten Willen nicht. Ich dachte ernsthaft, die Sache zwischen ihnen wäre endgültig vorbei.

Irgendeiner von den beiden hätte mich auch echt vorwarnen können. Mir sind fast die Augen aus dem Kopf gefallen, als Étienne plötzlich am Flughafen auftauchte und verkündete, wie wahnsinnig er sich doch auf den Segeltörn freue und dass er hoffe, die Sache mit Ella wieder ins Reine bringen zu können.

Ich komme mir vor wie der letzte Depp, dass ich während unseres Urlaubs in Kapstadt meiner Schwester nicht angemerkt habe, dass sich da wieder was anbahnt. Andererseits hätte ich vermutlich nicht gerade begeistert reagiert, denn Fakt ist, dass unsere Freundschaft in den letzten Wochen sehr gelitten hat. Natürlich sorgt allein der Gedanke, dass es mir nicht recht wäre, wenn aus den beiden wieder ein Paar wird, dafür, dass ich mich wie ein Heuchler fühle.

»Hey, Mann, ich habe dich was gefragt.«

»Sorry, war in Gedanken. Was hattest du gesagt?«

»Ob ich mal fahren soll? Du wirkst echt abgelenkt.«

Obwohl ich in keinem Aspekt meines Lebens anderen gerne das Steuer überlasse, willige ich ein. Étienne ist ein guter Fahrer, und ich bin es – vor Vorfreude ganz kribbelig – momentan offensichtlich nicht.

Während er die letzten hundertzwanzig Meilen nach Plymouth fährt, versuche ich, ein wenig zu schlafen. Wegen der verdammten App kommt das im Moment zu kurz. Zusätzlich zu der vielen Arbeit – Ella hat mir in Kapstadt deshalb eine regelrechte Szene gemacht und mir vorgeworfen, dass ich genauso ein Arbeitstier wie Maman und Papa sei – sorgt der Stress dafür, dass ich ziemlich dünnhäutig bin. Ich merke es an meiner allgemeinen Gereiztheit, der inneren Unruhe und den Albträumen. Ehrlich, ich bin heilfroh, wenn die Store-Eröffnung und der Launch des Bodyscanners Anfang Mai endlich vorbei sind.

Kaum haben wir die Stadtgrenze erreicht, trudelt eine Nachricht von Ella ein, die besagt, dass wir uns direkt im Hafen treffen, um das Boot aus seinem Winterschlaf zu wecken. Mir soll es recht sein, Hauptsache, Oxy ist auch dort.

»Was zur Hölle macht Étienne hier?«, zischt Ella mir eine Dreiviertelstunde später zu. Sie hat mich beiseitegezogen und wirkt so aufgebracht, wie ich sie seit einer Ewigkeit nicht mehr gesehen habe. Wir stehen im Bauch ihrer hübschen *Sun Odyssey 410*. Das Licht der Abendsonne taucht den Salon in ein sattes Orangerot.

»Er sagte, du hättest ihn eingeladen.«

»Du glaubst auch jeden Scheiß!«, knurrt sie mich an und schießt einen wütenden Blick in Richtung Étienne ab, der sich gerade mit dem Rest der Mädels unterhält.

»Bedeutet das …?«, beginne ich verwirrt, doch Ella unterbricht mich harsch.

»Ja, es bedeutet, dass er dich komplett verarscht hat. Natürlich habe ich ihn nicht eingeladen, Henri.« Nicht Bruderherz, sondern Henri … Ella ist megaangepisst.

»Ich werde ihn rausschmeißen«, sage ich in einem verzweifelten Versuch, den Schaden zu begrenzen. Natürlich wird das Ärger geben. Maman wird, wenn sie von der ganzen Sache Wind bekommt, nicht begeistert sein. Aber Étienne hätte eben gar nicht erst uneingeladen herkommen dürfen.

Ich will schon losgehen, als Ella sagt: »Lass es! Ich will nicht, dass es noch mehr Stress gibt. Papa ist im Moment nicht sonderlich gut auf mich zu sprechen …« Die Untertreibung des Jahrtausends. Seit Ella uns alle überrascht und den Studiengang gewechselt hat, um sich statt dem Modedesign der Fotografie zu widmen, haben die beiden kaum miteinander gesprochen. Papa ist maßlos enttäuscht, dass Ella – wie nannte er es doch gleich? – ach ja, »ihr Erbe derart mit Füßen tritt«. Und mir gibt er ebenfalls die Schuld daran, schließlich hätte ich Ella mit der Kamera, die ich ihr zu Weihnachten geschenkt habe, erst auf die absurde Idee gebracht.

»Ich finde, er verdient es!«

Étienne kommt zu uns herüber. »Sorry wegen dieser kleinen Notlüge, Mann.« Ich öffne den Mund, will etwas sagen, doch Ella kommt mir zuvor. Es verwundert mich nicht, meine Schwester hat mich nie ihre Kämpfe austragen lassen.

»Was bildest du dir eigentlich ein?«, beginnt sie ihre Tirade, doch weiter kommt sie nicht, denn Étienne sagt: »Ich weiß, du willst mich nicht sehen, Ella, aber so kann das doch nicht weitergehen. Unsere Familien sind seit einer Ewigkeit befreundet, und irgendwie müssen wir eine Möglichkeit finden, miteinander klarzukommen, schließlich können wir einander ja nicht ewig aus dem Weg gehen.«

Sein Blick huscht Unterstützung heischend zu mir, doch

ich verschränke abwehrend die Arme vor der Brust und starre ihn nieder. Ich bin so verdammt sauer – nicht nur auf ihn, weil er mich ausgetrickst hat, sondern auch, weil ich Trottel ihm auf den Leim gegangen bin.

Ella braucht einen Moment, dann erklärt sie: »Nur damit du's weißt: Das ist mein Boot, und es gelten meine Regeln. Wenn du mich nervst, schmeiß ich dich über Bord.« Ohne eine Antwort abzuwarten, schiebt sie sich an ihm vorbei und setzt sich zu ihren Mädels an den Salontisch.

Étienne öffnet den Mund, doch ich bringe ihn mit einem bitterbösen Blick zum Schweigen. »Das war eine echte Scheiß-aktion, und ich bin wirklich angefressen.«

Ich folge Ella. Zu meinem großen Glück ist der Platz neben Oxy frei. Ich rutsche zu ihr auf die Bank und lege unter dem Tisch meine Hand auf ihren Oberschenkel, was sie mit einem Lächeln quittiert, ehe ihre Hand sich auf meine legt. Wir wechseln einen verschwörerischen Blick.

In den nächsten Stunden tauschen wir uns darüber aus, was in den vergangenen drei Wochen passiert ist, während Ella nebenbei ein paar Fotos zur Erinnerung mit ihrem Handy knipst.

»Wo ist denn deine Kamera?«, erkundige ich mich.

»Habe ich einem Freund geliehen … Rutscht mal ein wenig zusammen.« Libby, die gerade auf der Toilette war, kommt hinzu und setzt sich neben mich.

Ich erdulde Ellas Knipserei, doch als sie fertig ist, hake ich nach: »Was für ein Freund? Weißt du, wie teuer die war?«

»Keine Sorge, Bruderherz, Cal ist ein Profi. Seine eigene wurde ihm bloß vor ein paar Tagen geklaut, und er brauchte kurzfristig einen Ersatz.«

»Jemand hat Cals Kamera geklaut?«, kommt es von Val.

»Ja, sie haben ihm das Auto aufgebrochen und sein komplettes Equipment gestohlen. Dabei war alles im Kofferraum, sodass man es von außen gar nicht sehen konnte.«

»Scheiße!«, entfährt es Val bestürzt, während Étienne die Frage stellt, die ich ebenfalls stellen wollte: »Wer ist Cal?«

»Ein Kommilitone«, speist Ella ihn ab, ohne ihn dabei anzusehen.

»Aber er ist doch bestimmt versichert, oder?«, erkundigt Libby sich, während Oxy fragt: »War er nicht heute für dieses Konzert in Newquay gebucht?«

»Ja, und deshalb habe ich ihm auch meine komplette Ausrüstung geliehen. Ich hoffe, er kommt damit klar.«

»Ich dachte, der Typ sei ein Profi«, werfe ich ein.

»Ist er auch!« Ellas Blick spricht Bände. Wer auch immer dieser Cal ist, sie lässt nichts auf ihn kommen. Da ich der felsenfesten Überzeugung bin, dass es keine rein platonischen Freundschaften zwischen Männern und Frauen gibt, stellt sich bloß eine Frage: Ist Ella mit ihm zusammen oder nicht?

Augenscheinlich bin ich nicht der Einzige, der hellhörig geworden ist, denn Étienne mustert Ella mit verkniffener Miene.

»Ja, Cal ist echt großartig!«, springt Val für diesen Kerl in die Bresche. »Man nennt ihn schließlich nicht umsonst den ›König der Dunkelkammer‹. Aber als langjähriger Canon-Fotograf ist der Umstieg auf die Nikon bestimmt nicht einfach. Da ist nämlich echt alles anders.«

König der Dunkelkammer, da klingelt etwas bei mir. Mal abgesehen davon natürlich, dass der Name nach billigstem Porno klingt … Und dann fällt mir wieder ein, wo ich diese Bezeichnung schon mal aufgeschnappt habe: an der Halloweenparty in diesem Club, in dem Oxy gearbeitet hat. The Tarantula. Ich habe sogar ein Gesicht vor Augen. Nein, der

Kerl mit all seinen Tattoos kann unmöglich Ellas neuer Lover sein. Oder doch?

Die Frage beschäftigt mich weiterhin, als Oxy von ihrem New-York-Trip mit On Fleek auf die Fashion Week berichtet. Zwar weiß ich bereits einiges aus unseren geheimen Chats und Telefonaten, trotzdem ist es schön zu sehen, wie ihre Augen dabei strahlen. Dass Mode ihre große Leidenschaft ist, steht ihr während ihres Berichts ins Gesicht geschrieben.

»Und nachdem wir diesen ganzen Ärger mit der Einreise hinter uns hatten, was etliche Stunden gedauert hat, haben wir das Gepäck aufs Zimmer bringen lassen und sind direkt ins Hotelrestaurant. Dort hat Ian dann diesen Typen entdeckt. Vincent Adam.«

»Wer ist das?«, erkundigt Étienne sich.

»Er ist eines dieser androgynen Models, die gerade so gefragt sind«, erkläre ich, und obwohl ich die Story bereits von Oxy kenne, frage ich: »Was war mit diesem Vincent?«

»Nun ja, der saß allein da, woraufhin Ian ihn an unseren Tisch einlud. Die beiden und der Rest des Teams haben sich gut unterhalten. Vincent – er kommt aus Deutschland – war echt nett und lustig. Jazz hingegen war die ganze Zeit total ruhig, und ich dachte schon, dass er vielleicht irgendwelche Vorbehalte gegenüber Vincent habe, weil er ihn dauernd ansah und andererseits irgendwie abgelenkt schien. Irgendwann hat Vincent ihn dann direkt angesprochen und ihn gefragt, ob er ein Problem mit ihm habe. Ich fand das total mutig, aber für ihn ist es wohl alltäglich, dass er Ablehnung erfährt, weil er nicht den heteronormativen Vorstellungen entspricht, und er geht damit wohl sehr offensiv um.«

Libby neben mir verfolgt Oxanas Erzählung ausgesprochen aufmerksam, was wohl an der Erwähnung von Jasper Chase liegen dürfte… Zwar streitet sie es ab, doch Ella ist sich sicher, dass da etwas zwischen den beiden läuft. Ich für meinen Teil weiß es. Es war recht einfach herauszufinden, wer am Valentinstag während unseres Kapstadtaufenthalts den Tisch in diesem sündhaft schicken Restaurant und dieses nette Candle-Light-Dinner für sie und Ella gebucht hatte. Und klar konnte Jasper zu dem Zeitpunkt nicht selbst dort sein, weil er da schon auf der Fashion Week in London war.

»Jazz hat Vincent völlig verwundert angesehen und ihm dann wortlos einen kleinen Block gereicht, den er wohl der Bedienung abgeschwatzt hatte. Ich habe das alles gar nicht so mitbekommen, konnte auch nicht sehen, was er da gemacht hatte, aber als Vincent aufblickte, war klar, dass er Jazz nun mit völlig anderen Augen sah. Er sagte: ›Verfickt und zugenäht: Das würde ich zu gerne tragen!‹ Und Jazz, der wusste, dass er ihn um den Finger gewickelt hatte, meinte nur völlig cool: ›Dann trag es doch am Donnerstag bei unserer Show.‹ Und ab da wurde es völlig chaotisch. Ian war total dagegen, dass Jazz auf den letzten Drücker noch dieses Kleid, das er für Vincent entworfen hatte, umsetzte, doch Aurelio war ausnahmsweise auf Jaspers Seite. Wir haben echt Tag und Nacht an diesem Kleid gearbeitet, und so schön es auch ist: Ich habe es verflucht. Wartet, ich zeige euch ein Foto …« Oxy zückt ihr Handy, tippt kurz darauf herum und zeigt es den anderen. Ich persönlich kenne es bereits, denn es war in jeder Modezeitschrift, die etwas auf sich hält, zu sehen. Man könnte meinen, der Harness-Trend hätte seinen Höhepunkt bereits erreicht gehabt, doch so wie Jasper damit gearbeitet hat, hat es zuvor noch niemand getan. Das Oberteil aus roten Lackriemen, das er kreiert hat, könnte aus jedem Sexshop stammen – allerdings wirkt es, kombiniert mit dem wunderschönen weißen Abendkleid aus plissierter Seide darunter, keinesfalls billig oder schmuddelig.

»Sieht es nicht umwerfend aus? Ich meine, letztendlich hat sich Jaspers kleine Spielerei – Ians Worte, nicht meine – gelohnt, denn Vincent sah in dem Kleid einfach atemberaubend aus. Jazz, Vincent und das Kleid waren das Gesprächsthema Nummer eins!«

»Klingt ziemlich actionreich und aufregend«, befindet Val.

»Eine Erfahrung, die man nicht missen möchte«, pflichtet Oxana ihr bei und strahlt über das ganze Gesicht. Sie glüht regelrecht vor Leidenschaft und sieht bei der Erinnerung unglaublich glücklich aus.

»Schön, dass du so eine tolle Zeit hattest«, sage ich und drücke heimlich ihr Knie unter dem Tisch.

»Noch jemand Wein?«, erkundigt Ella sich.

»Äh, der, den wir mitgebracht haben, ist bereits leer!«, wirft Libby bedauernd ein.

»Nicht schlimm. Wir haben hier ja einen Weinkeller.«

»Einen Weinkeller?«, echot Oxana fassungslos. »Du weißt schon, dass wir uns gerade auf einem Boot befinden, oder?«

»Lieber keinen Wein mehr für Ella!«, neckt Val sie.

»Oh, ihr Kleingläubigen!«, meint meine Schwester spitzbübisch grinsend, steht auf und öffnet eine Bodenluke. »Was haben wir denn hier Schönes?« Triumphierend hält sie eine Flasche Moët & Chandon Salmanazar hoch. »Lust auf Champagner?«

»Okay, auch auf die Gefahr hin, mich lächerlich zu machen, oute ich mich jetzt einfach mal: Ich habe noch nie Champagner getrunken«, sagt Val. »Von daher …«

»Glatte Lüge«, mische ich mich ein. Erstaunt sieht sie mich an. »Auf der Halloweenparty«, erinnere ich sie, »haben wir zusammen Champagner getrunken.«

»Ach, deshalb war das Zeug so lecker! Das erklärt dann natürlich einiges.« Sie grinst breit, während meine Schwester den Korken knallen lässt und unsere Gläser füllt.

Wir prosten einander zu und sitzen noch eine ganze Weile über der großen Luke und reden – über uns der Himmel und die Sterne. Ein gigantischer Raum, in dessen Anblick man sich verlieren kann.

»Während Ella dafür sorgt, dass ihr nicht verdurstet, würde ich mich ums Abendessen kümmern. Auf was hättet ihr denn Lust?«

»Wie wäre es mit Chinesisch?«, schlägt Oxana vor. »Hier in der Nähe ist das Restaurant, von dem ich manchmal etwas mitbringe, wenn ich aus dem Atelier komme.«

Zustimmendes Gemurmel erfüllt die Kajüte, schnell sind die Essenswünsche abgegeben.

»Komm, ich begleite dich, nicht dass du dich verläufst oder dich totschleppst«, meint Oxy vergnügt.

Geschickt eingefädelt, denke ich und erwidere gespielt eingeschnappt: »Du traust mir auch gar nichts zu.«

»Ich habe Ellas Magen knurren hören, und du solltest am besten wissen, wie deine Schwester drauf ist, wenn sie Hunger hat.«

»Haha!«, murrt Ella eher halbherzig, schließlich weiß sie, dass Oxy recht hat.

»Siehst du, sie ist schon ganz grummelig! Wir sollten uns lieber beeilen.«

Oh ja, das sollten wir. Ich kann es gar nicht erwarten, endlich mit ihr allein zu sein, und als wir es dann Minuten später sind, denken wir gar nicht daran, uns zu beeilen. Wir geben unsere Essensbestellung ab, sagen, wir würden sie erst in einer Dreiviertelstunde abholen, und ziehen wieder ab, um uns ein ruhiges Plätzchen zu suchen.

Ich staune nicht schlecht, als Oxy einen Schlüssel zückt,

vor dem Eingang eines Gebäudes stehen bleibt und aufschließt. »Was ...?«

»Das Atelier ist hier. Da gehen wir aber nicht hin, das wäre ... Ich will Jaspers und Ians Vertrauen nicht ausnutzen, aber es gibt hier einen echt schönen Hinterhof mit Bänken und ...«

Ich lasse sie ihre Ausführungen nicht zu Ende bringen, sondern küsse sie gierig. »Bin überzeugt!« Oxy grinst, reibt ihre Nase an meiner und küsst mich erneut. »Ich habe dich so vermisst!«, murmle ich.

»Du Charmeur!«

»Bloß die Wahrheit!«

Oxy schließt auf, und ich schiebe sie ins Treppenhaus. Wir durchqueren es und landen wie versprochen in einem hübschen kleinen Innenhof. Ideal zum Ausspannen für die Mitarbeiter in der Mittagspause und ideal, um ungestört etwas Rummachen zu können. Ich erspähe eine Bank im Schatten, nehme dort Platz und ziehe Oxy auf meinen Schoß. Kaum sitzt sie, beginnt die wilde Knutscherei.

»Leise!«, ermahnt sie mich, als sie mir in die Hose geht und ich heiser aufstöhne.

Ich presse bebend meine Lippen gegen ihren Hals, versuche, so still wie möglich zu sein – nicht einfach. Ihre Finger, die sich um meinen Schaft schließen, ihn der Länge nach massieren, fühlen sich einfach viel, viel zu gut an. »Du bringst mich um!«

»So fühlt es sich an? Dann muss ich wohl aufhören!«

»Nicht aufhören«, stoße ich schwer atmend hervor. »Bitte, bitte nicht aufhören.« Lange werde ich nicht mehr durchhalten. Mein Höhepunkt ist in greifbarer Nähe. Mir egal, wenn ich später in verklebten Klamotten mit den anderen am Tisch sitzen muss. Das hier ist genau das, was ich jetzt brauche.

Als ich komme, keuche ich ihren Namen, packe sie fester, woraufhin sich auch ihr Griff verhärtet. Sie pumpt noch ein paarmal an meinem Schaft auf und ab, ehe sie mich kichernd küsst und dann in ihrer Handtasche kramt. Feuchttücher helfen dabei, den angerichteten Schaden in Grenzen zu halten.

Kaum sind wir fertig, klingelt bereits der Wecker und erinnert uns an das abholbereite Essen. »Ich wünschte, wir hätten genug Zeit, damit ich mich revanchieren kann.«

»Morgen!«, haucht Oxy.

Ja, morgen, denn etwas anderes bleibt uns wohl kaum übrig. Auf Ellas Segeljacht ist nicht genug Platz, um sich irgendwo unauffällig zurückzuziehen.

Auf dem Rückweg zum Boot lachen und scherzen wir miteinander. Ausgelassen gehen wir an Bord, betreten über den Niedergang den Salon, wo die anderen beisammensitzen und warten.

»Na endlich!«, kommt es von Ella. »Ich wollte schon einen Suchtrupp nach euch losschicken. Warum hat das denn so lange gedauert?«

»Freitagabend! Es war ein wahnsinniger Andrang! Das nächste Mal kannst du ja gehen und dich ins Getümmel schmeißen«, entgegnet Oxy schnippisch.

Ich kann mir ein Grinsen nicht verkneifen, weshalb Ella sagt: »Aber scheinbar habt ihr euch ja prächtig amüsiert.«

»Das haben wir in der Tat.« Ich lege Oxy einen Arm über die Schulter. »Oxy ist meine neue beste Freundin. Sie hat mir nämlich verraten, wie sie es aushält, mit dir und Libby zusammenzuleben, ohne vollkommen durchzudrehen.«

»Ja, du bist ein ganz armer Schatz«, kommt es von Libby. »Wir waren in Kapstadt ja auch echt grässlich zu dir.«

»Unentwegt!«, behaupte ich, woraufhin Ella mir einen Stoß

in die Rippen verpasst. »Siehst du, wie sie mich behandeln? So ging das die ganze Zeit über!«

Lachend windet Oxy sich aus meinem Griff und rutscht auf die Bank. Ich folge ihr – mit klopfendem Herzen und Schmetterlingen im Bauch.

Der Rest des Abends verfliegt regelrecht. Ella kommt auf die Idee, dass wir alle an Bord übernachten könnten, und rennt bei Libby und Val offene Türen ein. Das Ganze klingt auch nach einem echt guten Plan, bis ihr einfällt, dass eine der Kajüten momentan als Abstellkammer für ihre Umzugskartons dient. Nachdem die Mädels schließlich im Bett sind, stellen ich und Étienne, der den ganzen Abend über sehr ruhig war, aber definitiv zu tief ins Glas geschaut hat, zumindest ein paar der Kartons in den Salon.

Trotzdem wird es in der Nacht sehr eng und für meinen Geschmack viel zu kuschlig. Würde Oxy statt Étienne neben mir liegen, würde ich das sicherlich anders sehen, doch so muss ich mich damit begnügen, an sie zu denken. Die Vorstellung, dass sie sich bloß ein paar Meter weiter befindet, bringt mich um den Verstand. Zwei Stunden später ist es Étiennes Schnarcherei, die an meinem Geisteszustand rüttelt. Statt Sexfantasien über Oxy habe ich nun Mordfantasien in Bezug auf Étienne, den alten Schnarchsack. Ihm ein Kissen aufs Gesicht zu drücken wäre so was wie Notwehr. Erstaunlicherweise finde ich dann doch noch in den Schlaf, und selbst meine Albträume kapitulieren angesichts meines akuten Erschöpfungszustands.

Mehrfach habe ich die Mädels am Vorabend ermahnt, nicht zu viel zu trinken, doch es ist Étienne, der über die Stränge geschlagen hat und heute früh mehrfach unter Deck verschwinden muss, weil ihm speiübel ist. Gestern Nacht, als wir in der

Kajüte lagen, hat er noch steif und fest behauptet, er würde nie kotzen – von wegen.

Wir sind noch keine halbe Stunde aus dem Hafen draußen, und schon schwächelt er, doch mein Mitleid hält sich in Grenzen. Er wollte schließlich auf Teufel komm raus bei diesem Trip mit dabei sein.

»Würdest du das Ding endlich mal weglegen und mit anpacken, Bibou?« Ella ist wie so oft fleißig mit ihrem Handy am Fotografieren. »Der Wind dreht! Wir müssen halsen.«

»Stell dich nicht so an! Du bekommst das super hin!«, sagt sie. »Dieses Schätzchen wurde schließlich fürs Einhandsegeln konzipiert.«

Seufzend bediene ich die Winsch, hole die Segel dicht und versuche, nicht allzu genervt auszusehen, als Ella mich dabei ablichtet. »Du bist schlimmer als jeder Paparazzo«, werfe ich ihr vor.

Als eine heftige Windböe die Segel aufbläht, zuckt Oxana, die es sich mit Val und Libby auf den Bänken in der Plicht gemütlich gemacht hat, zusammen. Sie ist ein wenig blass um die Nase, und ich habe das Gefühl, ihr ist das alles nicht ganz geheuer, daher bereue ich ein wenig, dass wir überhaupt rausgefahren sind. Doch das gute Wetter war zu reizvoll, um ihm zu widerstehen. Heute ist der perfekte Tag für einen ersten Törn.

Ich winke Oxy zu mir. »Du brauchst keine Angst zu haben«, raune ich ihr zu, nachdem sie sich zwischen mich und das große Steuerrad gestellt hat. »Wir werden nicht kentern.«

»Das hat man über die *Titanic* auch gesagt, und dann …«

»Du kannst schwimmen!«

»Selbst wenn, wir haben noch nicht mal März!« Besorgt blickt sie in Richtung des Wassers. »Das ist bestimmt eiskalt. Wir werden erfrieren.«

»Dafür müssten wir erst einmal kentern, und das passiert nicht. Versprochen!«

»Aber ich könnte über Bord gehen.« Vielsagend deutet sie auf das niedrige Heck.

»Wirst du nicht!«, beruhige ich sie.

»Bei den Wellen vielleicht nicht, aber ...«

»Oxy, entspann dich! Das Wetter soll den ganzen Tag lang so bleiben. Und bei stürmischer See würde man sich natürlich mit einer sogenannten Lifeline sichern, damit man eben nicht über Bord geht. Abgesehen davon stehe ich direkt hinter dir«, erinnere ich sie.

»Das ist auch gut so«, nuschelt sie, während sie mich über die rechte Schulter hinweg ansieht.

Die Versuchung, sie zu küssen, ist unerträglich groß. »Wie hat dir denn die Nacht auf dem Boot gefallen?«, frage ich, um mich von dem verführerischen Gedanken abzulenken.

»Das war lustig. Spontane Ideen sind doch die besten, und Libby hat echt recht: Es war wie Camping auf dem Wasser.«

»Ich dachte, du warst noch nie campen.«

»Schon, aber das kennt man ja aus Filmen.«

»Aus Filmen? Das ist nicht das Gleiche, glaub mir.«

»Du warst schon campen?«, fragt Oxy so erstaunt, dass ich es fast persönlich nehme.

»Du und deine Vorurteile: Wer sagt denn bitte schön, dass Leute mit Geld kein Interesse an der Natur haben?«

»Lass dir nichts erzählen«, wirft Ella, die sich uns unbemerkt genähert hat, ein. »Er wollte bloß Mädchen in sein Zelt locken.«

»Na, das klingt schon sehr viel wahrscheinlicher«, unkt Oxana und schenkt mir ein schiefes Grinsen.

»Ella, übernimm das mal hier. Ich gehe irgendwohin, wo ich in Ruhe schmollen kann.«

»Auf keinen Fall! Ich bin beschäftigt!«, meint sie und schießt ein Foto von Oxy und mir. »Könnt ihr bitte mal enger zusammenrücken?«

»Du verwirrst mich, Bibou! Erst soll ich meine Finger von Oxy lassen, und auf einmal sollen wir enger zusammenrücken. Was denn jetzt?« Aber natürlich komme ich ihrer Aufforderung nur allzu gern nach.

»So witzig, Bruderherz!« Sie wendet sich Libby und Valerie zu, die sich angeregt unterhalten. Étienne kommt reichlich grün um die Nase den Niedergang herauf und setzt sich zu den beiden.

»Aber apropos in mein Zelt locken …«, raune ich Oxy zu, als Ella außer Hörweite ist. »Ich hoffe, du weißt, dass ich die Nacht viel lieber mit dir in einer Kajüte verbracht hätte als mit Étienne.«

»Na, das will ich doch schwer hoffen«, flirtet sie im Flüsterton zurück. »Und sosehr ich Ella auch schätze, mir wäre es ebenfalls lieber gewesen, neben dir zu liegen.«

»Sobald wir zurück sind, nehme ich dich mit in mein Hotelzimmer und zeige dir, was du vergangene Nacht verpasst hast.«

»Hört sich großartig an!«, säuselt sie mit glühenden Wangen, von denen ich nicht genau weiß, woher sie kommen. Doch egal ob ihre Farbe von der frischen Luft, der Sonne oder der Vorfreude herrührt, Oxy sieht einfach wunderschön aus.

»Segelst du schon lange?«, erkundigt Oxy sich, nachdem ich ihr ein paar Dinge erklärt habe.

»Seit ich denken kann. Die Segelausflüge mit meinen Eltern waren früher das Größte für mich.«

»Was genau hat dir daran so gut gefallen? Endlich mal Zeit mit deinen Eltern zu verbringen?«

Ich schüttle den Kopf. »Nein, gar nicht mal primär das. Ich liebe dieses Gefühl von Freiheit.« Auch heute ist so ein Segeltrip jedes Mal Entspannung pur für mich. Es ist, als würde der Wind meine Sorgen davonwehen. Er bläst alle Zweifel, Ängste und Nöte aus meinem Kopf, macht ihn frei für Neues. Nichts beruhigt mich so sehr wie der Blick auf die Horizontlinie. Diese Stelle, an der sich Himmel und Erde küssen, hat in meinen Augen etwas Magisches.

Während Oxy steuert, ist ihre Neugier kaum zu stillen. Schnell sind wir über die klassischen Anfängerfragen wie »Warum hat dieses Boot eigentlich zwei Steuerräder, wenn du doch nur eins bedienen musst?«, »Was bedeutet Luv?«, »Und was war noch mal backbord?« hinaus.

»Aber was passiert denn, wenn unser Ziel im Wind liegt?«, will sie wissen. »Dann haben wir doch ein Problem, oder? Ich meine, was macht man denn da?«

»Dafür müssen wir dann kreuzen. Wir fahren auf Am-Wind-Kurs auf das Ziel zu, wenden dann, fahren wieder auf Am-Wind-Kurs und wenden erneut, so nähern wir uns Stück für Stück dem Ziel. Wollen wir einfach mal ein Wendemanöver durchführen?« Oxanas Augen leuchten begeistert, als sie energisch nickt. Ich schaue mich nach Ella um, winke sie zu mir und sage ihr, was wir vorhaben.

»Ich schaue nur kurz nach dem armen Étienne. Den hat es ja wirklich schlimm erwischt«, sagt sie und verschwindet unter Deck.

Nachdem sie mit ihm im Cockpitbereich Platz genommen hat, erkläre ich Oxana, wie man eine Wende einleitet. »Zuerst verschaffen wir uns einen Überblick. Niemand befindet sich auf dem Vordeck, dennoch warnen wir die Crew, indem wir den Befehl geben: ›Klar zum Wenden!‹ Würde jemand anderes die Winsch bedienen, würde derjenige auch noch mal checken, ob man gefahrlos das Manöver einleiten kann, und dann sagen: ›Ist klar!‹. Daraufhin drehen wir durch den Wind, was bedeutet, dass die Segel auf die andere Seite genommen werden müssen, okay?« Erneut nickt sie. Kurz und bündig erläutere ich die letzten Details, ehe wir uns an das erste Wendemanöver heranwagen.

»Es hat geklappt!«, jubelt Oxana, nachdem wir die Wende erfolgreich hinter uns gebracht haben und wieder hoch am Wind segeln. Unter uns rauscht das türkisblaue Wasser dahin, und die Sonne strahlt mit Oxana um die Wette. Begleitet vom Kreischen der Möwen laufen wir am Nachmittag wieder in den sicheren Hafen ein.

Étienne hat sich wieder gefangen und schwört, dass die Übelkeit nicht vom Alkohol, sondern von der Ente rührte, die er zum Abendessen hatte … Schwätzer! Dass es ihm wieder besser geht, ist jedoch beim Anlegemanöver von Vorteil. Da kann man schließlich jede Hand gebrauchen.

»Das sollten wir echt öfter machen«, sage ich zu meiner Schwester, während ich die letzte Klampe belege.

»Als ob du dafür Zeit hättest«, schnaubt sie.

Ich ignoriere die Spitze und wende mich an ihre Mitbewohnerinnen. »Und? Wie fandet ihr es?« Alle drei zeigen sich begeistert. Vor allem Oxana scheint ziemlich *stoked* zu sein – der Begriff kommt eigentlich aus der Wellenreiterszene, doch da sie bis über beide Ohren grinst und ihre Augen beinahe manisch leuchten, denke ich, dass er ihren Zustand ganz gut beschreibt. Sie hat – anders als Libby – keinerlei Probleme mit dem Gleichgewicht, als wir wieder an Land sind.

Lachend und schwankend klammert Libby sich an mir fest. »Wow! Was geht denn hier ab?«

Ehe ich dazu komme, ihr das Phänomen zu erklären, taucht plötzlich ein wutentbrannter Jasper Chase auf dem Steg auf und macht ihr eine Szene.

»Bist du betrunken? Nicht dass das eine gute Entschuldigung für das hier wäre.« Er wedelt mit der Hand zwischen ihr und mir hin und her, und ich brauche einen Augenblick, um zu kapieren, was genau er überhaupt meint. Libby und ich? Das soll doch wohl ein Witz sein.

»Komm mal runter, Mann!«, fahre ich ihn an. Das ganze Theater ist albern.

»Wenn du weißt, was gut für dich ist, hältst du dich da raus, Froschfresser!« *Froschfresser?* Der Typ spinnt doch total. Als er dann auch noch einen drohenden Schritt in meine Richtung macht, balle ich die Hände zu Fäusten. Eine Schlägerei mit Jasper Chase anzufangen wird zwar die Chancen einer möglichen zukünftigen Zusammenarbeit deutlich senken, aber ich lasse mich ganz bestimmt nicht von ihm aufmischen, nur weil er unter irgendwelchen Wahnvorstellungen leidet.

»Du hast gesagt, du könntest noch warten. Dabei hast du dich offensichtlich prächtig mit ihm vergnügt. Warum erzählst du mir solche Lügen, wenn du kein Interesse hast?«, fährt er Libby an. »Warum …?«

»Jazz, es ist nicht so, wie du denkst.« Libby löst sich von mir und geht in seine Richtung. Noch immer trügt sie ihr Gleichgewichtssinn, weshalb sie ein wenig taumelt.

»Ach ja? Du hast mich gestern Abend weggedrückt, als ich versucht habe, dich zu erreichen.«

»Habe ich nicht. Meinem Akku ist nur in dem Moment der Saft ausgegangen.«

»Klar!«, höhnt er, und es ist offensichtlich, dass er ihr nicht glaubt. Idiot!

»Hör auf, dich lächerlich zu machen, Mann, und krieg dich wieder ein«, werfe ich ein, denn langsam habe ich genug von dem Zirkus, den er hier veranstaltet.

»Sag du mir nicht, was ich zu tun habe!«, faucht er und schiebt Libby beiseite, um zu mir zu gelangen. Dumme Idee. Da es nach wie vor nicht sonderlich gut um ihre Balance bestellt ist, torkelt sie erst zurück, versucht, sich zu fangen, strauchelt dann nach vorn und prallt so heftig gegen ihn, dass er vom Steg ins Wasser fällt.

Während Ella lauthals loslacht, vergrabe ich mein Gesicht in beiden Händen. Was für ein Chaos! Die arme Libby ist völlig starr vor Schreck. Oxana und Val eilen zeitgleich zum Rand des Stegs, um diesen Trottel aus dem Wasser zu fischen. Drei Anläufe braucht es, bis sie ihn mit vereinten Kräften hochgezogen haben und er zähneklappernd auf dem Rücken liegt. Von den Notleitern hat er offensichtlich noch nie was gehört. Nun ja, letztendlich ging es ja auch so. Immerhin endet das ganze Drama mit einem recht leidenschaftlichen Kuss von Libby, für den Jasper viel zugänglicher zu sein scheint als für die zahlreichen vorausgegangenen Argumente. Schließlich willigt er sogar ein, sich von Oxana und Libby nach Hause bringen zu lassen.

Der Rest unserer kleinen Truppe folgt den dreien in einigem Abstand. »Und? Wie sind die Pläne für den Rest des Tages?«, erkundige ich mich, als wir den Hafen verlassen haben. Oxy, Libby und Jasper verschwinden durch die Haustür, durch die Oxy und ich gestern Nacht in den Innenhof gelangt sind.

»Ich muss mich erst mal aufs Ohr hauen«, meint Étienne. »Die Nacht über habe ich aus Angst, ich könnte mich übergeben, kein Auge zugetan ...« Von wegen! Ich habe wegen seiner elenden Schnarcherei kaum geschlafen. »... und dann ... Na ja, ihr habt es ja mitbekommen.« Er wirkt ziemlich niedergeschlagen – so hatte er sich den Trip offensichtlich nicht vorgestellt.

»Ich muss noch Hausaufgaben erledigen«, brummt Val wenig begeistert.

»Ich auch«, behauptet Ella, aber ich schätze, sie ist einfach nur froh, endlich Abstand zwischen sich und Étienne bringen zu können.

Étienne winkt ein Taxi herbei, wendet sich Ella zu und sagt: »Noch einmal sorry wegen des Überfalls.«

Jeder andere würde jetzt erwidern, dass das »okay« oder »kein Problem« sei, doch Ella ist nicht wie andere Menschen. »Gute Besserung!«, sagt sie stattdessen.

»Es war trotz allem schön, dich mal wiederzusehen.« Er umarmt sie kurz, ehe er einsteigt.

Einen Moment lang blicken wir dem Taxi nach. Ellas Handy vermeldet eine eingehende Nachricht. »Oxy. Sie sagt, dass wir schon mal nach Hause fahren sollen.« Ella wendet sich an mich. »Kommst du mit?«

»Nee, die Nacht in deinem bewohnbaren Kleiderschrank und mit deinem schnarchenden Ex – du hättest mich übrigens ruhig mal vorwarnen können …« Ich werfe Ella einen vorwurfsvollen Blick zu. »… war alles andere als erholsam. Daher werde ich wohl auch ins Hotel fahren, mich ausruhen …«

»Du weißt doch, dass er eine Nasescheidenwandverkrümmung hat«, meint sie mitleidslos. »Und zum Rest: Ich glaube dir kein Wort. Vermutlich bist du am Arbeiten, kaum dass du das Zimmer betreten hast.«

»Es steht halt einiges an.«

»Es steht immer einiges an.« Seufzend umarmt sie mich. »Gönn dir doch mal ein paar Tage Ruhe am Stück.«

»Wenn die Eröffnung vorbei ist«, verspreche ich ihr. »Wir

sehen uns alle morgen zum Frühstück? Ich bringe auch frische Brötchen mit!«

»Ich mag deinen Bruder«, vermeldet Valerie grinsend und schließt mich zum Abschied ebenfalls in die Arme. Ella hakt sich bei ihr unter, und gemeinsam steuern sie auf einen altersschwachen roten Corsa mit deutschem Kennzeichen zu.

Als die beiden weg sind, schreibe ich Oxana, dass die Luft rein ist und wir freie Bahn haben. Keine zehn Minuten später ist sie bei mir, und kichernd besteigen wir den Mietwagen.

»Wie geht es deinem Trottel von Chef?«

»Gut, er hat sich wieder eingekriegt.«

»Ich hatte nichts mit Libby«, informiere ich sie, während ich den Motor starte und den Wagen dann in Richtung meines Hotels lenke.

Ihre Hand legt sich auf meinen linken Oberschenkel, drückt ihn. »Ich weiß, aber danke.«

»Okay, ich will bloß nicht, dass du dir Sorgen machst. Denn dafür besteht wirklich kein Grund. Das einzige Mädchen, das ich in mein Zelt locken wollen würde, wärst nämlich du.«

»Du brauchst mich nirgendwohin zu locken. Ich folge dir auch so.«

»Ach ja?« Ich werfe ihr einen raschen Seitenblick zu, ehe ich mich wieder auf die Straße konzentriere. »Seit wann?«

»Seitdem du mir versprochen hast, dich für gestern Abend zu revanchieren. Ich kann es nämlich kaum erwarten.«

Ich auch nicht, *mon cœur*, ich auch nicht. Schon den ganzen Tag freue ich mich auf den Moment, wenn wir endlich allein sind und tun können, wonach uns der Sinn steht.

Die nächsten Stunden in dem großen weichen Hotelbett sind das Paradies auf Erden. Während wir einander erkunden, ist das Zimmer durchdrungen von den Lauten unserer Erregung. Ich spüre Oxanas Hand in meinen vom gemeinsamen Duschen noch feuchten Locken, während ihre Schenkel auf meinen Schultern liegen und ihre Erregung meine Lippen benetzt. Ich lecke und sauge, lausche ihrem Seufzen und Stöhnen und dem Klang meines wieder und wieder gewisperten Namens. In ihrer Lust zu baden ist für mich das Größte, und doch genieße ich andererseits auch jede ihrer Berührungen. Ich kann nicht genug von all den Küssen bekommen, die sie auf meinem Körper verteilt, und es ist okay, dass sie noch nicht bereit ist, mit mir zu schlafen. Ich kann warten – auf sie würde ich auch noch Monate warten.

13

Oxana

Habe am Freitag ein Meeting in London. Könnte dann übers Wochenende runterkommen, wenn du magst.

Henris Nachricht, die mich während meiner Arbeit bei On Fleek erreicht, zaubert ein Lächeln auf mein Gesicht. Hastig tippe ich eine Antwort. **Natürlich mag ich! Aber Ella ist das ganze Wochenende unterwegs, also hast du keine gute Ausrede.**

Stimmt, hatte sie ja erzählt. Sie assistiert diesem Fotografen, richtig?

Yep. Das heißt, du kannst nicht mal so tun, als hättest du es nicht gewusst.

Aber ich könnte so tun, als hätte ich es vergessen ;-)

Könntest du, dennoch würden Libby oder Val möglicherweise misstrauisch werden, wenn du und ich das ganze Wochenende über in deinem Hotelzimmer verschwinden. Von daher: Was hältst du davon, wenn ich nach London komme? Weit weg von allen. Nur du und ich.

Das klingt fast zu gut, um wahr zu sein.

Eine halbe Stunde später bekomme ich eine weitere Nachricht von ihm: **Alles erledigt. Hotel ist gebucht. Kann es kaum erwarten.**

Ich auch nicht, schreibe ich zurück.

Noch zwei Tage! Zwei Tage, bis wir uns endlich, endlich wiedersehen. Zuletzt haben wir uns Ende Februar getroffen, nun ist fast schon April… In den knapp fünf Wochen ist so viel passiert. Der Frühling hat Plymouth im Sturm erobert, genau wie Henri mein Herz. Wir schreiben und telefonieren täglich und lernen einander so immer besser kennen. Manchmal machen wir auch verrückte Dinge zusammen: gleichzeitig einen Kaffee trinken oder ins Kino gehen – er in Paris, ich in Plymouth. Anfangs fühlte sich das seltsam an. Man macht es nicht wirklich zusammen, aber eben auch nicht wirklich allein – eine ganz neue Erfahrung. Am schönsten finde ich es, wenn wir zusammen ins Bett gehen. Dann ist seine Stimme die letzte, die ich beim Einschlafen höre, und die erste, die beim Aufwachen erklingt. Und jetzt werde ich ganz überraschend erfahren, wie es sich anfühlt, wenn er wirklich neben mir liegt. Wenn sein Atem meinen Nacken streift, während er mich in seinen Armen hält und ein neuer Tag in London anbricht.

Mit einem Lächeln auf dem Gesicht arbeitet es sich gleich viel leichter, wie ich feststellen darf. Selbst Ians Laune ist so einfacher zu ertragen. Er steht mächtig unter Druck. Jetzt da Jasper sich voll und ganz seinem Masterabschluss widmet und sich für die kommenden Wochen bis Semesterende komplett aus der Firma zurückgezogen hat, muss Ian alles allein stemmen. Ich für meinen Teil finde es gut, dass die beiden mal getrennte Wege gehen. So hat Ian die Möglichkeit, aus Jaspers Schatten herauszutreten und selbst zu zeigen, was für ein begabter Designer er ist. Die neue Kollektion ist traumhaft schön und sehr harmonisch – nur Ian selbst ist damit unzufrieden. Ich schätze, Jasper fehlt ihm einfach. Klar würde der – er ist nun mal der Rebell des Duos – alles anders machen. Seine Entwürfe sind immer viel provokanter und oft hart an der Grenze zur Untragbarkeit. Für Jazz ist Mode eben eine Kunstform. Sie dient nicht dem Zweck, hübsch zu sein, zumindest nicht in erster Linie und ausschließlich, was man gut an den bisherigen Entwürfen für seine Abschlusskollektion sehen kann. Er geht richtig darin auf – darin und in seiner noch frischen Beziehung mit Libby.

Meiner Meinung nach profitieren alle von dieser temporären Trennung, aber mich fragt ja niemand.

Während ich den Nesselstoff für das hübsche Bustierkleid, das Ian entworfen hat, an der Schneiderpuppe drapiere und die gewünschte Form mit Nadeln abstecke, wandern meine Gedanken zu Henri und dem Wochenende in London. Ich freue mich unglaublich auf diese Auszeit. Henri wird sie ebenfalls guttun. Er arbeitet so viel, und wenn er nicht mit Dingen für die Firma beschäftigt ist, macht er Sport oder kümmert sich um seinen besten Freund Michel.

Von Ella weiß ich, dass er damals bei den Anschlägen mit Henri im Bataclan war. Viel von dem, was sie über Henri erzählt, kann ich so nicht bestätigen, doch in einer Sache hat sie recht: Er spricht nie über jene Nacht. Und tief in meinem Inneren frage ich mich, ob er es je könnte – selbst wenn er es wollte.

Ein Klopfen an meiner Zimmertür lässt mich von meinem halb gepackten Koffer aufblicken. Val steckt ihren Kopf zur Tür herein und fragt: »Kann ich reinkommen?«

»Klar! Was gibt's denn?«

»Libby sagte, du würdest morgen mit ein paar Leuten nach London fahren und … na ja, keine Ahnung, aber … Sag mal, meinst du, ich könnte mitkommen? Ich muss einfach mal raus und den Kopf frei bekommen.«

Mist! »Also … ähm, weißt du …«, beginne ich drucksend, doch da rudert Valerie bereits zurück.

»Schon gut, war eine echt dumme Idee. Ich … Sorry, es ist nicht meine Art, mich aufzudrängen, und wenn du … Ich hätte nicht fragen dürfen.« Ihr Gestammel ist unerträglich – allerdings nicht so sehr wie das schlechte Gewissen, das mich in diesem Moment überrennt. Val ist schon beinahe zur Tür hinaus, da sage ich: »Warte, Val!«

»Ja?«, fragt sie und klingt so hoffnungsvoll, dass ich sie bitte, wieder reinzukommen und die Tür zu schließen.

»Es ist total doof, dass du mich gefragt hast.«

»Ich weiß«, murmelt sie kleinlaut.

»Nein, so meine ich das nicht. Ich … ich habe gelogen. Ich fahre nicht mit Leuten aus dem Studium nach London, sondern ich treffe mich da mit … mit jemandem.«

»Mit jemandem?«

»Einem Mann!«

Neugierig mustert sie meinen aufgeklappten Koffer. »Geschäftlich scheint dieses Treffen ja nicht zu sein«, meint sie und nickt in Richtung der Dessous.

»Nein, eher nicht«, gebe ich ihr recht.

»Ahhh! Okaaay!« Beide Laute kommen gedehnt über ihre Lippen. Ihnen folgt ein Stirnrunzeln, und dann blitzt etwas wie Erkenntnis in ihren Augen auf. »Verrätst du mir, um wen es sich handelt?« Ehe ich mich dazu entschließen kann, was ich darauf antworte, sagt sie: »Oder nein, warte. Lass mich dreimal raten, und die ersten beiden Male zählen nicht.« Sie grinst siegessicher. »Henri.«

Ich staune nicht schlecht, als sie mit seinem Namen herausplatzt. »Woher wusstest du das?«

»Na, bis eben wusste ich es noch gar nicht. Bis eben war es bloß eine Vermutung, aber …« Vielsagend hebt sie die Hände.

»Vermutlich hätte ich lieber alles leugnen sollen, was?«

»Ich hätte dir nicht geglaubt. Bei dem Segeltörn wirktet ihr verdächtig vertraut.«

»So wie du und Parker?« Val wird einfach nur knallrot. »Versuch lieber erst gar nicht, es noch einmal abzustreiten.«

Ein lang gezogener Seufzer fließt über ihre vollen Lippen. Sie hat einen wunderschönen Julia-Roberts-Mund… vielleicht ein wenig kleiner, aber nicht viel. »Es ist kompliziert!«

»Wenn ich jedes Mal, wenn ich das höre, einen Euro bekommen würde, wäre ich bald Millionärin.« Ich stopfe die Tüte mit den Kondomen in den Samsonite-Koffer, klappe ihn zu, hebe ihn vom Bett und bedeute Val, sich zu setzen. »Also, was genau ist so furchtbar kompliziert?«

»Im Vergleich zu dem Schlamassel, in dem du steckst, ist bei mir gar nichts kompliziert.«

»Ich stecke in keinem Schlamassel. Henri und mir geht es blendend.«

»Noch! Warte bloß, bis Ella rausbekommt, was ihr da hinter ihrem Rücken treibt.«

»Touché«, murmle ich bedrückt. Mir ist klar, dass sie an die Decke gehen wird.

»Ich weiß bloß nicht, wie Parker und ich zueinander stehen.«

»Wie meinst du das?« Als Val sich in mysteriöses Schweigen hüllt, hake ich nach: »Hast du ihm denn gesagt, was du empfindest?«

Sie presst die Lippen aufeinander und nickt knapp. »Yep, und daraufhin ist er damals ausgezogen.«

»Ernsthaft?«

»Ernsthaft! Er sagte, er könne das nicht, und weg war er. Aber nahezu jedes Mal, wenn wir uns sehen…« Sie lächelt

383

verzagt. »…landen wir im Bett.« Mist! »Ich weiß, dass es dumm von mir ist, da mitzuspielen. Ich meine, es liegt ja auf der Hand, dass er mich nur benutzt, aber…« Sie zuckt mit den Achseln.

»Aber was?«

»Aber wenn wir zusammen sind, dann fühlt es sich nicht so an. Es ist, als wäre ich alles für ihn, und er ist alles für mich, weißt du?« Oh ja, dieses Gefühl kenne ich nur zu gut. »Nur hinterher ist es halt scheiße, weil ich jedes Mal die Hoffnung habe, er könnte seine Meinung doch ändern und erkennen, wie wunderbar wir zusammenpassen.«

»Doch das tut er nicht.«

Traurig schüttelt sie den Kopf.

»Ach Mensch!«, murmle ich und ziehe sie in die Arme. »Männer sind solche Idioten!«

»Wem sagst du das!«, seufzt ist aus vollem Herzen.

»Und er hat gar nicht gesagt, warum eine Beziehung mit dir für ihn nicht infrage kommt?«

»Nope!«

»Aber er kommt immer, wenn du ihn anrufst und…«

»Das ist sein Job! Er ist unser Vermieter.«

»Ja, aber er kommt immer *sofort*.«

Val schüttelt entschieden den Kopf. »Darauf bilde ich mir nichts mehr ein, und auch auf den Rest nicht.«

»Den Rest?«

»Weiße Rosen an Windschutzscheiben, süße Textnachrichten, Weihnachtsüberraschungspakete nach Hause… Er hält mich bloß bei der Stange… im wahrsten Sinne des Wortes.« In bester Ella-Manier rollt sie schnaubend die Augen. »Und ich bin so blöd und falle wieder und wieder darauf rein, aber jetzt ist Schluss! Ich will nicht mehr.«

»Das kann ich verstehen. Dafür wäre ich mir auch zu

schade«, murmle ich und streichle tröstend über ihren Rücken, als ihre Augen sich mit Tränen füllen.

»Na ja, immerhin schweben drei Viertel dieser WG auf Wolke sieben.«

»Drei Viertel? Ella auch?«

»Oh ja! Ella auch! Wobei sie sich noch etwas schwertut, es zuzugeben.«

»Warum weiß ich nichts davon?« Ella und ich stehen uns schließlich wirklich nah.

Mein anklagender Ton war anscheinend nicht zu überhören, denn Val erwidert: »Tja, und warum weiß sie nichts von Henri? Aber nur, damit es dich beruhigt, Ella hat mir rein gar nichts erzählt, Cal hingegen …« Sie lässt den Satz unvollendet in der Luft schweben, und irgendwie bin ich erleichtert, dass Ella sich auch ihr nicht anvertraut hat. Val seufzt leise und nachdenklich. »Meinst du, das mit Henri ist eine gute Idee? Du weißt doch, was Ella gesagt hat.«

»Ja, ich weiß, aber er ist kein Bad Boy.« Val sieht mich zweifelnd an. »Wirklich nicht!«

Anfangs hatte ich echt Angst, dass Henri in Frankreich seinem alten Lebensstil treu bleibt. Ich würde es hier ja vermutlich nie erfahren – außer die Presse würde ihn auf frischer Tat ertappen. Vielleicht ist es naiv, doch ich fand, dass es das Beste sei, mit ihm über meine Bedenken und Ängste zu sprechen. Das Thema anzuschneiden fiel mir zwar unendlich schwer, schließlich wollte ich Henri auch nicht kränken, aber letztendlich war es ein gutes Gespräch. Eines, das mich beruhigt hat. Ich verstehe nun, warum er sich in den vergangenen Jahren einen Ruf als Playboy erworben hat und dass dieser blinde Aktionismus, den er beileibe nicht nur in Bezug auf Frauen an den Tag legte, ihm geholfen hat, seinen Dämonen zu entkommen – zumindest temporär.

»Dieses Leben ist nicht das, was ich wollte«, hat er mir anvertraut, »aber es ist das, was ich bekommen habe. Ja, ich habe mich nie auf jemanden eingelassen. Nicht weil die Person es nicht wert gewesen wäre – um das zu beurteilen, habe ich keine der Frauen gut genug gekannt –, sondern weil ich sie nicht kennenlernen wollte. Und umgekehrt wollte ich auch nicht, dass sie mich kennenlernten. Früher oder später hätte ich sonst von den Anschlägen erzählen müssen, und das war eine Horrorvorstellung. Ist es noch …«, fügte er fast entschuldigend hinzu, woraufhin ich ihm versicherte, dass es okay sei.

Er muss nicht darüber sprechen, wenn es ihm so zusetzt. Immerhin weiß ich davon. Wusste es bereits, ehe er sich auf mich einließ, und ich glaube, dass es ihm – entgegen seiner ursprünglichen Vorstellung – guttut, jemanden an seiner Seite zu haben, der seine Geschichte kennt und weiß, warum er ist, wie er ist.

»Seid ihr glücklich?«, unterbricht Val meine Gedanken.

Ein breites Grinsen explodiert auf meinem Gesicht. »Ja, sehr! Er ist so bemüht, zuvorkommend und süß … ein echter Traummann.«

»Was anderes hast du auch nicht verdient«, meint sie und grinst mich schief an. »Wisst ihr denn schon, wie ihr es Ella sagen wollt?«

Ich schüttle den Kopf und ziehe dabei meine Nase kraus. »Nee, noch nicht so wirklich, aber wir haben ja jetzt ein ganzes Wochenende Zeit, uns alles genau zu überlegen.«

Es ist fast halb neun, als der Zug am Freitagabend in Paddington einfährt. Kaum habe ich den Bahnsteig betreten, sehe ich auch schon Henri. Die Freude ist so übermächtig, dass ich nicht an mich halten kann. Kurz bevor wir aufeinandertreffen, lasse ich den Rollkoffer los und hüpfe ihm in die Arme.

Wie von selbst schlingen sich meine Beine um seine Hüften, kreuzen sich hinter seinem Rücken, und mein Mund findet seinen.

»Da bist du ja endlich!«, murmelt er an meinen Lippen, während er seine Hände unter meinem Hintern verschränkt, um mir Halt zu geben.

»Ja, da bin ich endlich.« Ich schmiege mein Gesicht an seins. Ian ist schuld daran, dass wir rund drei Stunden später als geplant in unser Liebeswochenende starten können. Er hatte mich noch mal ins Atelier beordert, weil bei der Übergabe etwas schiefgegangen war und sie ohne mich nicht hätten weitermachen können. Doch egal wie … nun bin ich ja da. Ich drücke meine Nase an Henris Hals, atme seinen Duft ein und seufze bedauernd auf, als er mich auf dem Boden abstellt, nach meinem Koffer greift und mich an der Hand fasst. Ich hätte auch ewig hier stehen und mich von ihm halten lassen können.

Ein betagtes Ehepaar schaut amüsiert tuschelnd in unsere Richtung, und als wir an ihnen vorbeigehen, sagt der Mann zu Henri: »Was ist die Liebe doch für ein großes Glück, nicht wahr?«

Henri stimmt ihm grinsend mit einem knappen Nicken zu. Ich schaue zu ihm. Seine Augen leuchten euphorisch, tun es immer noch, als wir nach etwa zwanzigminütiger Fahrt mit dem Taxi unser Hotel erreichen.

»Henri!«, stoße ich hervor, als ich erkenne, dass er uns im Mandarin Oriental einquartiert hat. Teurer ging es wohl nicht. *Doch*, erkenne ich, als wir die Hyde-Park-Suite beziehen. Beinahe andächtig schaue ich mich in dem stilvoll eingerichteten Raum um.

»Gefällt es dir?«, erkundigt Henri sich. »Wenn etwas nicht zu deiner Zufriedenheit ist, dann …«

Zu meiner Zufriedenheit? Seine Formulierung zupft an meinen Mundwinkeln – genau so haben es die Angestellten des Hotels, die uns seit dessen Betreten umschwirren, auch ausgedrückt. »Keine Sorge, alles, Monsieur Chevallier, ist zu meiner vollen Zufriedenheit«, erwidere ich, so ernst ich kann. »Ich bin nur etwas überwältigt von all dem Luxus hier.« Und eingeschüchtert. Ich bin definitiv eingeschüchtert. Ich will gar nicht wissen, wie viel diese Suite pro Nacht kostet. Sicherlich ein kleines Vermögen. Zwei oder drei Monatsgehälter einer einfachen Schneiderin vermutlich. Besser, ich denke gar nicht so genau darüber nach.

»Ist wirklich alles okay, Oxy?«

»Ja, es ist nur … Hättest du nicht was anderes buchen können? Was kleines Nettes? Irgendwas, was …« Sein zerknirschter Blick bringt mich zum Schweigen.

»Entschuldige, ich wollte, dass dieses Wochenende etwas ganz Besonderes ist.« Er hockt sich auf das Sofa vor dem Kamin, in dem bereits ein Feuer knistert. Die beiden bronzefarbenen Hirschstatuen auf dem Sims scheinen mich vorwurfsvoll anzusehen.

Das schlechte Gewissen ringt mit meinem Wunsch, nicht eine dieser Frauen zu sein, die nur sein Geld wollen. Ich meine, ich weiß ja, dass es so nicht ist, aber er …? *Er hat es nur gut gemeint,* sage ich mir und auch, dass diese Art Luxus für ihn und Ella völlig normal ist.

»Ich … Henri, es ist bloß … Ich brauche das nicht. Ich hätte mich auch mit weniger zufriedengegeben, Hauptsache, wir sind zusammen.« Ich setze mich neben ihn und nehme seine Hand.

»Für dich ist das Beste aber gerade gut genug«, meint er ernsthaft, führt meine Hand zu seinem Mund und küsst meine Fingerspitzen.

»Ach ja, und warum nächtigen wir dann nicht im Penthouse?«, scherze ich und verschlucke mich fast an meinem Lachen, als er erwidert: »Weil es nicht verfügbar war.«

Ich muss ein Bild für die Götter abgeben, als ich ihn mit offenem Mund anstarre. Henri schlägt lachend beide Hände vorm Gesicht zusammen. Ich brauche einen Moment, um mich zu fangen, dann ziehe ich sie weg und küsse ihn.

»Du bist furchtbar!«, lasse ich ihn zwischen zwei Küssen wissen und dann: »Ich würde dich auch lieben, wenn du keinen einzigen Euro besitzen würdest. Das weißt du doch, oder?«

Er nickt. Es klopft an der Tür. »Wird das Abendessen sein«, sagt er auf meinen fragenden Blick hin und fügt entschuldigend hinzu: »Nachdem klar war, dass du erst so spät ankommst, habe ich es bereits im Vorfeld bestellt. Du hast doch Hunger, oder?«

»Und wie! Ich könnte ein ganzes Nilpferd verdrücken.« Ich tätschle meinen Bauch.

»Macht man das bei euch in Russland so?«, fragt Henri über die Schulter hinweg, während er zur Tür geht.

»Nilpferde essen? Klar! Kennst du nicht die berühmten russischen Nilpferde?« Ich zwinkere ihm zu.

Henri lässt den Zimmerservice ein. Rasch wird der runde Tisch vor dem Fenster mit Parkblick eingedeckt und das Essen angerichtet.

Das Dinner stellt sich als ebenso erlesen heraus wie die vom Art-déco-Stil inspirierte Einrichtung.

»Schmeckt es dir? Magst du noch Wein?«

»Sehr gerne.« Ich reiche ihm mein Glas. »Und es ist ausgesprochen lecker. Nicht so lecker, wie wenn du kochst, aber … schon verdammt gut.«

»Das bezweifle ich. Kann es sein, dass du nicht ganz objektiv bist?« Er sieht mir tief in die Augen, und ich habe das Gefühl, in seinen zu ertrinken – da helfen auch alle Schwimmstunden dieser Welt nichts.

Henri geht mir unter die Haut wie kein zweiter Mann vor ihm. »Wie könnte ich auch?«, hauche ich – machtlos gegenüber all dem, was ich für ihn empfinde. Einen Moment bin ich versucht, das Essen einfach Essen sein zu lassen, seine Hand zu nehmen und ihn ins Schlafzimmer zu ziehen, damit wir endlich das tun können, was ich uns die letzten Wochen verwehrt habe, doch Henri lenkt mich ab, indem er mich nach dem Studium und meinen Plänen für die bevorstehenden Osterferien fragt.

»Arbeiten, was sonst«, erwidere ich achselzuckend.

»Du bist ja schlimmer als ich!«, behauptet er.

»Das könnte ernsthaft schwierig werden.« Ella wirft ihm nicht zu Unrecht vor, dass er ein Workaholic ist. »Warum warst du überhaupt in London?«

»Im Moment bin ich an ein paar Kollaborationen mit verschiedenen Künstlern und Musikern dran. Wir werden in den nächsten Jahren ganz stark in den Bereich Wohnaccessoires vordringen, und um da schnell und erfolgreich Fuß zu fassen, halte ich eine Zusammenarbeit mit namhaften Künstlern für essenziell.« Eine Weile gewährt er mir noch Einblick in seine aktuellen Überlegungen und seinen Arbeitsalltag. Ich finde den Bereich, in dem er arbeitet, spannend, stelle es mir jedoch schwierig vor, Prognosen anzustellen, wie die Dinge sich entwickeln werden. Ich für meinen Teil finde es schon schwer, ein Jahr im Voraus zu denken und mir zu überlegen, wie die Mode dann aussehen und was angesagt sein wird oder nicht. Henri versucht, drei, fünf, vielleicht sogar zehn Jahre im Voraus zu denken. Natürlich gibt es auch Bereiche, die so was wie eine sichere Bank sind. Diese Sache mit dem French-

Chic-Parfüm, die er im vergangenen Monat mal so nebenbei angeleiert hat beispielsweise. Mit Düften machen Modeunternehmen einen Haufen Geld. Lustig, dass der flüchtigste aller Stoffe letztendlich doch oft den meisten Gewinn abwirft.

Mein Handy verkündet lautstark, dass eine Nachricht eingegangen ist. »Schau ruhig nach«, meint Henri, als mein Blick Richtung Handy huscht, das neben seinem am Rand des Tisches liegt.

Obwohl ich es doof finde, weil wir beim Essen sind, sehe ich nach. »Nur Val, die wissen wollte, ob ich gut angekommen bin«, lasse ich Henri wissen. Ich antworte ihr kurz, dass alles gut ist, und auch, dass ich das Wochenende über nicht mehr erreichbar sein werde, dann schalte ich es aus.

Henri beobachtet den Vorgang aufmerksam. »Du hättest es nicht ausschalten müssen.«

»Wie ich sagte: ein Wochenende lang nur du und ich.«

Meine Worte zaubern ein Lächeln auf sein Gesicht. Er greift nach seinem Telefon und schaltet es ebenfalls aus. »Wie sagt man so schön? *Offline is the new luxury?*«

»Das sagt man wohl! Aber es gibt da etwas, das ich dir beichten muss.« Ich erzähle ihm von Val und von ihrer Bitte, mit nach London kommen zu dürfen, und davon, dass ich unser Geheimnis ihr gegenüber gelüftet habe. »Wir müssen uns überlegen, wie wir es Ella beibringen.«

Henri nickt verstehend, aber er sieht nicht gerade glücklich aus. »Nachdem ihre Beziehung mit Étienne gescheitert ist, sind ihre Vorbehalte noch größer geworden«, gibt Henri zu bedenken.

»Ich weiß, aber es ist Val gegenüber unfair, sie zur Geheimnisträgerin zu machen. Ich meine, wir haben uns bewusst dafür entschieden, aber sie ...«

»Ja, du hast ja recht. Es ist nur … Na ja, du kennst Ella schließlich.«

»Sie wird es verstehen«, gebe ich mich zuversichtlich, glaube allerdings nicht daran. Über den Tisch greife ich nach Henris Hand und drücke sie.

»Wie wäre es mit Nachtisch?«, fragt er.

»Was gibt es denn?«

»Alles.« Er trägt unsere Teller zum Servierwagen und kommt mit einer Nachspeisenplatte zurück, die keine Wünsche offenlässt.

»Du musst diese weiße Mousse probieren!«, seufze ich keine fünf Minuten später. Ich tunke meinen Löffel hinein und halte ihn Henri hin. Schon die ganze Zeit über füttern wir uns gegenseitig mit den leckeren Köstlichkeiten.

»Und du dafür dann diese Karamellcreme. Gott, von der hätte ich echt gerne das Rezept.«

»Ich fürchte, das rücken die nicht raus.«

»Oh, ich habe meine Mittel und Wege, um zu bekommen, was ich will.« Vielsagend zwinkert er mir zu. »Das solltest du doch am besten wissen.«

»Ich bin mir recht sicher, dass du mit deiner Beharrlichkeit beim Koch auf Granit beißen wirst.«

»Ja, vermutlich hast du recht. Ich schätze, ich muss mich wohl damit trösten, dass ohnehin nichts besser schmeckt als deine Küsse.«

»Ist das so?«

»Soweit ich mich erinnere, schon. Aber vielleicht sollten wir es noch mal testen, nur um auf Nummer sicher zu gehen.« Er streckt mir auffordernd die Hand entgegen, und ich wechsle von meinem Platz auf seinen Schoß.

Seine Küsse sind ungestüm und leidenschaftlich. Sie verleihen dem, was ihm auf der Seele brennt, Ausdruck. Ich kann seine Begierde bei jedem Zungenschlag spüren und erwidere seine Liebkosungen nicht minder stürmisch. Seine Hände wandern über meinen Körper. Seine Berührungen sind kraftvoll und fordernd. Keuchend löse ich meine Lippen von seinen, als das Verlangen übermächtig wird. Ich will nicht länger warten. Nicht eine Sekunde. »Schlafzimmer!«, presse ich hervor.

»Gute Idee«, stimmt Henri mir heiser zu. Seine sonst hellbraunen Augen wirken deutlich dunkler, und seine Pupillen sind stark geweitet. »Ich hänge nur noch das Bitte-nicht-Stören-Schild an die Tür, damit wir morgen früh keine unliebsame Überraschung erleben.«

Während er sich darum kümmert, gehe ich ins Schlafzimmer, wo unsere Koffer stehen, und öffne meinen, um die Tüte mit den Kondomen hervorzuholen. Ich öffne die Schachtel, hole gerade ein paar der glänzenden Folienpäckchen hervor, als Henri das Schlafzimmer betritt.

»Was hast du da?«, fragt er.

Ich halte eines hoch. »Ich hoffe, du weißt, was das ist«, necke ich ihn.

Ein spöttisches Grinsen umspielt seine Lippen, als er augenzwinkernd erwidert: »Oh, ich weiß sogar, wie man diese Dinger benutzt.« Mit zwei schnellen Schritten ist er bei mir, zieht mich an sich, küsst mich, als hätte er seit Monaten auf diesen Kuss warten müssen. »Soll ich es dir zeigen?«

»Unbedingt!«, hauche ich. Sein Atem streichelt mein Gesicht, der Duft seines Parfüms – männlich, herb und ziemlich verführerisch – steigt mir in die Nase. *So und nicht anders muss ein Mann riechen*, denke ich noch, ehe ich Henris Kuss erwidere. Denn wie könnte ich ihn zurückweisen, wo ich ihn doch so sehr will?

Ich lasse mich von ihm zum Bett schieben, kann es kaum erwarten, seinen nackten Körper an meinem zu spüren, weshalb ich ihm das Hemd aus der Hose ziehe und damit beginne, es aufzuknöpfen. Nie war mir wirklich bewusst, wie unglaublich viele Knöpfe so ein Hemd hat und wie hinderlich sie in einem Moment wie diesem sein können – zumal meine vor Erregung zitternden Finger sich nicht gerade geschickt anstellen. Als ich verzweifelt schnaube, weil einer der Knöpfe partout nicht mitspielen will, schmunzelt Henri amüsiert.

»Lach nicht!«, rüge ich ihn.

»Ich kann nicht anders. Du bist süß, wenn du dich derart ungeschickt anstellst. Schließlich hast du sonst immer alles so gut im Griff. Dass du an ein paar Knöpfen scheiterst, ist...« Er verstummt verwirrt blinzelnd, als ich mit einem Ruck sein Hemd aufreiße und die störrischen Knöpfe in alle Richtungen davonfliegen.

»Ich nähe sie später wieder an«, versichere ich ihm, ehe ich mich an seinem Gürtel zu schaffen machen.

»Lass mich lieber.« Seine Finger eilen meinen zu Hilfe, kommen ihnen ins Gehege.

Nun hat auch Henri es offensichtlich sehr eilig. Wir lachen beide über unsere gegenseitige Ungeduld, küssen einander, während wir uns unserer Schuhe und der übrigen Klamotten entledigen, nur um wenig später nackt auf dem großen Bett zu landen.

Unser Lachen tanzt in der Luft und mit ihm das Glück. Henris Gesicht schwebt dicht über meinem. Seine bernsteinfarbenen Augen leuchten vor purer Lebensfreude. Seine Fingerspitzen streichen über meine Wange, mein Kinn, meinen Hals... Wo sie meinen Körper berührt haben, prickelt es protestierend, ganz so, als würde meine Haut sie zurückbeordern wollen. Um dem Bedürfnis gerecht zu werden, dränge ich mich dichter an ihn. Ich will ihn spüren. Überall. Meine Hände wandern über seinen Körper, streicheln seinen Rücken, umfassen seinen Po … Sie sind gierig. Das Wollen durchdringt jede Zelle, Verlangen bestimmt jede Bewegung und Liebkosung. Unser Atem, schwer und schnell, prallt vom Körper des anderen zurück, als Henris Finger mich schließlich ausfüllen, doch ich will nicht seine Finger. Ich will alles. Jetzt.

Ich muss es nicht sagen. Er sieht es in meinen Augen, ehe ich nach mehr verlangen kann, verlangen muss. Er zieht sich zurück, löst seine Lippen von meinen, richtet sich zwischen meinen Beinen auf, und ich folge seiner Bewegung – nicht weil ich zusehen will, was er macht, sondern weil mein Körper seinem folgen muss. Weil er immer noch im Bann des Kusses ist. Das Knistern der Folie ist zu hören, als Henri sie aufreißt, sich routiniert das Kondom überstreift und dann wieder zu mir kommt. Sein Mund findet meinen, und dann findet Henri seinen Weg in mich. Zeitgleich stöhnen wir auf, als wären nicht nur unsere Körper miteinander verschmolzen, sondern auch unsere Empfindungen. In diesem Moment sind wir eins, und als Henri sich langsam über mir zu bewegen beginnt, lässt die Intensität meiner Gefühle mich schwindeln.

»Alles okay?«, fragt er, als würde er spüren, wie überwältigend das Zusammensein mit ihm ist.

Ich bringe kein Wort über die Lippen, nicke nur, ehe ich seinen Kopf zu mir runterziehe und ihn küsse, wie ich noch nie einen Mann vor ihm geküsst habe. Henri packt mich fester, stößt tiefer und nachdrücklich in mich, und ich fliege. Fliege, während ich mich Halt suchend an ihn klammere und meine Beine über seinem Po kreuze. Kleine Lichtpunkte blitzen vor meinen Augen auf, als der sich anbahnende Orgasmus schneller und heftiger als erwartet über mich hereinbricht. Er schüttelt mich, raubt mir einen Augenblick lang die Luft zum

Atmen... Er packt auch Henri, sorgt dafür, dass er sich über mir aufbäumt, seinen Kopf in den Nacken wirft, während ein heiseres Keuchen, das beinahe schmerzverzerrt klingt, seinen Mund verlässt. Mit bebendem Körper drängt Henri weiter in mich, wieder und wieder, ehe er über mir zusammensackt. Für einen kleinen Moment spüre ich sein volles Gewicht auf mir, werde tiefer in die weiche Matratze gedrückt, bevor er uns auf die Seite dreht und mich lange küsst.

Wir müssen eingeschlafen sein. Mir ist kalt, kein Wunder, liegen wir doch immer noch auf der Decke statt darunter. Im Halbschlaf versuche ich, alles zu richten. Henri murmelt etwas, als ich ihn anstupse, steht dann jedoch kurz brav auf, ohne wirklich wach zu werden. Während ich noch in der Dunkelheit liege und versuche, zurück in den Schlaf zu finden, erinnere ich mich plötzlich daran, dass ich die Pille nicht genommen habe. Notgedrungen stehe ich noch einmal auf, gehe ins Bad und nehme sie ein.

Mein Ich, das mir aus dem Spiegel entgegenblickt, wirkt müde und glücklich, sieht allerdings reichlich zerrupft aus. Der Zopf, zu dem ich meine Haare geflochten habe, hat sich gelöst. Die Hälfte des Ponys schaut heraus. Rasch bringe ich Ordnung in das Chaos, indem ich den Zopf löse und die Haare ein paarmal durchkämme. Schließlich will ich nicht, dass Henri morgen früh neben einer Vogelscheuche aufwacht.

Als ich wieder neben ihn krieche und mich an ihn schmiege, brummt er zufrieden. Eine Weile lang lausche ich dem Klang seines pochenden Herzens unter meinem Ohr, und eine Welle der Dankbarkeit erfasst mich. Überdeutlich wird mir klar, dass es ein Wunder ist, dass er hier ist. Damit meine ich nicht hier bei mir, sondern, dass er noch lebt. Und was für ein großes Glück es ist, ihn gefunden zu haben.

Das nächste Mal wache ich auf, weil Sonnenstrahlen meine Nase kitzeln. Leider nicht wie in meiner Vorstellung in Henris Armen, sondern allein im Bett.

Dieser Workaholic, denke ich, während ich mich strecke und rekle, um auch wirklich wach zu werden und im neuen Tag anzukommen. Obwohl es wirklich verführerisch wäre, sich noch einmal umzudrehen und weiterzuschlafen – das hier ist schließlich kein Vergleich mit der durchgelegenen Matratze in meinem Zimmer in Plymouth –, so macht es doch allein nur halb so viel Spaß.

Daher stehe ich auf, tapere in das Wohnzimmer nebenan, bereit, Henri zurück ins Bett zu zerren und dort weiterzumachen, wo wir gestern aufgehört haben. Zu meiner Überraschung sitzt er jedoch nicht dort. Ich schaue im Bad nach ihm, doch auch da finde ich ihn nicht.

Bestimmt konnte er dem schönen Wetter nicht widerstehen und ist erst einmal im Hyde Park eine Runde joggen gegangen. Das Laufen ist für ihn fast so etwas wie eine Religion. Als ich ihn mal darauf ansprach und sagte, dass ich finde, dass er es ein wenig übertreibe, erwiderte er, dass er es brauche, um einen klaren Kopf zu bekommen, und dass er gar nicht fokussiert arbeiten könne, wenn er nicht mindestens eine Stunde am Tag laufen ginge.

Während ich unter der Dusche stehe, hege ich die Hoffnung, dass er zurückkommt und sich zu mir gesellt, doch als ich fertig bin, fehlt von ihm nach wie vor jede Spur.

Erst als ich zurück im Schlafzimmer bin, bemerke ich, dass sein Koffer weg ist. Ein ungutes Gefühl überkommt mich. *Er wird ihn weggeräumt haben*, überlege ich. Mein Blick huscht zu dem großen verspiegelten Schrank an der linken Seite des Zimmers. Vorsichtig, fast so, als wäre der Kleiderschrank ein wildes Tier, gehe ich auf ihn zu. Meine Knie sind ganz weich, mein Herz pocht ängstlich in meiner Brust… *Bitte*, denke ich, als ich die erste Tür öffne. Doch da ist nichts. Auch hinter der zweiten, der dritten, der vierten… Hinter keiner der acht Türen – denn wie alles in dieser Suite ist auch der Schrank riesig –, steht sein Koffer.

Nach Luft schnappend, haste ich ins Wohnzimmer, wo mein Handy neben unseren noch halb vollen Weingläsern liegt. Ich schalte es ein. Es braucht eine gefühlte Ewigkeit, um einsatzbereit zu sein, dann jedoch bin ich es, die Zeit braucht. Meine Finger zittern wie verrückt, als ich es schließlich über mich bringe, seine Nummer zu wählen. Alles Herzklopfen stellt sich als umsonst heraus, denn ich lande direkt auf der Mailbox.

Beim Klang seiner Stimme krampft sich mein Herz zusammen. Noch ehe ich mich gefasst habe, ertönt der Piepton, und ich bin gezwungen, irgendetwas zu sagen oder aufzulegen. Ich entscheide mich fürs Reden… Nicht dass ich wüsste, was ich sagen soll. Natürlich spuken unzählige Fragen in meinem Kopf herum. Die dringlichste ist wohl, wo er steckt und warum er nicht bei mir ist. »Wo… wo bist du?«, frage ich daher und wünschte, meine Stimme würde sich nicht so entsetzlich schwach und gebrochen anhören. Mühsam zügle ich den Teil in mir, der mit allem herausplatzen und ihn mit Vorwürfen überschütten will, doch noch glaube ich irgendwie daran, dass alles gut wird. Es muss ein Irrtum sein. Was sollte es auch sonst sein? »Bitte ruf mich an, wenn du das hörst, okay?«

Kaum habe ich aufgelegt, beginne ich hektisch damit, in der Suite nach einer Nachricht zu suchen. Es muss doch eine Erklärung geben. Er kann mich nicht einfach verlassen und sich aus dem Staub gemacht haben. Oder? Doch ich finde nichts. Keinen Zettel, keine Notiz. Einfach rein gar nichts.

Eine vage Hoffnung bleibt. Vielleicht hat er eine Nachricht am Empfang hinterlassen, weshalb ich dort anrufe.

»Guten Tag, Oxana Petrowa.« Ich nenne die Zimmernummer und frage: »Hat Monsieur Chevallier eine Nachricht für mich hinterlassen?«

»Einen Moment, ich sehe nach.« Dieser Moment scheint ewig zu dauern. »Hören Sie? Nein, nein, es tut mir leid. Hier ist nichts hinterlegt.«

»Hat er denn seine Schlüsselkarte abgegeben?«

»Ja, die ist hier.«

»Wissen Sie, wann er das getan hat? Oder wohin er wollte?«

»Nein, das tut mir leid. Meine Schicht hat erst vor einer Stunde begonnen. Kann ich Ihnen sonst noch helfen?«

»Nein. Vielen Dank.«

Nachdem ich aufgelegt habe, lasse ich mich auf das violette Sofa, das vor dem Bett steht, plumpsen und versuche zu begreifen, was hier gerade passiert oder richtiger, bereits passiert ist. Mein Herz weigert sich zu verstehen, was meinem Verstand längst klar ist: Henri Chevallier hat sich in einer Nacht-und-Nebel-Aktion davongestohlen und mich sitzen lassen.

Für mein Herz und meine Seele ist die Vorstellung undenkbar. Es kann nicht sein. So etwas würde Henri – mein Henri – niemals tun. Und warum sollte er auch? Warum sollte er nach allem, was da letzte Nacht zwischen uns war?

Doch, doch, sagt mein Verstand und droht mir mit seiner Logik das Herz zu brechen. *Gerade wegen der Dinge, die geschehen sind, hat er sich aus dem Staub gemacht. Ihm ist alles zu viel geworden. Die ganze Situation ist ihm über den Kopf gewachsen. Er ist doch bisher immer auf Abstand gegangen, wenn ihr euch nähergekommen seid. Warum sollte es denn dieses Mal anders sein?*

Tapfer schlucke ich gegen die aufsteigenden Tränen an, scheitere jedoch kläglich.

Eine knappe Stunde später stehe ich mit verquollenen Augen und schmerzendem Kopf an der Rezeption, um auszuchecken.

»Dann hätten wir hier die Rechnung«, sagt die hübsche Hotelangestellte und schiebt mir einen Umschlag zu.

»Die Rechnung?«, echoe ich ungläubig. »Hat… hat Monsieur Chevallier nicht gezahlt?« Sie wirft noch einmal einen prüfenden Blick auf den Monitor. »Nein!«, meint sie kopfschüttelnd und sieht mich abwartend an.

Meine Hände zittern, als ich den Umschlag öffne und den Rechnungsbogen herausnehme. Mein Herz setzt einen Moment aus, als ich die Rechnungssumme erblicke. Sie beläuft sich auf etwas mehr als zehntausend Pfund.

Zehntausend Pfund! Was soll ich jetzt tun? Panik droht mich zu überwältigen. *Atmen*, ermahne ich mich. Fakt ist, ich habe das Geld nicht. Ich schließe die Augen, gehe meine Optionen durch. Fassungslos und erschüttert, wie ich bin, lässt es sich schwer denken.

»Geht es Ihnen nicht gut, Miss?« Ich spüre eine Hand auf meiner, öffne die Augen und sehe in das mitfühlende Gesicht der Hotelangestellten.

»Doch, ich muss nur mal kurz telefonieren.« Ich rufe den einzigen Menschen an, den ich in einer solchen Situation anrufen kann. Zum Glück nimmt er direkt ab.

»Origami?«, stoße ich mit bebender Stimme hervor. »Ich habe etwas ganz Dummes getan und brauche deine Hilfe.«

14

Henri

Sie ist wieder da. Ich sitze auf dem Bett und starre die Nachricht seit einer geschlagenen Viertelstunde an. *Sie ist wieder da.*

Ich brauche lange, um mich aufzuraffen, den entscheidenden Schritt zu tun, dann schreibe ich zurück: **Bin in zwanzig Minuten bei euch. Lässt du mich rein?**

Ja, aber wenn du Mist baust, dann werfe ich dich auch achtkantig wieder raus. Comprende?

Ja, kapiert.

Wie versprochen öffnet Val mir die Tür und lässt mich herein. Mir ist ganz schlecht vor lauter Aufregung. Oxana hat mich blockiert, sodass ich sie nicht erreichen kann – was nachvollziehbar ist. An ihrer Stelle würde ich auch nicht mit mir sprechen wollen. Also blieb mir nur der Weg über Val, schließlich wusste sie als Einzige über uns Bescheid. Von ihr habe ich erfahren, dass Oxy bis heute geschäftlich mit Jasper in London war. Warum, konnte sie mir allerdings nicht verraten, weil Oxy und Jasper nicht über ihren »Geheimauftrag« reden durften.

Sie wird es verstehen, spreche ich mir Mut zu, doch ein Teil von mir zweifelt daran, dass sie mich überhaupt anhören wird.

»Sie ist in der Küche.« Es ist fast eine Woche her, seit ich aus unserem Hotelzimmer abgehauen bin. Eine Woche, in der ich nicht schlafen und nicht essen konnte. Eine Woche, die es gebraucht hat, um wirklich zu realisieren, dass ich nicht ohne sie sein kann – selbst wenn ich es wollte. Und obwohl ich das erkannt habe, obwohl ich weiß, wie schrecklich ein Leben ohne sie wäre, fällt es mir unendlich schwer, einen Fuß vor den anderen zu setzen. Doch ich zwinge mich dazu, ebenso wie ich mich zu dieser Erklärung zwingen werde – vorausgesetzt, Oxy lässt mich überhaupt zu Wort kommen.

Sie sitzt in der Küche am Tisch, eine Tasse Tee in den Händen und Ella an ihrer Seite. Ella… Mist! Ob sie es weiß? Hat Oxy es ihr erzählt, oder hat Val es vielleicht ausgeplaudert?

Ausgerechnet meine Schwester bemerkt mich zuerst. »Hey, was machst du denn hier?«, fragt sie überrascht, lässt Oxys Hand los, steht auf und liegt mir Sekunden später in den Armen. »Das ist ja mal eine schöne Überraschung.« Arme ahnungslose Ella… Ich schaue über Ellas Schulter hinweg zu Oxana, die mich finster anfunkelt. »Magst du was trinken, Bruderherz? Seit wann bist du hier?«

Ich ignoriere Ellas Fragen. Allein bei der Vorstellung, irgendetwas auf die brodelnde Übelkeit in meinem Magen zu kippen, wird mir noch schlechter, und wenn ich Ella sage, dass ich bereits seit Dienstag hier bin, wird sie wissen wollen, warum, und dann müsste ich alles erklären. Solange sich das vermeiden lässt, würde ich darauf gerne verzichten.

»Ich bin hier, um mit Oxy zu sprechen«, sage ich zu Ella und werfe Oxy einen flehenden Blick zu. Sie verschränkt die Arme vor der Brust. *Kannst du knicken*, sagt ihr Blick.

Ellas Augen verengen sich zu Schlitzen. »Bist du für diesen Schlamassel…?«, beginnt sie, doch Oxy fällt ihr ins Wort.

»Ich wüsste beim besten Willen nicht, was du und ich noch

zu besprechen hätten.« Sie erhebt sich ebenfalls. »Sorry, Ella, ich war dumm. Ich hätte auf dich hören sollen.« Sie klingt verbittert – etwas, das ich ihr nicht verübeln kann.

»Ich kann es erklären.«

Oxy schüttelt schnaubend den Kopf. »Ja, da bin ich mir sicher. Im Versprechungenmachen bist du echt groß, Henri, aber glaub ja nicht, dass ich noch mal auf deine Lügen reinfalle. Du laberst den ganzen Tag nur Bullshit. Würdest du jetzt zur Seite gehen und mich vorbeilassen? Ich bin müde.«

Sie kommt auf mich zu, doch ich gehe nicht weg. »Ich liebe dich!«

Während meine Offenbarung Oxy in der Bewegung innehalten lässt, piepst Ella: »Du liebst sie?« Beide starren mich fassungslos an.

»Ja!«, bestätige ich ernsthaft.

»Klar!«, höhnt Oxy. »Ich meine, das erklärt natürlich alles!« Ihre Worte triefen vor Ironie. »So mache ich das auch immer mit Menschen, die ich liebe. Ich habe Sex mit ihnen, und dann stehle ich mich heimlich still und leise aus dem Hotelzimmer und lasse sie mit gebrochenem Herzen und einer Monsterrechnung, für die man einen verdammten Kleinwagen kaufen könnte, sitzen!«

Verdammt, die Zimmerrechnung! So kopflos, wie ich war, habe ich daran gar nicht gedacht. Ich habe bloß meine Schlüsselkarte auf den Tresen gelegt und fluchtartig das Hotel verlassen.

»Ich hätte nicht gehen dürfen, aber ...«

»Aber du bist gegangen!«

»Ja, weil ...«

»Sehe ich wirklich aus, als würde es mich nach allem, was du mir angetan hast, noch interessieren, Henri? Es ist mir egal, ob es dir bloß darum ging, mich ins Bett zu kriegen, und du mich – nachdem du hattest, was du wolltest – wie eine heiße Kartoffel hast fallen lassen, oder ob dir alles zu viel oder zu eng wurde und du Angst bekamst. Verstehst du? Ich scheiße auf deine Erklärung!«

»Oxy, ich …«

»Lass mich einfach in Ruhe!«, schreit sie nun beinahe. Sie sieht mit einem Mal so verletzt aus, dass ich gegen die Tränen ankämpfen muss.

»Ich kann nicht!«, presse ich hervor. »Wie gesagt, ich liebe dich!«

»Deine Liebe ist aber nichts wert! Ich will jemanden, auf den ich mich verlassen kann. Jemanden, der für mich da ist. Und du … du bist vollkommen kaputt.« Sie ist so überrascht und schockiert von ihren eigenen Worten, dass sie sich die Hand vor den Mund schlägt.

Vielleicht liegt es daran, dass ich aussehe, als hätte sie mich geschlagen, aber es ist nun mal nicht so, als wüsste ich es nicht. Mir ist sehr wohl klar, dass meine Probleme, wenn wir zusammenkommen, auch zu ihren Problemen werden, und dennoch kann ich mich nicht von ihr fernhalten. Ja, es ist egoistisch. Ja, sie wäre ohne mich besser dran, aber es geht nicht. Ich brauche sie. Mit ihr ist alles besser – auch ich. Ja, auch ich bin mit ihr an meiner Seite besser.

»Du hast recht!«, sage ich nachdrücklich. »Aber du hast keine Ahnung, wie sehr. Und das ist das Problem. Aber ich … ich will dich, und wenn das bedeutet, dass ich …« Die Panik presst mir fast die Luft aus der Lunge. »… dass ich darüber sprechen muss, damit du es verstehst, dann werde ich es tun. Bitte gib mir drei Minuten.«

Hilfesuchend schaut Oxy zu Ella, die bestürzt die ganze Szene beobachtet, sich aber glücklicherweise zurückhält, wofür ich ihr unendlich dankbar bin.

»Was hast du schon zu verlieren?«, schiebe ich flehend hinterher.

Ich glaube, Ellas knappes Nicken auf diesen Einwand hin ist das Zünglein an der Waage.

»Okay. Drei Minuten und keine Sekunde länger!«

»Danke!« Meine ganze Erleichterung entfaltet sich in diesem Wort, und sie wächst, als Ella sich wortlos aus der Küche zurückzieht und uns den Raum gibt, den wir brauchen.

»Also, schieß los! Die Zeit läuft!« Oxy verschränkt die Arme vor der Brust.

»Ich muss dir etwas zeigen.« Ich hole mein Handy hervor, öffne Yvettes Facebook-Profil und lasse Oxy einen Blick auf das Display werfen. Mit einem Mal habe ich ihre volle Aufmerksamkeit. Oxy nimmt mir das Handy aus der Hand, liest sich durch die unzähligen herzzerreißenden Pinnwandeinträge.

Fünf Jahre ist es jetzt her, aber noch immer kann ich mir ein Leben ohne dich nicht vorstellen.

Ich kann einfach nicht begreifen, dass du tot bist. Du fehlst mir.

Mit dir ist das Lachen aus meinem Leben verschwunden.

Warum? Warum? Warum?

Ich vermisse dich so sehr.

»War sie … war diese Yvette deine Freundin?«, fragt Oxy zögerlich, als wäre sie sich nicht sicher, ob sie die Antwort auf diese Frage wirklich wissen will.

Ich schüttle den Kopf. »Nein. Ich kannte sie nicht mal. Sie war …« Der Schweiß bricht mir unvermittelt aus. Mir ist heiß und kalt zugleich, und mein Herz schlägt so schnell wie das einer Antilope, nachdem sie nur mit Mühe und Not einem Rudel Löwen entkommen ist.

»War sie im Bataclan?«

Um Luft ringend, nicke ich. »Es tut mir leid, ich dachte, ich könnte … aber ich kann nicht …«, stammle ich und blinzle gegen mein sich verengendes Sichtfeld an. Oxys Hand greift nach meiner, drückt sie. Sie zieht mich zu der Bank und sagt, dass ich mich setzen soll. »Bitte glaub mir: Ich wollte dich nicht verletzen. Aber als ich nachts neben dir aufgewacht bin, und da … da war ich plötzlich wieder da, und du warst sie …«… *und lagst tot neben mir.* Ich schließe die Augen, als die Erinnerung mich zu überwältigen droht, und versuche, mich auf meinen Atem zu konzentrieren. Ein und aus, ein und aus …

»Hier, trink einen Schluck!« Oxy drückt mir ihre Teetasse in die Hand. »Ich habe dich getriggert, weil ich aussehe wie sie.«

Ich liebe, dass sie so klug ist.

»Nicht immer. Es sind die Haare.« Ich öffne meine Augen. »Heute nicht.« Ich strecke meine Hand aus und zupfe an ihrem Zopf.

»Wegen der Flechtfrisur?« Zu mehr als einem knappen Nicken bin ich nicht in der Lage. »Aber neulich Nacht waren meine Haare offen.«

»Ja.«

»Und an Silvester auch?«

»Mmh.«

»Warum hast du denn nichts gesagt?«

Ich werfe ihr einen gequälten Blick zu.

»Okay, weil es offensichtlich nicht geht. Hast du jemals darüber gesprochen?«

»Nicht wirklich.«

»Weil du dich erinnern müsstest, wenn du es tust, oder? Und die Erinnerung so wehtut?«

Ich liebe, dass sie so feinfühlig ist.

»Ja.« Die Erinnerung ist brutal und bedrohlich. Sie schleudert mich zurück in die Situation, in der ich Todesangst hatte, in der ich anderen Menschen hilflos ausgeliefert war, in der mein Leben am seidenen Faden hing. Die Erinnerung entfacht diese lähmende Angst in mir aufs Neue und verdammt mich zum Schweigen.

Ich hasse es, und ich hasse mich für meine Schwäche. Hasse, dass ich nicht stark genug bin, einfach meinen Mund aufzumachen und zu sagen, was passiert ist. Wie schwer kann das denn bitte schön sein? Und doch ist es mir einfach unmöglich.

»Versuch es trotzdem. Ich weiß, du kannst das.«

Ich liebe, dass sie Hoffnung hat, wo ich keine habe.

Ein zittriges, ziemlich verzweifelt klingendes Lachen entfährt mir. »Vielleicht, aber sicherlich nicht in drei Minuten.«

»Du hast alle Zeit der Welt«, lenkt Oxana ein.

Wir sitzen Händchen haltend nebeneinander auf der Bank, die Minuten vergehen. Das Ticken der Küchenuhr hört sich unnatürlich laut an. Ich drehe und wende die Worte in meinem Kopf. Wieder und wieder. Versuche, sie über meine Lippen zu stoßen, doch sie wollen nicht. Die Zeit vergeht, die Minuten sammeln sich, werden zu einer Viertelstunde, dann einer halben.

»Es funktioniert nicht!«, entfährt es mir frustriert. Ich fahre mir mit beiden Händen durch die Haare, balle sie darin zu Fäusten und ignoriere meine protestierende Kopfhaut. Der Schmerz ist real. Er ist so viel besser als der in meiner Brust.

Oxana steht auf, setzt sich rittlings auf die Bank und schlingt ihre Arme um mich.

»Ich … ich bin nicht weggelaufen, weil mir alles zu eng wurde. Ich habe keine Angst vor dem, was ich für dich empfinde. Ich liebe dich wirklich, und es tut mir entsetzlich leid, in welche Situation ich dich gebracht habe. Das … das Geld bekommst du natürlich umgehend zurück.«

»Es geht doch nicht ums Geld! Das ist mir nicht wichtig!«

»Das weiß ich.« Ich führe ihre Hand zu meinem Mund und küsse ihre Fingerspitzen. Sie lässt mich gewähren, was mir Hoffnung gibt. »Und dennoch werde ich es gleich heute überweisen. Ich … ich hatte es einfach total vergessen, als ich getürmt bin. Ich weiß nicht, ob du das verstehen kannst, aber die Panik war so groß und übermächtig, dass ich einfach wegmusste. Ja, ich hatte dich in jenem Moment aufgegeben, und das tut mir wahnsinnig leid. Es war der größte Fehler meines Lebens. Ich weiß nicht, wie das zwischen uns funktionieren soll. Wie wir zusammen sein können, aber ich will es.« Die Frage, die ich stellen will, kostet mich unmenschliche Überwindung. Als ich sie ausspreche, erwarte ich ein entschiedenes »Nein!«. Ich weiß, dass dieses eine Wort die Macht hätte, mir das Herz zu brechen, und doch muss ich wissen, ob es Hoffnung für uns gibt. »Willst du es trotz allem auch noch?«

Oxana streicht über meinen Rücken. »Kann … kann ich etwas darüber nachdenken?« Ich nicke. »Und darf ich Ella alles erklären?«

»Natürlich.« Ich beuge mich zu ihr, küsse ihre Stirn und dann stehe ich auf und gehe.

Ella sitzt mir gegenüber und starrt mich an. Vor rund zwei Stunden ist sie im Hotel aufgetaucht, angeblich, um mit mir zu reden. Doch alles, was sie mich fragte, war, ob ich mir meiner Gefühle für Oxy wirklich sicher sei. Nachdem ich das bejaht hatte, erkundigte sie sich, ob ich Bock hätte, einen Film zu schauen.

Wir sehen *6 Underground*. Ella amüsiert sich köstlich, doch meine Gedanken sind bei Oxana.

»Versuch, nicht drüber nachzudenken.« Ella klopft mir aufmunternd auf den Oberschenkel.

»Bin ich so leicht zu durchschauen?«

Sie nickt.

»Du machst mich gar nicht zur Sau.«

»Bist du enttäuscht? Also, wenn du enttäuscht bist, dann kann ich gerne …«

»Nee, lass mal.« Ich winke ab. »Bin auch nicht wirklich enttäuscht, sondern eher erstaunt.«

»Würde ich glauben, dass du sie ausnutzt, Bruderherz, wärst du am Arsch, aber so ist es was anderes.« Ihr Blick schweift von mir zum Bildschirm. »Oh wow! Krasser Scheiß!«, kommentiert sie die Szene auf dem Monitor. Mit Actioneinlagen geizt der Streifen mal nicht, so viel ist sicher. »Du bist anders«, erklärt Ella, nachdem sich die Lage für das Team entspannt hat, »wenn du mit ihr zusammen bist. Entspannter und fröhlicher.«

»Hat sie was gesagt?«

Ella schmunzelt.

»Komm schon, spann mich nicht auf die Folter. Meinst du, sie wird mir noch eine Chance geben?«

Es klopft an der Tür. Verwundert blicke ich auf, denn ich erwarte niemanden. Ella hingegen scheint voll im Bilde zu sein: »Na ja, das kann sie dir gleich selbst erklären. Ich lasse

Oxy dann mal rein.« Ella steht auf, drückt mir einen Kuss auf die Wange und verlässt das Wohnzimmer.

»Hey, Ella!«, rufe ich ihr hinterher. »Es tut mir leid, dass ich dich belogen habe. Du warst so sehr gegen diese Beziehung … ich hatte keine Wahl.«

Ich ernte eine große Portion rollender Augen. »Deine Entschuldigungen sind mies, daran musst du echt noch arbeiten. Und was den Rest betrifft: Man hat immer die Wahl.« Als ich Anstalten mache aufzustehen, sagte sie: »Bleib ruhig sitzen. Ich möchte noch kurz mit Oxy allein sprechen.«

Ehe ich etwas erwidern kann, ist sie auch schon aus dem Wohnzimmer verschwunden. Ich höre, wie sie im Flur die Tür öffnet und Oxy begrüßt. Auf dem Sofa hält mich jedoch nichts mehr. Unruhig beginne ich, in dem kleinen Raum auf und ab zu tigern. Es kommt mir ewig vor, bis Ella sich verabschiedet und noch mal ein »Bis morgen!« in meine Richtung schmettert.

Als Oxy schließlich das Wohnzimmer betritt, brauche ich zwei, drei Sekunden, um sie in der Frau, die mir gegenübersteht, zu erkennen. Ihr schönes langes Haar ist ab – und es ist nicht mehr blond, sondern braun. Sie trägt es ein wenig so wie Cara Delevingne in *Carnival Row*.

»Darf ich reinkommen?«, fragt sie, während ich sie nur fassungslos anstarren kann.

»K… Kla… Klar«, stottere ich perplex und gehe langsam auf sie zu.

»Ich wäre ja schon früher hier gewesen, aber beim Friseur hat alles etwas länger gedauert.«

Ich bleibe vor ihr stehen, nehme ihr Gesicht in meine Hände und begutachte noch immer fassungslos die Veränderung. Tränen treten mir in die Augen. Anders als heute Mittag in der Küche kann ich sie nicht zurückhalten.

»Ich dachte, dass es das vielleicht einfacher macht – zumindest vorerst.« Sie atmet tief durch und legt, nachdem sie mir die Tränen von den Wangen gewischt hat, ihre Hände auf meine. »Aber ich finde wirklich, dass du eine Therapie machen solltest. Nicht meinetwegen, sondern weil es besser für dich wäre. Ich glaube, dass das, was da in dir gärt, unheimlich viel Energie kostet und …«

Weiter kommt sie nicht, denn ich beuge mich zu ihr hinunter und küsse sie so wild und leidenschaftlich, als hinge mein Leben davon ab – und irgendwie tut es das auch. Oxy erwidert meinen Kuss hingebungsvoll.

»Du hättest das nicht tun müssen«, entfährt es mir. »Ich will dich gar nicht anders, als du bist.«

»Es sind bloß Haare.« Sie streichelt meine Wange. »Und du hast gesagt, dir würde Vignettes Frisur gefallen.«

»Tut sie auch. Es ist nur noch ziemlich ungewohnt.«

»Du weinst. Sieht es so schlimm aus?«

»Nein, nein, gar nicht. Ich … Das ist nur das schlechte Gewissen. Weil du deine Haare für mich aufgegeben hast. Ich meine, hätte ich mich besser unter Kontrolle, dann …«

»Du verlangst Übermenschliches von dir, Henri«, unterbricht sie mich. »Und noch mal: Es sind nur Haare. Das ist nicht wichtig. Wichtig ist, dass es dir, wenn wir zusammen sind, gut geht.« Sie lächelt mich aufmunternd an.

»Das tut es, glaub mir, das tut es. Und wegen der Haare …« Ich zupfe an einer der Stirnfransen. »… ich bin dir unendlich dankbar und wahnsinnig gerührt. Ich weiß nicht, wie ich das jemals wiedergutmachen kann.«

Oxy sieht mich ernst an. »Mach diese Therapie, Henri.«

»Ich weiß, dass ich das tun sollte. Das ist mir klar, aber was bringt die, wenn ich es nicht schaffe, all das, was ich gesehen und erlebt habe, in Worte zu fassen?«

»Das wirst du da lernen.«

»Aber was, wenn dann alles über mir hereinbricht und ich nicht stark genug bin, es zu ertragen?« Ich senke meine Stirn gegen ihre.

»Ich weiß, dass du Angst hast, und ich verstehe es, aber ich bin überzeugt davon, dass du nur so weiterkommst. Das, was du erlebt hast, das ist wie eine infizierte Wunde. Die muss auch gesäubert werden, sonst eitert sie und vergiftet dich, und du stirbst daran. Wenn du deine verletzte Seele ignorierst, dann wird sie rebellieren. Sie wird dich mit Angstzuständen und Panikattacken, Albträumen, Depressionen und was weiß ich noch quälen, damit du dich um sie kümmerst.«

Ich verstehe, was sie meint. Die Menschen sagen immer, dass die Zeit alle Wunden heilt, aber so ist es nicht. Die Schreckhaftigkeit, die Albträume und schlaflosen Nächte wurden nicht besser, sondern im Laufe der Monate und Jahre nur schlimmer. »Ja, du hast recht«, seufze ich, denn die Vorstellung, mich dieser Aufgabe stellen zu müssen, macht mir – selbst wenn es Aussicht auf Linderung gibt – Angst.

»Ich bin bei dir, Henri. Ich bin an deiner Seite, so lange wie du mich dort haben willst.«

Ich schließe Oxy in die Arme, drücke sie fest an mich. »Wie könnte ich dich jemals nicht dort haben wollen? Du bist der großartigste, herzlichste und liebenswerteste Mensch, dem ich je begegnet bin, *mon cœur*.«

15

Oxana

»Mist! Mist! Mist!«, fluche ich und laufe hektisch in der Appartement-Suite, die Henri für seinen Aufenthalt in Plymouth bezogen hat, hin und her. Meine Klamotten sind im ganzen Wohnzimmer verteilt, denn dort sind Henri und ich gestern noch übereinander hergefallen, nachdem wir uns ausgesöhnt hatten.

Die kurze Nacht steckt mir in den Knochen, doch die Pflicht ruft. Zum Glück ist heute der letzte Tag am College. Nach den Ereignissen der letzten Woche brauche ich diese Osterferien wirklich dringend.

»Was suchst du denn?«, erkundigt Henri sich.

»Mein Höschen und den BH. Ich kann schlecht ohne in Alicias Unterricht sitzen ... Ahhh, da ist der BH!«, entfährt es mir. Wenigstens etwas! Mein Handy klingelt. Ella. »Oh Ella! Gut, dass du zurückrufst!«, begrüße ich sie. »Ich ...«

»Ich weiß. Ich habe deine Nachricht abgehört und deine Sachen auch schon zusammengesucht.«

»Tausend Dank! Ich schulde dir was.« Ich halte in der Bewegung inne.

»Schon gut. Jeder von uns verschläft mal.«

»Na ja, eigentlich nicht. Das ist das erste Mal in meinem Leben. Ella, da ist noch was, um das ich dich bitten muss.«

Zähneknirschend beiße ich in den sauren Apfel. »Kannst du mir eine Unterhose mitbringen? Meine habe ich irgendwie verloren.« Auch ohne Ellas schallendes Gelächter sind meine Wangen knallrot.

»Ja, ja, lach nur!«, murre ich.

»Keine Sorge! Das mache ich. Bis gleich.« Sie legt auf.

Während des Telefonats ist Henri in eine Jogginghose und ein T-Shirt geschlüpft. Schade. Ohne Klamotten ist er hübscher anzusehen.

»Hast du sie dir nicht hier von den Füßen gekickt?«, fragt er, bleibt zwischen den Sofas stehen und imitiert die Bewegung. Im nächsten Moment sind wir beide auf den Knien und spähen unter die Couch.

»Da ist sie ja!«, sagt er, streckt sich und angelt nach dem kleinen Stofffetzen. Sie baumelt von seinem Zeigefinger, als er sie mir grinsend vor die Nase hält.

»Gib sie mir!«, verlange ich, greife danach, doch er zieht seine Hand außer Reichweite.

»Was bekomme ich denn dafür?«

»Sexentzug, wenn du so weitermachst.«

Seine Miene verfinstert sich schlagartig. »Wie gemein. Ich dachte eher an einen Kuss oder zwei.«

»Henri, ich bin spät dran!«, quengle ich, denn dass es bloß bei einem Kuss bleibt, kann ich mir bei aller Fantasie, über die ich verfüge, nicht vorstellen.

»Ich fahre dich auch«, verspricht er.

»Das würdest du tun?«, frage ich und krieche auf allen vieren auf ihn zu.

»Mmh!«, brummt er, unfähig seinen Blick von mir abzuwenden. Ich krabble auf seinen Schoß, täusche einen Kuss an, nur um mich im letzten Moment an ihm vorbeizustrecken und meinen Slip zurückzuerobern. Dabei bin ich allerdings so stürmisch, dass ich Henri umschmeiße und er unter mir auf dem Teppich zu liegen kommt. Lachend küssen wir uns. Erst einmal, dann noch einmal … Ich lasse das erbeutete Höschen fallen, während er meinen Po mit beiden Händen umfasst und ihn knetet.

Seine Zunge stupst gegen meine Oberlippe, bittet um Einlass und tunkt dann in meinen Mund, der sich willig und wie von selbst für ihn öffnet. Gemächlich, als hätten wir alle Zeit der Welt, leckt seine Zunge über meine. Die beiden verlieren sich in einem langsamen Tanz, umspielen einander, necken sich.

Die Zeit sitzt mir im Nacken, doch die Lust gewinnt die Oberhand, lässt mich den Kopf verlieren, als das Verlangen sich durch jede Faser meines Körpers frisst und meinen gesunden Menschenverstand auslöscht.

Ich streife Henris Jogginghose nach unten. Einsatzbereit schnellt mir sein Penis entgegen. Ohne lange darüber nachzudenken, senke ich mich auf ihn hinab, nehme ihn tief in mir auf. Was folgt, ist ein wilder Ritt. In der vergangenen Nacht haben wir uns behutsam geliebt. Das hier ist das Gegenteil davon. Es ist Sex, wie er ursprünglicher nicht sein kann. Wild, roh, leidenschaftlich … ohne jede Raffinesse, doch es ist genau das, was wir beide in diesem Moment wollen. Ich komme zuerst, komme so heftig, dass ich meine Lippen fest aufeinanderpressen muss, um nicht zu schreien. Noch während der Orgasmus mich fest im Griff hat, packt Henri mich härter, rollt uns herum und ist mit einem Mal über mir. Er fickt mich ungehemmt. Pumpt wieder und wieder der gesamten Länge nach in mich und treibt mich bereits nach wenigen Stößen auf einen weiteren Höhepunkt zu. Als dieser mich ereilt, kann auch Henri nicht mehr an sich halten.

»Du macht mich wahnsinnig«, seufzt er kurz darauf in mein

Ohr. Er liegt neben mir, seine Brust hebt und senkt sich unter seinen erhitzten Atemzügen. Ich könnte ewig hier liegen, aber ich muss zum Unterricht. Hastig mache ich mich fertig, doch erst als wir im Auto sitzen und Richtung College fahren, wird mir bewusst, dass wir eben – als wir über einander hergefallen sind – etwas Essenzielles vergessen haben, und die nächsten Minuten läuft mein Kopf Amok.

»Henri?«, sage ich schließlich mit einem Zittern in der Stimme.

»Ja? Alles okay?« Besorgt beäugt er mich.

»Wir haben eben kein Kondom benutzt!«

»Stimmt, haben wir nicht.« Er wirkt nicht wirklich beunruhigt.

»Ich mache mir Sorgen. Ich nehme zwar die Pille, aber…« Er legt seine Hand auf meinen Oberschenkel, als ich verstumme.

»Dann gibt es nichts, worüber du dir Sorgen machen musst. Versprochen! Ich habe es noch nie zuvor vergessen.«

Die Erleichterung, die ich in diesem Moment verspüre, ist grenzenlos. Das hier hätte schließlich auch ganz anders ausgehen können. Henri war in der Vergangenheit nun einmal kein Kind von Traurigkeit.

Nachdem er in der Straße hinter dem College gehalten hat, beugt er sich zu mir und sagt noch einmal beschwörend: »So dumm das eben auch war, Oxy, du brauchst wirklich keine Angst zu haben. Gäbe es etwas, wovor du Angst haben müsstest, hätte ich das niemals getan. Ich würde nie zulassen, dass dir etwas Schlimmes passiert.«

Seine Lippen suchen meine. Der Kuss, den er mir zum Abschied schenkt, ist intensiv. Er ist mehr als nur ein Kuss. Er verspricht, dass alles gut ist, und auch, dass er mich – was immer auch kommen mag – beschützen wird.

»Ich für meinen Teil verstehe nicht, wie du ihm so einfach mir nichts, dir nichts verzeihen konntest«, sagt Val beim Mittagessen in der Kantine.

Klar versteht sie es nicht. Sie kennt ja auch keine Details, und ich werde mich hüten, sie oder Libby ins Bild zu setzen. Henri will nicht, dass alle Welt weiß, dass er ein Überlebender der Anschläge von Paris ist, und ich verstehe das. Es liegt in der Natur des Menschen neugierig zu sein, doch solange niemand weiß, was ihm widerfahren ist, kann ihm auch keiner quälende Fragen stellen.

»Es war ein dummes Missverständnis«, nehme ich Henri in Schutz. Ja, vielleicht mag es auf Außenstehende komisch wirken, dass ich ihm so schnell verziehen habe, aber wie könnte ich, nach allem, was er mir erklärt hat, nachtragend sein? Sicher könnte ich mich darauf versteifen, dass er mir nur Blödsinn erzählt, doch ich habe schließlich mit eigenen Augen gesehen, wie sehr er litt, als er versuchte, über die Geschehnisse im Bataclan zu sprechen. Seine Nerven lagen blank, er war fix und fertig.

Natürlich verlangt ein Teil von mir nach weiteren Antworten. Ich will wissen, wer Yvette war, und auch, was Henri in den knapp drei Stunden, die er den Attentätern ausgeliefert war, durchleiden musste, doch es war mein Ernst, als ich ihm sagte, dass er alle Zeit der Welt habe. Ich kann warten.

»Abgesehen davon hätte ich mir ohne dich niemals angehört, was er zu sagen hat. Du hast ihn schließlich reingelassen«, erinnere ich sie.

»Ja, aber ich dachte, du würdest ihn wenigstens etwas mehr schmoren lassen.«

»Glaub mir, dafür gab es keinen Anlass«, versichere ich ihr nachdrücklich. Im Gegenteil, ich finde es entsetzlich, dass Henri sich selbst solche Vorwürfe wegen der Sache macht. Er kann nun einmal wirklich nichts dafür. Ich wünschte bloß, ich hätte früher gewusst, was sein Problem ist. Es ist furchtbar, dass er sich monatelang so quälen musste.

»Na, wenn du meinst«, grummelt Val, aber ich glaube, sie ist nicht unseretwegen angefressen, sondern wegen der Sache, die sie mit Parker am Laufen hat… oder eben nicht am Laufen hat, so genau weiß sie es ja scheinbar selbst nicht.

Doch egal wie: Liebeskummer ist nun mal einfach scheiße. Ich kann davon ein Lied singen. Die Tage in London vor meiner Aussöhnung mit Henri waren nicht einfach zu überstehen gewesen. Dabei war dieser Trip definitiv eins der Highlights meiner bisherigen Laufbahn. Auch bei Origami im Atelier habe ich bereits den ein oder anderen Star hautnah miterleben dürfen. Dass Jasper allerdings Trinity, die berühmte Sängerin, für die Met Gala im Mai einkleiden darf, ist schlicht und ergreifen unglaublich. Zu verdanken hat er diesen Coup unserem neuen Bekannten Vincent Adam, der – wie sich in London herausstellte – ein guter Freund von Trinity ist und ihr so lange von Jazz und seinen Fähigkeiten vorgeschwärmt hat, bis diese ihn schließlich engagierte.

»Ja, ich meine«, sage ich also zu Val und bedenke sie mit einem Lächeln. »Henri hat sich entschuldigt und mich um eine zweite Chance gebeten, alles ist gut.« Nun ja, eigentlich um eine dritte, aber auch das muss ich den Mädels ja nicht auf die Nase binden – zumal das alles zusammenhängt. Das Problem von letztem Wochenende war schließlich auch das Problem an Silvester. Allerdings hat sich das nun erledigt. Ich fahre mir durch die kurzen braunen Haare. Ungewohnt ist es. Verdammt ungewohnt sogar, aber Henri ist diese Umstellung wert – da bin ich mir sicher. Es nervt nur, dass mich jeder – wirklich jeder – auf die neue Frisur anquatscht und wissen will, was es damit auf sich hat.

»Mir war nach einer Typveränderung«, behaupte ich dann jedes Mal – schließlich kann ich niemandem erzählen, dass mein Anblick mit langem blondem Haar für den Mann, den ich liebe, unerträglich ist.

Sie hieß Yvette, ertönt seine Stimme in meinem Kopf. Er kannte sie nicht. Aber sie war im Bataclan, und er kann meinen/ihren Anblick nicht ertragen, weil er sie hat sterben sehen … Das ist zumindest das, was ich mir zusammengereimt habe. Ob ich recht habe? Ob er jemals dazu in der Lage sein wird, darüber zu sprechen? Ella sagte, sie habe schon lange den Verdacht, dass Henri unter einer posttraumatischen Belastungsstörung leidet. Ich denke, sie liegt richtig damit, und ich hoffe wirklich, dass er sich Hilfe sucht, um sein Trauma aufzuarbeiten.

»Außerdem hat er gesagt, dass er sie liebt«, wirft Ella ein. »Soweit ich weiß, hat mein Bruder diese Worte noch nie zuvor einer Frau gegenüber in den Mund genommen, die kein nahestehendes Familienmitglied war. Genau genommen war er meines Wissens nach noch nie verliebt.«

»Ich finde es ja erstaunlich, dass du so cool bist, Ella«, mischt Libby sich ein. »Ich dachte, wenn eine von uns was mit deinem Bruder anfängt, schreist du Zeter und Mordio.«

»Ich hatte ja nie etwas dagegen, dass Henri seine große Liebe findet, sondern nur, dass er euch in sein Bett lockt und euch das Herz bricht. Unverbindlichen Sex kann man schließlich deutlich einfacher haben, da muss man nicht im Freundeskreis seiner kleinen Schwester wildern«, verkündet sie resolut.

»Tut mir trotzdem leid, dass wir Geheimnisse vor dir hatten«, sage ich reumütig.

»Ja, nicht bloß vor Ella!«, murrt Libby und wirft mir einen vorwurfsvollen Blick zu. »Val und mich habt ihr schließlich auch an der Nase rumgeführt.«

»Hey, du hast uns ja auch nichts von dir und Jasper erzählt«, erinnere ich sie.

»Auch wieder wahr«, murmelt sie schuldbewusst. »Habe ich euch schon erzählt, dass er mich während unseres kleinen Liebesurlaubs seinem Vater vorstellen will?«

Als hätten wir ihn durch die Erwähnung seines Namens herbeibeschworen, taucht Jazz – beladen mit einem großen Tablett – an unserem Tisch auf. »Was dagegen, wenn ich mich zu euch setze?«, fragt er, doch da sind wir bereits dabei auseinanderzurutschen, um ihm Platz zu machen. Er begrüßt Libby mit einem Kuss und schiebt ihr einen Teller mit Zitronenkuchen zu.

»Du bist der Beste!«, säuselt sie, ehe sie sich über den Nachtisch hermacht.

»Worüber unterhaltet ihr euch so angeregt?«, will er wissen.

»Darüber, dass du Libby deinem Vater vorstellen willst«, kommt es von Ella.

»Hätte ich dich um Erlaubnis fragen müssen?«

»Unbedingt!«, erwidert sie keck und zwinkert ihm zu.

»Ich bin so aufgeregt«, gesteht Libby. »Was, wenn er mich nicht mag?«

»Unsinn, meine wunderbare Lady Liberty, er wird dich lieben«, beruhigt Jasper sie und legt ihr einen Arm um die Schulter. »Was sind eure Urlaubspläne?«, fragt er in die Runde.

»Für mich geht es morgen nach Edinburgh«, informiert Ella uns.

»Soso, dein plötzliches Interesse an den Highlands hängt doch nicht etwa mit einem gewissen Schotten zusammen?«, neckt Val sie.

»Edinburgh liegt nicht in den Highlands, du Schaf!«

Val ignoriert Ellas Hinweis und fragt stattdessen: »Bleibst du denn auch brav dort? Oder ist das bloß ein Zwischenstopp auf deinem Weg in die Highlands?« Anscheinend hat Val ins Schwarze getroffen, denn Ella wirft ihr einen pikierten Blick zu, ehe sie ihre zerknüllte Serviette nach Val schmeißt.

»Lernt man das im Benimmunterricht?«, neckt Val sie.

»Was man da genau lernt, musst du meinen Bruder fragen«, schießt Ella zurück, beißt sich auf die Zunge und schiebt ein »Sorry, Macht der Gewohnheit!« in meine Richtung hinterher. Sie verzieht ihr Gesicht zu einer zerknirschten Grimasse.

»Schon okay, war schließlich vor meiner Zeit«, meine ich achselzuckend. Ist ja nicht so, als hätte ich als Nonne gelebt.

»Habt ihr denn Pläne? Begleitest du Henri nach Paris?«

»Ich glaube, das hängt stark von meinem Chef ab«, meine ich und werfe Jasper einen bedeutungsschweren Blick zu.

»Das musst du mit Ian klären«, sagt mein Chef zu meinem Leidwesen.

»Meinst du, du kannst ein gutes Wort für mich einlegen?«

»Bin ich wahnsinnig? Ian würde mich häuten!«

Seufzend gebe ich Ruhe, aber der Gedanke, schon bald wieder von Henri getrennt zu sein, fühlt sich nicht gut an. Ich glaube, wir brauchen das Zusammensein gerade beide.

Ian ist das jedoch in der Tat reichlich egal. Als ich nach Unterrichtsende im Atelier mit ihm rede, beiße ich auf Granit.

»Oxy, du kannst mich nicht hängen lassen. Ich muss bereits auf Jazz verzichten. Ich … nein, es geht beim besten Willen nicht.«

»Ian! Bitte! Es ist doch nur eine Woche«, bettle ich. »Das mit Jazz in London war wirklich anstrengend. Ich brauche eine Auszeit, und außerdem hat Alicia uns einen Berg voll Hausaufgaben über die Ferien aufgegeben.«

»So?«, fragt Ian beinahe gelangweilt. »Und wovon sollt ihr euch dieses Mal inspirieren lassen?«

»Von einem historischen Ereignis.«

Er seufzt genervt. »Ich habe ihre Scheißaufgaben immer so gehasst.«

»Ja, und ich habe auch nur eine Woche, um die Aufgabe zu erledigen, denn wenn Jasper und Libby zurück sind, dann müssen er und ich uns um das Kleid für Trinity kümmern.« Ich werfe ihm einen flehenden Blick zu.

»Okay, Kompromiss!« Aufmerksam spitze ich die Ohren. »Die Vormittage gehörst du mir, die Nachmittage kümmerst du dich um den Kram für Alicia. Deal?«

Er streckt mir die Hand hin, und ich schlage ein.

»Verrätst du mir, wo wir hinfahren?«, erkundige ich mich, als wir am nächsten Tag in Henris Mietwagen sitzen. Er hat mich von der Arbeit abgeholt, fährt jedoch eindeutig nicht in Richtung Hotel.

»In die Kingsley Road. Du brauchst ein paar Sachen zum Umziehen.«

»Soso, brauche ich die?«

Ein kleiner Koffer mit Klamotten – Ellas Weihnachtsgeschenk kommt öfter zum Einsatz, als ich gedacht hatte – ist schnell gepackt. Val reagiert wenig begeistert darauf, dass auch ich sie zu verlassen scheine. »Lasst mich doch alle einfach allein«, murrt sie.

Allerdings kriege ich mit, wie sie Henri verstohlen einen erhobenen Daumen zeigt, als sie glaubt, dass ich gerade nicht hinschaue. Das Ganze findet hinter meinem Rücken statt, doch im Spiegel sehe ich nicht nur die Geste, sondern auch Henris Grinsen. Die beiden führen irgendwas im Schilde.

Val umarmt mich zum Abschied. »Melde dich mal von wohin auch immer er dich entführt.« Ja, ja, von wo auch immer ... Ist klar! Ich glaube, Val weiß ganz genau, wohin Henri mich bringt.

Als er kurz darauf den Wagen in Richtung der Fähre lenkt, die nach Rame übersetzt, habe ich eine Ahnung. »Fahren wir nach Whitsand Bay?«

»Spielverderberin!«

Ich zucke mit den Schultern. »In den vergangenen Monaten war ich öfter mit Val drüben. Es ist echt schön da.«

»Ich habe uns dort für die nächste Woche ein Cottage gemietet«, verrät Henri mir, während er den Motor abstellt. Wir stehen ziemlich weit hinten in der Schlange, und ich bin mir nicht sicher, ob wir es auf diese Fähre schaffen oder auf die nächste warten müssen. An einem sonnigen Samstag wie diesem locken die schönen Sandstrände der Halbinsel zahlreiche Menschen an. »Val hat mir übrigens geholfen.«

»Wirklich?«, frage ich gespielt erstaunt. »Lass mich raten, sie hat gesagt, sie ruft Parker an, und der würde sich drum kümmern, weil er Gott und die Welt kennt, richtig?«

»Musste er gar nicht. Die Hütte gehört wohl ihm, und er ist gerade erst mit der Renovierung fertig geworden. Wir sind die ersten Mieter.«

»Wow, wie cool, aber du weißt schon, dass ich ab Montag wieder jeden Vormittag nach Plymouth muss? Ian killt mich, wenn ich nicht pünktlich zur Arbeit erscheine.«

»Das soll er mal versuchen«, knurrt Henri. »Und ja, natürlich weiß ich, dass du im Atelier gebraucht wirst. Mein Plan sieht folgendermaßen aus: Ich fahre dich, setze mich in eines der Cafés am Hafen und arbeite von dort, bis du fertig bist.« Zuckelnd setzt sich die Autoschlange in Bewegung.

»Das klingt total gut, aber einen Haken gibt es noch.«

»Und der wäre?«

»Die Hausaufgaben für Alicia, um die muss ich mich auch noch kümmern.«

»Das kannst du doch auch in dem Cottage machen, oder?«,

fragt Henri, als er den Wagen über die Rampe an Bord lenkt. Wir haben es gerade noch geschafft. Unter Getöse hebt sich die Rampe hinter uns, und die Fähre legt ab.

»Klar, wir müssen nur alles, was ich brauche, dorthin schaffen.«

»Das ist kein Problem. Das können wir ja dann einfach direkt am Montagmittag machen, wenn dir das reicht.« Ich nicke, wir steigen aus, erklimmen die Metalltreppe, die aufs Deck führt, und genießen die Aussicht über die Hamoaze-Mündung. »Ella hat uns übrigens erlaubt, ihr Boot zu nutzen, solange sie die Highlands unsicher macht«, verrät Henri mir. »Aber wenn du keine Zeit hast, müssen wir das Angebot natürlich nicht annehmen«, wirft er rasch ein.

Ich greife nach seiner Hand, drücke sie, um ihn zu beruhigen. In den vergangenen beiden Tagen gab es immer wieder Momente wie diesen, in dem ihm deutlich anzumerken war, wie sehr ihn das schlechte Gewissen wegen dem plagt, was letztes Wochenende vorgefallen ist.

Letztes Wochenende… Unglaublich, dass das erst so kurz her sein soll. Ich habe das Gefühl, als lägen ganze Jahrzehnte zwischen diesem Tag und heute. Mir ist es unangenehm, dass Henri sich so bemüht. Er soll nicht versuchen, mir krampfhaft jeden Wunsch von den Augen abzulesen. Ich will, dass er sich in meiner Gegenwart entspannen und zur Ruhe kommen kann.

»Doch, das mit dem Segeltörn klingt toll. Lass uns das ruhig machen«, erwidere ich, und ein breites Grinsen stiehlt sich auf sein Gesicht.

Einen Moment noch genießen wir die Sonne und den Wind auf unserer Haut, dann ist es auch schon an der Zeit, zum Auto zurückzukehren. Von der Fähre runter, decken wir uns in Torpoint mit Lebensmitteln ein, ehe wir auf kleinen, unglaublich engen Landstraßen zur anderen Seite der Halbinsel fahren.

»Bist du aufgeregt?«, fragt Henri, als er merkt, dass ich unruhig auf meinem Sitz hin und her rutsche.

»Ein wenig.«

Mein Geständnis bringt ihn zum Schmunzeln. »Wegen eines Liebesurlaubs mit mir?«

»Da der Liebesurlaub letztes Wochenende katastrophal in die Hose ging, kannst du mir das wohl kaum verübeln«, necke ich ihn.

Er zieht eine Schnute, was mich zum Lachen bringt. »Nein … es ist keine echte Aufregung, eher Vorfreude.«

»Worauf genau?«

»Darauf, dich gleich wieder in mir zu haben.«

Meine Worte entlocken ihm ein unterdrücktes Stöhnen, das beinahe wie das tiefe Knurren eines wilden Tieres klingt. Ein Laut, der wiederum ein stürmisches Flattern in meiner Magengegend verursacht.

Zum Glück müssen wir nicht ewig nach einem der spärlich gesäten Parkplätze suchen. Zum Haus gehört nämlich augenscheinlich einer. Henri manövriert den Wagen in die enge Lücke, und durch die Windschutzscheibe blicken wir auf den Ozean, der sich bis zum Horizont erstreckt. Steil sind die Klippen an dieser Stelle, und dennoch sprießen dort unzählige kleine Häuser, sogenannte Beach Cottages, aus dem Boden.

Wir steigen aus und folgen Hand in Hand dem schmalen Weg, der zu den Häuschen hinabführt.

»Wow!«, entfährt es mir, als Henri schließlich die Vordertür unseres neuen Domizils – *Salty Kisses* heißt es – aufschließt.

Neugierig betrete ich das Wohn- und Esszimmer. Die Wände und die Decke sind mit weißem Holz verkleidet, der honigfarbene Holzboden und die zahlreichen liebevoll ausgesuchten Accessoires in Grün- und Blautönen sorgen für das entsprechende Strandfeeling. Auch im Schlafzimmer und Bad wurde der Beachhouse-Style konsequent umgesetzt, sodass das ganze Cottage wirkt, als könnte es einer renommierten Wohnzeitschrift entsprungen sein. Parker hat ein verdammt gutes Händchen für Inneneinrichtung – ich für meinen Teil fühle mich direkt wohl.

Einem inneren Impuls folgend, trete ich näher an die bodentiefen Schiebetüren, die das Wohnzimmer von der Terrasse trennen, und spähe hinaus.

»Ist das ... ist das etwa ein Jacuzzi?«, erkundige ich mich und drehe mich mit leuchtenden Augen zu Henri um.

»Sieht so aus.« Er öffnet die Schiebetür und tritt auf die Terrasse hinaus. Ich folge ihm, gebannt von der unglaublich schönen Aussicht. Die Sonne schmückt das Meer mit silbrig schimmernden Flecken. Wie hypnotisiert trete ich an den Rand der Plattform. Henri stellt sich hinter mich, nimmt mich in die Arme, während ich unfähig bin, meinen Blick von dem glitzernden Ozean abzuwenden. Er erscheint mir noch schöner als sonst. Ich kann nicht sagen, ob es an der Sonne liegt, die meine Nase kitzelt, am Blau des Wassers und des Himmels, an den Möwen, die über uns dahingleiten und deren Gekreische die Luft erfüllt, doch ich bin mir sicher, dass ich all dies nicht halb so intensiv wahrnehmen und zu schätzen wüsste, stünde Henri nicht dicht hinter mir.

Er drückt einen Kuss auf mein Haar. *»Je t'aime, mon cœur.«*

»Magst du mir zeigen, wie sehr?«, frage ich ihn, drehe mich in seinen Armen um und sehe ihn verlangend an.

»Unbedingt!«, erwidert er und küsst mich gründlich. *Salty Kisses* – scheinbar ist der Name Programm.

Die Tage vergehen wie im Flug. In der vergangenen halben Woche waren wir segeln, haben lange Strandspaziergänge unternommen und dabei Muscheln gesammelt. Ein kleiner Wettstreit, wer die schönste findet, ist zwischen uns entbrannt. Im Moment liege ich in Führung, wobei Henri das natürlich vehement bestreitet.

Heute führt er mich zur Tea Time aus, in das Café, das sich in der alten Orangerie auf dem Mount-Edgcumbe-Anwesen befindet. Wir gönnen uns das volle Programm inklusive Prosecco. Frei nach dem Motto »Das Auge isst mit« werden Fingersandwiches, Scones, warme Brownies und pikante Häppchen auf einer antik anmutenden Etagere serviert. Henri erzählt mir, dass er am Tag nach Halloween schon einmal mit Ella hier war.

»Hast du in den letzten Tagen etwas von ihr gehört?«, erkundigt er sich. Er versucht, es beiläufig klingen zu lassen, doch ich weiß, er macht sich Sorgen.

Ich schüttle den Kopf. »Nein, nur dass sie gut angekommen ist, aber ich nehme an, dass der Empfang in den Highlands vielleicht nicht so ideal ist. Lass uns ihr doch ein Bild schicken. Vielleicht bekommen wir dann auch ein Lebenszeichen von ihr.« Henri nickt zustimmend. Er bittet die Bedienung, uns zusammen mit all den leckeren Köstlichkeiten zu fotografieren.

Hoffe, du wurdest noch nicht von Nessi gefressen, schreibt er ihr und dann: **Uns geht es gut. Oxy lässt schön grüßen.**

Als wir mit dem Essen fertig sind, ist immer noch keine Antwort von Ella gekommen. Henri zeigt mir einen nahe gelegenen Kiesstrand, den Barn Pool Beach, an dem wir statt Muscheln Strandglas sammeln. Auch das artet schnell in einen Wettstreit aus. Diesen gewinne ich jedoch haushoch, denn ich habe eine wunderschöne blaue Scherbe gefunden, bei der alle scharfen Ecken und Kanten verschwunden sind. Es ist die einzige in dieser Farbe… Nun ja, zumindest die einzige, die wir finden. Das meiste Meerglas ist braun, grün oder weiß.

Mit den Fundstücken in der Tasche machen wir uns auf und erkunden den weitläufigen Park. Wir folgen dem Küstenpfad und passieren einen kleinen weißen Tempel.

»Das ist Milton's Temple. Eine Rotunde mit ionischen Säulen…« Erstaunt hebe ich eine Augenbraue. »Lass dich nicht beeindrucken. Nachdem ich mit Ella hier war, habe ich mich auf Wikipedia schlaugemacht.« Er grinst schief und streckt seine Hand nach mir aus. Seite an Seite, der Weg durch das Wäldchen ist breit genug, erklimmen wir eine Anhöhe. Der Wald lichtet sich, und auf der Wiese vor uns erhebt sich eine kleine Ruine.

»Weißt du, was das mal war?«, frage ich.

»Nennt sich Folly. Die Ruine ist künstlich und wurde erst 1747 erbaut.«

»Die haben hier eine künstliche Ruine erbaut?«, frage ich verwundert, denn so was Verrücktes habe ich noch nie gehört. »Warum macht man so was?«

»Na ja, sie ist doch ganz hübsch anzusehen, oder? Und wenn man genug Geld hat…« Er zuckt mit den Achseln. Ja, ja, das liebe Geld. »Verbuch es einfach als Spleen reicher Leute. Du weißt doch, die können manchmal ganz schön exzentrisch sein.«

»Du musst es ja wissen«, erwidere ich feixend und laufe rückwärts, um ihn ansehen zu können.

»Hey, ich bin total pflegeleicht!«, protestiert er.

»Klar!«

»Doch, wirklich! Nur ein paar deiner Küsse, und ich bin vollkommen zufrieden.« Und weil er genau weiß, welche

Knöpfe er drücken muss, bekommt er auch prompt ein paar davon und noch viele mehr, als wir rund eine Stunde später wieder zurück im Cottage sind.

Den Abend verbringen wir jedoch nicht mit schmusen, sondern mit arbeiten. Ich wage mich endlich an die Umsetzung des Entwurfs für Alicia heran. Henri schreibt mit Ella, die den ganzen Tag über auf einer Tour in den Bergen unterwegs war und wie prophezeit keinen Empfang hatte, dann kümmert er sich um das Abendessen. Ich habe mir Vals Lasagne gewünscht, weshalb er gerade mit ihr in regem Austausch steht. Kaum ist der Auflauf im Ofen, kommt Henri zurück ins Wohnzimmer.

»Liebe Grüße von Val.« Er bleibt stehen, stutzt. »Sag mal, was um alles in der Welt wird *das* denn?«

»Nach was sieht es denn aus?«, murre ich, wütend auf meine Reifrockkonstruktion, die einen Eigenwillen entwickelt hat und mich offensichtlich in den Wahnsinn treiben möchte.

»Nach einer Panade«, erwidert Henri fachkundig.

»Na, immerhin. Würdest du mal da festhalten?«, bitte ich ihn und hefte dann rasch die Streben des Gerippes zusammen. »Alicia möchte, dass wir uns von einem historischen Ereignis inspirieren lassen, und ich habe mich für die Hindenburg-Katastrophe entschieden. Der Reifrock mit seinem Netz aus Streben symbolisiert das Gerippe des Zeppelins.«

»Darf ich mir deinen Entwurf anschauen? Oder benötigst du noch Hilfe?«

»Nein, jetzt sollte ich es auch allein hinbekommen. Und klar kannst du dir den Entwurf ansehen. Das Skizzenbuch liegt auf dem Esstisch.«

Die nächste halbe Stunde verbringt Henri damit, meine

Arbeiten durchzugucken. Im Anschluss kümmert er sich um das Abendessen, und als wir später am Tisch sitzen, sagt er: »Ich hatte keine Ahnung, wie gut du bist. Also, versteh mich nicht falsch: Die paar Sachen, die ich bisher gesehen habe, fand ich wirklich großartig, daher wusste ich ja auch, dass du eine sehr talentierte Designerin bist. Aber ehrlich, ich hatte keinen Plan, wie gut du wirklich bist.«

Sein Kompliment ist Balsam für meine Seele. Ich weiß, dass ich eine gute Schneiderin bin, aber nicht alle Schneider taugen zum Designer. Dass Henri findet, dass ich Talent habe und einen guten Job mache, bedeutet mir viel, dennoch sage ich: »Ich schätze, du bist nicht wirklich objektiv.«

»Ich fürchte, dass das zwar wahr ist, aber nichts an den Tatsachen ändert. Glaub mir, Oxy, ich bin in der Branche aufgewachsen, du bist unglaublich gut. Stell dein Licht nicht unter den Scheffel.«

Eine Weile essen wir schweigend, dann fragt Henri: »Hast du dich inzwischen eigentlich entschieden, wie es weitergeht? Bleibst du bei On Fleek, oder wirst du wie geplant nach dem Semester nach Paris zurückkehren und wieder für Origami arbeiten?«

Oh, die Frage aller Fragen. »Ich habe keine Ahnung. Paris hätte viele Vorteile.« Ich sehe ihn bedeutungsschwer an.

»Aber?«

»Ich arbeite gerne mit Jazz zusammen.«

»Man sieht seinen Einfluss bei deinen neueren Entwürfen bereits.«

»Ist das gut oder schlecht?«

»Gut natürlich. Er ist einer der gefragtesten Designer im Moment. Er hat eine ganz andere Sicht auf die Dinge als Origami. Andere, aktuellere Themen inspirieren ihn.«

»Meinst du, ich soll bei On Fleek bleiben?«

Henri nickt. Ich verspüre einen Stich. Als hätte er meine Enttäuschung ebenfalls gespürt, sagt er: »Ich will dich bei mir haben. Ich wäre unglaublich froh, wenn ich jede Nacht neben dir einschlafen und jeden Tag neben dir aufwachen könnte, aber ich glaube, im Hinblick auf deine Ziele und deine Ambitionen wäre es ein Fehler, nach Paris zurückzukehren – zumindest im Moment.« Über den Tisch hinweg ergreift er meine Hand, während er mir tief in die Augen schaut. »Rede mit Ian und Jazz«, spricht er mir Mut zu.

»Ich habe Angst, dass Origami enttäuscht ist, wenn ich nicht zurückkehre.«

»Das glaube ich nicht. Er wird es verstehen. Hast du ihm das Geld zurückgezahlt?« Ich nicke. »Ich glaube, ich muss mich noch einmal persönlich bei ihm dafür bedanken, dass er dich gerettet hat. Meinst du, ich kann es wagen, ihn aufzusuchen, ohne dass ich um meine Kronjuwelen fürchten muss?«

Ich lächle. »Wenn er Hand an deine Kronjuwelen legt, mein Prince Charming…« Ich mache eine bedeutungsvolle Pause. »…nähe ich sie einfach wieder an.«

»Was?«, platzt es entsetzt aus ihm hervor. »Das sind keine Knöpfe. Ich dachte, du würdest etwas sagen wie: ›Dann bekommt er Ärger mit mir!‹ Annähen?« Sein geschockter Blick ist zum Schießen.

»Lieber nicht wieder annähen?« Energisch schüttelt Henri den Kopf. »Tackern?« Seine Augen werden noch größer. »Oder wie wäre es mit Heißkleber?«, kichere ich, was er mit einem Willst-du-mich-verarschen-Blick quittiert, und ja, in der Tat, das will ich.

»Vielleicht besuche ich ihn doch nicht, wenn die Gefahr besteht, entmannt zu werden. Ich mag meine *couilles* nämlich.«

»Ich mag sie auch«, erwidere ich so ernsthaft wie möglich.

Henri sitzt eine Stufe unter der, auf der ich hocke. Ich umarme ihn von hinten, stütze mein Kinn auf seine starken Schultern, die so viel Ballast tragen müssen.

Obwohl auch heute die Sonne lacht und der Süden Englands sich von seiner schönsten Seite zeigt, sind meine Gedanken düster. Eigentlich hatte ich gehofft, dass die Wanderung nach Rame Head mich ablenken würde. Doch weder der lange Marsch noch das Picknick haben geholfen, die negativen Gedanken zu vertreiben. Dabei ist alles perfekt. Wind, Sonne, Meer… Anders als ich scheint Henri sich pudelwohl zu fühlen. Er hat den Kopf in den Nacken gelegt und streckt sein Gesicht dem Himmel entgegen, doch ich kann bloß daran denken, dass heute bereits Samstag ist.

Übermorgen, am Ostermontag, ist alles vorbei. Nun ja, vielleicht nicht alles, aber zumindest unser kleiner Liebesausflug. Aber eben möglicherweise auch doch alles. Ich habe Angst. Ich will nicht, dass Henri geht. Auch wenn mir klar ist, dass er nicht ewig bleiben kann. Er hat seine Arbeit und seine Verpflichtungen.

Doch was, wenn es nicht klappt? Was, wenn Henri und ich nicht für eine Fernbeziehung geschaffen sind? Er braucht mich. Das wurde mir gestern Abend erst so richtig bewusst, als die Albträume ihn wieder einmal aus dem Bett getrieben hatten. Ich bin zu ihm gegangen, um ihn zurückzuholen, und da war dieser ausweglose Ausdruck in seinem Gesicht. Ich habe seine Hand genommen, ihn zurück ins Bett geführt, wo er mich mit einer inbrünstigen Verzweiflung geliebt hat.

Nun, im Nachhinein, frage ich mich, ob ich nicht in diesem Moment seine Ablenkung war. Hat er mich benutzt, um seinen Schmerz zu lindern? Und wenn ja, hat es ihm geholfen? Und ist es für mich okay, wenn er Sex mit mir hat, um die Situation für sich erträglicher zu machen? Bin ich bereit,

ihm das zu geben, was er in solchen Momenten braucht –
auch auf die Gefahr hin, zu einer Art Ventil zu verkommen?

Doch ich kenne die Antwort. Ich liebe ihn. Ich liebe ihn
so sehr, und ich würde alles tun, damit es ihm besser geht –
wenn auch nur temporär, denn wirklich helfen kann ich ihm
nicht. Ich hoffe so sehr, dass er sich in Therapie begibt und
endlich das aufzuarbeiten beginnt, was ihn so quält.

Ich zupfe an seinen Locken, drücke ihm einen Kuss auf
die Schläfe, ehe ich meine Arme um ihn schlinge und mich
an ihn schmiege. Anders als letzte Nacht bin nun ich es, die
sich an ihn klammert wie eine Ertrinkende an den rettenden
Felsen.

Henri greift nach meinen Händen, verschränkt seine mit
meinen und sagt dann: »Ich habe ihre Hand gehalten, als sie
starb.«

Die Worte haben kaum seinen Mund verlassen, als sein
Körper zu beben beginnt. Ein herzzerreißendes Schluchzen
steigt aus seiner Kehle empor, während ich noch dabei bin
zu realisieren, was er gerade gesagt hat. Ich verstehe es nicht.
Verstehe nicht, was dazu geführt hat, dass er sich doch überwinden konnte, endlich auszusprechen, was ihm widerfahren
ist, doch was ich verstehe, ist, dass er mich in diesem Moment
mehr braucht als jemals zuvor.

Den Versuch, für ihn stark zu sein, mich nicht mitreißen zu
lassen, gebe ich rasch auf. Ich weine mit ihm, weil ich nicht
anders kann. Sein Schmerz ist meiner, und ich bemühe mich
erst gar nicht darum, ihn zu trösten, denn ich weiß, er ist un-
tröstlich. Er hat sein Gesicht in meinem Schoß vergraben,
und ich kann nichts anderes tun, als seinen Kopf zu streicheln
und abzuwarten, dass er sich beruhigt.

Als Stimmen erklingen, steht er auf. Einen Moment lang
wandert er auf der Plattform vor der alten Kapelle auf und

ab. Ich beobachte ihn besorgt. Mit den Tränen konnte ich umgehen, was ich mit dieser nervösen Unruhe anfangen soll, weiß ich nicht. Die Menschen scheinen näher zu kommen. Ich bin sicher, Henri will nicht, dass sie ihn so sehen. Ich gehe zu ihm, nehme ihn an der Hand und führe ihn den Abhang hinunter Richtung Ozean.

Wir folgen dem ausgetretenen Pfad bis zum Ende und setzen uns – fernab der Kapelle und ihrer Besucher – auf die Wiese.

Ich habe nicht erwartet, mehr zu hören, umso überraschter bin ich, als Henri sagt: »Als die ersten Schüsse fielen, da konnte ich es nicht glauben. Ich dachte, ich bin im falschen Film, dachte, dass das alles inszeniert sei … Einen Moment lang stand ich einfach nur wie angewurzelt da.« Er holt tief Luft. Ich sehe, wie viel Anstrengung es ihn kostet, den Erinnerungen und dem Schmerz standzuhalten, doch es ist, als wäre ein Knoten geplatzt. Er hat seine Sprachlosigkeit überwunden. Er redet langsam, seine Stimme klingt tonlos, als er fortfährt: »Ich befand mich an der Absperrung zur Bühne. Michel wollte was zu trinken holen und war auf dem Weg zur Bar neben dem Eingang, als es losging. Die Angreifer feuerten einfach mit ihren Sturmgewehren in die Menge. Leute in meiner Nähe wurden getroffen, gingen zu Boden wie Dominosteine.« Sein Atem rast. Ich streichle mit meinem Daumen über seinen Handrücken, hoffe, dass ihn das etwas beruhigt, doch wie könnte eine so kleine unbedeutende Geste angesichts einer so großen persönlichen Tragödie etwas ausrichten? »Ich habe mich dann einfach fallen lassen, um kein Ziel abzugeben. Irgendwann ging das Licht an. Ich habe es nicht gewagt, den Kopf zu heben und mich umzuschauen, doch was ich von meiner Position aus sehen konnte, waren Menschen, die auf dem Boden des Konzertsaals lagen, sich tot stellten oder es waren. Ich hörte angst- und schmerzerfüllte Schreie. Ganz in meiner Nähe befand sich diese junge Frau, die beide Hände auf ihren blutenden Bauch presste. Tränen liefen ihr übers Gesicht. Sie war nicht allzu weit weg, vielleicht eineinhalb Meter.« Henri verstummt, zupft an einem Grashalm, und ich wage nicht, etwas zu sagen, um den Strom seiner Gedanken und Erinnerungen nicht zu hemmen. Das Rauschen des Windes und des Meeres vermischen sich mit dem Kreischen vereinzelter Vögel. Henri holt zittrig Atem, dann erklärt er: »Wenn jede Bewegung deine letzte sein könnte, wenn es sicherer ist, sich einfach tot zu stellen, dann erscheint diese Distanz unüberwindbar.«

»Aber du bist trotzdem zu ihr gekrochen.« Ich beiße mir auf die Unterlippe. Ich wollte doch eigentlich nichts sagen, wollte ihm den Raum geben fortzufahren, wenn er dafür bereit ist, aber allein die Vorstellung, dass … Grundgütiger, er hätte sterben können. Er hat seinen Tod riskiert, um zu ihr zu gelangen. Mir wird schlecht, als ich realisiere, dass es auch ganz anders hätte ausgehen können.

»Ich konnte nicht anders«, erklärt er und fügt beinahe entschuldigend hinzu: »Ich war vorsichtig, habe mich nur bewegt, wenn ich mir sicher war, es wagen zu können. Irgendwann lag ich ganz dicht bei ihr. Ich habe sie gefragt, wie sie heißt, und sie sagte, ihr Name sei Yvette. Ich habe mich ebenfalls vorgestellt … Es war ein wenig surreal, etwas so Normales in einer solchen Situation zu tun. Ich habe ihr gesagt, dass sie keine Angst haben solle, obwohl ich selbst entsetzliche Angst hatte.« Tränen verschleiern seine Augen, ich schließe ihn in die Arme, halte ihn und warte, bis er bereit ist. »Ich habe ihr versprochen, bei ihr zu bleiben … egal was auch geschieht. Ich weiß nicht, warum ich das getan habe. Vielleicht brauchte ich in diesem Moment, in dieser Situation, in der ich völlig hilflos war und gar keine Kontrolle hatte, einfach eine Aufgabe, um nicht den Verstand zu verlieren. Inzwischen habe ich dieses Versprechen zutiefst bereut, denn irgendwann verstummte das Gewehrfeuer, und um uns herum sprangen Menschen auf und ergriffen die Flucht. Doch ich blieb bei Yvette, weil ich ihr mein Wort gegeben hatte. Und dann war das Zeitfenster, in dem ich hätte fliehen können, vorbei, und der Terror begann von Neuem …« Dieses Mal dauert es sehr lange, bis er in der Lage ist weiterzusprechen: »Ich frage mich, wie es möglich sein soll, all das zu vergessen? Die Schüsse, die Schreie, das Schrillen unzähliger Handys …« Er verstummt erneut, und als er beginnt zu reden, brauche ich einen Moment, um ihm gedanklich folgen zu können, weil ich noch bei der Schilderung seiner Sinneseindrücke bin. »Ich weiß nicht, wann ich erkannte, dass Yvette dabei war zu sterben und ich nichts weiter tun konnte, als ihre Hand zu halten. Ihre Atmung veränderte sich, wurde schwerfälliger und begann dann zu rasseln. Ihren letzten Atemzug habe ich gar nicht bewusst wahrgenommen, aber irgendwann begriff ich, dass ich vergeblich auf einen weiteren warten würde.« Sein eigener Atem klingt in diesem Moment schwer, er ist eine Mischung aus niedergeschlagenem Stöhnen und gequältem Seufzen. »Danach dauerte es nicht mehr lange, bis wir von den BRI befreit wurden. Ich musste Yvette dalassen, durfte sie nicht mitnehmen. Draußen traf ich Michel. Wir umarmten uns und weinten. Ihm war gleich zu Beginn die Flucht gelungen, doch er hatte auf mich gewartet, hatte Kontakt mit meinen Eltern gehalten, während ich mich noch drin befand. Nachdem alles vorbei war, fuhr ich erst Michel heim, dann zu mir nach Hause. Ich duschte, wusch das Blut ab und fuhr gleich darauf zu meinen Eltern und Ella. Verrückt, wenn man so drüber nachdenkt.« Ich nicke. »Am Montag ging ich direkt wieder in die Uni, weil ich es zu Hause einfach nicht mehr aushielt. Ich wollte nicht mit meinen Gedanken und den Erinnerungen allein sein.« Doch das galt offensichtlich nicht bloß für diesen Tag. Deshalb also all die Arbeit, all der Sport, all die Partys und Frauen … Er muss es nicht aussprechen, ich verstehe es auch so.

»Wie fühlst du dich – jetzt, wo es raus ist?«

»Als wäre ich schlagartig hundert geworden. Ich glaube, ich war noch nie so erschöpft«, gibt Henri zu. »Ehrlich gesagt habe ich keine Ahnung, wie wir es zurückschaffen sollen.« Er dreht sein Gesicht und blickt sorgenvoll die Küste entlang.

»Wir haben ja Zeit. Wir können erst noch ein wenig in der Sonne sitzen oder liegen, ehe wir uns darum Gedanken machen müssen.«

Wir strecken uns auf der Wiese aus, liegen schweigend und Händchen haltend beisammen und hoffen, dass die wärmenden Sonnenstrahlen die Schatten dieser schrecklichen Nacht vertreiben. Ich kuschle mich an Henri, lausche seinem Herzschlag und empfinde diesen Moment als wundervolles Geschenk. Jede Sekunde mit ihm erscheint mir nun noch viel kostbarer. Ich weiß, dass ich ihn und seine Gegenwart nie als selbstverständlich betrachten werde. Dass er hier ist, dass er hier bei mir liegt, ist ein kleines Wunder, und dafür bin ich unendlich dankbar.

16

Oxana

»Oh. Mein. Gott. Ist das aufregend«, sagt Val, als sie das Wohnzimmer mit einer Schüssel Popcorn betritt. »Habt ihr Libby und Jazz denn schon entdecken können?«

»Nein!«, erwidere ich, ohne den Blick vom Monitor abzuwenden.

»Ich auch nicht! Aber sie werden schon noch kommen.«

»Außer sie sind noch immer dabei, ihre Verlobung zu feiern«, wirft Val ein, doch so verrückt nach Jazz kann Libby gar nicht sein, als dass sie die Met Gala verpassen würde.

»Haha!«, macht Ella deshalb auch nur. Trotz Liebesrausches würde keiner von beiden sich diese einmalige Chance entgehen lassen. Für Libby und Jazz werden gerade ihre kühnsten Träume wahr.

Während ich das Geschehen auf dem Bildschirm verfolge – noch tut sich nichts, und alle warten auf Trinitys großen Auftritt –, denke ich daran zurück, wie aufgeregt und überglücklich Libby vorhin klang. Die Sache mit der Verlobung kam für uns alle – nicht zuletzt für sie selbst – ziemlich überraschend. Dass sie uns direkt als Erste davon erzählte, hat mich gerührt und noch mehr, als sie sagte, dass wir – wenn irgendwann die Hochzeit anstehe – ihre Brautjungfern werden sollen.

Ach, ich freue mich so sehr für die beiden und finde es so süß von Jazz, dass er ihr einen Antrag mit Kniefall und allem Drum und Dran gemacht hat. So viel Romantik würde man ihm auf den ersten Blick gar nicht zutrauen. Mit den zahlreichen Tattoos, die seine kompletten Arme bedecken, und seinem Rebellenimage wirkt er nicht wie ein Typ, der seine Freundin auf Händen tragen würde, doch genau das tut er.

Mir fällt wieder ein, was Henri über das Thema Image gesagt hat, und er hat recht: Manchmal lohnt sich wirklich ein zweiter oder dritter Blick. Ich habe fast so etwas wie ein schlechtes Gewissen, dass ich Libby zu Anfang des Studiums noch gesagt habe, sie solle bloß die Finger von Jazz lassen. Bei dem Gedanken wandert mein Blick unwillkürlich zu Ella. Ob es ihr auch so geht? Plagen sie auch Gewissensbisse, weil sie Henri und mir zu Beginn möglicherweise Steine in den Weg gelegt hat?

Und wie hätte sich wohl alles entwickelt, wenn Ella mich nicht so eindringlich vor ihrem Bruder gewarnt hätte? Hätte ich dann früher hinter die schillernde Fassade geblickt und mehr in Henri gesehen als nur den Playboy und Erfolgsmenschen?

Egal, befinde ich. Es ist müßig, darüber nachzudenken. Außerdem hat sich letztendlich alles zum Guten gewendet. Trotz aller Hindernisse sind wir am Ende zusammengekommen – etwas, das mich auch ein wenig mit Stolz erfüllt. Weniger auf mich, denn ich musste bloß über meinen Schatten springen und mich auf ihn einlassen, sondern mehr auf Henri, der so viel geleistet hat. Unser Problem war ja nie, dass er sich mir nicht anvertraute, weil unsere Bindung nicht stark genug gewesen wäre, sondern weil der Terror ihn selbst nach all der Zeit in seinen Klauen hatte und ihn im wahrsten Sinne des Wortes sprachlos machte.

Noch immer kann ich nicht fassen, dass es ihm inzwischen gelungen ist, über die Geschehnisse zu sprechen. Ich war an jenem Tag auf dem Rame Head völlig davon überrumpelt. Für mich kam das aus dem Nichts. Erst vor ein paar Tagen fand ich den Mut, Henri zu fragen, warum er plötzlich in der Lage gewesen war, sein Schweigen zu überwinden.

»Es war der perfekte Moment«, sagte er. »Du hast mich im Arm gehalten, mich geküsst, der Sonnenschein, der blaue Himmel, das Zwitschern der Vögel … Ich habe mich sicher und geborgen gefühlt. Der Kontrast zu jener Nacht hätte auf keiner Ebene stärker sein können, und der Satz, den ich seit unserer Aussprache in der Küche in meinem Kopf hin und her gewälzt habe, den ich immer wieder versucht habe auszusprechen, kam mir plötzlich einfach so über die Lippen. Glaub mir, ich war selbst überrascht.«

Bei der Erinnerung an ihn wird die Sehnsucht mit einem Mal überwältigend groß. Ich beuge mich vor, pflücke mein Handy vom Sofatisch und schreibe ihm eine SMS.

Musste gerade an dich denken und wollte dir nur sagen, dass ich dich liebe.

Liebe dich auch. Bin mit Michel im Krankenhaus. Wir sprechen später.

Oha, denke ich, werde im nächsten Moment jedoch von der Aufregung um mich herum abgelenkt.

»Da! Da sind sie!«, kommt es von Ella, die von Lucky belagert wird. Sie und der verschmuste Kater hegen eine innige Beziehung – auch wenn sie ihn immer als verfressenes Frettchen bezeichnet. »Trinitys Kleid ist der absolute Wahnsinn!«, entfährt es ihr begeistert.

Es mag nach Eigenlob klingen, doch ich bin ganz ihrer Meinung. Jazz hat sich bei der Robe in Duchesse-Linie wieder einmal selbst übertroffen, und ihn bei diesem Projekt begleiten zu dürfen, war eine unglaubliche Erfahrung für mich.

Das figurbetonte schwarze Oberteil fungiert als Eyecatcher: Das schulterfreie Top besteht aus einer eleganten Krawatte, die als Neckholder dient und gleichzeitig dafür sorgt, dass die schmale Leiste, an der der übrige Stoff des Oberteils befestigt ist, verschwindet. Der ausladende Rock aus schwarzem Tüll ist bodenlang, sodass Trinity ihn ein wenig anheben muss, um die Stufen zu erklimmen. Irgendwann bleibt sie auf einem Absatz stehen, woraufhin das Gebrüll der Armee aus zweihundert Fotografen eine völlig neue Dimension erreicht.

Divenhaft posiert Trinity für die kreischende Horde. Über sie bricht ein wahres Blitzlichtgewitter herein. Verständlicherweise, denn sie sieht einfach fantastisch aus. Die Entscheidung, ihre glänzenden schwarzen Haare im Look der 20er-Jahre stylen zu lassen, war genau die richtige. Zwar zählen Wasserwellen seit Jahren zu den Lieblingsfrisuren der Stars, doch ich könnte schwören, dass sie noch niemandem so gut standen wie Trinity, die bei der Veranstaltung nicht nur als Co-Host fungiert, sondern auch für die Special Performance zuständig sein wird.

Langsam – sodass jeder einen Blick auf das Kleid werfen kann – setzt sie sich wieder in Bewegung. Die Meute rastet bei jedem ihrer Schritte förmlich aus.

Jazz gesellt sich zu ihr. In seinem Casual-Dandy-Look wirkt er beinahe fehl am Platz auf dem roten Teppich, doch ich nehme an, dass das pure Berechnung ist. Etwas anderes vom Bad Boy der britischen Modeszene zu erwarten wäre wohl auch vermessen.

Die beiden posieren bestimmt weitere zehn Minuten lang für die hungrigen Fotografen, dann steigen Jazz und Trinity die Stufen wieder hinunter.

Die Fotografen scheinen mit einem Lady-Gaga-ähnlichen Showact vom letzten Jahr zu rechnen, doch das passiert nicht. Das Thema ist ja schließlich nicht »Camp« wie im vergangenen Jahr, sondern »About Time: Fashion and Duration«, weshalb man auch beim Posieren nicht übertreiben muss. Wer von den Fotografen also darauf spekuliert hat, wird enttäuscht, denn Jazz und Trinity holen beide bloß ihre jeweilige Begleitung ab, um mit ihnen an der Seite die Treppen ins Museum hinaufzusteigen.

»Libby sieht so toll aus in ihrem Kleid!«

Ich stimme Ella vorbehaltlos zu, doch ich schätze, dass Libby bei dem Strahlen, das sie zur Schau trägt, auch in einem Kartoffelsack über den roten Teppich gehen könnte und trotzdem noch einen guten Eindruck machen würde. Sie sieht unglaublich glücklich aus. Jazz und sie wechseln einen verliebten Blick, und nicht nur mir, sondern auch Ella und Val entfährt ein Seufzen.

»Die beiden sind so süß, da bekommt man ja Karies«, murmelt Val.

Ich lege ihr den Arm um die Schulter. »Du wirst schon auch noch den Richtigen finden«, spreche ich ihr Mut zu.

»Das sagst du so einfach. Du und Henri seid ja auch so ein wandelnder Zuckerschock. Nicht dass ich es euch nicht gönnen würde, versteht mich nicht falsch, aber ...« Sie beißt sich sichtlich auf die Zunge.

»Aber was?«, erkundigt die sich prompt.

»Es nervt halt manchmal gewaltig, Single zu sein.«

»Lieber Single als mit einem Idioten liiert.« Typisch Ella! Als der liebe Gott das Feingefühl verteilte, muss sie gefehlt haben.

Ich werfe ihr einen strafenden Blick zu. »Du musst es ja wissen!«

»Warum? Cal ist toll!«

»Ich spreche auch nicht von Cal, sondern von deinem Ex.« Cal finde ich auch toll. Ella wirkt, seit sie mit ihm zusammen ist, viel weicher und entspannter. Ich glaube, er tut ihr wirklich gut.

Auf dem Monitor ist zu sehen, wie Trinity, die sich nun bei Vincent Adam eingehakt hat, das Ende der Treppe erreicht und im Foyer des Metropolitan Museum of Art verschwindet. Jazz und Libby folgen den beiden Promis in respektvollem Abstand, während die Fotografen sich bereits wie die Geier auf den nächsten Superstar stürzen. Emma Stone, ebenfalls Gastgeberin der diesjährigen Met Gala, mit Bald-Ehemann Dave McCary an ihrer Seite, hat den ersten Absatz erreicht, während am Fuß der Treppe bereits Meryl Streep in Position geht.

»Oh!«, quietscht Val begeistert. »Da ist Meryl! Was habe ich sie in *Der Teufel trägt Prada* geliebt.«

Die nächsten zweieinhalb Stunden verfolgen wir über den Livestream die Geschehnisse in New York, trinken dabei Rotwein und fachsimpeln über die Kreationen. Wie in jedem Jahr sind einige wirklich großartige und außergewöhnliche Kleider mit Kultcharakter zu sehen, die das Herz jeder Fashionista schneller schlagen lassen.

Im Anschluss zeigt Val uns ein paar der Fotos, die sie während der Osterferien gemacht hat. »Hier, das ist die Wasserballastbahn, die Lynton und Lynmouth verbindet.«

»Wow! Das sieht ja toll aus!«, entfährt es mir.

»Da oben an der Nordküste ist es auch echt schön! Ich überlege, noch mal zwei, drei Wochen Urlaub dranzuhängen, ehe ich dann nach Deutschland zurückfahre.«

Es versetzt mir einen Stich, Val über das baldige Ende unserer WG sprechen zu hören. Auch Ella wirkt mit einem Mal bekümmert. Sie hat die Lippen fest zusammengepresst und fixiert das Weinglas in ihren Händen.

»Ach, ich kann gar nicht glauben, dass das alles in einem knappen Monat schon vorbei sein soll«, spricht Val aus, was wir wohl alle in diesem Moment denken.

»Und ich will gar nicht, dass es vorbei ist«, platzt es aus Ella hervor, die mit einem Mal den Tränen nahe ist. »Ich habe mich noch nie so frei und unbefangen gefühlt wie hier. Die Vorstellung, nach Paris, diesen überdimensionalen goldenen Käfig, zurückzukehren, ist einfach nur grauenhaft.«

Sorgenvoll blickt Lucky sie aus seinen goldgrünen Katzenaugen an, und unwillkürlich frage ich mich, was aus ihm wird, wenn wir nicht mehr da sind. Wird er bei den Studenten, die nach uns hier einziehen, auch ein Zuhause finden?

»Du musst nicht zurück!«, erinnere ich Ella.

»Erzähl das meinem Vater.« Der Studiengangwechsel belastet die Vater-Tochter-Beziehung immer noch. Soweit ich weiß, hat Ella im Moment fast gar keinen Kontakt mehr zu Alain. Henri ist der Meinung, dass er sich schon wieder einkriegen wird, doch ich verstehe, dass Ella unter der Situation leidet. Dass sie in wenigen Tagen dennoch zusammen mit Callum und mir nach Paris reisen will, um bei der Eröffnung des Flagshipstores dabei zu sein, finde ich angesichts der Lage wirklich tapfer.

Ella atmet tief durch, strafft die Schultern und sagt zu Val: »Wenn du da oben in der Gegend noch Urlaub machen willst, nachdem wir ausgezogen sind, wäre ich dabei.«

»Echt?«, fragt Val begeistert.

Ella nickt. Aus dem Bauch heraus verkünde ich: »Ich auch! Nicht für zwei, drei Wochen – da killt Ian mich –, aber für ein paar Tage.«

»Cool!«, entfährt es Val freudestrahlend.

»Wenn wir Libby fragen, schließt sie sich uns bestimmt

ebenfalls an«, sinniert Ella. »Das wäre doch ein echt gelungener Abschluss, oder?«

Ich nicke zustimmend, und als Nächstes machen wir uns auf die Suche nach einem Haus, das groß genug ist, um uns alle samt Begleitung zu beherbergen, denn ich bin mir sicher, dass Henri ebenfalls gerne mit von der Partie wäre und das Gleiche auch für Jazz und Callum gilt.

Mit wild klopfendem Herzen betrete ich vier Tage später, an der Seite von Ella und Callum, den Eingangsbereich des neuen French-Chic-Flagshipstores. Es ist bereits später Nachmittag, doch eine weitere Unterrichtsstunde bei Alicia zu versäumen kam nicht infrage, weshalb wir erst gegen elf Uhr aus Plymouth aufbrechen konnten. Die Eröffnung ist ein voller Erfolg – zumindest spricht der nicht abreißen wollende Strom der Besucher dafür.

Obwohl ich die Menge nach Henri absuche, bleibt mein Blick an der Nachbildung des Eiffelturms hängen, der sich in der Mitte des Raums sechs, vielleicht sogar sieben Meter in die Höhe erhebt. Zahlreiche Leute posieren davor und lassen sich von einem Fotografen ablichten.

Ich falle etwas zurück, lasse meinen Blick über den Menschenandrang schweifen in der Hoffnung, Henri im Getümmel auszumachen. Anscheinend hat er mich gefunden, ehe ich ihn erspähen konnte, denn jemand hält mir plötzlich von hinten die Augen zu.

Wären die Augen das einzige Sinnesorgan, wüsste ich natürlich nicht mit Sicherheit, dass es sich bei der Person um ihn handelt, doch so verrät ihn sein Duft. Heute riecht er weniger nach Parfüm, sondern, vermutlich aufgrund der sommerlichen Temperaturen und dem Stress, mehr nach sich selbst. Das reinste Aphrodisiakum.

»Was um alles in der Welt machst du denn hier?«, raunt Henri in mein Ohr, ehe er meinen Hals mit einem Kuss begrüßt. Netterweise bekomme ich mein Augenlicht zurück, sodass ich mich umdrehen und ihn anschauen kann. Er strahlt übers ganze Gesicht, doch ich sehe ihm die Erschöpfung an. Die vergangenen arbeitsreichen Tage haben ihren Tribut gefordert, und auch die Sorge um Michel, der Anfang letzter Woche erneut ins Krankenhaus eingeliefert werden musste, steht ihm deutlich ins Gesicht geschrieben.

Meine Lippen treffen auf Henris, und er seufzt erlöst. »Wir dachten, du könntest etwas moralische Unterstützung gebrauchen«, erkläre ich und reibe meine Nase an seiner.

»Wir?«

»Henri!«, quietscht es da auch schon hinter ihm, und Ella stürmt auf ihn zu. Einen Moment lang scheint er unwillig, mich loszulassen, dann gibt er mich frei und wendet sich seiner Schwester zu. Er schließt sie freudestrahlend in die Arme.

»Cal«, wendet Ella sich an Callum, nachdem Henri sie freigegeben hat. »Das ist mein Bruder Henri. Henri, das ist Callum, mein Freund.«

Cal streckt Henri die Hand hin, der sie ergreift und schüttelt. »Du bist also der Highlander, von dem meine Schwester bereits so viel erzählt hat. Freut mich, dich kennenzulernen.«

Während die beiden miteinander plaudern und sich beschnuppern, sehe ich mich aufmerksam im Foyer des Ladens um, wobei allein die Bezeichnung unzutreffend ist. »Laden« klingt klein, doch am neuen Flagshipstores ist nicht das Geringste klein. Wie im Hauptquartier von French Chic öffnet sich der Raum in der Mitte nach oben, sodass die anderen Stockwerke eine Art Galerie bilden. Ich zähle vier, wobei ich im obersten keine Besucher ausmachen kann.

Die Größe ist allerdings nicht das einzig Beeindruckende.

Die noble Inneneinrichtung und die liebevoll ausgesuchten Details – ich glaube, ich bin genauso schockverliebt in diese Eiffelturmreplik wie alle anderen Gäste auch – hauen mich wirklich um. Das Gesamtbild wirkt unglaublich edel, aber nicht bieder. Französische Eleganz auf der kompletten Linie – eben French Chic.

»Irre, was ihr hier auf die Beine gestellt habt«, sage ich zu Henri.

»Irre, dass ihr hier seid. Ich meine, was ist mit euren Abgaben? Seid ihr nicht gerade schwer im Stress?« Das sind wir definitiv, dennoch war es keine Option, nicht herzukommen.

»Lass das mal unsere Sorge sein, Bruderherz«, sagt Ella und tätschelt seine Wange. »Zeig uns lieber deinen Scanner. Ich habe Cal schon so viel davon erzählt. Er kann es kaum erwarten, dein Wunderding zu sehen.«

»Der ist da drüben«, sagt Henri und deutet auf eine Kabine, vor der eine lange Schlange steht und wartet. »Ich zeige es euch nachher, wenn weniger los ist.«

»Du hast echt vor, dem Freund deiner Schwester dein Wunderding zu zeigen?«, raune ich Henri zu, was ihn zum Grinsen bringt.

Seine Hand stiehlt sich auf meinen unteren Rücken. »Glaub mir, *mon cœur*, du bist die Einzige, die mein Wunderding zu sehen bekommt.« Er haucht mir einen Kuss auf die Wange. »Ich denke, ihr solltet erst Maman und Papa begrüßen«, sagt Henri an Ella gewandt. »Kommt mit, ich bringe euch hin.«

»War schon den ganzen Tag so viel los?«, erkundige ich mich, während ich Henri durch die Menge folge.

Er dreht sich über die Schulter zu mir um. »Du machst dir keine Vorstellung! Die Leute haben sich zeitweise gegenseitig auf den Füßen gestanden. Ich übertreibe nicht!« Er atmet tief durch. »Noch zwei Stunden, dann ist der ganze Spuk endlich vorbei. So lange heißt es noch durchhalten.«

Irgendwer ruft Henris Namen. Er sieht sich um, sagt, dass er gleich kommt.

»Es ist dringend, der Scanner ...«

Er hebt die Hand, wendet sich mir zu. »Ich muss da kurz nach dem Rechten schauen. Maman und Papa dürften dort drüben irgendwo sein, zumindest waren sie das, als ich sie das letzte Mal gesehen habe.«

»Wir werden sie schon finden«, erwidere ich, drücke ihm erneut einen Kuss auf die Wange und lasse ihn ziehen. Ich sehe ihm nach, doch bereits nach wenigen Schritten hat ihn die Menschenmenge, die wie ein großes hungriges Tier wirkt, verschluckt.

»Und, bist du bereit?«, frage ich Ella über den Lärm hinweg.

Sie greift nach Callums Hand, der sie aufmunternd anlächelt. »Ja, ich denke schon. Da ... da sind sie.« Ella deutet in die entsprechende Richtung. Ich erblicke Alain und Florence, die mit einer Gruppe Menschen zusammenstehen. »Na, dann wollen wir mal«, meint sie. Einen Moment lang macht es den Eindruck, als würde sie in die Schlacht ziehen.

»Na, das nenne ich mal eine Überraschung!«, entfährt es Florence erfreut, als sie uns erblickt. Im nächsten Moment hat sie Ella bereits in ihre Arme gezogen.

Ellas Eltern umarmen erst ihre Tochter und dann mich. »Die neue Frisur steht dir ausgezeichnet, *ma chérie*.« Florence lächelt mich liebevoll an, bevor sie sich Callum zuwendet. »Und du musst Cal sein.« Sie schließt ihn ebenfalls in die Arme. Alain hingegen mustert den neuen Freund seiner Tochter verstohlen und weiß anscheinend nicht recht, wie er Cal einschätzen soll. Mit seinen zahlreichen gut sichtbaren Tattoos wirkt Cal auf den ersten Blick wie ein Rockstar.

Nachdem Florence einen Schritt von Callum zurückgetreten ist, streckt Alain ihm jedoch die Hand hin. »Sie müssen der Fotograf sein. Ich habe schon viel von Ihnen gehört«, sagt er, was Ella sichtlich erstaunt mit einer hochgezogenen Augenbraue quittiert. Florence lächelt ihre Tochter entschuldigend an.

»Das ist richtig, Monsieur Chevallier«, erwidert Callum. Er war den ganzen Tag über schon ungewohnt still. Ich nehme an, dass er wegen der Begegnung mit Ellas Familie ziemlich aufgeregt ist. Mir zumindest ginge es so, wenn ich zum ersten Mal die Eltern meines neuen Freundes treffen würde, aber da ich sie ja bereits kenne und sehr schätze, bin ich entspannt.

Eine Weile stehen wir beieinander und plaudern. Ellas Eltern erkundigen sich, wie die Reise war und auch, wie es im Studium läuft. Bestimmt hundertmal sage ich, wie großartig ich die Nachbildung des Eiffelturms, die sich in der Mitte des Raums erhebt, finde, und Florence schlägt vor, dass wir später, wenn die Besucher weg sind, unbedingt ein Gruppenfoto machen müssen.

»Was sehen meine trüben Augen denn da? Welch wunderbarer Glanz lässt Paris erstrahlen«, ertönt plötzlich eine vertraute Stimme seitlich von mir.

Ich drehe mich um, erblicke Origami, der mir gut gelaunt zuzwinkert und dann die Arme ausbreitet, um mich zu begrüßen. »Was machst du denn hier?«, erkundige ich mich überrascht.

»Dein schwarzer Ritter hat mich eingeladen, *mon âme.*« Ich hake mich bei ihm ein und drücke ihm einen Kuss auf die Wange.

»Das hast du bei unserem letzten Telefonat gar nicht erwähnt«, sage ich vorwurfsvoll.

»Nicht? Na so etwas. Ich werde auf meine alten Tage hin doch nicht etwa vergesslich?« Er zwinkert mir erneut verschmitzt zu. Im Gegensatz zu Henri wusste er von meinem Parisbesuch, und ich nehme an, er wollte mich einfach ebenfalls überraschen. »Und? Hast du dich schon umgesehen?«

Ich schüttle den Kopf. »Wir sind gerade erst angekommen.«

Da Ella, Callum, Alain und Florence in ein Gespräch vertieft sind, nehme ich Origamis Angebot, mir den Laden zu zeigen, an. Eine Weile unterhalten wir uns angeregt, während wir durch die drei freigegebenen Etagen streifen. Die vierte, so erfahre ich von Origami, wird in den nächsten Jahren, wenn die Sache mit den Wohnaccessoires läuft, dazukommen.

»Meinst du, hier gibt es irgendwo ein Plätzchen zum Hinsetzen?«, fragt Origami irgendwann leise. »Ich bin ja nun weiß Gott nicht mehr der Jüngste.«

Ein Sitzplatz ist schnell gefunden, und mittlerweile ist auch schon deutlich weniger los. »Soll ich dir etwas zu trinken holen?«

»Ein Glas Wasser wäre nett, und wenn du ein paar von diesen leckeren Häppchen auftreiben könntest? Ich glaube, Alain und Florence haben so viele geordert, dass man sich das nächste halbe Jahr noch davon ernähren kann.«

»Ich schaue mal, was ich tun kann.«

Als ich zurückkehre, berichtet Origami mir von seinem aktuellen Dilemma: Die französische Regierung plant, ihn für sein Lebenswerk auszuzeichnen. Eine Ehre – könnte man meinen. Mein lieber Freund sieht das jedoch anders.

»Auf keinen Fall werde ich dorthin gehen!«, faucht er aufgebracht.

»Sie zeichnen dich für dein Lebenswerk aus! Du musst da hingehen!«, protestiere ich.

»Nur sterben muss ich irgendwann!«, ereifert er sich. Ich weiß, wie sehr er solche Veranstaltungen hasst. Er liebt die Shows, liebt es, wenn seine unglaublichen Kreationen im Mittelpunkt des öffentlichen Interesses stehen, doch er hasst es, wenn er selbst auf die Bühne muss. »Ich meine, das müssen wir schließlich alle. Ich bilde da mit Sicherheit keine Ausnahme, aber doch nicht schon jetzt!«

»Das verlangt ja auch keiner!«

»Aber *Lebenswerk!* Ich meine, wie das schon klingt! Die tun ja so, als stünde ich bereits mit einem Bein im Grab!«

»Du bist achtundsiebzig«, erinnere ich ihn. »Das ist ein guter Zeitpunkt für einen solchen Award! Wie lange hätten sie denn deiner Meinung damit noch warten sollen, hm?« Da er in uneinsichtiges Schweigen verfällt, füge ich hinzu: »Das ist eine Ehre!«

»Es ist reine Willkür. Es hätte jeden anderen treffen können.« Klar! »In all den Jahren haben die sich nie für mich interessiert. Nie! Nicht ein Mal haben sie mich für einen Award nominiert, und nun wollen sie mir aus heiterem Himmel den Preis für mein Lebenswerk verleihen? Die wollen, dass ich abdanke.«

»Das wollen die ganz sicher nicht.«

»Das ist ein Mitleidspreis!«

»Ich bin mir sehr sicher, dass die Französische Republik keine Mitleidspreise verleiht«, widerspreche ich ihm geduldig. Manchmal ist dieser Mann wie ein kleines Kind. Ich wünschte, ich hätte eine Tafel Nussschokolade dabei. Dann wäre die Welt wieder in Ordnung.

»Mon Dieu, ich habe doch nicht mal was anzuziehen!« Dass ich nicht lache! Origami besitzt mehr Klamotten als

Ella. »Und eine Begleitung habe ich auch nicht«, jammert er mit Drama in der Stimme weiter. »Wer will denn schon einen alten, langweiligen Mann wie mich begleiten?«

Da ich gerade etwas abgelenkt bin, weil ich Henri in der Menge erspäht habe, der sich suchend umschaut, dauert es ein paar Sekunden, bis ich den Wink mit dem Zaunpfahl verstehe.

Ich wende mich Origami zu. »Willst du, dass ich dich begleite?« Warum sagt er das denn nicht gleich? Geht es nur darum? Und weil ich ihn kenne und weiß, dass er gerne nach Komplimenten fischt, sage ich: »Abgesehen davon bist du weder alt noch langweilig. Ich amüsiere mich zumindest immer prächtig in deiner Gegenwart.«

»Sie zeichnen mich für mein Lebenswerk aus. LEBENS-WERK!«, kreischt er, als hätte ich es nicht bereits verstanden. »Das machen die nicht, wenn man nicht schon fast unter der Erde ist!« Er seufzt bekümmert. »Bis gestern habe ich mich noch wie ein junger Bursche gefühlt und jetzt …«

»Darf ich dich nun begleiten, oder nicht?«, unterbreche ich sein Lamento. »Und wann ist diese Veranstaltung denn überhaupt?«

»Am zehnten Juli, das ist ein Freitag, *mon âme*. Die Ehrung findet im Grand Palais statt.« Das Drama ist aus seiner Stimme verschwunden – zumindest vorübergehend. »Ich meine, eigentlich ist es das Geringste, was du für mich tun kannst, nachdem du abtrünnig geworden bist.«

Die Leier schon wieder. Nachdem er gemerkt hat, dass ich mit meinem Gewissen hadere, weil ich beschlossen habe, bei On Fleek zu bleiben, liebt er es, die Schuldkarte auszuspielen. Manchmal steckt ein Teufel im Pelz dieses niedlichen alten Mannes.

»Ja, da hast du vermutlich recht«, stimme ich ihm zu, wohl

wissend, dass Widerspruch verschwendete Energie ist, und tätschle seinen Arm, ehe ich in eines der Frischkäseröllchen beiße. »Aber du wirst mir dann wohl oder übel ein Kleid schneidern müssen.«

»Auch wieder wahr.« Wir sehen einander an, kichern und stoßen mit unseren Wassergläsern an.

Ella, Henri und Callum gesellen sich zu uns. Es wird etwas eng auf der halbrunden gepolsterten Bank, als Ella und ich Origami in die Mitte nehmen, während die Jungs auf kleinen tonnenartigen Hockern Platz nehmen.

Eine Weile unterhalten wir uns angeregt. Origami verlangt, alles über das Studium zu erfahren, weshalb ich ihm von meiner Abschlusskollektion erzähle und ihm schließlich – auf sein penetrantes Drängen hin – meine Entwürfe zeige. Wenn ich daran denke, dass alle Stücke in rund einem Monat fertig sein müssen, wird mir ganz anders. Zumal es auch bei On Fleek gerade wieder in eine heiße Phase geht und ich mich nicht einfach komplett raushalten kann.

»Na, da hast du dir ja was vorgenommen«, kommentiert Origami meine Kollektion. Eigentlich handelt es sich bei jedem Stück um ein klassisch elegantes Abendkleid – uneigentlich hat jedes von ihnen ein Gimmick, das es unverwechselbar und außergewöhnlich macht. Da wäre das eng anliegende karmesinrote Bandeaukleid, das erst einmal recht unscheinbar daherkommt – doch durch den eindrucksvollen nach vorn offenen, abnehmbaren Überrock mit großer Schleife das gewisse Extra erlangt. Überhaupt ist »mehrlagig« eines der Kernelemente der kleinen Kollektion. Ein weiteres, vom Grundschnitt her erst einmal ähnliches Kleid erhält einen transparenten Überrock, der zum Saum hin mit unzähligen Volants bestückt wird, die dem Kleid einen floralen Charakter verleihen.

»Du bist mutiger geworden«, stellt Origami fest. »Scheint, als würden dir diese On-Fleek-Bengel guttun.« Bengel ... wenn Jasper das gehört hätte. Sie würden sich kaputtlachen. Mir jedenfalls entlockt der altmodische Ausdruck ein breites Lächeln. Ich stecke mein Skizzenbuch zurück in die Umhängetasche und sage zu Henri: »Wird höchste Zeit, dass du uns endlich dein Wunderding zeigst.«

Gesagt getan. Aufregenderweise bin ich zuerst an der Reihe, und so stehe ich kurz darauf, bis auf die Unterwäsche ausgezogen, auf der Plattform des Scanners und werde vermessen. Dabei rotiere ich auf einer Scheibe einmal um die eigene Achse und muss möglichst stillhalten.

»So, nun müssen wir noch die App downloaden«, instruiert mich Henri, nachdem ich mich wieder angezogen habe und in meine Sandaletten geschlüpft bin. »Über den Link, den ich dir gleich an deine E-Mail-Adresse weiterleite, kannst du die App ansteuern.«

»Okay, und ich drücke da jetzt einfach drauf, ja?« Henri nickt. »Da bin ich aber gespannt«, sage ich, während die Verbindung hergestellt wird, und dann, schwupps, sehe ich mich auf dem Display. »Verrückt!«, murmle ich in bester Val-Manier. Am meisten wundert mich, dass mein Uralt-Handy das ganze Spiel überhaupt mitmacht. In das Gerät habe ich deutlich weniger Zutrauen als in Henris Fähigkeiten.

Bevor ich das gute Stück auf Herz und Nieren testen kann, muss ich noch auf Ella und Callum warten. Keine Viertelstunde später stehen wir jedoch alle um Henri herum, der uns demonstriert, wie das Ganze funktioniert.

»Wurde man also einmal per Scanner vermessen, sind sämtliche Maße hinterlegt. Bewegt man sich dann durch den Laden und sichtet ein Kleidungsstück, das einem gefällt ...« Er nimmt ein Etuikleid ins Visier. »... braucht man nur noch den Code auf dem Etikett einzulesen und sieht dann auf dem Display, ob es einem passt oder nicht.« Mit seinem Handy demonstriert er das eben Gesagte, und auf dem Display erscheint ein virtueller Henri im Kleid, was zu allgemeinem Gelächter führt.

»Ich weiß nicht, was daran so lustig sein soll«, meint er gespielt eingeschnappt. »Ich finde, bei meinen Beinen kann ich das durchaus tragen.«

»Das kannst du«, stimmt Cal ihm feixend zu und klopft ihm auf die Schulter.

Weil ich noch immer kichere, fordert Henri mich mit den Worten »Meinst du etwa, dir steht es besser?« auf, es einzuscannen. Die App vermeldet prompt, dass es – aufgrund meiner Oberweite – eine Größe größer sein muss.

Die nächste halbe Stunde ziehen wir zu dritt durch den Laden und testen aus, was Henris Wunderding so draufhat. Wenn Henri nicht gerade dabei ist, Hände zu schütteln, schaut er mir über die Schulter. Zwischendurch naschen wir von den Canapés, fallen einigen der zahlreichen Pressefotografen, die Ella wie Fliegen umschwirren, zum Opfer und plaudern mit Florence und Alain, der sich ebenfalls sichtlich beeindruckt vom Machwerk seines Sohnes zeigt.

Dem offiziellen Teil folgt eine privatere Party, die ihresgleichen sucht. Zahlreiche Promis tauchen auf, die Stimmung ist ausgelassen, bis sich Étienne zusammen mit Isabeau zu unserer Runde gesellt. Mit einem Mal sind all die unschönen Erinnerungen wieder da. Und mit ihnen kommt der Schmerz der Silvesternacht. Ella und ich tauschen genervte Blicke.

Na toll, sagt ihrer. *Nicht die schon wieder.*

Yep, denke ich, *nicht die schon wieder.*

Isabeau taxiert mich mit arroganter Miene, während Étienne Ella mit Küsschen links, Küsschen rechts begrüßt.

Auch ich komme in den zweifelhaften Genuss, ebenso Henri. Callum wird von Ellas Ex geflissentlich übergangen – ich wusste schon immer, dass Étienne keine Klasse hat, also wundert es mich nicht.

Isabeau hingegen schenkt Callum mehr Aufmerksamkeit, als gut für sie ist. »Und du bist also Ellas neustes Accessoire.«

»Dort wo ich herkomme«, erwidert er mit seinem unvergleichlich zauberhaften schottischen Akzent, »nennt man es Freund.«

»Ach, ihr seid ein Paar?«, meint Étienne erstaunt. »Davon hat Ella ja gar nichts erzählt.«

»Warum sollte ich auch?«, fragt sie spitz. »Es ist ja nicht so, als würde es dich etwas angehen.«

»Nicht? Wo ich doch deine große Liebe bin?«

»Hey, Mann«, mischt sich Henri unvorsichtigerweise ein. »Lass gut sein.«

Er müsste seine Schwester besser kennen. Niemand muss Ella verteidigen. »Wärst du meine große Liebe, Étienne, dann wären wir wohl noch immer zusammen«, erklärt sie. Sie wendet sich Cal zu. »Ich habe Durst. Lass uns doch an die Bar gehen.«

Ich wünschte, ich könnte mich ihnen anschließen, aber dadurch brächte ich Henri in eine doofe Situation. Als würde er mein Unbehagen spüren, legt er mir den Arm um die Taille. Nun ist es Isabeau, die erstaunt eine Augenbraue hochzieht. Ehe sie jedoch dazu kommt, etwas zu sagen, bittet uns einer der zahlreichen Pressefotografen um ein Foto.

»Wie schön, dann hast du ja ein Erinnerungsfoto, das du mit nach Hause nehmen kannst, *Olga*. Mehr bleibt Henris kleinen Freundinnen ja meist nicht«, ätzt sie. »Das mit den langen Haaren hat mir übrigens wesentlich besser gefallen.«

In Momenten wie diesen wünschte ich, dass ich Ellas

Durchsetzungsvermögen und ihre Schlagfertigkeit besäße. Sie wüsste genau, was sie auf so eine gemeine Attacke hin erwidern müsste.

Mein »Wie gut, dass dich niemand nach deiner Meinung fragt« klingt irgendwie lahm. Vielleicht hätte ich ein paar Folgen *Gossip Girl* schauen sollen, um zu wissen, wie man mit einem fiesen Miststück wie Isabeau klarkommt, doch irgendwie hat mich die Serie nicht abgeholt.

»Ich finde, dass Isa recht hat«, sagt Henri seelenruhig. *Ach, findest du?*, will ich ihn anfahren, doch das Lächeln, das seine Mundwinkel umspielt, hält mich zurück. »Wir sollten dieses Foto wirklich aus der Zeitung ausschneiden, rahmen und in *unsere* Wohnung hängen. Denkst du nicht auch, *mon cœur*?« Er wendet sich Isabeau zu, die mit einem Mal reichlich blass um die Nase ist. »Olga heißt übrigens Oxana«, erklärt er nun merklich kühler. »Ich bin zuversichtlich, dass du dir das fürs nächste Mal merken kannst.« Sein Blick findet meinen. »Ich glaube, mir wäre jetzt auch nach einem Drink.« Und mit diesen Worten lassen wir Isabeau und Étienne, die sich offensichtlich gesucht und gefunden haben, stehen.

17

Henri

»Willkommen in meinem bescheidenen Reich!«

»Ich dachte, es sei *unser* Reich«, zieht sie mich auf und küsst mich. Es ist mitten in der Nacht, wir sind beschwipst. Nach den vergangenen Tagen müsste ich auf dem Zahnfleisch kriechen, doch das tue ich nicht. Ich reite auf einer Welle der Euphorie. Der Ursprung dieses Hochgefühls liegt zum einen darin, dass dieser Tag, auf den ich seit Monaten hingearbeitet habe, all meine Erwartungen übertroffen hat. Erfolg auf der ganzen Linie. Selbst mein Vater war begeistert von meinem Wunderding und seinen Fähigkeiten – oder, seien wir ehrlich, viel mehr davon, wie die Kundschaft es angenommen hat. Mit so einer Resonanz hätte er nie gerechnet. Eben, bevor wir gegangen und in ein Taxi gestiegen sind, hat er mich noch einmal beiseitegezogen und mir gesagt, dass er stolz auf mich sei. Und ja, auch das trägt natürlich dazu bei, dass ich mich in einem regelrechten Freudentaumel befinde, doch nichts, wirklich nichts ist besser als die Tatsache, dass Oxana hier ist, um dieses Glück mit mir zu teilen.

»Unser Reich! Du hast so recht!«, stimme ich ihr lachend zu, umfasse ihr Gesicht mit beiden Händen und küsse sie überschwänglich. »Habe ich dir heute eigentlich schon mal gesagt, wie wunderschön du aussiehst?«

Sie schüttelt den Kopf. »Weder heute noch gestern.«

»Nein? Dann wird es höchste Zeit, dass ich dir sage, wie unfassbar sexy du in diesem Kleid bist. Hast du eine Ahnung, wie verdammt schwer es war, mich auf etwas anderes zu konzentrieren als darauf, mir vorzustellen, wie ich es dir ausziehe?«

»Das hast du dir vorgestellt?«, haucht sie und drückt ihre Lippen auf meinen Hals.

»Das und noch viel mehr!« Und wie könnte ich auch nicht – dieses knielange rote Jerseykleid betont ihre Kurven wunderbar, und ihre Beine wirken in den Sandaletten mit den schwindelerregend hohen Absätzen gleich dreimal so lang.

»Lass hören!«

»Du willst Details?«

Sie beißt sich auf die Unterlippe und nickt. Ihre Augen glänzen begeistert.

»Vielleicht«, raune ich ihr atemlos zu, »sollte ich es dir lieber zeigen, hm?« Ich hebe sie hoch, presse sie gegen die Wand im Flur. Ihre endlos langen Beine wickeln sich um meine Hüften. Ich küsse ihre Lippen, ihr Kinn, ihren Hals ... Sie duftet so gut. Am liebsten würde ich sie hier und jetzt nehmen, doch das traue ich mir heute – Welle der Euphorie hin, Welle der Euphorie her – nicht mehr zu. Nach einer Weile setze ich Oxy daher ab, ergreife ihre Hand und sage: »Komm, ich zeig dir meinen Lieblingsraum.«

»Sag bloß, du hast ein Spielzimmer wie dieser Millionär aus diesen Büchern«, kichert sie, während sie mir folgt.

»Welcher Millionär aus welchen Büchern?«

»Na, dieser Mr. Grey, du weißt schon ...«

Ich schüttle den Kopf. »Nein, weiß ich nicht, keine Ahnung, aber wenn du ein Spielzimmer haben willst, dann können wir dir gerne eins einrichten.« Wir sind am Ziel angekommen. »Das hier ist meins.« Ich mache eine ausladende Geste, die die komplette Küche einschließt. Sie ist ein Traum. Ein Traum aus Marmor, Glas und Edelstahl. Von all den Hightech-Spielereien will ich erst gar nicht anfangen, und im Moment interessieren sie mich auch nicht im Geringsten. Viel wichtiger ist doch, dass die Arbeitsplatte die perfekte Höhe hat, um zu vollenden, was wir im Flur begonnen haben.

»Das ist also dein Spielzimmer, ja?« Sie schaut sich aufmerksam um.

»Von da oben«, ich klopfe auf die Marmorplatte, »ist die Aussicht viel besser.«

»Na, wenn du das sagst.« Sie hievt sich hoch, öffnet, kaum dass sie sitzt, ihre Beine, sodass ich mich zwischen ihre Schenkel schieben kann. Wieder treffen unsere Lippen aufeinander. Während meine Hände sich um ihre Hüften schließen, gräbt Oxy ihre Finger in mein Haar.

»Es gibt da noch etwas, was ich dir sagen wollte«, murmelt sie an meinen Lippen.

»Und das wäre?«

»Ich wollte dir Danke sagen.«

»Wofür?«

»Dafür, dass du vorhin so klar Stellung bezogen hast.«

»Was wäre ich für ein Freund, wenn ich das nicht getan hätte, hm? Es gibt also nichts, wofür du dich bedanken musst. Wenn überhaupt ist es andersherum.« Wir schauen uns in die Augen. »Eigentlich ist das sogar längst überfällig.« Einen Moment lang halte ich inne, sammle mich. »Danke ... Danke für deine Geduld und all die Chancen. Danke, dass du machst, dass ich wieder etwas fühle, denn ja, so kitschig das auch klingen mag: Ich habe Schmetterlinge im Bauch – einen ganzen verdammten Tornado an Schmetterlingen –, jedes Mal, wenn ich dich sehe. Danke, dass du mich zum Lachen bringst und dazu, mich wie ein Kind in den Schnee zu schmeißen, um mit dir zusammen verdammte Schnee-engel zu machen.« Ein Laut, der zwischen Ungläubigkeit und Amüsement schwankt, entfährt ihr. Er klingt hinreißend sexy. »Danke, dass ich bei dir ich selbst sein kann und du mich deshalb liebst. Danke, dass du mich siehst, und danke, dass ich nie daran zweifeln muss.«

»Du bist betrunken«, wirft sie mir vor.

Ich schüttle den Kopf. »Trunken vor Glück vielleicht!« Ich grinse sie an. »Ich bin nämlich verliebt! Wahnsinnig und bis über beide Ohren, wenn du es genau wissen willst.« Sie küsst mich. »Und eine Sache wäre da noch: Danke, dass du heute da warst.«

»Als Isabeau aufgetaucht ist, habe ich es zugegebenermaßen etwas bereut.«

»Wer?«

Oxy boxt mich gegen die Schulter. »Das ist gemein. Ich hoffe, so was sagst du nie über mich.«

»Und danke, dass du mir nicht jeden Scheiß durchgehen lässt.« Nun küsse ich sie. »Kann ich mich damit rausreden, dass ich betrunken bin?«

»Hast du nicht gerade noch behauptet, dass das gar nicht der Fall sei? Denn wenn du es doch bist, dann kann ich jetzt unmöglich Sex mit dir haben. Ich bin ein guter Mensch, ich würde es niemals ausnutzen, dass du nicht Herr deiner Sinne bist.«

»So betrunken bin ich dann doch wieder nicht.«

»Das kann ja jeder behaupten«, neckt sie mich.

»Na, immerhin ist hier alles einsatzbereit«, verkünde ich und deute auf meinen Schritt. »Das spricht wohl für sich!«

»Davon muss ich mich erst einmal überzeugen«, sagt sie

heiser, beginnt an meinem Hals zu knabbern und meine Hose zu öffnen.

»Und?«, frage ich, als ihre Finger sich mit festem Griff um meinen Ständer schließen.

»Für den Anfang nicht schlecht!« Stirn an Stirn schauen wir uns tief in die Augen.

»Für den Anfang nicht schlecht?«, frage ich amüsiert. »Noch härter wird er nicht.«

»Ja, aber noch ist er ja auch nicht dort, wo er hingehört«, entgegnet Oxy seelenruhig.

»Glaub mir, das lässt sich ändern!« Ich ziehe sie näher an die Kante, ihren Slip einen Moment später beiseite, und nur einen Herzschlag darauf bin ich bereits in ihr und gebe uns beiden, was wir wollen.

»Oh Mann!«, jammere ich am nächsten Morgen. »Vielleicht war ich doch betrunken.« Ich versuche, den Kopf zu heben, doch alles ist so hell und mein Schädel so schwer. Ich lasse ihn – das Gesicht voran – wieder ins Kissen fallen.

Oxy neben mir kichert. »Daran habe ich trotz deiner Einsatzbereitschaft keine Sekunde gezweifelt.«

»Nicht? War ich nicht überzeugend?«

»Zumindest nicht als Sänger.«

»Ich habe gesungen?« Ein Stöhnen entfährt mir. »Aber ich kann gar nicht singen.«

Lachend sagt Oxana: »Ja, ich weiß.« Sie drückt mir einen Kuss auf die Wange, die vor Verlegenheit glüht. Gesungen? Ich? Geht es noch peinlicher? »Magst du das Video sehen, mein Rockstar?« Gequält schließe ich die Augen. Das darf doch echt nicht wahr sein!

»Na, immerhin habe ich bis nach dem Sex gewartet«, murmle ich, während ich mir ansehe, wie ich eine ernsthaft grauenvolle Version von »Voyage, voyage« zum Besten gebe. »Wie ist das passiert?«

»Du wolltest auf den Urlaub anstoßen.«

»Welchen Urlaub?«

»Den Urlaub, den wir nach Semesterende zusammen mit Ella, Val, Libby und Co machen werden. Du warst ganz begeistert.«

Ich schiele auf den Monitor. »Ja, sieht ganz so aus.« Oxy grinst. »Und wo geht es hin, wenn ich fragen darf?«

»Du erinnerst dich wirklich nicht, oder?« Ich schüttle sacht den Kopf. »Egal, du warst sehr süß.«

»Wenn du das sagst, werde ich dir wohl glauben müssen.«

Sie küsst meine Schulter. »Musst du, aber ich fürchte, obwohl du echt niedlich warst, muss ich dir nachdrücklich von einer Karriere als Sänger abraten, *chéri*.«

»Ich glaube, damit kann ich leben.«

»Erinnerst du dich noch an das, was gestern in der Küche passiert ist?«

»Den Sex? Klar, wie könnte ich den vergessen.« Dieses Mal küsst sie meine Schulter nicht, sondern knapst hinein.

»Nein, davor.«

Ich schließe die Augen, versuche, mich zu konzentrieren. »Die Sache mit dem Spielzimmer?« Ich beäuge sie, sehe, wie sie den Kopf schüttelt.

»Ich meine, als du dich bei mir bedankt hast. Das war … Keine Ahnung. Ich wusste nicht, dass du das so siehst. Was du gesagt hast, hat mich gerührt. Wer hätte gedacht, dass ein einziges Wort so eine Macht haben kann. Also danke fürs Dankesagen.« Sie lächelt mich schief an, und ich lächle zurück.

Den Rest des Samstags verbringen wir mit Faulenzen und versuchen, die spärliche Zeit, die uns gegeben ist, so gut wie möglich zu nutzen. Als ich Oxy, Ella und Callum am Sonntagmorgen zum Flughafen bringe, fällt mir der Abschied unendlich schwer.

»Es sind nur drei Wochen«, tröstet Oxy mich – nun ja, zumindest versucht sie es. Sie gibt wirklich ihr Bestes, die Stimmung hochzuhalten, aber ich finde die Vorstellung grauenhaft. Wenn ich ehrlich bin, vermisse ich sie schon jetzt. Dabei hat sie noch nicht einmal den dämlichen Flieger bestiegen.

»Ist es verrückt, dass ich mir, bis ich dich kennengelernt habe, nicht vorstellen konnte, mehr als eine Nacht mit einer Frau zu verbringen, und es jetzt für mich unvorstellbar erscheint, auch nur eine Nacht ohne dich zu sein?«

»Wenn, dann sind wir wohl beide verrückt, denn mir geht es genauso.«

Der Mai scheint gar nicht enden zu wollen. Zum großen Erstaunen meiner Eltern habe ich mir den kompletten Juni freigenommen. Dass ich im Moment kürzertreten will, haben sie nicht erwartet. Doch Fakt ist: Das Leben auf der Überholspur, das ich die vergangenen Jahre geführt habe, hat seine Spuren hinterlassen. Ich bin erschöpft. Oxy hat vermutlich recht damit, dass nicht mein Lebensstil das eigentliche Problem ist, sondern die Tatsache, dass ich die vergangenen fünf Jahre versucht habe, auf Teufel komm raus die Nacht im Bataclan zu verdrängen.

Was das Thema anbelangt, bin ich inzwischen auch ein Stück weiter. Das verdanke ich vor allem Michel. Er hat sich in Therapie begeben, und seine Fortschritte machen mir Mut. Sie sorgen dafür, dass ich der Idee nicht mehr so ablehnend gegenüberstehe wie noch vor ein paar Wochen, denn mit Oxy zu reden hat es erst einmal nicht besser gemacht. Die Vorstellung, alles noch einmal erzählen zu müssen – und das einem Wildfremden –, macht mir Angst. Dennoch habe ich angefangen, mich über unterschiedliche Arten der Traumatherapie kundig zu machen.

Wie immer hat Oxy auch in diesem Punkt Verständnis. Sie ist der Meinung, dass ich mich zu nichts zwingen und mir die Zeit nehmen soll, die ich brauche.

Ich kann es gar nicht erwarten, sie endlich, endlich wiederzusehen. Vermutlich ist diese Sehnsucht der Grund, weshalb sich der Monat wie Kaugummi zieht, doch schließlich ist der Tag meines Abflugs in Sichtweite gerückt und ich zähle nicht mehr die Wochen und Tage, sondern nur noch die Stunden, bis wir wieder zusammen sind.

Am Abend vor meiner Reise nach Plymouth besuche ich Michel in der Klinik. Zwei-, dreimal die Woche versuche ich vorbeizuschauen. Unwillkürlich frage ich mich, wie er wohl ohne mich klarkommen wird.

»Du kannst mich jederzeit anrufen«, schärfe ich ihm ein, als wir später im loungeartigen Sitzbereich seines Zimmers – gepriesen seien Privatkliniken und ihr Luxus – beisammensitzen.

»Und dich beim Liebesurlaub stören? Vergiss es!« Er hat sich verändert. Nicht nur optisch. Er war so dünn, dass man jedes Kilo, das er inzwischen zugenommen hat, sieht. Doch das ist nicht der gravierendste Wandel, den er durchgemacht hat. Viel wichtiger ist, wie er redet. Da ist kein Zaudern und Zögern mehr. Er wirkt deutlich kraftvoller und energiegeladener als noch zu Anfang des Jahres. Natürlich ist es kein Vergleich zu dem Michel von früher, aber das kann man wohl auch nicht erwarten – auch ich bin schließlich nicht mehr der Henri von damals.

So unverständlich das auch klingen mag, diese Tatsache hat für mich nichts Schreckliches mehr. Noch vor Monaten hätte ich mir gewünscht, wieder dieser alte unbeschwerte

Henri werden zu können. Es kam mir vor, als würde ich einen Makel mit mir herumtragen. Wie ich darauf kam, weiß ich inzwischen selbst nicht mehr so genau. Vielleicht lag es an der Ohnmacht und der Hilflosigkeit oder an dem Gefühl, ausgeliefert und schwach zu sein ... Möglicherweise auch daran, dass ich Yvette nicht retten konnte, obwohl ein Teil von mir sehr genau weiß, dass das unmöglich war. Nein, mittlerweile habe ich mich mit dem neuen Henri arrangiert. Viereinhalb Jahre hat es gedauert, doch ich betrachte ihn nicht länger als Feind.

Es ist okay, wie ich jetzt bin. Es ist okay, dass ich diese Narben auf meiner Seele trage, und auch, dass diese mich manchmal an den Rand der Verzweiflung bringen und drohen mich in die Knie zu zwingen. Doch jedes Mal, wenn ich eine dieser Krisen überstanden habe, fühle ich mich im Anschluss stärker.

Oxy schickte mir vor ein paar Tagen ein sehr treffendes Zitat. Es ist von Camus und lautet: »In den Tiefen des Winters erfuhr ich schließlich, dass in mir ein unbesiegbarer Sommer liegt.«

Als ich es las, berührte es mich wahnsinnig. Dabei geht es für mich in erster Linie nicht um das Thema innere Stärke – auch, aber eben nicht ausschließlich. Als viel wichtiger empfinde ich – und das ist mein persönlicher unbesiegbarer Sommer –, dass in mir noch immer die Hoffnung vorhanden ist, dass Liebe letztendlich stärker ist als Hass. Ich werde nicht aufhören, an die Macht der Liebe zu glauben. Niemals! Oder vielleicht sogar: jetzt erst recht nicht! Denn ich habe gesehen, wozu Hass in der Lage ist. Welches Ausmaß der Zerstörung und der Unmenschlichkeit er annehmen kann. Nein, es ist keine Schande Tränen zu vergießen wegen dem, was ich erlebt habe. Nicht aus Selbstmitleid, sondern weil dieser Terrorakt so menschenverachtend und grausam war, dass jedem mit einem Funken Anstand im Leib die Tränen kommen würden.

»Alles okay, Mann?«, erkundigt Michel sich. »Warst du in Gedanken bei deiner Oxy?«

Lachend schüttle ich den Kopf. »Irgendwie auch, aber vor allem bei dir. Es ist Wahnsinn, wie gut es dir zu gehen scheint. Ich bin echt stolz auf dich, Mann.«

Michel schenkt mir ein unverwüstliches Lächeln. Wie habe ich das vermisst, und wann habe ich es das letzte Mal gesehen? Es ist ewig her. »Das ist letztendlich deiner Beharrlichkeit geschuldet, *mon ami*. Ohne dich würde ich vermutlich immer noch in meiner Wohnung hocken und mich darin verbarrikadieren aus lauter Angst vor der Angst.« Die Angst vor der Angst ... die kenne ich nur zu gut. Sie ist schlimmer als die Albträume und die Erinnerungen. »Danke dafür.«

Ich winke ab. »Du hättest das Gleiche für mich getan.«

Er nickt zustimmend, sagt jedoch: »Mag sein, und trotzdem danke. Wann lerne ich denn deine Oxana endlich mal kennen?«

»Spätestens im Juli ist sie wieder in Paris.« Wegen dieser Ehrung von Origami, zu der sie ihn begleiten soll.

»Vielleicht«, meint Michel schulterzuckend, »bin ich ja dann auch so weit und wir können zusammen ein Eis essen gehen oder so.« Er schenkt mir ein zuversichtliches Lächeln, und ich zweifle nicht daran, dass er es schaffen wird.

Zum Abschied umarmen wir einander. »Pass auf dich auf, *mon ami*. Und übrigens: Ich freue mich über Post«, lässt er mich wissen.

»Sollst du bekommen«, verspreche ich, und dann verlasse ich Michel zum ersten Mal mit einem wirklich guten Gefühl im Bauch.

Während ich wieder das Cottage in den Klippen gemietet habe und mir die Tage mit surfen, lesen und joggen vertreibe, geht es in Oxanas Leben turbulenter zu. Sie und Libby arbeiten unter Hochdruck an ihren Abschlusskollektionen, und die ersten eineinhalb Wochen im Juni sehen wir uns nur selten – doch selten ist besser als nie, und immerhin bin ich in ihrer Nähe.

Val und Ella haben es in ihrem Studiengang wesentlich einfacher. Während Ella ein Buch, eine Art Reisetagebuch, erstellt hat, wird Val großformatige Fotografien ausstellen. Beides wurde bereits gedruckt, und alles, was sie jetzt noch tun müssen, ist ihre jeweilige Idee in einem Essay auf Papier zu bringen. Ein Kinderspiel im Vergleich zu dem, was Oxy und Libby noch an Arbeit vor sich haben.

Der Tag der Abschlusspräsentation rückt unaufhaltsam näher, und wenn ich Oxy nun sehe, dann nur, wenn ich sie und den Rest der WG mit Essen versorge – etwas, das mir das Gefühl gibt, mich zumindest etwas nützlich machen zu können.

»Du musst das nicht tun«, sagt Oxy, als ich am Herd stehe und Abendessen zubereite. Sie sieht unendlich müde aus. Von hinten kuschelt sie sich an mich, und ich fürchte, wenn sie nicht aufpasst, könnte sie unter Umständen im Stehen einschlafen.

»Aber ich will es tun, *mon cœur*.«

»Henri, ich habe keine Zeit für dich und …«

Ich drehe mich zu ihr herum. »Ich weiß, und wenn es dich nicht stört, dann lass mich einfach in deiner Nähe sein. Das reicht mir schon. Ich vermisse dich.«

»Du fehlst mir auch«, nuschelt sie.

»Mach mal eine Pause. Nur eine Viertelstunde«, schlage ich vor, als sie herzhaft gähnt. »Du setzt dich auf die Terrasse, und ich mache dir einen Eiskaffee. Wie klingt das?«

»Fantastisch.«

Als ich fünf Minuten später den Hinterhof betrete, liegt Oxy zusammengerollt auf der Liege und schläft. Lucky, der wie ein Wächter auf dem kleinen Beistelltisch sitzt, starrt mich herablassend an. *Was willst du, Eindringling?*, sagen seine Augen, und um seinen Punkt noch klarer zu machen, verlässt er seinen Posten, betritt die Liege und hopst auf Oxana, die nicht mal zuckt. Sphinxgleich macht er es sich auf ihrer Hüfte und dem Hintern bequem.

Ja, ja, wenn einer von uns sie besteigt, dann du. Ich hab's kapiert, denke ich belustigt und lasse den vorwitzigen Kater und Oxana allein. Mehr als eine halbe Stunde sollte ich sie allerdings nicht schlafen lassen, sonst reißt sie mir den Kopf ab. Zeitlich passt das perfekt, denn bis dahin sollte das Essen auch fertig sein. Obwohl ich von Ella – sie treibt sich im Moment viel auf ihrem Boot rum, weil sie dort mehr Ruhe hat – und Val nichts gesehen habe, habe ich mal genug für alle gemacht.

Libbys feines Näschen treibt sie schließlich runter. Die Treppe knarzt unter ihren Schritten, und wenig später steht sie in der Küche. »Hey, das duftet ja köstlich. Verwöhnst du uns wieder?« Sie späht in den Topf, in dem ich gerade die Kartoffeln stampfe.

»Haben wir irgendwo eine Muskatreibe?«

»Eine was?«, fragt Libby und sieht mich verwirrt an.

»Vergiss es«, meine ich kopfschüttelnd. Inzwischen sollte ich wirklich gelernt haben, dass man diese Küche nicht mit meinem »Spielzimmer« vergleichen kann und es hier nur das Nötigste gibt. »Wo steckt denn der Rest?«

»Keine Ahnung, wo Val sich rumtreibt, aber Ella ist oben und hat Migräne … zumindest behauptet sie das.«

»Behauptet?«

»Irgendwas mit Callum und ihr läuft da gerade gewaltig schief, aber sie will nicht drüber sprechen.« *Mist*, denke ich. Ich mag Callum. Er ist nett, bodenständig... Ich glaube, er tut Ella wirklich gut. Vor drei Wochen noch schienen die beiden wahnsinnig glücklich miteinander zu sein.

»Kannst du den Tisch decken?«, frage ich und stelle den Herd aus.

»Willst du mit ihr reden?«

Einen Moment lang denke ich darüber nach, aber Ella ist Ella. Wenn sie reden wollen würde, würde sie es sagen, und wenn sie sich zurückzieht, ist das genau das, was sie gerade braucht. Ich schüttle den Kopf. »Später vielleicht. Jetzt wecke ich erst einmal Oxy.« Ich gehe hinaus in den Hinterhof und ernte erst einmal einen bösen Blick aus grünen Katzenaugen. Lucky thront noch immer auf Oxys Körper, als würde er ihr gehören und wäre sein persönlicher Lieblingsplatz.

»Sorry, Kumpel, aber du musst da jetzt mal verschwinden.« Als hätte er verstanden, erhebt er sich, macht einen Katzenbuckel, ehe er von Oxy hopst und mit hoch aufgestelltem Schwanz ins Haus schlendert, ohne mich eines weiteren Blicks zu würdigen. Ich setze mich zu Oxy auf die Liege, streichle ihre Wange. »Aufwachen, *mon cœur*!«

Oxy blinzelt kurz, dann richtet sie sich auf. »Ich bin eingeschlafen. Wie spät ist es?« Panik schwingt in ihrer Stimme mit.

»Alles gut«, beruhige ich sie. »Du hast maximal eine halbe Stunde geschlafen.«

Erleichtert atmet sie aus. »Was ein Glück! Ich dachte, es sei bereits morgen und ich hätte eine ganze Nacht verloren.«

Ich rücke zur Seite, sodass sie sich richtig aufsetzen kann. »Keine Sorge, das hätte ich nicht zugelassen. Jetzt gibt es erst einmal Abendessen zur Stärkung für den Endspurt.«

Oxy lehnt sich an mich, verschränkt ihre Finger mit meinen. »Du bist der Beste.«

Etwas Ähnliches sagt Libby auch, als wir schließlich zu dritt am Tisch sitzen und essen.

»Lass das bloß deinen Jasper nicht hören, nicht dass er wieder auf mich losgeht.«

»Ach, ich bin mir sicher, er weiß inzwischen sehr genau, dass es für mich nur ihn geben kann – auch wenn alles, was er am Herd hinbekommt, Nudeln mit Tomatensoße sind.«

»Da ist er immerhin genauso weit wie Oxy«, scherze ich.

»Ich kann Kaffee kochen!«, wirft sie nun wieder munterer ein. »Und Tütensuppe.«

»Ich erinnere mich, dass du für mich mal eine Zwiebelsuppe gemacht hast«, wirft Libby ein. »Und die war echt lecker.«

Kurz darauf verlassen mich Oxy und Libby, um sich wieder in die Arbeit zu stürzen. Gerade bin ich dabei, den Tisch abzuräumen, als Val ziemlich abgehetzt nach Hause kommt.

»Mist! Da bin ich wohl zu spät gekommen«, meint sie bedauernd.

Mit einem »Nicht wirklich!« öffne ich die Ofentür und gewähre ihr einen Blick auf die Auflaufform mit den üppigen Resten des Coq au vin. »Kartoffelbrei ist auch noch da.«

Val schließt mich spontan in die Arme. »Danke, danke, danke, Henri! Ich bin so was von am Verhungern und leider muss ich gleich wieder los, die Bilder aufhängen.«

»Brauchst du Hilfe?«

Unschlüssig sieht sie zum Wohnzimmer, wo Oxana arbeitet.

»Für Oxy kann ich ohnehin nichts tun«, beruhige ich sie.

»Also, wenn du mir helfen würdest, dann … Gott, das wäre echt super!«

»Klar. Kein Ding! Wann willst du los?«

»Halbe Stunde?«

»Super, dann rede ich nur kurz vorher noch mal mit Ella.«

Ich lasse Val in der Küche zurück und klopfe an Ellas geschlossene Zimmertür. »Ja?«, ertönt es von drinnen. Als ich eintrete, erblicke ich Ella, die mit Lucky auf dem Bett liegt und ihn streichelt. Ihre geröteten Augen verraten, dass sie geweint hat.

»Liebeskummer?«

»Ich will nicht darüber sprechen!«

Ich betrete den Raum, ziehe den Drehstuhl, der vor ihrem Schreibtisch steht, zu mir und setze mich. »Vielleicht hilft's.«

Sie schüttelt den Kopf. »Und es ist auch nicht nur wegen Cal.«

»Sondern?«

Sie seufzt niedergeschlagen und richtet ihren Blick auf den Kater vor sich. »Ich… ich frage mich halt, was aus dem fetten Frettchen hier wird, wenn…« Ihre Stimme zittert, aber ich verstehe sie auch so… *wenn alles vorbei ist.*

»Aus dem fetten Frettchen oder aus dir?«

Meine Frage hat zur Folge, dass Ella laut aufschluchzt. Lucky wird es zu bunt, als ich mich zu Ella aufs Bett setze, er geht stiften, während ich sie in die Arme schließe und halte. Er hüpft aufs Fensterbrett, wirft mir einen vorwurfsvollen Siehst-du-was-du-schon-wieder-angerichtet-hast-Blick zu, ehe er sein Köpfchen dreht und hinaus in den sonnenbeschienenen Hinterhof blickt.

Ella weint eine Zeit lang stumm. Ich tätschle ihr tröstend den Rücken. »Ich will nicht zurück«, sagt sie schließlich.

»Dann bleib hier.«

»Das… das geht auch nicht«, schnieft sie.

»Wegen Cal?«

Sie presst die Lippen aufeinander und nickt. Nach einer Weile fügt sie hinzu: »Aber ... aber es wäre auch ohne die Mädels nicht das Gleiche und ... Ich weiß nicht, was ich machen soll.« Die Verzweiflung und Hilflosigkeit, die in ihrem Geständnis mitschwingen, schmerzen mich. »Papa wird ...«

»Es ist egal, was er wird, Ella. Es ist dein Leben. Wie hat Oxy vor ein paar Tagen zu mir gesagt: Es geht nicht darum, dass du funktionierst, sondern darum, dass du glücklich bist.« Der Satz stammt wohl ursprünglich von Origami, doch im Prinzip sollte ihn jeder beherzigen. Es ist ein guter Rat. »Und wenn du weißt, wie dein Leben aussehen soll und was du brauchst, dann kämpf dafür. Mach es nicht wie ich ... Mach nicht einfach weiter und weiter, ohne auch mal innezuhalten und zu hinterfragen, ob es wirklich das ist, was du möchtest.«

»Aber du bist doch glücklich bei French Chic.«

»Ja, aber ich rede nicht vom Job. Ich spreche von Partys und Frauen und dem schönen Schein. Alles Dinge, die mir wichtig waren, bis ich herausfand, was wirklich von Bedeutung ist.«

Ella schenkt mir ein schwaches Lächeln. »Okay!«, wispert sie.

Ich schaue auf die Uhr auf ihrem Schreibtisch. »Kann ich dich allein lassen? Ich habe Val versprochen, ihr zur Hand zu gehen.« Sie nickt, ich beuge mich zu ihr, drücke ihr einen Kuss auf den Scheitel und sage: »Viel Glück beim Nachdenken.«

»Du hättest mich vorwarnen können, dass das hier eine ganz schöne Schlepperei ist«, sage ich zu Val, als wir die letzten großformatigen Bilder aus dem Kofferraum ihres Autos ausladen und Richtung Eingang tragen.

Viel los ist an diesem Abend am College nicht mehr, sodass Val zumindest einen freien Parkplatz vor dem Gebäude ergattern konnte.

»Hätte ich wohl, aber dann wärst du vielleicht abgesprungen.«

»Ich war noch nie jemand, der sich aus dem Staub macht, wenn es unangenehm wird.« Unwillkürlich denke ich bei meinen Worten an Yvette. Ich denke noch immer oft an sie. Jeden Tag um genau zu sein, meist mehrmals.

»Dann bin ich ja beruhigt, denn jetzt beginnt die eigentliche Arbeit.« Wir stellen die beiden gerahmten Bilder zum Rest. »Die Wand hier, das ist meine«, sagt Val und schiebt sich eine rote Locke hinters Ohr.

»Hast du schon eine Reihenfolge?«

»Theoretisch ja, aber praktisch bin ich mir nicht sicher.« Sie macht sich an den Bildern zu schaffen. »Das wäre die Eins. Kannst du das mal ganz nach links stellen? Und da haben wir auch schon die Zwei …« So geht es weiter, bis alle acht Bilder in der richtigen Abfolge vor der Wand stehen.

»Und? Was denkst du?«

»Ich finde es gut.«

»Ich würde fünf und sechs tauschen«, mischt sich Callum plötzlich von hinten ein. An der Stimme würde ich ihn vermutlich nicht erkennen, doch sein schottischer Akzent, den Oxy und Ella so sexy finden, verrät ihn.

Während er begründet warum, mustere ich ihn. Er sieht übel aus. Die Schatten unter seinen Augen zeugen von schlaflosen Nächten. Ein stoppliger Dreitagebart lässt ihn verwegener wirken, als er es durch seine Tattoos ohnehin bereits tut.

Cal packt beim Aufhängen mit an, und schnell befinden sich alle Bilder an der Wand.

»Was läuft da gerade zwischen dir und Ella?«, frage ich ihn geradeheraus, als wir fertig sind.

»Nichts. Wie geht es ihr denn?«

»Nicht gut. Und dir offensichtlich auch nicht, also komm mir nicht mit ›nichts‹, Mann.«

»Das … das ist eine lange Geschichte.«

»Ich habe Zeit. Lass uns doch was trinken gehen«, schlage ich vor. Einen Moment lang sieht es aus, als würde er ablehnen, dann gibt er sich einen Ruck und nickt zustimmend.

Am nächsten Tag helfe ich Libby und Oxy ihre Kreationen zum College zu karren. Beide haben in der vergangenen Nacht kaum geschlafen. Oxy ist ein wenig blass um die Nase, weshalb ich sie zu einem Frühstück zwinge, obwohl sie beteuert, dass sie vor Aufregung ohnehin keinen Bissen hinunterbekommen würde.

»Iss was! Nicht dass du noch hinter der Bühne zusammenbrichst.«

Glücklicherweise habe ich wieder einen großen Mietwagen gebucht, sodass alle Kleider bei mir reinpassen, während Val sich um den Transport von Ella, Libby und Oxy kümmert.

Nachdem wir alles ausgeladen haben, hänge ich noch etwas in dem Raum hinter der Bühne herum, um Oxy dabei zuzusehen, wie sie letzte Hand an ihre Kollektion legt. Hier und da müssen noch kleine Änderungen vorgenommen werden, weil ein paar der Kleider den Models nicht exakt passen.

Während die meisten Studenten kopflos und aufgeregt herumwuseln, ist Oxy die Ruhe selbst. Sie ist eben ein Profi, der sein Handwerk versteht.

»Alles okay, Sommersprosse?«, frage ich Val, als sie die Kamera in meine Richtung schwenkt.

»Du musst gerade reden! Inzwischen hast du fast mehr als ich.«

Mehr Sommersprossen zu haben als sie, dürfte schwierig

werden, doch in der Tat haben die vergangenen Wochen am Meer meine in großer Vielzahl hervorgekitzelt. Oxy behauptet, dass sie jede einzelne liebt. Unwillkürlich schaue ich erneut in ihre Richtung. Ich kann mich nicht an ihr sattsehen, werde es nie können.

Klack!, macht es, als Val den Auslöser ihrer Spiegelreflexkamera betätigt. Sie beäugt das Bild auf dem Display und meint grinsend: »Du bist echt so krass verknallt! Wie du sie ansiehst! So süß. Vom Niedlichkeitsfaktor her könntet ihr glatt Jazz und Libby Konkurrenz machen.«

Ich lasse ihren Spott über mich ergehen. Sollen sie doch alle sagen, was sie wollen. Mir egal... Ich war nie der Bad Boy, den die anderen in mir sahen, und Oxy weiß das auch ganz genau.

Val dreht die Kamera und zeigt mir die Aufnahme, die sie gerade gemacht hat. Sie ist schön. Ich mag den Ausdruck in meinen Augen, mag die Wärme darin und das Leben.

Val sucht sich ein neues Opfer und rückt Libby auf die Pelle, die sich mit ihrer *The-Spirit-of-Discovery*-Kollektion selbst übertroffen hat. Da sind einige wirklich atemberaubende Stücke dabei. Mir hat es vor allem das cognacfarbene Mantelkleid, das sie entworfen hat, angetan. Ich könnte es mir wunderbar bei French Chic vorstellen. Während Libbys Kollektion auch durch die unglaubliche Vielfalt an Kleidungsstücken besticht, ist Oxys eine Hommage an ihre Liebe zur Haute Couture.

French-Russian Love Affair heißt ihre Abschlusskollektion, die aus fünf atemberaubenden Abendkleidern besteht – eins schöner als das andere. Dabei ist der Grundschnitt bei jedem Kleid gleich. Bei allen fünf Entwürfen hat Oxy das Bustierkleid als Basis genommen und es dann durch die Elemente, die dazukommen, komplett verändert. Eine Idee, die sehr treffend die Seele von Mode widerspiegelt . Sie ist in höchstem Maße wandelbar.

Mein Lieblingsstück ist das kurze Bustierkleid. Der Clou bei diesem Stück ist der käfigartige schwarze Reifrock, den sie darüber platziert hat und der ein wenig an die Guo-Pei-Herbst/Winter-Kollektion von 2018 erinnert. Allerdings ist Oxanas Entwurf durch die Farbgebung deutlich bunter, und obwohl das Pink schrill wirken könnte, tut es das nicht. Das Gitter des abnehmbaren Überrocks gebietet ihm Einhalt.

»Ich bin so stolz auf dich«, sage ich, als auch das letzte Model eingekleidet ist und darauf wartet, endlich den Laufsteg betreten zu dürfen.

Sie lächelt selig, lehnt sich an mich, und ich spüre, wie sie sich einen Moment lang in meiner Nähe entspannt.

»Es wird alles gut gehen!«, versichere ich ihr. Ihre Entwürfe sind fantastisch. Es besteht wirklich kein Grund zur Sorge. Nein, mit dieser Kollektion hat sie wahrlich nichts zu befürchten. Sie ist ebenso herausragend wie die Frau, die sie designt hat.

Oxana haucht mir einen flüchtigen Kuss auf die Wange, löst sich von mir und trommelt dann ihre Models für ein paar Fotos zusammen. Val übernimmt diesen Part, und ich ziehe mich in den Präsentationsraum zurück, um mir einen Platz in der ersten Reihe zu sichern. Jasper und Ian sitzen bereits dort, und ich geselle mich zu ihnen. Ich bin erstaunt, dass Jasper die Nerven hat, sich die Arbeiten von Oxana und Libby anzusehen, schließlich muss er selbst heute seine Masterkollektion vorstellen.

Als ich ihn frage, ob er nicht nervös sei, erwidert er: »Ja, schon, aber Libbys großen Moment möchte ich mir nicht entgehen lassen. Sie hat so hart daran gearbeitet. Und natürlich möchten wir auch Oxy unterstützen.« Ian nickt zustimmend, während Jasper seufzend fortfährt: »Ich weiß nicht, wie es dir geht, Mann, aber ich freue mich schon wahnsinnig auf das Wochenende.«

Bei der Erwähnung unseres gemeinsamen Ausflugs verziehen sich Ians Lippen missbilligend zu einem schmalen Strich. Von Oxy weiß ich, dass Jasper und er in letzter Zeit einige Differenzen hatten, und auch, dass Ian gegen diesen Ausflug ist. Ich für meinen Teil kann es jedoch kaum erwarten. Unglaublich, dass es morgen schon losgehen soll.

»Oxy sagte, dass du auch gerne surfst«, meint Jazz. »Du wirst da oben in Croyde deine große Freude haben. Ich mag die Strände dort sehr, aber ich war schon ewig nicht mehr in der Gegend.«

»Du surfst auch?«, frage ich erstaunt.

»Klar. Hier surft fast jeder.«

Die nächsten Minuten, bis die Show losgeht, sprechen wir über unsere Leidenschaft fürs Wellenreiten und nehmen uns vor, während der Tage in Croyde zusammen rauszupaddeln, um ein paar Wellen zu nehmen.

»Solange du nicht bereits bei Sonnenaufgang rauswillst, bin ich dabei«, meint Jasper lachend. »Ich muss echt ein wenig Schlaf nachholen. Die letzten Wochen waren so verdammt anstrengend.«

»Sieht man dir nicht an.«

»Danke, aber ich pfeife aus dem letzten Loch, und Libby und Oxy geht es sicherlich ebenso. Oh, es geht los!«

Ich blicke zum Ende des Laufstegs, auf dem Alicia King erscheint. Sie schreitet den Catwalk entlang bis zum Ende und spricht dann ins Mikrofon.

»Meine Damen und Herren, liebe Eltern und Freunde, liebe Studenten, heute ist der große Tag, auf den alle so fleißig hingearbeitet haben. Mein Name ist Alicia King, und ich freue mich, Ihnen mit Stolz meine diesjährigen Klassen und deren Kollektionen präsentieren zu dürfen. Den Anfang macht Kyle Hamilton mit seiner Kollektion *Childhood's End*. Einen kräftigen Applaus bitte!«

Auf einem großen Monitor über dem Bereich, der hinter die Bühne führt, erscheinen der Name des Studenten und der seiner Kollektion. Das Licht im Saal geht aus und die Musik an. Keinen Atemzug später marschiert das erste Model über den Laufsteg. In der kommenden Viertelstunde gibt es Arbeiten von unterschiedlichstem Niveau zu sehen. Zwar kann ich einige Talente erkennen, doch an Oxanas und Libbys Entwürfe reicht keine der anderen Kollektionen ran.

Es ist erstaunlich, wie unterschiedlich die Arbeiten der beiden sind. Dennoch erntet jede von ihnen, als sie nach ihrem jeweiligen Part die Bühne betreten, tosenden Applaus. Oxana strahlt über das ganze Gesicht, als sie mir verstohlen zuwinkt. Ich hoffe, dass sich dieser Moment in ihr Gedächtnis einbrennt und sie noch lange von ihm zehren kann.

Als ich nach dem Ende der Präsentationen hinter die Bühne komme, herrscht dort ein reger Tumult. »Aus dem Weg, Mann«, herrscht mich ein Typ an und drängelt sich an mir vorbei. Im nächsten Moment fällt mir auch schon Oxana um den Hals und zieht mich beiseite. Sie wirkt aufgelöst. Ob es an dem lautstarken Streit liegt, der mitten im Raum ausgebrochen ist?

»Was ist denn hier los?«, erkundige ich mich bei ihr und versuche, aus den Wortfetzen, die ich aufschnappe, schlau zu werden.

»Warum behauptest du so einen Mist?«, kreischt eine hübsche Schwarzhaarige und bohrt ihrem Kommilitonen den Zeigefinger in die Brust.

»Das behaupte ich nicht. Das hat Ian zu Alicia gesagt!«

»Ich weiß es nicht«, sagt Oxy. »Alicia hat Libby in ihr Büro beordert, und Kyle hat erzählt, er habe ein Gespräch zwischen Alicia und Ian mitbekommen, in dem Ian behauptete, Libby habe die Ideen für ihre Kollektion von ihm geklaut.«

»Was? Das ist doch Blödsinn!« Ich kenne Libby gut genug, um zu wissen, dass sie so etwas nicht tun würde.

»Ich weiß, ich kann mir das auch nicht vorstellen, und doch muss dieser Verdacht jetzt geprüft werden. Zum Glück ist Jazz bei ihr.« Oxy presst die Faust gegen ihre Lippen und runzelt besorgt die Stirn.

»Hey«, sage ich und versuche, den Lärm zu übertönen, denn gerade faucht Kyle: »Komm mal wieder runter, Rochelle, ich hab doch gar nicht gesagt, dass Libby das gemacht hat, sondern nur wiedergegeben, was ich aufgeschnappt habe.«

»Dann hast du dich eben verhört!«

Das denke ich auch. Libby hat viel zu viel Verstand, um sich ihre Karriere durch so eine Dummheit zu versauen.

Ich wende meine Aufmerksamkeit wieder Oxana zu: »Alles wird gut, *mon cœur*, du wirst schon sehen.«

»Dein Wort in Gottes Ohr. Hilfst du mir beim Zusammenpacken?«

»Klar.«

Die Stimmung ist gedrückt, als wir zusammen mit Val, Ella und Callum das College verlassen.

»Ob wir Libby anrufen sollten?«

»Das halte ich für keine gute Idee, Val«, sagt Oxana und fügt erklärend hinzu: »Wenn sie gerade Alicia Rede und Antwort stehen muss, dann ist das Letzte, was sie jetzt brauchen kann, ein Anruf.«

»Ich würde am liebsten hoch in Alicias Büro gehen und fragen, was der ganze Scheiß soll.«

»Das wirst du schön bleiben lassen, Schwesterherz!« Meine Ermahnung bringt mir einen bösen Seitenblick ein.

»Dein Bruder hat recht«, mischt Callum sich ein. Er legt Ella den Arm um die Schulter, zieht sie an sich und küsst ihre Schläfe. »Du würdest deiner Freundin damit bloß einen Bärendienst erweisen.«

»Aber was sollen wir denn sonst tun?«, fragt Ella beinahe verzweifelt. »Wir können doch nicht einfach rumsitzen und warten!«

Und doch tun wir die nächsten eineinhalb Stunden genau das. Ich vertreibe mir die Wartezeit mit Kochen. Callum geht mir zur Hand, während Ella, Oxana und Val im Wohnzimmer sitzen und versuchen, sich abzulenken, indem sie einen Film schauen.

Das Essen ist fast fertig, als Libby und Jasper zurückkehren. Beide wirken mitgenommen und erschöpft, und während Libby sich zu ihren Freundinnen ins Wohnzimmer setzt, kommt Jasper zu uns in die Küche. Er lässt sich auf die Sitzbank plumpsen und gibt einen leisen Seufzer von sich.

»Willst du ein Bier?«, fragt Callum ihn, woraufhin Jasper dankbar nickt. »Ich bin übrigens Callum.«

»Bist du der Typ, der Ella in der Dunkelkammer vernascht hat?«

Ich schaue fragend zu Cal, der abwehrend die Hände hebt. »Das habe ich nicht getan. Wir haben uns bloß geküsst.«

»Mir ist das egal. Ich mische mich nicht ins Liebesleben meiner Schwester ein«, entgegne ich und ernte ein heiseres Lachen.

»Doch, Mann, tust du sehr wohl. Und wenn wir schon dabei sind, danke noch mal dafür.« Er grinst breit.

»Nichts zu danken. Ich bin ja froh, wenn sich alles geklärt hat.« Ich stelle den Herd auf kleine Flamme und hocke mich zu Jazz an den Tisch.

»Was ist passiert?«, erkundige ich mich, doch Jasper winkt bloß ab, nimmt die Flasche, die ihm Callum reicht, entgegen und öffnet sie an der Tischkante. Nach dem ersten Schluck entfährt ihm ein wohliges »Ahhhhh!«.

»Ian hat Scheiß erzählt. Es war alles erstunken und erlogen. Er ...« Jasper verstummt mit bebenden Lippen. Seine Kiefer mahlen, als er ihn fest aufeinanderpresst. »Ich kann das immer noch nicht glauben«, murmelt er und nimmt einen weiteren Schluck.

Libby taucht im Türrahmen auf. Ich stehe auf, schließe sie in die Arme und frage: »Ist bei dir alles okay?«

Sie blickt besorgt zu Jazz, ringt sich zu einem tapferen Lächeln durch und nickt. »Bei mir schon.« Sie geht an mir vorbei, legt eine Hand auf Jaspers Schulter und sagt: »Komm, lass uns hochgehen.«

Er nickt, leert seine Flasche, ergreift ihre Hand, und die beiden verschwinden nach oben.

Erst am nächsten Tag, als ich ihn in aller Frühe in der Küche treffe, erfahre ich mehr.

»Ich habe keine Ahnung, was ich jetzt tun soll«, sagt er, nachdem er mir die ganze Geschichte erzählt hat. »Ich kann und ich will unter diesen Umständen nicht mehr mit Ian zusammenarbeiten. Ehrlich, das ist nach allem, was da gestern gelaufen ist, einfach unvorstellbar für mich.«

»Kann ich verstehen.« Das Ganze hätte auch völlig anders ausgehen können. Was, wenn Jazz Ian geglaubt hätte und nicht Libby? »Hast du denn schon mal drüber nachgedacht, deine Anteile an On Fleek zu verkaufen?«

»Klar, aber ...«, beginnt er, doch ich kenne die Situation ja. Er ist vertraglich an Aurelio gebunden.

»Du kommst nicht aus deinem Vertrag mit Aurelio raus. Und du fragst dich sicher, wer deine Anteile unter diesen

Umständen würde haben wollen, richtig?« Er nickt. »Es gibt genau eine Person, der du sie sinnvoll verkaufen kannst.«

»Und die wäre?«

»Aurelio selbst natürlich. Du musst sie ihm verkaufen und zur Bedingung machen, dass er dich aus dem Vertrag entlässt.«

»Warum sollte er das tun?«

»Du könntest behaupten, dass es einen anderen Käufer gibt.«

»Tja, aber wenn es den nicht gibt, dann ist das … Wie nennt man das? Vortäuschung falscher Tatsachen?«

»Ja, das wäre es wohl, aber eben auch nur, wenn es da niemanden gäbe.«

»Sorry, Mann, aber ich kann dir nicht folgen. Wie du eben sagtest, gibt es außer Aurelio niemanden, dem die Anteile was bringen würden, solange On Fleek exklusiv an Aurelio gebunden ist …«

Ich lege ihm eine Hand auf die Schulter. »Alles, was du Aurelio sagen musst, ist, dass du bereits mit Henri Chevallier darüber gesprochen hast. Glaub mir, damit hast du ihn in der Hand, denn das Letzte, was der will, ist, dass es da noch jemanden gibt, der mitmischt.«

Einen Moment lang starrt Jasper mich perplex an, dann entfährt ihm ein »Fuck!«, das von einem überraschten Lachen begleitet wird. »Du bist gut, Mann, echt gut!« Ich grinse breit, froh darüber, ihm einen Ausweg geboten zu haben.

»Und es ist wirklich okay, wenn ich deinen Namen ins Spiel bringe?«

»Klar, sonst hätte ich es ja nicht vorgeschlagen.«

»Scheiße, Mann, ich weiß gar nicht, wie ich dir danken soll.«

»Es gibt da was, was du tun kannst.« Jazz sieht mich erstaunt an. *Nichts im Leben ist umsonst, Junge*, denke ich amüsiert. Das muss er scheinbar noch lernen. »Hör zu … Es geht nicht um mich«, beruhige ich ihn.

Da dämmert es ihm. »Oxy. Es geht um Oxy.« Schlauer Bursche. »Ich … ich weiß aber noch überhaupt nicht, wie es weitergeht, Henri.«

»Ist mir klar, aber behalte sie einfach im Hinterkopf, okay? Ich kann mir nicht vorstellen, dass sie unter diesen Umständen bei Ian bleiben will.« Er nickt verstehend. »So, ich wollte eine Runde laufen gehen, ehe der Rest aufwacht.«

»Was dagegen, wenn ich mitkomme?«, erkundigt Jasper sich.

»Nee, im Gegenteil. Ich würde mich über Gesellschaft freuen.«

»Super, dann ziehe ich mich bloß rasch um.«

Er macht sich auf den Weg nach oben, und als wir kurz darauf zusammen den kleinen Vorgarten betreten, folgt uns Lucky hinaus in die frische Luft. Während er auf die niedrige Mauer hüpft und nonchalant darauf entlangbalanciert, schließe ich die Augen und halte mein Gesicht der Sonne entgegen. Irgendwo kreischt eine Möwe. Ich werde diese Stadt vermissen, doch noch ist der Sommer nicht vorbei. Eine Weile werden wir noch hier sein, ehe sich dann alles ändert. Ich weiß, dass Oxana der Zukunft mit pochendem Herzen entgegensieht. In ihrem Leben gab es bisher nicht viele Menschen, die ihr etwas bedeutet haben, doch Ella, Libby und Val sind ihr ans Herz gewachsen. Anders als sie habe ich jedoch keinen Zweifel daran, dass diese Freundschaft zwischen ihnen unabhängig von Raum und Zeit weiterexistieren wird.

»Kommst du jetzt, oder willst du hier nur rumstehen und die Sonne anbeten?« Jaspers Bemerkung reißt mich aus meinen Gedanken. Er steht bereits auf der Straße. »Ich dachte, du wolltest joggen gehen. Keine Ahnung, wie man das bei euch in Frankreich macht, aber wir hier verstehen da was anderes drunter.«

»Dann zeig mal, was ihr hier darunter versteht«, sage ich, schließe zu ihm auf und folge ihm, als er die Straße hinabzutraben beginnt. Lucky begleitet uns noch ein Stück, ehe ihm das Ganze zu dumm wird, er umdreht und zurück zum Haus hoppelt.

Jasper legt ein ganz schönes Tempo vor. Anfangs habe ich das Bedürfnis mitzuziehen, doch dann stelle ich mein Ego hinten an, fokussiere mich auf mein Ziel und behalte meinen Puls im Auge. Denn wenn mir eins in den vergangenen Wochen klar geworden ist, dann dass ich meine sportlichen Ambitionen wirklich wieder verfolgen will. Was aber auch bedeutet, dass ich nicht länger wie ein Wahnsinniger durch die Gegend jagen, sondern mit Plan trainieren werde.

Jasper lässt sich irgendwann zurückfallen. Ich rechne mit einem dummen Spruch, doch er fragt bloß: »Warum läufst du so langsam?«

»Ich trainiere Grundlagenausdauer, indem ich im aeroben Bereich laufe.« Kurz setze ich ihm die Zusammenhänge auseinander, woraufhin er ein »Fuck!« ausstößt. »Ich mache das die ganze Zeit falsch, oder?«

»Yep!«

»Wieso kennst du dich so gut aus?« Ich erzähle ihm von meinen Triathlon-Bestrebungen, während wir in Richtung Mount Batten joggen. Jasper sagt, dass sich die Strecke lohnen würde, und als wir den Punkt außerhalb der Stadt erreichen, verstehe ich, was ihn an diesem Ort fasziniert.

»Als ich das letzte Mal hier stand und zur Stadt zurückblickte, da wäre ich am liebsten ewig hiergeblieben«, sagt Jasper nachdenklich. »Dort war nichts, was ich wollte.« Er sieht mich an. »Heute ist das anders. Heute ist dort alles, was ich mir wünsche.«

Ich nicke, kann mir jedoch ein Schmunzeln nicht verkneifen – schließlich geht es mir ebenso. »Dann lass uns zurücklaufen und sehen, ob unsere Mädels inzwischen ausgeschlafen haben«, meine ich und klopfe ihm freundschaftlich auf die Schulter. »Und vielleicht sollten wir irgendwo anhalten und Croissants mitbringen.«

Epilog

Oxana

10. Juli 2020

Sobald ich an Origamis Seite das Grand Palais betrete, stehe ich unweigerlich im Mittelpunkt. Ich hasse das Kleid. Nein, das ist nicht wahr. Als Designerin liebe ich es und weiß, dass diese Kreation die richtige Wahl für Origamis Auftritt heute Abend ist. Doch als Oxana wünschte ich, es wäre nicht ganz so figurbetont und provokant geschnitten.

Das enge Cocktailkleid aus schwarzer Spitze, das mir nicht einmal bis zur Mitte der Oberschenkel reicht, verhüllt wirklich nur das Nötigste. Untenrum wird der sexy Eindruck durch einen bodenlangen seidenen Überrock etwas gemildert. Aber wirklich nur etwas, denn vorn klafft dieser weit auf und gewährt jedem den Blick auf das halb durchsichtige Spitzenkleid darunter. Zum wiederholten Mal kontrolliere ich den Sitz der hauchdünnen Spaghettiträger des Bustiers.

»Genieß es!«, raunt Origami mir zu. Leichter gesagt als getan. Er hat ja gut reden, schließlich bin ich es, die halb nackt vor einem Haufen wildfremder Menschen herumlaufen muss.

Ein Fotograf richtet das Objektiv seiner Kamera auf uns. *Wie soll das bloß weitergehen?*, frage ich mich, denn mir tun –

kaum angekommen – bereits die Wangen vom angestrengten Lächeln weh.

»Nun hör schon auf so rumzuzappeln«, rügt Origami mich im Flüsterton. »Du siehst großartig aus.«

Ich atme tief durch und versuche, mich zu entspannen. *Hier geht es heute Abend nicht um dich*, sage ich mir, *also stell dich nicht so an.*

Unter den zahlreichen Besuchern, die wir passieren, entdecke ich Florence, die auf uns zukommt. Origami zu Ehren trägt Henris Mutter ebenfalls eine seiner Kreationen, allerdings zeigt die Robe nicht einmal ansatzweise so viel Haut wie meine. Florence breitet die Arme aus, sie begrüßt erst Origami und dann mich mit Wangenküsschen.

»Wie wunderschön du aussiehst, *ma chérie.*«

Ich erröte bei ihrem Kompliment. »Ich fühle mich so nackt!«, wispere ich zurück.

»Wahrscheinlich liegt es genau daran.« Sie zwinkert mir gut gelaunt zu. »Wo hast du denn meinen Sohn gelassen?«

»Der kommt noch … Zumindest hat er mir das hoch und heilig versprochen.« Und da Henri seine Versprechen hält, wird er sicherlich schon bald hier auftauchen. Vielleicht kann ich mir dann sein Jackett stibitzen und mich darin einmummeln.

»Welch atemberaubendes Kleid!«, sagt in diesem Moment eine Dame zu Origami und drückt ihm zur Begrüßung eine Vielzahl von Küssen auf die Wangen. »Drehen Sie sich mal, Liebes!«, verlangt sie von mir, und als Origami mir aufmunternd zunickt, tue ich ihr den Gefallen.

Sie ist nicht die Einzige, die ganz hin und weg ist, und nach und nach gewöhne ich mich an all die Blicke. Wirklich wohl fühle ich mich jedoch erst, als ich Henri in der Menge ausmache. Er ist in Begleitung eines Mannes, den ich bisher nur von Bildern kenne.

»Kann ich dich einen Moment allein lassen?«, frage ich Origami, der sich gerade im Gespräch mit ein paar Mitgliedern der französischen Regierung befindet.

»Geh nur, *mon âme*«, meint er. Im Weggehen höre ich ihn entschuldigend sagen: »Junge Liebe!«

Bei seinen Worten stiehlt sich ein Lächeln auf meine Lippen, die sich voll brennendem Verlangen nach Henri sehnen. Doch der Kuss muss warten – erst begrüße ich Michel, der neben Henri steht, sich an einem Glas Orangensaft festhält und ein wenig unsicher wirkt. Kein Wunder, wenn man seine Geschichte kennt.

»Du … wow!«, stammelt er, als ich mich vorstelle und ihm zur Begrüßung vier gehauchte Wangenküsse gebe – so wie es unter guten Freunden üblich ist. Natürlich könnte man jetzt sagen, dass wir uns ja gar nicht kennen, aber das stimmt nicht. Ich habe inzwischen so viel über ihn gehört, dass es sich einfach nicht so anfühlt. »Du siehst umwerfend aus!«

»Finde ich auch«, stimmt Henri ihm zu und greift nach meiner Hand. »Salut, *mon coeur*.« Er küsst meinen Mund und dann die Stelle hinter meinem Ohr, um mir hineinzuflüstern, dass er keine Ahnung habe, wie er den Abend überstehen soll, und er es nicht erwarten könne, mich aus diesem Kleid zu bekommen.

Ich lache, tätschle seine Brust. »Glaub mir, ich kann es auch nicht erwarten.« Er grinst breit, und ich füge hinzu: »Das liegt aber weniger an dir als an dem Kleid.« Ich verdrehe die Augen.

»Du magst es nicht? Ich würde es dir sofort kaufen.«

»War ja klar! Aber glaub mir, ich würde es bloß zu Hause für dich anziehen.«

»Das würde mir schon reichen.«

Michel räuspert sich.

»Entschuldigung!«, sage ich zerknirscht. »Wir haben uns seit knapp zwei Wochen nicht mehr richtig gesehen.« Natürlich hat Henri mich heute Morgen vom Flughafen abgeholt, allerdings nur, um mich zum Fitting ins Atelier zu bringen und dann auf die Arbeit zu verschwinden.

»Keine Sorge, ich verstehe das mit dem Geturtel. Wärst du meine Freundin, würde es mir wohl ähnlich gehen.«

»Denk nicht mal dran«, ermahnt Henri ihn scherzhaft. Sein Blick schweift hoch zur imposanten Kuppel des Gebäudes. »Wusstest du, dass man das Grand Palais seinerzeit für die Weltausstellung 1900 errichtet hat?«, fragt Henri mich, und Michel gibt ein Stöhnen von sich.

»Nun ist er in seinem Element«, informiert er mich. »Das hier ist sein Lieblingsplatz in Paris.«

Erstaunt sehe ich Henri an. »Warum wusste ich das nicht?«

»Vielleicht, weil wir noch nie darüber gesprochen haben?« Er grinst. »Ich habe meine Mutter immer freiwillig zu den Chanel-Modenschauen begleitet. Nicht wegen der Mode, sondern einfach nur, um einen Grund zu haben, hier zu sein.« Bei seinem Geständnis bekommt er doch tatsächlich rote Ohren.

»Ich wollte im Winter immer mal zum Schlittschuhlaufen her, aber irgendwie habe ich es bisher nie geschafft«, sage ich.

»Echt? Das wollte ich auch schon immer mal machen«, erwidert Henri, und wir beschließen, dieses Vorhaben im kommenden Winter in die Tat umzusetzen, nicht ohne Michel das Versprechen abzunehmen, uns zu begleiten.

Die leise Musik, die das Geplauder der Menge untermalt, verstummt. Es wird Zeit, an unsere Tische zu gehen. Ich lasse mich von Henri zu Origami geleiten, der mit seinem alten Freund Bruno beisammensteht. Schön, dass sich die beiden nach all den Jahren wieder vertragen haben. Ich weiß, dass Origami sehr glücklich darüber ist.

Auf dem Weg zu den beiden bittet ein Fotograf uns um eine Aufnahme. Henri und ich bleiben stehen, lächeln erst in die Kamera und dann einander an. Ich denke an das letzte Foto, das von uns abgedruckt wurde. Henri hat seine Ankündigung wahrgemacht und es rahmen lassen. Es hängt wirklich an einer Wand in seiner Wohnung … oh pardon, unserer Wohnung, wie er immer betont.

Dabei habe ich erst gestern, zusammen mit Jasper und Libby, den Mietvertrag für unsere neue WG in London unterschrieben. Libby wird dort im September ihr Studium am Central Saint Martins beginnen, während Jazz und ich fortan zusammenarbeiten werden.

Den Abend über unterhalten wir uns mit Michel und Florence, die ebenfalls mit uns am Tisch sitzt. Nach den Ehrungen – Origami freut sich nun doch ein wenig über die Auszeichnung, auch wenn er sich bemüht, es zu verbergen – folgt ein Fünf-Gänge-Menü. Wir sprechen über unseren Urlaub an der englischen Nordküste, der wunderschön war.

»Und dort wird man so braun?«, fragt Michel erstaunt.

»Nein«, widerspreche ich, obwohl wir auch dort viele schöne sonnige Tage hatten, »danach hat Henri mich einfach noch nach Mexiko entführt. Es war traumhaft.« Henri hatte ja ohnehin geplant, sich den kompletten Juni freizunehmen. Ich hatte ursprünglich zwar andere Pläne gehabt, doch durch Ians Intrige ist nun alles anders, und ich bin ehrlich gesagt nicht böse darüber.

Natürlich tut es mir für Jazz wahnsinnig leid, aber ich glaube, dass es für ihn und Ian letztendlich gut ist, dass sie fortan getrennte Wege gehen. Jazz war schließlich schon eine ganze Weile unglücklich bei On Fleek. Wie sich alles entwickelt hat, war, wenn man es genau nimmt, ein Glücksfall. Auch für mich – die Zusammenarbeit mit Jazz ist unheimlich bereichernd.

Dass er seine Anteile für eine horrende Summe an Aurelio verkaufen konnte, verdankt er nicht zuletzt Henri und seinem taktischen Geschick.

Versonnen lächelnd greife ich nach seiner Hand, genieße all den Glamour und Luxus mit dem Wissen im Herzen, dass der wahre Luxus der ist, mit ihm und so lieben Menschen wie seiner Mutter, Michel, Bruno und Origami beisammenzusitzen.

05. September 2020

Manchmal ist es witzig, wie schnell Vorbehalte und negative Gedanken an Bedeutung verlieren. Ich weiß noch, wie viel Angst ich vor der Zeit nach dem Semester in Plymouth hatte. Mir war klar, dass ich die Mädels entsetzlich vermissen würde, und ich erinnere mich auch noch gut daran, wie ich wochenlang überlegt hatte, ob ich nach Paris zu Origami zurückkehren oder bei On Fleek einen Neuanfang wagen sollte. Ich haderte damals so sehr mit mir und war so schrecklich unsicher. Es hat mich mehr als eine schlaflose Nacht gekostet, diese Entscheidung zu fällen. Verrückt, dass all meine Überlegungen letztendlich völlig umsonst waren.

Und es ist, wie ich dachte: Jazz tut es gut. London wird wohl nie seine Lieblingsstadt sein, aber selbst er ist ganz erstaunt, wie viel besser es ihm nun gefällt, da er mit uns hier ist. Ich glaube ja, dass das vor allem daran liegt, dass er und Ian schon eine ganze Weile eine sehr toxische Beziehung führten und Jazz wegen der Trennung so erleichtert ist. Unvorstellbarerweise ist er noch kreativer, noch lebhafter und noch faszinierender, als er es ohnehin schon war.

»Muss ich mir Gedanken machen, wenn du so von Jazz schwärmst?«, fragte Henri, als wir gestern im Bett lagen.

Ich erwiderte, dass er doof sei – schließlich gibt es keinen Mann, mit dem ich lieber zusammen wäre als mit ihm. Er ist mein persönlicher Held. Ich weiß, er will das nicht hören. Er behauptet, was er in jener schrecklichen Nacht für Yvette getan habe, sei selbstverständlich gewesen, doch er irrt sich. Ich weiß, dass er es nicht übers Herz gebracht hat, sie dort alleine sterben zu lassen, weil er ein guter Mensch ist. Er ist verantwortungsbewusst, achtsam, integer und der beste Partner, den eine Frau sich nur wünschen kann.

Origami nennt Henri nach wie vor meinen »schwarzen Ritter«, wenn das Gespräch auf Henri kommt, doch in Wahrheit war er immer der »weiße Ritter«, und ich habe bloß nicht genau hingeschaut.

Das hat sich geändert, und heute kann ich gar nicht aufhören, ihn anzusehen. Unwillkürlich blicke ich in seine Richtung. Wie so oft, wenn er uns besuchen kommt, steht er in der Küche und kocht. Libby und Jasper sind mehr damit beschäftigt, hemmungslos miteinander rumzuknutschen als mit ihrer eigentlichen Aufgabe – theoretisch sollten sie das Büfett richten, die Praxis sieht jedoch anders aus.

»Nehmt euch ein Zimmer!«, sage ich im Vorbeigehen und ernte Gekicher. Die beiden sind unmöglich. »Wolltet ihr Turteltauben euch nicht um das Büfett kümmern?« Ich deute auf die Schüsseln und die Packungen mit dem Knabberzeug, die unberührt auf dem Tisch liegen und von den beiden ignoriert werden.

»Das tun wir doch! Gerade testen wir, ob das Essen auch genießbar ist.« Libby schiebt sich eine Traube, die sie von der Käseplatte stibitzt, zur Hälfte in den Mund und lässt Jasper, der diebisch grinst, abbeißen.

Augenrollend trete ich zu Henri an den Herd, stelle mich an seine Seite und versuche, einen Blick auf das zu erhaschen, was er gerade zaubert. Statt Haute Cuisine gibt es heute typische Partygerichte wie Gulasch, Tortano, herzhafte Muffins und Zwiebelkuchen.

»Das duftet fantastisch«, lasse ich Henri wissen und gebe ihm einen Kuss für all die Mühen – schließlich steht er bereits den ganzen Tag in der Küche.

»Nehmt euch ein Zimmer!«, kommt es prompt von Libby, die auf meinen tadelnden Blick hin auch noch die Frechheit besitzt zu grinsen.

»Das war ein völlig harmloser Kuss – ganz im Gegensatz zu eurem.«

»Unser Kuss war auch harmlos!«

»Der war irgendwie pornorös.«

»Pornorös? Gibt es den Begriff überhaupt?«

Achselzuckend erwidere ich: »Keine Ahnung, aber es sah aus, als würdet ihr euch gegenseitig auffressen wollen.«

»Hier wird niemand gefressen, bevor nicht die Gäste da sind und das Büfett eröffnet wurde«, meint Jazz gelassen und legt Libby einen Arm um die Schulter. Sie lächelt glückselig zu ihm hoch, und vermutlich hat sie recht: Für ihre Verhältnisse war das wohl wirklich ein harmloser Kuss.

Auch wenn wir noch nicht lange zusammenwohnen und ich die beiden wirklich mag, habe ich es hin und wieder bereits bereut, dass ich mit einem frisch verliebten Paar zusammengezogen bin.

Gerade wenn man eine Fernbeziehung führt, ist das nicht unbedingt ideal. Doch zum Glück ist Henri im Moment ja da. Überhaupt sehen wir uns an den Wochenenden recht regelmäßig. Von Paris nach London ist es schließlich nur ein Katzensprung, und auch wenn die Sehnsucht unter der Woche manchmal übermächtig zu werden droht, klappt die Liebe auf Distanz bisher ganz gut. Trotzdem ist es nichts, was auf Dauer funktionieren wird – das weiß ich jetzt schon. Allerdings hat das weniger mit Jasper, Libby und der Tatsache, dass sie die Finger nicht voneinander lassen können, zu tun, als vielmehr mit dem Umstand, dass ich nicht nur Henri schrecklich vermisse, sondern auch Paris.

London ist bloß ein Intermezzo, ehe ich in die Stadt meines Herzens zurückkehren werde. Ich kann nichts dafür – ich bin Paris völlig verfallen.

Als Henri sich kurz vor seiner Abreise aus Plymouth im Tattoostudio von Fawkes' und Rhetts Bruder den lateinischen Schriftzug *Fluctuat nec mergitur* tätowieren ließ, entschied auch ich mich dazu, mich unter die Nadel zu legen. *Paris, je t'aime* steht nun auf meinem linken Rippenbogen, und daneben ist ein kleiner Eiffelturm zu sehen. Es ist ein Bekenntnis, das mir leicht über die Lippen kommt. Für mich wird Paris nie die Stadt des Blutvergießens und des Terrors sein. Für mich ist es die Stadt der Liebe, und dass Henri sich den Leitspruch von Paris hat tätowieren lassen, war für ihn wichtig. »Sie wankt, aber sie geht nicht unter« bedeuten die Worte, wobei es natürlich auch »Er« heißen kann, und so ist sein Tattoo mehr als nur eine Solidaritätsbekundung oder ein Statement, denn es ist auch eine Erinnerung daran, dass er – egal wie sehr ihn das Erlebte erschüttert hat – standhaft bleiben wird. Dass er endlich eine Therapie begonnen hat, um die Geschehnisse aufzuarbeiten, wird ihm sicherlich dabei helfen.

Ich lehne mich gegen ihn und koste den Augenblick. Es ist die Ruhe vor dem Sturm. In einer knappen Viertelstunde erwarten wir die ersten Gäste. Dann feiern wir unsere Einweihungsparty und in meinen dreiundzwanzigsten Geburtstag hinein.

»Magst du mal probieren?«

»Klar, gerne.« Henri taucht einen Esslöffel in den Topf mit Gulasch und hält ihn mir auf Höhe meines Mundes hin. Ich puste ein paarmal vorsichtig. Würzige Aromen explodieren auf meiner Zunge, als ich schließlich koste. Das Fleisch ist unfassbar zart und die Soße ein Traum.

»Grundgütiger, an dir ist wirklich ein Meisterkoch verloren gegangen«, befinde ich seufzend. Dass ich mich nicht zu einem lauten Stöhnen hinreißen lasse, ist reine Selbstbeherrschung. Henri kann wirklich kochen wie ein Gott. »Diese Soße!«

»Das liegt am Wein.« Er greift zu dem halb vollen Glas, das neben ihm steht, und reicht es mir.

»Der ist viel zu schade fürs Gulasch«, sage ich, nachdem ich auch davon probiert habe.

»Da irrst du dich, *mon cœur*. Genau so muss es sein. Je hochwertiger der Wein, desto besser die Soße, glaub mir. In Wahrheit bin ich nämlich gar kein guter Koch: Ich verwende bloß gute Zutaten.'«

»Keine falsche Bescheidenheit, Monsieur Chevallier«, ermahne ich ihn, denn ich kenne niemanden, der kochen kann wie er, und noch immer genieße ich es, auf diese Weise von ihm umsorgt zu werden. Liebe geht eben doch auch durch den Magen.

Als es an der Tür klingelt, stelle ich das Glas beiseite und verlasse die Küche. Von Libby und Jasper fehlt jede Spur, doch da ich Gekicher aus ihrem Schlafzimmer höre, ist mir ziemlich klar, womit die beiden gerade beschäftigt sind.

Seufzend marschiere ich zur Tür, betätige den Summer und bin gespannt, wer kommt. Vals roter Schopf erscheint zuerst im Treppenaufgang, dahinter entdecke ich Ella, die mit einem

bunten Strauß Luftballons kämpft, und dann, zu meiner großen Überraschung, Fawkes und Rhett.

»Oh mein Gott! Was macht ihr denn hier?«, quietsche ich
und falle erst dem einen und dann dem anderen um den Hals.
Ich habe sie seit Wochen nicht gesehen.

»Na, den Geburtstag unserer Lieblings-Exmitarbeiterin
konnten wir uns ja kaum entgehen lassen«, meint Rhett und
drückt mich an sich.

»Was er sagt«, meint Fawkes wie immer gutgelaunt und
deutet auf seinen Zwillingsbruder.

»Ich hoffe, es ist okay, dass ich die beiden gefragt habe, ob
sie Ella und mich begleiten.«

»Natürlich, Val! Du glaubst gar nicht, wie sehr ich mich
freue, aber wo habt ihr eure Männer gelassen?«, erkundige
ich mich und umarme meine ehemaligen Mitbewohnerinnen ebenfalls.

»Meiner ist zu Hause – Erkältungswelle ...«, sagt Val bedauernd.

»Meiner in den USA – die Arbeit wieder mal ...«, meint
Ella mit einem Augenrollen zwischen ihren Ballons hindurch.
Dann gibt sie ein sehnsüchtiges Seufzen von sich, das zeigt,
dass sie ihn bereits jetzt wie verrückt vermisst.

»Oh nein!« Ich trete beiseite und lasse die ganze Truppe ein.
»Seid ihr denn wenigstens gut durchgekommen?« Die Strecke von Plymouth nach London kann sich schließlich ganz
schön ziehen.

»Ja, das hat hervorragend geklappt, wir hatten ja unseren
Chauffeur«, meint Val und klopft Fawkes auf die Schulter.
»Wo steckt denn der Rest?«

»Hier sind wir!«, kommt es von Libby, die, etwas zerzaust
und gefolgt von Jazz, aus ihrem Schlafzimmer kommt. Ihre
Augen werden vor Überraschung groß, als sie die Zwillinge

entdeckt. »Hey, was machst du denn hier?«, fragt sie Fawkes und umarmt ihn zur Begrüßung.

»Nachsehen, ob dein Stardesigner dich auch gut behandelt«, antwortet er, was ihm einen säuerlichen Blick von Jasper einbringt.

»Glaub mir, das tut er«, mische ich mich ein, ehe Jaspers Eifersucht sich Bahn brechen kann. »Ich habe da ein Auge drauf.«

»Und der Club?«, hakt Libby nach.

»Der muss auch mal ohne uns laufen. Abgesehen davon haben wir eine neue Chef-Barkeeperin, die alles im Griff hat.«

»Eine neue Chef-Barkeeperin? Was ist mit Carl?« Der Blickwechsel zwischen den Brüdern genügt, und nur allzu gut erinnere ich mich an das Gespräch zwischen Fawkes und mir an Libbys Party im Januar. »Der kurze Rock?« Er nickt. »Was für ein Idiot!«

»Wem sagst du das!«, brummt er. »Komm, zeig uns mal euer neues Domizil. Sich über diese Sache zu ärgern, bringt schließlich keinem was.«

Ich starte mit der Führung in meinem Schlafzimmer, wo ich die Jacken aufs Bett lege und sage: »Voilà, das ist mein neues Reich.« Es ist deutlich größer als das Zimmer in unserer alten WG. Mein Highlight ist das Doppelbett, das Henri mir – ganz selbstlos – zu meinem Einzug geschenkt hat, mit den Worten: »Und nur damit das klar ist, die eine Seite gehört mir!« Unwillkürlich muss ich schmunzeln, als ich an diesen Satz denke. Ich weiß noch, wie zufrieden er aussah, als ich daraufhin erwiderte: »Natürlich, wem denn sonst?«

»Das ist echt schön«, kommt es von Ella, die sich aufmerksam umschaut. »Wo steckt denn eigentlich mein Bruder?«

»In der Küche«, erwidert Libby. »Ich zeig euch noch rasch unser Zimmer, dann gehen wir dorthin.«

Sie gewährt unseren Gästen einen Blick in Jaspers und ihre Liebeshöhle, die direkt gegenüberliegt – zum Glück sind die Wände dick. Nicht auszudenken, wenn dieses Haus so hellhörig wäre wie das in Plymouth. Ich glaube, ich würde kaum eine Nacht ein Auge zutun.

»Und hier haben wir das Bad.« Libby hat bei der Wohnungssuche auf eine Badewanne bestanden, und diese ist der Traum aller Wassernixen: freistehend, Löwenfüße mit nostalgischer Armatur und Platz genug für zwei Personen.

Als Nächstes ist die Küche an der Reihe, wo Henri gerade dabei ist, das Büfett aufzubauen.

»Sorry«, meint Libby zerknirscht und geht ihm rasch zur Hand. Auch Jasper macht sich nützlich. Henri sieht das Ganze gelassen. Seit er sich einer EMDR-Behandlung unterzogen hat, ist er die Ruhe selbst. Ein Großteil der Symptome seiner posttraumatischen Belastungsstörung ist völlig verschwunden, darunter auch die erhöhte Wachsamkeit, die ihn auf Dauer auszulaugen drohte.

»Schwesterherz!«, meint er breit grinsend und schließt Ella in die Arme. »Wo hast du denn deine bessere Hälfte gelassen?«

»Bessere Hälfte?«, empört sie sich und knufft ihren Bruder in die Rippen. Insgeheim jedoch ist sie sehr froh, dass die beiden sich so gut verstehen.

Erneut klingelt es an der Tür, und wieder bin ich es, die unsere Gäste empfängt und einlässt. Eine bunte Mischung tummelt sich an diesem Abend in unserer Wohnung. Freunde, Arbeitskollegen und Mitarbeiter von Jazz. Natürlich sind auch Origami und Alicia King unter unseren Gästen.

»Es ist wirklich schade, dass Sie nicht weiterstudieren, Oxana. Sie haben so viel Talent«, sagt Alicia zu mir.

»Ich bin damals eigentlich bloß Ihretwegen nach Plymouth

gegangen«, erkläre ich. »Die Erfahrung an sich möchte ich nicht missen, aber in unserer Branche ist ein Studium ja nicht zwingend nötig, um Erfolg zu haben, und ich lerne hier an Jaspers Seite wirklich viel.«

»Das stimmt natürlich. Ich wollte Sie nur wissen lassen, dass ich sehr hoffe, dass Sie irgendwann nicht nur zuarbeiten, sondern Ihre eigenen Kollektionen auf die Laufstege dieser Welt bringen. Ich mag Ihre Arbeiten wirklich sehr.«

»Danke«, erwidere ich beinahe schon verlegen. Der Zuspruch einer renommierten Designerin wie ihr tut mir wahnsinnig gut. »Und glauben Sie mir, das wird auch noch passieren, aber eben alles zu seiner Zeit.«

»Dann bin ich ja beruhigt.« Sie lächelt mich an, erhebt ihr Glas, und wir stoßen an.

Der Abend vergeht wie im Flug, und kurz vor Mitternacht trommelt Henri alle im Wohnzimmer zusammen. »Für alle, die es nicht wissen: Wir feiern nicht nur die Einweihungsparty von Libby, Jasper und Oxana, sondern wir feiern in wenigen Minuten auch Oxanas Geburtstag.« Auffordernd streckt er mir seine Hand hin. Ich ergreife sie und stelle mich neben ihn. »Einige von euch kannten sie bis zu diesem Abend vielleicht noch gar nicht. Lasst euch sagen: Ihr habt etwas verpasst! Und das sage ich nicht nur, weil sie die Frau ist, der mein Herz gehört, sondern vor allem, weil sie der großartigste Mensch ist, dem ich jemals begegnet bin. Sie ist nicht nur wunderschön und unglaublich talentiert, sie ist auch hilfsbereit, klug und witzig. Es wäre schön, wenn wir alle das Glas erheben und auf sie anstoßen würden.«

Ich erröte angesichts der allgemeinen Aufmerksamkeit und Henris Lobgesang, doch als er Punkt Mitternacht sein Glas hebt, »Auf Oxana!« sagt und unzählige Stimmen sich ihm anschließen, erfüllt es mich mit einem warmen, behaglichen Gefühl. Irgendwer stimmt »Happy Birthday« an, und alle singen mit.

Eine halbe Stunde später entführen mich meine Mädels mit einer Flasche Sekt und vier Gläsern in unser Atelier, das sich in der Wohnung gegenüber befindet. Zwischen den unzähligen Tischen, Schneiderbüsten und Nähmaschinen füllt Ella die perlende Flüssigkeit in die Sektkelche.

»Bitte macht beim Zuprosten nicht so eine Sauerei wie damals auf der Terrasse in Croyde«, flehe ich, woraufhin wir kichernd, aber dennoch sehr vorsichtig anstoßen.

»Auf das Geburtstagskind!«

Ich schenke Ella einen warmen Blick. »Auf uns! Es ist so schön, dass ihr heute alle hier seid.«

Libby geht zum Materiallager und holt dort etwas hervor. »Das ist von uns für dich!« Das Geschenk ist riesig, aber flach. Ein Bild, wie ich vermute, und obwohl ich den richtigen Riecher habe, schlage ich mir vor Überraschung die Hand vor den Mund, als ich die Aufnahme von uns vieren auspacke. Es ist ein Foto, das ich noch nie zuvor gesehen habe. Es muss während unseres Aufenthalts in Croyde im Juni entstanden sein und ist eine wunderschöne Momentaufnahme, auf der wir alle glücklich lächeln.

»Hat Cal das gemacht?«, frage ich atemlos vor Staunen.

Ella nickt stolz.

»Ich dachte, wir könnten es vielleicht im Flur gegenüber von der Eingangstür aufhängen«, sagt Libby verschmitzt. »Dann haben wir Ella und Val jeden Tag vor Augen.«

»Du meinst, dann haben wir *euch* im Auge«, wirft Val ein. »Irgendwer muss ja schließlich dafür sorgen, dass ihr hier in London keinen Blödsinn anstellt.«

»Das kommt von der Richtigen!«, werfe ich lachend ein. »Darf ich dich dran erinnern, dass ich die Vernünftige in unserer Truppe bin?«

»Da ist was dran«, mischt Libby sich feixend ein.

»Du bist ganz schön frech, kleines Küken!« An mich gewandt sagt Val: »Wenn Libby dir zu sehr auf der Nase rumtanzt und du ihrer irgendwann überdrüssig bist, darfst du sie gerne bei mir abgeben.«

»Das wird nicht passieren.« Besitzergreifend lege ich Libby einen Arm um die Taille.

Vals Seufzer kommt aus tiefstem Herzen. »Ich dachte mir schon, dass du so was sagen würdest. Aber mal im Ernst, ich vermisse euch beide schon manchmal sehr.«

»Ohhh«, meint Libby mitfühlend. »Aber ich habe gute Neuigkeiten – bereits in zwei Wochen bin ich wieder in eurer Ecke, wenn auch bloß für einen Tag.«

»Du kommst echt zur 400-Jahr-Feier?«, fragt Val erstaunt.

»Wie könnte ich mir das entgehen lassen? Ich will an diesem historischen Tag dort sein.« Und nicht nur sie: Sogar ihre Eltern reisen aus den Staaten an, um diesem Ereignis beizuwohnen. Eine verrückte Vorstellung, dass Libbys Vorfahren damals mit der *Mayflower* nach Amerika gesegelt sind, aber klar, dass dieses Jubiläum dadurch eine ganz besondere Bedeutung für Libby und ihre Familie hat und sie vor Ort sein wollen. »Dass die Feier in meine erste Studienwoche fällt, ist zwar unglücklich, aber nicht zu ändern.«

Sowohl Ella als auch Val versprechen, dass sie sich Zeit für ihren Besuch nehmen werden.

»Was ist mit dir?«, erkundigt Ella sich bei mir.

»Mit mir? Was soll mit mir sein?«

»Komm schon, Oxy, du musst auch mitkommen. Ohne dich sind wir schließlich nicht vollständig.« Der Satz, so inbrünstig von Ella ausgesprochen, treibt mir Tränen der Rührung in die Augen. Ich atme gegen das überwältigende Gefühl an, kann jedoch nicht verhindern, dass die Tränen zu fließen beginnen.

»Alles okay?«, fragt Libby besorgt, während Val eine Packung Taschentücher aus ihrer Gesäßtasche zaubert und mir eines reicht.

Ella legt mir tröstend den Arm um die Schulter und sieht zerknirscht drein, bevor sie besorgt die Augen aufreißt. »Es ist doch hoffentlich nichts mit meinem Bruder, oder? Wenn er sich …«

»Was? Nein! Dein Bruder ist großartig!«, schniefe ich, wische mir die Tränen von den Wangen und füge hinzu: »Darum weine ich nicht. Ich weine, weil … Na ja, ich habe meinen Geburtstag immer gehasst. Es ist nun mal einer dieser Tage, die mich immer daran erinnerten, dass ich keine Familie habe und ganz allein bin, aber …« Erneut drohen die Tränen die Oberhand zu gewinnen, und ich muss mich zusammenreißen, um den Satz überhaupt vollenden zu können. »… aber inzwischen ist es anders: Denn ich bin nun mal nicht mehr allein. Ich habe euch, und für mich seid ihr so etwas wie eine Familie. Ich habe euch wirklich sehr, sehr lieb«, gestehe ich meinen besten Freundinnen.

Meine Offenbarung sorgt dafür, dass ich nicht die Einzige bin, die plötzlich Taschentücher braucht.

»Toll! Jetzt heule ich auch!«, murrt Ella. »Ich hoffe bloß, die Wimperntusche ist wasserfest.« Sie betupft ihre tränenden Augen, was bloß dazu führt, dass sie im nächsten Moment große Ähnlichkeit mit einem Pandabären hat. »Offensichtlich nicht!«, schlussfolgert sie auf Libbys, Vals und mein Gelächter hin. »Sehe ich sehr furchtbar aus?«

»Ist doch egal!«, befindet Libby. »Da wir Familie sind, würden wir uns nicht mal daran stören, wenn du eine Jogging-hose anhättest.«

»Oh bitte, wenn es so weit kommt, dann müsst ihr mir ver-sprechen, dass ihr interveniert – gerade weil ihr Familie seid.«

Val hebt ihr Glas erneut. »Na dann: Auf die Familie!«

Lachend und weinend zugleich, stoßen wir erneut an, und als der Sekt dieses Mal aus den Gläsern schwappt und auf den Boden tropft, ist mir das reichlich egal – Hauptsache, wir sind vereint.

Danksagung

Im Roman hat Danke sagen ja schon eine bedeutende Rolle gespielt. Manchmal verfügt ein einziges Wort über eine unglaubliche Kraft, und »Danke« gehört definitiv dazu.

Mein Dank gilt wie immer den üblichen Verdächtigen. Meinem Mann und meinen Kindern, die mich nach bestem Wissen und Gewissen unterstützen, meiner großartigen Agentin Eva, meinen wundervollen Lektorinnen Diana und Ivana, die diesen Roman durch ihre fantastische Arbeit bereichert und so viel besser gemacht haben.

Ich bedanke mich wie immer auch bei meinen lieben Freundinnen Kathrin Lichters, Carin Müller, Aurelia Velten, Rose Bloom, Sandra Neumann, Jil Aimée Bayer und Nicole Wellemin für Rat und Tat und dieses Mal auch ganz besonders bei Claudia Sikora für ihre fachkundige Hilfe bei der Segelszene.

Und natürlich möchte ich mich auch bei dir bedanken, liebe Leserin/lieber Leser, dafür, dass du *A Single Word* gelesen hast und auch diese Danksagung liest.

Doch dies ist keine gewöhnliche Danksagung, denn an dieser Stelle möchte ich mich einmal in aller Form bei dem Mann bedanken, dem dieses Buch gewidmet ist, bei meinem Opa Kalle.

Lieber Opa, ich schreibe diese Zeilen heute am Tag nach deiner Beerdigung und möchte dir für all das, was du in den vergangenen vierzig Jahren für mich getan hast, und all die wundervollen Erinnerungen danken.

Es gibt nur wenige Menschen in meinem Leben, über die ich sagen kann, dass ich nie ein böses Wort aus ihrem Mund gehört habe, doch auf dich trifft das zu. Okay, zum Schluss hast du aufgrund der schlimmen Schmerzen öfter mal geflucht, aber ich finde, dass das nicht zählt. Und ich will dich auch nicht so wie in deinen letzten Tagen in Erinnerung behalten. Die waren schrecklich, und dennoch bin ich froh, dass wir sie hatten. Du warst ein gütiger Mensch, bescheiden, hilfsbereit, naturverbunden, großzügig und immer für mich da, wenn ich dich gebraucht habe.

Als kleines Mädchen war es das Größte für mich, wenn ich in deinem LKW sitzen durfte und du »eine Runde um den Block« mit mir gedreht hast.

Wenn wir bei dir übernachtet haben, dann hast du immer Apfelschnitzchen für uns gemacht. Nie haben Äpfel besser geschmeckt als die, die du für uns geschnitten hast.

Doch nicht nur uns hast du ein Zuhause gegeben, sondern auch unseren Häschen Wolli und Stupsi, als diese aufgrund von Mamas Allergie ausziehen mussten. Die hast du ebenso gehegt und gepflegt wie deine Meischen oder Charlie, die Schildkröte der Nachbarn.

Ich erinnere mich, wie wir zum Rettershof gelaufen sind, und an all die Kastanien, die wir für Omas großartige Kastaniensuppe rund um Kelkheim gesammelt haben.

Und auch an den Ärger, den wir uns eingehandelt haben, weil du mich auf dem Roller in die Schule gebracht hast. Ich habe immer stolz erzählt, dass mein Opa mich gefahren hat – leider auch Papa, der es uns prompt verboten hat, weil es viel,

viel zu gefährlich sei. Ich wäre gerne noch viel, viel öfter mit dir gefahren, denn ich habe mich immer sicher gefühlt.

Und jetzt, jetzt muss ich irgendwie ohne dich klarkommen, und ich weiß nicht, wie das gehen soll. Ich kann mir ein Leben ohne dich nicht vorstellen. Ich habe dich so wahnsinnig lieb. Vielen, vielen Dank für alles, du fehlst mir unglaublich.